V. C. ANDREWS®
Fesseln der Erinnerung

Autorin

Mit ihrem ersten Roman *Blumen der Nacht* wurde V. C. Andrews zur Bestsellerautorin. Es folgten zehn weitere spektakuläre Erfolge, unter anderem *Wie Blüten im Wind, Dornen des Glücks, Schatten der Vergangenheit, Schwarzer Engel, Gärten der Nacht, Nacht über Eden* und *Dunkle Umarmung*. Nach ihrem Tod brachte ihre Familie zusammen mit einem sorgfältig ausgewählten Autor eine neue V. C. Andrews-Serie auf den Markt, die mit dem Titel *Zerbrechliche Träume* begann und weltweit ein begeistertes Echo hervorrief. Inzwischen gibt es bereits vier packende mehrbändige Familiengeschichten, und mit *Melody* begann eine fünfte, die Logan-Saga. V. C. Andrews-Romane wurden in unzählige Sprachen übersetzt und faszinieren Millionen Leser in aller Welt.

Folgende Titel von V.C. Andrews® sind erschienen:

DAS ERBE VON FOXWORTH HALL:
Gärten der Nacht. Roman (9163)
Blumen der Nacht. Roman (6617)
Wie Blüten im Wind. Roman (6618)
Dornen des Glücks. Roman (6619)
Schatten der Vergangenheit. Roman (8841)

DIE CASTEEL-SAGA:
Dunkle Wasser. Roman (8655)
Schwarzer Engel. Roman (8964)
Gebrochene Schwingen. Roman (9301)
Nacht über Eden. Roman (9833)
Dunkle Umarmung. Roman (9882)

DIE CUTLER-SAGA:
Zerbrechliche Träume. Roman (42045)
Geheimnis im Morgengrauen. Roman (41222)
Kind der Dämmerung. Roman (41304)
Stimmen aus dem Dunkel. Roman (41305)
Stunden der Nacht. Roman (42404)

DIE LANDRY-SAGA:
Ruby. Roman (44291)
Dunkle Verheißung. Roman (35164)
Fesseln der Erinnerung. Roman (41590)
Tödlicher Zauber. Roman (41598)
Karussell der Nacht. Roman (41629)

DIE LOGAN-SAGA:
Melody. Roman (41635)
Im Netz der Lügen. Roman (35111)

und:
Das Netz im Dunkel. Roman (6764)

V.C. ANDREWS®

FESSELN DER ERINNERUNG

ROMAN

Aus dem Amerikanischen
von Uschi Gnade

GOLDMANN

Die amerikanische Originalausgabe erschien unter dem Titel
»All that Glitters« bei Pocket Books, New York

Umwelthinweis:
Alle bedruckten Materialien
dieses Taschenbuches sind chlorfrei
und umweltschonend.

Der Goldmann Verlag
ist ein Unternehmen der Verlagsgruppe Bertelsmann GmbH

Deutsche Erstveröffentlichung 10/96

Umschlaggestaltung: Design Team München
Druck und Bindung:
Graphischer Großbetrieb Pößneck GmbH
Verlagsnummer: 41590
BR · Herstellung: Stefan Hansen
Made in Germany
ISBN 3-442-41590-X

5 7 9 10 8 6 4

Prolog

Am frühen Abend, kurz nachdem die Sonne im westlichen Bayou hinter den Wipfeln der Zypressen versunken ist, sitze ich mit Pearl in den Armen auf Grandmère Catherines altem Schaukelstuhl und summe eine alte Cajun-Weise. Es ist eine Melodie, die Grandmère Catherine mir früher immer vorgesungen hat, wenn sie mich ins Bett brachte. Sie sang sie auch noch, als ich bereits ein kleines Mädchen mit langen Zöpfen war und von den Ufern des Sumpfes über die Felder zu unserer Hütte rannte, die auf dünnen Pfählen stand. Wenn ich die Augen schließe, kann ich ihre Rufe immer noch hören.

»Ruby, es ist Zeit zum Abendessen, Kind. Ruby...«

Aber ihre Stimme verblaßt in meiner Erinnerung wie Rauch, den der Wind mit sich forttreibt.

Ich bin inzwischen schon fast neunzehn, und es sind beinahe drei Monate vergangen, seit Pearl während eines der heftigsten Orkane, die jemals über das Bayou hereingebrochen sind, geboren wurde. Die umgestürzten Bäume wurden inzwischen zur Seite geräumt, liegen dort aber immer noch wie verwundete Soldaten, die darauf warten, geheilt und wiederhergestellt zu werden.

Ich vermute, auch ich warte darauf, geheilt und wiederhergestellt zu werden. Eigentlich war das der wahre Grund für meine Rückkehr aus New Orleans ins Bayou. Mein Vater, erdrückt von der Last seines Schuldbewußtseins wegen der Dinge, die er seinem Bruder, meinem Onkel Jean, angetan hatte, war einem tragischen Herzanfall erlegen. Daraufhin hatte meine Stiefmutter Daphne unser Leben in die Hand genommen. Und wie. Daphne lehnte mich schon seit dem Tag ab, an dem ich vor ihrer Türschwelle gestanden hatte. Mich, die Zwillingsschwester ihrer Tochter, von deren Existenz bis dahin nichts bekannt gewesen war; mich, diejenige, die von Grandmère Catherine geheimgehalten worden war, damit mich Grandpère Jack nicht weggab; mich nicht verkaufte, wie er Gisselle verkauft hatte.

Bis zu meinem Eintreffen war es Daphne und Pierre Dumas, meinem Vater, gelungen, die Wahrheit unter einem Berg von Lügen zu begraben. Nach meinem Auftauchen waren sie jedoch gezwungen, ein weiteres Trugbild zu ersinnen; sie behaupteten, ich sei an dem Tag, an dem Gisselle und ich geboren wurden, aus meiner Wiege gestohlen worden.

Die Wahrheit ist, daß sich mein Vater auf einem der Jagdausflüge in den Sümpfen in Gabrielle, meine Mutter, verliebt hatte. Grandpère Jack war ihr Führer. Vom ersten Augenblick an verfiel mein Vater der wunderschönen Frau, die Grandmère Catherine als freien Geist und unschuldiges Wesen schilderte. Das Gefühl beruhte auf Gegenseitigkeit.

Daphne konnte keine Kinder bekommen, und daher willigte Grandpère Jack, als meine Mutter mit Gisselle und mir schwanger war, in einen Handel ein, den mein Großvater Dumas vorgeschlagen hatte: Er verkaufte Gisselle an Daphne, die sie von da an als ihre Tochter ausgab.

Grandmère Catherine verzieh es ihm niemals und jagte ihn aus unserem Haus. Er lebte in den Sümpfen wie eine Sumpfratte und verdiente sich seinen Lebensunterhalt als Fallensteller für Bisamratten und als Austernfischer; aber auch als Touristenführer, wenn er dazu nüchtern genug war. Vor ihrem Tod nahm mir Grandmère Catherine, die ein Traiteur war, eine spirituelle Heilerin, das Versprechen ab, nach New Orleans zu gehen und meinen Vater und meine Schwester ausfindig zu machen.

Das Leben dort sollte sich für mich jedoch als noch unerträglicher erweisen. Gisselle verabscheute mich von Anfang an und machte mir sowohl in New Orleans als auch in Greenwood, der Privatschule in Baton Rouge, in die man uns schickte, das Leben zur Hölle. Insbesondere wurmte es sie, wie schnell sich Beau Andreas, ihr früherer Freund, in mich verliebte und ich mich in ihn. Später, als ich mit Beaus Kind schwanger war, schickte Daphne mich in das Hinterzimmer einer gräßlichen Arztpraxis, um dort eine Abtreibung vornehmen zu lassen. Doch ich lief fort und kehrte zu dem einzigen anderen Zuhause zurück, das ich je gekannt hatte: ins Bayou.

Grandpère Jack ertrank bei einem seiner Saufgelage im Sumpf, und ich wäre von Anfang an ganz auf mich allein gestellt gewesen, hätte es meinen geheimen Halbbruder Paul nicht gegeben. Bevor wir von unserer wahren Beziehung zueinander wußten, waren Paul und ich ein junges Liebespaar. Es brach mir das Herz, als ich erfahren mußte, daß sein Vater meine Mutter verführt hatte, als sie noch sehr jung war, und er hat sich bis zum heutigen Tage geweigert, diese Wahrheit anzuerkennen.

Seit meiner Rückkehr ins Bayou war er stets an meiner Seite und hat mir täglich Heiratsanträge gemacht. Sein Vater besitzt eine der größten Konservenfabriken für Krabben im Bayou. Ein Stück Land jedoch, das Paul geerbt hat, hat ihn nun zu einem der reichsten Männer in der ganzen Gegend gemacht, denn auf diesem Land ist Öl gefunden worden.

Jetzt baut Paul gerade eine große Villa, von der er sich erhofft, daß Pearl, er und ich eines Tages dort leben werden. Er weiß, daß unser Verhältnis zueinander seine Grenzen haben müßte, daß wir kein Liebespaar sein könnten; aber zu diesem Opfer ist er bereit, wenn es bedeutet, daß er sein Leben mit mir verbringen kann. Sein Angebot ist verführerisch, da ich Beau verloren habe, meine einzige große, leidenschaftliche Liebesbeziehung, und mit meinem Kind ganz auf mich selbst gestellt bin. Ich rackere mich ab, um uns beide durchzubringen, genau wie Grandmère Catherine und ich uns abgerackert haben, als sie noch am Leben war: Ich webe Decken und flechte Körbe, koche Gumbos und verkaufe all das an unserem Straßenstand an die Touristen. Es ist nicht gerade ein gutes Leben, und es verheißt meinem wunderschönen Baby keine Zukunft.

Jeden Abend sitze ich auf dem Schaukelstuhl, wie auch jetzt, wiege Pearl in den Schlaf und grübele herum, was ich am besten tun sollte. Hoffnungsvoll starre ich auf das Bild von Grandmère Catherine, das ich gemalt habe, ehe sie starb. Auf dem Gemälde sitzt sie auf ebendiesem Schaukelstuhl auf der Veranda vor unserem Haus. In das Fenster hinter ihr habe ich das Engelsgesicht meiner Mutter gemalt. Die beiden erwidern meinen Blick, als erwarteten sie von mir, daß ich die richtige Entscheidung treffe.

Oh, wie sehr ich doch wünschte, sie wären alle noch am Leben und hier und könnten mir sagen, was ich tun soll. In weniger als eineinhalb Jahren werde ich Geld haben, dann wird meine Erbschaft fällig, die mir als einer Dumas zusteht. Doch ich verspüre einen starken Widerwillen gegen diese Welt in New Orleans; und das trotz des wunderschönen Hauses im Garden District und all der Reichtümer dort. Allein schon der Gedanke daran, Daphne wieder gegenüberzutreten, läßt mich erschauern. Sie hat damals versucht, mich in einer Anstalt für Geisteskranke einzusperren. Ihre Schönheit täuscht über ihre wirkliche Kälte hinweg. Und außerdem: Wenn ich etwas gelernt habe, solange ich, von Dienstboten und wertvollen Gegenständen umgeben, im Haus der Dumas lebte, dann ist es, daß man Liebe für kein Geld und keine Reichtümer auf Erden kaufen kann.

In diesem Hause herrschte keine Liebe mehr, als mein Vater erst einmal gestorben war. Als er noch lebte, litt er gewaltig unter den dunklen Schatten seiner eigenen früheren Sünden. Ich bemühte mich, Sonnenschein und Glück in seine Welt zu bringen, doch Daphne und Gisselle waren wild entschlossen, das zu verhindern. Ihr Egoismus ließ mich schließlich an meinem Vorhaben scheitern. Jetzt sind sie beide froh darüber, daß ich fortgegangen bin. Daß ich mich im Netz meiner Leidenschaft verfangen habe, schwanger wurde und somit unter Beweis gestellt habe, was sie schon immer über mich behauptet hatten... daß ich eine nichtsnutzige Cajun bin. Beaus Familie hat ihn nach Europa geschickt, und Gisselle kann jedesmal kaum erwarten, mir in ihren Briefen von seinen Freundinnen und seinem luxuriösen und erfüllten Leben dort zu berichten.

Vielleicht sollte ich Paul heiraten. Nur seinen Eltern ist die Wahrheit über uns bekannt, und sie haben sie als ein tiefes, finsteres Geheimnis bewahrt. Alle alten Freundinnen meiner Grandmère Catherine glauben ohnehin, daß Pearl Pauls Kind ist. Sie hat sein braunes Haar mit den goldblonden Strähnen und die Augen von uns beiden: tiefblau. Ihre Haut ist so zart und hell, blaß und doch von einem matten Schimmer überzogen, der mich vom ersten Moment an an Perlen erinnerte.

Paul fleht mich bei jeder sich bietenden Gelegenheit an, ihn zu heiraten. Ich bringe es nicht über das Herz, ihn davon abzuhalten, da er schon immer zu mir gestanden hat. Er war da, als Pearl geboren wurde, und hat uns während des Orkans beschützt. Er bringt uns täglich Lebensmittel und Geschenke und verwendet jede freie Minute darauf, Dinge in meiner Hütte zu reparieren.

Wäre es eine sündige Verbindung, wenn wir sie nicht vollziehen? Die Ehe ist mehr als nur etwas, was die Sexualität legalisiert und sie als moralisch hinstellt. Menschen heiraten, um einander in anderen Formen als nur dieser einen zu lieben und zu ehren. Sie heiraten, um jemanden zu haben, der ihnen in schlechten Zeiten und im Krankheitsfalle beisteht, um einander bis in den Tod Gesellschaft zu leisten und sich gegenseitig zu beschützen. Und Paul wäre Pearl ein wunderbarer Vater. Er liebt sie so sehr, als sei sie tatsächlich sein eigenes Kind. Manchmal denke ich, er hält sie dafür, hält sie wirklich dafür.

Andererseits frage ich mich, ob es Paul gegenüber fair wäre, ihm das zu versagen, was jeder Mann von einer Frau erwartet und braucht. Er behauptet, er sei bereit, dieses Opfer zu bringen, weil er mich so sehr liebt. Unsere katholischen Geistlichen bringen für eine höhere Form der Liebe ein solches Opfer dar. Warum also sollte er es nicht tun können? Er hat mir sogar damit gedroht, Mönch zu werden, wenn ich ihn abweise.

O Grandmère, kannst du mir denn kein Zeichen geben? Du hast solche wunderbaren spirituellen Kräfte besessen, als du noch am Leben warst. Du hast böse Geister vertrieben, du hast kranke Menschen geheilt, ihnen Hoffnung eingeflößt und ihre Seelen aufstreben lassen. Wohin soll ich mich wenden, um Antworten zu finden?

Als nähme sie meinen inneren Aufruhr wahr, wird Pearl jetzt unruhig und beginnt zu weinen. Ich küsse ihre zarten Wangen und wie so oft, wenn ich in ihr süßes kleines Gesichtchen schaue, denke ich an Beau und an sein liebes Lächeln, seine warmen Augen, seine verführerischen Lippen. Bisher hat er seine eigene Tochter noch nicht gesehen. Ich frage mich, ob er sie jemals zu Gesicht bekommen wird.

Sie wird wieder ruhiger. Ihre Augen schließen sich, und sie verfällt in einen stillen Schlaf, vertrauensvoll, behaglich und ohne die Stürme von Sorgen wahrzunehmen, die um uns herum toben. Was hält das Schicksal für uns bereit?

Wäre doch all das bloß Jahre später passiert. Dann hätten Beau und ich geheiratet und besäßen ein wunderbares Haus im Garden District. Pearl wäre in einem Haus voller Liebe aufgewachsen, in einer Welt voller Reichtümer, wie die Scheinwelt unserer Träume. Wären wir doch bloß vorsichtiger gewesen und…

Jegliches Wenn und Aber, wird mir klar, ist bedeutungslos in einer realen Welt, in der Träume ohnehin oft zu Schatten verblassen. Jetzt hör schon auf, über vergossene Milch zu lamentieren, Ruby, sage ich mir.

Ich schaukele weiter und summe. Draußen verschwindet die Sonne vollständig, und ein dichtes, tiefes Dunkel fällt herab, in dem sich das Licht der Sterne nur in den Augen der Eule spiegelt. Ich stehe auf und lege Pearl in ihr Kinderbettchen, eine Wiege, die Paul ihr gekauft hat. Dann kehre ich ans Fenster zurück und schaue in die Nacht hinaus. Alligatoren gleiten an den Ufern des Wasserlaufs entlang. Ich kann hören, wie ihre Schwänze auf dem Wasser aufschlagen. Fledermäuse flattern durch das Louisianamoos und setzen zum Sturzflug an, um Insekten für ihr Abendessen zu fangen, und die Waschbären beginnen zu jaulen.

Wie einsam es doch in meiner Welt geworden ist, und dennoch habe ich mich bisher nie davor gefürchtet, allein zu sein, aber jetzt gibt es noch einen anderen Menschen, um den ich mir Sorgen machen und den ich beschützen muß: meine entzükkende Pearl, die schläft und Babyträume träumt und darauf wartet, daß ihr Leben beginnt.

Es liegt an mir, dafür zu sorgen, daß es mit Sonnenschein und nicht mit Schatten anfängt, mit Hoffnung und nicht mit Furcht. Wie werde ich das anstellen? Die Antworten lauern in der Dunkelheit und warten nur darauf, entdeckt zu werden. Wer hat sie dort zurückgelassen, die guten oder die bösen Geister?

Erstes Buch

1.
Entscheidungen

Das Tuckern, mit dem Pauls Motorboot nahte, verärgerte ein Pärchen von Reihern, die arrogant über den dicken Ast einer Sumpfzypresse stolziert waren. Sie breiteten beide die Flügel aus und ließen sich von der Brise vom Golf her tiefer in die Sümpfe hineintragen. Auch Reisstärlinge flatterten mit den Flügeln und erhoben sich über das Wasser, um in den Marschen zu verschwinden.

Es war ein sehr warmer und schwüler Donnerstag nachmittag gegen Ende März. Pearl war äußerst wachsam und aktiv; sie wand und verrenkte sich, um sich aus meiner Umarmung zu lösen und auf die trockenen Grashügel zuzukriechen, in denen sich Bisamratten und Nutrias häuslich eingerichtet hatten. Ihr Haar war in diesem letzten Monat schneller gewachsen und reichte ihr bereits bis unter die Ohren und in den Nacken. Inzwischen war es eher blond als braun. Ich trug ein elfenbeinfarbenes Kleid mit rosa Rüschen auf dem Kragen und den Ärmeln. Sie trug die kleinen Stiefelchen, die ich ihr letzte Woche aus ungebleichter Baumwolle gewebt hatte.

Als Pauls Boot näher kam, blickte Pearl auf. Sie war zwar kaum mehr als acht Monate alt, doch so aufgeweckt und geistig entwickelt wie eine Einjährige. Sie liebte Paul und freute sich gewaltig über jeden seiner Besuche. Ihre Augen strahlten; sie schwenkte die kleinen Arme, winkte ihm zu und trat mit den Beinen um sich, damit sie sich von mir lösen und ihm entgegenkrabbeln konnte.

Pauls Boot kam um die Kurve, und er winkte, sowie er uns

auf dem Anlegesteg stehen sah. Ich hatte endlich eingewilligt, uns von ihm abholen zu lassen, um uns sein elegantes neues Haus anzusehen, das kurz vor der Fertigstellung stand. Bisher hatte ich das vermieden, da ich fürchtete, sowie ich erst einmal einen Fuß in seine prachtvolle Villa setzte, würde ich in Versuchung geraten, Pauls Heiratsantrag anzunehmen.

Vielleicht nahm nur ich es so wahr, doch mir erschien es, als sei Paul seit meiner Rückkehr ins Bayou schlanker geworden und herangereift. In seinen blauen Augen zeigte sich von Zeit zu Zeit noch dieses knabenhafte Funkeln, aber die meiste Zeit war er jetzt ernst und nachdenklich. Seine geschäftlichen Verpflichtungen und die Aufsicht über den Bau seines Hauses verbanden sich mit seiner Sorge um Pearl und mich und hinterließen einen dunklen Schatten auf seinem Gesicht, der mir Sorgen bereitete, da ich fürchtete, nichts dagegen tun zu können. Natürlich gab er sich alle Mühe, mich davon zu überzeugen, daß ich mich irrte. Jedesmal, wenn ich eine derartige Andeutung fallenließ, lachte er und sagte: »Weißt du denn nicht, daß du den Sonnenschein wieder in mein Leben gebracht hast, als du ins Bayou zurückgekommen bist?«

In dem Moment, als er das Boot an den Anlegesteg steuerte, stand ein strahlendes Lächeln auf seinem Gesicht.

»Hallo. Rate mal, was passiert ist«, sagte er aufgeregt. »Die Kronleuchter sind gerade eben aufgehängt und angezündet worden. Warte nur, bis du sie siehst. Es ist ein richtiges Schauspiel. Ich habe sie aus Frankreich importieren lassen. Und der Pool ist mit Wasser gefüllt und in Betrieb genommen worden. Weißt du, daß die Buntglasscheiben in dem Fächerfenster im Palladio-Stil aus Spanien kommen? Ich habe ein Vermögen dafür bezahlt«, sagte er, ohne auch nur Atem zu holen.

»Hallo, Paul«, sagte ich lachend.

»Was? Oh, tut mir leid.« Er beugte sich vor, um mich auf die Wange zu küssen. »Ich schätze, ich mache etwas viel Wirbel um unser Haus, was?«

Ich schlug die Augen nieder. Ich konnte nicht verhindern, daß ich jedesmal Herzrasen bekam, wenn er von *unserem* Haus sprach.

»Paul...«

»Sag nichts«, sagte er eilig. »Du brauchst dich jetzt nicht zu entscheiden. Laß das Haus und das Grundstück einfach für sich selbst reden.«

Ich sah ihn kopfschüttelnd an. Würde er jemals ein Nein als Antwort akzeptieren? Ich stellte mir vor, selbst wenn er jemand anderen heiratete und hundert Jahre alt würde, würde er noch vor meiner Tür stehen und darauf warten, daß ich es mir anders überlegte.

Wir stiegen alle in sein Boot, und Paul ließ den Motor wieder an. Pearl lachte, als wir wendeten und Wassertropfen auf unsere Arme und in unsere Gesichter sprühten. Der Frühjahrsbeginn hatte die Alligatoren aus dem Winterschlaf erwachen lassen. Sie dösten auf den Böschungen und im seichten Wasser, und ihre schläfrigen Augen zeigten kaum Neugier, als wir an ihnen vorbeifuhren. Da und dort lösten sich Knäuel von grünen Schlangen und wanden sich dann wieder umeinander. Ochsenfrösche sprangen über Seerosenblätter, und Bisamratten suchten eilig Zuflucht im Schatten und in schmalen Öffnungen. Wenn der Frühling eintraf und entschlossen der Hitze des Sommers entgegenmarschierte, schien sich der Sumpf wie ein einziges gigantisches Tier zu strecken, zu gähnen und Gestalt anzunehmen.

»Nummer drei ist heute morgen regelrecht explodiert«, rief Paul über das Dröhnen des Motors hinweg. »Es sieht ganz so aus, als würden wir damit den vier- oder gar fünffachen Ertrag der ursprünglichen Schätzungen erzielen.«

»Das ist ja wunderbar, Paul.«

»Die Zukunft könnte nicht rosiger aussehen, Ruby. Wir könnten uns alles leisten, tun, was wir wollen, überall hingehen... Pearl würde wie eine echte Prinzessin aufwachsen.«

»Ich will nicht, daß eine Prinzessin aus ihr wird, Paul. Ich möchte, daß aus ihr eine anständige junge Dame wird, die das zu schätzen weiß, was wirklich wichtig ist«, sagte ich schroff. »Ich habe zu oft gesehen, wie Leute sich von ihrem eigenen Reichtum blenden lassen und dann glauben, daß sie glücklich sind.«

»So wird es uns nicht ergehen«, versicherte mir Paul.

Pauls Land mit dem Haus und den enormen Erträgen aus den Ölquellen lag südwestlich von meiner Hütte. Wir fuhren einen gewundenen Flußlauf entlang, der zeitweise so schmal war, daß wir die Arme ausstrecken und auf beiden Seiten des Bootes das Ufer berühren konnten. Wir durchquerten ein paar Tümpel mit Brackwasser und gerieten in ein vollständig neues Geflecht von Kanälen, ehe wir schnurstracks nach Süden zu seinem Anwesen fuhren. Ich war nicht mehr dort gewesen, seit ich das Bayou verlassen hatte und nach New Orleans gegangen war. Daher war ich überwältigt, als ich das Dach des riesigen Hauses sah, das vor uns über die Platanen und die Zypressen aufragte. Ich kam mir vor wie Alice, die in ihr eigenes persönliches Wunderland entführt wird.

Paul hatte bereits einen Anlegesteg bauen lassen, und vom Sumpf aus führte ein Kiesweg zum eigentlichen Anwesen. Ich sah die Lastwagen und Baufahrzeuge der Arbeiter, die immer noch hart zupackten, denn Paul hatte sie unter Zeitdruck gesetzt, um die Arbeiten zu beschleunigen. Er war bereit, jedem einzelnen den eineinhalbfachen Lohn zu zahlen, damit das Haus vor dem vereinbarten Termin fertiggestellt wurde. Im Osten konnten wir die Bohrtürme am Werk sehen.

»Ich wette, du hättest im Traum nicht geglaubt, daß der Cajun-Junge, der auf seinem kleinen Motorroller durch die Gegend gefahren ist, einmal all das besitzen wird«, sagte Paul stolz. Er hatte die Arme in die Hüften gestemmt, und sein Lächeln reichte von einem Ohr zum anderen. »Stell dir nur vor, was deine Grandmère Catherine dazu sagen würde.«

»Grandmère hätte es wahrscheinlich nicht anders erwartet«, erwiderte ich.

»Ja, wahrscheinlich«, sagte er und lachte. »Jedesmal, wenn sie mich angesehen hat, hatte ich das Gefühl, sie könnte nicht nur meine Gedanken lesen, sondern auch meine Träume erkennen.«

Er half Pearl und mir aus dem Boot.

»Ich trage sie«, bot er an. Pearl war von der Größe des Hauses geblendet, vor dem wir standen. »Ich würde es gern Cypress Woods nennen«, sagte er. »Was hältst du davon?«

»Ja, das ist ein wunderbarer Name. Es ist einfach umwerfend, Paul. Wie es einfach aus dem Nichts heraus entsteht... es ist die reinste Zauberei.«

Er strahlte vor Stolz.

»Ich habe dem Architekten gesagt, ich will ein Haus, das einem griechischen Tempel ähnelt. Dagegen nimmt sich die Villa der Dumas im Garden District wie ein Bungalow aus.«

»Ist es das, worum es dir gegangen ist, Paul... das Haus meines Vaters in den Schatten zu stellen? Ich habe dir doch gesagt...«

»Nimm mich jetzt noch nicht ins Gebet, Ruby. Wozu habe ich das alles, wenn nicht, um dich damit zu erfreuen und zu beeindrucken?« fragte er. Sein Blick heftete sich starr auf mich.

»O Paul.« Ich schüttelte den Kopf und holte tief Luft. Was konnte ich bloß sagen, um seiner Begeisterung und seinen Träumen entgegenzuwirken?

Als wir uns dem Haus näherten, schien es vor unseren Augen immer größer zu werden. Die Galerie im oberen Stockwerk hatte ein rautenförmiges Eisengitter. Beidseits des Haupthauses hatte Paul Nebengebäude errichten lassen, die die vorherrschenden Elemente des Haupthauses wieder aufgriffen.

»Dort werden die Dienstboten ihre Unterkünfte haben«, hob er hervor. »Ich finde, so ist jeder mehr für sich. Die meisten Wände im Haus sind sechzig Zentimeter dick. Warte nur, bis du gesehen hast, wie kühl es drinnen ist, sogar ohne Ventilatoren und Klimaanlage.«

Eine kurze Schiefertreppe führte zum Portico und zur unteren Galerie. Wir gingen zwischen den hohen Säulen hindurch in die Eingangshalle, deren Boden mit spanischen Kacheln gefliest war. Der Raum war sichtlich dazu gedacht, jedem Besucher in dem Moment den Atem zu verschlagen, in dem er oder sie einen Fuß in das Haus setzte. Er war nicht nur riesig und lang, sondern auch noch so hoch, daß unsere Schritte darin hallten.

»Denk nur an all die wunderbaren Kunstwerke, die du an diese riesigen Wände hängen könntest, Ruby«, sagte Paul.

Wir kamen an einem geräumigen und eleganten Zimmer nach dem anderen vorbei, die alle von der Eingangshalle abgingen. Über uns hingen die Kronleuchter, von denen Paul so stolz geschwärmt hatte. Sie waren atemberaubend, und die tropfenförmigen Birnen sahen aus wie Diamanten, die auf uns herabregneten. Der geschwungene Treppenaufgang war doppelt so breit und weitaus kunstvoller angelegt als der im Hause der Dumas.

»Die Küche befindet sich am hinteren Ende des Hauses«, sagte Paul. »Ich habe sie mit sämtlichen modernsten Geräten ausstatten lassen. Jeder Koch, der dort arbeiten darf, wird sich wie im Himmel fühlen. Vielleicht kannst du herausfinden, wohin deine Nina Jackson gegangen ist, und sie dazu überreden, zu uns zu ziehen«, fügte er als weiteren Pluspunkt hinzu. Er wußte, wie sehr ich Nina gemocht hatte, die Köchin meines Vaters. Sie praktizierte Voodoo und hatte mich vom Tag meiner Ankunft in New Orleans an ins Herz geschlossen. Das heißt, nachdem sie zu der Überzeugung gelangt war, ich sei nicht eine Art Zombie, der nach Gisselles Vorbild erschaffen worden war.

»Ich glaube nicht, daß irgend etwas Nina aus New Orleans fortlocken könnte«, sagte ich.

»Das ist ein Jammer für sie«, erwiderte Paul unverzüglich. Er war überempfindlich, wenn es um die reichen Kreolen ging, und jeden Vergleich mit ihnen legte er als eine Kritik an unserer Cajun-Welt aus.

»Ich meinte damit nur, daß sie viel zu sehr an ihrer Voodoo-Welt hängt, Paul«, erklärte ich. Er nickte.

»Laß mich euch jetzt nach oben führen.«

Wir stiegen die Treppe hinauf und fanden vier geräumige Schlafzimmer vor, von denen jedes ein Ankleidezimmer und einen begehbaren Kleiderschrank hatte. Es gab zwei herrschaftliche Schlafzimmer, etwas, was Paul eindeutig im Hinblick auf seinen Heiratsantrag bestimmt hatte. Zwischen den beiden Zimmern gab es jedoch eine Verbindungstür.

»Nun?« Er wartete gespannt und sah mir forschend ins Gesicht.

»Es ist ein prachtvolles Haus, Paul.«

»Das Beste habe ich für den Schluß aufgehoben«, erwiderte er mit einem schelmischen Funkeln in den Augen. »Folgt mir«, sagte er und führte uns zu einer Tür, die auf eine Freitreppe hinausging. Sie befand sich hinter dem Haus; daher hatte ich sie zuvor nicht gesehen.

Die Treppe führte auf einen riesigen Dachboden mit handgeschnitzten tragenden Balken aus Zypressenholz. Der Raum hatte große Fenster, die einen Ausblick auf die Felder und die Wasserläufe boten, jedoch kein einziges Fenster zu der Seite hin, auf der sich die Bohrtürme befanden. Die großen Dachfenster machten den Raum hell und luftig.

»Weißt du, was das ist?« fragte er mit einem amüsierten Lächeln. »Das«, sagte er und breitete die Arme aus, »wird dein Atelier sein.«

Ich riß die Augen auf, denn die Möglichkeiten waren überwältigend.

»Wie du sehen kannst, habe ich darauf geachtet, daß du einen besonders schönen Ausblick von hier hast. Sieh mal, Ruby«, sagte er und trat an eines der Fenster. »Schau dir nur an, was du von hier aus malen könntest. Sieh auf die Welt hinaus, die wir lieben, eine Welt, die dich bestimmt dazu inspirieren könnte, dich deiner wunderbaren künstlerischen Begabung wieder zuzuwenden und Meisterwerke zu erschaffen, um deren Besitz sich deine reichen kreolischen Freunde reißen würden.«

Er stand am Fenster und hielt Pearl auf den Armen. Der Ausblick begeisterte und faszinierte sie. Unter uns hatten die Bauarbeiter mit den Aufräumarbeiten begonnen. Der Wind trug ihre Stimmen und ihr Gelächter zu uns herauf. In der Ferne wirkten die Wasserläufe, die sich durch die Sümpfe nach Houma und zu meiner Hütte schlängelten, unwirklich und spielzeughaft. Ich konnte sehen, wie die Vögel von einem Baum zum anderen flatterten, und zu meiner Rechten stelzte ein Austernfischer mit der Ausbeute seines Arbeitstages nach Hause zurück. Hier bot sich jedem Künstler ein Arsenal von Bildern und Ideen, aus denen er wählen und sie mit seiner oder ihrer eigenen Phantasie ausschmücken konnte.

»Könntest du hier nicht glücklich werden, Ruby?« fragte Paul mit bittendem Blick.

»Wer könnte hier nicht glücklich werden, Paul? Es ist unbeschreiblich schön. Aber du weißt, was mich zögern läßt«, sagte ich liebevoll.

»Und du weißt, daß ich all das gründlich durchdacht und eine Möglichkeit vorgeschlagen habe, wie wir beide zusammensein können, ohne uns zu versündigen. O Ruby, es ist doch nicht unsere Schuld, daß unsere Eltern uns mit diesem Makel erschaffen haben. Ich will doch nichts weiter, als für dich und Pearl zu sorgen, euch glücklich zu machen und euch für alle Zeiten Geborgenheit zu geben.«

»Aber was ist mit... Paul, es gibt einen Aspekt des Lebens, um den du dich damit brächtest«, rief ich ihm ins Gedächtnis zurück. »Du bist ein Mann, ein gutaussehender, viriler junger Mann.«

»Ich bin dazu bereit«, sagte er eilig.

Ich schlug die Augen nieder. Ich mußte meine wahren Gefühle gestehen.

»Ich weiß nicht, ob ich dazu bereit bin, Paul. Du weißt, daß ich verliebt gewesen bin, leidenschaftlich verliebt. Und du weißt, daß ich die Ekstase erlebt habe, die damit einhergeht, jemanden zu berühren, den man liebt und der einen wiederliebt.«

»Ich weiß«, sagte er betrübt. »Aber ich verlange nicht von dir, daß du auf diese Ekstase verzichtest.«

Ich blickte abrupt auf. »Wie meinst du das?«

»Laß uns einen Pakt schließen, daß wir einander nicht im Weg stehen werden, falls einer von uns beiden jemanden findet, mit dem wir diese Ekstase erleben können, selbst dann nicht, wenn es heißt... daß wir uns trennen müssen.

Bis dahin, Ruby, solltest du deine Leidenschaft wieder in deine Kunst einfließen lassen. Ich werde meine ganz in meine Arbeit und in den Ehrgeiz stecken, den ich für uns alle habe. Laß mich dir das geben, was davon abgesehen die perfekteste aller Welten wäre. Eine Welt, in der du weißt, daß du geliebt wirst; eine Welt, in der Pearl Geborgenheit und Luxus haben wird und nicht die Qualen erleiden muß, die wir in so vielen Familien gesehen haben, die als normal gelten«, bat er mich.

Pearl schaute zu mir auf, als schlösse sie sich seiner Bitte an, und ihre Saphiraugen waren liebevoll und sanft.

»Paul, ich weiß es einfach nicht.«

»Wir können einander in den Armen halten. Wir können einander wärmen. Wir können füreinander sorgen... für alle Zeiten. Du hast mehr Tragödien und Elend erlebt, als jemand in deinem Alter hätte durchmachen sollen. Daher bist du deinem tatsächlichen Alter um viele Jahre voraus. Laß Weisheit an die Stelle der Leidenschaft treten. Laß Treue, Hingabe und reine Güte die Grundlage unseres Lebens sein. Gemeinsam werden wir unser eigenes, ganz besonderes Kloster erschaffen.«

Ich sah ihm in die Augen und fühlte, wie aufrichtig er es

meinte. Es war alles so überwältigend: seine Hingabe, dieses wunderbare Haus, die Versprechen eines sicheren und glücklichen Lebens, nachdem ich all das Elend durchgemacht hatte, von dem er gesprochen hatte.

»Was ist mit deinen Eltern, Paul?« fragte ich und spürte, daß ich kurz vor einem Ja stand.

»Was soll mit ihnen sein?« sagte er mit scharfer Stimme. »Sie haben mich mit einer Lüge aufwachsen lassen. Mein Vater wird meine Entscheidung akzeptieren, und wenn nicht... na und? Ich besitze jetzt mein eigenes Vermögen«, fügte er hinzu, und seine Augen wurden schmaler und verfinsterten sich.

Ich schüttelte verwirrt den Kopf. Ich erinnerte mich noch an Grandmère Catherines strenge Warnung, man dürfe einen Cajun-Mann nicht seiner Familie abspenstig machen. Paul schien meine Gedanken zu lesen. Er wurde freundlicher.

»Sieh mal, ich werde mit meinem Vater reden und ihm verständlich machen, warum das für uns beide eine gute Lösung ist. Wenn er erst einmal einsieht, wie gut wir es meinen, dann wird er es verstehen.«

Ich biß mir auf die Unterlippe und schüttelte den Kopf.

»Sag nicht ja, aber sag auch nicht nein«, sagte er eilig. »Sag, daß du es dir noch eine Zeitlang überlegen wirst, daß du dir ernsthafte Gedanken darüber machen wirst. Ich werde dich nicht in Ruhe lassen, Ruby Dumas, solange du nicht Ruby Tate wirst«, sagte er. Dann drehte er sich um, weil er Pearl den Ausblick zeigen wollte.

Ich trat zurück und sah die beiden an. Er wäre ein wundervoller Vater, sagte ich mir wieder einmal. Vielleicht war es an der Zeit, ausschließlich um Pearls willen zu einer Entscheidung zu gelangen und nicht um meiner selbst willen.

Ich schaute mich in dem Raum um, der mir ein prachtvolles Studio sein würde, und ich malte mir aus, wo ich meine Tische und Regale aufstellen würde. Als ich mich wieder umwandte, sahen er und Pearl mich beide an.

»Du sagst doch nicht etwa endlich ja?« fragte er, als er meinen Gesichtsausdruck sah.

Ich nickte, und er bedeckte Pearls Gesicht mit Küssen, bis sie nur noch kicherte.

Die Dämmerung hatte sich über das Bayou herabgesenkt, als wir uns auf den Rückweg zu meinem Haus machten. Das Louisianamoos, mit dem die Zypressen und die Kletterpflanzen behangen waren, wirkte jetzt weich und zart. Wir fuhren durch die Schatten, die Trauerweiden auf das Wasser warfen, und das gleichmäßige Gleiten des Boots wiegte Pearl in den Schlaf. Es ist wunderschön hier, sagte ich mir. Hier gehörten wir her. Und wenn das bedeutete, mit Paul zusammenzuleben und uns an unser ungewöhnliches Abkommen zu halten, dann war es vielleicht das, was das Schicksal für mich und Pearl bereithielt.

»Ich muß zum Abendessen zu Hause sein«, sagte Paul, nachdem wir den Anlegesteg erreicht hatten und er uns aus dem Boot geholfen hatte. »Onkel John, der Bruder meiner Mutter, ist aus Clearwater, Florida, zu Besuch gekommen, und ich habe es versprochen«, sagte er zu seiner Entschuldigung.

»Das ist schon in Ordnung. Ich bin müde und möchte heute abend selbst früh schlafen gehen.«

»Ich komme morgen früh vorbei, sobald es geht. Heute abend werde ich meinem Vater von unserem Entschluß berichten, falls es mir gelingt, ihn eine Stunde lang für mich allein zu haben«, fügte er nachdrücklich hinzu. Mein Herz begann zu flattern. Es war schön und gut, über all das zu reden, aber es war etwas ganz anderes, tatsächlich die Weichen zu stellen, durch die wir Mann und Frau würden.

»Ich hoffe, es ist die richtige Entscheidung, Paul«, sagte ich.

»Natürlich ist es richtig so. Hör auf, dir Sorgen zu machen. Wir werden sehr glücklich werden«, versprach er und beugte sich vor, um mich auf die Wange zu küssen. »Und außerdem ist Gott uns ein bißchen Glück und Erfolg schuldig«, fügte er mit einem Lächeln hinzu.

Ich winkte zum Abschied, als er in seinem Boot losfuhr. Nachdem ich Pearl gefüttert und schlafen gelegt hatte, aß ich ein kleines Gumbo, las im Schein der Butangaslampe, legte mich dann selbst schlafen und betete um die Weisheit, die richtigen Entscheidungen zu treffen.

Jeder Morgen begann für mich jetzt so wie damals, als ich noch mit Grandmère Catherine hier gelebt hatte. Nachdem ich die Decken, Körbe und Palmwedelhüte ins Freie getragen hatte, die ich auf dem Dachboden gewebt und geflochten hatte, setzte ich Pearl in ihrer Tragetasche in den Schatten neben dem Straßenstand und machte mich an eine Handarbeit, um mir die Zeit zu vertreiben und auf Touristen zu warten. Es war ein ruhiger Vormittag, doch fast ein halbes Dutzend Wagen hielt an, und um die Mittagszeit hatte ich die meisten meiner Decken und Körbe verkauft. Nur wenige Kunden aßen mein Gumbo, und dann senkte sich der lange, stille und heiße Nachmittag auf das Bayou herab. Als die Insekten begannen, Pearl zu belästigen, beschloß ich, es sei an der Zeit, mir eine Pause zu gönnen, und ich brachte sie in die Hütte zurück, damit sie ihren Mittagsschlaf hielt. Ich hatte damit gerechnet, daß Paul zum Mittagessen kommen würde, doch er tat es nicht, und auch im Laufe des frühen Nachmittags ließ er sich nicht blicken.

Ich machte mir eine kühle Limonade und setzte mich auf die Galerie vor dem Haus, um über die Vergangenheit nachzudenken. Der letzte Brief von meiner Zwillingsschwester Gisselle befand sich zusammengeknüllt in meiner Jackentasche. Sie besuchte ein schickes privates College in New Orleans. Der Beschreibung nach schien es eher ein Ort zu sein, an dem man verzogene reiche junge Leute absetzte, und weniger eine Institution, die höhere Bildung vermittelte. Nach allem, was sie schrieb, ließen ihre Lehrer es ihr durchgehen, wenn sie ihre Texte nicht las, ihre Hausaufgaben nicht machte und im Unterricht nicht aufpaßte. Sie prahlte sogar damit, wie oft sie Schulstunden schwänzte, ohne auch nur dafür getadelt zu werden.

Aber sie ließ mit Begeisterung in all ihre Briefe Neuigkeiten über Beau einfließen, und selbst dann, wenn es sich dabei um Neuigkeiten handelte, die mir weh taten, mußte ich sie dennoch mehrfach lesen. Ich faltete den Brief auseinander und überflog ihn, bis ich folgende Absätze erreichte. »Es interessiert dich vielleicht zu erfahren«, schrieb sie, und dabei wußte sie ganz genau, wie dringend ich es wissen wollte...

daß Beau es mit seinem Mädchen in Europa immer ernster meint. Seine Eltern haben Daphne erzählt, daß Beau und seine französische Debütantin dicht davorstehen, ihre Verlobung offiziell bekanntzugeben. Sie schwärmen in den höchsten Tönen von ihr, wie schön, wie reich, wie kultiviert sie ist. Sie sagen, sie hätten nichts Besseres für ihn tun können, als ihn nach Europa zu schicken.
Und jetzt laß mich dir von den Jungs hier in Paris berichten...

Ich knüllte den Brief in meiner Faust zusammen und steckte ihn wieder in meine Tasche. Die Erinnerungen an Beau schienen sich zu intensivieren, jetzt da ich mit dem Gedanken spielte, Paul zu heiraten und mich für ein Leben in Sicherheit und Geborgenheit zu entscheiden. Es versprach jedoch, ein Leben ohne Leidenschaft zu werden, und jedesmal, wenn ich daran dachte, dachte ich an Beau. Sein liebevolles Lächeln erschien vor meinen Augen, und ich erinnerte mich wieder an den Morgen, an dem Gisselle und ich nach Greenwood aufgebrochen waren, der Privatschule in Baton Rouge. Er war gerade noch rechtzeitig eingetroffen, und wir hatten nur wenige Minuten Zeit gehabt, uns voneinander zu verabschieden; aber er hatte mich damit überrascht, daß er mir das Medaillon geschenkt hatte, das ich immer noch verborgen unter meiner Bluse trug.

Ich zog es heraus und öffnete es, um sein Gesicht und meines anzusehen. O Beau, dachte ich, gewiß werde ich niemals einen anderen Mann so leidenschaftlich lieben, wie ich dich geliebt habe, und wenn ich dich nicht haben kann, dann ist es vielleicht die richtige Entscheidung, ein glückliches und geborgenes Leben mit Paul zu wählen. Es überraschte mich, warme Tränen auf meinen Wangen zu spüren. Ich wischte sie eilig fort und lehnte mich in dem Moment zurück, als ein vertrauter großer Wagen vor dem Haus vorfuhr. Er gehörte Octavius, Pauls Vater. Ich schloß das Medaillon und ließ es eilig unter meine Bluse fallen, zwischen meine Brüste.

Mr. Tate, ein großgewachsener, distinguiert wirkender Mann, der immer gut gekleidet und gepflegt war, stieg aus seinem Wagen. Seine Schultern hingen herunter wie die eines erschöpften alten Mannes, und seine Augen wirkten müde. Paul hatte sein gutes Aussehen weitgehend von seinem Vater, der ein kräftiges Kinn, einen energischen Mund und eine gerade Nase hatte, weder zu lang noch zu schmal. Ich hatte Mr. Tate seit einiger Zeit nicht mehr gesehen, und es überraschte mich ein wenig, wie sehr er in der Zwischenzeit gealtert war.

»Guten Tag, Ruby«, sagte er, als er die Stufen erreicht hatte. »Ich habe mich gefragt, ob ich mich privat und ungestört mit dir unterhalten könnte.«

Mein Herz pochte. Ich konnte mich nicht erinnern, im Lauf der Jahre mehr als ein halbes Dutzend Worte mit ihm gewechselt zu haben, und dabei handelte es sich in erster Linie um Begrüßungen und Verabschiedungen vor der Kirche.

»Ja, selbstverständlich«, sagte ich und stand auf. »Kommen Sie rein. Möchten Sie vielleicht ein Glas Limonade? Ich habe gerade einen frischen Krug zurechtgemacht.«

»Ja, gern. Danke«, sagte er und folgte mir ins Haus.

»Setzen Sie sich, bitte«, sagte ich und wies mit einer Kopfbewegung auf das einzige gute Möbelstück, den Schaukelstuhl.

Ich schenkte ihm ein Glas Limonade ein und kehrte ins Wohnzimmer zurück.

»Danke«, sagte er, als er das Glas nahm und ich mich ihm gegenüber auf das abgewetzte ausgeblichene braune Sofa setzte, dessen Armlehnen so fadenscheinig waren, daß die Füllung aus Louisianamoos zu sehen war. Er trank einen Schluck von der Limonade. »Das tut gut«, sagte er. Dann sah er sich einen Moment lang nervös um und lächelte. »Du hast nicht gerade viel hier, Ruby, aber du hältst das Haus wirklich in Ordnung.«

»Nicht so gut, wie Grandmère Catherine es früher in Ordnung gehalten hat«, sagte ich.

»Deine Grandmère war eine ganz beachtliche Frau. Ich muß gestehen, daß ich nie allzuviel von Wunderheilungen und den pflanzlichen Medikamenten gehalten habe, die sie gebraut hat, aber ich kenne viele Menschen, die auf ihre Heilkräfte geschworen haben. Und wenn überhaupt irgend jemand deinem Grandpère gewachsen war, dann war sie es«, fügte er hinzu.

»Sie fehlt mir sehr«, gestand ich. Er nickte und trank noch einen Schluck Limonade. Dann holte er tief Atem. »Ich vermute... ich vermute, ich bin nervös. Die Vergangenheit hat es an sich, einen einzuholen und einem einen Hieb in die Magengrube zu verpassen, wenn man am allerwenigsten damit rechnet«, sagte er und beugte sich vor. Sein scharfer, durchdringender Blick heftete sich auf mich.

»Du bist Catherine Landrys Enkelin, und du hast selbst teuflisch viel durchgemacht. Ich kann dir im Gesicht ansehen, daß du wesentlich älter und klüger bist als das hübsche kleine Mädchen, das ich an der Seite seiner Grandmère beim Kirchgang gesehen habe.«

»Die Vergangenheit hat uns beiden einen Hieb in die Magengrube versetzt«, sagte ich. Seine Augen nahmen einen interessierteren Ausdruck an.

»Ja. Nun, dann wirst du gewiß verstehen, warum ich nicht um den heißen Brei herumreden mag. Du weißt über einen Teil dessen Bescheid, was in der Vergangenheit vorgefallen ist, und wahrscheinlich hast du dir eine gewisse Vorstellung von mir gemacht. Das habe ich niemand anderem als mir selbst vorzuwerfen. Vor einundzwanzig Jahren war ich ein gänzlich von sich selbst eingenommener junger Mann. Ich bin nicht hergekommen, um irgend etwas zu rechtfertigen oder Ausflüchte für mich zu finden«, fügte er eilig hinzu. »Was ich getan habe, war falsch, und in der einen oder anderen Form habe ich mein ganzes Leben lang dafür gebüßt.

Aber deine Mutter... Gabrielle... diese junge Frau war etwas ganz Besonderes.« Er schüttelte den Kopf, und die Erinnerung an sie ließ ihn lächeln. »Da sie die Tochter deiner Grandmère ist und all das, habe ich früher immer geglaubt, sie sei eine dieser Sumpfgöttinnen, über die das einfache Volk getuschelt hat und an die die meisten christlichen Bürger gegen ihren Willen doch geglaubt haben. Es schien, als könnte man sie niemals überraschen, nie aus Versehen auf sie stoßen, ohne daß sie wunderschön aussah, so schön, daß es schon... vergeistigt war. Ich weiß, daß es dir schwerfallen muß, diese Beschreibung einer Frau zu verstehen, die du nie mit eigenen Augen gesehen hast, aber genau so war es.«

Tief in meinem Herzen spürte ich, wie das Grauen aufwogte. Warum erzählte er mir all das jetzt?

»Jedesmal, wenn ich sie sah«, fuhr er fort, »hat mein Herz höher geschlagen, und mir war danach zumute, in ihrer Gegenwart auf Zehenspitzen zu gehen. Wenn sie mich angesehen hat... es war wie diese griechische Legende... du weißt von diesem Cherub und seinem Pfeil und Bogen?«

»Cupido?«

»Ja, Cupido. Ich war verheiratet, aber wir hatten noch keine Kinder. Ich habe mich bemüht, meine Frau zu lieben. Ich habe es wirklich versucht«, sagte er und hob die Hand, »aber es war, als zöge Gabrielle die Menschen in einen magischen Bann. Eines Tages ruderte ich allein durch den Sumpf. Ich war auf dem Rückweg vom Fischen. Hinter einer Biegung habe ich sie plötzlich ohne einen Faden am Leib beim Schwimmen ertappt.

Ich glaubte, die Zeit sei stehengeblieben, erstarrte und hielt den Atem an. Wie gebannt sah ich sie an. Ihre Augen wirkten unglaublich jung und glücklich, und als ihr Blick auf mich fiel, lachte sie. Ich konnte nicht anders; ich warf meine Kleidung ab, so schnell es nur irgend ging, und sprang ins Wasser. Wir schwammen nebeneinander her, bespritzten uns gegenseitig mit Wasser und folterten uns damit, daß wir einander umarmten und dann wieder voneinander losrissen. Ich folgte ihr aus dem Wasser zu ihrem Kanu, und dort...

Nun, den Rest der Geschichte kennst du. Ich habe mich zu dem bekannt, was ich angerichtet hatte, sowie es ans Licht kam. Dein Grandpère Jack hat mir zugesetzt.

Gladys war natürlich am Boden zerstört. Ich bin zusammengebrochen und habe geweint und sie angefleht, mir zu verzeihen. Das hat sie keineswegs getan, aber sie hat großmütiger reagiert, als ich es je für möglich gehalten hätte. Sie hat beschlossen, wir sollten so tun, als sei das Baby unseres, und hat dann mit ausgeklügelten Mitteln begonnen, allen eine Schwangerschaft vorzuspielen.

Dein Grandpère hat sich nicht mit der ursprünglichen Zahlung zufriedengegeben. Immer wieder ist er an mich herangetreten und hat mehr verlangt, bis ich endlich einen Schlußstrich gezogen habe. Inzwischen war Paul ein kleiner Junge, und mir war klargeworden, daß ohnehin niemand die Geschichten eines Jack Landry glauben würde. Danach hat er mich nicht mehr belästigt, und die ganze Geschichte war beendet.

Natürlich habe ich seither den größten Teil meines Lebens mit dem Versuch zugebracht, meine Frau für meinen Fehler zu entschädigen. Sie hat Paul auch niemals das Gefühl gegeben, sie könnte nicht seine Mutter sein. Bis zu dem Zeitpunkt, an dem Paul die Wahrheit herausbekommen hat, hat er ihr gegenüber nie etwas anderes als die Liebe eines Sohnes empfunden. Das steht für mich fest. Ich würde sogar tatsächlich soweit gehen zu behaupten, daß er Gladys nach wie vor wie ein Sohn liebt.

Manchmal ist er eben ein furchtbar verwirrter junger Mann. Wir haben unsere Auseinandersetzungen gehabt, und ich habe geglaubt, er hätte alles verstanden und akzeptiert und mir endlich verziehen.«

Er legte eine Pause ein und wartete mit besorgt zusammengekniffenen Augen darauf, daß ich seine Geschichte verdaute.

»Wenn Sie Vergebung erwarten, dann ist das ziemlich viel verlangt, vor allem von Paul«, sagte ich. Seine Lippen preßten sich einen Moment lang zusammen, und dann nickte er, als hätte ich ihm eine Meinung bestätigt, die er ohnehin schon von mir hatte.

»Ich muß dir sagen«, fuhr er fort, »daß ich froh war, als du nach New Orleans gegangen bist. Ich dachte, daraufhin würde er sich endlich nach einer anständigen jungen Dame umsehen, die er zur Frau nehmen kann, und dann wäre der ganze Aufruhr vorüber, aber... du bist zurückgekommen, und gestern abend... gestern abend kam er zu mir, um mir mitzuteilen, was ihr beide beschlossen habt. In all der Zeit, in der er dieses Haus hat bauen lassen, habe ich etwas Derartiges befürchtet, aber ich hatte gehofft, ich hätte mich geirrt.«

Er lehnte sich erschöpft zurück.

»Unser Plan besteht lediglich darin, Seite an Seite zu leben«, sagte ich leise. »Hier in der Gegend glauben ohnehin die meisten Leute, daß Pearl Pauls Kind ist.«

»Ich weiß. Sogar Gladys hat eine Zeitlang befürchtet, es könnte wahr sein, bis Paul es uns erklärt hat. Jetzt aber ist sie in eine tiefe Depression versunken. Verstehst du«, sagte er und beugte sich auf seinem Stuhl vor, »wir wollen beide nur das Beste für Paul. Wir wollen, daß er ein normales Leben führt, daß er bekommt, was jeder Mann haben sollte, vor allem eigene Kinder. Ich glaube nicht, daß ihm wirklich klar ist, was er sich vorgenommen hat.

Kurz gesagt, Ruby, ich bin hergekommen, um mich für meinen Sohn einzusetzen. Ich bin hergekommen, um ein gutes Wort für ihn einzulegen und dich zu bitten, seinen Heiratsantrag abzulehnen. Es besteht keine Notwendigkeit dafür, daß er für die Sünden seines Vaters büßt. Vielleicht müssen die Sünden des Vaters, seine Fehltritte und seine Qualen, dieses eine Mal nicht über das Haupt des Sohnes herabkommen. Wir können etwas dagegen tun und verhindern, daß es dazu kommt, indem du ihn abweist. Dann wird er endlich seine Ruhe finden, ein anständiges junges Mädchen heiraten und...«

»Nichts auf Erden liegt mir ferner, Mr. Tate, als Paul zu schaden«, sagte ich, während die Tränen über mein Gesicht strömten. Ich machte mir gar nicht erst die Mühe, sie fortzuwischen, und daher tropften sie von meinem Kinn.

»In Wirklichkeit bitte ich dich auch um meiner Frau willen. Ich möchte nicht, daß sie noch einmal tief verletzt wird. Es scheint ganz so, als würde diese Sünde, die ich begangen habe, sich nicht ausrotten lassen. Sogar noch einundzwanzig Jahre später reckt sie ihren häßlichen Kopf empor und folgt mir wie ein Spuk.«

Er nahm im Sitzen eine aufrechte Haltung ein. »Ich bin bereit, dir eine gewisse Sicherheit zu bieten, Ruby. Ich kann dir geben, was du brauchst, bis du einen anderen jungen Mann gefunden hast und...«

»Hören Sie auf!« schrie ich. »Versuchen Sie nicht, mich zu bestechen, Mr. Tate. Es sieht fast so aus, als wollten sich alle auf dieser Welt von ihren Schwierigkeiten freikaufen, als glaubten alle, seien es nun reiche Kreolen oder reiche Cajuns, Geld besäße die Macht, jedes Unrecht wiedergutzumachen. Im Moment komme ich zurecht, und schon bald werde ich Geld aus dem Nachlaß meines Vaters erben.«

»Es tut mir leid«, sagte er freundlich. »Ich dachte nur...«

»Ich will ihr Geld nicht haben.«

Ich wandte mich ab, und eine drückende Stille entstand zwischen uns.

»Ich bitte dich um meines Sohnes willen«, sagte er liebevoll. Ich schloß die Augen und versuchte zu schlucken, aber meine Kehle wollte nicht mitspielen. Ich hatte das Gefühl, ich hätte bereits einen kleinen Stein geschluckt, der jetzt in meiner Brust eingekeilt war. Ich nickte.

»Ich werde Paul sagen, daß ich es nicht tun kann«, sagte ich, »aber ich weiß nicht, ob Ihnen klar ist, wie sehr er es sich wünscht.«

»Es ist mir klar. Ich bin bereit zu tun, was ich kann, um ihm darüber hinwegzuhelfen.«

»Bieten Sie ihm bloß nicht an, ihm etwas zu kaufen«, warnte ich ihn, und meine Augen waren voller Glut. Er schien auf dem Schaukelstuhl zu schrumpfen. »Er ist nicht wie Grandpère Jack.«

»Ich weiß.« Nach einem Moment fügte er hinzu: »Ich möchte dich noch um einen weiteren Gefallen bitten.«

»Und worum jetzt noch?« stieß ich aufgebracht heraus, denn meine Wut siedete wie Milch, die jeden Moment überkochen würde.

»Sag ihm bitte nicht, daß ich heute hier gewesen bin. Ich habe ihm nur deshalb aufgetragen, etwas für mich zu erledigen, was ihn aus dieser Gegend fortführt, damit ich dir ohne sein Wissen diesen Besuch abstatten konnte. Wenn er es herausfände...«

»Ich werde es ihm nicht sagen«, sagte ich.

»Ich danke dir.« Er stand auf. »Du bist eine hochanständige junge Frau und noch dazu außergewöhnlich schön. Ich bin sicher, daß du eines Tages dein Glück finden wirst, und falls es dir an irgend etwas fehlen sollte, falls ich irgend etwas für dich tun kann...«

»Ganz bestimmt nicht«, sagte ich mit scharfer Stimme. Er sah die Wut in meinen Augen, und das Lächeln wich von seinem Gesicht.

»Dann gehe ich jetzt wohl besser«, sagte er. Ich stand nicht auf. Ich blieb dort sitzen und starrte den Fußboden an, bis ich hörte, wie er aus dem Haus ging, den Motor seines Wagens anließ und fortfuhr. Dann warf ich mich auf das Sofa und weinte, bis die Tränen versiegten.

2.
Unerledigte Geschäfte

Nachdem Pearl von ihrem Mittagsschlaf aufgewacht war, gab ich ihr ein Fläschchen und nahm sie wieder mit nach draußen, setzte mich an den Straßenrand und hielt nach spätnachmittäglichen Kunden Ausschau. Etwa eine Stunde lang herrschte reges Treiben, und dann wurde es auf der Straße ruhig und leer. Das schwindende Sonnenlicht warf seine langen Schatten auf das Kopfsteinpflaster und verkündete das Ende des Tages.

Mein Herz war schwer. Mr. Tates Besuch hatte eine dichte dunkle Decke über alles geworfen. Ich hatte das Gefühl, Pearl und ich hätten kein Zuhause. Wir gehörten nicht hierher, und wir gehörten nicht nach New Orleans; aber ich glaubte, es würde noch schlimmer sein, hier zu leben, wenn ich Paul erst einmal abgewiesen hatte. Eine Wolke von Traurigkeit würde über unseren Köpfen hängen, jedesmal, wenn er zu Besuch käme; falls er das überhaupt jemals wieder wollte.

Vielleicht hatte Mr. Tate recht. Vielleicht würde Paul tatsächlich endlich jemand anderen finden, nachdem ich ihn abgewiesen hatte; aber ich wußte, daß eine wesentlich größere Chance dafür bestand, wenn Pearl und ich ganz von hier fortgingen und aus seinem Leben verschwanden. Wenn er erst einmal einsah, daß er mich unmöglich heiraten und mit mir zusammenleben konnte, dann würde er sein Glück vielleicht woanders suchen.

Aber wohin hätten wir schon gehen können? Was konnten wir schon tun? fragte ich mich. Ich hatte keine anderen Verwandten, zu denen ich flüchten konnte. Ich brachte Pearl ins

Haus und trug die Sachen hinein, die noch draußen lagen. Dabei versuchte ich verzweifelt, mir etwas einfallen zu lassen, was eine Zukunft für uns in sich barg. Endlich hatte ich eine Idee. Ich beschloß, meinen Stolz zu schlucken, mich an den Tisch zu setzen und einen Brief an Daphne zu schreiben.

Liebe Daphne,
ich habe Dir in all der Zeit nicht geschrieben, weil ich mir nicht vorstellen konnte, daß Du gern von mir hören würdest. Ich werde nicht bestreiten, daß es Dich zu Recht aus der Fassung gebracht hat, von meiner Schwangerschaft und Beaus Kind zu erfahren. Ich bin alt genug, um zu begreifen, daß ich für mein Handeln selbst verantwortlich bin, aber die Abtreibung, die Du arrangiert hattest, konnte ich beim besten Willen nicht vornehmen lassen. Jetzt, wo ich meine Tochter Pearl habe, bin ich froh über meine Entscheidung, obgleich ich weiß, daß wir beide ein schweres Leben haben werden. Ich hatte geglaubt, wenn ich ins Bayou zurückginge, in die Welt, in der ich aufgewachsen bin und glücklich war, dann würde alles wieder gut und ich bräuchte niemandem Probleme zu machen, am allerwenigsten Dir. Wir sind nie miteinander ausgekommen, als mein Vater noch am Leben war, und ich rechne auch nicht damit, daß sich das jemals ändert. Hier liegen die Dinge allerdings nicht so, wie ich sie mir vorgestellt habe, und ich bin zu dem Schluß gekommen, daß ich hier nicht bleiben kann. Aber hab keine Angst, ich werde Dich nicht bitten, mich wieder bei Dir aufzunehmen. Ich bitte Dich lediglich darum, mir einen Teil meiner Erbschaft jetzt schon auszuzahlen, damit ich mir und meiner Tochter irgendwo anders ein Leben aufbauen kann ... nicht in New Orleans und nicht im Bayou. Damit gibst Du mir nichts, was mir nicht ohnehin zufallen würde; Du gibst es mir nur früher. Ich bin sicher, Du wirst mir zustimmen, daß das ganz und gar im Sinne meines Vaters wäre.

Denk bitte darüber nach, und gib mir so bald wie möglich Bescheid. Ich versichere Dir, daß wir, sobald Du meine Bitte erfüllt hast, wenig oder keinen Kontakt zueinander haben werden.

Hochachtungsvoll
Ruby

Während ich den Brief adressierte, hörte ich einen Wagen vor dem Haus vorfahren. Ich unterbrach mich augenblicklich und verbarg den Brief eilig in der Tasche meines Kleides.

»Hallo«, sagte Paul, als er eintrat. »Tut mir leid, daß ich nicht eher gekommen bin. Ich hatte Geschäfte zu erledigen, die mich nach Breaux Bridge geführt haben. Wie hast du deinen Tag verbracht? War viel los?«

»Halbwegs«, sagte ich und senkte den Blick, doch es war schon zu spät.

»Mit dir stimmt etwas nicht«, sagte er. »Was ist passiert?«

»Paul«, sagte ich, nachdem ich tief Atem geholt hatte, »wir können es nicht tun. Wir können nicht heiraten und auf Cypress Woods leben. Ich habe mir lange Zeit Gedanken darüber gemacht, und ich weißt jetzt, daß es so nicht geht.«

»Weshalb hast du es dir anders überlegt?« fragte er und verzog vor Erstaunen und Enttäuschung das Gesicht. »Du bist gestern im Haus so fröhlich gewesen. Es war, als sei eine dunkle Wolke von deinem Gesicht gezogen worden.«

»Du hast recht gehabt, als du mir von Cypress Woods erzählt hast. Das Haus und das Gelände üben einen Zauber aus. Es war, als seien wir in eine Scheinwelt eingetreten, und eine Zeitlang habe ich mich in ihren Bann ziehen lassen. Dort fällt es einem so leicht, sich etwas vorzumachen und die Wirklichkeit zu vergessen.«

»Na und? Es ist unsere Welt. Ich kann sie so wunderbar gestalten wie jede Phantasiewelt. Und solange wir niemandem damit schaden…«

»Aber wir schaden anderen damit, Paul. Wir schaden einander«, hob ich gequält hervor.

»Nein«, setzte er an, aber ich wußte, daß ich schnell und entschlossen weiterreden mußte, da ich sonst in Tränen ausgebrochen wäre.

»Oh, doch, das tun wir. Wir können uns etwas vormachen. Wir können einander Versprechen abgeben. Wir können unsere speziellen Abmachungen treffen, aber das Ergebnis ist dasselbe... wir verurteilen einander damit zu einem unnatürlichen Leben.«

»Unnatürlich... mit jemandem zusammenzusein, den man liebt und beschützen will und...«

»Und den man niemals leidenschaftlich umarmen wird, von dem man niemals Kinder haben wird, und wir beide würden niemals die Wahrheit enthüllen... Wir könnten nicht einmal Pearl die Wahrheit sagen, weil wir fürchten müßten, ihr damit zu schaden. Ich kann es nicht tun.«

»Natürlich werden wir es ihr sagen können, wenn sie alt genug ist, um es zu verstehen«, verbesserte er mich. »Und sie wird es verstehen. Sieh mal, Ruby...«

»Nein, Paul. Ich... ich glaube nicht, daß ich die Opfer bringen kann, die du dir zutraust«, schloß ich.

Er starrte mich einen Moment lang an, und seine Augen waren klein und argwöhnisch. »Ich glaube dir nicht. Es ist etwas Konkretes vorgefallen. Jemand hat mit dir gesprochen. Wer war es? Eine der Freundinnen deiner Grandmère Catherine? Der Geistliche? Wer?«

»Nein«, sagte ich. »Niemand hat mit mir gesprochen, es sei denn, du rechnest meine eigene Vernunft und mein Gewissen dazu.« Ich mußte mich abwenden. Es war mir unerträglich, den Schmerz in seinen Augen zu sehen.

»Aber... ich habe gestern abend mit meinem Vater geredet, und nachdem ich ihm alles erklärt hatte, hat er eingewilligt und mir seine Zustimmung erteilt. Meine Schwestern wissen nichts über die Vergangenheit, und daher waren sie überglücklich, als sie erfahren haben, daß du meine Frau und ihnen eine neue Schwester sein wirst. Und sogar meine Mutter...«

»Was ist mit deiner Mutter, Paul?« fragte ich mit scharfer Stimme. Er schloß die Augen und öffnete sie dann wieder.

»Sie wird es mit der Zeit akzeptieren«, versprach er.

»Akzeptieren heißt noch lange nicht billigen.« Ich schüttelte den Kopf und feuerte meine Worte wie Kanonenkugeln auf ihn ab. »Wenn sie es akzeptiert, dann nur, weil sie dich nicht verlieren will«, sagte ich. »Und überhaupt liegt die Entscheidung nicht bei dir. Sie liegt bei mir«, fügte ich hinzu, und es kam etwas strenger heraus, als ich es beabsichtigt hatte.

Pauls Gesicht wurde weiß.

»Ruby... das Haus... alles, was ich besitze... es ist nur für dich da. Es geht mir dabei überhaupt nicht um mich... nur um dich und um Pearl.«

»Du mußt etwas für dich selbst tun, Paul. Das solltest du wirklich lernen. Es wäre unrecht von mir, wenn ich so selbstsüchtig wäre zuzulassen, daß du dir eine normale Ehe und eine normale Familie versagst.«

»Aber diese Entscheidung liegt bei mir«, gab er zurück.

»Du bist zu... zu verwirrt, um die richtige Entscheidung zu treffen«, sagte ich und wandte den Blick ab.

»Sag, daß du es dir noch einmal überlegen wirst«, flehte er und nickte, um sich selbst davon zu überzeugen, daß immer noch Hoffnung bestand. »Ich komme morgen wieder vorbei, und dann reden wir noch einmal darüber.«

»Nein, Paul. Ich habe meinen Entschluß gefaßt. Es ist zwecklos, weiter darüber zu reden. Ich kann es nicht über mich bringen. Ich kann es einfach nicht«, schluchzte ich und wandte mich von ihm ab. Pearl, die wahrnahm, wie unglücklich wir beide waren, fing jetzt auch an zu weinen. »Du solltest besser gehen«, sagte ich. »Das Baby ist schon ganz verstört.«

»Ruby...«

»Bitte, Paul. Mach es nicht noch schwerer, als es ohnehin schon ist.«

Er ging zur Tür, blieb dort jedoch still stehen und schaute hinaus.

»Den ganzen Tag über«, sagte er liebevoll, »war ich wie jemand, der auf einer Wolke schwebt. Nichts konnte mich unglücklich machen.«

Obwohl mir inzwischen wirklich elend zumute war, gelang es mir doch irgendwie, meine Stimme zu finden. »So wird es dir eines Tages wieder gehen, Paul. Ich bin ganz sicher.«

»Nein, ganz bestimmt nicht«, sagte er und wandte sich wieder zu mir um. In seinen Augen standen Schmerz und Wut. Seine Wangen waren so stark gerötet, daß er wie ein Tourist aus dem Norden aussah, der sich einen Sonnenbrand geholt hat. »Ich schwöre dir, daß ich niemals eine andere Frau ansehen werde. Ich werde niemals eine andere Frau küssen. Ich werde niemals eine andere Frau in den Armen halten.« Er hob die rechte Faust, schaute zur Decke auf und schüttelte die erhobene Faust. »Ich werde dieselben Keuschheitsgelübde ablegen, wie sie unser Geistlicher abgelegt hat, und ich werde dieses prachtvolle Haus in einen Schrein verwandeln. Ich werde bis ans Ende der Zeit alleine dort leben, und ich werde sterben, ohne einen anderen Menschen an meiner Seite zu haben, und mir wird nichts weiter bleiben als die Erinnerung an dich«, fügte er hinzu, und dann stieß er die Tür auf und rannte über die Veranda und die Stufen hinunter.

»Paul!« rief ich ihm nach. Es war mir unerträglich, ihn derart zornig und verletzt zu sehen. Doch er kam nicht zurück. Ich hörte, wie er den Motor seines Wagens anließ und wie die Räder den Kies aufwirbelten, als er davonbrauste, sein Herz in Scherben zerbrochen.

Es schien ganz so, als brächte ich es fertig, jedem weh zu tun, mit dem ich in Berührung kam. War ich dazu geboren worden, denen, die mich liebten, Leid zuzufügen? Ich hielt meine Tränen zurück, damit Pearl nicht noch unruhiger wurde, doch ich fühlte mich wie eine Insel, um die herum das Meer brandet. Jetzt hatte ich wahrhaft niemanden mehr auf Erden.

Als mein Herz aufgehört hatte, wie ein Specht zu klopfen, begann ich, uns etwas zum Abendbrot herzurichten. Mein Baby nahm mein Unglück wahr, obwohl ich mich bemühte, es mit meiner Geschäftigkeit zu überdecken. Wenn ich etwas sagte, hörte Pearl das Unglück aus meiner Stimme heraus, und wenn ich sie anschaute, sah sie die Finsternis in meinen Augen.

Während das Roux köchelte, setzte ich mich mit Pearl auf Grandmère Catherines Schaukelstuhl und starrte das Gemälde an. In beiden Gesichtern drückten sich Traurigkeit und Mitgefühl aus, in Grandmère Catherines und in dem meiner Mutter. Die lebhafte Erinnerung an Pauls niedergeschmettertes Gesicht hing wie ein drohendes Unwetter in der Luft. Jedesmal, wenn ich zur Tür schaute, sah ich ihn dort stehen, wie er sich finster zu mir umdrehte, seine Gelübde ablegte und Drohungen ausstieß. Warum bereitete ich dem einzigen Menschen Schmerzen, der mein Kind und mich lieben und behüten wollte? Wo würde ich eine solche Zuneigung jemals wiederfinden?

»Tue ich das Richtige, Grandmère?« flüsterte ich. Ich hörte nur Schweigen, und dann schmatzte Pearl.

Ich fütterte sie, doch ihr Appetit war so mäßig wie mein eigener. Im Grunde genommen saugte sie kaum an ihrer Flasche, und dabei fielen ihr ständig die Augen zu. Es war, als sei sie emotional ebenso erschöpft wie ich, als würde jedes Gefühl und jede Empfindung durch die unsichtbaren Drähte, die eine Mutter mit ihrem Kind verbinden, auf sie übertragen. Ich beschloß, sie nach oben zu bringen und ins Bett zu legen, und ich war gerade aufgestanden, um das zu tun, als ich hörte, wie sich ein Wagen näherte. Das Licht der Scheinwerfer fiel auf das Haus, der Wagen kam zum Stehen, und ich hörte, wie die Tür geöffnet und zugeschlagen wurde. War Paul mit neuen Argumenten zurückgekommen? Selbst wenn es so war, dachte ich, konnte er meine Entschlossenheit nicht mindern.

Die schweren Schritte, die über die Veranda kamen, sagten mir jedoch, daß es sich um jemand anderen handeln mußte. Ein lautes Klopfen war an der Tür zu vernehmen, und die ganze Hütte wackelte auf ihren Pfählen. Ich verließ zögernd die Küche, und mein Herz begann, fast so laut zu schlagen wie das Pochen an der Tür.

»Wer ist da?« fragte ich. Pearl schaute ebenfalls neugierig auf die Tür. Anstelle einer Antwort riß der Besucher die Tür so heftig auf, daß er sie fast aus den Angeln gehoben hätte. Ich sah, wie ein gewaltiger Brocken von einem Mann eintrat. Das schmutzige, zerzauste braune Haar fiel ihm lang und strähnig bis in den Nacken. Seine Hände waren riesig, die Finger mit Schmutz und Schmiere verkrustet. Als er ins Licht der Butangaslampe trat, schnappte ich nach Luft.

Ich war ihm zwar nur ein einziges Mal persönlich begegnet und hatte ihn vorher nur wenige Male flüchtig gesehen, doch Buster Trahaws Gesicht nahm in meiner Erinnerung einen Platz neben meinen schlimmsten Alpträumen ein. Er war jetzt noch häßlicher als an dem Tag, an dem er mit Grandpère Jack ins Haus gekommen war, um die Abmachung zu besiegeln, daß ich ihn heiraten würde, wenn er Grandpère Jack volle tausend Dollar zahlte. Noch schlimmer war, daß Grandpère vorhatte, ihn vorher mit mir schlafen zu lassen, damit er mich ausprobieren konnte, als sei ich eine Art von Ware.

Ich hatte ihn als großen, kräftigen Mann Mitte Dreißig in Erinnerung, um dessen Bauch sich ein Fettwulst spannte, der sich wie ein Schwimmreifen unter dem Hemd wölbte. Seitdem war sein Schmerbauch noch größer geworden, und seine Gesichtszüge, durch sein enormes Körpergewicht verzerrt, waren jetzt derart aufgeschwemmt, daß er aussah wie eine Kreuzung aus einem Mann und einem Schwein. Zudem hatte er jetzt einen dünnen ausgefransten Bart, der ungepflegt von seinem Kinn hing und in die Haare, die sich in seinem Nacken wellten, überging. Dadurch entstand der Eindruck, als sei auch noch ein Affe mit im Spiel.

Als er lächelte, verschwanden seine dicken Lippen so gut wie ganz unter dem Schnurrbart und den Haaren auf dem Kinn, und es stellte sich heraus, daß er die meisten Vorderzähne verloren hatte. Die wenigen, die ihm noch geblieben waren, wiesen Tabakflecken auf, was seinem Mund Ähnlichkeit mit einem geräumigen verkohlten Ofen verlieh. Dort, wo auf seinen Bakken keine Haare wuchsen, war die Haut schuppig und schälte sich, was mich an eine Schlange erinnerte, die sich häutet. Aus seinen gewaltigen Nasenlöchern wuchsen lange drahtige Haare, und seine Augenbrauen waren zusammengewachsen und bildeten einen dicken dunklen Strich über seinen hervortretenden, stumpfen braunen Augen.

»Es ist also wahr«, sagte er. »Du bist zurückgekommen. Die Slaters haben es mir erzählt, als ich meinen Wagen zur Reparatur hingebracht habe.«

Er beugte sich zurück, öffnete die Tür einen Spaltweit und spuckte einen Klumpen Kautabak aus. Dann fiel sein Blick wieder auf mich, und er grinste über das ganze Gesicht.

»Was wollen Sie hier?« fragte ich. Pearl klammerte sich ängstlich wimmernd eng an mich.

Sein Lächeln verflog schnell wieder. »Was ich hier will? Weißt du etwa nicht, wer ich bin? Ich bin Buster Trahaw, und ich will, was mir zusteht, und nichts anderes«, sagte er und trat vor. Ich wich ebenso viele Schritte zurück. »Ist das da dein kleines Baby? Goldig, die Kleine, das muß ich schon sagen. Du hast wohl Babies ohne mich gemacht, was?« sagte er lachend. »Also, damit ist jetzt Schluß.«

Ich spürte, wie das Blut in meine Füße sank, als seine Absichten deutlich wurden.

»Was reden Sie da? Verschwinden Sie. Ich habe Sie nicht in mein Haus gebeten. Gehen Sie, oder...«

»Aber, aber, hottehü, mein Pferdchen. Du hast wohl ganz vergessen, was mir zusteht?«

»Ich weiß nicht, wovon Sie reden.«

»Ich rede von dem Handel, den ich mit deinem Grandpère Jack geschlossen habe, von dem Geld, das ich ihm in der Nacht gegeben habe, ehe du fortgelaufen bist. Ich habe es ihm gelassen, weil er gesagt hat, daß du wieder zurückkommst. Ich wußte natürlich, daß er ein alter Lügner ist, aber ich habe mir ausgerechnet, daß dieses Geld gut angelegt ist. Ich habe mir gesagt: Buster, deine Chance wird schon noch kommen, und jetzt ist sie da, oder etwa nicht?«

»Nein«, sagte ich. »Ich habe keine Abmachungen mit Ihnen getroffen. Und jetzt verschwinden Sie.«

»Ich gehe nicht, solange ich nicht bekommen habe, was mir zusteht. Was macht das für dich schon für einen Unterschied? Schließlich machst du Babies, ohne einen Ehemann zu haben, oder etwa nicht?« Er sah mich wieder mit diesem zahnlosen Grinsen an.

»Verschwinden Sie!« kreischte ich. Pearl fing an zu weinen. Ich wollte mich abwenden, aber Buster machte einen Satz und umfaßte mein Handgelenk.

»Paß bloß auf, daß du das Baby nicht fallen läßt«, sagte er, und seine Stimme klang bedrohlich. Ich bemühte mich, mein Gesicht von ihm abzuwenden. Sein Atem und der Gestank seiner Kleidung in Verbindung mit seinem Körpergeruch reichten aus, damit sich mir der Magen umdrehte. Er wollte mir Pearl aus den Armen reißen.

»Nein!« schrie ich, aber ich wollte nicht, daß dem Baby etwas zustieß. Die Kleine schrie hysterisch, als er seine großen schmutzigen Hände um ihre Taille legte.

»Laß sie mich einen Moment lang halten, ja? Ich habe selbst Babies. Ich weiß, wie man mit ihnen umgeht.«

Wenn wir nicht Tauziehen spielen wollten, mußte ich sie loslassen.

»Tun Sie ihr nicht weh«, flehte ich ihn an. Sie weinte und streckte mir ihre Ärmchen entgegen.

»Aber, aber, he... ich bin doch dein... Onkel Buster«, sagte er. »Ein hübsches Dingelchen. Ich wette, die wird auch jemandem das Herz brechen.«

»Bitte, geben Sie sie mir wieder«, flehte ich.

»Klar. Buster Trahaw tut keinem Baby weh. Buster Trahaw macht Babies«, sagte er und lachte über seinen eigenen Witz.

Ich nahm ihm Pearl wieder ab und wich einen Schritt zurück.

»Bring sie ins Bett«, ordnete er an. »Wir haben geschäftliche Angelegenheiten miteinander zu erledigen.«

»Bitte, lassen Sie uns in Ruhe... bitte...

»Ich gehe nicht, ehe ich gekriegt habe, was ich haben will«, sagte er. »Also, was ist? Wirst du es mir schwermachen, oder machst du es mir leicht? Ich kann dich auf beide Arten nehmen. Die Sache ist die«, sagte er und lächelte wieder, »daß ich es irgendwie lieber habe, wenn man es mir nicht zu leichtmacht. Das ist, als ließe man sich auf einen Ringkampf mit einem Alligator ein.« Er kam auf mich zu, und ich schnappte nach Luft. »Steck sie ins Bett, wenn du nicht willst, daß sie frühzeitig Anschauungsunterricht bekommt, hast du gehört?«

Ich schluckte schwer. Das Atmen bereitete mir Mühe, wenn ich nicht in dem Strudel versinken und untergehen wollte. Alles geschah viel zu schnell.

»Leg sie auf dieses Sofa dort«, ordnete er an. »Sie wird sich schon von allein in den Schlaf weinen, wie es die meisten Babies tun. Los, mach schon.«

Ich blickte vom Sofa zur Tür, aber trotz seiner Dummheit besaß er genügend Verstand, um meinen nächsten Schritt vorherzuahnen. Er trat zurück, um mir den Fluchtweg abzuschneiden. Widerstrebend brachte ich Pearl zum Sofa und legte sie hin. Sie schrie unaufhörlich weiter.

Buster packte mein Handgelenk und riß mich an sich. Ich versuchte, mich zu widersetzen, doch das war, als wollte man der Flut Einhalt gebieten. Er schlang seine riesigen Arme um mich, preßte mich an seinen Bauch und seine Brust und nahm dann mein Kinn in seine kräftigen Finger. Er zwang mich, zu ihm aufzublicken, damit er diese schwammigen Lippen auf meinen Mund senken konnte. Ich erstickte unter diesem feuchten Druck, hielt den Atem an und tat mein Bestes, um nicht in Ohnmacht zu fallen. Mir graute davor, daß er mir dann einfach die Kleider vom Leib reißen und sich an mir gütlich tun würde.

Seine rechte Hand glitt über meine Taille hinunter, bis sie auf meinem Hinterteil lag und er mich hochhob und mich auf seiner Hand wippen ließ, als wöge ich kaum mehr als Pearl.

»Also, wirklich, wenn wir es hier nicht mit einem kostbaren Stück zu tun haben. Dein Grandpère Jack hat recht gehabt. Jawohl.«

»Bitte«, flehte ich, »nicht, wenn das Baby dabei ist. Bitte.«

»Klar, Süße. Ich will dich ohnehin in einem richtigen Bett haben. Du gehst mir jetzt nach oben voraus.«

Er drehte mich derb um und versetzte mir einen Stoß in Richtung Küche und Treppe. Ich warf einen Blick zurück auf Pearl. Sie schluchzte heftig, und ihr kleiner Körper bebte von Kopf bis Fuß.

»Geh schon«, befahl mir Buster.

Ich setzte mich in Bewegung und suchte nach Fluchtwegen. Mein Blick fiel auf das Roux, das noch auf dem Ofen köchelte. Es war noch heiß.

»Warten Sie«, sagte ich. »Ich habe Essen auf dem Herd stehen und muß ihn abschalten.«

»Das nenne ich eine brave Cajun-Frau«, sagte Buster. »Denkt immer ans Kochen. Hinterher könnte ich durchaus dein Gumbo kosten wollen. Von der Liebe bekomme ich meistens einen Bärenhunger.«

Er trat hinter mich. Ich wußte, daß ich nur ein paar Sekunden Zeit hatte, und wenn ich nicht das Beste daraus machte, würde ich dazu verdammt sein, diese Treppe hochzusteigen. Wenn wir erst einmal oben angekommen waren, saß ich in der Falle und war ihm auf Gedeih und Verderb ausgeliefert. Selbst dann, wenn ich aus einem Fenster hätte springen können, hätte ich es nicht getan, da das bedeutet hätte, ihn mit Pearl allein zu lassen. Ich schloß die Augen, betete und umschloß den Griff des Topfes fest mit meinen Fingern. Dann wirbelte ich zu ihm herum, so schnell ich konnte, und schleuderte Buster den kochendheißen Inhalt des Topfes ins Gesicht.

Er schrie, und ich duckte mich unter seinem Arm hindurch und sprang aus der Küche. Ich riß Pearl an mich und eilte zur Tür der Hütte hinaus, rannte über die Veranda und die Stufen hinunter. Ich rannte in die Nacht hinaus, ohne mich auch nur noch einmal umzusehen. Ich hörte Busters Schreie und Flüche, und ich hörte auch, wie er sich im Haus wild gebärdete, Stühle umwarf, Geschirr zerbrach und in seiner Wut eine Fensterscheibe einschlug. Doch ich blieb nicht stehen. Ich eilte in die Dunkelheit.

Pearl war derart schockiert über mein Tun, daß sie aufhörte zu weinen. Sie zitterte jedoch vor Furcht, da sie das Beben meines Körpers spürte. Ich hatte Angst, Buster würde uns nachlaufen, doch als er das nicht tat, fürchtete ich, er würde in seinen Wagen springen und die Verfolgung aufnehmen. Daher hielt ich mich geduckt im Straßengraben, jederzeit bereit, in dem Moment, wo ich die Scheinwerfer eines Wagens sah, ins Gebüsch zu springen und mich zu verstecken.

Ich weiß nicht, wie ich es fertigbrachte, nicht zu stolpern und mit Pearl in meinen Armen hinzufallen, aber ich hatte das Glück, daß der Mond zwischendurch immer wieder zwischen den Wolken herauslugte. Sein Schein genügte, um mir den Weg zu weisen. Zum Glück folgte mir sein Wagen nicht. Ich erreichte das Haus von Mrs. Thibodeaux und klopfte an die Tür.

»Ruby!« rief sie aus, als sie Pearl und mich erblickte. »Was ist passiert?«

»O Mrs. Thibodeaux, bitte, helfen Sie uns. Buster Trahaw hat gerade versucht, mich in meinem eigenen Haus zu vergewaltigen«, rief ich aus. Sie öffnete die Tür, scheuchte uns ins Haus und schloß die Tür hinter uns ab.

»Ihr setzt euch jetzt einfach hier ins Wohnzimmer«, sagte sie, und ihr Gesicht war vor Schock weiß geworden. »Ich hole dir ein Glas Wasser, und dann werde ich die Polizei anrufen. Gott sei Dank habe ich mir letztes Jahr eine Telefonleitung legen lassen.«

Sie brachte mir ein Glas Wasser aus der Küche und nahm Pearl in die Arme. Ich schluckte die kühle Flüssigkeit und lehnte mich mit geschlossenen Augen zurück. Mein Herz pochte immer noch gewaltig. Ich glaubte, Mrs. Thibodeaux könnte es daran sehen, wie meine Bluse sich hob und senkte.

»Das arme Baby. Mein armes Kind. Meine Güte, meine Güte... Buster Trahaw, sagst du. Meine Güte...«

Pearl hörte auf zu weinen. Sie wimmerte noch eine Zeitlang, und dann schloß sie die Augen und schlief ein. Ich nahm sie wieder in meine Arme, als Mrs. Thibodeaux noch einmal in die Küche ging, um die Polizei anzurufen. Kurze Zeit später traf ein Streifenwagen ein, und als die beiden Polizisten ins Haus kamen, berichtete ich ihnen, was mir zugestoßen war.

»Mit diesem Tunichtgut hatten wir schon mehr als einmal zu schaffen«, sagte einer der Beamten. »Du bleibst einfach hier, bis wir zurückkommen.«

Ich hatte nicht die Absicht, mich auch nur einen Zentimeter von der Stelle zu rühren. Etwa eine Stunde später kehrten die Polizisten zurück und berichteten, er sei noch in meiner Hütte gewesen, und sie hätten ihn dort gefunden. Er hatte einigen Schaden angerichtet und dann eine Flasche schwarzgebrannten Whiskey aus seinem Wagen geholt, um sich hinzusetzen und meine Rückkehr zu erwarten. Nach dem, was sie berichteten, hatten sie zwei weitere Polizisten hinzurufen müssen, damit sie ihnen halfen, Buster zu bändigen.

»Jetzt sitzt er hinter Gittern, wo er hingehört«, sagte der Polizist zu mir. »Aber du wirst mit uns ins Polizeirevier kommen und Anklage gegen ihn erheben müssen. Das kannst du jetzt tun, aber auch morgen früh, wenn es dir lieber ist.«

»Sie ist erschöpft«, sagte Mrs. Thibodeaux.

»Morgen früh reicht es auch noch«, sagte der Polizist zu uns. »Im Moment wirst du ohnehin nicht nach Hause zurückgehen wollen«, fügte er hinzu und warf einen Blick auf Mrs. Thibodeaux. »Dort steht dir einiges an Arbeit bevor.«

»O Mrs. Thibodeaux«, klagte ich. »Er hat das einzige Zuhause verwüstet, das ich habe.«

»Aber, aber, Kind. Du weißt doch, daß wir alle für dich da sind und dir dabei helfen werden, es wieder herzurichten. Mach dir darüber bloß keine Sorgen. Sieh zu, daß du schlafen kannst, damit Pearl dich morgen früh strahlend und heiter vorfindet.«

Ich nickte. Sie brachte mir eine Decke, und ich schlief mit Pearl in den Armen auf ihrem Sofa. Ich hätte nicht geglaubt, daß ich schlafen könnte, doch in dem Moment, in dem ich die Augen schloß, packte mich die Erschöpfung, und das nächste, was ich wußte, war, daß das Morgenlicht mein Gesicht wärmte. Pearl stöhnte, als ich mich rührte. Ihre kleinen Augenlider schlugen sich flatternd auf, und sie sah mir ins Gesicht. Die Erkenntnis, daß sie geborgen in meinen Armen lag, ließ ein Lächeln auf ihre Lippen treten. Ich gab ihr einen Kuß und dankte Gott dafür, daß wir entkommen waren.

Nachdem Mrs. Thibodeaux uns etwas zum Frühstück gemacht hatte, ließ ich Pearl bei ihr und lief zu Fuß in die Stadt, um ins Polizeirevier zu gehen. Netter hätte man mich dort gar nicht behandeln können. Man besorgte mir augenblicklich einen Stuhl und sorgte dafür, daß ich es bequem hatte. Eine Sekretärin brachte mir Kaffee.

»Du brauchst dir gar keine Sorgen zu machen, daß du einen Beweis erbringen mußt«, sagte der Polizist, der hinter seinem

Schreibtisch saß, zu mir. »Buster streitet nichts ab. Er klagt nur immer noch darüber, daß er nicht bekommen hat, was ihm für sein Geld zusteht. Was hat das alles zu bedeuten?«

Ich mußte ihm erzählen, was Grandpère Jack damals ausgeheckt hatte. Ich schämte mich seiner, aber es blieb mir gar nichts anderes übrig. Sämtliche Polizisten, die die Geschichte hörten, nickten mitfühlend und angewidert. Leider war Grandpère Jack einigen von ihnen noch lebhaft in Erinnerung.

»Er und Buster sind aus demselben Holz geschnitzt«, sagte der diensttuende Polizist zu mir. Dann nahm er meine Aussage schriftlich auf und sagte, ich solle mir keine Sorgen machen. Buster Trahaw würde mich nicht noch einmal belästigen. Sie würden dafür sorgen, daß er hinter Gitter käme und der Schlüssel verlorenginge. Ich bedankte mich bei ihnen und machte mich auf den Rückweg zu Mrs. Thibodeaux.

Ich glaube, der Grund, warum manche Leute im Bayou immer noch kein Telefon und keine Fernsehgeräte in ihren Hütten hatten, war der, daß sich Neuigkeiten hier ohne diese Mittel fast genauso schnell ausbreiteten. Als ich Pearl abholte und mich mit ihr auf den Heimweg machte, arbeitete bereits etwa ein Dutzend unserer Nachbarn an meinem Haus. In seiner Wut hatte Buster die Haustür aus den Angeln gerissen und fast alle Fensterscheiben eingeschlagen.

Wie durch ein Wunder hatte Grandmère Catherines alter Schaukelstuhl die Attacke überlebt, obwohl er den Anschein erweckte, als hätte Buster ihn mehrfach quer durch die ganze Hütte getreten. Um zwei der Küchenstühle stand es schlechter. Beide hatten Beinbrüche erlitten. Zum Glück hatte er begonnen zu trinken, ehe er sich entschloß, nach oben zu gehen, und daher war dort alles unberührt. Einen großen Teil meiner Küche hatte er jedoch zertrümmert. Sowie sich herausgestellt hatte, woran es mir jetzt fehlte, stellten mir meine Nachbarn Ersatz zur Verfügung.

Als ich auf das Haus zukam, sah ich, wie Mr. Rodriguez die Haustür reparierte. Ich erinnerte mich noch daran, wie Grandmère Catherine eines Nachts in sein Haus gerufen worden war, um einen *Couchemal* zu vertreiben, einen bösen Geist, der auf der Lauer liegt, wenn ein ungetauftes Baby stirbt. Er war ihr sehr dankbar und konnte von jener Nacht an gar nicht genug für uns tun.

Im Innern des Hauses räumten Mrs. Rodriguez und die anderen Frauen auf und putzten. Sie hatten bereits Spenden gesammelt, um das zerbrochene Geschirr und die Gläser zu ersetzen. Schon am frühen Nachmittag entstand der Eindruck, hier würde die Fertigstellung eines Rohbaus gefeiert, eine Versammlung von Nachbarn, die gekommen waren, um das Dach zu decken, und anschließend würde man ein großes Fest feiern, zu dem jeder Essen und Getränke beisteuerte. Die Güte meiner Nachbarn ließ Tränen in meine Augen treten.

»Fang uns jetzt bloß nicht an zu weinen, Ruby«, sagte Mrs. Livaudis. »Die Leute hier erinnern sich noch an die guten Taten deiner Grandmère Catherine, die ihnen so oft geholfen hat, und sie sind froh darüber, jetzt etwas für dich tun zu können.«

»Ich danke Ihnen, Mrs. Livaudis«, sagte ich. Sie umarmte mich, wie alle anderen Frauen auch, ehe sie gingen.

»Ich lasse euch gar nicht gern allein hier zurück«, sagte Mrs. Thibodeaux. »Ihr könnt gern mit mir kommen und bei mir bleiben.«

»Nein, wir werden jetzt schon zurechtkommen, Mrs. Thibodeaux. Noch einmal vielen Dank für Ihre Hilfe«, sagte ich.

»Die Cajuns tun einander nichts«, betonte Mrs. Thibodeaux. »Dieser Buster, der war schon vom Tage seiner Empfängnis an ein faules Ei.«

»Das weiß ich, Mrs. Thibodeaux.«

»Trotzdem, meine Liebe, ist es nicht richtig, daß eine junge Frau wie du allein hier draußen im Sumpf einen Säugling großzieht.« Sie schüttelte den Kopf und schürzte die Lippen. »Derjenige, der das Vergnügen hatte, das Kind mit dir zu machen, sollte jetzt auch die Verantwortung mit dir teilen«, fügte sie hinzu.

»Ich komme gut allein zurecht, Mrs. Thibodeaux. Wirklich.«

»Ich hoffe, es stört dich nicht, wenn ich sage, was ich denke, Ruby, aber ich weiß, daß deine Grandmère sich wünschen würde, daß ich mir Sorgen um dich mache. Und ich bin besorgt um dich.«

Ich nickte.

»Nun, das ist alles. Ich habe mein Sprüchlein aufgesagt. Jetzt liegt alles Weitere bei euch jungen Leuten. Die Zeiten haben sich geändert«, sagte sie und schüttelte den Kopf. »Die Zeiten und die Menschen. Gute Nacht, meine Liebe.« Wir umarmten einander, und sie ging.

Am frühen Abend waren alle gegangen, und die Lage hatte sich wieder beruhigt. Ich legte Pearl schlafen, summte ihr noch eine Zeitlang etwas vor und ging dann nach unten, um Kaffee zu trinken und auf meiner Veranda zu sitzen. Mrs. Thibodeaux' Worte gingen mir noch einmal durch den Kopf. Ich wußte, daß sie nicht nur das ausgedrückt hatte, was die anderen Nachbarn dachten, sondern auch das, was hinter meinem Rükken geredet wurde. Der Zwischenfall mit Buster Trahaw würde nur dazu führen, daß dieses Thema offener besprochen wurde.

Als ich mich umgezogen hatte, fand ich den Brief, den ich an Daphne geschrieben hatte, in meiner Tasche. Jetzt hatte ich mehr denn je das Gefühl, ich sollte ihn abschicken. Ich ging ins Haus zurück, schrieb die Adresse darauf und steckte den Brief dann in den Briefkasten, damit der Briefträger ihn am nächsten Morgen mitnahm. Dann setzte ich mich wieder auf die Veranda und spürte, daß ich mich endlich entspannte.

Doch schon im nächsten Moment stellten sich meine Nakkenhaare prickelnd auf, und ich wußte, daß jemand in der Nähe war und mich beobachtete. Mein Herz schnürte sich zusammen. Ich hielt den Atem an, und als ich mich umdrehte, sah ich eine Silhouette im Dunkeln. Ich schnappte nach Luft, doch die Person trat schnell vor. Es war Paul. Er war mit dem Boot gekommen und kam jetzt vom Anlegesteg herauf.

»Ich wollte dich nicht erschrecken«, sagte er. »Ich wollte warten, bis alle anderen fort sind. Bist du in Ordnung?«

»Ja. Jetzt wieder.«

»Nachdem ich gestern abend gegangen bin«, sagte er und kam näher, bis er im Schein der Lampe auf der Veranda stand, »wieviel später ist Buster gekommen und über dich hergefallen?«

»Oh, es war eine ganze Weile später«, sagte ich zu ihm. »Schon kurz vor der Abendessenszeit.«

»Wenn ich dagewesen wäre...«

»Er hätte dich verletzen können, Paul. Es war reines Glück, daß ich entkommen konnte.«

»Vielleicht hätte nicht er mich zusammengeschlagen, sondern ich ihn«, sagte Paul stolz. »Oder... er wäre vielleicht gar nicht erst ins Haus gekommen.« Er setzte sich auf die Verandatreppe und lehnte sich an den Pfosten. Nach einem Moment sagte er: »Eine junge Frau und ein Baby sollte man nicht allein lassen.« Es war, als hätte er Mrs. Thibodeaux' Worte gehört.

»Paul...«

»Nein, Ruby«, sagte er und drehte sich zu mir um. Selbst in dem schwachen Licht konnte ich glühende Entschlossenheit in seinen Augen lodern sehen. »Ich möchte dich und Pearl beschützen. In dieser Welt, die du für eine reine Scheinwelt hältst, bräuchtest du dich nicht mit einem Buster Trahaw auseinanderzusetzen. Das kann ich dir versprechen. Und auch Pearl könnte nichts passieren«, hob er hervor.

»Aber, Paul, das ist nicht fair dir gegenüber«, sagte ich mit einer matten, verzagten Stimme. Sämtlicher Widerstand wich aus mir.

Er richtete einen Moment lang den Blick auf mich und nickte dann bedächtig. »Mein Vater hat dir einen Besuch abgestattet, stimmt's? Du brauchst mir keine Antwort zu geben. Ich weiß, daß er hier war. Ich habe es ihm gestern abend beim Essen an den Augen angesehen. Er macht sich nur Sorgen um die Last, die auf sein eigenes Gewissen drückt. Weshalb sollte ich für seine Sünden büßen müssen?« rief er aus und erwartete eine Antwort von mir.

»Aber genau das will er dir ersparen, Paul. Wenn du mich heiratest…«

»Dann werde ich mit dir glücklich werden. Habe ich denn kein Wort mitzureden, wenn es um meine eigene Zukunft geht?« fragte er schroff. »Und erzähl mir bloß nicht, es sei unser Los oder das Schicksal hätte es uns so vorbestimmt, Ruby. Man gelangt zu einer Weggabelung und entscheidet sich für die eine oder die andere Abzweigung. Erst nachdem man diese Wahl getroffen hat, nimmt das Schicksal alles Weitere in die Hand, und vielleicht selbst dann nicht. Ich möchte diese erste Entscheidung treffen, und ich fürchte den Wasserlauf nicht, durch den ich unsere Piragua staken werde, solange ihr an meiner Seite seid, du und Pearl.«

Ich seufzte und lehnte den Kopf auf die Stuhllehne zurück.

»Kannst du denn nicht glücklich mit mir werden, Ruby? Selbst unter den Bedingungen, die wir besprochen haben? Kannst du es nicht? Ich habe geglaubt, du könntest es. Ich weiß, daß du es einmal konntest. Warum läßt du es mich nicht versuchen? Vergiß dich, vergiß mich. Laß es uns einfach nur für Pearl tun«, sagte er.

Ich lächelte ihn an und schüttelte den Kopf. »Du bist ein hinterhältiger Kerl, Paul Marcus Tate.«

»In der Liebe und im Krieg ist alles erlaubt«, sagte er und lächelte mich ebenfalls an.

Ich holte tief Atem. Aus der Dunkelheit konnten sämtliche Dämonen unserer kindlichen Ängste hervorkommen. Jeden

Abend, wenn wir den Kopf auf das Kissen legten, fragten wir uns, was in den Schatten um unsere Hütten herum wohl lauern mochte. Diese Befürchtungen ließen uns stärker werden, aber sie verfolgten uns dennoch weiterhin wie ein Spuk. Ich war nicht so naiv zu glauben, es würde keinen zweiten Buster Trahaw geben, der mir in zukünftigen Tagen auflauerte und mich erwartete, und das war der Grund, aus dem ich den Brief an Daphne in meinen Briefkasten gesteckt hatte.

Aber wie sah die Welt aus, in der ich Pearl aufwachsen lassen wollte – war es die Welt der reichen Kreolen oder die Sumpfwelt der Cajuns... oder war es die verzauberte Welt, die Paul für uns gestaltete? Die Vorstellung, in diesem Schloß von einem Haus zu leben, in dem ich meine Zeit damit zubringen konnte, in dem riesigen Dachbodenatelier zu malen, während ich das Gefühl hatte, über alles erhaben zu sein, was sich hart, schmutzig und kompliziert unter mir erstreckte, ja, tatsächlich darüber erhaben zu sein, erschien mir wie eine uralte segenbringende Verheißung, die endlich wahr wurde. Sollte ich in mein persönliches Wunderland entkommen? Vielleicht hatte Paul recht. Vielleicht bereitete seinem Vater wirklich nur die Last seines eigenen Gewissens Sorgen. Vielleicht war es an der Zeit, endlich einmal an uns selbst und an Pearl zu denken.

»Einverstanden«, sagte ich leise.

»Was? Was hast du gerade gesagt?«

»Ich habe gesagt, ich bin einverstanden. Ich werde dich heiraten, und wir werden in unserem eigenen privaten Paradies leben, jenseits des Morastes aus Sorgen und innerem Aufruhr, den wir in der Vergangenheit durchschritten haben. Wir werden uns an unser eigenes Abkommen halten und unsere eigenen Gelübde ablegen. Wir werden gemeinsam durch den Fluß rudern.«

»O Ruby, ich bin ja so glücklich«, sagte er. Er stand auf, kam auf mich zu und nahm meine Hände in seine. »Du hast recht«, sagte er plötzlich, und seine Augen funkelten vor Aufregung.

»Wir müssen vor allem anderen unser eigenes privates Zeremoniell vollziehen. Steh auf«, sagte er.

»Was?«

»Komm schon. Es gibt keine bessere Kirche als die Veranda vor Catherine Landrys Haus«, verkündete er.

»Und was sollen wir jetzt tun?« fragte ich lachend.

»Nimm meine Hand.« Er packte meine Hand und zog mich auf die Füße. »Ja, so ist es richtig. Und jetzt sieh... diese Mondsichel dort oben an. Mach schon. Bist du soweit? Wiederhole meine Worte. Ich, Ruby Dumas. Mach schon, tu es«, sagte er.

»Ich, Ruby Dumas...«

»Gelobe hiermit, Paul Marcus Tate der beste Freund und Gefährte zu sein, den er sich jemals wünschen könnte.«

Ich wiederholte seine Worte und schüttelte den Kopf.

»Und ich verspreche, mich meiner Kunst zu verschreiben und soviel Ruhm wie möglich zu erlangen.«

Das ging mir leicht über die Lippen.

»Das ist alles, was ich von dir verlange, Ruby«, flüsterte er. »Aber von mir selbst muß ich mehr verlangen«, fügte er hinzu, und dann schaute er zu der Mondsichel auf. »Ich, Paul Marcus Tate, gelobe hiermit, Ruby und Pearl Dumas zu lieben und zu beschützen, sie in meine selbsterschaffene Welt zu holen und sie so glücklich zu machen, wie es auf diesem Planeten nur irgend möglich ist. Ich gelobe, härter zu arbeiten und alles, was häßlich und unerfreulich ist, von unserer Schwelle fernzuhalten, und ich gelobe, ehrlich und aufrecht zu sein und für alle Bedürfnisse Rubys Verständnis aufzubringen, ganz gleich, was ich auch empfinden mag.«

Er drückte mir einen schnellen Kuß auf die Wange.

»Willkommen im Land der Magie«, sagte er. Wir lachten beide, doch mein Herz pochte heftig, als hätte ich tatsächlich an einem geweihten und bedeutungsschwangeren Zeremoniell teilgehabt. »Wir sollten jetzt auf unser Glück anstoßen.«

»Ich habe in einem Krug ganz unten in einem Schrank ein

wenig von Grandmère Catherines Brombeerschnaps gefunden«, sagte ich. Wir gingen ins Haus, und ich goß die wenigen kostbaren Tropfen in zwei Gläser. Lachend stießen wir miteinander an und tranken den Schnaps in einem Zug. Es schien angemessen zu sein, daß wir unser Gelübde mit etwas krönten, was meine Grandmère hergestellt hatte.

»Kein Zeremoniell und nichts, was irgendein Geistlicher oder ein Friedensrichter sagen könnte, wird dieses Ritual übertreffen«, verkündete Paul, »denn was wir hier tun, das kommt aus der Tiefe unserer Herzen.«

Ich lächelte. Ich hätte nicht geglaubt, daß ich mich schon so bald nach meinem abscheulichen Erlebnis mit Buster Trahaw so wohl fühlen könnte.

»Wie sollte unsere Hochzeit vonstatten gehen?« fragte ich mich laut und dachte dabei wieder an seine Eltern.

»Ein schlichtes Zeremoniell... laß uns einfach ausreißen«, entschied er. »Ich komme morgen vorbei, und wir fahren rauf nach Breaux Bridge. Dort gibt es einen Geistlichen, der sich zur Ruhe gesetzt hat und uns trauen wird, rechtskräftig und mit allem, was dazu gehört. Er ist ein alter Freund der Familie.«

»Aber er wird wissen wollen, warum deine Eltern nicht mitgekommen sind, Paul, oder nicht?«

»Überlaß das nur mir«, sagte er. »Ich werde von dem Moment an anfangen, für euch zu sorgen, in dem ihr morgen früh aufwacht, und bis zum Tage meines Todes werde ich für euch dasein«, sagte er. »Oder andernfalls so lange, wie ihr es mir erlaubt«, räumte er ein. »Sei um sieben bereit. Überleg dir das nur einmal«, sagte er, »daß all die alten Klatschweiber, die über uns getuschelt haben, endlich den Mund halten werden.«

Paul blieb bei mir, und wir redeten über das Haus und all die Dinge, die wir nach unserem Einzug noch erledigen und besorgen mußten. Er war so aufgeregt, daß ich kaum auch nur ein Wort einwerfen konnte. Er redete, bis ich so müde war, daß meine Augen gegen meinen Willen zufielen.

»Ich sollte jetzt besser gehen und dich schlafen lassen. Morgen steht uns ein großer Tag bevor.« Er küßte mich auf die Wange, und dann sah ich ihm nach, als er zum Wasser ging, um mit seinem Boot heimzufahren.

Ehe ich wieder ins Haus zurückging, lief ich zum Briefkasten und holte den Brief an Daphne heraus. Ich würde ihn nicht abschicken, doch ich konnte mich auch nicht dazu durchringen, ihn zu zerreißen. Wenn ich in meinem kurzen Leben irgend etwas gelernt hatte, dann war es, daß nichts ewig währte und daß auf nichts Verlaß war. Ich konnte nicht sämtliche Türen hinter mir zufallen lassen. Noch nicht.

Aber wenigstens, dachte ich mir, würde ich heute abend unbeschwert einschlafen und von dem großen Dachboden und meinem wunderbaren Atelier träumen, von all den aufregenden Gemälden, die ich in künftigen Zeiten dort malen würde. Was für ein wunderbarer Ort für Pearl, um dort aufzuwachsen, dachte ich, als ich noch einmal nach ihr sah. Ich rückte ihre Decke zurecht, küßte sie auf die Wange und freute mich schon auf meine Träume, als ich mich schlafen legte.

3.
Mein wahres Wunderland

Pearls Babygeplapper weckte mich. Es war ein stark bewölkter Tag, und daher fiel kein warmer Sonnenschein durch die Gardinen und streichelte meine geschlossenen Lider, bis sie sich flatternd öffneten. Sobald ich wach war, holte mich die Bedeutsamkeit dessen wieder ein, was ich vorhatte. Ich werde ausreißen, um heimlich zu heiraten, dachte ich. Fragen regneten aus allen Richtungen auf mich herab. Wann würden Pearl und ich tatsächlich in Cypress Woods einziehen? Wie würden wir unsere Heirat der Gemeinde bekanntgeben? Hatte Paul seine Familie inzwischen davon in Kenntnis gesetzt? Was, falls überhaupt etwas, wollte ich aus der Hütte mitnehmen? Wie würde diese Hochzeit aussehen, die uns bevorstand?

Ich stand auf, doch ich hatte das seltsame Gefühl, in einem Traum gefangen zu sein. Sogar in Pearls Augen stand ein still verträumter Blick, und sie war geduldiger als sonst, schrie nicht nach ihrem Frühstück und verlangte nicht lautstark, aus ihrem Kinderbettchen gehoben und in meine Arme genommen zu werden.

»Heute ist ein großer Tag für dich, mein süßer Liebling«, sagte ich zu ihr. »Heute schenke ich dir ein neues Leben, einen neuen Namen und eine vollkommen andere Zukunft, eine, von der ich mir erhoffe, daß sie voll von Verheißungen und Glück für dich sein wird. Wir müssen ein hübsches Kleidchen für dich aussuchen, das du heute tragen kannst. Laß dich zuerst einmal von mir füttern, und dann wirst du Mommy dabei helfen, ihr eigenes Brautkleid auszuwählen.

Mein Brautkleid«, murmelte ich, und plötzlich traten Tränen in meine Augen. In dieser Hütte, in ebendiesem Zimmer, hatten Grandmère Catherine und ich über meine zukünftige Hochzeit geredet.

»Ich habe mir immer erträumt«, hatte sie gesagt und war zu mir gekommen, um sich neben mich zu setzen und mir über das Haar zu streichen, »daß du die verzauberte Hochzeit erleben wirst, von der die Cajuns in der Spinnenlegende berichten. Erinnerst du dich noch? Der reiche Franzose hat diese Spinnen für die Hochzeit seiner Tochter aus Frankreich importiert und sie in den Eichen und den Kiefern ausgesetzt, wo sie ihren Baldachin aus Netzen gesponnen haben. Darüber hat er Gold- und Silberstaub gesprenkelt, und dann ist die Hochzeitsgesellschaft im Kerzenschein wie eine Prozession aufgezogen. Die Nacht um sie herum hat gefunkelt und ihnen ein Leben voller Liebe und Hoffnung versprochen.

Eines Tages wirst du einen gutaussehenden Mann heiraten, der ein Prinz sein könnte, und auch du wirst eine Hochzeit in den Sternen haben«, hatte mir Grandmère versichert.

Wie traurig sie jetzt doch für mich gewesen wäre. Und wie sehr ich mir selbst leid tat. Am Morgen ihres Hochzeitstages sollte das Herz einer jungen Frau mit soviel Aufregung erfüllt sein, daß sie fürchtet, sie könne schlichtweg bersten, sagte ich mir. Jede Farbe müsse ihr leuchtender erscheinen, jeder süße Klang noch süßer. Es muß aussehen, als ob sich jedes einzelne Geschöpf in ihrer Umgebung für sie freut. Um sie herum ertönen fröhliche und unglaublich aufgeregte Stimmen, und überall fällt ihr Blick auf Vorbereitungen, auf Tätigkeiten, die sich ausschließlich auf das wunderbare Zeremoniell beziehen, das sie mit dem Mann, den sie liebt, vollziehen wird.

Und Liebe… die Liebe wäre aufgekeimt und hätte sie überwältigt. Sie hätte einen Moment lang innegehalten und sich gefragt, ob sie jemals wieder so glücklich und zufrieden sein könnte wie jetzt, in diesem Augenblick. Konnte irgend etwas ihr jemals wieder so viel Freude bereiten? Dutzende von Freundinnen hätten sie umgeben, von denen jede einzelne gebannt und mit atemloser Faszination das Ereignis verfolgt hätte, und die ganze Horde hätte geschnattert. Keine von ihnen hätte jemand Bestimmtem zugehört, sondern alle hätten auf alle gelauscht; eine Kakophonie von Gelächter, schrillen Schreien und lautem Rufen.

Aus der Küche wären die Geräusche von klappernden Töpfen gekommen, verursacht von nervösen Köchinnen; aber auch die Gerüche von köstlichen Fisch- und Geflügelgerichten, von Kuchen und Torten. Anweisungen wären quer durch Räume gehallt; Wagen wären eingetroffen und los gefahren, deren Fahrern man die verschiedensten Erledigungen aufgetragen hätte. Ein Teil der prickelnden Spannung hätte sich auf die kleinen Kinder übertragen, die Unfug angestellt hätten und von einer Ecke in die andere gescheucht worden wären. Die älteren Frauen hätten so getan, als seien sie verärgert und besorgt, doch bisweilen hätten sie innegehalten, um sich an diesen ganz besonderen Tag in ihrem eigenen Leben zu erinnern, an ihre eigene Aufregung, und es hätte sie mit der allergrößten Freude erfüllt, diese Aufregung mit der jungen Braut noch einmal erleben zu dürfen. Sie hätten sich daran gelabt wie eine Biene, die Pollen aus einer Blüte saugt, und diese Aufregung hätten sie in honigsüße Erinnerungen und Augenblicke aus ihrer eigenen Vergangenheit umgewandelt. Wenn sie dann endlich in ihrem Hochzeitskleid herausgetreten wäre, hätte sie jeder einzelnen der Frauen diese Aufregung im Gesicht ansehen können.

Ich malte mir weiterhin meine Traumhochzeit aus. Die Limousine würde draußen warten, und ihr Motor würde sich gebärden wie ein Pferd, das es kaum erwarten konnte, im Galopp loszulaufen. Die Tür würde aufgerissen werden. Alle würden jubeln und in die Hände klatschen, während ich die Verandatreppe hinunterschritt und in den Wagen stieg. Und dann würde die gesamte Schar von Freunden und Verwandten uns folgen, wenn ich die Stufen zur Kirche hinaufgeführt würde, in deren Innerem mein wunderbarer, liebender zukünftiger Ehemann nervös von einem Fuß auf den anderen trat und seine eigenen Eltern und Verwandten mit einem strahlenden Lächeln bedachte, in Wirklichkeit aber die Tür nicht aus den Augen ließe und auf Anzeichen meines Eintreffens wartete.

Und dann würde die Musik ertönen, und alle würden feierlich dasitzen und doch gespannte Blicke auf mich werfen, wenn ich durch den Gang zum Altar liefe, wo mich das heilige Sakrament erwartete. Meine Füße würden den Boden nicht berühren. Ich würde auf Luft laufen und langsam den Gelübden entgegenschweben.

Als ich die Augen schloß und an all das dachte, standen die Bilder so lebhaft vor meinen Augen wie meine Gemälde, aber ich versetzte mich selbst in Erstaunen, als ich mich in dieser Hochzeitsszene sah, die ich selbst heraufbeschworen hatte, denn als ich den Blick hob, sah ich nicht etwa Paul dastehen, der auf mich wartete, sondern Beau... meine große Liebe... Beau, endlich.

Ich seufzte tief. Es war nicht Beau, der mich demnächst abholen würde, rief ich mir ins Gedächtnis zurück. Ein weiterer schauerlicher Gedanke zuckte mir durch den Kopf: Wahrscheinlich dachte er heute noch nicht einmal an mich, an diesem Tag, an dem ich die Gelübde ablegen würde, die mich ihm für immer entreißen würden. Pearls Wimmern ließ mich jedoch wieder daran denken, daß ich es nicht für mich tat. Ich tat es für sie und für die vielversprechende Zukunft und die Geborgenheit, die dieser Schritt für sie mit sich bringen würde.

Ich entschied mich für ein schlichtes zartrosafarbenes Baumwollkleid mit einem quadratischen Kragen und einem Rock, der mir fast bis auf die Knöchel reichte. Ich trug immer noch das Medaillon, das Beau mir vor mehr als einem Jahr geschenkt hatte, direkt vor meinem Aufbruch in die Greenwood-Schule in Baton Rouge, doch es gehörte sich nicht, es jetzt zu tragen.

Ich nahm es ab und begrub es tief unter meinen anderen Kostbarkeiten in Grandmère Catherines alter Eichentruhe.

Pearl kleidete ich in leuchtendes Rosa, ein Kleidchen mit einer weißen Schleife auf dem Kragen. Nachdem ich sie gefüttert und angezogen hatte, legte ich sie in die Wiege, kleidete mich selbst an und setzte mich hin, um mir das Haar zu bürsten. Ich beschloß, es einfach nur mit einer Schleife zusammenzubinden und es so weich wie möglich über meine Schultern und meinen Rücken fallen zu lassen. Ich hatte es wachsen lassen, und wenn ich es ausbürstete, reichte es bis auf meine Schulterblätter. Ich trug eine Spur Lippenstift auf und fand einen Hut, der früher einmal Grandmère Catherine gehört hatte. Das gab mir das Gefühl, sie bei mir zu haben, als ich mit Pearl auf die Veranda hinaustrat, um dort auf Paul zu warten.

Ich hörte ihn hupen, ehe er vor dem Haus vorfuhr. Sein Wagen war frisch gewaschen und glänzte, und er trug einen neuen blauen Anzug und hatte sich die Krawatte lose um den Kragen gebunden. Sein braunes Haar mit den blonden Strähnen schimmerte, als er aus dem Wagen stieg. Es war frisch gebürstet und noch feucht.

»Guten Morgen«, sagte er. Wir waren beide so nervös, als wäre es unser erstes Rendezvous. »Laß uns losfahren. Vater Antoine in Breaux Bridge erwartet uns schon.« Er hielt uns die Wagentür auf. »Du siehst sehr hübsch aus.«

»Danke, aber ich fühle mich nicht hübsch. Ich bin ganz... aufgeregt.«

»So sollte es auch sein«, sagte er. Er holte tief Atem, ließ den Motor an und fuhr los.

Ein leichter Nieselregen setzte ein, und die Scheibenwischer auf der Windschutzscheibe, die sich von einer Seite auf die andere bewegten, ähnelten zwei langen Zeigefingern, die Warnungen von sich gaben und Schande vorhersagten. Ich konnte hören, wie sie es rhythmisch wiederholten... Schande, Schande, Schande.

»Also, das Haus steht für unseren Einzug bereit. Natürlich habe ich bisher nur die nötigsten Einrichtungsgegenstände. Ich dachte mir, in ein oder zwei Tagen würden wir beide einen Ausflug nach New Orleans unternehmen.«

»Nach New Orleans? Warum?«

»Damit du in den besten Geschäften einkaufen kannst und eine größere Auswahl hast. Ich will auch nicht, daß du dich wegen der Unkosten sorgst. Deine Aufgabe besteht darin, aus Cypress Woods etwas ganz Besonderes zu machen, ein Haus und ein Grundstück, um das uns selbst die reichsten Kreolen in New Orleans beneiden werden.

Du solltest dir dein Studio so bald wie möglich einrichten«, fuhr er mit einem Lächeln fort. »Sowie wir aus New Orleans zurückkommen, werden wir Einstellungsgespräche mit Kindermädchen führen, die dich mit Pearl entlasten, damit du die Zeit hast, die du für deine Arbeit brauchst.«

»Ein Kindermädchen? Ich glaube nicht, daß ich ein Kindermädchen brauche, Paul.«

»Natürlich brauchst du das. Die Herrin von Cypress Woods wird alle erdenklichen Hausangestellten haben. Unseren Butler habe ich bereits engagiert. Er ist ein Terzeron und heißt James Humble. Er ist etwa fünfzig Jahre alt und hat in den feinsten Häusern gearbeitet.«

»Ein Butler?« Es schien mir nicht so lange her, daß er und ich in seiner Piragua durch den Sumpf gestakt waren und uns in unserer Phantasie genau die Dinge ausgemalt hatten, die wir jetzt tun würden.

»Und unser Hausmädchen. Sie heißt Holly Mixon. Sie ist zur Hälfte Haitianerin, zur anderen Hälfte Choctaw-Indianerin und etwa Mitte Zwanzig. Ich habe sie ebenfalls von einer Agentur vermittelt bekommen. Ich weiß, daß du dich ganz besonders über unsere Köchin freuen wirst«, sagte er, und seine schelmischen Augen funkelten.

»Und weshalb das?«

»Sie heißt Letitia Brown, aber sie möchte gern Letty genannt werden. Sie wird dich an deine Nina Jackson erinnern. Sie will ihr genaues Alter nicht nennen, aber ich glaube, daß sie um die Sechzig ist. Sie praktiziert Voodoo«, sagte er und senkte dabei die Stimme, damit es unheimlich klang.

»All das hast du bereits getan?« fragte ich erstaunt. Er errötete, als hätte ich ihn nackt ertappt.

»Von dem Moment an, in dem du ins Bayou zurückgekehrt bist, habe ich diesen Tag geplant, Ruby. Ich wußte einfach, daß es dazu kommen würde.«

»Was ist mit deiner Familie, Paul? Hast du es deinen Eltern heute morgen gesagt?« fragte ich.

Er schwieg einen Moment lang. »Nein, noch nicht«, sagte er. »Ich habe es für das Beste gehalten, es ihnen hinterher zu sagen. Wenn es erst einmal eine unumstößliche Tatsache ist, dann werden sie es schneller akzeptieren. Es wird alles in Ordnung gehen. Alles wird gutgehen«, versicherte er mir, doch das konnte mein pochendes Herz nicht beruhigen.

Der Regen hatte sich zwar gänzlich gelegt, als wir in Breaux Bridge eintrafen, doch der Himmel blieb dunkel und unheilverkündend. Vater Antoine wohnte mit Miss Mulrooney, seiner Haushälterin, in dem Pfarrhaus neben der Kirche. Er war ein Mann von etwa fünfundsechzig Jahren mit dünnem grauem Haar, das so kurz geschnitten war, daß es an den Seiten wie Pinsel von seinem Kopf abstand, doch er hatte sanfte blaue Augen und die Art von liebevollem Lächeln, die bewirkte, daß man sich in seiner Gegenwart entspannte und wohl fühlte. Miss Mulrooney, eine große dünne Frau mit dunkelgrauem Haar, wirkte finster und mißbilligend. Ich wußte, warum.

Paul hatte Vater Antoine gesagt, Pearl sei sein Kind und er wolle mich heiraten, wie es sich gehöre, doch er wolle eine stille Hochzeit haben, abgeschieden von den mißbilligenden Blicken seiner Nachbarn und der Freunde seiner Familie. Vater Antoine war verständnisvoll und froh darüber, daß Paul sich entschlossen hatte, den Bund der Ehe einzugehen und seine moralische Verantwortung zu tragen.

Unser Trauungszeremoniell war so kurz, wie eine kirchliche Hochzeit es nur irgend sein kann. Als es soweit war, daß ich meine Gelübde ablegen mußte, tat ich etwas, was vielleicht sündig war: Ich beschwor Beau vor meinen Augen herauf und redete mir ein, daß er es war, dem ich mein Herz und meine Seele anvertraute.

Die Trauung verlief viel einfacher und ging viel schneller vorüber, als ich es mir ausgemalt hatte. Ich fühlte mich anschließend vollkommen unverändert, aber das strahlende Lächeln, das jedesmal auf Pauls Gesicht stand, wenn er mich ansah, sagte mir, daß sich alles verändert hatte. Ob es nun zum Besseren oder zum Schlechteren war – wir hatten den Schritt unternommen, uns aneinander gebunden und unser Los miteinander verknüpft.

»Das hätten wir geschafft«, sagte er. »Wie fühlst du dich, Mrs. Tate?«

»Mir graut«, sagte ich, und er lachte.

»Es gibt jetzt keinen Grund mehr, aus dem dir vor irgend etwas grauen sollte. Nicht, solange ich in deiner Nähe bin«, gelobte er. »Was also möchtest du aus der Hütte holen, falls du überhaupt etwas mitnehmen willst?«

»Ich habe Pearls und meine Kleider dort, das Gemälde von Grandmère Catherine und ihren Schaukelstuhl«, sagte ich. »Vielleicht auch noch ihre alte Truhe und den Schrank, den ihr Vater für sie hat anfertigen lassen. Sie war so stolz auf ihn.«

»Gut. Ich werde heute nachmittag ein paar von meinen Männern mit einem Lastwagen rüberschicken und die Möbelstücke holen lassen. Es sieht ganz so aus, als hätte es für eine Weile aufgehört zu regnen. Du kannst in deinem eigenen Wagen hinterherfahren«, fügte er beiläufig hinzu.

»In meinem Wagen? Was für einem Wagen?«

»Ach, habe ich dir das etwa noch nicht erzählt? Ich habe eine kleine Cabriolimousine für dich gekauft, damit du dich freier bewegen kannst... um Besorgungen zu erledigen und dergleichen«, fügte er hinzu. Aus seinem Verhalten konnte ich schließen, daß es nicht nur eine schlichte kleine Cabriolimousine war, und als wir vor Cypress Woods vorfuhren, sah ich dann auch tatsächlich einen bonbonroten Mercedes mit einer weißen Schleife um die Motorhaube, der in der Auffahrt geparkt war.

»Der gehört mir?« rief ich aus.

»Dein erstes Hochzeitsgeschenk. Hab deine Freude daran«, sagte er.

»O Paul, das geht einfach zu weit«, rief ich aus und brach in Freudentränen aus. Hier erwartete uns jetzt dieses prachtvolle Haus mit unseren Hausangestellten, unser wunderbares Grundstück mit unseren Ölfeldern im Hintergrund und mein Atelier. Hatten wir uns dem Schicksal widersetzt, der Vorbestimmung Rauch ins Gesicht geblasen? Würde Pauls neubegründeter Reichtum genügen, um die heulenden Winde und die kalten Schauer des Elends vor die Tür zu weisen? Zumindest für den Augenblick war ich gegen meinen Willen ebenso optimistisch und glücklich wie er.

Vielleicht war ich tatsächlich Alice im Wunderland, dachte ich. Vielleicht war es das, was mir von Anfang an vorbestimmt gewesen war, und in der Welt der reichen Kreolen von New Orleans hatte ich nie etwas zu suchen gehabt. Vielleicht waren mir dort nur deshalb all diese schrecklichen Dinge zugestoßen, Dinge, die mich zurück ins Bayou getrieben hatten, an den Ort, an den ich gehörte. Paul nahm Pearl in seine Arme.

»Anstelle von dir werde ich Pearl über die Schwelle tragen«, sagte er. »Schließlich wird sie hier die Prinzessin sein.«

Mir fiel das weiße Pulver auf, das auf die Stufen vor dem Haus gestreut worden war. Paul bemerkte es ebenfalls.

»Ich nehme an, das war Lettys Werk«, sagte er.

Die hohe, breite Tür wurde von unserem Butler James Humble geöffnet. Er war fast einen Meter neunzig groß, ein hagerer Mann mit braungelocktem Haar, karamelfarbener Haut und leuchtenden hellbraunen Augen. Mit seiner perfekten Haltung, in der er unsere Anweisungen erwartete, sah er aus wie ein Bilderbuchbutler.

»Das ist James«, sagte Paul. »James, Madame Tate.«

»Willkommen, Madame«, sagte er mit einer leichten Verbeugung. Er hatte eine tiefe Stimme und eine kultivierte französische Aussprache.

»Danke, James.«

Als ich die Eingangshalle betrat, fand ich dort Holly Mixon vor, die uns erwartete. Sie war eine grobknochige Frau mit kräftigen Armen und Schultern.

»Und das ist Holly«, sagte Paul. »Holly, Madame Tate.«

Sie machte einen Knicks.

»Hallo, Holly.«

»Guten Tag, Ma'am«, sagte sie.

»Wo ist Letty?« fragte Paul.

»Sie ist in der Küche, Monsieur, und bereitet das Abendessen zu. Sie duldet keinen von uns in der Küche, wenn sie bei der Arbeit ist«, fügte sie noch hinzu.

»Ich verstehe«, sagte Paul und zwinkerte mir zu. »Warum bringst du Pearl nicht gleich rauf ins Kinderzimmer, Ruby? Ich möchte zu meinen Eltern rüberfahren und ihnen persönlich die Neuigkeiten mitteilen. Das ist wahrscheinlich das Beste. Das heißt, wenn du damit einverstanden bist.«

»Ja, Paul«, sagte ich. Der Gedanke an ihre Reaktion bewirkte, daß sich etwas Hartes, Schweres in meiner Brust einkeilte.

»Sowie ich zurückkomme, werden wir uns darum kümmern, daß deine Sachen hergebracht werden, einverstanden?«

»Ja«, sagte ich und nahm ihm Pearl ab.

Er beugte sich vor, küßte mich kurz auf die Wange und eilte aus dem Haus.

»Also, dann«, sagte ich und wandte mich an Holly. »Warum

gehen Sie nicht voraus ins Kinderzimmer, und dort sehen wir uns an, was getan werden muß?«

»Ja, Ma'am«, sagte sie.

Wenn ich nicht im Hause der Dumas gelebt hätte und dort von Dienstboten umgeben gewesen wäre, wäre mir unbehaglich dabei zumute gewesen, einen Butler, ein Dienstmädchen und eine Köchin zu haben. Ich gehörte wohl kaum zu der Sorte, die sich Allüren zulegte und sich wie eine große Dame benahm, aber Paul hatte eine enorme Villa hingestellt, die Haushaltshilfen erforderlich machte. Ich mußte jetzt nur noch meinen Platz einnehmen und die Herrin von Cypress Woods werden.

Letty erinnerte mich tatsächlich an Nina Jackson. Sie trug wie Nina ein rotes Kopftuch mit sieben Knoten, die alle nach oben ragten, ein *Tignon.* Aber sie war wesentlich größer und wesentlich dünner, erstaunlich dünn für eine Köchin, und sie hatte lange Hände, auf deren schokoladenbrauner Haut sich die Adern abzeichneten. Sie hatte ein schmales Gesicht mit dünnen Lippen und einer dünnen Nase. Sie sagte mir, ihre Augen stünden zu dicht zusammen, weil ihre Mutter an dem Tag, an dem sie schwanger geworden war, von einer Klapperschlange überrascht worden war. Ich sah, daß sie Kampfer um den Hals trug, und ich wußte, daß das dazu diente, Bakterien fernzuhalten.

Letty war eine echte Köchin, die ihr Handwerk bei guten Köchen erlernt hatte. Die erste Mahlzeit, die sie für uns zubereitete, stellte das unter Beweis. Als Appetitanreger gab es Austern Bienville, gefolgt von Schildkrötensuppe. Filet de Boeuf aux Champignons mit gelben Kürbissen und Erbsen bildete das Hauptgericht. Zum Nachtisch hatte sie eine flambierte Orangencreme zubereitet.

»Mir ist aufgefallen, daß Sie weißes Pulver auf die Stufen vor dem Haus gestreut haben«, sagte ich zu ihr, nachdem wir einander vorgestellt worden waren und eine Zeitlang miteinander geredet hatten. Ihre kleinen dunklen Augen wurden noch kleiner.

»Ohne das arbeite ich in keinem Haus«, erwiderte sie entschlossen.

»Ich habe nichts dagegen einzuwenden, Letty. Meine Grandmère Catherine war Traiteur. Sie war eine Wunderheilerin«, sagte ich, und sie war beeindruckt und strahlte über das ganze Gesicht.

»Dann sind Sie ein Feenkind.«

»Nein, ich bin nur ihre Enkelin«, verbesserte ich sie. An mir ist nichts Feenhaftes, dachte ich.

Ich hörte Paul zurückkehren und lief ihm entgegen. Er lächelte, doch ich sah den Schmerz in seinen Augen.

»Sie waren außer sich, stimmt's?« fragte ich.

»Ja«, gestand er ein. »Meine Mutter hat geweint, und Daddy hat geschmollt, aber nach einer Weile werden sie sich an den Gedanken gewöhnen und es akzeptieren, wie ich es dir vorausgesagt habe«, versprach er mir. »Meine Schwestern sind natürlich ganz begeistert«, fügte er eilig hinzu. »Sie werden morgen abend alle zum Essen herkommen. Ich fand, wir sollten den ersten Abend ganz für uns allein haben. Zwei meiner Männer warten draußen mit dem Lastwagen. Sie werden zu deiner Hütte fahren, um deine Sachen zu holen.«

»Pearl schläft noch«, sagte ich. Pauls Bericht hatte meine Aufregung und mein Glück schnell erlöschen lassen.

»Geh schon, fahr ihnen in deinem neuen Wagen voraus. Ich werde für sie dasein, wenn sie aufwacht. Geh schon. Holly kann mir schließlich helfen«, versicherte er mir.

»Sie wird sich fürchten, wenn sie an einem fremden Ort erwacht.«

»Aber sie wird keinen Fremden an ihrer Seite vorfinden«, erwiderte er zuversichtlich. »Sie hat doch mich.« Ich sah, wie sehr es ihm am Herzen lag, sich so schnell wie möglich einen Platz als ihr Vater zu erobern.

»Einverstanden. Ich werde nicht lange fort sein«, sagte ich. In der Hütte zeigte ich den Männern, welche Möbelstücke ich haben wollte. Ich sagte ihnen, das Gemälde würde ich selbst mitnehmen. Nachdem ich es sicher im Wagen verstaut hatte, ging ich wieder ins Haus, stellte mich ins Wohnzimmer und sah mich noch einmal gründlich um. Wie leer und trostlos doch alles ohne diese wenigen Möbelstücke wirkte. Es war, als verlöre ich Grandmère Catherine noch einmal und schnitte jegliche spirituelle Verbindung zu ihr ab, die noch zwischen uns bestand. Ihr Geist würde nicht mit mir gehen. Er gehörte hierher, in diese Schatten und dunklen Winkel, in die kleine Hütte auf den dünnen Pfählen, die so lange ihr herrschaftliches Haus gewesen war, ihr Palast, ihr Zuhause und auch meines. Wir hatten hier keineswegs nur glückliche Zeiten zugebracht, aber es waren auch nicht nur traurige gewesen.

Hier hatte sie mich getröstet, wenn ich mich gefürchtet und geängstigt hatte. Hier hatte sie ihre Geschichten gewoben und meine Hoffnungen heraufbeschworen. Hier hatten wir Seite an Seite daran gearbeitet, uns unseren Lebensunterhalt zu verdienen. Wir hatten gelacht und geweint und waren vor Erschöpfung nebeneinander auf dem alten Sofa zusammengebrochen, das Grandpère Jack während seiner trunkenen Tobsuchtsanfälle regelrecht erschlagen hatte. Diese Wände hatten das Gelächter und das Leid ins sich aufgesogen und die wunderbaren Düfte von Grandmères Gerichten inhaliert. Durch diese Fenster hatte ich nachts zum Mond und zu den Sternen aufgeblickt, von Prinzen und Prinzessinnen geträumt und meine eigenen Märchen gesponnen.

Auf Wiedersehen, dachte ich. Endlich verabschiede ich mich von der Kindheit und von all den kostbaren Erinnerungen, die mich mit Blindheit geschlagen haben und mich glauben ließen, es gäbe keine Grausamkeit auf dieser Welt. Ich glaubte, in Cypress Woods in ein Wunderland eingezogen zu sein. So vieles dort erschien mir zu wunderbar, um wahr zu sein. Hier hatte ich einen ganz speziellen Zauber wahrgenommen, und hier hatte ich einige meiner besten Werke geschaffen.

Tränen liefen über meine Wangen. Ich wischte sie eilig fort, holte tief Atem und eilte aus dem Haus und die Stufen der Veranda hinunter zu meinem Wagen. Ohne mich noch einmal umzusehen, ließ ich meine Vergangenheit zum zweiten und vielleicht letzten Mal hinter mir zurück.

Jetzt war es an Paul, die Traurigkeit in meinem Gesicht zu sehen, als ich zurückkehrte. Er ließ die Sachen von Holly und James in mein Zimmer und Pearls Kinderzimmer bringen; dann nahm er mich mit hinter das Haus, damit ich mir unseren Pool und die Badekabinen ansah. Er sprach von seinen Plänen zur Landschaftsgestaltung, von den Bäumen, den Blumen und den Gehwegen und Brunnen, die er sich hier vorstellte. Er redete über die Parties, die wir veranstalten würden, über die Musik und über das Essen. Ich wußte, daß er einfach nur unermüdlich drauflosredete, damit ich nicht dazu kam, an der Vergangenheit herumzugrübeln und traurig zu sein.

»Hier gibt es soviel zu tun«, schloß er. »Wir haben jetzt keine Zeit mehr für Selbstmitleid.«

»O Paul, ich hoffe nur, daß du recht hast.«

»Natürlich habe ich recht«, beharrte er. Wir hörten jemanden rufen, und als wir uns umdrehten, sahen wir, daß seine Schwestern eingetroffen waren.

Jeanne war mit mir in dieselbe Klasse gegangen, als ich früher im Bayou gelebt hatte. Wir waren schon damals gute Freundinnen gewesen. Sie war zwei bis drei Zentimeter größer als ich und hatte dunkelbraunes Haar und nahezu mandelförmige Augen. Sie sah ihrer Mutter ähnlicher und hatte deren kräftigen dunklen Teint, ihr spitzes Kinn und ihre nahezu perfekte Nase. Ich hatte sie als ein fröhliches und zufriedenes Kind in Erinnerung. Toby war zwei Jahre jünger, und wenn sie ihrer Mutter auch nicht ganz so ähnlich sah, dann besaß sie doch deren strenge, spröde Art. Sie war ein bißchen kleiner, hatte aber breitere Hüften und einen volleren Busen. Ihr dunkelbraunes Haar war kurz geschnitten. Ihre Augen waren auffallend wachsam, emsig und forschend. Sie hatte eine bestimmte Art, die Mundwinkel herunterzuziehen, wenn sie etwas, was jemand gesagt oder getan hatte, anzweifelte oder mißbilligte.

»Ich habe ihnen doch gesagt, daß sie bis morgen warten sollen«, sagte Paul erbost.

»Es ist schon in Ordnung. Ich freue mich darüber, daß sie gleich gekommen sind«, sagte ich und ging ihnen entgegen. Sie umarmten und küßten mich beide; dann folgten sie mir ins Kinderzimmer, und Jeanne plapperte vergnügt vor sich hin, während ich Pearl die Windeln wechselte.

»Natürlich kommt es für uns wie ein Schock«, sagte sie. Atemlos sprudelte sie die Worte heraus. »Das sieht unserem Paul so gar nicht ähnlich, der immer alles bis zur Perfektion plant.«

»Warum habt ihr es jetzt getan?« fragte Toby. »Warum nicht, sobald ihr wußtet, daß du schwanger warst?«

Ich sah sie nicht an, als ich ihr antwortete, da ich fürchtete, sie könne mir die Lüge im Gesicht ansehen.

»Paul wollte es«, sagte ich, »aber ich wollte sein Leben nicht ruinieren.«

»Was ist mit deinem eigenen Leben?« entgegnete Toby.

»Mir hat es an nichts gefehlt.«

»Obwohl du ganz allein mit einem kleinen Baby in dieser Hütte gewohnt hast?«

»O Toby, warum die Vergangenheit ans Licht zerren? Jetzt ist alles vorüber, und sieh dir nur an, wo die beiden heute sind«, rief Jeanne aus und breitete die Arme aus. »Alle sind maßlos neidisch auf dieses Haus und auf Pauls Glück.«

Toby stellte sich neben mich und schaute auf Pearl herunter. »Wann habt ihr beide... sie gemacht?« fragte sie.

»Toby!« rief Jeanne aus.

»Ich frage ja nur. Sie braucht es mir ja nicht zu sagen, wenn sie nicht will, aber schließlich sind wir jetzt alle Schwestern. Wir sollten keine Geheimnisse voreinander haben, stimmt's? Was ist, stimmt's?« fragte sie mich.

»Nein, keine Geheimnisse, aber jede von uns trägt ganz persönliche Dinge in ihrem Herzen mit sich herum, Dinge, die am besten dort verschlossen bleiben sollten. Vielleicht bist du jetzt noch zu jung, Toby, aber eines Tages wirst du es verstehen«, sagte ich. Es war die schärfste Antwort, die ich ihr je gegeben hatte. Sie blinzelte und kniff einen Moment lang die Lippen zusammen, und dann nickte sie, nachdem sie meine Worte gründlich durchdacht hatte.

»Du hast recht. Es tut mir leid, Ruby.«

»Das ist schon in Ordnung«, sagte ich lächelnd. »Wir sollten jetzt in jeder Hinsicht wie Schwestern sein.«

»Und das werden wir auch!« behauptete Jeanne. »Wir werden dir mit dem Baby helfen, nicht wahr, Toby? Wir werden echte Tanten sein.«

»Klar«, sagte Toby. Sie schaute auf Pearl herunter. »Ich habe schon oft genug den Babysitter gespielt, um zu wissen, wie man mit Säuglingen umgeht.«

»Pearl wird mit mehr Liebe und Aufmerksamkeit überhäuft werden, als sie ertragen kann«, versprach Jeanne.

»Das ist alles, was ich mir wünsche«, sagte ich. »Und daß wir alle eine große Familie werden.«

»Mutter ist immer noch reichlich sprachlos. Stimmt's, Toby?« sagte Jeanne.

»Daddy platzt auch nicht gerade vor Stolz und Glück«, antwortete sie.

»Vielleicht will Daddy der Tatsache nicht ins Gesicht sehen, daß er schon so früh Grandpère geworden ist«, spottete Jeanne. »Meinst du nicht auch, daß das der Grund dafür ist, Ruby?«

Ich starrte sie lange Zeit an und lächelte schließlich. »Ja, wahrscheinlich«, sagte ich. Mir war unwohl dabei zumute, mich bis zur Taille in Täuschungen und Halbwahrheiten zu vergraben, aber im Moment gab es nun mal keinen anderen Ausweg, dachte ich.

Jeanne bemühte sich, Paul eine Einladung zum Abendessen abzuschwatzen, doch er bestand darauf, daß sie aufbrachen und morgen gemeinsam mit ihren Eltern wiederkamen.

»Und dann werden wir ein echtes Fest feiern«, sagte er. »Ruby und ich sind heute viel zu müde. Wir haben es bitter nötig, allein miteinander zu sein und uns auszuruhen«, erklärte er.

Toby grinste hämisch, doch auf Jeannes Gesicht drückte sich Enttäuschung aus, bis sie schließlich strahlend lächelte und ausrief: »Natürlich braucht ihr das. Schließlich sind gerade erst eure Flitterwochen angebrochen!«

Paul warf schnell einen Blick auf mich und errötete.

»Jeanne ist, wie üblich, vorlaut«, sagte Toby. »Komm schon, meine liebe Schwester, laß uns nach Hause gehen.«

»Was habe ich denn gesagt?«

»Es ist schon gut, Jeanne«, sagte ich zu ihr. Wir alle umarmten einander, und dann gingen sie.

»Es tut mir leid«, sagte Paul und schaute den beiden finster nach. »Ich hätte dich vor meinen Schwestern warnen sollen. Sie sind verzogen worden, und sie glauben, daß sie kriegen können, was sie wollen. Laß dir ihre Ungezogenheiten nicht gefallen. Weise ihnen klar und deutlich ihren Platz zu, und dann wird alles gutgehen«, versicherte er mir. »In Ordnung?«

»Ja«, sagte ich, aber es war mehr ein Gebet als eine Antwort.

An jenem Abend wurde uns das wunderbare Abendessen aufgetischt. Paul redete von seinen Ölfeldern und einigen seiner anderen Geschäftsvorhaben. Er sagte mir, er hätte in New Orleans ein Hotelzimmer für uns reserviert und wir würden übermorgen hinfahren.

»So bald schon?«

»Es ist zwecklos, das aufzuschieben, was ohnehin hier noch getan werden muß. Und denk daran, ich wünsche mir vor allem, daß du dich deiner Kunst widmest«, sagte er.

Ja, dachte ich, es war an der Zeit, daß ich mich meiner zweitgrößten Liebe wieder zuwandte – der Malerei. Nach dem Abendessen schlenderten Paul und ich durch das riesige Haus und besprachen, was wir tun würden, um die Einrichtung und die Ausstattung abzurunden. Ich erkannte jetzt erst, wie groß diese Aufgabe war, und ich fragte mich laut, ob ich diesem Vorhaben wohl gewachsen war.

»Natürlich schaffst du das«, versicherte er mir. »Aber vielleicht kann ich Mutter dazu bringen, daß sie dir dabei hilft. Solche Dinge tut sie leidenschaftlich gern«, sagte er. »Du kannst eine ganze Menge von meiner Mutter lernen«, fügte er hinzu. »Sie ist kultiviert und hat einen guten Geschmack. Das soll nicht heißen, du hättest das nicht«, fügte er eilig hinzu. »Es ist nur so, daß sie schon länger kostspielige Gegenstände einkauft, als du es tust«, sagte er mit einem Lächeln.

»Wie reich sind wir, Paul?« fragte ich. Waren die Möglichkeiten denn wirklich unbegrenzt?

Er lächelte. »Da die Ölpreise steigen und die Quellen vier- bis fünfhundert Prozent des vorhergesagten Ertrages abwerfen... wir sind Multimillionäre, Ruby. Neben uns nehmen sich deine reiche Stiefmutter und deine Schwester ärmlich aus.«

»Sag ihnen das bloß nicht«, sagte ich. »Es würde ihnen das Herz brechen.«

Paul lachte. Ich bekannte mich zu meiner Müdigkeit. Erschöpfung wäre das treffendere Wort. In emotionaler Hinsicht war der Tag die reinste Achterbahnfahrt gewesen. Momente der Depression und der Traurigkeit hatten sich mit Augenblikken größten Glücks abgewechselt. Ich ging nach oben und machte mich für die erste Nacht in meinem wunderschönen neuen Zuhause zurecht. Wieder einmal versetzte Paul mich in Erstaunen. Ich fand ein hübsches Nachthemd, einen Morgenmantel und Hausschuhe vor, alles schon für mich bereitgelegt. Holly war in diese Überraschung eingeweiht gewesen. Als ich mich bei Paul dafür bedankte, tat er so, als wüßte er von nichts.

»Das muß deine gute Fee gewesen sein«, sagte er.

Ich sah noch einmal nach Pearl. Sie schlief ruhig und zufrieden in ihrem hübschen neuen Bettchen. Ich beugte mich vor und küßte sie auf die Stirn, ehe ich in mein eigenes Schlafzimmer zurückkehrte und mich in mein eigenes breites Bett mit den flauschigen Kissen und der weichen Matratze legte.

Die Bewölkung und der Regen waren nach Südosten weitergezogen; die Wolkendecke über uns war aufgerissen und ließ den Mondschein auf unser prachtvolles Haus fallen und durch meine Fenster blinzeln. Ich lag behaglich da, war aber immer noch von Sorge erfüllt, was den Morgen jedes einzelnen unserer Tage betraf. Da hörte ich ein zartes Klopfen an der Verbindungstür.

»Ja?«

Paul öffnete die Tür und schaute ins Zimmer. »Ist alles in Ordnung mit dir?«

»Ja, Paul. Es geht mir gut.«

»Hast du es auch bequem genug?« fragte er und blieb als Silhouette in der Tür stehen.

»Ja, sehr bequem.«

»Darf ich dir einen Gutenachtkuß geben?« fragte er mit zaghafter Stimme.

Einen Moment lang schwieg ich. »Ja«, sagte ich dann.

Er kam näher, beugte sich vor und preßte die Lippen auf meine Wange. Ich glaubte, das sei alles, doch als sein Mund sich meinen Lippen näherte, wandte ich den Kopf ab. Ich konnte seine Enttäuschung deutlich spüren. Er zog den Kopf ein paar Zentimeter zurück und blieb über mich gebeugt dastehen, ehe er sich wieder aufrichtete.

»Gute Nacht, Ruby. Ich liebe dich«, sagte er. »So sehr, wie dich ein Mann nur irgend lieben könnte«, fügte er hinzu.

»Das weiß ich, Paul. Gute Nacht.«

»Gute Nacht«, sagte er mit einer zarten und zaghaften Stimme, die wie die eines kleinen Jungen klang.

Er schloß die Tür zwischen unseren Zimmern, und eine Wolke zog vor den Spalt, der dem Mondschein ein Fenster in meine neue Welt geöffnet hatte. Eine Zeitlang war das Dunkel wieder tief und undurchdringlich.

Man konnte jedoch die Ölpumpen hören, obwohl sie sich auf der anderen Seite des Hauses befanden und ein gutes Stück von uns entfernt waren. Sie tauchten in die Eingeweide der Erde ein, um die schwarze Flüssigkeit herauszusaugen, die unsere Zukunft sicherte, Wälle des Reichtums um uns herum errichtete und die Dämonen von uns fernhielt. Paul hatte einen Burggraben aus Öl zwischen uns und den Widrigkeiten ausgehoben, die einen so großen Teil der Welt jenseits dieses Grabens bedrohten und erschütterten.

Ich konnte mich in meine luxuriöse Steppdecke hüllen, die Augen schließen, meine eigenen Ängste beiseite schieben und nur noch an die wunderbaren Dinge denken, die hier zu tun waren. Ich konnte von Pearl träumen als einem kleinen Mädchen, das ein eigenes Pony besaß. Ich konnte von Gartenparties träumen, von Geburtstagsfeiern und von eleganten Dinnerparties. Ich konnte von meinem Atelier träumen, das in Licht getaucht war und das ich mit neuen Arbeiten anfüllen würde.

Was könnte ich mir sonst noch wünschen? dachte ich mir. Du könntest dir Liebe wünschen, flüsterte ein kleines Stimmchen. Liebe.

4.
Schon wieder eine neue Familie

Am nächsten Morgen hörte ich in aller Frühe, wie die Verbindungstür aufging und Paul den Kopf hereinstreckte, um nachzusehen, ob ich schon wach war. Er wollte sich gerade wieder zurückziehen, als ich seinen Namen rief.

»Oh, ich wollte dich nicht wecken«, sagte er eilig.

»Wie spät ist es?«

»Es ist noch sehr früh, aber ich wollte nach dir sehen, ehe ich in die Konservenfabrik gehe. Zum Mittagessen komme ich nach Hause. Hast du gut geschlafen?«

»Ja. Das Bett ist sehr bequem«, sagte ich. »Und erst diese Kissen... es ist, als schliefe man in einem Butterfaß.«

Er lächelte. »Prima. Wir sehen uns dann später wieder.« Er schloß die Tür, und ich stand auf und kleidete mich an, ehe Pearl aufwachte. Als ich sah, wie fröhlich sie in ihrem Kinderbettchen lag, wußte ich, daß auch sie die erste Nacht in ihrem neuen Zuhause genossen hatte. Ich zog sie an und brachte sie nach unten. Nach dem Frühstück nahm ich Pearl auf den Dachboden mit, um dort Pläne für mein Atelier zu schmieden und eine Liste der Dinge anzufertigen, die ich kaufen würde, wenn wir nach New Orleans fuhren. Als Pearl am späten Morgen wieder einschlief, ging ich aus dem Haus, um zuzusehen, wie die Männer, die Paul engagiert hatte, an der Gestaltung unseres Gartens arbeiteten.

Der Duft nach frischem Bambus hing in der Luft, und in der Ferne sah ich, wie sich zwei schneeweiße Silberreiher in den blauen Himmel aufschwangen. Ich seufzte auf vor Freude und fühlte mich benommen. Ich war derart in den Anblick der sanft gewellten Wiesen versunken, der Gehwege, die mit Steinplatten gefliest waren, der Blumenbeete und der Sträucher, daß ich nicht hörte, wie ein Wagen unsere Auffahrt hinauffuhr, und auch nicht das Läuten an der Tür.

James kam heraus, um mir mitzuteilen, daß ich einen Besucher hatte. Ehe ich ins Haus zurückgehen konnte, tauchte Pauls Vater auf. Sowie James sich zurückgezogen hatte, kam Octavius eilig auf mich zu. Ein kühler Schauer rann mir über den Rücken.

»Ich habe Paul gesagt, daß ich mit euch beiden gemeinsam zu Mittag essen und dann mit ihm die Ölquellen ansehe, aber ich bin vorzeitig aufgebrochen, weil ich die Gelegenheit haben wollte, allein mit dir zu reden«, erklärte er mir überstürzt.

»Mr. Tate...«

»Du solltest dir am besten gleich angewöhnen, mich Octavius zu nennen oder... Dad«, sagte er, und es klang nicht gerade erbittert, aber auch nicht besonders liebevoll.

»Octavius, ich weiß, daß du mein Haus in dem Glauben verlassen hast, ich würde einen Rückzieher machen, aber das hat Paul das Herz gebrochen, und nachdem dann auch noch Buster Trahaw über mich hergefallen ist...«

»Du brauchst mir nichts zu erklären«, sagte er. Er holte tief Luft und blickte auf den Sumpf hinaus. »Was passiert ist, ist passiert. Schon vor langer Zeit«, fuhr er fort, »habe ich aufgehört, daran zu glauben, daß das Schicksal oder mein persönliches Los mir etwas schuldig sind. Was ich an Glück erfahre und welcher Segen mir zuteil wird, nichts von alledem habe ich verdient. Ich lebe nur noch dafür, das Glück und die Geborgenheit meiner Kinder und meiner Frau zu gewährleisten.«

»Paul ist sehr glücklich«, sagte ich.

»Das weiß ich. Aber meine Frau...« Er schlug einen Moment lang die Wimpern herunter und hob seine dunklen traurigen Augen dann zu mir. »In allererster Linie graut ihr davor, daß aufgrund dieser Eheschließung die Wahrheit ans Licht kommen könnte und daß das ganze Gebäude an Vorspiegelungen, das sie um Paul und sich selbst herum aufgebaut hat, einstürzen wird. Da wir eine sehr wohlhabende und erfolgreiche Familie sind, halten die Leute uns für steinhart, aber hinter geschlossenen Türen... sind unsere Tränen ebenso salzig wie die aller anderen auch.«

»Ich verstehe«, sagte ich.

»Wirklich?« Sein Gesicht heilte sich auf. »Ich bin nämlich nur deshalb eher gekommen, weil ich dich um einen Gefallen bitten wollte.«

»Selbstverständlich«, sagte ich, ehe ich mir seine Bitte auch nur angehört hatte.

»Ich möchte, daß du die... laß es mich in Ermangelung eines besseren Wortes so nennen... die Illusion aufrechterhältst, wenn ihr einander seht, obwohl du die Wahrheit kennst und Gladys weiß, daß du sie kennst.«

»Darum hättest du mich nicht zu bitten brauchen«, sagte ich. »Das tue ich nicht nur für Mrs. Tate, sondern allein schon um Pauls willen.«

»Ich danke dir«, sagte er erleichtert, und dann sah er sich um. »Dieses Haus, das Paul hier baut, ist wirklich ganz beachtlich. Er ist ein anständiger junger Mann. Er hat sein Glück verdient. Ich bin sehr stolz auf ihn, und das bin ich schon immer gewesen, und ich weiß, daß auch deine Mutter stolz auf ihn gewesen wäre.« Er wich ein paar Schritte zurück. »Nun... ich... ich werde mich jetzt wohl mit einem der Arbeiter unterhalten«, stammelte er. »Bis Paul kommt. Danke«, fügte er hinzu und wandte sich dann eilig ab, um sich in das Haus zurückzuziehen.

Mein beschleunigter Herzschlag verlangsamte sich wieder, doch das Gefühl der Leere in meinem Bauch, das mir den Eindruck vermittelte, ich hätte ein Dutzend Schmetterlinge verschluckt, legte sich nicht. Es würde Zeit kosten, dachte ich, und vielleicht würde selbst die Zeit die rauhen Kanten zwischen mir und Pauls Eltern nicht abschleifen, aber um Pauls willen würde ich mich bemühen. Jeder einzelne Tag dieser Ehe, die auf ganz speziellen Abmachungen beruhte, würde eine Reihe von Proben und Fragen mit sich bringen. Trotz allem, was wir hatten und haben würden, mußte ich herausfinden, ob ich es durchstehen konnte oder nicht.

James kam zurück und riß mich aus meinen bedrückten Gedanken. »Mr. Tate ist am Telefon, Madame«, sagte er.

»Oh. Danke, James.« Ich machte mich auf den Weg ins Haus, und dabei fiel mir auf, daß ich nicht genau wußte, wo sich das nächstgelegene Telefon befand.

»Sie können das Gespräch hier auf dem Innenhof entgegennehmen«, sagte James und wies mit einer Kopfbewegung auf den Tisch und die Stühle. Neben einem der Stühle stand auf einem kleinen Bambustischchen ein Telefon.

»Danke, James.« Ich lachte in mich hinein. Das Personal kannte sich in meinem neuen Zuhause besser aus als ich. »Hallo, Paul.«

»Ruby, ich komme gleich nach Hause, aber ich mußte dir von diesem Glücksfall berichten. Oder zumindest halte ich es dafür«, sagte er aufgeregt.

»Was ist passiert?«

»Unser Vorarbeiter hier in der Konservenfabrik kannte diese nette ältere Frau, die gerade ihren Job als Kindermädchen verloren hat, weil die Familie von hier fortzieht. Sie heißt Mrs. Flemming. Ich habe gerade mit ihr telefoniert, und sie kann heute nachmittag zu einem persönlichen Vorstellungsgespräch nach Cypress Woods kommen. Ich habe auch mit der Familie gesprochen, die sie in den höchsten Tönen lobt.«

»Wie alt ist sie?«

»Anfang Sechzig. Sie ist schon seit geraumer Zeit verwitwet und hat eine verheiratete Tochter, die in England lebt. Sie vermißt ihre Familie und sucht eine Stellung, weil ihr der Umgang mit Kindern fehlt. Wenn alles klappt, können wir sie vielleicht sofort einstellen und Pearl bei ihr lassen, während wir nach New Orleans fahren.«

»Oh, ich weiß nicht, ob sich das so schnell machen läßt, Paul.«

»Nun, das wirst du sehen, nachdem du mit ihr gesprochen hast. Soll ich ihr sagen, daß sie etwa um zwei Uhr vorbeikommen soll?«

»Einverstanden«, sagte ich.

»Was ist? Freust du dich nicht darüber?« fragte er. Sogar am Telefon konnte Paul spüren, wenn ich nervös oder besorgt war, traurig oder froh.

»Doch. Es ist nur einfach so, daß du zu schnell für mich bist. Ich finde kaum die Zeit, um Atem zu holen und eine erstaunliche Neuigkeit zu verdauen, da konfrontierst du mich schon mit der nächsten Überraschung.«

Er lachte. »Genau das habe ich vor. Dich mit schönen Dingen zu überschütten und dich in Glück zu ertränken, damit du niemals bereuen wirst, was wir getan haben und warum wir es getan haben«, sagte er. »Oh, übrigens, mein Vater wird mit uns zusammen zu Mittag essen. Es könnte sein, daß er schon vor mir eintrifft, das heißt...«

»Mach dir keine Sorgen«, sagte ich.

»Ich werde jetzt Mrs. Flemming anrufen, und dann mache ich mich auf den Heimweg. Was kocht Letty heute?«

»Ich hatte Angst, sie zu fragen«, sagte ich, und erst jetzt wurde mir klar, daß es sich so verhielt. Er lachte.

»Sag ihr ganz einfach, daß du sie verhexen wirst, wenn sie sich nicht benimmt«, sagte er.

Ich legte auf und lehnte mich zurück. Ich kam mir vor, als säße ich in einer Piragua, die einen Wasserfall nach dem nächsten durchfuhr, während ich keine Gelegenheit fand, Luft zu schnappen.

»Die Kleine ist wach geworden, Mrs. Tate«, rief mir Holly aus einem Zimmer im oberen Stockwerk zu.

»Ich komme schon«, sagte ich. Ich fand im Moment absolut keine Zeit zum Nachdenken, aber vielleicht hatte Paul recht. Vielleicht war das das Beste.

Beim Mittagessen verrieten weder ich noch Pauls Vater mit einem Wort oder einer Geste, daß wir bereits vorher miteinander geredet hatten, aber wir waren alle nervös. Paul redete wie ein Wasserfall. Er war so aufgeregt, daß es eines Orkans bedurft hätte, um ihn zu bremsen. Das Gespräch mit seinem Vater wandte sich schließlich geschäftlichen Problemen zu.

Pünktlich um zwei traf Mrs. Flemming mit einem Taxi ein. Pauls Vater war gegangen, doch Paul war länger geblieben, um sie gemeinsam mit mir zu empfangen. Das erste, was mir an ihr ins Auge stach, war, daß sie in etwa die Größe von Grandmère Catherine hatte. Mrs. Flemming war knapp einen Meter sechzig groß und hatte auch die puppenhaften Gesichtszüge meiner Großmutter: eine Knopfnase, einen kleinen zarten Mund und leuchtende graublaue Augen. Ihr helles silbriges Haar war noch von weizengelben Strähnen durchsetzt. Sie hatte es zu einem weichen Knoten aufgesteckt und ihren Pony kurz geschnitten.

Sie legte ihr Empfehlungsschreiben vor, und wir gingen alle ins Wohnzimmer, um miteinander zu reden. Keine ihrer bisherigen Erfahrungen und kein noch so dicker Packen von Empfehlungsschreiben hätte jedoch etwas bewirkt, wenn Pearl sie nicht mochte. Ein Baby ist ausschließlich auf seine Instinkte angewiesen, dachte ich, auf seine Gefühle. In dem Moment, in dem Mrs. Flemming mein Baby sah und Pearls Blick auf sie fiel, stand mein Entschluß fest. Pearl lächelte strahlend und erhob keinerlei Einwände, als Mrs. Flemming sie auf ihre Arme nahm. Es war, als hätten sie einander schon seit dem Tag gekannt, an dem Pearl geboren war.

»Oh, was für ein niedliches kleines Mädchen«, rief Mrs. Flemmings aus. »Du bist eine kleine Kostbarkeit, mein Süßes, so kostbar wie eine Perle. Ja, das kann man wohl sagen.«

Pearl lachte und richtete den Blick auf mich, als wollte sie sehen, ob ich eifersüchtig war oder nicht; dann schaute sie zu Mrs. Flemmings liebevollem Gesicht auf.

»Ich hatte nicht allzuviel Gelegenheit, mit meiner eigenen Enkelin zusammenzusein, als sie noch so klein war«, bemerkte sie. »Meine Tochter lebt in England, wissen Sie. Wir schreiben einander häufig, und einmal im Jahr fahre ich hin, aber trotzdem...«

»Warum sind Sie nicht mit ihr nach England gegangen?« fragte ich. Das war eine sehr persönliche Frage, und vielleicht hätte ich sie nicht ganz so direkt stellen sollen, aber ich hatte das Gefühl, soviel wie möglich über die Frau wissen zu müssen, die fast soviel Zeit wie ich mit Pearl verbringen würde, wenn nicht gar mehr.

Mrs. Flemmings Augen wurden dunkler.

»Oh, sie führt jetzt ihr eigenes Leben«, sagte sie. »Ich wollte mich nicht einmischen.« Dann fügte sie hinzu: »Die Mutter ihres Mannes lebt bei den beiden.«

Mehr brauchte sie nicht zu erklären. Wie Grandmère Catherine gesagt hätte: »Zwei Großmütter friedlich unter demselben Dach zu vereinen, ist so, als versuchte man, einen Alligator in einer Badewanne zu beherbergen.«

»Wo leben Sie jetzt?« fragte Paul.

»Ich habe ein einfaches Zimmer in einer Pension.«

Er sah mich an, während Mrs. Flemming mit Pearls winzigen Fingern spielte.

»Wenn das so ist, dann sehe ich keinen Grund dafür, daß Sie nicht gleich hier bei uns einziehen«, sagte ich. »Sie werden mit der Unterbringung zufrieden sein«, fügte ich hinzu.

Sie blickte auf und strahlte über das ganze Gesicht.

»Oh, ja, meine Liebe. Ja. Ich danke Ihnen.«

»Ich werde Sie von einem meiner Männer zu Ihrer Pension zurückfahren lassen. Dort kann er auf Sie warten, während Sie Ihre Sachen zusammenpacken«, sagte Paul.

»Vorher möchte ich Ihnen zeigen, wo Sie schlafen werden, Mrs. Flemming«, sagte ich und sah Paul fest an. Er tat es schon wieder; er handelte so schnell, daß ich kaum Atem holen konnte. »Ihr Zimmer grenzt direkt an das Kinderzimmer.«

Pearl jammerte nicht, als Mrs. Flemming sie auf dem Arm behielt und in ihr Zimmer trug. Ich hatte immer noch das Gefühl, daß etwas nahezu Mystisches daran war, wie die beiden einander auf Anhieb ins Herz geschlossen hatten, und natürlich entdeckte ich bald darauf, daß Mrs. Flemming Linkshänderin war. Für die Cajuns hieß das, daß sie spirituelle Kräfte besaß. Vielleicht waren sie in ihrem Fall subtiler, eher die Kräfte der Liebe als heilende Kräfte.

»Also, was ist?« fragte Paul, nachdem Mrs. Flemming mit einem seiner Männer fortgefahren war, um ihre Sachen zu holen.

»Sie scheint perfekt für den Posten zu sein, Paul.«

»Demnach würde es dir keine Sorgen bereiten, sie mit Pearl allein zu lassen?« schlußfolgerte er. »Wir werden schließlich nur ein oder zwei Tage fort sein.« Ich zögerte, und er lachte. »Schon gut. Mir ist die ideale Lösung eingefallen. Von Zeit zu Zeit muß ich mir ins Gedächtnis zurückrufen, wie reich ich wirklich bin. Wie reich *wir* sind, sollte ich wohl besser sagen.«

»Was soll das heißen?«

»Wir werden Pearl ganz einfach mitnehmen und ein angrenzendes Zimmer mit einem Kinderbettchen reservieren«, sagte er. »Warum sollte ich vor den Kosten zurückscheuen, solange es dich glücklich macht?«

»O Paul«, rief ich aus. Es schien tatsächlich so, als könne dieser neu begründete Reichtum jedes Problem aus der Welt schaffen. Ich schlang ihm die Arme um den Hals und küßte ihn auf die Wange. Seine Augen wurden vor Freude und Erstaunen groß. Ich wich zurück, als hätte ich eine unerlaubte Grenze überschritten. Einen Moment lang hatten mich mein Glück und meine Aufregung überwältigt. Ein seltsamer versonnener Blick trat in seine blauen Augen.

»Es ist schon in Ordnung, Ruby«, sagte er eilig. »Wir können einander reine Liebe entgegenbringen, wirklich. Wir sind nur Halbbruder und Halbschwester, verstehst du. Die andere Hälfte ist auch noch da.«

»Das ist die Hälfte, die mir Sorgen macht«, gestand ich leise.

»Ich will nur, daß du weißt«, sagte er und nahm meine Hände in seine, »daß dein Glück alles ist, wofür ich lebe.« Sein Gesicht wurde ernst und finster, als wir einander ins Gesicht starrten.

»Ich weiß, Paul«, sagte ich schließlich. »Und genau das macht mir manchmal angst.«

»Warum?« fragte er erstaunt.

»Es… es ist nun einmal so«, sagte ich.

»In Ordnung. Laß uns jetzt über nichts Trauriges reden. Dir müssen packen und Pläne schmieden. Ich muß mich mit dem Vorarbeiter der Ölbohrungsarbeiten absprechen und dann noch ein paar Stunden in die Konservenfabrik gehen. Du wirst in der Zwischenzeit einen Einkaufszettel schreiben und nichts auslassen«, sagte er. »Meine Familie wird gegen halb sieben hier erscheinen«, fügte er hinzu und ging.

Das hatte ich ganz vergessen. Vor der Begegnung mit Pauls Mutter graute mir. Trotz des Versprechens, das ich Pauls Vater gegeben hatte, war ich nicht gut darin, jemandem ins Gesicht zu sehen und die Wahrheit zu überspielen. Darin war meine Zwillingsschwester Gisselle Expertin, aber nicht ich. Trotzdem mußte ich es irgendwie schaffen.

Ich zog mich fünfmal um, ehe ich mich für ein Kleid entschied, das ich für das Abendessen mit meiner neuen Familie tragen würde. Ich konnte mich nicht entschließen, ob ich mir das Haar aufstecken oder es lang und offen tragen sollte. Jede kleinste Einzelheit nahm plötzlich enorme Bedeutung an. Ich wollte einen möglichst guten Eindruck machen. Schließlich entschied ich, das Haar aufzustecken. Ich kam in dem Moment nach unten, in dem die Tates eintrafen. Paul hatte sich bereits umgezogen und erwartete sie unten in der Eingangshalle.

Toby und Jeanne betraten zuerst das Haus, und Jeanne sprudelte über vor Aufregung und konnte es kaum erwarten, uns zu schildern, wie die Gemeinde auf unsere heimliche Hochzeit reagierte. Octavius und Gladys folgten; sie klammerte sich an seinen Arm, als fürchtete sie, sie könne ohne seine Stütze nicht auf den Füßen bleiben oder würde gar in Ohnmacht fallen. Sie drückte Paul einen Kuß auf die Wange und schaute dann zu mir auf, als ich die Treppe herunterkam.

Gladys Tate war eine große Frau, nur etwa zwei oder drei Zentimeter kleiner als ihr Mann, und gewöhnlich hatte sie eine majestätische Haltung. Ich wußte, daß sie von einer wohlhabenden Cajun-Familie in Beaumont, Texas, abstammte. Sie hatte ein Mädchenpensionat und dann das College besucht und dort Octavius Tate kennengelernt. Oft überraschte es mich, daß nicht mehr Leute den Verdacht geschöpft hatten, Paul könnte in Wirklichkeit nicht ihr Kind sein. Ihre Züge waren soviel schärfer geschnitten, und sie war soviel hagerer. In ihrem Gesicht war Härte, ein Ausdruck von Überlegenheit und Arroganz, sogar Hochmütigkeit, und dadurch unterschied sie sich von den meisten Frauen in unserer Cajun-Gemeinde, sogar von denen, die ebenfalls wohlhabend waren.

Im allgemeinen hatte sie einen modischen Haarschnitt und kleidete sich nach der neuesten Mode, doch heute abend wirkte sie so niedergeschlagen und deprimiert, daß selbst die modischste Kleidung und die kunstvollste Frisur nichts daran ändern konnten, wie traurig sie erschien. Sie vermittelte mir das Gefühl, nicht etwa einem Essen mit ihrer Familie, sondern einer Totenwache beizuwohnen. Als ich näher kam, forschten ihre Augen besorgt in meinem Gesicht.

»Hallo«, sagte ich mit einem nervösen Lächeln. Ich warf einen Blick auf Paul und sagte dann: »Ich vermute, ich sollte mich daran gewöhnen, euch beide Mom und Dad zu nennen.«

Octavius lächelte nervös, und sein Blick fiel auf Gladys, die nur deshalb, weil Pauls Schwestern anwesend waren, die Lippen zu einem flüchtigen Lächeln verzog. Augenblicklich setzte sie ihre förmliche Miene wieder auf.

»Wo ist das Baby?« fragte sie mit einer kalten, harten Stimme und richtete die Frage eher an Paul als an mich.

»Oh, wir haben gerade erst heute ein Kindermädchen engagiert, Mom. Sie heißt Mrs. Flemming. Die beiden sind oben im Kinderzimmer. Sie hat Pearl schon früher gefüttert, aber sie wird sie nach unten bringen, nachdem wir gegessen haben.«

»Ein Kindermädchen?« sagte Gladys und schien beeindruckt zu sein.

»Es ist eine sehr nette Frau«, warf ich ein. Gladys Tates Lippen wurden ein wenig weicher, als sie mich ansah. Ich hatte das Gefühl, die Luft zwischen uns sei so dick, daß man sie in Scheiben hätte schneiden können.

»Ich werde jetzt nach dem Abendessen sehen«, sagte ich. »Warum führst du nicht alle ins Eßzimmer?«

»Ich habe dein Haus noch gar nicht gesehen, Paul«, beklagte sich Gladys.

»Ach, ja. Richtig. Laß mich meine Mutter erst durch das Haus führen, Ruby.«

»Ja, sicher«, sagte ich und war froh über diese Gelegenheit, seiner Mutter eine Zeitlang entgehen zu können. Es würde noch schwerer werden, als ich erwartet hatte, dachte ich.

Als sei sie in die tiefsten und finstersten Geheimnisse eingeweiht, bereitete Letty eine ganz besondere Mahlzeit zu, noch außergewöhnlicher als das erste Essen, das sie für uns gekocht hatte. Octavius sagte immer wieder, wie sehr er seinen Sohn um die bessere Köchin beneidete. Gladys äußerte sich mit angemessenem Lob zu allem, doch jedesmal, wenn sie etwas sagte, nahm ich eine Anspannung wahr, die wie eine überdehnte Feder jeden Moment hätte zerspringen und in Hysterie umschlagen können. Es war, als könne sie jeden Moment wegen einer belanglosen Kleinigkeit schrill losschreien. Daher saßen Paul, sein Vater und ich auf Kohlen. Ich war erleichtert, als wir das Dessert hinter uns gebracht hatten, ein Schokoladenrumsoufflé, von dem Pauls Vater sagte, er habe nie ein besseres gegessen.

Als Holly gerade alle Kaffeetassen nachfüllte, erschien Mrs. Flemming mit Pearl im Arm.

»Ist sie nicht unglaublich süß, Mom?« rief Jeanne aus. »Ich finde, sie hat Pauls Augen, meinst du nicht auch?«

Gladys Tate starrte mich einen Moment lang an, ehe sie Pearl ansah. »Sie ist ein hübsches Kind«, sagte sie dann in einem unverbindlichen Tonfall.

»Möchten Sie sie einen Moment lang halten?« bot ihr Mrs. Flemming an. Ich hielt den Atem an. Mrs. Flemming war eine Großmutter, die wußte, wie gern jede Großmutter ihr eigenes Enkelkind in den Armen halten und küssen wollte.

»Ja, selbstverständlich«, sagte Gladys mit einem gezwungenen Lächeln. Mrs. Flemming brachte Pearl zu ihr. Sie wand sich unbehaglich in ihren Armen. Gladys Tate starrte ihr einen Moment lang ins Gesicht und drückte ihr dann einen schnellen Kuß auf die Stirn. Sie sah lächelnd zu Mrs. Flemming auf und nickte, um ihr zu bedeuten, sie solle sie wieder an sich nehmen. Mrs. Flemming kniff einen Moment lang die Augen zusammen, dann folgte sie schnell der Aufforderung.

»Was ist es für ein Gefühl, Großmutter zu sein, Mom?« fragte Jeanne.

Gladys Tate lächelte kühl. »Falls du damit meinst, ob ich mich dadurch älter fühle, Jeanne, dann muß ich dir mit einem Nein antworten.« Sie wandte sich um und richtete den Blick über den Tisch auf mich. Paul schlug daraufhin vor, wir sollten alle in die Bibliothek hinübergehen.

»Viel gibt es dort noch nicht zu sehen. Nichts in diesem Haus ist fertig, aber nachdem Ruby und ich aus New Orleans zurückkehren, wird dieses Haus ein Schmuckstück sein.«

»Warum erzählt ihr beide eurer Mutter nicht Genaueres über eure Pläne, wie ihr das Haus einrichten wollt?« schlug Octavius vor. Er wandte sich an mich. »Gladys hat die Inneneinrichtung unseres Hauses weitgehend übernommen.«

»Oh, ich würde mir liebend gern Anregungen geben lassen«, sagte ich und wandte mich an sie.

»Ich bin keine Innenarchitektin«, fauchte sie.

»Jetzt sei bloß nicht zu bescheiden, Gladys«, sagte Octavius unerschrocken. Er nickte mir zu. »Deine Schwiegermutter kennt sich wirklich aus, wenn es darum geht, Häuser kostspielig einzurichten und auszustatten. Ich wette, sie könnte mühelos mit dir durch das Haus laufen und Vorschläge einfach so aus dem Ärmel schütteln.«

»Octavius!«

»Das könntest du doch, Gladys«, beharrte er.

»Ihr beide macht jetzt einen Rundgang«, schlug Paul vor. »Ich werde alle anderen in die Bibliothek führen.«

Gladys schien einen Moment lang erzürnt zu sein. Dann sah sie ihre beiden Töchter an, die ihr Widerstreben zu erstaunen schien.

»Ja, natürlich, falls Ruby das wirklich möchte«, sagte sie widerwillig.

»Bitte«, sagte ich mit zitternden Lippen.

»Schön«, sagte Paul und erhob sich.

»Wo sollten wir uns zuerst umsehen?« fragte ich Gladys Tate.

»Zuallererst solltet ihr eure Schlafzimmer fertig einrichten«, schlug Jeanne vor. »Sie haben getrennte Schlafzimmer mit einer Verbindungstür. Ist das nicht wie bei einem Königspaar, Mom?«

Einen Moment lang herrschte tiefes Schweigen. Dann lächelte Gladys und sagte: »Ja, so ist es, meine Liebe. Ganz und gar.«

Als wir nach oben gingen und durch den Korridor liefen,

blieb Gladys einen Schritt hinter mir zurück. Sie sagte kein Wort. Mein Herz schlug heftig, während ich rasend nach etwas suchte, was ich hätte sagen können, Banalitäten, die nicht albern klangen oder meine Nervosität verrieten. Ich begann, über die Farben zu sprechen, die ich in Betracht zog, plapperte über Farbzusammenstellungen, den Stil der Möbel, die mir vorschwebten, und einzelne Stücke, die dazu dienen sollten, Akzente zu setzen. Als wir in der Tür zu meinem Schlafzimmer stehenblieben, sah sie mich endlich an.

»Warum hast du das getan?« fragte sie mich in einem heiseren Flüstern. »Warum, wenn du die Wahrheit doch gekannt hast?«

»Paul und ich haben einander schon immer sehr nahegestanden, Mutter Tate. Ich war früher schon einmal gezwungen, Paul das Herz zu brechen, um die Wahrheit vor ihm zu verbergen. Du weißt selbst, wie es für ihn gewesen ist, als er sie herausgefunden hat«, sagte ich.

»Und was glaubst du wohl, wie es für mich war?« fragte sie barsch. »Wir waren noch nicht einmal allzu lange miteinander verheiratet, als Octavius... als er mir untreu war. Natürlich hat deine Mutter ihn verhext. Catherine Landrys Tochter hat mystische Kräfte besessen, soviel steht für mich fest«, sagte sie.

Ich schluckte schwer. Ich hätte gern die Mutter in Schutz genommen, die ich nie gekannt hatte, aber ich sah deutlich, daß Pauls Mutter diese Theorie entwickelt hatte, um sich mit der Untreue ihres Ehemannes abfinden zu können. Ich hatte nicht die Absicht, Löcher in ihren Ballon zu stechen.

»Aber was habe ich getan?« fuhr sie fort. »Ich habe es akzeptiert und die Dinge vertuscht, um es uns zu ermöglichen, ehrbar zu bleiben und Paul behütet aufwachsen zu lassen. Und jetzt geht ihr beide... her und... es ist sündig«, sagte sie kopfschüttelnd. »Durch und durch sündig.«

»Wir leben nicht so zusammen, Madame. Deshalb haben wir schließlich getrennte Schlafzimmer.«

Sie schüttelte den Kopf, und ihre harten Augen drückten erbarmungslose Verdammung aus. Dann seufzte sie tief und setzte eine selbstmitleidige Miene auf.

»Jetzt muß ich schon wieder heucheln und meinen Stolz noch einmal schlucken, und ich muß tun, was ich eben tun muß, um meine Kinder vor der Schande zu bewahren. Das ist ungerecht«, sagte sie kopfschüttelnd. »Es ist einfach ungerecht.«

»Von mir wird niemand etwas erfahren. Kein Wort wird über meine Lippen kommen«, versprach ich ihr. Sie stieß ein kurzes schrilles Lachen aus.

»Weshalb solltest du auch etwas sagen? Sieh dir nur an, was du jetzt alles hast«, fügte sie schroff hinzu und hob die Arme. »Dieses Haus, dieses Grundstück, diesen enormen Reichtum... und einen Vater für dein Kind.« Sie heftete den Blick auf mich.

»Madame, Mutter Tate, ich versichere dir...«

»Du versicherst mir etwas. Ha! Ich bin sicher, daß du Paul mit demselben Zauber belegt hast, mit dem deine Mutter Octavius verhext hat. Diese Kräfte sind von der Mutter auf die Tochter übergegangen, nur bin ich diejenige, die für all das büßt... und nicht etwa mein braver Mann oder mein guter Adoptivsohn. Komisch«, sagte sie und unterbrach sich. »Ich habe diesen Ausdruck nie verwendet, nicht ein einziges Mal. Aber jetzt, in deiner Gegenwart, kann ich nichts anderes als die Wahrheit sagen: mein Adoptivsohn.«

»Es ist nicht die Wahrheit«, fauchte ich sie an. »In deinem Herzen liebst du Paul in derselben Form, in der du ihn lieben würdest, wenn du ihn selbst geboren hättest, und er liebt dich ebenso. Eins werde ich dir versprechen, Mutter Tate, und zwar, daß ich nie etwas tun werde, was diese Liebe beeinträchtigen könnte. Niemals«, beharrte ich mit zusammengekniffenen Augen und sah ihr voller Entschlossenheit fest ins Gesicht.

Sie lächelte so kalt, als wolle sie damit sagen, das könne ich selbst dann nicht, wenn ich es mir von ganzem Herzen wünschte.

»Aber du solltest wissen, daß Paul Pearl so sehr liebt wie ein eigenes Kind«, warnte ich sie. »Ich hoffe, du wirst das akzeptieren und sie wie eine Großmutter lieben.«

»Liebe«, sagte sie. »Jeder einzelne braucht soviel davon. Da ist es kein Wunder, daß wir alle derart erschöpft sind.« Sie seufzte noch einmal und sah sich dann in meinem Zimmer um. In ihrem harten Gesicht drückte sich herbe Kritik aus. »Du solltest hübsche Vorhänge für diese Fenster aussuchen. Die Sonne geht auf dieser Seite des Hauses unter. Und diese Farben, die du in Betracht ziehst... ich dachte, du hältst dich für eine Künstlerin. Hier wirst du Beige mit einem Hauch von Rosé nehmen«, ordnete sie an. »Wenn ihr nach New Orleans fahrt«, fuhr sie fort, während sie sich weiterhin umsah, »dort kenne ich dieses Geschäft in der Canal Street...«

Ich folgte ihr und war froh über unseren Waffenstillstand, obwohl wir ihn zu ihren Bedingungen geschlossen hatten.

Am nächsten Morgen standen wir früh auf, um nach New Orleans aufzubrechen. Zum Glück riß die morgendliche Wolkendecke auf, und die blauen Flecken, durch die strahlender Sonnenschein schimmerte, gestalteten die Fahrt erfreulicher. Es war mir verhaßt, lange Wege bei Regen zurückzulegen. Als wir über die vertraute Schnellstraße fuhren, fühlte ich mich unwillkürlich, als durchlebte ich einen alten Alptraum noch einmal. Ich erinnerte mich wieder an meine erste Reise, als ich damals vor Grandpère Jack fortgelaufen war. Ich war während des Karnevals in New Orleans eingetroffen und beinah von einem Mann mit einer Faschingsmaske vergewaltigt worden, der mir vorgemacht hatte, er wollte mir helfen, mich in der Stadt zurechtzufinden.

Aber das war auch der Tag, an dem ich Beau zum ersten Mal begegnet war, fiel mir wieder ein. Als ich gerade den Mut verloren hatte und umdrehen wollte, nachdem ich das Haus meines Vaters gefunden hatte, war Beau erschienen wie ein Star, der von der Kinoleinwand herabsteigt. Vom ersten Moment an wußte ich, daß er etwas ganz Besonderes war; und daran, wie er mich ansah, sobald er wußte, daß ich nicht meine Zwillingsschwester war, erkannte ich, daß er genauso über mich dachte. Als der Lake Pontchartrain mit seinem dunkelgrünen Wasser und den kleinen Schaumkronen in Sicht kam, erinnerte ich mich lebhaft an mein erstes Rendezvous mit Beau und daran, wie leidenschaftlich wir schon damals gewesen waren.

Ich war in diese Erinnerungen so versunken, daß ich nicht einmal wahrnahm, wie Paul in die Stadt fuhr. Erst als wir vor dem Fairmont Hotel vorfuhren, erwachte ich aus meinen Träumereien. Pearl hatte während der Fahrt die meiste Zeit geschlafen, aber als wir aus dem Auto stiegen, war sie fasziniert von den Verkehrsgeräuschen, den Menschenmassen und dem ganzen Trubel um uns herum. Wir bezogen unsere Suite. Paul hatte arrangiert, daß ein Zimmer mit zwei Doppelbetten und ein angrenzendes Zimmer für Mrs. Flemming und Pearl für uns reserviert worden waren.

Nachdem wir zum Mittagessen eine Kleinigkeit im Hotel zu uns genommen hatten, brachte Mrs. Flemming Pearl für ihren Mittagsschlaf nach oben, und Paul und ich brachen zu unserem Einkaufsbummel auf. Ich hatte vergessen, wie sehr ich diese Stadt liebte. Sie hatte ihren eigenen, ganz speziellen Rhythmus, der sich veränderte, wenn der Tag in den Abend überging. Am Morgen konnte es ganz ruhig hier sein. Die meisten Geschäfte waren nicht geöffnet, und die Rolläden und die Balkontüren waren geschlossen; insbesondere in dem berühmten Französischen Viertel, dem Vieux Carré. Die Schatten waren immer noch tief, und es war relativ kühl auf den Straßen.

Am späten Vormittag öffneten die Geschäfte, und die Straßen füllten sich mit Menschen. Die verschnörkelten Balkone über uns waren überladen mit Blumen. Straßenhändler boten lauthals ihre Waren feil; aus den Türen der Restaurants und Bars drang Musik, die die Touristen anlockte. Während der Nachmittag voranschritt, beschleunigte sich der Rhythmus. Straßenmusikanten und andere Künstler nahmen ihre Posten an den Kreuzungen ein und zeigten ihr Können im Steptanz, Jonglieren und im Gitarrenspiel.

Paul hatte eine Liste von Geschäften, in die er gehen wollte. Er gestand mir, daß seine Mutter sie zusammengestellt hatte.

»Sie kennt sich mit diesen Dingen bei weitem besser aus als wir«, erklärte er und zeigte sie mir. »Was meinst du dazu?«

»Mir ist das recht«, sagte ich, obwohl es sich bei vielen Punkten dieser Liste um Dinge handelte, die ich nicht ausgewählt hätte.

Paul und ich zogen von einem Geschäft zum nächsten und kauften Einrichtungsgegenstände wie Lampen und Tische, aber auch das schmückende Beiwerk, das seine Mutter vorgeschlagen hatte. Ich kam mir mit der Zeit vor, als liefe ich wie ein Kind hinter ihm her.

»Meine Mutter hat einen guten Geschmack, findest du nicht auch?« fragte er, ehe ich auch nur dazu gekommen war, mich zu den Einkäufen zu äußern.

»Ja«, sagte ich. Es war, als begleitete sie uns.

Am späten Nachmittag legten Paul und ich eine Pause ein und gingen ins Café du Monde, um dort Kaffee zu trinken und die berühmten Beignets zu essen. Wir konnten die Künstler an ihren Staffeleien beobachten und die Touristen, die mit ihren Kameras um den Hals vorüberliefen. Vom Fluß her wehte eine kühle Brise, und die Magnolienblüten, die sich in der Luft hoben und senkten, leuchteten intensiv.

»Für das Abendessen habe ich uns einen Tisch bei Arnaud's reserviert«, bemerkte Paul.

»Bei Arnaud's?«

»Ja. Mutter hat es vorgeschlagen. Findest du nicht, daß sie eine gute Wahl getroffen hat?«

»Oh, doch, es ist sehr hübsch dort«, sagte ich und lächelte gequält. Woher hätte Paul wissen sollen, daß Beau mich zu unserem ersten offiziellen Rendezvous zu Arnaud's eingeladen hatte? Es schien mir jedoch so, als hätte sich die ganze Stadt verschworen, die Erinnerung an jede einzelne Kleinigkeit wachzurufen, die ich hier erlebt hatte, ganz gleich, ob gut oder böse.

Das Abendessen war wunderbar, und Pearl benahm sich gut. Hinterher wollte Paul mit mir im Hotelfoyer sitzen und Jazz hören. Das taten wir eine Zeitlang, doch die Fahrt und die Einkäufe des Tages mit all dem emotionalen Beigeschmack hatten mich mehr ausgelaugt, als ich es für möglich gehalten hätte. Immer wieder fielen mir die Augen zu. Paul lachte, und wir gingen nach oben in unser Zimmer.

Es war die erste Nacht, die wir gemeinsam im selben Schlafzimmer verbrachten, und wenn wir auch kein Bett miteinander teilten, dann brachte das doch eine gewisse Intimität mit sich, die mir anfangs leises Unbehagen erregte. Als ich, nur mit meinem Slip bekleidet, vor dem Waschbecken und dem Spiegel stand, sah ich Paul im Spiegel, der hinter mir stand und mich aus seinen tiefen blauen Augen anstarrte, und ich fühlte mich nackt. Sowie er sah, daß ich seinen Blick bemerkt hatte, entfernte er sich eilig.

Ich ging ins Bad und kleidete mich zum Schlafen an. Paul lag bereits in seinem Bett, als ich das Licht ausschaltete und unter die Decke kroch.

»Gute Nacht, Ruby«, sagte er liebevoll.

»Gute Nacht.« Die Stille und die Dunkelheit schienen dichter zwischen uns zu werden. Wir würden alles miteinander teilen, was ein Mann und eine Frau, die heirateten und eins wurden, nur teilen konnten, bis auf eines: einander. Dieser Gedanke schwebte in der Dunkelheit über mir, verhöhnte mich und marterte mich. Ich drehte mich auf die Seite, und als ich die Augen schloß, flohen meine Gedanken über in Erinnerungen an Beau und die Leidenschaft, mit der wir einander geliebt hatten. Für den Moment waren diese Erinnerungen alles, was ich hatte.

Am nächsten Tag setzten wir unseren Einkaufsbummel fort und hielten uns dabei weiterhin an Mrs. Tates Auflistung. Ich ging in ein Geschäft für Künstlerbedarf und ließ meine eigene Liste dort. Es würde alles ins Haus geliefert werden. Nach dem Mittagessen gingen Paul und ich im Französischen Viertel spazieren und hielten jetzt nach Geschenken für seine Schwestern und seine Eltern Ausschau.

»Du hast es bisher nicht erwähnt«, sagte er, »aber hast du die Absicht, deine Stiefmutter zu besuchen? Sie weiß bisher noch nichts von uns.«

»Daran habe ich auch gedacht«, sagte ich. »Obwohl ich keineswegs darauf versessen bin.«

»Ich begleite dich.«

»Nein. Ich halte es für besser, wenn ich es allein tue«, sagte ich.

»Einverstanden.« Er lächelte. »Soll ich dir ein Taxi besorgen, oder...

»Nein, ich glaube, ich möchte die Straßenbahn nehmen«, sagte ich. Das hatte ich so oft getan, als ich in dem prächtigen Haus meines Vaters im Garden District gelebt hatte. Die Fahrt fand ich auch heute noch reizvoll, doch in dem Moment, in dem ich aus der Straßenbahn ausstieg und auf das Haus zulief, spürte ich, wie mein Herz schneller zu schlagen begann.

Konnte ich das tun? Einfach in dieses Haus zurückkehren und meiner Stiefmutter gegenübertreten, nachdem ich von hier fortgelaufen war? Ich wußte, daß Gisselle in der Schule war und ich mich daher nicht mir ihr befassen mußte. Dennoch erschien es mir wie eine selbstauferlegte Folter, dieses prunkvolle Haus zu betreten, obwohl ich wußte, daß mein Vater tot war, daß Nina fort war, daß Beau in Europa weilte und sich dort mit einer anderen jungen Frau eingelassen hatte.

Ich blieb auf der gegenüberliegenden Seite stehen und schaute das elfenbeinfarbene Haus an. Es wirkte unverändert, als sei die Zeit stehengeblieben. Wenn ich jetzt diese Straße überquerte, würde vielleicht alles, was sich seit dem Tag ereignet hatte, an dem ich hier erschienen war, ungeschehen sein, und ich würde noch einmal ganz von vorn beginnen, dachte ich. Daddy würde noch am Leben sein, ein lebhafter und gutaussehender Mann von strotzender Gesundheit. Nina Jackson würde in der Küche ihre Selbstgespräche führen und über böse Geister klagen, die sich in den Schränken und der Speisekammer eingenistet hatten, und Otis würde in der Tür stehen und schon darauf warten, mich zu begrüßen. Ich würde hören, wie Gisselle sich im oberen Stockwerk lauthals über irgend etwas beklagte.

Ich wollte die Straße gerade überqueren, als der vertraute Rolls-Royce in die Auffahrt einbog. Ich beobachtete, wie er vor dem Haus anhielt und Daphne ausstieg; sie wirkte vollkommen unverändert. Sie war immer noch die Eiskönigin, als sie augenblicklich ihre statuenhafte Haltung einnahm und dem Chauffeur eine Anweisung erteilte. Der Wagen setzte sich in Bewegung, und sie stieg die Stufen hinauf. Ein neuer Butler, ein kleinerer Mann mit dunkelgrauem Haar, öffnete unverzüglich die Tür. Es schien, als täte er nichts anderes, als hinter der Tür ihre Rückkehr zu erwarten. Ohne ihn auch nur mit einem einzigen Wort zu begrüßen, betrat sie das Haus. Er machte eine leichte Verbeugung und schaute dann hinaus, als sehnte er sich nach der Freiheit. Im nächsten Moment hatte sich die Tür wieder geschlossen, und ich trat auf den Bürgersteig zurück.

Plötzlich erschien mir nichts anderes auf Erden erschreckender und unerfreulicher als der Gedanke daran, dieser Frau gegenüberzutreten. Ich machte schleunigst auf dem Absatz kehrt und entfernte mich eilig. Ich lief so schnell, daß ich sicher wie jemand wirkte, der vor etwas floh. Aber schließlich war ich tatsächlich auf der Flucht.

Ich floh vor den gräßlichen Erinnerungen an die Abscheulichkeiten, die Daphne begangen hatte. Vor den Erinnerungen an ihren Versuch, mich einweisen und einsperren zu lassen, an ihre Eifersucht auf die Liebe meines Vaters zu mir, an ihre Bemühungen, mich in den Augen von Beaus Eltern so schlecht wie möglich hinzustellen. Ich floh vor der Leere dieses prächtigen Hauses, die dort herrschte, nachdem Daddy gestorben war, vor der Dunkelheit und den Schatten, die in jedem Winkel lauerten.

Ich lief etliche Straßen weit, ehe ich die Straßenbahn nahm, und als ich im Hotel eintraf und Paul mir die Tür öffnete, wirkte ich gehetzt, mein Haar war zerzaust und mein Gesichtsausdruck gequält.

»Was ist passiert?« fragte er. »Was hat sie angerichtet?«

»Nichts«, sagte ich und warf mich auf das Bett. »Ich habe kein Wort mit ihr geredet. Ich konnte es nicht tun. Ich werde ihr schreiben«, sagte ich. »Und es dabei belassen. Laß uns nach Hause fahren… jetzt sofort!«

Er schüttelte den Kopf. »Aber wir haben immer noch einige Erledigungen zu machen. Mutter fand, wir sollten…«

»O Paul«, rief ich aus und packte seine Hand. »Bring mich nach Hause. Bitte… bring mich einfach nur nach Hause. Den Rest kannst du doch allein besorgen, oder nicht?«

Er nickte. »Ja, selbstverständlich«, sagte er. »Wir werden augenblicklich aufbrechen.«

Erst als wir das Bayou wieder erreicht hatten und die Auffahrt zu Cypress Woods hochfuhren, verspürte ich ein Gefühl von Erleichterung. Vor mir ragte unser prachtvolles Haus auf, und mir wurde klar, daß das mein Zuhause war, selbst dann, wenn meine Schwiegermutter diejenige war, die es einrichtete, und nicht ich. Jetzt war ich mehr denn je froh darüber, daß ich den Entschluß gefaßt hatte, Paul zu heiraten und hierherzuziehen. Das Haus war weit genug fort und lag isoliert genug, um die

Gespenster meiner gräßlichen Vergangenheit von mir fernzuhalten.

Ich konnte es kaum erwarten, mein Atelier einzurichten und wieder mit dem Malen zu beginnen. Die Sümpfe, unsere enormen Mengen Land und unsere Ölquellen würden die Mauern umschließen und die Dämonen fernhalten. Hier war ich sicher, dachte ich... sicher.

5.
Traurige Nachrichten

Jeder einzelne Tag meiner ersten Monate als Hausherrin von Cypress Woods war derart mit Verpflichtungen und Aktivitäten angefüllt, daß ich kaum Zeit dazu fand, an dem Leben herumzugrübeln, das ich für mich und meine Tochter gewählt hatte. Ich glaube nicht, daß ich den Winter wahrnahm, bis die Schneegänse aufbrachen und ich erkannte, daß er vorübergegangen war. Die ersten Knospen des Frühlings öffneten sich auf einen Schlag und entfalteten eine Blumenpracht, wie ich ihresgleichen nie zuvor gesehen hatte. Kurz nach unserer Reise nach New Orleans hatten die Materialien zur Ausstattung und die Einrichtungsgegenstände für das prächtige Haus begonnen einzutreffen. Maler und Innenausstatter, Fliesen- und Teppichleger, Gardinennäherinnen und Spiegelfabrikanten, eine ganze Parade von Handwerkern marschierte täglich durch das große Haus.

Pauls Mutter kam fast jeden Morgen, um die Oberaufsicht zu führen. Als ich mich dazu äußerte, muß Paul mich entweder mißverstanden haben, oder wollte nicht verstehen, worauf ich hinauswollte.

»Ist es nicht wunderbar, wieviel Interesse sie für uns aufbringt«, erwiderte er. »Und daß sie hier ist und von einem Zimmer ins andere rennt, treppauf und treppab läuft und Fragen beantwortet, gibt dir die Zeit, dich um dein Atelier zu kümmern.«

Tatsächlich widmete ich meine ganze Aufmerksamkeit dem Atelier, weil es der einzige Raum war, den zu betreten Gladys sich weigerte. Auch Paul hatte jede Menge um die Ohren. Er teilte sich die Tage zwischen seiner Arbeit in der Konservenfabrik und der Beaufsichtigung der Arbeiten an den Ölbohrtürmen auf. Zwei Wochen nach unserer Rückkehr aus New Orleans wurde ein neuer Brunnen gegraben. Er nannte ihn Pearls Quelle und beschloß, sämtliche Einnahmen aus diesem Bohrloch sollten als Treuhandvermögen für sie festgelegt werden. Ehe sie auch nur ein Jahr alt war, war sie wohlhabender als die meisten Leute am Endc cines produktiven Lebens.

An den Wochenenden veranstalteten wir große Essenseinladungen für Leute, mit denen Paul geschäftlich zu tun hatte. Alle waren beeindruckt von unserem Haus und dem Grundstück; vor allem diejenigen, die aus Baton Rouge, Houston oder Dallas kamen. Ich wußte, daß sie alle weniger Pracht im Cajun-Bayou erwartet hatten. Paul prahlte unermüdlich mit mir und gab schamlos mit meiner künstlerischen Begabung und meinen Erfolgen an.

Schließlich schrieb ich den Brief an Daphne, aber erst fast einen Monat seit meinem Versuch, sie in New Orleans aufzusuchen. Paul erkundigte sich gelegentlich danach, ob ich es getan hatte, und dann antwortete ich ihm: »Ich werde es bald tun. Aber ich muß mir erst noch Gedanken darüber machen.« Er wußte, daß ich es hinauszögerte, doch er nörgelte nicht an mir herum. Eines Nachmittags, als sich mir die Gelegenheit bot, Atem zu schöpfen, setzte ich mich dann endlich mit Papier und einem Stift in den Innenhof und begann zu schreiben.

Liebe Daphne,
wir haben einander jetzt fast ein Jahr lang nicht gesprochen und auch keinen Briefverkehr gehabt. Ich weiß, daß Du wenig Interesse daran hast, was aus mir geworden ist und wo ich mich jetzt aufhalte, aber um meines Vaters und seines Andenkens willen habe ich beschlossen, Dir diesen Brief zu schreiben.

Nach meinem gräßlichen Erlebnis in dieser furchtbaren Klinik, in die Du mich geschickt hast, um eine Abtreibung vornehmen zu lassen, bin ich fort gelaufen und zu meinen Wurzeln zurückgekehrt, ins Bayou. Monatelang habe ich in der früheren Hütte meiner Grandmère gelebt und all die Dinge getan, die sie und ich schon früher taten, um uns am Leben zu erhalten. Ich habe eine wunderschöne Tochter geboren, die ich Pearl genannt habe, und monatelang habe ich mich damit abgerackert, mühselig unser beider Unterhalt zu verdienen. Ich habe erkannt, daß meine oberste Verantwortung jetzt meiner Tochter und ihrem Wohlergehen gilt, und im Hinblick darauf habe ich Paul Tate geheiratet. Ich erwarte nicht von Dir, daß Du das verstehst, aber wir führen ein ganz besonderes Leben miteinander. Wir sind eher Partner, die es sich zum Ziel gesetzt haben, einander glücklich zu machen, einander Geborgenheit zu geben und Pearls Zukunft zu sichern, als Mann und Frau. Es hat sich herausgestellt, daß das Land, das Paul geerbt hat, große Ölvorräte birgt. Wir haben ein wunderschönes Haus, das wir Cypress Woods genannt haben.

Ich bitte Dich um nichts, am allerwenigsten um Verzeihung, aber Du solltest diesen Brief auch nicht so auslegen, als hätte ich Dir verziehen, was Du mir in früheren Zeiten anzutun versucht hast. Im Grunde genommen verspüre ich Dir gegenüber mehr Mitleid als Wut. Ich erwarte jedoch, daß das, was mein Vater mir hinterlassen wollte, auch an mich fällt. Meine Liebe zu ihm hat nicht im mindesten nachgelassen. Er fehlt mir sehr.

Sorge bitte dafür, daß der Anwalt, der mein Treuhandvermögen verwaltet, meine neue Anschrift bekommt.

Ruby

Ich erhielt keine Antwort, doch das erstaunte mich nicht. Zumindest hatte ich mich aktenkundig gemacht, und sie konnte nicht behaupten, ich sei untergetaucht und hätte jeden Kontakt und jede Verbindung zu meinem Vater und seinem Nachlaß geleugnet. Ich hatte sie nie wirklich als Mutter oder auch nur als Familienmitglied akzeptiert. Sie war mir eine Fremde gewesen, als ich im Hause der Dumas gelebt hatte, und jetzt war sie mir nur noch fremder geworden.

Jeanne kam häufiger als Toby, um mit Pearl zu spielen und uns zu besuchen. Da ich jetzt mit Paul verheiratet war, schloß sie mich als neue Schwester in ihr Herz, und zeitweise vertraute sie mir größere Geheimnisse an als Toby, ihrer eigenen Schwester und Blutsverwandten, und gewiß mehr als ihrer Mutter. Eines Nachmittags saßen wir auf der Terrasse, tranken frische Limonade und beobachteten, wie Mrs. Flemming mit Pearl einen kleinen Spaziergang durch den Garten unternahm.

Jeanne war eigens nach Cypress Woods gekommen, um mit mir über James Pitot zu sprechen, ihren Freund, einen jungen Anwalt. Er war ein großer, dunkelhaariger, gutaussehender Mann, dessen Höflichkeit und Charme mich ein wenig an Daddy erinnerten.

»Ich glaube, wir werden uns demnächst verloben«, enthüllte mir Jeanne. Der Art, wie sie darüber redete, konnte ich entnehmen, daß ich die erste war, die davon erfuhr.

»Glaubst du das wirklich?«

»Mir graut vor dem Gedanken an ein so großes Ja!« rief sie aus. Ich mußte lachen. »Das ist überhaupt nicht komisch, Ruby. Ich liege nachts wach und quäle mich damit herum.«

»Nein, es ist nicht komisch. Du hast recht. Ich hätte nicht lachen dürfen.«

»Was hat dich schließlich zu dem Entschluß veranlaßt, Paul zu heiraten?« fragte sie.

Wenn sie die Wahrheit gekannt hätte, wäre ihr Verhalten bestimmt nicht derart schwesterlich gewesen, fürchtete ich.

»Ich meine, ich weiß nicht, was Liebe ist, was es wirklich ist. Ich war schon in so viele Jungen verknallt, und du erinnerst dich doch sicher noch daran, daß ich mit Danny Morgan gegangen bin.«

»Ja, ich erinnere mich.«

»Aber er... er ist ein solcher Idiot geworden. James ist ganz anders. James ist...«

»Was ist er? Sag es mir«, sagte ich.

»Rücksichtsvoll und zuvorkommend, liebevoll und zärtlich. Wir haben es noch nicht getan, verstehst du«, sagte sie errötend. »Er wollte es natürlich, und ich auch, aber ich konnte es einfach nicht tun, ohne verheiratet zu sein. Das habe ich ihm gesagt, und er hat es verstanden. Er ist nicht wütend geworden.«

»Weil er sich wirklich etwas aus dir macht und dich glücklich machen will«, schloß ich. »Das ist Liebe oder zumindest der wichtigste Teil davon. Die anderen Dinge sind natürlich auch wichtig, aber es brauchen nicht jedesmal gleich Glocken zu läuten, wenn ihr euch küßt. Was ich gelernt habe, ist, daß Zuverlässigkeit der Nährboden ist, um eine dauerhafte und beständige Liebe zu pflanzen, Jeanne.«

»Aber für dich und Paul haben doch bestimmt die Glocken geläutet. Ihr beide seid schon so lange ineinander verliebt. Ich erinnere mich noch gut an die Zeiten, als er es nicht abwarten konnte, bis wir endlich zu Abend gegessen hatten, damit er sich auf seinen Motorroller schwingen und zu dir rausfahren konnte, und wenn es nur für zehn Minuten war. Es war wie... es war, als ginge die Sonne auf und schiene einem ins Gesicht.

So intensiv sind meine Gefühle für James nicht«, gestand sie ein, »und daher fürchte ich, daß ich einen tragischen Fehler begehe, wenn ich ja sage.«

»Manche Menschen lieben zu sehr«, sagte ich leise.

»Wie Adam Eva geliebt hat«, erwiderte sie und nickte. »Er hat nur deshalb von der verbotenen Frucht gegessen, weil er sie nicht verlieren wollte. Das hat mir Vater Rush mehr als einmal erzählt.«

»Ja, wie Adam, du hast recht«, sagte ich lächelnd.

»Aber gerade das macht die Geschichte so romantisch für mich. Ich möchte, daß meine Ehe so romantisch ist wie deine«, sagte sie. »Deine Ehe ist doch romantisch, nicht wahr, Ruby?«

Ich starrte sie an. War es nur ihre Jugend, die sie daran hinderte, die Wahrheit in meinen Augen zu sehen, oder lag es an meiner eigenen Fähigkeit, die Wahrheit zu verschleiern? Ich lächelte sanft.

»Ja, Jeanne, aber dazu kommt es nicht über Nacht, und wenn ich daraus schließe, wie du über James sprichst und was du mir über ihn erzählst, dann klingt es ganz so, als würdet ihr gemeinsam euer Glück finden.«

»Oh, ich bin ja so froh darüber, daß du das gesagt hast!« rief sie aus. »Deine Meinung schätze ich nämlich höher als die aller anderen, sogar höher als die Meinung meiner Mutter, von Toby ganz zu schweigen.«

»Ich wünschte, du würdest erst mit deiner Mutter sprechen«, sagte ich. »Ich möchte nicht diejenige sein, die dich davon überzeugt, daß es richtig ist, so zu handeln. Du mußt dich selbst davon überzeugen.«

In meinem Hinterkopf konnte ich deutlich vor mir sehen, wie sehr mich Gladys Tate dafür haßte, daß ich ihrer Tochter vertrauliche Ratschläge gab.

»Mach dir keine Sorgen. Das ist doch albern«, sagte sie. »Ich bin überzeugt. Ich mußte nur ganz sicher sein. Du bist doch früher selbst einmal genauso unsicher gewesen, wie ich es jetzt bin, oder etwa nicht?«

»Doch«, gestand ich.

»Du redest nie über dein Leben in New Orleans. Hast du dort viele Freunde gehabt? Oder damals, als du die Privatschule besucht hast?«

»Nein, nicht viele«, sagte ich und wandte eilig den Kopf ab. Sie war so aufgeweckt, daß es ihr nicht entging.

»Aber es hat einen gegeben?«

»Es hat... eigentlich niemanden gegeben«, sagte ich und wandte mich ihr mit einem Lächeln wieder zu. »Du weißt doch, wie diese reichen kreolischen Jungen sein können... Sie versprechen dir alles, was du willst, und das nur, damit du mit ihnen ins Bett gehst, und dann verschwinden sie schleunigst und gehen wieder auf Eroberungen aus.«

»Hast du es getan?« fragte sie eilig.

»Ob ich was getan habe?«

»Ob du mit einem von ihnen ins Bett gegangen bist?«

»Jeanne!«

»Es tut mir leid. Ich dachte, ich könne dich danach fragen. Ich dachte, wir könnten Schwestern sein, bessere Schwestern, als du und deine Zwillingsschwester es waren.«

»Das wäre keine Leistung«, sagte ich lachend. Ich starrte sie einen Moment lang an. »Nein«, sagte ich dann. »Ich habe es nicht getan.« Ich wußte, daß ich selbst in Tränen ausgebrochen wäre, wenn ich ihr die Wahrheit gesagt hätte, und dann wäre diese ganze wunderbare Welt, die Paul für Pearl und mich erschaffen hatte, um uns herum in Stücke gebrochen.

Sie wirkte erleichtert. »Dann ist es also richtig, daß ich warten will, bis wir verheiratet sind?«

»Wenn es dir richtig erscheint, dann ist es richtig«, sagte ich zu ihr. Sie schien sich für den Moment damit zu begnügen. Es fiel mir schwer, jemandem Ratschläge zu erteilen, wenn es um Romantik und Ehe ging. Wie hätte ich mir das anmaßen können?

Am nächsten Tag kam Jeanne, um ihre Verlobung mit James Pitot bekanntzugeben. Sie hatten einen Termin festgelegt. Sowie Paul davon erfuhr, sagte er, die Hochzeit würde auf Cypress Woods gefeiert werden, wenn sie es so wollte. Sie sah mich mit einem verschwörerischen Gesichtsausdruck an und jauchzte vor Begeisterung.

»Ruby wird mir sicher dabei helfen, die Hochzeit zu planen, nicht wahr, Ruby?«

»Ja, selbstverständlich«, sagte ich.

»O Paul«, sagte sie, »du hast nicht nur die Frau geheiratet, die du schon immer geliebt hast, und uns eine entzückende kleine Nichte geschenkt. Du hast mir außerdem noch eine wunderbare neue Schwester geschenkt.«

Wir umarmten und küßten einander, und ich hoffte nur, daß ich das Richtige gesagt hatte und daß Jeanne eine schöne und glückliche Ehe bestimmt war. Wie auch immer, wir hatten eine große Familienfeier zu planen. Es schien, als habe Paul recht gehabt: Unser Leben würde voller Aufregungen sein, und wir würden uns niemals langweilen.

An jenem Abend klopfte Paul an die Verbindungstür und kam in mein Schlafzimmer, als ich vor meiner Frisierkommode saß und mir das Haar bürstete. Ich war bereits im Nachthemd. Er trug seinen hellblauen Seidenpyjama, eines der Geburtstagsgeschenke, die ich ihm gekauft hatte.

»Ich habe gerade eben mit Dad telefoniert. Er sagt, sein Haus ähnelt inzwischen einer militärischen Kommandozentrale. Sie haben bereits lange Gästelisten angefertigt und damit begonnen, die Vorbereitungen zu planen. Er schwört, es sei ganz so, als bereite man eine Schlacht vor.«

Ich lachte.

»Ich wünschte, wir hätten eine prunkvolle Hochzeit feiern können«, sagte er. »Du hättest es wirklich verdient gehabt, wie eine Cajun-Prinzessin behandelt zu werden.«

»So werde ich doch ohnehin behandelt, Paul.«

»Ja, aber...« Er sah mir im Spiegel fest in die Augen. »Wie ist es für dich gewesen? Ich meine... bist du wirklich glücklich, Ruby?«

»Ja, Paul, das bin ich.«

Er nickte, und dann wurde sein eindringlicher versonnener Blick von einem zarten, liebevollen Lächeln abgelöst. »Jedenfalls danke ich dir dafür, daß du meine Schwestern so schnell ins Herz geschlossen hast und sie auch als deine eigene Familie akzeptierst. Sie himmeln dich an, und Mutter... Mutter hat es gelernt, dich nicht nur gezwungenermaßen zu akzeptieren. Ich weiß, daß sie dich inzwischen auch respektiert.«

Ich fragte mich, wie er eine solche Aussage treffen konnte. War er blind für den kalten, trüben Blick, der jedesmal in die Augen seiner Mutter trat, wenn sie mich ansah? Oder war er wild entschlossen, glücklich zu werden, und ignorierte er daher das Verhalten seiner Mutter und lebte selbst auch eine Illusion?

»Das hoffe ich sehr, Paul«, sagte ich ohne allzu große Überzeugungskraft.

»Oh, doch, so ist es«, beharrte er. »Und jetzt wünsche ich dir eine gute Nacht.« Er kam von hinten auf mich zu und küßte mich zart auf den Hals. So hatte er mich nicht mehr geküßt, seit wir miteinander verheiratet waren. Die Wärme seiner Lippen spülte in Wogen über meine Schultern und strahlte auf meine Brüste aus. Ich schloß die Augen, und als ich sie wieder aufschlug, sah ich, daß er immer noch dort stand und seine Lippen nur wenige Zentimeter über meinem Gesicht verharrten.

»Gute Nacht«, sagte ich. Es kam als ein rauhes Flüstern heraus.

»Gute Nacht.« Er wandte sich eilig ab und verließ mein Zimmer.

Einen Moment lang starrte ich die Tür an, die sich hinter ihm geschlossen hatte. Dann holte ich tief Atem und machte mich bereit, um ins Bett zu gehen.

In jener Nacht wälzte ich mich stundenlang herum und warf mich von einer Seite auf die andere, ehe ich endlich vor Erschöpfung einschlief.

Drei Tage später legte sich die brodelnde Fröhlichkeit, die in Cypress Woods geherrscht hatte, mit dem Eintreffen von Gisselle. Sie kam mit zwei Freunden aus ihrer stinkvornehmen Privatschule unsere Auffahrt heraufgerast, und die Hupe ihres Cadillac-Coupés schrillte. Sämtliche Dienstboten und auch ich liefen an die Fenster. Wir glaubten schon, es sei etwas passiert. James sah mich voller Erstaunen an.

»Das ist nur meine Zwillingsschwester«, sagte ich. »Machen Sie sich keine Mühe, James. Ich werde ihr selbst die Tür öffnen und sie ins Haus führen.«

»Wie Sie wünschen, Madame«, sagte er und zog sich nur zu gern zurück. Ich trat auf die Galerie vor dem Haus, um meine Gäste zu begrüßen.

Es war einige Zeit vergangen, seit ich Gisselle zuletzt gesehen hatte. Die beiden Jungen, die sie mitgebracht hatte, waren gutaussehende, schlanke junge Männer, einer mit dunkelbraunem Haar, der andere hellblond mit blauen Augen und einem auffallend hellen Teint. Er war der Fahrer. Sie trugen beide marineblaue Blazer, auf deren Brusttasche das Emblem ihrer Studentenverbindung in Gold aufgestickt war. Der dunkelhaarige junge Mann stieg als erster aus und hielt Gisselle die Tür auf. Dabei machte er eine tiefe Verbeugung nach Art der Europäer, als sei sie die Angehörige eines Königshauses. Das Lachen, das die Lippen aller verzog, deutete an, daß sie etwas getrunken oder vielleicht sogar Pot geraucht hatten. Ich hatte keinen Grund zu der Annahme, Gisselle könne sich inzwischen verändert haben oder erwachsen geworden sein, und doch hatte ich auf eine wundersame Metamorphose gehofft.

»Das ist sie«, rief sie aus, sowie ihr Blick auf mich fiel. »Meine entzückende kleine Zwillingsschwester, die Herrin von Cypress Woods. Ich muß zugeben, meine liebe Schwester«, sagte sie mit einem Nicken, als sie sich umsah, »für eine Cajun bist du nicht gerade schlecht dran.«

Die beiden Männer lachten, und der Fahrer stieg aus, um sich ihnen anzuschließen.

»Kannst du nicht wenigstens guten Tag sagen?« fragte Gisselle und stemmte die Hände in die Hüften. »Wir haben einander lange Zeit nicht gesehen. Man sollte meinen, du könntest wenigstens so tun, als ob du dich freust, mich wiederzusehen.«

»Hallo, Gisselle«, sagte ich trocken.

»Was, keine Umarmung und kein schwesterlicher Kuß?« Sie kam auf mich zu. Ich schüttelte den Kopf und umarmte sie. »So ist es schon besser. Du solltest wirklich beeindruckt sein. Wir sind den ganzen weiten Weg gefahren, um dich zu besuchen, und die Fahrt ist schrecklich langweilig. Es gibt nichts zu sehen außer diesen Hütten auf Pfählen, alten Fischerbooten, die in den Wasserläufen vermodern, und armen schmutzigen Kindern, die in ungepflegten Vorgärten mit rostigen Spielsachen spielen. Stimmt's, Darby?« sagte sie und wandte sich an den dunkelhaarigen jungen Mann. Er nickte und ließ mich nicht aus den Augen.

»Warum stellst du uns nicht angemessen vor, Gisselle«, sagte ich.

Sie grinste hämisch. »Ja, klar, so, wie man es uns in Greenwood beigebracht hat, was?« Sie drehte sich um und ahmte mit ihrer näselnden Sprechweise unsere Lehrerin in Greenwood nach, die uns in Umgangsformen unterrichtet hatte. »Das hier ist Darby Hennessey, von den unverschämt reichen Hennesseys, denen die Bank of New Orleans gehört.« Darby lachte und verbeugte sich. »Und dieser schüchterne hellblonde junge Mann zu meiner Linken ist Henry Howard. Sein Vater ist einer der berühmtesten und bedeutendsten Architekten von Louisiana. Keiner dieser beiden jungen Männer würde zögern, sein Erbe an mich zu verschwenden, stimmt's, Gentlemen?«

»Ich würde einen kleinen Teil davon zurücklegen, damit mir der Champagner niemals ausgeht«, scherzte Darby, und sie lachten alle.

»Dieses Haus... ich muß gestehen, Ruby«, sagte Gisselle und trat einen Schritt zurück, »daß ich es mir anders vorgestellt habe. Du bist schon reich, ehe du deinen Anteil an unserem Treuhandvermögen erbst. Kannst du dir vorstellen, wie wohlhabend meine Zwillingsschwester danach erst sein wird, Henry?«

Er nickte und sah sich um.

»Sehr reich«, gab er zu.

»Umwerfend sogar. Henry sitzt an seiner Doktorarbeit in Neurochirurgie«, sagte sie, und Darby lachte. »Was ist, wirst du uns herumführen, oder müssen wir den ganzen Tag in der Hitze des Sumpfes im Freien stehen?« erkundigte sie sich grob.

»Natürlich führe ich euch herum.«

»Geht es in Ordnung, daß ich den Wagen hier stehenlassen?« fragte mich Henry.

»Warum denn nicht?« fauchte Gisselle, ehe ich auch nur dazu kam, eine Antwort zu geben. »Was glaubst du denn, was du hier zu erwarten hast, etwa einen Chauffeur, der deinen Wagen hinter dem Haus parkt?« Sie lachte und hängte sich bei Darby ein. »Eine Führung, bitte, Madame«, sagte sie.

»Du hast dich kein bißchen verändert, Gisselle«, sagte ich kopfschüttelnd.

»Weshalb hätte ich mich auch ändern sollen? Ich bin schon immer perfekt gewesen. Stimmt's, Darby?«

»Stimmt«, sagte er gehorsam.

Ich öffnete die Tür und führte sie ins Haus.

»Daphne würde es die Eingeweide im Leib zerreißen, wenn sie sähe, wie gut du es dir gehen läßt, meine liebe Schwester«, sagte Gisselle, als sie sich in der großen Eingangshalle umsah, meine Gemälde und meine kleinen Statuen betrachtete, den weitläufigen Marmorboden und die elegant geschwungene Treppe. Sie stieß einen Pfiff aus, als sie sah, wie elegant das Wohnzimmer und das Arbeitszimmer eingerichtet waren. Ihre sarkastische Haltung wurde jedoch von stummer Ehrfurcht abgelöst, als ich sie durch die übrigen Räume im Erdgeschoß führte und sie die Gemälde sah, die kostspieligen Lampen und Kronleuchter, die riesige Küche und das Eßzimmer mit einem Tisch, an dem zwanzig Personen behaglich Platz fanden.

»Das schlägt alles, was ich je im Garden District gesehen habe«, gestand Henry.

»Tu bloß nicht so, als hättest du den ganzen Garden District zu sehen bekommen«, zischte Gisselle, und er verstummte. »Und wo sind die Schlafzimmer?« erkundigte sie sich.

»Hier entlang.«

Ich zeigte ihnen zuerst die Gästezimmer und dann Pauls und mein Schlafzimmer, ließ jedoch das Kinderzimmer aus, da Pearl gerade ihren Mittagsschlaf hielt.

»Getrennte Schlafzimmer mit einer Verbindungstür«, bemerkte Gisselle mit einem anzüglichen Lächeln. »Und wie oft benutzen wir diese Tür?« flüsterte sie. Ich wurde zwar bleich, gab ihr jedoch keine Antwort. Sie lachte und sah sich um. »Du hast ja gar kein Atelier mehr«, sagte sie voller Schadenfreude.

»Oh, das Atelier ist auf dem Dachboden untergebracht«, erwiderte ich lässig.

»Auf dem Dachboden?«

»Laßt es euch zeigen«, sagte ich und führte sie alle nach oben.

»Das ist ja einfach unglaublich«, sagte Darby, der inzwischen ehrlich beeindruckt war. »Dieses Haus ist der reinste Palast. Sieh dir nur den Ausblick aus diesem Fenster an«, sagte er und wandte sich an Gisselle. Sie war schmollend hinter uns zurückgeblieben.

»Was ist schon dabei? Das ist doch nur ein Blick auf die Sümpfe«, sagte sie.

»Ja, aber... dieser Ausblick ist doch wunderschön. Dieser enorme Pool, und erst diese Blumen.«

»Wenn du meinst«, sagte Gisselle frustriert. Sie platzte fast vor Neid. »Hast du irgendwas zu trinken? Ich bin total ausgedörrt.«

»Natürlich. Laßt uns auf die Terrasse runtergehen, und dort wird uns Holly Limonade servieren.«

»Limonade«, machte sie sich lustig. »Hast du denn nichts Anregenderes da?«

»Alles, was du willst, Gisselle. Du brauchst es nur meinem Hausmädchen zu sagen.«

»Ihrem Hausmädchen. Hört ihr überhaupt, was meine Cajun-Schwester da von sich gibt? Du brauchst es bloß meinem Hausmädchen zu sagen.«

Wir machten uns auf den Weg nach unten, und die beiden jungen Männer folgten uns. Gisselle packte meinen Arm.

»Wo ist Beaus Baby?« fragte sie.

»Pearl schläft, und niemand hier weiß, daß sie Beaus Baby ist«, sagte ich.

»Ja, natürlich nicht.« Sie lächelte selbstzufrieden. »Und was ist mit unserem Bruder, deinem Ehemann?« flüsterte sie.

»Er arbeitet im Moment auf den Ölfeldern.« Mein Herz begann zu pochen. »Falls du hergekommen bist, um uns Schwierigkeiten zu machen...«

»Weshalb sollte ich das tun? Mir ist schließlich ganz egal, was du getan hast, obwohl ich weiß, daß du es nur getan hast, um Beau damit eins auszuwischen.«

»Das ist nicht wahr, Gisselle.«

»Möchtest du denn gar nichts über ihn hören?« verspottete sie mich. Ich gab ihr keine Antwort. »Er hat mit seiner Verlobten in Europa Schluß gemacht, verstehst du. Und wenn du dich nicht überstürzt auf dieses sündige Abkommen eingelassen hättest, dann hättest du ihn immer noch für dich gewinnen können«, sagte sie voller Selbstzufriedenheit. Ich spürte, wie das Blut so schnell in mein Gesicht strömte, daß ich das Gefühl hatte, es sei komplett aus meinen Beinen herausgesogen worden und ich könne die Treppe hinunterfallen. Dann lachte sie und hängte sich bei mir ein. »Aber laß uns nicht von alten Geschichten reden. Laß uns lieber über die neuesten Neuigkeiten reden. Ich habe dir wirklich viel zu erzählen, und vieles davon wird dich freuen, vieles aber auch... nicht«, deutete sie mit einem schelmischen Grinsen an.

Sie führte mich nach unten, und ihre gehorsame Eskorte folgte uns, um jederzeit nach ihrer Pfeife zu tanzen.

»Daphnes Hochzeit«, begann Gisselle, sowie sie ihren Mintjulep in der Hand hielt, »war wirklich ein denkwürdiges Ereignis. Sie und Bruce haben keine Unkosten gescheut. Hunderte von Gästen waren geladen. Die Kirche ist aus den Nähten geplatzt. Die meisten Leute sind aus reiner Neugier gekommen und wollten einfach nur behaupten können, daß sie den gesellschaftlichen Höhepunkt des Jahres miterlebt haben. Du weißt ja, daß sie nie echte Freunde gehabt hat. Sie hat nur Geschäftsbeziehungen, aber das hat ihr nie etwas ausgemacht, und das tut es nach wie vor nicht.«

»Sind die beiden glücklich miteinander?«

»Glücklich? Wohl kaum«, sagte sie und lachte.

»Was soll das heißen?«

»Bruce ist für sie immer noch ihr kleiner Laufbursche. Erinnerst du dich noch daran, wie ich ihn zum Narren gehalten habe – Bruce, hol mir dies, Bruce, hol mir jenes? Weißt du, was ich eines Abends herausgefunden habe, als ich eines ihrer geschäftlichen Gespräche belauscht habe? Sie hat ihn einen Ehevorvertrag unterzeichnen lassen. Er erbt nichts, falls ihr etwas zustoßen sollte. Überhaupt nichts. Und er kann sich nicht von ihr scheiden lassen und Forderungen an sie stellen.«

»Warum hat sie ihn geheiratet?«

»Warum?« Gisselle hob die Augen zum Himmel und grinste dann hämisch. »Was glaubst du denn?... Damit er den Mund hält. Sie haben das Geld von unserem lieben guten Daddy veruntreut. Aber Daphne ist gerissen. Sie hat dafür gesorgt, daß sie alle Fäden in der Hand hat und Bruce von ihr abhängig ist.

Sie braucht einen Begleiter, das ist alles. Sie schlafen nicht miteinander. Es ist so wie bei dir«, sagte sie und wies mit einer Kopfbewegung auf die Schlafzimmerfenster. »Getrennte Schlafzimmer. Nur haben die beiden zwischen ihren Schlafzimmern noch nicht einmal eine Verbindungstür.« Sie lachte. Dann sah sie Darby und Henry an, die dasaßen, ihre Getränke in der Hand hielten, sie anstarrten und dämlich lächelten. Sie schienen absolut vernarrt in sie zu sein. »Warum schaut ihr beiden euch nicht die Ölquellen an oder so was? Ruby und ich wollen unter vier Augen miteinander plaudern«, fauchte sie.

Beide erhoben sich gehorsam und gingen.

»Sie himmeln mich an«, sagte sie und sah hinter ihnen her, »aber sie sind beide phantasielos und langweilig.«

»Warum hast du sie dann mitgebracht?«

»Zu meiner persönlichen Belustigung.« Sie rückte näher zu mir. »Eines Tages ist Bruce dann in mein Badezimmer gekommen, als ich gerade ein Bad genommen habe.«

»Was ist passiert?« fragte ich und riß die Augen weit auf.

»Was glaubst du wohl?«

Ich war nicht sicher, ob ich ihr glauben sollte oder nicht, aber ich erinnerte mich nur zu gut daran, wie Bruce mich früher angestarrt und mich mit Blicken ausgezogen hatte, und ich erinnerte mich auch daran, wie ich vor seinen Berührungen zurückgeschreckt war.

Sie riß den Kopf hoch und bog die Schultern zurück. Mit enormer Arroganz prahlte sie: »Ich bin mit viel älteren Männern zusammengewesen. Ich habe sogar mit einem meiner Lehrer an der Schule geschlafen.«

»Gisselle!«

»Was ist schon dabei? Wie könnte irgend etwas, was ich tue, schlimmer sein als das, was du tust... schließlich schläfst du mit deinem Halbbruder«, fauchte sie.

»Nein, das tue ich eben nicht. Wir schlafen nicht miteinander. Wir sind verheiratet, aber in dieser Beziehung leben wir nicht wie Mann und Frau. Darauf haben wir uns beide geeinigt.«

»Warum denn das?« sagte sie und schnitt eine Grimasse. »Weshalb habt ihr dann überhaupt geheiratet?«

»Paul hat mich schon immer geliebt, und ehe wir erfahren haben, in welcher Beziehung wir wirklich zueinander stehen, hatte ich ihn auch sehr gern. Er liebt Pearl wie eine eigene

Tochter. Wir haben heute eine ganz besondere Beziehung zueinander«, sagte ich.

»Das kann man wohl sagen. Etwas ganz Besonderes. Und sterbenslangweilig. Wenn das so ist, nehme ich an, daß du einen Liebhaber hast, einen umwerfenden großen dunklen Cajun-Mann aus dem Sumpf, der sich nachts heimlich in dein Zimmer schleicht?«

»Nein, natürlich nicht.«

»Natürlich nicht. Du doch nicht, nicht unsere tugendhafte und vorbildliche Ruby.« Sie lehnte sich zurück und ließ die Arme über die Stuhllehnen baumeln. »Ich habe Beau geschrieben und ihm von deiner Hochzeit berichtet. Ich habe ihm auch mitgeteilt, wie reich du jetzt bist«, sagte sie.

»Ich wette, du konntest es kaum erwarten.«

»Tja, du bist schließlich fortgelaufen. Du hättest die Abtreibung durchführen lassen und in New Orleans bleiben sollen. Trotz allem, was du jetzt hast, lebst du immer noch in den Sümpfen.«

»Die Sümpfe sind wunderschön. Natur kann nicht häßlich sein«, sagte ich.

Sie trank einen großen Schluck aus ihrem Glas. »Habe ich dir schon von Onkel Jean erzählt?« fragte sie plötzlich.

»Von Onkel Jean? Nein. Was ist mit ihm?«

»Du weißt also gar nichts?«

»Was ist passiert, Gisselle?«

»Er hat sich umgebracht«, sagte sie beiläufig.

»Was?« keuchte ich. Ich spürte, wie alles Blut aus meinem Gesicht wich und meine Füße sich anfühlten, als wären sie an der Terrasse festgenagelt.

»Eines Tages hat er eines dieser Messer gestohlen, die sie benutzt haben, um im Aufenthaltsraum mit Ton zu arbeiten, und hat sich die Handgelenke aufgeschnitten. Er ist verblutet und gestorben, ehe jemand dahintergekommen ist, was er getan hat. Daphne hat natürlich eine ganz große Schau abgezogen und damit gedroht, die Anstalt zu verklagen. Nach allem, was ich weiß, hat sie eine Art Abfindung bekommen. Zutrauen würde ich ihr das durchaus. Wenn irgendwo Geld zu holen ist, dann findet sie den Weg.«

»Onkel Jean... hat sich umgebracht? Wann war das?«

»Schon vor Monaten«, sagte sie achselzuckend.

Ich lehnte mich bestürzt zurück. Ich hatte ihn das letzte Mal gesehen, als ich ihn gemeinsam mit Beau aufgesucht hatte, um ihm von Daddys Tod zu berichten.

»Warum hat mir niemand davon geschrieben oder es mir gesagt? Warum hast du mir nicht Bescheid gegeben?«

»Daphne hat gesagt, du hättest deine Beziehungen zur Familie abgebrochen, als du fortgelaufen bist«, erwiderte sie. »Und du weißt ja, wie sehr es mir verhaßt ist, Briefe zu schreiben, insbesondere, wenn es um unerfreuliche Nachrichten geht. Es sei denn, die Neuigkeiten sind unangenehm für andere Leute«, fügte sie mit einem kurzen Lachen hinzu.

»Der arme Onkel Jean. Ich hätte ihm niemals erzählen dürfen, daß Daddy gestorben ist. Ich hätte ihn in dem Glauben lassen sollen, daß er nur einfach nicht mehr zu Besuch kommt.«

»Vielleicht ist es deine Schuld«, sagte Gisselle und kostete mein Unglück aus. Dann zuckte sie wieder die Achseln und trank einen Schluck. »Aber vielleicht sollte man dir auch gratulieren. Schließlich ist er jetzt besser dran als zu seinen Lebzeiten.«

»Wie kannst du bloß etwas so Furchtbares sagen? Niemand ist im Tod besser dran, noch nicht einmal Onkel Jean«, rief ich mit erstickter Stimme aus.

»Alles, was ich weiß, ist, daß ich lieber tot wäre, als für alle Zeiten in dieser muffigen Anstalt zu leben«, verkündete sie.

Tränen traten in meine Augen, als ich an den einsamen und verlorenen Onkel Jean dachte.

»Wen haben wir denn da?« Wir drehten uns um und sahen Paul aus dem Haus kommen.

»Also, wenn das nicht mein reicher Bruder ist? Oder sollte ich lieber von meinem Schwager sprechen?« scherzte Gisselle.

Paul lief knallrot an und richtete den Blick auf mich. »Was ist passiert, Ruby?« fragte er augenblicklich.

»Ich habe gerade erfahren, daß mein Onkel Jean in der Anstalt Selbstmord begangen hat.«

»Oh, das tut mir leid.«

»Bekomme ich denn keinen Kuß zur Begrüßung?« fragte Gisselle.

»Klar.« Er beugte sich herunter, um sie auf die Wange zu küssen, doch sie drehte das Gesicht so schnell zu ihm um, daß sein Mund auf ihre Lippen traf. Überrascht trat er einen Schritt zurück. Gisselle lachte.

»Wann ist es zu diesem Selbstmord gekommen?« fragte Paul.

»Vergiß es. Ich habe keine Lust, schlechte Nachrichten breitzutreten«, sagte Gisselle und zog eine Schulter zurück. »Ruby hat mir gerade euer spezielles Abkommen miteinander erklärt«, spottete sie. Ihr anzügliches Lächeln bewirkte, daß Paul und ich uns schuldbewußt fühlten.

»Laß das sein, Gisselle.«

»Ach, sei doch nicht so empfindlich. Und außerdem, was interessiert mich schon, was ihr beide tut?« Sie schaute auf die Felder hinaus. »Hast du zwei reiche junge Kreolen gesehen, die zwischen deinen Ölquellen herumspazieren?«

»Wer soll das sein?«

»Gisselles Freunde«, sagte ich trocken.

»Ach, so. Nein.«

»Vielleicht sind sie in den Sumpf gefallen«, sagte sie und lachte. Dann stand sie auf und hängte sich bei Paul ein. »Warum führst du mich nicht über das Grundstück und zeigst mir deine Ölfelder«, sagte sie.

»Ja, selbstverständlich.«

»Bleibt ihr zum Abendessen, Gisselle?« fragte ich.

»Woher soll ich das wissen? Wenn ich mich langweile, fahren wir. Wenn nicht, dann bleiben wir«, sagte sie und zwinkerte mir zu. »Komm schon, Herr Ölbaron.«

Paul sah mich hilflos an. »Weißt du, was dir wirklich Spaß machen würde, Gisselle? Wir könnten durch den Sumpf fahren. So bekommt sie mehr zu sehen, stimmt's, Ruby?«

»Was? Ja, sicher«, sagte ich mit hohler Stimme. Meine Gedanken drehten sich immer noch um den armen Onkel Jean.

»Ich doch nicht. Ich denke gar nicht daran, in die Sümpfe zu fahren. Wo stecken bloß diese Idioten?« sagte sie und schaute über das Gelände. Wir sahen sie vom Pool zurückkommen. »Darby. Henry«, rief sie. »Kommt sofort hierher zurück.«

Sie kamen im Dauerlauf an, als führe sie sie an einer langen unsichtbaren Leine. Als sie uns erreicht hatten, stellte sie die beiden Paul vor, und die drei begannen, über die Ölquellen zu reden. Paul erklärte ihnen, wie man die Brunnen bohrt und das Öl gewinnt. Gisselle langweilte sich schon nach kurzer Zeit.

»Gibt es hier denn nichts, wo man hingehen kann... du weißt schon, zum Tanzen oder so was?«

»In der Nähe gibt es einen Schuppen, in dem eine großartige Zydeco-Band spielt«, sagte Paul. »Ruby und ich gehen oft hin und hören uns die Musik an.«

»Ich glaube, das ist nichts für uns«, beklagte sich Gisselle. »Was ist mit einem ordentlichen und sauberen Restaurant?«

»Wir haben eine wunderbare Köchin. Ihr seid alle herzlich zum Abendessen bei uns eingeladen«, sagte Paul.

»Ich hätte nichts dagegen«, sagte Henry.

»Ich auch nicht«, schloß sich Darby seiner Meinung an.

»Ich aber. Ich will nach New Orleans zurückfahren, damit wir dort in ein paar Nachtclubs gehen können«, sagte Gisselle. »Hier ist es mir zu still, und ich kriege diesen säuerlichen Geruch einfach nicht aus der Nase.«

»Ein säuerlicher Geruch?« Paul sah mich an, doch ich schloß nur die Augen und öffnete sie wieder.

»Der typische Gestank des Sumpfs«, sagte Gisselle.

»Ich kann nichts riechen«, sagte Darby.

»Du würdest es nicht merken, wenn ein Stinktier zu dir ins Bett kröche«, fauchte sie. Henry lachte.

»Oh, doch, das würde er. Er hat schon mit einigen Stinktieren die Nacht verbracht.«

Gisselle lachte und ließ Pauls Arm los, um sich bei Henry einzuhängen.

»Zum Wagen, James. Ich habe meine Schwester besucht und ihren Reichtum mit eigenen Augen gesehen. Mach dir keine Sorgen«, sagte sie. »Ich werde noch übertreiben, wenn ich Daphne davon berichte.«

»Mir ist ganz egal, was du ihr erzählst, Gisselle. Sie ist mir inzwischen vollkommen gleichgültig.«

Enttäuscht führte Gisselle ihre Freunde zum Haus zurück, und Paul und ich folgten ihnen. In der Terrassentür drehte sich Gisselle plötzlich zu mir um.

»Ich möchte gern... wie hast du sie schnell noch mal genannt... Pearl sehen, ehe ich abfahre.«

»Wir können einen Blick in ihr Zimmer werfen. Sie hält ihren Mittagsschlaf«, sagte ich. Ich führte Gisselle nach oben und zum Kinderzimmer. Mrs. Flemming döste auf dem Sessel neben ihrem Bettchen. Sie riß die Augen vor Erstaunen auf, als sie in unsere identischen Gesichter sah.

»Meine Zwillingsschwester Gisselle« flüsterte ich. »Gisselle, das ist Mrs. Flemming.«

»Guten Tag, meine Liebe«, sagte Mrs. Flemming und erhob sich. »Meine Güte, ihr zwei seht euch so ähnlich wie Spiegelbilder. Ich wette, ihr werdet oft miteinander verwechselt.«

»Nicht so oft, wie man vermuten könnte«, erwiderte Gisselle scharf. Mrs. Flemming nickte nur und ließ uns dann allein, um ins Badezimmer zu gehen. Gisselle trat an das Kinderbett und schaute auf Pearl hinunter, die im Schlaf ihre kleinen Finger unter dem Kinn zusammengerollt hatte.

»Sie hat die Nase und den Mund von Beau«, sagte sie. »Und natürlich Beaus Haar. Weißt du, ich spiele mit dem Gedanken, die restlichen Sommerferien in Europa zu verbringen. Dort werde ich Beau sehen und eine Zeitlang mit ihm zusammensein. Jetzt kann ich ihm wenigstens sein Kind beschreiben«, sagte sie mit einem gemeinen kleinen Lachen.

Ihr breites selbstzufriedenes Grinsen schnitt in mein Herz. Ich unterdrückte meine Traurigkeit und wandte mich von ihr ab, als sie aus dem Zimmer stolzierte. Einen Moment lang stand ich da, schaute Pearl an und dachte an Beau, und mein Herz fühlte sich wie eine ausgehöhlte Trommel. Jeder Herzschlag hallte in meinen Gedanken wider.

Als Gisselle und ihre beiden Freunde wieder in ihren Wagen stiegen und die Auffahrt hinunterrasten, war es, als sei eine wohltuende kühle Brise aufgekommen und wehte durch das Bayou. Ich konnte ihr schrilles Gelächter selbst dann noch einen Moment lang in der Luft hängen hören, als sie um eine Kurve gebogen und aus meinem Blickfeld verschwunden waren.

Dann sprang ich die Treppe hinauf, lief in mein Zimmer und warf mich auf das Bett. Dort schluchzte ich eine Zeitlang hemmungslos. Die Neuigkeiten über Onkel Jeans tragischen Tod und über Beau hatten mich so deprimiert, daß ich nicht gegen die Tränen ankam, die über meine Wangen strömten und das Kissen benetzten. Paul klopfte leise an meine Tür und kam hereingeeilt, als er mich weinen sah. Ich spürte seine Hand auf meiner Schulter.

»Ruby«, sagte er leise, und ich drehte mich zu ihm um und warf mich ihm in die Arme. Von dem Tag unserer Hochzeit an fürchteten wir uns davor, einander zu berühren, fürchteten uns davor, was jeder Kuß, jede Umarmung und sogar schon ein Händchenhalten im Lichte dessen, wer wir waren, zu bedeuten hatte, aber als wir einander unser Versprechen gegeben hatten, hatten wir vergessen, daß wir von Zeit zu Zeit den intimen Kontakt miteinander brauchen würden.

Ich hatte es dringend nötig, seine Arme um mich zu spüren. Ich mußte seine Nähe fühlen, mich von ihm in den Armen halten lassen. Er beschwichtigte mich damit, daß er mir über das Haar strich, mich auf Stirn und Wangen küßte, die Tränen fortküßte und mir tröstende Worte zuflüsterte. Ich schluchzte nur um so heftiger, und meine Schultern bebten, als er mir über das Haar strich und mich sanft in seinen Armen wiegte.

»Es ist doch alles gut«, sagte er. »Es wird doch alles wieder gut werden.«

»O Paul, warum mußte sie bloß herkommen und mir all die schlimmen Nachrichten überbringen? Ich hasse sie. Ja, wirklich. Ich hasse sie«, sagte ich.

»Sie ist einfach nur neidisch auf dich. Und wenn sie das Bayou und die Cajun-Welt auch noch so schlechtmacht, dann ist sie doch grün vor Neid. Diese Frau wird niemals glücklich werden«, sagte Paul. »Du solltest sie nicht hassen. Du solltest sie bemitleiden.«

Ich lehnte mich zurück und bemühte mich, nicht mehr zu weinen.

»Du hast ja so recht, Paul. Man kann nur Mitleid mit ihr haben, und sie wird niemals glücklich werden. Ganz gleich, was sie besitzt. Aber das mit Onkel Jean tut mit so leid. Ich hatte vor, ihn bald zu besuchen, und ich wollte Pearl mitnehmen und vielleicht... vielleicht eine Möglichkeit finden, ihn aus der Anstalt herauszuholen und ihn vielleicht sogar hier bei uns aufzunehmen.«

»Es tut mir leid. Das wäre schön gewesen, aber du darfst dir keine Vorwürfe machen. Was ihm bestimmt war, ist durch Vorfälle und Entscheidungen beeinflußt worden, die vor deiner Zeit lagen, Ruby.« Er streckte eine Hand über das Bett, um meine Wange zu streicheln. »Es ist mir ein Greuel, dich unglücklich zu sehen, selbst dann, wenn es nur für ein paar Minuten ist. Ich kann nichts dafür, daß ich dich so sehr liebe.«

Ich schloß die Augen und ließ sie geschlossen, da ich wußte

und ahnte, was er jetzt tun würde. Als seine Lippen sich auf meine legten, war ich nicht überrascht. Ich ließ mich von ihm küssen und meinen Kopf dann auf das Kissen sinken.

»Ich bin erschöpft«, flüsterte ich mit pochendem Herzen.

»Ruh dich ein Weilchen aus, und ich werde mir etwas einfallen lassen, um dich aufzuheitern«, sagte er. Ich spürte, wie er von dem Bett aufstand, und ich hörte, wie er mein Zimmer verließ. Dann drehte ich mich um und schlang die Arme um mein Kissen.

Beau hatte seine Verlobung aufgelöst. Gisselle würde ihn besuchen und ihm von mir berichten. Was würde er sich denken? Wie würde ihm zumute sein? Aus weiter Ferne, über den Ozean hinweg, würde er den Blick nach Amerika richten und einen Blick auf eine große und dauerhafte Liebe werfen, die er verloren hatte... die ich verloren hatte.

Mein Herz kam mir vor wie ein angespanntes Gummiband, das kurz vor dem Zerreißen steht. Ich schluckte meine eigene Traurigkeit wie Rizinusöl. Ich bin eine Frau, dachte ich, eine junge und lebendige Frau, und meine Bedürfnisse sind ausgeprägter, als ich es erwartet habe.

Zum ersten Mal, seit ich Paul meine Gelübde abgelegt hatte, bereute ich, was ich getan hatte, und ich fragte mich, ob ich auf eine große tragische Entscheidung noch eine weitere gesetzt hatte. Trotz der Schönheit und der Pracht unseres großartigen Hauses und Anwesens spürte ich, wie die Wände um mich herum zusammenrückten und die Sonne aussperrten, um eine dichte, dunkle, niederdrückende Decke der Reue über mich zu werfen, und ich fürchtete, niemals wieder darunter hervorkommen zu können.

6.
Ein Maskenball

Nachdem Paul mich allein gelassen hatte, lag ich auf meinem Bett und gab mich meinem Selbstmitleid hin. Die spätnachmittägliche Sonne hatte begonnen, hinter den Weiden und Zypressen zu versinken, und die Schatten im Raum wurden dunkler. Als ich zum Fenster hinausschaute, sah ich, daß der Himmel ein tiefes Türkis angenommen hatte; die verstreuten Wolken hatten die Farbe von alten Silbermünzen. Es war ganz still im Haus. Die Bauweise war robust, und die Wände waren gründlich isoliert, so daß bei geschlossenen Türen kein Geräusch von unten oder auch nur aus den Zimmern auf der anderen Seite des Korridors zu vernehmen war. Wie sehr sich hier doch alles von dem Leben in der Hütte meiner Grandmère Catherine im Bayou unterschied, wo wir selbst von unseren Schlafzimmern im oberen Stockwerk aus eine Feldmaus durch das Wohnzimmer huschen hören konnten.

Plötzlich hörte ich jedoch das unverwechselbare Auftreten von Stiefeln, die durch den Korridor auf mein Zimmer zukamen. Außerdem hörte ich ein Geräusch, das wie Säbelrasseln klang. Es wurde immer lauter und kam immer näher. Neugierig setzte ich mich auf, als meine Tür geöffnet wurde und Paul in der Uniform eines Offiziers der Konföderierten Truppen eintrat, mit dem Schwert an der Hüfte. Er trug einen angeklebten roten Spitzbart und hatte ein Paket unter den rechten Arm geklemmt. Das Kostüm und der Bart wirkten so echt, daß ich im ersten Moment wirklich nicht wußte, wer er war. Dann lächelte ich.

»Paul! Wo hast du das alles her?«

»Pardon, Madame«, sagte er und nahm den Hut ab, ehe er zu einer tiefen und eleganten Verbeugung ansetzte. »Colonel William Henry Tate zu Ihren Diensten.« Er setzte eine finstere Miene auf. »Ich bin gerade darüber informiert worden, daß ein paar Yankees in Ihre Privatsphäre eingedrungen sind und eine gewisse Bestürzung hervorgerufen haben. Ich brauche einen ausführlichen Bericht, ehe ich meine Truppen aussende, um die Halunken zu suchen, die, das verspreche ich Ihnen, noch vor Sonnenuntergang an der alten Eiche im Wind baumeln werden. Und wenn Sie jetzt so freundlich wären«, fuhr er fort und nahm eine stramme militärische Haltung ein, wobei er sich mit dem linken Finger über den Schnurrbart strich, »meinem Adjutanten eine genaue Beschreibung der Personen zu geben...«

Ich schlug die Hände zusammen und lachte.

»O Paul, das ist wirklich furchtbar komisch.«

Er kam auf mich zu, ohne die Miene zu verziehen.

»Madame, ich bin William Henry Tate und stehe zu Ihren Diensten. Es gibt keinen würdigeren Dienst für einen Gentleman aus dem Süden als den, den er einer Dame erweist, einer wahrhaft schönen und vornehmen Tochter des Südens.«

Mit diesen Worten nahm er meine Hand und küßte sie zart.

»Nun, Sir«, sagte ich und trug den Akzent des Südens dick auf, als ich mich darauf einließ, sein Spiel mitzuspielen, »ich fühle mich geschmeichelt. Kein edlerer und ansehnlicherer Gentleman ist je so schnell zu meiner Hilfe geeilt.«

»Madame, sehen Sie mich als Ihren untertänigen Diener an.« Er küßte noch einmal meine Hand. »Darf ich mir die Kühnheit herausnehmen, Sie heute abend zum Essen in mein Zelt einzuladen. Natürlich werden die servierten Speisen den Ansprüchen einer Frau von Ihrem Rang nicht genügen, doch wir befinden uns inmitten eines verzweifelten Kampfes um die Erhaltung unserer Lebensweise, und ich bin sicher, daß Sie dafür größtes Verständnis aufbringen werden.

»Mein Beitrag zu dem Kriegsgeschehen, Sir, besteht darin, ebenfalls Opfer zu bringen. Aber Leinenservietten haben Sie doch wohl, oder etwa nicht?« fragte ich und schlug die Wimpern kokett herunter.

»Selbstverständlich. Ich wollte damit nicht andeuten, daß Sie die Mahlzeit wie ein schmutziger Yankeekrämer zu sich nehmen sollen. Und darf ich Ihnen in diesem Sinne auch ein Kleid für diesen Anlaß zur Verfügung stellen? Es hat meiner eigenen guten dahingeschiedenen Mutter gehört.«

Er reichte mir das Paket, das er sich unter den Arm geklemmt hatte. Ich legte es auf meinen Schoß und machte mich daran, es auszupacken. Darin befand sich ein rötlichbraunes Taftkleid. Ich hielt es hoch. Es hatte lange Glockenärmel und war verschwenderisch bestickt. Das Untergewand war aus Batist und ebenfalls bestickt. Der Kragen war genauso verarbeitet wie die Ärmel.

»Aber, Sir, das ist ein wunderschönes Kleid. Es wäre mir eine Ehre, ein solches Gewand zu tragen.«

»Die Ehre ist ganz auf meiner Seite, Madame«, sagte er und trat zurück, um sich noch einmal tief vor mir zu verbeugen. »Soll ich in... sagen wir, zwanzig Minuten wiederkommen und Sie zum Essen abholen?«

»Geben Sie mir fünfundzwanzig Minuten Zeit, Sir. Ich möchte mir ganz besondere Mühe geben, wenn ich mich für das Essen herrichte.«

»Madame, für Sie bleibt die Zeit stehen.« Er richtete sich auf und zog eine wunderschöne antike goldene Taschenuhr aus der Hosentasche, um ihren Deckel aufspringen zu lassen. Sie begann sogleich, eine liebliche Melodie zu spielen. »Ich werde Ihrem Wunsch gemäß zurückkehren.«

»Paul«, rief ich aus, »wo hast du das bloß alles her?«

»Paul? Madame, mein Name ist William Henry Tate«, sagte er, und mit diesen Worten machte er auf dem Absatz kehrt und marschierte aus dem Zimmer. Ich sah ihm lachend nach. Dann sah ich das Kleid noch einmal an und fragte mich, wie ich darin wohl aussehen würde.

Das Kleid saß nahezu perfekt. In der Taille raffte ich es ein wenig mit Sicherheitsnadeln, doch das Mieder und die Ärmel paßten haargenau. Sowie ich das Kleid angezogen hatte, gewann der Zauber dieses Spiels die Oberhand, und ich machte mir Gedanken über meine Frisur. Eilig bürstete ich mir das Haar und steckte es auf. Ich verzichtete nicht auf den Mittelscheitel, den ich auf historischen Gemälden von Frauen aus dem Süden gesehen hatte. Dann stand ich da und betrachtete mich in dem hohen Spiegel, und einen Moment lang wünschte ich, unser Spiel sei wahr und ich sei wirklich eine Aristokratin aus dem Süden, die gleich mit einem vornehmen Offizier essen gehen würde.

Es wurde zart an meine Tür geklopft. Als ich die Tür öffnete, trat Paul in seinem Kostüm und mit einem strahlenden Lächeln auf dem Gesicht einen Schritt zurück. Seine Augen leuchteten vor Freude. Er hielt ein Ansteckstäußchen aus weißen Rosen in den Händen.

»Madame, Sie übertreffen selbst meine kühnsten Erwartungen. Die Schönheit kann keinen besseren Ort ihr Zuhause nennen als Ihr Gesicht und Ihre erlesene Figur.«

Ich lachte. »Wo hast du diese Formulierung aufgeschnappt?«

»Also, ich muß schon sehr bitten, Madame. Das sind die Worte eines Gentleman aus dem Süden, und die Worte eines Gentleman aus dem Süden sind niemals dazu gedacht zu scherzen.«

»Entschuldigen Sie bitte, Sir.« Ich machte einen Knicks.

»Darf ich?« fragte er und trat mit dem Ansteckbukett näher. Als ich ihm ins Gesicht sah und er mir ebenfalls in die Augen blickte, war es, als sähe ich die Züge eines gutaussehenden Fremden vor mir. Er lächelte und trat dann zurück, um mir seinen Arm anzubieten. »Madame.«

»Sir«, sagte ich und hängte mich bei ihm ein. Er führte mich durch den Korridor, und wir stiegen die Treppe hinunter wie der Hausherr und die Hausherrin einer prachtvollen Villa. Paul hatte unser Personal auf dieses Kostümfest vorbereitet, denn weder Holly noch James schienen überrascht zu sein. Holly lächelte zwar und biß sich auf die Unterlippe, doch alle benahmen sich so, als sei dies ein ganz gewöhnlicher Abend.

Paul hatte die Lichter im Eßzimmer herunterdrehen lassen, und Kerzen brannten in den silbernen Kerzenleuchtern. Er hatte leise Musik aufgelegt. Nachdem er mich zu meinem Stuhl geführt hatte, nahm er ebenfalls Platz und bot mir ein Glas Wein an.

»Sie haben einen wahrhaft vornehmen Tisch auf dem Schlachtfeld aufgebaut, Sir«, bemerkte ich.

»Wir tun eben, was wir können, Madame. In solchen Zeiten wird die Seele galanter Männer und vornehmer Frauen auf die Probe gestellt. Ich will keinesfalls die Opfer herunterspielen, die die Frauen aus dem Süden bringen. Dennoch hat ein gewisser Rang seine Privilegien, und es war mir möglich, diesen edlen französischen Chablis aufzutreiben.« Er beugte sich vor, als wolle er nicht, daß die Dienstboten uns hören konnten. »Den habe ich einer Schmugglerbande abgekauft«, sagte er.

»Ach, du meine Güte. Nun, Sir, es heißt, je höher die Trauben hängen, desto süßer ist der Wein.«

»Gut gesagt, Madame. Sollen wir miteinander anstoßen?« sagte er und hob sein Glas meinem entgegen. »Auf die Rückkehr besserer Zeiten, in denen ein Mann nichts Dringlicheres zu tun hatte, als die Frau seines Herzens glücklich zu machen.«

Wir ließen die Gläser klingen und tranken einen Schluck; dabei blickten wir einander in die Augen. Paul tupfte sich mit der Serviette die Lippen ab und achtete sorgsam darauf, daß sein unechter Bart nicht verrutschte. Dann nickte er Holly und James zu, um ihnen zu bedeuten, daß sie unser Abendessen jetzt auftragen konnten.

Ich hatte damit gerechnet, heute abend wenig oder überhaupt keinen Appetit zu haben, doch Paul hatte diese Illusion so durchdacht inszeniert, und die erfreuliche Ablenkung war so genüßlich, die Stimmung so romantisch, daß ich meine finsteren und deprimierenden Gedanken einfach abschütteln mußte. Ich hatte das Gefühl, er habe diesen Abend bereits weit im voraus geplant und daher alles zur Verfügung gehabt.

Letty hatte eine glasierte Wildente zubereitet. Zum Nachtisch gab es, gemeinsam mit unserem aromatischen Cajun-Kaffee, schwimmende Inseln mit Erdbeeren. Während des Essens war Paul charmant und witzig. Anscheinend hatte er sich mit den Schlachten im Bürgerkrieg befaßt, in denen sein Vorfahr William Henry Tate gekämpft hatte. Wie ein Schauspieler, der seine Rolle monatelang geprobt hat, gelang es ihm, jeden Schnitzer zu vermeiden. Er sang kleine Liedchen aus dem Bürgerkrieg, redete von der Besetzung von New Orleans durch die Yankee-Truppen und den verhaßten General Butler, dessen Gesicht die Innenseite von Nachttöpfen zierte, die unter dem Namen »Butler-Töpfe« bekannt geworden waren.

Er unterhielt mich so gut, daß ich kaum Zeit fand, mich an Gisselles Besuch und an die gräßlichen Dinge zu erinnern, die sie mir berichtet hatte. Als Paul und ich die Mahlzeit schließlich beendet hatten, war ich zum Kichern aufgelegt und fröhlich und zufrieden. Er bot mir seinen Arm und führte mich auf die Terrasse, um dort nach dem Essen einen Drink mit mir einzunehmen und zu den Sternen aufzuschauen.

Vor mehr als hundert Jahren, dachte ich, haben ein Offizier der Konföderierten und die Dame seines Herzens zu demselben Nachthimmel aufgeblickt und sich von denselben Sternen bezaubern lassen. Hundert Jahre waren keine lange Zeit für die Sterne, noch weniger als eine Sekunde für uns Menschen. Wie klein und unbedeutend wir unter dem himmlischen Firmament doch sind, dachte ich. All unsere großen Probleme waren ja so winzig.

»Einen Taler für Ihre Gedanken«, sagte Paul.

»Soviel sind Ihnen meine Gedanken wert?«

»Ihre Gedanken sind mir so wertvoll, daß es zwecklos ist, Geld dafür zu bieten. Deshalb ist mein Angebot nur rein symbolisch zu verstehen.«

»Ich habe mir gerade überlegt, wie klein wir doch unter den Sternen sind.«

»Ich bitte darum, das zu differenzieren, Madame. Sehen Sie diesen einen Stern dort oben, den, der heller als die anderen leuchtet?«

»Ja.

»Nun, er leuchtet nur so hell, weil er neidisch auf den Glanz ist, den Ihr Gesicht in dieser Nacht ausstrahlt. Irgendwo auf einem anderen Planeten als dem unseren schauen zwei Menschen zu ihrem Nachthimmel auf und sehen das Leuchten Ihrer Augen, den Glanz Ihrer Lippen, und sie überlegen sich, wie klein ihre Welt doch ist.«

»O Paul«, sagte ich und war von seinen Worten tief ergriffen.

»William Henry Tate«, verbesserte er mich und beugte sich vor, um meine Lippen mit einem zarten Kuß zu streifen. Die Berührung war so flüchtig und so sanft, daß mich die Brise hätte küssen können, die vom Golf kam und die ich fälschlicherweise für Pauls Kuß hielt, doch als ich die Augen aufschlug, war sein Gesicht immer noch dicht vor meinem.

»Ich kann nicht glücklich sein, wenn du unglücklich bist, Ruby«, flüsterte er. »Bist du jetzt ein wenig glücklicher?«

»Ja, das bin ich«, sagte ich. Ich hörte selbst, wie meine Worte klangen. Ich spürte das Beben, das meinen Körper durchzuckte. Der Likör nach dem Essen, der Wein und die wunderbare Mahlzeit hatten mich gewärmt. Die Nacht, die Sterne und sogar die Luft, die wir atmeten, all das verschwor sich gegen jenen Teil von mir, der darum rang, nicht zu vergessen, wie dicht ich davorstand, mich Paul hinzugeben.

»Das ist gut«, sagte Paul und legte seine Lippen auf meine

Stirn. Er küßte meine geschlossenen Augen und meine Nase und legte seine warmen Lippen auf meine. Das Prickeln, das sich in meinen Brüsten regte, strahlte bis in meinen Nacken aus, auf den seine Lippen jetzt glitten. Ich stöhnte, und dann löste ich mich von ihm.

»Ich bin müde«, sagte ich eilig. »Ich glaube, ich sollte jetzt nach oben gehen.«

»Ja, selbstverständlich.« Als ich aufstand, erhob er sich ebenfalls.

»Ich danke Ihnen, Sir«, sagte ich lächelnd, »für einen ganz wunderbaren Abend.«

»Vielleicht werden wir ihn wiederholen, wenn der Krieg zu Ende ist«, erwiderte er, »in einer Umgebung, die Ihrer Schönheit und Ihrem Status angemessener ist.«

»Es war ein bezaubernder Abend, einfach wundervoll«, sagte ich. Er nickte, und ich wandte mich ab und ging ins Haus, und dabei pochte mein Herz heftig. Es war, als verabschiedete ich mich tatsächlich von einem Freier, der um mich geworben hatte und in den ich mich immer mehr verliebt hatte.

Holly hatte sämtliche Lichter im Haus heruntergedreht. Mrs. Flemming hatte Pearl gefüttert und sie schlafen gelegt. Ich eilte die Treppe hinauf zu meinem Schlafzimmer und keuchte, als ich eintrat und mich gegen die geschlossene Tür sinken ließ, um Luft zu schnappen, mit geschlossenen Augen, während das Blut rasend durch meine Adern strömte.

Ein paar Momente später stieß ich mich von der Tür ab und ging zu meiner Frisierkommode. Langsam schlüpfte ich aus dem alten Kleid, blieb aber dort im Slip und in der Strumpfhose stehen und starrte mich im Spiegel an. Ich löste mein Haar und ließ es über meinen Hals und meine Schultern fallen, die immer noch gerötet waren. Ich war machtlos dagegen, daß mein Körper von einem Verlangen bebte, von dem ich naiverweise geglaubt hatte, ich könnte es nach Belieben unterdrücken. Mein Atem beschleunigte sich, als ich meine restliche Kleidung ablegte, die Strumpfhose auszog und meinen BH öffnete. Nackt starrte ich mich im Spiegel an und malte mir aus, ein galanter Offizier der Konföderierten käme von hinten auf mich zu und legte eine Hand auf meine Schulter, damit ich mich umdrehte und ihm meine Lippen entgegenhob.

Schließlich schaltete ich die Lichter aus, kroch unter meine Steppdecke und genoß das kühle Leinen auf meiner glühendheißen Haut. Pauls romantische Worte klangen noch in meinen Ohren nach. Ich lag da und dachte über die Sterne nach und träumte. Ich hörte nicht, wie die Verbindungstür geöffnet wurde, und ich hörte auch nicht, wie er auf mein Bett zukam. Ich merkte erst, daß er neben mir lag, als ich spürte, wie das Gewicht seines gesamten Körpers die Matratze in Bewegung brachte und seine warmen Lippen sich auf meinen Hals legten.

»Paul...«

»Ich bin William«, sagte er liebevoll.

»Bitte, laß das...« setzte ich an, doch die Worte blieben mir in der Kehle stecken.

»Madame, im Krieg ist Zeit ein Luxusgut. Wenn wir einander vor oder nach dem Krieg begegnet wären, würde ich Wochen und Monate damit zubringen, um Sie zu werben, doch morgen früh werde ich meine Truppen in eine verzweifelte Schlacht führen, aus der viele nicht zurückkehren werden.«

Ich drehte mich um, und als ich das tat, legten sich seine Hände auf meine Schultern, und er zog meine Lippen auf seinen Mund. Es war ein langer, glühender Kuß. Seine Brust preßte sich an meine nackten Brüste, und seine Beine glitten zwischen meine, bis ich spüren konnte, wie seine Männlichkeit sich behutsam vortastete.

Ich wollte den Kopf schütteln, doch seine Lippen legten sich auf meine Kehle, und die Berührung seiner Lippen brach meinen Widerstand. Ich ließ den Kopf zurück auf das Kissen sinken, als seine Lippen über meinen Hals glitten und die Spitzen meiner Brüste kosteten, sich um die bereits aufgestellten Brustwarzen legten. Vor meinem Fenster glaubte ich, das Schnauben unruhiger Pferde hören zu können, die ungeduldig mit den Hufen auf den Pflastersteinen scharrten.

»Auch mir könnte das Los beschieden sein, nicht aus dieser Schlacht zurückzukehren, Madame. Aber falls der Tod darauf wartet, mich für sich zu fordern, dann wird er enttäuscht sein, denn ich werde Ihren Namen auf meinen Lippen führen, und Ihr Gesicht wird in meine Augen geschrieben sein.«

»Nein«, sagte ich matt, und dann sagte ich: »William...«

Als er in mich eindrang, keuchte ich und stieß einen Schrei aus, doch seine Lippen verschlossen meinen Mund. Wir bewegten uns in einem sanften Rhythmus, der heftiger und immer heftiger wurde, bis wir einer ekstatischen Explosion entgegenrasten, die mich stöhnen ließ.

Hinterher lagen wir Seite an Seite da und warteten darauf, daß unser Atem sich verlangsamte. Dann erhob er sich vom Bett und drehte sich noch einmal zu mir um. Er sagte: »Gott segne Sie, Madame«, ehe er durch die Dunkelheit zu der Tür schlich und verschwand.

Ich schloß die Augen. Ein Teil von mir war in Aufruhr und schrie hysterisch heraus, wie sündig und böse all das doch war, welche Flüche und Strafen ich zu gewärtigen hätte. Mit der Macht eines Orkans würden diese Strafen über mich hereinbrechen. Ich drängte diese Stimmen jedoch zurück und hörte nur das laute Pochen meines eigenen Herzens. Das Geräusch, mit dem das Blut durch meinen Körper rauschte, wiegte mich in den Schlaf, und ich erwachte erst, als das matte Licht des Morgengrauens Schatten auf die Wände warf.

Ich glaubte, das Donnern von Kanonen in der Ferne zu hören, und langsam setzte ich mich auf. Es klang, als galoppierten Pferdehufe über den Hof. Ich stand aus meinem Bett auf und trat ans Fenster. Dann zog ich den Vorhang zurück und schaute hinaus. Flammendrotes Sumpfgras, das über die Wasserläufe wogte, schien dem Feuer von Kanonen zu entsprechen. In der Ferne schienen die Silhouetten von Weiden eine Schar von berittenen Männern zu schlucken. Und dann hob die Sonne tatsächlich ihre ersten Strahlen über den Rand der Dunkelheit und ließ Träume eilig in ihren Unterschlupf zurückhuschen, um dort eine andere Nacht zu erwarten.

Ich kehrte wieder ins Bett zurück und lag wach da, bis ich Pearls erste Rufe hörte und Mrs. Flemming an ihr Bettchen eilte. Dann stand ich auf und kleidete mich an, um mich der Realität eines weiteren Tages zu stellen.

Paul saß am Tisch, trank Kaffee und las seine Zeitung, als ich mit Mrs. Flemming und Pearl nach unten kam. Er faltete die Zeitung eilig zusammen, legte sie hin und lächelte.

»Guten Morgen. Habt ihr alle gut geschlafen?«

»Die Kleine hat letzte Nacht durchgeschlafen«, sagte Mrs. Flemming. »Nie zuvor habe ich ein so zufriedenes Kind erlebt. Ich komme mir vor wie ein Dieb, weil Sie mir Geld dafür bezahlen, daß ich mich um ein so süßes Baby kümmern darf.«

Paul lachte und sah mich an. Er machte einen frischen und hellwachen Eindruck und schien vor Lebhaftigkeit überzusprudeln. In seinem Gesicht stand keine Spur von Reue.

»Ich hatte den Eindruck, daß es in der Nacht geregnet hat. Hast du den Donner vom Golf her gehört?« fragte er mich.

»Ja«, sagte ich. Sein Lächeln und seine unbefangene Art, mit mir zu reden, wirkten auf mich, als hätte ich unsere Begegnung der letzten Nacht nur geträumt. War das etwa der Fall?

»Ich habe jedenfalls wie ein Toter geschlafen«, sagte er zu Mrs. Flemming. »Wie ein Stein. Ich vermute, das hat an dem Wein gelegen. Aber ich fühle mich erholt und bestens ausgeruht. Und wie sehen deine Pläne für den heutigen Tag aus, Ruby?« fragte er mich.

»Deine Schwester kommt später herüber, um mir Fotos von Brautkleidern und Kleidern für die Brautjungfern zu zeigen. Den übrigen Tag werde ich weitgehend in meinem Atelier verbringen und arbeiten.«

»Gut. Ich muß nach Baton Rouge fahren und werde erst zum Abendessen wieder zurück sein. Ah«, rief er aus, als Holly unsere Eier und unsere Haferflocken auftrug. »Ich fühle mich heute morgen regelrecht ausgehungert.« Er lächelte mich strahlend an, und wir nahmen gemeinsam das Frühstück zu uns.

Hinterher begab ich mich nach oben in mein Atelier, und ehe er ging, kam Paul hoch, um sich von mir zu verabschieden.

»Es tut mir sehr leid, daß ich einen so großen Teil des Tages außer Haus verbringen muß«, sagte er, »aber es geht um das Geschäft mit dem Öl, und diese Dinge können nicht warten. Machst du dir auch nur eine Vorstellung davon, was für Geldsummen ich auf unsere diversen Konten eingezahlt habe?«

Ich schüttelte den Kopf und sah nicht ihn an, sondern meine Staffelei.

»Wir sind vielfache Millionäre, Ruby. Es gibt nichts, was du dir nicht leisten könntest oder was du für Pearl nicht haben könntest, und...«

»Paul«, sagte ich und drehte mich abrupt zu ihm um, »Geld, ganz gleich, wieviel es auch sein mag, kann mein Gewissen nicht beschwichtigen. Mir ist klar, was du hier zu tun versuchst und was du damit sagen willst, und dennoch bleibt die Tatsache bestehen, daß wir letzte Nacht die Versprechen gebrochen haben, die wir einander abgelegt haben. Wir hatten ein spezielles Gelübde abgelegt, oder hast du das vergessen?«

»Was soll das heißen?« sagte er lächelnd. »Gestern abend habe ich mich ins Bett gelegt und bin sofort in einen tiefen bewußtlosen Schlaf versunken, ganz so, wie ich es beim Frühstück geschildert habe. Falls du geträumt haben solltest...«

»O Paul...«

»Tu das nicht«, sagte er. Seine Augen flehten mich an, und ich begriff, daß er mit dem leben konnte, was vorgefallen war, solange ich das Spiel mitspielte und den Schein aufrechterhielt. Dann lächelte er. »Wer weiß schon, was wirklich ist und was nicht? Letzte Nacht ist jemand auf einem Pferd über unser Anwesen geritten, direkt über den frisch gepflanzten Rasen. Du kannst es dir selbst ansehen, wenn du willst. Die Spuren sind noch dort«, sagte er. Dann beugte er sich vor, um mir einen Kuß auf die Wange zu drücken. »Male etwas... aus deinem Traum«, schlug er vor und ließ mich allein.

Konnte ich das tun, worum er mich bat... mir einbilden, daß das alles nur ein Traum gewesen war? Wenn ich das nicht schaffte, dann war ich nicht in der Lage, es mit meinem Gewissen zu vereinbaren, und Pearl und ich würden von hier fortgehen müssen, sagte ich mir. Paul hing ja so sehr an ihr und sie an ihm. Ganz gleich, welche Sünden ich auch begangen haben mochte und vielleicht noch begehen würde, ich hatte Pearl einen liebenden Vater geschenkt, der sie umsorgte und behütete.

Ich erstickte die Stimmen, die durch meinen Kopf spukten, und machte mich ans Werk, genau das zu tun, was Paul vorgeschlagen hatte... ich schöpfte von den Bildern in meinem Innern. Ich arbeitete wie eine Wilde und zeichnete, konstruierte und erschuf eine gespenstische Sumpflandschaft. Zwischen den moosbehangenen Zypressen tauchten wie Geister die verschwommenen Gestalten der Konföderierten-Kavallerie auf, die Köpfe gesenkt. Sie kehrten aus einer Schlacht zurück, und ihre Reihen hatten sich beträchtlich gelichtet. Der Dunst wogte um die Beine ihrer Pferde, und von den Ästen naher Eichen schauten Eulen betrübt auf sie herab. Im Hintergrund hing der Schein von Feuern, die noch brannten, in der Luft und färbte diesen Teil des tintenschwarzen Nachthimmels blutrot.

Ich fühlte mich derart inspiriert, daß ich beschloß, eine ganze Reihe von Bildern zu malen, die diese Romanze darstellten. Auf meinem nächsten Bild würde ich die Herzensdame des Offiziers auf dem Balkon ihres Plantagengebäudes auf ihn warten lassen. Mit ihren Blicken würde sie verzweifelt nach ihm Ausschau halten, während die Männer aus der Nacht des Todes und der Zerstörung hervorkamen. Meine Arbeit zog mich so sehr in den Bann, daß ich gar nicht hörte, wie Jeanne die Treppe heraufkam, und wider meinen Willen war mir der Verdruß darüber anzusehen, daß ich jetzt gestört wurde.

Aber sie war so aufgeregt, was ihre bevorstehende Hochzeit anging, daß ich es einfach nicht über mich brachte, sie zu enttäuschen.

»Nimm mich bloß nicht zu ernst«, sagte ich, als sie meine Reaktion auf ihr Erscheinen sah und eine Miene verzagter Trostlosigkeit aufsetzte. »Ich bin derart in meine Malerei vertieft, daß ich Zeit und Raum vergesse. Dieses Haus hier könnte in Flammen aufgehen, und ich würde es nicht merken.«

Sie lachte.

»Komm schon, jetzt zeig mir die Fotos von den Kleidern«, sagte ich, und wir verbrachten den gesamten Nachmittag damit, über Schnittmuster und Farben zu reden. Sie hatte ein halbes Dutzend Freundinnen, die als Brautjungfern agieren würden. Wir diskutierten über die kleinen Geschenke, die sie für jede von ihnen und für die Begleiter der Mädchen besorgen würde, und dann schilderte sie mir die Pläne ihrer Mutter für den Empfang.

Während wir miteinander sprachen und ich ihren Schilderungen lauschte, vertiefte sich mein Bedauern, nicht selbst eine wunderbare Hochzeit gefeiert zu haben. Selbst Jeanne äußerte sich dazu, wie leid es allen täte, daß Paul und ich uns heimlich hatten trauen lassen und der Familie keine Gelegenheit gegeben hatten, ein rauschendes Fest für uns zu organisieren.

»Weißt du was? Ihr beide solltet eigentlich noch einmal heiraten«, schlug sie aufgeregt vor. »Ich habe von Paaren gehört, die das tun. Sie lassen sich ohne Gäste in einem stillen Zeremoniell trauen, und dann feiern sie ein großes Fest für all ihre Freunde und Verwandten. Würde dir das nicht großen Spaß machen?«

»Doch, aber für den Moment genügt schon dieses eine rauschende Fest«, sagte ich.

Die Planung wurde fortgesetzt, als handelte es sich um einen bedeutenden Feldzug. Wir aßen im Haus miteinander zu Abend, und hinterher versammelte sich die ganze Familie im Wohnzimmer, um über die Menüvorschläge zu diskutieren, die Gästeliste, die Blumenarrangements und sämtliche Einzelheiten der Trauung und des Empfangs. Es kam zu etlichen hitzigen Auseinandersetzungen über die Musik, da die Mädchen eine modernere Band wollten, Gladys und Octavius jedoch ein klassisches Orchester engagieren wollten. Jedesmal, wenn eine Meinungsverschiedenheit unlösbar erschien, drängte mich Paul, meine Meinung zu äußern.

»Ich verstehe nicht, warum wir nicht beides haben können«, schlug ich vor. »Nehmen wir doch ein Orchester für den Empfang und das Abendessen, und für hinterher holen wir uns dann eine Zydeco-Band oder eine dieser Rockgruppen, damit auch die jüngeren Leute ihren Spaß haben.«

»Das wäre eine geradezu lachhafte Geldverschwendung«, sagte Gladys.

»Geld ist deine geringste Sorge, Mutter«, sagte Paul behutsam. Einen Moment lang richtete sie ihren glühenden Blick auf ihn, und dann erschauerte sie vor Widerwillen.

»Wenn es dir und deinem Vater vollkommen gleichgültig ist, wie ihr euer Geld in den Sumpf werft, dann sollte es mir auch egal sein«, spottete sie.

»Soviel höher werden die Kosten dadurch nicht«, sagte Octavius versöhnlich, doch Gladys preßte die Lippen nur noch fester zusammen und funkelte mich finster an. Ich war jedesmal froh, wenn diese Familientreffen ein Ende fanden.

Die Zeit verging jetzt viel schneller für mich, da ich mich ganz in meine neue Serie von Gemälden vertieft hatte. Jeden Morgen konnte ich es kaum erwarten, daß ein neuer Tag begann. An manchen Tagen verlor ich mich derart in meiner Arbeit, daß die Sonne schon am Untergehen war, ehe ich merkte, daß ich das Mittagessen vergessen hatte und es an der Zeit war, mich für das Abendessen fertigzumachen. Ich bedauerte es, Pearl zu vernachlässigen, aber Mrs. Flemming war ihr ein großartiges Kindermädchen. Sie kümmerte sich liebevoll und unermüdlich um die Kleine und gehörte eigentlich längst zur Familie.

Was Paul anging, so kam er nicht noch einmal nachts in mein Zimmer, und keiner von uns beiden erwähnte jemals die Nacht, die wir gemeinsam verbracht hatten. Da ich vollauf damit beschäftigt war, an den Plänen für die Hochzeit mitzuwirken, und da mich zudem meine Malerei enorm befriedigte, war mein Leben auf Cypress Woods spannend und erfüllt. Es schien, als vergehe nicht ein einziger Tag, an dem Paul nicht von einer beeindruckenden Neuerwerbung oder einer bahnbrechenden Entwicklung der Dinge berichtete.

Eines Abends, nachdem wir wieder einmal mit Pauls Familie gegessen hatten, ergab es sich so, daß ich nach dem Essen mit Gladys allein auf der Terrasse einen Likör zu mir nahm. Paul und sein Vater waren noch im Haus und redeten miteinander, und seine Schwestern waren gegangen, um sich mit Freunden zu treffen. Beim Abendessen hatte Octavius angedeutet, daß er und Gladys politische Ambitionen für Paul hatten. Als ich sie auf der Terrasse danach fragte, wurden Gladys' Augen groß vor Erstaunen.

»Hochgestellte Menschen hören inzwischen immer mehr über die Tates«, sagte sie. »Mitglieder der gesetzgebenden Körperschaften bemühen sich bereits um Paul. Er bringt sämtliche Voraussetzungen mit, die ihn eines Tages zum Gouverneur machen könnten, wenn er will.«

»Glaubst du, daß er das will?« fragte ich überrascht.

»Warum denn nicht?« sagte Gladys. »Natürlich wird er nichts unternehmen, wenn du es nicht willst«, sagte sie voller Abscheu.

»Ich werde mich Paul nicht in den Weg stellen, wenn er sich etwas wirklich wünscht«, sagte ich. »Ich frage mich nur, ob wirklich er das will oder ob nicht vielmehr du diejenige bist, die es sich wünscht.«

»Natürlich will er das«, rief sie aus. Dann lächelte sie kühl. »Was ist los mit dir? Kannst du dir etwa nicht vorstellen, die First Lady von Louisiana zu sein? Wir haben keinen Grund, uns irgend jemandem unterlegen zu fühlen«, fügte sie hinzu.

Ehe ich etwas erwidern konnte, kamen Paul und sein Vater aus dem Haus. Gladys klagte über Kopfschmerzen und bat Octavius, sie nach Hause zu bringen. Dennoch mußte ich in mich hineinlächeln, als ich mir ausmalte, wie meine Schwester auf eine solche Möglichkeit reagiert hätte: ich als First Lady von Louisiana? Gisselle wäre vor Neid geplatzt.

Seit Gisselles Besuch war nun schon einige Zeit vergangen, und ich hatte ständig das Gefühl, mir stünde noch eine böse Überraschung bevor. Dazu kam es in Form einer Postkarte, die sie mir aus Frankreich schickte. Es war eine Ansichtskarte mit dem Eiffelturm. In dem Moment wußte ich es noch nicht, aber ich würde von nun an jede Woche eine Postkarte von meiner entzückenden Zwillingsschwester bekommen, manchmal sogar zwei, jede wie eine Nadel, die man in eine Voodoopuppe steckt. Denn auf jeder Karte schilderte sie, wieviel Spaß sie mit Beau in Paris hatte. *»Chère Ruby«,* begann die erste Karte...

Endlich bin ich hier angekommen, und rate mal, wer mich am Flughafen schon erwartet hat... Beau. Du würdest ihn nicht wiedererkennen. Er hat jetzt einen schmalen Schnurrbart und sieht aus wie Rhett Butler in Vom Winde verweht. *Er spricht fließend Französisch. Er war ja so froh, mich zu sehen. Er hat mir sogar Blumen mitgebracht! Er wird mir ganz Paris zeigen, und die erste Sehenswürdigkeit, die er mir vorführt, wird seine Wohnung auf den Champs-Élysées sein. Grüße Paul und gib ihm einen Kuß von mir. Ich werde Beau alles über Pearl berichten.*

Amour, Gisselle

Die Tränen, die jedesmal in meinen Augen standen, nachdem ich eine von Gisselles Postkarten aus Frankreich gelesen hatte, blieben für Stunden, verschleierten meine Sicht und erschwerten mir das Zeichnen und das Malen, wenn sie es mir nicht gar unmöglich machten. Es ging soweit, daß ich es bereute, die Post auch nur durchgeblättert zu haben, wenn ich eine dieser Ansichtskarten fand. Sie schilderte mir die Nachtclubs, die sie miteinander besuchten, die Cafés, die eleganten Restaurants. Auf jeder einzelnen ihrer Postkarten deutete sie an, daß sich zwischen ihr und Beau mehr abspielte und daß es sich keineswegs nur um eine Wiederbegegnung von Schulkameraden handelte, die zu einer immer festeren Bindung führte.

»Heute hat Beau mir gesagt, ich sei wirklich reifer geworden«, schrieb sie. »Er hat gesagt, die Unterschiede, die zwischen Dir und mir bestanden hätten, seien wirklich auf ein Minimum geschrumpft. Ist das nicht ganz süß von ihm?«

Sie schilderte die Schmuckstücke, die er ihr kaufte, und wie sie einander an den Händen hielten, wenn sie am Abend nach einem ihrer wunderbaren Essen in einem romantischen Lokal an den Ufern der Seine entlangliefen und leise miteinander redeten. Immer wieder wurden sie von anderen Liebespaaren, denen sie begegneten, neiderfüllt angesehen.

»Ich weiß, daß Beau glaubt, er könne Dich haben, indem er mich nimmt, und das sollte mich eigentlich ärgern, aber andererseits sage ich mir, warum sollte ich seine Liebe zu Dir nicht dafür benutzen, ihn zurückzugewinnen? Es macht wirklich Spaß.«

Auf der nächsten Karte schrieb sie jedoch:

»Ich glaube, inzwischen mit einer gewissen Sicherheit behaupten zu können, daß Beau auf dem besten Weg ist, sich in mich zu verlieben, und das nicht nur, weil ich so aussehe wie Du, sondern… wirklich um meiner selbst willen! Ist das nicht schön?«

Eine Woche später schrieb sie eigens zu dem Zweck, mir zu berichten, daß Beau jetzt aufgehört hatte, ihr Fragen nach mir zu stellen.

Er hat endlich akzeptiert, daß Du geheiratet hast und aus seinem Leben verschwunden bist. Aber das heißt natürlich gar nichts. Mit mir an seiner Seite hat er viel mehr Grund, sich auf die Zukunft zu freuen.

Toujours amour
Deine Schwester Gisselle

Ich zeigte Paul nie eine dieser Postkarten. Nachdem ich sie trotz meines Widerstrebens, sie zu lesen, doch gelesen hatte, zerriß ich sie und warf sie weg. Es kostete mich jedesmal Stunden, mich davon zu erholen.

Aber je näher der Termin von Jeannes Hochzeit rückte, desto ausgefüllter war ich in Gedanken. Dreihundert Gäste waren geladen. Menschen kamen aus fernen Orten wie New York und Kalifornien angereist. Jeder, der für die Konservenfabrik und das Ölgeschäft von Bedeutung war, wurde eingeladen, aber natürlich auch Freunde und Verwandte.

Wir hatten Glück mit dem Wetter. Der Tag der Hochzeit war ein wunderschöner Tag, warm, ohne unerträglich schwül zu sein, und der Himmel war tiefblau mit Wolken, die frisch geschrubbt wirkten. Vom Morgengrauen an herrschte Trubel auf Cypress Woods. Ich kam mir vor wie eine Ameisenkönigin. Zahllose Menschen huschten durch die Gegend und kümmerten sich um dies und jenes.

Vater Rush und der Chor trafen schon früh ein. Die meisten Leute hatten Cypress Woods noch nicht gesehen und waren tief beeindruckt. Paul strahlte vor Stolz und Glück. Wir kleideten uns alle an und begannen, die Gäste zu begrüßen, von denen viele in Limousinen eintrafen. Es dauerte nicht lange, bis unsere Auffahrt von Fahrzeugen gesäumt war und es von

Chauffeuren wimmelte. Die Männer erschienen im Smoking, und die Frauen trugen Gewänder aller Moderichtungen. Ich glaubte, das Funkeln von Diamanten und Gold in der Mittagssonne würde uns alle blenden.

Ich stellte Jeanne mein Schlafzimmer und meine Suite zur Verfügung, und Paul überließ seine Suite James. Selbstverständlich wurden die Bräuche gewahrt, und James bekam die Braut nicht zu sehen, ehe sie durch die Glastüren auf die Terrasse trat, als die ersten Klänge des Brautmarsches ertönten. Vor dem eigentlichen Trauungszeremoniell hielt Vater Rush einen Gottesdienst ab, und der Chor sang Kirchenlieder. Unter dem von Blumen beladenen Baldachin legten Jeanne und James ihre Gelübde ab.

Wie sehr sich dieses Zeremoniell doch von meiner eigenen Hochzeit unterschied, dachte ich betrübt. Die beiden konnten ihre Gelübde ohne jede Scham am hellichten Tage vor Hunderten von Menschen ablegen, ohne Furcht und ohne Schuldbewußtsein. Als sie sich umdrehten und mit Reis beworfen wurden, stand auf ihren Gesichtern ein Lächeln, in dem sich Vorfreude, Glück und Begeisterung ausdrückten. Falls sie auch nur die geringste Furcht in ihrem Herzen verspürten, dann war diese gedämpft und unter dem Gewicht großer Liebe begraben.

Eine niederdrückende Traurigkeit erfüllte mich, und ich schlug die Augen nieder. War mir dieser wunderbarste Aspekt im Leben einer Frau versagt worden, oder hatte ich ihn mir selbst versagt? Welche dunklen Fäden des Bösen hatten sich im Bayou miteinander verwoben und ihren Schatten über mein Los geworfen?

Das war jedoch nicht der rechte Zeitpunkt, um melancholisch zu werden. Die Musik begann, die Kellner und Kellnerinnen drehten mit Vorspeisen auf ihren Tabletts die Runde, und die ersten Gäste tanzten. Wir mußten unseren Posten für Familienfotos beziehen, und ich mußte strahlend lächeln. Nur Paul, der jede meiner Regungen intuitiv wahrnahm, sah die unterschwellige Traurigkeit, von der mein Lachen unterlegt war, wenn er mich anblickte. Später, als das Fest begann und die Musik wieder spielte, tanzten er und ich miteinander, und er brachte seine Lippen dicht an mein Ohr, um mir etwas zuzuflüstern.

»Ich weiß, woran du denkst«, sagte er. »Du wünschst dir, du hättest auch eine solche Hochzeit erleben dürfen. Es tut mir leid.«

»Es ist nicht deine Schuld. Es besteht kein Anlaß dafür, dich zu entschuldigen.«

»Wir werden eine wunderbare Hochzeit für Pearl ausrichten«, versprach er mir. Er küßte mich auf die Wange, und dann wurde die Musik lebhafter, und wir tanzten alle einen Cajun-Twostep.

Die Feierlichkeiten zogen sich weit in den Abend hinein und setzten sich noch lange fort, nachdem Jeanne und James bereits zu ihren Flitterwochen aufgebrochen waren. Ehe sie sich zu ihrem Wagen begaben, der mit Bändern und Blumen geschmückt war und an dessen hintere Stoßstange leere Dosen gebunden worden waren, zog Jeanne mich im letzten Moment zur Seite.

»Ich weiß gar nicht, wie ich dir genug danken kann, Ruby. Mit all deinen Anregungen und der Arbeit, die du investiert hast, hast du meine Hochzeit wunderbar gestaltet. Aber noch mehr hast du mir mit deinem Rat und deiner liebevollen Sorge geholfen. Du bist jetzt wirklich meine Schwester«, sagte sie und umarmte mich.

»Werde glücklich«, sagte ich und lächelte durch Freudentränen. Sie eilte los, um sich ihrem ungeduldigen frisch angetrauten Ehemann anzuschließen.

In den frühen Morgenstunden brachen schließlich die letzten Gäste auf, und ganze Putzkolonnen machten sich an die Aufräumarbeiten. Erschöpft begab ich mich in meine Suite, zog mich aus und ließ mich ins Bett fallen. Kurz nachdem ich die Lichter ausgeschaltet hatte, hörte ich, wie Paul die Verbindungstür öffnete. Ich machte die Augen gerade weit genug auf, um ihn dort als Silhouette im Licht seiner Lampe stehen zu sehen.

»Ruby?« flüsterte er. »Schläfst du schon?«

Als ich nichts darauf erwiderte, seufzte er tief.

»Ich wünschte«, sagte er, »wir könnten uns ebenfalls Flitterwochen gönnen. Ich wünschte, ich könnte dich uneingeschränkt und hemmungslos lieben.«

Er blieb noch einen Moment lang dort stehen, ehe er leise die Tür wieder schloß, und ich kniff die Augen zu, ehe auch nur eine einzige Träne ihren Weg an den Rand meiner Lider finden konnte. Der Schlaf, der beste Tröster auf Erden, war so gnädig, schnell zu kommen und die Stimmen und die Reue auszuschalten.

Zwei Tage später erhielt ich die Ansichtskarte von Gisselle, die ihre letzte an mich sein sollte. Sie traf erst ein, nachdem sie und Beau schon von Paris zurückgekehrt waren. Gisselle berichtete mir von ihren Plänen. Beau würde nach New Orleans zurückkehren, um dort Medizin zu studieren, und sie würde das College besuchen. Trotz ihrer entsetzlich schlechten Noten in der Schule hatte Daphne es irgendwie für sie arrangieren können. Sie versprach mir, oder vielleicht sollte ich besser sagen, sie drohte, mich wieder zu besuchen. Vielleicht sogar... mit Beau.

Allein schon der Gedanke an einen solchen Besuch ließ mich von Kopf bis Fuß zittern. Ich konnte mir nicht vorstellen, welche ersten Worte ich an ihn hätte richten können, falls er jemals die Auffahrt zu Cypress Woods hinauffahren würde. Natürlich würde ich ihn gleich mit Pearl bekannt machen. Sie konnte inzwischen laufen und schon ein paar Worte sagen. Sie liebte es, auf Mrs. Flemmings Schoß am Klavier zu sitzen und auf die Tasten zu drücken. Jeder, der sie hörte, sagte, sie sei musikalisch begabt.

Ich hatte vier Bilder für eine romantische Konföderierten-

Serie fertiggestellt. Paul wollte, daß ich sie in einer Galerie in New Orleans ausstellte, aber ich war noch nicht bereit, mich von ihnen zu trennen, und ich hatte tatsächlich Angst davor, jemand könnte die Bilder kaufen. Gleichzeitig malte ich weiterhin Landschaften aus dem Bayou, und diese wurden regelmäßig in Dominique's Galerie geschickt, die erste Galerie, die meine frühen Werke ausgestellt und verkauft hatte.

Wir erfuhren, daß sie sich blendend verkauften. Kaum hatte ich ein Bild vollendet und es hingeschickt, fand sich auch schon ein Käufer. Paul war begeistert und ließ mich von einem Kunstkritiker besuchen, der mit mir über meine Werke sprach und Aufnahmen von meinem Studio und mir machte. Ein paar Monate später wurde das Foto in einer Kunstzeitung veröffentlicht und dann in der *New Orleans Times* abgedruckt. Diese Breitenwirkung brachte mir einen weiteren Brief von Gisselle ein.

... Daphne ist die Kaffeetasse fast auf den Schoß gefallen, als sie die Zeitung aufgeschlagen und Dein Bild gesehen hat. Bruce war sehr beeindruckt. Ich weiß nicht, was Beau davon gehalten hat. Ich habe es ihm gegenüber nicht erwähnt, und er ist mit keinem Wort darauf zu sprechen gekommen. Wir sehen einander beinahe täglich. Ich glaube, er steht kurz davor, mir einen Ring zu schenken. Du wirst die erste sein, die es von mir erfährt. Es könnte heute in einer Woche dazu kommen; dann fahren wir nämlich auf die Farm mit der Pferdezucht, und Daphne hat Beau eingeladen mitzukommen.

Wie dem auch sein, wir brauchen jetzt nur noch sechs Monate zu warten, bis wir unser Vermögen erben. Für Dich bedeutet das jetzt wohl nicht mehr allzuviel, da Du durch Deine Eheschließung stinkreich geworden bist, das ist mir klar. Für mich aber wird es eine ganze Menge bedeuten, frei über mein eigenes Geld verfügen zu können. Und für Beau auch.

Ich vermute, ich wollte Dich beglückwünschen. Also... ich gratuliere Dir. Wie kommt es, daß Du mit Talent geboren worden bist und ich nicht, wenn wir doch Zwillingsschwestern sind?

Gisselle

Ich beantwortete ihren Brief nicht, da ich darauf keine Antwort hatte. Ihr hatte man zwar kein Talent in die Wiege gelegt, aber sie war auch nicht mit einem Fluch belegt worden. War es tatsächlich ein reiner Zufall, daß sie zuerst zur Welt gekommen und den Dumas überlassen worden war, wohingegen ich zurückblieb und diejenige sein sollte, die alles über unsere finstere Vergangenheit erfuhr? Mir war danach zumute, ihr diese Fragen ins Gesicht zu schleudern, doch dann dachte ich an Grandmère Catherine und daran, wie gut sie zu mir gewesen war. Wäre ich die Erstgeborene gewesen, hätte ich sie niemals kennengelernt.

Muß sich an alles Gute etwas Schlechtes knüpfen? fragte ich mich. Ist die Welt ein Gleichgewicht von Gut und Böse? Warum gab es nicht mehr Engel als Teufel? Nina Jackson hatte mir immer wieder gesagt, es gebe weitaus mehr Teufel und deshalb bräuchten wir all die Pulver und Gesänge, die Knochen und Glücksbringer. Sogar Grandmère Catherine schaute mit dem Glauben in die Dunkelheit hinaus, daß das Böse in jedem Schatten lauerte, und sie wachsam, auf der Hut und stets bereit sein mußte, den Kampf gegen das Böse aufzunehmen. War es auch mein Los... ständig zu kämpfen?

Es war mir verhaßt, wenn diese Verzagtheit Besitz von mir ergriff, und doch erreichten Gisselles Briefe und Postkarten das jedesmal bei mir. Aber nichts, was sie mir je geschrieben hatte oder jemals schreiben würde, konnte sich an dem Anruf messen, den ich eine Woche später von ihr bekam.

Paul und ich hatten gerade zu Abend gegessen. Mrs. Flemming hatte Pearl gefüttert und war mit ihr ins Wohnzimmer gegangen, damit sie dort spielen konnte. Holly schenkte uns Kaffee ein und ging in die Küche, um den Erdbeerkuchen zu holen, den Letty gebacken hatte. Wir klagten beide über unsere Gewichtszunahme, seit Letty uns bekochte, aber keiner von uns war bereit, ihr Einschränkungen aufzuerlegen, was sie uns vorsetzen sollte und was nicht. Wir lachten darüber, wie nachsichtig wir uns selbst gegenüber waren.

Paul begann gerade, mir von Leuten in Regierungsposten zu erzählen, die versuchten, ihn dazu zu überreden, daß er sich um ein Amt bewarb. Nächste Woche würden sie uns einen Besuch abstatten, sagte er gerade, als plötzlich James eintrat, um anzukündigen, er hätte ein Telefongespräch für mich entgegengenommen. Weder Paul noch ich hatten das Läuten des Telefons gehört.

»Ich stand zufällig direkt neben dem Telefon und habe den Hörer gleich abgenommen«, erklärte James.

»Wer ist dran?«

»Ihre Schwester. Sie scheint sehr aufgeregt zu sein und hat verlangt, daß ich Sie augenblicklich ans Telefon hole«, sagte er.

Ich schnitt eine Grimasse. Ich war ganz sicher, daß sie mir berichten würde, sie und Beau hätten sich offiziell miteinander verlobt. Diese Neuigkeit wollte sie mir persönlich übermitteln, um meine Reaktion zu hören.

»Entschuldige bitte«, sagte ich zu Paul und stand auf.

»Nimm das Gespräch in meinem Büro entgegen«, schlug er vor. Ich machte mich auf den Weg und wappnete mich für das, was ich jetzt hören würde.

»Hallo, Gisselle«, sagte ich. »Weshalb ist es so dringend?«

Einen Moment lang antwortete sie nicht.

»Gisselle?«

»Es hat sich ein Unfall ereignet«, sagte sie atemlos.

Oh, nein, dachte ich. Beau.

»Was? Wer?«

»Es geht um Daphne«, keuchte sie. »Sie ist heute am späten

Nachmittag von ihrem Pferd gefallen und hat sich den Kopf an einem Felsen aufgeschlagen.«

»Was ist passiert?« fragte ich, und mein Herz pochte heftig.

»Sie ist gestorben ... gerade erst vor einem Weilchen«, sagte Gisselle. »Jetzt habe ich keinen Vater ... und keine Mutter mehr. Ich habe nur noch dich.«

7.
Die verpflichtenden Bande

Paul schaute von seinem Kaffee auf, als ich langsam das Eßzimmer wieder betrat. Ein einziger Blick in mein Gesicht sagte ihm, daß ich schlechte Nachrichten erhalten hatte.

»Was ist passiert?« fragte er.

»Daphne… ist von ihrem Pferd gefallen und hat sich den Kopf aufgeschlagen. Sie ist tot«, berichtete ich ihm mit lebloser Stimme. Die Neuigkeiten hatten mich überwältigt.

»*Mon Dieu.* Wer war am Telefon?«

»Gisselle.«

»Wie nimmt sie es auf?«

»Von ihrem Tonfall und von ihren Äußerungen her nicht besonders gut, aber ich glaube, in allererster Linie fürchtet sie sich. Ich werde nach New Orleans fahren müssen«, sagte ich.

»Ja, selbstverständlich. Ich werde meine Termine in Baton Rouge absagen und dich begleiten«, erbot er sich.

»Nein, du brauchst nicht jetzt gleich mitzukommen. Die Beerdigung findet nicht vor dem Mittwoch statt. Es hat keinen Sinn, daß du den ganzen Tag lang in diesem trostlosen Haus herumsitzt.«

»Bist du ganz sicher?« fragte er. Ich nickte. »Also, gut. Dann treffen wir uns dort«, sagte er. »Was ist mit Pearl?«

»Ich halte es für das beste, wenn ich sie mit Mrs. Flemming hier zurücklasse.«

»Ja, sicher. Eine solche Tragödie«, sagte Paul und nickte bedächtig.

»Ja. Ich stelle mir gegen meinen Willen immer wieder vor,

wie sehr es meinen Vater am Boden zerstört hätte, wenn er noch am Leben wäre. Für ihn war sie das reinste Idol. Das habe ich schon von dem Moment an erkannt, in dem ich die beiden das erste Mal zusammen gesehen habe.«

»Meine arme Ruby«, sagte Paul und stand auf, um mich zu umarmen. »Sogar jetzt noch, nachdem ich dieses kleine Shangri-La gebaut habe, fern von allen anderen, findet die Traurigkeit immer noch den Weg zu unserer Tür.«

»Es gibt kein solches Paradies auf Erden, Paul. Man kann sich nur bis an einen bestimmten Punkt etwas vormachen und die Außenwelt ignorieren, doch die dunklen Wolken kann man damit nicht vertreiben. Ich glaube, das ist etwas, was wir uns besser beide klarmachen sollten«, warnte ich ihn. Er nickte.

»Wann brichst du auf?«

»Morgen früh«, sagte ich betäubt. Alle erdenklichen trostlosen Gedanken schossen mir durch den Kopf.

»Es ist mir verhaßt, diese Traurigkeit in deinem Gesicht zu sehen, Ruby.« Er küßte mich auf die Stirn, drückte mich an sich und preßte seine Lippen auf mein Haar.

»Ich sollte mich jetzt wohl ums Packen kümmern«, flüsterte ich und lief eilig fort. Ich hatte das Gefühl, das Herz sei in meiner Brust geschrumpft und pochte nur noch kleinlaut und kaum wahrnehmbar.

Am folgenden Morgen ging ich zu meinem Wagen, nachdem ich Pearl einen Kuß zum Abschied gegeben und Mrs. Flemming gesagt hatte, ich würde mich regelmäßig telefonisch bei ihr melden. Paul hatte meine Sachen im Kofferraum verstaut. Mit einer bedrückten und niedergeschlagenen Miene erwartete er mich neben meinem Wagen. Keiner von uns beiden hatte in der vergangenen Nacht gut geschlafen. Ich hatte ihn manchmal in der Tür stehen sehen oder ihn dort gehört, ihm aber nicht zu verstehen gegeben, daß auch ich wach war. Ich fürchtete, seine tröstlichen Küsse und Umarmungen könnten wieder unmerklich in etwas anderes übergehen.

»Es behagt mir überhaupt nicht, dich allein fortfahren zu lassen«, sagte er. »Ich sollte dich wirklich begleiten.«

»Und was tätest du dann? Mir die Hand halten? Auf und ab laufen und an all die Dinge denken, die du während dieser Zeit tun könntest und dringend tun solltest? Du würdest mich ja doch nur nervös machen«, sagte ich zu ihm. Er lächelte.

»Das sieht dir ähnlich, immer an die Gefühle anderer zu denken, sogar in einem solchen Augenblick.« Er küßte mich auf die Wange und umarmte mich; dann stieg ich in meinen Wagen. »Fahr vorsichtig«, sagte er. »Ich rufe dich heute abend an.«

»Tschüs.« Beklommen und mit bösen Vorahnungen brach ich nach New Orleans auf.

Ich hatte das Verdeck heruntergeklappt und trug einen weißen Seidenschal. Wie sehr ich mich doch verändert hatte, dachte ich. All diese Schwierigkeiten und Sorgen während des letzten Jahres hatten mich altern lassen und mich auf eine Weise härter werden lassen, die ich selbst gerade erst zu verstehen begann. Vor einem Jahr wäre die Vorstellung, selbst nach New Orleans zu fahren, ganz allein, dasselbe gewesen, als sollte ich auf den Mond fliegen. Irgendwann auf meinem Weg hatte ich das kleine Mädchen hinter mir zurückgelassen. Jetzt hatte ich die Arbeit einer Frau zu leisten, und von Grandmère Catherine hatte ich den Mumm, die Kraft und das Selbstvertrauen geerbt, die dafür erforderlich waren.

Trotz meiner Ängste, daß es dazu kommen würde, verirrte ich mich nicht in den Straßen von New Orleans. Als ich in die kreisförmige Auffahrt einbog und Daddys alten Rolls-Royce vor der Garage geparkt sah, warf ich einen Blick auf die Haustür und zögerte. Es war Jahre her, endlose Jahre, seit ich dieses Haus betreten hatte. Ich holte tief Atem und stieg aus meinem Wagen aus. Der neue Butler kam eilig an die Tür. Als sein Blick auf mich fiel, blinzelte er im ersten Moment verwirrt.

»Oh«, sagte er dann. »Sie müssen die Zwillingsschwester von Mademoiselle sein.«

»Richtig. Ich bin Ruby.«

»Mein Name ist Stevens, Madame«, sagte er mit einer kleinen Verneigung. »Es tut mir leid, daß Sie sich solche Unannehmlichkeiten machen mußten.«

»Danke, Stevens.«

»Darf ich Ihr Gepäck ins Haus bringen?« erbot er sich.

»Danke«, sagte ich. Ich hatte damit gerechnet, viele Wagen auf der Auffahrt vorzufinden, wenn ich eintraf, und daß sich Daphnes Freunde zu Dutzenden versammelt hatten, um Giselle und Bruce zu trösten; doch es war still und leer im Haus. »Wo ist meine Schwester?«

»Mademoiselle hält sich oben in ihrer Suite auf«, sagte er und trat zurück. Ich betrat die große Eingangshalle, und einen Moment lang war mir so, als sei ich nie von hier fortgegangen, als sei alles, was sich seitdem abgespielt hatte, lediglich ein Traum gewesen. Fast rechnete ich damit, daß Daphne aus dem Büro kommen würde, um mich hämisch zu begrüßen und zu kritisieren, was ich trug, oder mich zu fragen, wo ich gewesen war. Doch nichts als Stille schlug mir entgegen. Sämtliche Lichter waren entweder heruntergedreht oder gar nicht erst angeschaltet. Die Kronleuchter hingen wie Eiszapfen da. Die geschwungene Treppe war in Schatten gehüllt, als sei der Tod persönlich durch das Haus geschlichen und hätte auf den Teppichen und Fußböden seine Spuren zurückgelassen.

»Ich werde mich in dem Zimmer neben dem meiner Schwester einquartieren, Stevens«, teilte ich dem Butler mit.

»Wie Sie wünschen, Madame.« Er eilte aus dem Haus, um meinen Koffer zu holen, und ich stieg die Stufen hinauf. Ehe ich den oberen Treppenabsatz erreicht hatte, hörte ich perlendes Gelächter durch Gisselles offene Tür dringen. Sie war am Telefon. Als sie sich umdrehte und mich dort stehen sah, verschwand das Lächeln schnell von ihrem Gesicht, und sie setzte augenblicklich die finstere Miene einer hinterbliebenen Tochter auf.

»Ich kann jetzt nicht mehr reden, Pauline. Meine Schwester ist gerade eingetroffen, und wir müssen sämtliche Vorbereitungen für das Begräbnis und diese Dinge miteinander besprechen. Ja, es ist einfach furchtbar«, sagte sie mit einem tiefen Seufzen. »Ich danke dir dafür, daß du dich so verständnisvoll gezeigt hast. Auf Wiedersehen.« Sie legte den Hörer langsam auf und erhob sich dann, um mich zu begrüßen. »Ich bin ja so froh, daß du gekommen bist, Ruby«, sagte sie, umarmte mich und küßte mich auf beide Wangen. »Ich bin emotional furchtbar ausgelaugt. Es ist einfach gräßlich. Ich weiß selbst nicht, wie ich mich noch auf den Füßen halte.«

»Hallo, Gisselle«, sagte ich trocken und sah mich in ihrem Zimmer um. Ihre Kleider waren wüst verstreut, und auf einem Nachttisch stand ein Tablett mit leerem Frühstücksgeschirr, neben dem eine aufgeschlagene Filmzeitschrift lag.

»Ich konnte niemanden sehen und nichts tun«, klagte sie augenblicklich. »Mir ist die Decke auf den Kopf gefallen.«

»Was ist mit Bruce?« erkundigte ich mich.

»Bruce?« Sie warf den Kopf mit einem dünnen Lachen zurück. »Als was für ein nasser Lappen er sich doch erwiesen hat. Und schließlich weiß ich auch, warum, oder etwa nicht?« sagte sie. Ihre Augen waren gehässig, ihr Blick stechend. »Jetzt wird er nicht mehr umsonst verköstigt. Er hat nichts anderes mehr getan, als sich in Akten zu vergraben, weil er hofft, ein Schlupfloch zu finden, aber ich habe ihm unmißverständlich gesagt, daß er das gleich vergessen kann.«

»Aber er war schließlich mit ihr verheiratet.«

»Ich habe es dir doch schon gesagt. Nur auf dem Papier und nur in der Rolle eines Bediensteten. Daphne hat ihm jeden Weg versperrt. Er wird das Haus mit wenig mehr verlassen als dem, womit er eingezogen ist. Dafür werden wir schon sorgen. Beau hat mit unseren Anwälten gesprochen und...«

»Beau?«

»Ja, Beau. Nur ihm habe ich zu verdanken, daß ich mich

noch aufrecht halten kann. Von Anfang an. Du weißt ja nicht, wie schrecklich es war. Du bist nicht hiergewesen«, fauchte sie, als sei es meine Schuld, daß ich nicht da war. »Sie ist mit Bruce aus geritten, und ihr Pferd hat sich aufgebäumt und sie abgeworfen. Bruce ist schreiend zum Haus zurückgerannt. Beau und ich waren noch im Bett«, warf sie mit einem verschmitzten Lächeln ein. »Wir haben beide gehört, wie laut Bruce geschrien hat, und wir haben uns schnell etwas übergeworfen. Wir haben sie mit einer gräßlichen Beule auf der Schläfe auf dem Boden vorgefunden. Beau, der schon gewisse medizinische Kenntnisse besitzt, hat Bruce gesagt, daß sie nicht transportiert werden darf und man einen Krankenwagen holen soll. Er hat ihr in die Augen gesehen und ihren Puls gefühlt, und dann hat er zu mir aufgeblickt und den Kopf geschüttelt. ›Es sieht schlecht aus‹, hat er zu mir gesagt. Ich bin ins Haus zurückgegangen, um mir etwas Wärmeres anzuziehen. Der Krankenwagen ist gekommen, und sie haben sie auf die Bahre gelegt und ins Krankenhaus gebracht, aber das war Zeitvergeudung. Bei ihrer Ankunft dort war sie schon tot.

Bruce ist vollständig durchgedreht und hat sich Vorwürfe gemacht, weil sie ihn dazu überredet hat, das sanftmütigere der beiden Pferde zu nehmen. Zumindest hat er das behauptet. Ich vermute jedoch, daß er sich niemals freiwillig angeboten hätte, Fury zu reiten. Dafür war er nichts Manns genug.« Sie verzog höhnisch das Gesicht.

»Wo ist Bruce jetzt?«

»Unten im Büro, und ich kann mir gut vorstellen, daß er sich gerade bewußtlos trinkt. Ich habe ihm gesagt, daß er bis nach der Beerdigung noch bleiben kann.«

»Soll das heißen, daß er noch nicht einmal einen Anspruch auf das Haus hat?«

»Richtig. Es ist alles äußerst kompliziert und in das eingebunden, was jetzt unser Nachlaß ist. Nach Beaus Angaben glauben unsere Anwälte, sie könnten es vielleicht beschleunigen, daß wir direkten Einfluß ausüben. Das war das Wort, das er benutzt hat... ›beschleunigen‹. Es geht um eine Menge Geld, verstehst du. Erinnerst du dich noch daran, wie geizig Daphne uns gegenüber war, nachdem Daddy gestorben ist? Jetzt sind wir von ihrem Geiz verschont, stimmt's?

Ist dir schon aufgefallen, wie lang ich mir das Haar habe wachsen lassen?« sagte sie und wechselte das Thema, ohne auch nur ein Pause zum Atemholen einzulegen. »Beau gefällt es so besser.« Ihr Haar hatte fast dieselbe Länge wie meines.

»Wie geht es... Beau?«

»Es geht ihm blendend... und er ist sehr glücklich«, fügte sie eilig hinzu. »Sag oder tu also bloß nichts, was uns beiden schaden könnte, oder... oder die ganze Welt könnte erfahren, was für eine Sünderin du bist«, sagte sie und bedachte mich mit einem feindseligen Blick.

»Wie kannst du in einem solchen Moment Drohungen ausstoßen, Gisselle?« fragte ich überrascht.

»Ich stoße keine Drohungen aus. Ich warne dich nur, meinem Glück nicht im Wege zu stehen. Du hast deine Entscheidung getroffen und bist froh über deinen Entschluß. Gut so. Und jetzt ist es mein Recht, ebenfalls glücklich zu werden. Und auch Beau hat ein Recht darauf.«

»Ich bin nicht hergekommen, um deinem Glück oder dem eines anderen Menschen im Weg zu stehen.«

»Das hört man gern.« Sie lächelte und warf einen Blick auf die Tür. »Ist Paul nicht mit dir gekommen?«

»Er wird zur Beerdigung erscheinen.«

»Und das Baby... wie heißt es doch schnell noch mal?«

»Pearl«, sagte ich mit scharfer Stimme. Ich wußte, daß sie ihren Namen kannte. »Ich habe es für das beste gehalten, sie bei Mrs. Flemming zu lassen.«

»Gut. Dann können wir beide ja gleich auf das Geschäftliche zu sprechen kommen.«

»Wo ist...«

»Daphnes Leiche? Im Bestattungsinstitut. Du glaubst doch nicht etwa, ich würde zulassen, daß sie im Haus aufgebahrt wird? Igitt. Es war schon schlimm genug, als Daddy hinterher hier war. Das einzige, was hier stattfinden wird, ist die Totenwache, und die wird erfreulich verlaufen. Ich habe bereits einen Partyservice verständigt. Natürlich werden wir tonnenweise Blumen haben. Die Leute schicken Blumen wie verrückt, aber ich lasse sie alle direkt ins Bestattungsinstitut weiterleiten. Und ich habe eine Liste von Leuten vorbereitet, die wir bitten werden, zu uns zu kommen.«

»Wovon sprichst du? Eine Liste von Leuten? Wir wollen hier doch schließlich keine Party veranstalten«, sagte ich.

»Oh, doch, natürlich«, erwiderte sie. »Wir geben eine Party, die uns dabei helfen wird, die Tragödie zu vergessen. Jetzt steh bloß nicht herum und zieh ein langes Gesicht, als seist du am Boden zerstört. Du hast sie gehaßt, und das hat sie genau gewußt. Ich kann nicht gerade behaupten, ich hätte mir etwas aus ihr gemacht, aber wahrscheinlich habe ich mehr Grund als du, traurig zu sein. Schließlich ist sie wesentlich länger meine Stiefmutter als deine gewesen.«

Ich starrte sie einen Moment lang an. Vielleicht hatte Daphne eine solche Tochter verdient. Fest stand, daß sie die Saat gesät und Gisselle durch ihr Vorbild gelehrt hatte, egozentrisch zu sein. Ich seufzte, da ich es jetzt kaum erwarten konnte, das Begräbnis und sämtliche weiteren Dinge, die erledigt werden mußten, hinter mich zu bringen und wieder nach Cypress Woods zurückzukehren, denn dort war das Leben, zumindest für mich, weitaus weniger kompliziert.

Stevens brachte meine Sachen in mein Zimmer.

»Oh, wie schön«, rief Gisselle aus, als sie sah, wie er meinen Koffer nach oben trug. »Wir werden wieder angrenzende Zimmer haben. Das sind die Momente, in denen ich es wirklich zu schätzen weiß, daß ich eine Schwester habe«, betonte sie so laut, daß Stevens es hören konnte.

»Mrs. Gidot hat mich gebeten, Ihnen mitzuteilen, daß sie ein Mittagessen vorbereitet hat, Mademoiselle. Möchten Sie es nach oben gebracht haben oder...«

»Oh, nein. Sagen Sie Ihr, daß meine Schwester eingetroffen ist und daß wir das Essen im Eßzimmer einnehmen werden, und zwar *tout de suite«*, erwiderte Gisselle und strahlte mich dann voller Stolz an. »Ich habe recht gut Französisch gelernt, als ich mit Beau in Paris war«, fügte sie hinzu.

»*Très bien,* Mademoiselle«, sagte Stevens und ging.

»Was hat er gesagt?«

»Sehr gut. Wer ist Mrs. Gidot?«

»Die Französin, die Daphne als Ersatz für Nina Jackson engagiert hat.«

»Wo ist Nina?«

»Woher soll ich denn wissen, wo jemand von der Sorte steckt? Also wirklich, Ruby. Jedenfalls hoffe ich, daß du Hunger hast. Mrs. Gidot ist eine sehr gute Köchin, und ich bin sicher, daß Sie uns etwas Köstliches zum Essen zubereitet hat.«

»Ich mache mich nur schnell frisch«, sagte ich.

»Ja, ich mich auch. Ich habe so schrecklich geweint und mich herumgequält, daß ich bestimmt furchtbar aussehe. Und Beau wird jeden Moment kommen«, fügte sie hinzu.

Mein Herz setzte zu einem Wettlauf mit sich selbst an. Allein schon die Vorstellung, Beau von Angesicht zu Angesicht gegenüberzustehen, ließ mich wieder zittern. Ich bemühte mich, Gisselle meine Sorge nicht sehen zu lassen.

»Schön«, sagte ich und lächelte sie strahlend an. Dann ging ich eilig in das Zimmer, das früher einmal so neu und so wunderbar auf mich gewirkt hatte, das Zimmer, in dem Beau mich zum ersten Mal geküßt und in dem er mich während Daddys Totenwache in den Armen gehalten und getröstet hatte. Ich lächelte, als ich sah, daß das Bild von dem kleinen Mädchen und dem Welpen noch an der Wand hing, und dann trat ich ans Fenster, schaute auf die Tennisplätze und die Blumen hinunter und erinnerte mich wieder daran, daß ich mir wie eine Prinzessin vorgekommen war, als ich die erste Nacht hier geschlafen hatte. Alles war mir so kostbar und verzaubert erschienen, und ich hätte mir damals nicht ausmalen können, welche Traurigkeit und wie viele Sorgen schon über dem prächtigen Haus hingen und nur darauf warteten, über uns alle hereinzubrechen wie ein Unwetter.

Ich warf einen Blick ins Büro, ehe ich ins Eßzimmer hinüberging, um mich dort Gisselle zum Mittagessen anzuschließen. Bruce blätterte, wie sie es vorhergesagt hatte, einen Packen Papiere durch und hatte eine offene Flasche Bourbon neben sich stehen. Er trug ein Jackett und eine Krawatte, hatte jedoch den Kragen geöffnet. Sein Haar war zerzaust, und er sah aus, als hätte er sich seit einer Woche nicht mehr rasiert. Als er zu mir aufblickte, hielt er mich im ersten Augenblick für Gisselle, doch nachdem er genauer hingesehen hatte, wurde ihm klar, daß ich es war.

»Ruby!« rief er aus und erhob sich schnell. In seinem Eifer, mich zu umarmen, stieß er gegen die Schreibtischkante. Der Gestank nach Whiskey eilte ihm voraus. Er umarmte mich kurz und trat dann wieder zurück. »Es ist furchtbar, einfach furchtbar. Ich kann nicht glauben, was passiert ist.«

»Warum?« fragte ich mit scharfer Stimme. »Meinem Vater ist es schließlich auch passiert. Und meinem Onkel Jean.«

Er blinzelte mehrmals und schüttelte dann den Kopf.

»Selbstverständlich, das waren ebenfalls fürchterliche Tragödien. Aber Daphne... Daphne stand in der Blüte ihres Lebens. Sie war schöner als je zuvor. Sie war...«

»Ich weiß, für wie wunderbar du sie gehalten hast, Bruce. Es tut mir leid, daß das passiert ist. So etwas würde ich niemandem wünschen. Es gibt schon genug Trauriges auf der Welt, ohne daß wir auch noch unsere eigenen Beiträge dazu leisten.«

»Ich wußte gleich, daß du so reagieren würdest«, sagte er lächelnd. »Deine Schwester...« Er schüttelte den Kopf. »Sie ist völlig außer Rand und Band, und dann noch dieser Freund von ihr... die beiden haben sich gegen mich verschworen. Ich brauche deine Hilfe, Ruby.«

»Meine Hilfe? Du bittest mich um Hilfe?« Fast hätte ich laut aufgelacht.

»Du bist doch immer die Vernünftigere von euch beiden gewesen«, sagte er. »Und da du jetzt selbst finanziell ausgezeichnet dastehst, wirst du gewiß Verständnis für mich haben. Daphne und ich haben gewisse Abmachungen miteinander getroffen«, fuhr er fort. »Oh, nein, wir haben sie nie wirklich schriftlich festgehalten, aber diese Abmachungen bestehen dennoch. Wir beide haben lange darüber diskutiert, was geschehen sollte, falls einem von uns beiden etwas zustößt, und wir haben uns darauf geeinigt, daß der andere dann die alleinige Generalvollmacht für beide besitzen sollte. Wenn du von den Nachlaßanwälten die Dokumente aufsetzen ließest...«

»Jahrelang habt ihr beide euch miteinander verschworen, Daphne und du, Bruce«, sagte ich mit eisiger Stimme. »Ihr beide habt gemeinsame Sache gegen meinen Vater gemacht. Du hast Gelder unterschlagen, und du hast ihn betrogen. Nur hast du dir als Komplizin anscheinend eine weitaus gerissenere zweite Hälfte gesucht, die dich um den größten Teil der Beute gebracht hat«, sagte ich und sah auf den Packen Dokumente. »Du tust mir zwar leid, aber ich werde keinen Finger rühren, um dir zu helfen«, sagte ich. »Nimm das, was du erfolgreich gestohlen hast, und verschwinde«, riet ich ihm. Sein Kiefer fiel herunter.

»Aber... La Ruby, du weißt doch, daß ich schon immer eine Schwäche für dich hatte und mich für dich eingesetzt habe, wenn Daphne allzu hart mit dir umgesprungen ist.«

»Wann denn?« fauchte ich ihn an. »Du hast doch nie den Mut besessen, dich gegen sie zu stellen, selbst dann nicht, wenn du selbst gesehen hast, daß sie mir, meinem Onkel Jean und sogar Gisselle Gemeinheiten antat. Wenn du glaubst, ich täte jetzt etwas für dich, Bruce, dann hast du dich in der Adresse geirrt.«

Er kniff die Augen zusammen. »Damit kommt ihr beiden nicht durch. Ich habe nämlich auch Anwälte, verstehst du, hochbezahlte und bedeutende Anwälte und Geschäftsbeziehungen.«

»Das ist mir, offen gesagt, gleichgültig, Bruce. Ich werde diese Kämpfe ganz allein Gisselle überlassen.«

Er lächelte verschmitzt. »Du weißt ja, daß sie dir deinen Freund weggenommen hat.«

Ich spürte, wie die Glut in mein Gesicht stieg, und ich wußte, daß ich knallrot angelaufen war. »Ich bin verheiratet, Bruce.«

Sein Grinsen wurde breiter. »Wir werden ja sehen, wer hier als letzter lacht«, drohte er mir und kehrte wieder hinter den Schreibtisch zurück.

Ich begab mich ins Eßzimmer und berichtete Gisselle von meinem Gespräch mit ihm. Sie zuckte die Achseln.

»Ich werde das alles Beau und unseren Anwälten überlassen«, sagte sie. »Aber ich habe daran gedacht, dir deine Anteile an diesem Haus und an den Grundstücken in New Orleans auszubezahlen. Warum sollte dich das überhaupt noch interessieren, nachdem du jetzt selbst soviel hast?« fügte sie hinzu, ehe ich mich widersetzen konnte.

»Das soll mir recht sein«, sagte ich.

Sie lächelte. »Ich wußte doch gleich, daß wir in diesen schwierigen Zeiten gut miteinander auskommen würden. Wir müssen eben tun, was wir können, um einander zu trösten, nicht wahr? Was wirst du auf der Beerdigung tragen? Hast du etwas Angemessenes mitgebracht? Ich habe einen ganzen Schrank voller neuer Kleider. Du kannst dir etwas von mir leihen. Sieh dich einfach um, und bediene dich aus meiner reichhaltigen Garderobe. Seit du das Kind geboren hast, sind deine Hüften etwas breiter als meine, aber dir sollte trotzdem noch das meiste passen«, sagte sie.

»Ich habe mir selbst etwas mitgebracht, danke«, sagte ich. Wir drehten uns beide um, als Bruce in der Tür auftauchte. Er hielt einen dicken Packen Papiere in den Armen.

»Ich werde jetzt eine Zeitlang aus dem Haus gehen«, sagte er. »Ich gehe ins Büro meiner Anwälte.«

»Glaube bloß nicht, du könntest irgendwelche Unterlagen vernichten, Bruce«, sagte Gisselle. »Ich weiß, daß Mutter Kopien von allen Papieren bei Simons und Beauregard hinterlegt hat, die jetzt unsere Anwälte sind.«

Er machte wütend auf dem Absatz kehrt, und als er das tat, fielen einige seiner Dokumente auf den Fußboden. Gisselle lachte, als er auf den Knien herumkroch, um sie aufzuheben. Dann stapfte er erbost durch den Korridor und zur Haustür hinaus.

»Gut, daß wir dich los sind«, rief Gisselle ihm nach. Sie lächelte mich an. »Ich habe mit dem Gedanken gespielt, das Haus eine Weile dichtzumachen und eine Reise zu unternehmen. Vielleicht nach London. Sind diese Austern und die Artischokken nicht köstlich? Diese große Blätterteighülle wird Vol-au-vent genannt«, sagte sie lehrerhaft.

Das Essen war gut, aber ich war nicht in der Stimmung, es zu genießen. Nach dem Mittagessen ging Gisselle in ihr Zimmer, um ein paar Freunde anzurufen, und ich schlenderte durch das Haus. Kaum etwas war verändert worden. Ich seufzte tief und lief weiter, bis ich mein früheres Atelier erreicht hatte. Nichts war daraus entfernt worden, doch der Raum war offensichtlich abgesperrt gewesen. Auf allem lagen dicke Staubschichten, und um die Fenster herum und in den Ecken hatten sich sogar Spinnweben angesammelt. Farben waren ausgetrocknet, Pinsel hart geworden. Ich schaute einige meiner unvollendeten Zeichnungen an und stellte mich an die Staffelei.

Die Erinnerung an jenen Tag mit Beau kehrte zurück, den Tag, an dem er mich in Versuchung geführt hatte, einen Akt von ihm zu zeichnen. Ich warf einen Blick auf das Sofa und sah ihn dort wieder vor mir, mit diesem reizvollen schelmischen Lächeln, das um seine Lippen und in seinen Augen spielte. Mein Herz hatte die ganze Zeit über heftig gepocht, aber irgendwie war es mir gelungen, mich ganz in meine Kunst zu vertiefen, und ich hatte eine Zeichnung angefertigt, die so lebensecht war, daß es Daphne, als sie sie später entdeckte, keinerlei Schwierigkeiten bereitete, sich deutlich auszumalen, was hier vorgefallen war.

Am selben Tag, nachdem ich ihn gezeichnet hatte, hatten Beau und ich uns zum ersten Mal geliebt. Die Erinnerung an seine Küsse, seine Berührungen und unsere leidenschaftlichen Umarmungen brachen über mich herein und verschlugen mir selbst jetzt noch den Atem. Hypnotisiert von meinen eigenen Erinnerungen, ging ich langsam auf das Sofa zu und schaute es an, als könnte ich uns dort zusammen sehen und diese Augenblicke der Ekstase noch einmal durchleben; fühlen, wie wir beide uns in einem Akt der Liebe miteinander verbanden, der so ausschließlich war, daß wir uns ineinander verloren und uns gegenseitig unsterbliche Liebe schworen.

Eilig setzte ich mich hin, da ich spürte, daß meine Knie weich wurden und unter mir nachzugeben drohten. Eine Zeitlang blieb ich mit geschlossenen Augen dort sitzen, und das Herz schlug mir gegen die Brust. Dann holte ich tief Atem und wandte meinen Blick dem Fenster zu, von dem aus ich auf die alten Eichen und den Garten hinausschauen konnte, und mir fiel wieder ein, wie aufgeregt ich gewesen war, als ich das erste Mal begonnen hatte, in meinem eigenen Atelier zu arbeiten.

»Ich wüßte zu gern, woran du gerade denkst«, hörte ich eine leise Stimme sagen, und als ich mich umdrehte, sah ich Beau in der Tür stehen. Die dichte, schimmernd goldene Mähne fiel ihm immer noch wild in die glatte Stirn; sein dunkler Teint betonte nach wie vor den Glanz seiner blauen Augen. Er trug einen dunkelblauen Blazer, eine Khakihose und ein Hemd, das am Kragen offenstand. Sein gut geschnittenes Gesicht war mir so vertraut; der vollendete sinnliche Mund, die vollkommen gerade römische Nase und das kräftige Kinn, das in Stein gemeißelt zu sein schien.

Im ersten Moment war ich sprachlos und konnte mich nicht von der Stelle rühren, als der Glanz seines warmen und verlokkenden Lächelns auf mich fiel. Dann lachte er leise.

»Du wirkst ganz so, als hättest du einen Geist gesehen«, sagte er. Er kam eilig auf mich zu, nahm meine Hände und zog mich auf die Füße. Wir umarmten einander, und dann trat er zurück und hielt mich an den Händen fest, um mich anzusehen.

»Du hast dich nicht verändert, abgesehen davon, daß du noch schöner geworden bist«, sagte er. »Was ist?« sagte er dann. »Sag doch etwas.«

»Hallo, Beau.«

Wir lachten, und dann nahm er eine ernstere Haltung ein, zog die Schultern zurück und kniff die Lippen ein wenig zusammen.

»Ich bin froh, daß ich dich allein angetroffen habe. Ich wollte dir erklären, was passiert ist und warum ich so schnell von hier verschwunden bin, als deine Schwangerschaft ans Licht kam«, setzte er an.

»Ich verlange keine Erklärungen von dir«, sagte ich und wandte mich ab.

»Das war nicht gerade die feine Art eines Gentleman aus dem Süden… die Frau, die er liebt, in der Patsche sitzenzulassen. Ich war ein Feigling, um es kurz zu sagen. Meine Eltern waren außer sich. Meine Mutter stand am Rande eines Nervenzusammenbruchs. Sie hat geglaubt, ganz New Orleans würde von dem Skandal erfahren, und es würde für meine Familie den Ruin bedeuten. So deprimiert wie damals habe ich meinen Vater noch nie erlebt.

Dann haben sich meine Eltern mit Daphne getroffen, und sie hat ihnen versichert, sie würde sich des Problems annehmen, vorausgesetzt, sie schickten mich augenblicklich weit fort. Ich habe noch versucht, dich vor meiner Abreise anzurufen, bin aber beim besten Willen nicht durchgekommen. Ich wurde sozusagen mit gebundenen Händen und Füßen abgeführt. Innerhalb von Stunden haben sie alles arrangiert, meine Abreise, die Flugtickets, einen Studienplatz für mich und meine Wohnung in Paris.

Zu dem Zeitpunkt habe ich nichts besessen, keinen Penny. Ich war vollständig von meinen Eltern abhängig. Wenn ich mich ihnen widersetzt hätte, hätten sie mich mit Sicherheit enterbt, und was hätte ich dann für dich tun können? Wie hätte ich für uns beide und ein Baby sorgen können?

Ich gebe zu, daß ich mich gefürchtet habe. Ehe ich wußte, was mir geschah und was ich hier überhaupt tue, war ich schon über dem Atlantischen Ozean. Meine Eltern haben mir verboten, jemals wieder etwas mit dir zu tun zu haben, aber am Anfang habe ich dir trotzdem Briefe geschrieben. Hast du sie je bekommen?«

»Nein«, sagte ich und warf einen kurzen Seitenblick auf ihn. »Ich war nicht mehr hier, und Daphne hätte sich nicht die Mühe gemacht, sie aufzuheben oder an mich weiterzuleiten.«

»Ich habe mich vorher noch nie in meinem Leben vor irgendeiner Verantwortung gedrückt«, sagte er. »Alle, meine Eltern, Daphne und alle anderen auch, haben mir versichert, du kämst schon zurecht.«

Ich sah ihn an. »Ich käme zurecht?« Bei der Erinnerung an diese Zeiten hätte ich beinahe laut losgelacht.

Schmerz blitzte in seinen Augen auf. »Was ist passiert?« fragte er leise.

»Daphne hat mich zu einer Abtreibung in eine Klinik mit anrüchigen Hinterzimmern geschickt. Sowie ich mich dort umgesehen hatte, wurde mir klar, was dort vorging. Ich bin fortgelaufen und wieder ins Bayou zurückgegangen.«

»Und dort hast du die Geburt…«

»Dort habe ich Pearl geboren. Sie ist ein wunderschönes Kind, Beau.«

»Und dort hast du geheiratet?«

»Ja.«

Er schlug die Augen nieder. »Als ich gehört habe, daß du geheiratet hast, habe ich beschlossen, in Europa zu bleiben. In Wahrheit wollte ich nie mehr nach Hause zurückkommen. Aber«, sagte er seufzend, »das war unrealistisch. Und dann kam Gisselle.« Er lächelte. »Sie hat sich verändert, meinst du nicht auch?« fragte er und hoffte auf meine Zustimmung. »Ich glaube, sie ist endlich erwachsen geworden und reifer. Schreckliche Ereignisse wie dieses bewirken, daß man sich von seiner Kindheit lösen muß, auch wenn man dabei schreit und um sich tritt. Sie weiß, daß sie jetzt verantwortungsbewußt handeln muß. Sie hat ein Vermögen zu verwalten und sich um Geschäftsangelegenheiten zu kümmern.«

»Soweit ich gehört habe, bist du ihr bisher eine große Hilfe gewesen«, sagte ich.

»Ich tue, was ich kann. Hast du Bruce gesehen?« fragte er.

»Ja. Was ihm jetzt zustößt, ist nur gerecht«, sagte ich.

»Mach dir keine Sorgen. Ich werde sicherstellen, daß er keinen Penny bekommt, der ihm nicht zusteht«, versprach er mir.

»Geld hat für mich keine große Bedeutung mehr, Beau. Im Grunde genommen ist es mir nie so wichtig gewesen wie Gisselle.«

»Ich weiß. Ich habe den Bericht über dich in der Zeitung gelesen. Hast du wieder ein Atelier wie dieses?«

»Ja, aber mit einem prächtigen Ausblick auf die Wasserläufe. Es ist im Dachboden unseres Hauses untergebracht«, sagte ich.

»Das klingt ganz wunderbar. Gisselle hat mich über alles auf dem laufenden gehalten, und nach ihrer Schilderung muß... wie nennt ihr es gleich noch? Cypress Woods?« Ich nickte. »Nach ihrer Schilderung klingt es wie das reinste Utopia.«

»Ich bin schon immer im Bayou glücklicher gewesen, umgeben von der Natur. All das war viel zu sehr ein Teil von mir, als daß ich diese Dinge jemals hätte aufgeben können.«

»Selbst für mich hättest du sie nicht aufgegeben?« fragte er leise. In seinen Augen glänzten unvergossene Tränen.

»Beau...«

»Schon gut. Ich benehme mich unfair. Ich habe kein Recht, dich um etwas zu bitten oder gar etwas von dir zu fordern. Und du hast das Recht, mich dafür zu verabscheuen, daß ich dich sitzengelassen habe. Nichts, was mir je zugestoßen ist oder was mir jemals zustoßen wird, ist ungerecht. Ich habe es alles verdient«, sagte er.

»Wir sind beide schuldig, Beau, und wir sind beide Opfer eines grausamen Schicksals«, erwiderte ich leise. Wir sahen einander tief in die Augen. Die Anziehungskraft war hypnotisch.

»Ruby«, flüsterte er. Er wollte gerade die Arme nach mir ausstrecken, als Gisselle in mein Atelier gestürmt kam.

»Hier bist du also«, schrie sie mit schriller Stimme. »Ich hätte mir ja denken können, daß ich dich hier finde. Stevens hat mir gesagt, du seist gekommen, und als ich dich weder im Büro noch im Wohnzimmer vorgefunden habe, habe ich mich natürlich gefragt, wo du wohl sonst noch stecken könntest.«

»Hallo, Gisselle«, sagte er. Sie warf sich ihm an den Hals und küßte ihn mitten auf die Lippen. Dabei hatte sie die Augen geöffnet und den Blick auf mich gerichtet. »Heute morgen hast du mir gefehlt«, sagte sie, nachdem sie ihre Lippen von seinem Mund gelöst hatte. »Wann bist du fortgegangen?«

Beau errötete. »Früh. Du wußtest doch, daß ich einen Termin bei deinen Anwälten hatte.«

»Ach, ja. Richtig. Mein Gehirn kommt mir heute vor wie eine Schüssel Rühreier. Warum sagst du uns nicht gleich, was ihr miteinander besprochen habt und was wir jetzt unternehmen müssen«, sagte sie. »Laßt uns alle ins Büro gehen und darüber reden.« Sie nahm Beau an der Hand und lächelte mich selbstsicher an. »Einverstanden, Ruby?«

»Ja«, sagte ich und folgte den beiden aus dem Atelier.

Im Büro hörten wir zu, während Beau uns über die Auffassungen unserer Anwälte informierte. Wie Daphne Bruce dazu gebracht hatte, vor der Hochzeit Dokumente zu unterzeichnen, in denen er auf jeden Anspruch auf ihr und unser beider Vermögen verzichtete, war rätselhaft, doch er hatte die Unterschriften geleistet, und die Anwälte fühlten sich unangreifbar.

»Ganz gleich, welche juristischen Manöver er auch vorzunehmen versucht, sie werden ein Paradebeispiel für Vergeblichkeit sein«, sagte Beau. »Jetzt wird es nur noch kurze Zeit dauern, bis ihr alles selbst verwalten könnt, aber da die Anwälte in eurem Namen handeln, habt ihr die sofortige Verfügungsgewalt.«

»Dann können wir also ausgeben, was wir wollen? Und alles kaufen, was wir wollen?« fragte Gisselle aufgeregt.

»Ja.«

»Keine Einschränkungen mehr! Als allererstes will ich einen eigenen Sportwagen. Daphne hat ihn mir verweigert«, jammerte sie, und dann wandte sie sich an mich. »Du solltest durch das Haus laufen und entscheiden, was du jetzt gleich in den Sumpf mitnehmen willst. Ich könnte sonst nämlich jemanden ins Haus kommen lassen und alles zur Versteigerung bringen«, drohte sie. »Und dann ist da noch die Frage der Ranch zu klären und was mit unseren Wohnblocks geschieht...«

»Gisselle, müssen wir das jetzt besprechen?«

»Mir ist egal, wann wir darüber reden. Von mir aus brauchen wir es auch gar nicht zu besprechen. Wenn du willst, kannst du einfach deinen Anwalt zu unseren Nachlaßverwaltern schikken, stimmt's, Beau?«

Er sah mich an. »Wenn sie es so haben will«, sagte er.

»Für den Moment wollen wir es dabei belassen«, sagte ich. Die emotionale Belastung, die es für mich mit sich brachte, in dieses Haus zurückzukehren, das Aufleben alter Erinnerungen und das Wiedersehen mit Beau – all das war zuviel für mich. Ich fühlte mich, als ob ich eine Woche lang durchschlafen könnte. »Am liebsten würde ich mich jetzt ein Weilchen ausruhen«, sagte ich. »Ich glaube, ich gehe nach oben, in mein Zimmer. Außerdem muß ich zu Hause anrufen und mich nach Pearl erkundigen.«

Beaus Blick wanderte von mir zu Gisselle und senkte sich dann auf die Dokumente.

»Ruh dich ruhig aus«, sagte sie. »Ich bin im Moment kein bißchen müde. Am liebsten möchte ich das Haus für ein paar Stunden verlassen. Ich habe das Gefühl, unter all dieser Trostlosigkeit zu ersticken. Beau, fahr mit mir zum Jackson Square und laß uns dort Kaffee trinken und Beignets essen«, ordnete sie an.

»Wenn du es so haben willst«, sagte er.

»Ja, allerdings. Danke, Beau.« Sie bedachte mich mit einem selbstgefälligen Lächeln.

Beau schien es absolut zu widerstreben, das Haus zu verlassen, doch er tat es. Ich rief Mrs. Flemming an und hörte von ihr, daß zu Hause alles in Ordnung war. Dann ging ich in mein früheres Zimmer und legte mich in das Bett, in dem ich mir so oft erträumt hatte, Beau und ich würden miteinander glücklich werden. Ich schloß die Augen und war wenige Momente später fest eingeschlafen.

Gelächter, das vom unteren Treppenabsatz zu mir heraufschallte, ließ mich erwachen, und ich lauschte.

»Komm in einer Stunde wieder, und fahr uns zur Totenwache«, hörte ich Gisselle rufen, und dann hörte ich, wie sie die Treppe heraufgestapft kam. In meiner Tür blieb sie stehen, und ich setzte mich auf und rieb mir den Schlaf aus den Augen.

»Hallo«, sagte sie. »Wir haben ja solchen Spaß miteinander gehabt. Auf dem Riverwalk wehte eine wunderbare Brise, und wir haben dagesessen und die Touristen und Künstler beobachtet. Du hättest wirklich mitkommen sollen. Bist du jetzt ausgeruht? Wir müssen nämlich zur Totenwache im Bestattungsinstitut erscheinen. Bis nach dem Begräbnis dulde ich keine Menschen im Haus«, sagte sie.

»Ja.«

»Dann zieh dich an«, zwitscherte sie. »Beau holt uns in einer Stunde ab.«

Sie eilte davon, und ich fragte mich, wie ein so deprimierender Anlaß sie in eine derartige Partylaune versetzen konnte. Auf der Totenwache benahm sie sich jedoch gesittet und produzierte nach Belieben Tränen. Trotz der Rolle, die er in den kleinen Komplotten gegen meinen Vater gespielt hatte, empfand ich unwillkürlich ein gewisses Mitleid mit Bruce, der die meiste Zeit über allein in einer Ecke stand. Anscheinend war die Wahrheit über seine Beziehung zu Daphne kein Geheimnis, und nachdem Daphne jetzt von uns gegangen war, wußten alle, daß Bruce so gut wie keinen Einfluß und relativ wenig Vermögen besaß.

Die Menschen, die gesellschaftlichen Umgang mit Daphne gepflegt hatten, und viele ihrer Geschäftsfreunde schauten vorbei, um uns zu begrüßen. Unsere Anwälte waren erschienen, um uns Daphnes Geschäftspartner vorzustellen. Gisselle wurde ungeduldig und hatte die triste Stimmung satt. Nach etwa einer Stunde war sie bereit zum Aufbruch. Aber Beau war an ihrer Seite und flehte sie an, noch ein wenig länger zu bleiben. Es trafen immer noch neue Trauergäste ein. Als sie nachgab, wurde mir klar, wie stark sein Einfluß auf sie war und um was für einen guten Einfluß es sich dabei handelte, und ich lächelte still in mich hinein.

In regelmäßigen Abständen fiel mein Blick auf ihn. Dann sahen wir einander an, und ich spürte, wie mein Herz schneller schlug. Ich fürchtete, andere könnten mir die Wärme im Gesicht ansehen, die immer noch durch meinen Körper strömte, wenn ich in seiner Nähe war oder wenn er mich ansprach, und daher bemühte ich mich, ihm aus dem Weg zu gehen. Aber das war, als wollte man nach langen Tagen in einer dürren Wüste ein Glas kaltes Wasser ignorieren. Ich konnte nichts dafür, daß meine Blicke immer wieder auf ihn fielen, und jedesmal, wenn ich seine Stimme hörte, verstummte ich sofort und lauschte ihm. Seine Stimme war immer noch Musik in meinen Ohren. Es bereitete uns jedoch Schwierigkeiten, eine Zeitlang miteinander allein zu sein, und am nächsten Morgen traf Paul schon früh ein, um mich zu dem Begräbnis zu begleiten.

Ich wußte, daß viele Menschen, die von meiner Eheschließung und von meinem neuen Leben im Bayou gehört hatten, enorm neugierig auf uns waren. Als Daphnes Sarg in die Familiengruft der Dumas hinabgesenkt wurde, wandten sich meine Gedanken Daddy zu. In meinem tiefsten Herzen glaubte ich fest daran, daß es ihm lieber gewesen wäre, neben meiner wirklichen Mutter zur letzten Ruhe gebettet zu werden. Ich hoffte, daß sie dort, wo Seelen die Ewigkeit verbrachten, spirituell wieder zueinander gefunden hatten und daß Daphne... nun ja, daß sie an einen anderen Ort geschickt werden würde.

Nach dem Begräbnis kehrten die meisten von Gisselles alten Freunden mit uns ins Haus zurück. Die erste Stunde verlief ruhig, aber ich sah, welche gewaltigen Mengen Bruce trank und wie zornig er mit seinen wenigen Freunden tuschelte, während er Gisselle und mich mit zunehmender Wut musterte. Ich hatte Paul den Grund dafür erklärt.

Plötzlich fiel Bruce das Glas aus der Hand und zerbrach auf dem Fußboden in Scherben. Die Schar der Trauergäste verstummte. Er grinste und trat wankend vor.

»Was gafft ihr denn alle so?« fragte er barsch. »Ihr braucht jetzt nicht mehr hinter meinem Rücken zu tuscheln. Ich weiß, was ihr euch denkt. Ich habe meinen Zweck erfüllt, und jetzt werde ich abgelegt wie ein altes Hemd, das ist es doch?«

»Bruce«, sagte ich und trat vor. »Das ist jetzt nicht der rechte Zeitpunkt.«

»Nein, La Ruby, es ist nicht der rechte Zeitpunkt. Aber wenn es nach dir und deiner Schwester geht, dann wird der rechte Zeitpunkt niemals kommen, stimmt's? Also gut. Genießt jetzt, was ihr habt, denn ihr werdet es nicht ewig haben. Schließlich habe ich auch meine Rechte, das weiß ich ganz genau, egal, was eure hochbezahlten Anwälte dazu sagen«, versicherte er uns. Alle Anwesenden waren sprachlos. Dann lächelte er und verbeugte sich.

»Ich werde mich jetzt verabschieden und mich aus dieser feinen, hochgestellten Gesellschaft zurückziehen, da ich darüber informiert worden bin, daß ich hier unerwünscht bin. Kurz und gut, meine Anwesenheit wird nicht länger geschätzt. Was nicht heißen soll, sie sei je gewürdigt worden. So sei es denn«, sagte er. »Jedenfalls für den Moment.« Er machte abrupt auf dem Absatz kehrt, geriet dabei ins Wanken und ging dann auf die Tür zu, gestützt von zweien seiner Verbündeten, die sich schnell bei ihm einhängten.

Die Gäste nahmen ihr Gespräch wieder auf. Ich sah Gisselle an.

»Gut, daß wir den los sind«, brauste sie auf, und ihr Gesicht war rot vor Wut. »Ich weiß nicht, weshalb er sich beklagt. Er hat ohnehin schon mehr bekommen, als er verdient hat. Beau«, rief sie plötzlich mit matter Stimme. Er kam eilig an ihre Seite. »War das nicht einfach furchtbar?«

»Doch«, sagte er. »Er ist betrunken.«

»Zu allem Überfluß auch noch das. Ich halte es einfach nicht mehr aus, keinen Moment länger. Bitte, Beau. Bring mich auf mein Zimmer«, flehte sie, und er führte sie hinaus. Ihr Kopf lag auf seiner Schulter, während sie den Menschen, die ins Haus gekommen waren, ihre Entschuldigungen zumurmelte. Schließlich brachen die Gäste auf.

»Ich möchte heute nacht noch nach Hause fahren, Paul«, kündigte ich unvermittelt an.

»Wirklich? Aber ich dachte...«

»Ich habe keinerlei Interesse an den finanziellen Regelungen oder an sonst etwas. Ich will einfach nur nach Hause.«

Er nickte. Er war von Baton Rouge nach New Orleans geflogen, und daher würden wir meinen Wagen nehmen, um zurückzufahren. Ich ging in mein Zimmer, um meinen Koffer zu packen. Während ich das tat, hörte ich, wie leise an die Tür geklopft wurde, die einen Spalt weit offenstand.

»Ja?«

Beau trat ein. »Du fährst heute abend nach Hause?«

»Ja, Beau. Ich kann nicht länger bleiben. So lange war ich bisher noch nie von Pearl getrennt«, fügte ich hinzu.

»Es tut mir leid, daß ich dich nicht genauer nach ihr ausgefragt habe. Ich hatte einfach den Eindruck... daß es mir nicht zusteht, mich nach ihr zu erkundigen«, sagte er.

»Sie ist und bleibt deine Tochter«, rief ich ihm ins Gedächtnis zurück.

Er nickte. »Ich weiß. Paul scheint alles hundertprozentig akzeptiert zu haben. Ich meine, diesen Eindruck haben mir die kurzen Gespräche vermittelt, die wir miteinander führen konnten.«

»Er liebt Pearl von ganzem Herzen.«

»Und dich liebt er auch«, sagte Beau.

Ich blickte einen Moment lang auf meinen Koffer hinunter, ohne etwas darauf zu erwidern. »Gisselle bemüht sich, sich anders zu geben, wenn sie mit dir zusammen ist. Das kann ich deutlich sehen«, sagte ich. »Vielleicht bist du gut für sie.«

»Ruby«, sagte er und kam näher. »Der einzige Grund, aus dem ich mich wieder mit ihr eingelassen habe, ist der, daß ich mir vormachen kann, dich anzusehen, wenn ich sie ansehe. Ich habe diesen Traum, daß ich sie zu deiner Person umformen kann, aber das ist ein alberner Gedanke. Dich kann es kein zweites Mal geben, und mir ist die Vorstellung unerträglich, daß ich dich verloren habe und mich um das Leben gebracht habe, das wir beide miteinander hätten führen können.«

Tränen traten in meine Augen, aber ich drehte mich nicht zu ihm um, damit er sie nicht sehen konnte. Ich schluckte den

Kloß in meiner Kehle und packte meine letzten Sachen. »Hör auf damit, Beau«, murmelte ich lediglich. »Bitte.«

»Ich kann nichts dafür, Ruby. Ich werde dich immer lieben, und wenn das heißt, daß ich bis in alle Ewigkeit mit einer Illusion leben muß, dann werde ich eben genau das tun.«

»Beau, Illusionen sterben schnell, und hinterher sind wir weitaus schlechter dran, als wir es wären, wenn wir uns der Realität stellten«, warnte ich ihn.

»Ich kann mich keiner Realität ohne dich stellen, Ruby. Soviel weiß ich inzwischen.«

Wir hörten Schritte auf der Treppe. In dem Moment, in dem Paul zur Tür hereinkam, ließ ich meinen Koffer zuschnappen.

»Der Wagen ist bereit«, sagte er und schaute argwöhnisch von Beau zu mir.

»Gut. Auf Wiedersehen, Beau. Du mußt versuchen, bald einmal ins Bayou zu kommen.«

»Ja, das werde ich tun.«

»Ich verabschiede mich nur noch schnell von Gisselle, Paul.«

»Gut«, sagte er und nahm meinen Koffer.

»Ich gehe mit dir nach unten, Paul«, sagte Beau. Als die beiden sich auf den Weg zur Treppe machten, ging ich in Gisselles Zimmer. Sie lag mit einem feuchten Waschlappen auf der Stirn im Bett.

»Ich breche auf, Gisselle«, sagte ich.

Ihre Lider öffneten sich flatternd, als sei sie nicht sicher, ob sie tatsächlich eine Stimme gehört hatte. »Was? Bist du das, Ruby?«

»Ja. Ich mache mich heute abend noch auf den Rückweg nach Cypress Woods.«

»Warum?« fragte sie und setzte sich auf. Plötzlich wirkte sie gestärkt und verjüngt. »Morgen werden wir ganz toll miteinander frühstücken, und vielleicht könnten wir vier zur Abwechslung einmal etwas miteinander unternehmen, was Spaß macht.«

»Ich muß zu Pearl zurückgehen, und Paul muß sich um die Geschäfte kümmern«, sagte ich.

»Ach, komm mir jetzt bloß nicht mit diesem Unsinn. Du läufst doch nur vor dieser Traurigkeit und diesen üblen Szenen mit Bruce davon«, warf sie mir vor.

»Ja, das auch«, gestand ich ein.

Ihre Züge wurden weicher, und dann bebten ihre Lippen. »Was soll jetzt bloß aus mir werden?« rief sie aus.

»Du hast jetzt Beau«, sagte ich. »Dir wird es bestimmt gutgehen.«

»Ja«, sagte sie und verzog das Gesicht zu einem breiten Lächeln, in dem sich Schadenfreude ausdrückte. »Ich schätze, du hast recht.«

Ich wandte mich ab und eilte mit pochendem Herzen davon. Wie sehr sie es doch auskostete, mir ins Gedächtnis zurückzurufen, daß ich Beau wieder einmal verloren hatte.

8.
Vom Regen in die Traufe

Auf der Rückfahrt ins Bayou bemühte sich Paul, Konversation zu machen, und dann versuchte er, mich mit Neuigkeiten aufzumuntern, die nicht nur unsere Geschäfte betrafen, sondern auch die Politik. Ich hörte nur mit halbem Ohr zu und füllte jedes Schweigen zwischen uns mit dem Klang von Beaus Stimme aus. Jede der dunklen Meilen, die wir zurücklegten, füllte ich mit Beaus Lächeln, mit seinen Worten, mit seinen Blicken, dem Schmerz in seinen Augen, wenn er mich ansah, und, ja, dem Ausdruck von Liebe.

In den Tagen, die direkt auf unsere Reise nach New Orleans folgten, bemühte ich mich, ständig beschäftigt zu sein und nicht an ihn zu denken. In den allerersten Tagen konnte ich mich jedoch nicht dazu durchringen, auch nur einen Strich zu zeichnen. Ich saß einfach nur da, starrte das leere Papier an und dachte an mein Atelier in New Orleans und an Beau. Ich bemühte mich, Skizzen von Tieren, Blumen und Bäumen anzufertigen und alles Erdenkliche zu malen, bloß keine Menschen, denn ich wußte, daß jeder Mann, den ich in meiner Vorstellung sehen würde, Beaus Haar haben würde, Beaus Augen, Beaus Mund.

Noch qualvoller war es, Pearl anzusehen, deren Gesichtszüge sich jetzt klarer ausgeprägt und noch mehr Ähnlichkeit mit Beaus angenommen hatten. Vielleicht kam es nur daher, daß ich ihn seit dem Begräbnis überall sah, aber immer, wenn Pearl lachte oder lächelte, hörte ich Beaus Lachen und sah sein Lächeln vor mir.

Eines Nachmittags, wenige Wochen nach unserer Rückkehr von Daphnes Beerdigung, saß ich auf der Terrasse und versuchte ein Buch zu lesen, während Mrs. Flemming mit Pearl im Gras spielte. Es war einer jener seltenen Tage, an denen im Bayou kaum eine Brise aufkam und die Wolken so wirkten, als seien sie an den zartblauen Himmel geklebt. Alle fühlten sich träge, sogar die Vögel hüpften kaum von Ast zu Ast. Sie saßen still auf den Zweigen und wirkten wie ausgestopft. In der Ferne konnte ich das dumpfe Stampfen einer unserer Ölpumpen hören, und gelegentlich drangen die Stimmen von Männern zu mir herüber, die einander etwas zuriefen. Aber abgesehen davon war es so still, daß Pearls Lachen über das Gras zum Wasser trieb, ein leises, plätscherndes Lachen, das mir das Gefühl vermittelte, wir befänden uns alle in einer Spielzeugwelt.

Plötzlich kam James mit einem großen Umschlag in der Hand aus dem Haus geeilt.

»Das ist gerade von einem Eilboten für Sie abgegeben worden, Madame«, sagte er aufgeregt und reichte mir den Umschlag.

»Danke, James.«

Er nickte und ging, während ich den Umschlag öffnete und eine Tageszeitung herausholte. Mrs. Flemming beobachtete mich voller Neugier, und ich zuckte die Achseln.

»Es ist nichts weiter, nur eine Tageszeitung aus New Orleans, von vorgestern«, sagte ich. Ich sah die Zeitung an und fragte mich, warum sie mir per Eilboten zugeschickt worden war. Da bemerkte ich, daß eine der Innenseiten mit einer Büroklammer markiert war. Ich schlug die Seite auf und sah einen rot umrandeten Bericht. Es war eine Hochzeitsanzeige, mit der die Vermählung von Beau Andreas und Gisselle Dumas bekanntgegeben wurde. Sie hatten heimlich geheiratet.

Ich las die ganze Geschichte zweimal, um mir zu bestätigen, daß dort wirklich die Worte standen, die ich gelesen zu haben glaubte. Einen Moment lang hatte ich das Gefühl, als sei um mich herum jeglicher Sauerstoff aus der Luft gesogen worden. Ich konnte nicht atmen, ich konnte nicht schlucken, und ich fürchtete, wenn ich mich zu sehr bemühte, es dennoch zu tun, würde ich würgen und blau anlaufen. Das Herz schien tiefer in meine Brust zu sinken, und ich fühlte mich innerlich kalt und leer.

»Ich hoffe, es ist nichts Unerfreuliches«, sagte Mrs. Flemming.

Ich starrte sie einen Moment lang an und fand dann die Stimme wieder. »Meine Schwester... sie hat heimlich geheiratet«, sagte ich.

»Ach. Einen netten jungen Mann?«

»Ja. Einen sehr netten jungen Mann«, sagte ich. »Ich muß einen Moment lang nach oben gehen«, fügte ich hinzu und erhob mich eilig, damit ich mich abwenden und fortgehen konnte, ehe sich die Tränen auf meinen Wangen zeigten. Ich rannte durch das Haus und die Treppe hinauf, warf mich auf mein Bett und begrub mein Gesicht im Kissen. Natürlich hatte ich gewußt, daß es dazu kommen konnte, aber ich hatte den inbrünstigen Wunsch gehegt, Beau würde wieder zu Verstand kommen und Gisselle nicht nachgeben. Jetzt fielen mir die letzten Worte wieder ein, die er an mich gerichtet hatte, Worte, die etwas anderes anzudeuten schienen.

Ich kann nichts dafür Ruby. Ich werde niemals aufhören, dich zu lieben, und wenn das heißt, daß ich in alle Ewigkeit mit einer Illusion leben muß, dann werde ich eben das tun.

Anscheinend hatte er diesen Entschluß gefaßt. Konnte ich mit dem Wissen glücklich werden, daß er jedesmal, wenn er meine Schwester auf die Lippen küßte, die Augen schloß und sich einredete, er küsse statt dessen mich auf den Mund? Daß er sich jedesmal, wenn er am Morgen erwachte und ihr ins Gesicht sah, einredete, daß er mich ansah? Er war in mich verliebt. Er würde immer in mich verliebt sein. Ich wußte, daß Gisselle glaubte, sie hätte eine Art Sieg damit errungen, daß sie ihn wieder für sich gewonnen und ihn dazu gebracht hatte, sie zu heiraten, obwohl sie in ihrem tiefsten Innern wissen mußte, daß es ein hohler Sieg war und daß er sie wie einen Zauberspiegel benutzte, in den er schauen und die Frau sehen konnte, die er wirklich liebte.

Aber Gisselle störte sich nicht daran. Das einzige, was sie interessierte, war, mich unglücklich zu machen, selbst dann, wenn das hieß, jemanden zu heiraten, den sie nicht wirklich liebte. Sie konnte ohnehin niemand anderen als sich selbst lieben, sagte ich mir. Ich bemühte mich, mehr Wut als Traurigkeit zu verspüren, doch mein gebrochenes Herz wollte das nicht zulassen. Ich weinte so heftig, daß meine Rippen schmerzten und mein Kissen von Tränen durchnäßt war. Als ich hörte, daß an meine Tür geklopft wurde, unterdrückte ich das Schluchzen und sah Paul mit einer finsteren und besorgten Miene dastehen.

»Was ist passiert?« fragte er.

»Nichts. Es ist schon wieder gut«, sagte ich und wischte mir eilig mit dem Handrücken die Tränen aus dem Gesicht. Er blieb stehen und starrte mich an.

»Das ist der Grund dafür, nicht wahr?« fragte er und holte die Zeitung hinter seinem Rücken hervor. »Ich habe sie dort gefunden, wo du sie im Korridor hast fallen lassen. Du brauchst mir keine Antwort zu geben«, fügte er eilig hinzu und sein Gesicht war vor Frustration und Zorn gerötet. »Ich weiß, wie sehr du ihn noch immer liebst.«

»Paul…«

»Nein, ich habe begriffen, daß ich dagegen mit meinem Geld nichts ausrichten kann. Ich kann dir ein doppelt so großes Haus wie dieses auf einem doppelt so großen Grundstück bauen und es mit Dingen anfüllen, die zehnmal so kostspielig sind, und du wirst trotzdem noch trübsinnig darin herumsitzen und deinem Beau Andreas nachweinen.« Er seufzte, und seine Schultern hoben und senkten sich. »Ich dachte, ich könnte romantische Liebe mit hingebungsvoller Aufopferung und der

Geborgenheit aufwiegen, die du bei mir findest, aber es war eine Dummheit von mir, das zu glauben. Mutter hat also doch recht gehabt«, stöhnte er.

»Ich bin darüber hinweg, Paul«, sagte ich entschlossen. »Er hat meine Schwester geheiratet, und damit ist der Fall erledigt.«

Sein Gesicht hellte sich auf. »Genauso solltest du es sehen«, sagte er und nickte. »Er hat dir und dem Baby in keiner Weise beigestanden, als du hier in der Hütte deiner Grandmère gelebt hast, stimmt's?«

»Nein, das hat er nicht getan«, sagte ich betrübt.

»Und hinterher hat er sich kein einziges Mal auch nur nach deinem Wohlergehen erkundigt. Er ist genauso selbstsüchtig wie deine Schwester. Die beiden passen gut zusammen. Ich habe doch recht, oder etwa nicht?«

Ich nickte widerstrebend.

Er verzog das Gesicht. »Aber das heißt noch lange nicht, daß du ihn nicht mehr liebst, stimmt's?« fragte er in einem müden und niedergeschlagenen Tonfall.

»Liebe ist etwas... worauf man manchmal keinen Einfluß hat«, sagte ich.

»Ich weiß«, erwiderte er. »Ich bin froh, daß du auch dieser Meinung bist.«

Wir starrten einander lange an. Dann legte er die Zeitung auf die Garderobe und ging.

Ich setzte mich ans Fenster und überlegte mir, daß Paul und ich jetzt mehr denn je miteinander gemeinsam hatten. Wir waren beide in Menschen verliebt, die wir nicht lieben durften, wie wir es uns wünschten, so, wie wir sie hätten lieben sollen. Ich seufzte ebenso tief, wie er geseufzt hatte, und dann nahm ich die Zeitung und warf sie in den nächstbesten Papierkorb.

Trotz aller verzweifelten Bemühungen, die Paul und ich unternahmen, einander aufzuheitern, senkte sich in den folgenden Tagen Trübsinn über Cypress Woods herab. Die Schatten schienen tiefer und länger zu werden, der Regen beharrlicher, heftiger und trostloser denn je zu fallen. Ich zog mich in meine Arbeit zurück. Ich wollte die Wirklichkeit hinter mir lassen und ganz in der Welt leben, die ich mit meinen Bildern erschuf. Ich setzte die Serie von Gemälden fort, die den Konföderierten-Soldaten und seine Geliebte darstellten, aber mein nächstes Gemälde fiel sehr melancholisch aus. Darauf bildete ich den Soldaten ab, wie er auf einer Bahre von dem bewaldeten Schlachtfeld getragen wurde. Er sah natürlich aus wie Beau, und auf seinen Lippen konnte man fast sehen, wie er nach mir rief... Ruby. Er hatte einen verschwommenen und verträumten Ausdruck in den Augen. Es waren die Augen eines Mannes, der mit aller Kraft das Bild der Frau heraufbeschworen hatte, die er liebte, da er wußte, daß ihm nur noch wenige Momente blieben. Dann würde das Licht erlöschen und ihm in dem endlosen ewigen Dunkel ihr Gesicht und ihre Stimme verlorengehen, der Duft ihres Haars und die Berührung ihrer Lippen.

Ich schluchzte tatsächlich beim Malen, und die Tränen tropften von meinen Wangen. Als das Bild beendet war, saß ich am Fenster und schaute auf die Wasserläufe hinaus, schlang die Arme eng um mich und heulte wie ein kleines Baby.

Mein nächstes Bild stellte dar, wie seine Geliebte die furchtbaren Neuigkeiten erfährt. Ihr Gesicht war vor Schmerz verzerrt, und in den Händen wrang sie ein Taschentuch, während eine Taschenuhr, die er ihr geschenkt hatte, von ihren Fingern baumelte. Der Bote schien ebenso traurig zu sein wie sie. Er hielt den Kopf gesenkt und ließ die Schultern hängen.

Beide Bilder waren in dunklen Farbtönen gehalten, und die Zypresse, die mit Louisianamoos behangen war, befand sich entweder im Hintergrund oder an einer Seite. Ich beschloß, die Silhouette des schadenfrohen Todes in das spinnwebartige Geflecht zu malen.

Als Paul das Bild zum ersten Mal sah, sagte er kein Wort dazu. Er kniff die Augen zusammen, dann trat er an das Fenster und schaute auf unsere wunderbar gestalteten Gärten und

Hecken und zu den Wasserläufen hinaus, durch die wir gemeinsam in einer Piragua gestakt waren und darüber geredet hatten, was für ein Mann und was für eine Frau wir werden wollten, wenn wir erst einmal erwachsen seien und unser eigenes Leben führen könnten.

»Ich habe dich in ein Gefängnis eingesperrt«, sagte er betrübt. »Ich habe etwas Entsetzliches angerichtet.«

»Nein, das hast du nicht getan, Paul. Du hast dich nur bemüht zu tun, was für Pearl und mich das beste ist. Mach dir bloß keine Vorwürfe. Davon will ich nichts hören.«

Er drehte sich um, und sein Gesicht war finsterer und resignierter, als ich es je zuvor gesehen hatte.

»Ich wollte doch nur, daß du glücklich wirst, Ruby.«

»Das weiß ich«, sagte ich lächelnd.

»Aber jetzt komme ich mir vor wie ein Mann, der die schöne Spottdrossel eingefangen und in seinem Haus in einen Käfig gesperrt hat, ihr nur die beste Nahrung vorsetzte und sie mit liebevoller Aufmerksamkeit überschüttete. Und trotzdem wachte er eines Morgens auf und mußte feststellen, daß sie an gebrochenem Herzen gestorben war, den Blick auf das Fenster und die Freiheit gerichtet, die sie brauchte. Es ist wahr, daß man einen Menschen zu sehr lieben kann.«

»Mich stört es nicht, zu sehr geliebt zu werden«, sagte ich. »Bitte, Paul, ich möchte nicht, daß dich Dinge traurig machen, die ich sage oder tue. Ich werde diese Bilder wegwerfen.«

»Oh, nein. Sie gehören zu deinen bisher besten Arbeiten. Wage das bloß nicht!« rief er aus. »Diese Serie wird dich berühmt machen.«

»Dir ist es beinah noch wichtiger als mir, daß ich eine berühmte Künstlerin werde, nicht wahr?« fragte ich.

»Ja, selbstverständlich. ›Eine unbändige Cajun-Künstlerin nimmt die Phantasie der kultivierten Kunstkreise gefangen und zieht sie in den Bann‹«, entwarf er als Schlagzeile.

Ich lachte.

»Laß uns heute abend etwas Gutes essen, etwas ganz Besonderes, und dann gehen wir aus und hören uns Zydeco-Musik an. Das haben wir jetzt schon seit einiger Zeit nicht mehr getan«, schlug er vor.

»Ja, gern.«

»Ach, noch etwas«, sagte er auf dem Weg zur Tür. »Habe ich dir das überhaupt schon erzählt? Ich habe heute morgen ein Stück Land gekauft.«

»Was für ein Stück Land?«

»Das gesamte Land südlich von uns bis zu den Wasserläufen hin. Wir sind jetzt die größten Großgrundbesitzer im Bezirk Terrebonne. Gar nicht schlecht für zwei Sumpfratten, was?« sagte er stolz. Er lachte und ging zu Letty, um ihr zu sagen, daß sie uns zum Abendessen etwas ganz Besonderes zubereiten sollte. Gerade als ich jedoch nach unten gehen wollte, klingelte das Telefon. Es war Gisselle.

»Ich habe deinen Anruf erwartet«, setzte sie an. »Ich dachte, du gratulierst mir zu meiner Hochzeit.«

»Herzlichen Glückwunsch«, sagte ich.

»Das klingt, als seist du neidisch.«

»Ich bin es aber nicht. Wenn Beau dich heiraten wollte und du ihn, dann wünsche ich euch beiden Gesundheit und Glück.«

»Wir sind jetzt das aufregendste Paar von New Orleans, weißt du. Alle laden uns zu Parties und zum Essen ein, und wenn wir ein Restaurant betreten, legen alle Gäste das Besteck hin und beobachten, wie wir unsere Plätze einnehmen. Wir sind ein sehr schönes Paar und richtiggehend berühmt. Unsere Namen und Fotos tauchen ständig in den Gesellschaftskolumnen auf. Beau sagt, wir sollten so viele Wohltätigkeitsveranstaltungen wie möglich besuchen. Das macht einen guten Eindruck, und ihm gibt es das Gefühl, etwas Bedeutendes zu tun. Mich stört das nicht, obwohl ich alle diese Veranstaltungen nicht auseinanderhalten kann. Du brauchst mich also gar nicht erst danach zu fragen.«

»Was tut Beau?« fragte ich so beiläufig wie möglich.

»Was er tut? Wie meinst du das?«

»Was er mit seinem Leben anfängt. Er wollte früher einmal Arzt werden, oder hast du das ganz vergessen?«

»Oh, er hat viel zuviel damit zu tun, sich um meine Angelegenheiten zu kümmern. Er ist jetzt Geschäftsmann und wird auf die Art ohnehin viel mehr Geld verdienen, als er es als Arzt täte. Und erzähl mir bloß nicht, er sei zu jung dazu. Sieh dir nur an, wie gut sich Paul herausgemacht hat«, fügte sie eilig hinzu.

»Er hat davon gesprochen, Menschen zu helfen, Menschen zu heilen und davon, wie lohnend er sich das vorstellt«, sagte ich betrübt.

»Na und? Jetzt hilft er mir und heilt mich, und das ist für ihn doch wahrhaft lohnend«, erwiderte Gisselle. »Aber jetzt muß ich los. Wir besuchen derart viele Veranstaltungen, daß mir die Kleider ausgehen. Ich habe gleich einen Termin mit meinem Modeschöpfer. Ich finde, ich sollte jetzt nur noch Originale tragen, meinst du nicht auch? Wir sind natürlich glücklich dran. Wenn ihr ausgehen wollt, steht euch ja nur ein schäbiges Restaurant zur Verfügung, und daher brauchst du dir keine Sorgen darüber zu machen, nach der neuesten Mode gekleidet zu sein. Grüß Paul von mir. Tschüs«, gurrte sie und legte auf.

Mir war danach zumute, den Hörer an die Wand zu knallen, doch ich schluckte den Kloß der Frustration, der sich in meine Kehle gezwängt hatte, und dann legte ich den Hörer sachte auf. Ich holte tief Atem und ging nach unten, um mich Paul anzuschließen und Gisselles Stimme und ihre Worte in den hintersten Winkel meiner Gedanken zu verbannen.

Eine Woche später kam Paul jedoch in mein Atelier, um mir mitzuteilen, daß Beau gerade angerufen hatte.

»Er sagt, eure Anwälte hätten jetzt den gesamten Nachlaß bearbeitet, und er würde sich gern mit uns treffen, um alles durchzusprechen. Ich fand, es sei das praktischste, die beiden hierher einzuladen.«

»Hierher? Du hast sie nach Cypress Woods eingeladen?«

»Ja. Warum nicht? Stört es dich?«

»Nein, es stört mich nicht. Ich… Warte nur, bis er Gisselle davon berichtet hat«, sagte ich. »Dann ruft er ganz bestimmt zurück«, versicherte ich ihm.

Aber Beau rief nicht zurück. Er und Gisselle würden kommen, und Beau würde endlich seine eigene Tochter sehen.

Sie fuhren in Daddys Rolls-Royce vor. Ich arbeitete im Rosengarten und tat alles Erdenkliche, um beschäftigt zu sein und keine Zeit zum Nachdenken zu finden. Mrs. Flemming befand sich mit Pearl auf der anderen Seite des Hauses. Ich hatte dafür gesorgt, daß Pearl eines ihrer hübschesten Kleidchen trug und daß ihr Haar ordentlich gebürstet und mit einer kleinen rosa Schleife zusammengebunden war. Natürlich wußte Mrs. Flemming nicht, wer Beau in Wirklichkeit war, aber aus meiner Aufregung und Nervosität konnte sie schließen, daß es sich bei ihm um einen ganz speziellen Besucher handelte.

Paul war in die Konservenfabrik gegangen und hatte mir versprochen, dort nur kurz zu bleiben, doch er war noch nicht zurückgekehrt, als ich die Hupe hörte und das vertraute Luxusautomobil die Auffahrt hinaufkommen sah. Ich zog meine Handschuhe aus und lief den beiden zur Begrüßung entgegen.

»Wo steckt dein Personal?« fragte Gisselle hochmütig. »Es sollte hier versammelt sein, wenn Gäste erscheinen.«

»Im Bayou handhabt man diese Dinge weniger förmlich, Gisselle«, sagte ich. Ich wandte mich an Beau. »Hallo, Beau. Wie geht es dir?«

»Gut«, sagte er. »Das ist ja einfach… prachtvoll. Gisselles Beschreibung ist diesem Anwesen nicht gerecht geworden«, fügte er hinzu. Er sah sich um und nickte. »Das ist einer dieser Orte, die man mit eigenen Augen gesehen haben muß, damit man sie wirklich zu würdigen weiß. Ich kann verstehen, warum du hier glücklich bist, Ruby«, fügte er hinzu.

»Natürlich ist sie glücklich. Sie hat ein modernes Haus und lebt trotzdem in ihrem geliebten Sumpf«, sagte Gisselle. James erschien in der Tür. »Das ist dein Butler, nicht wahr? Wie ist sein Name?«

»James«, sagte ich.

»James«, rief sie augenblicklich. »Würden Sie unsere Taschen aus dem Kofferraum holen? Ich muß mich so schnell wie möglich frisch machen. Die lange Fahrt und die Hitze haben mein Haar in Stahlwolle verwandelt.«

James sah mich an, und ich nickte.

»Wie Sie wünschen, Madame«, sagte er. Ich hatte ihm bereits gesagt, welches Gästezimmer die beiden benutzen würden.

»Ich kann es kaum erwarten, herumgeführt zu werden«, sagte Beau und ließ mich nicht aus den Augen.

»Ich habe das Haus schon gesehen«, sagte Gisselle. »Ich gehe gleich nach oben, in unsere Suite. Wir haben doch eine Suite, oder nicht?«

»Selbstverständlich«, sagte ich. »Hier entlang.«

»Wir werden nur für eine Nacht bleiben. Beau hat sämtliche Unterlagen und Dokumente mitgebracht. Alles ist vorbereitet, und du brauchst nur noch zu unterschreiben, stimmt's, Beau?«

»Ja«, sagte er und sah mich immer noch unablässig an.

»Ich will das alles so schnell wie möglich hinter mich bringen, damit ich keine weiteren Ausflüge in den Sumpf zu unternehmen brauche«, fügte sie hinzu und bedachte Beau mit einem scharfen, vorwurfsvollen Blick.

»Ich bin sicher, daß wir tun werden, was wir können, um die Dinge zur allseitigen Zufriedenheit zu regeln«, sagte ich.

»Du klingst genau wie Daphne. Stimmt's, Beau? Werde mir bloß keine versnobte reiche Frau, meine liebe Schwester«, warnte sie mich, warf den Kopf zurück und lachte. Ich sah Beau an, der liebevoll lächelte und den Kopf schüttelte.

»Also, gut, James. Gehen Sie voraus«, befahl Gisselle, und wir begaben uns alle ins Haus.

Beau sah sich mit ehrfürchtigem Staunen in der Eingangshalle um und betrachtete die Holzarbeiten und die Kronleuchter. Je mehr Lob er dem Haus spendete, desto gereizter reagierte Gisselle.

»Du hast im Garden District schon elegantere Villen gesehen, Beau. Ich weiß nicht, warum du so tust, als seist du grenzenlos beeindruckt.«

»Ich tue nicht so, *Chérie*«, sagte er leise. »Du mußt es Ruby und Paul lassen, daß sie ein äußerst imposantes Haus im Bayou aufgebaut haben.«

»Ist es nicht einfach toll, wenn er Französisch spricht?« jauchzte Gisselle. »Also, gut. Ich gebe zu, daß diese Hütte ganz beachtlich ist«, sagte sie und lachte. »James? Wo steckt er bloß?«

»Er erwartet dich mit deinen Sachen auf dem oberen Treppenabsatz, Gisselle«, sagte ich und wies mit einer Kopfbewegung auf die Treppe.

»Ach. Hast du nicht auch ein Hausmädchen?«

»Mein gesamtes Personal wird deinen Wünschen Folge leisten und nach deiner Pfeife tanzen«, versicherte ich ihr. Sie verzog hämisch das Gesicht und stieg die Treppe hinauf.

»Es ist ein wunderschönes Haus, das an einem wunderschönen Ort steht«, sagte Beau.

Wir starrten einander einen Moment lang an, und zwischen uns senkte sich eine Stille herab, die dichter als Nebel war.

»Laß mich dir... Pearl vorstellen«, sagte ich liebevoll. Seine Augen strahlten vor Vorfreude. Ich führte ihn auf die Terrasse hinaus, auf der Mrs. Flemming Pearl beaufsichtigte, die in einem Laufstall spielte.

»Mrs. Flemming, das ist mein Schwager Beau Andreas«, sagte ich eilig.

»Guten Tag.« Beau reichte ihr die Hand, doch sein Blick hatte sich auf Pearl geheftet.

»Freut mich, Sie kennenzulernen«, sagte Mrs. Flemming.

»Und das ist Pearl«, murmelte ich. Er ging bereits auf sie zu und kniete sich neben den Laufstall, und sie ließ ihr Spielzeug außer acht, um ihm ins Gesicht zu sehen. Konnte ein so winziges und junges Geschöpf seinen wahren Vater erkennen? Sah sie augenblicklich etwas in seinen Augen, erkannte sie unmittelbar etwas von sich selbst in ihm wieder? Im Gegensatz zu dem neugierigen Blick, mit dem sie andere Leute musterte, wobei ihre Neugier jedoch innerhalb von einem Sekundenbruchteil wieder erlosch, musterte sie Beau gründlich, und ein winziges Lächeln bildete sich auf ihren kleinen Lippen. Als er die Arme ausstreckte, um sie aus dem Laufstall zu heben, weinte sie nicht. Er küßte sie auf die Wange und auf das Haar, und sie streckte eine Hand aus, um sein Haar und sein Gesicht zu berühren, als wolle sie sichergehen, daß er kein Traum war.

Ich kam nicht dagegen an, daß Tränen in meine Augen traten, doch ich blinzelte sie zurück. Beau strahlte über das ganze Gesicht, als er sich zu mir umdrehte.

»Sie ist wunderschön«, flüsterte er. Ich biß mir auf die Unterlippe und nickte. Dann warf ich einen Blick auf Mrs. Flemming, die uns mit großem Interesse und einem schwachen Lächeln im Gesicht beobachtete. Ich war ganz sicher, daß ihr Alter und ihre Weisheit ihr Signale übermittelten, die sie verwirrten, aber auch faszinierten.

»Sie hat Sie sehr gern, Monsieur«, sagte Mrs. Flemming.

»Mit jungen Damen kann ich umgehen«, scherzte Beau und setzte Pearl wieder in ihren Laufstall. Sie fing augenblicklich an zu weinen, und das ließ einen Ausdruck des Erstaunens auf Mrs. Flemmings Gesicht treten.

»Benimm dich, Pearl«, schalt ich sie zärtlich aus. »Ich möchte Onkel Beau das Haus zeigen.«

Ohne ein weiteres Wort führte ich ihn zum Pool und zu den Umkleidekabinen.

»Ruby«, sagte er, nachdem wir uns genügend weit entfernt hatten. »Sie ist noch viel süßer, als ich es mir je hätte vorstellen können. Wie hast du das bloß angestellt? Es ist kein Wunder, daß Paul derart hingerissen von ihr ist. Sie sieht dir unglaublich ähnlich.«

»Nein, sie hat mehr von dir«, erwiderte ich. »Das hier ist, wie du selbst sehen kannst, unser Pool. Paul will nächsten Monat dort drüben einen Tennisplatz anlegen. Und dort ist der Anlegesteg für unser Boot«, sagte ich und deutete in die entsprechende Richtung. Ich sah mich gezwungen, unablässig zu reden und mich auf andere Dinge zu konzentrieren, da ich sonst in Tränen ausgebrochen wäre. Aber Beau hörte mir gar nicht zu.

»Warum habe ich mich meinen Eltern nicht widersetzt? Warum bin ich nicht auch fortgelaufen? Ich hätte mit dir ins Bayou fliehen und dort ein neues Leben beginnen sollen.«

»Beau, rede keinen Unsinn. Was hättest du hier getan? Dich mit mir an einen Straßenrand gesetzt und Handarbeiten verkauft?«

»Ich hätte mir ehrliche Arbeit gesucht. Vielleicht hätte ich bei Pauls Familie Arbeit gefunden oder wäre Krabbenfischer geworden oder...«

»Wenn ein Baby da ist, ein echter lebendiger Säugling, dann kann man nicht in einer Phantasiewelt leben«, sagte ich. Vielleicht kam es zu grob und zu brutal heraus. Beau schluckte seine träumerischen Worte.

»Ja, du hast recht. Natürlich hast du recht.«

»Möchtest du mein Atelier sehen?« fragte ich eilig.

»Ja, sehr gern. Bitte.«

Ich führte ihn zur Treppe. Als wir die Stufen hinaufstiegen, plauderte ich unermüdlich über Pauls Geschäfte und darüber, wie einige Politiker sich um ihn bemühten, nicht nur, um Spenden von ihm zu bekommen, sondern damit er möglicherweise eines Tages ein politisches Amt einnahm.

»Du bist sehr stolz auf Paul, stimmt's?« sagte Beau, als wir vor der Tür zu meinem Atelier standen.

»Ja, Beau. Er war schon immer ein sehr reifer junger Mann und seinen Altersgenossen um Jahre voraus, und er ist ein gerissener Geschäftsmann. Das wichtigste ist jedoch, daß er Pearl und mich hingebungsvoll liebt und alles täte, um uns glücklich zu machen«, sagte ich, als ich die Tür zu meinem Atelier öffnete.

»Ich habe übrigens ein paar von deinen Gemälden gekauft. Ich habe sie in meinem Büro hängen«, sagte er. »Ich beginne jeden Tag damit, mir etwas anzuschauen, was von dir stammt.«

»Wie du selbst sehen kannst«, sagte ich und ignorierte seine Worte gänzlich, »habe ich von hier oben aus eine wunderbare Aussicht auf die Wasserläufe und das Anwesen.«

Er schaute zum Fenster hinaus und nickte. »Da ich jetzt gesehen habe, worauf du jeden Tag hinausschaust, werde ich mir dich von jetzt an jeden Morgen noch lebhafter vorstellen können.«

»Das ist die neueste Serie von Arbeiten«, sagte ich und tat so, als hätte ich auch diese Worte nicht gehört. »Meine Serie mit dem Soldaten der Konföderierten.«

Beau betrachtete die Bilder. »Sie sind großartig«, sagte er. »Ich muß sie haben. Die ganze Serie. Wieviel?«

Ich lachte. »Sie ist noch nicht beendet, Beau, und ich habe keine Ahnung, was die Bilder wert sein werden. Wahrscheinlich weitaus weniger, als wir es uns vorstellen.«

»Wahrscheinlich viel mehr. Wann wirst du sie nach New Orleans bringen?«

»Innerhalb des kommenden Monats«, erwiderte ich.

»Ruby«, sagte er mit einer solchen Eindringlichkeit und einem solchen Gefühlsüberschwang, daß ich mich diesmal umdrehen und ihm in die Augen sehen mußte. Er packte meine Hände und hielt sie in seinen. »Ich muß dir erklären, warum ich Gisselle geheiratet habe. Ich mußte einen Weg finden, dir nahe zu sein, obwohl ich dich verloren habe. Trotz ihres unmöglichen Benehmens hat sie auch ihre stillen und zurückgezogenen

Momente. Und in denen ähnelt sie dir mehr, als du es dir vorstellen kannst. Sie ist ein sehr verängstigtes und einsames Mädchen, und sie versucht, es damit zu überspielen, daß sie sich snobistisch benimmt und selbstsüchtig ist. Aber sie ist nur deshalb selbstsüchtig, weil sie Angst hat, daß sie sonst nichts hat, niemanden, der sie liebt.

Wenn sie in dieser Verfassung ist, dann denke ich an dich. Ich habe das Gefühl, dich in den Armen zu halten, dich zu trösten, dir die Tränen von den Wangen und deinen geschlossenen Lidern zu küssen. Ich habe sie sogar dazu gebracht, deine liebsten Parfums zu benutzen, damit ich nur dich in meinen Gedanken sehe, wenn ich die Augen schließe.«

»Beau, das ist unrecht.«

»Das weiß ich selbst. Jetzt weiß ich es«, stimmte er mir zu. »Sie ist nicht dumm. Sie spürt es auch, aber sie war bereit, sich damit abzufinden. Bis vor kurzem. Jetzt wird sie... wieder ganz die alte, und sie wirft ihre besseren Gewohnheiten, ihr besseres Benehmen und alles, was sie gelernt hat, ab, als sei es zusätzliches Gewicht auf einem sinkenden Schiff. Sie hat wieder damit angefangen, zügellos zu trinken und ihre alten, degenerierten Freunde zu spätnächtlichen Parties ins Haus einzuladen...« Er schüttelte den Kopf. »Es ist nicht so, wie ich es mir vorgestellt habe. Ich kann sie nicht umformen, nicht dich aus ihr machen«, gestand er und sah dann zu mir auf. »Aber vielleicht ist das auch gar nicht mehr nötig.«

»Was soll das heißen, Beau?«

»Ich habe mir eine Wohnung in einer Nebenstraße der Dumaine Street im Französischen Viertel genommen. Gisselle weiß nichts davon. Ich möchte, daß du dich dort mit mir triffst, wenn du nach New Orleans kommst.«

»Beau!« sagte ich und entzog ihm meine Hände, während ich vor Erstaunen einen Schritt zurückwich.

»Ich trage dir keine Abscheulichkeiten an, noch nicht einmal etwas Sündhaftes, Ruby. Wir lieben einander. Ich weiß, daß es so ist, und zwar ganz und gar. Ich weiß, was für eine Form von Abkommen du mit Paul getroffen hast. Das ist nur eine halbe Ehe, und ich sage dir die Wahrheit über meine Ehe mit Gisselle. Wir können diesen Teil unseres Lebens nicht derart leer belassen. Wir können nicht mit derart ungestillten Sehnsüchten leben. Bitte, Ruby, komm zu mir«, flehte er mich an.

Einen Moment lang war ich sprachlos. Die Vorstellungen, die sein Antrag in meiner eigenen Phantasie wachrief, waren überwältigend. Ich spürte, wie Glut in mein Gesicht strömte. Auf ihn zuzugehen und mich in seine Arme zu werfen, mich an seinen Körper zu klammern und seine Lippen auf meinen zu spüren, seine zarten Liebesworte zu hören und seinem Herzschlag zu lauschen, die Ekstase, die wir früher einmal miteinander erlebt hatten, wieder zu erfahren – das war mir als Unmöglichkeit erschienen, nicht einmal im Traum vorstellbar.

»Ich kann es nicht«, flüsterte ich. »Paul wäre...«

»Niemand braucht etwas davon zu erfahren. Wir werden ein perfektes Arrangement finden. Wir werden damit niemanden verletzen, Ruby. Das plane ich jetzt schon seit Tagen. All meine Gedanken drehen sich nur noch darum. Gestern, als ich die Wohnung im Französischen Viertel gemietet habe, wußte ich, daß wir es hinkriegen können, und ich wußte auch, daß es sein muß. Wirst du zu mir kommen? Wirst du es tun?«

»Nein«, sagte ich und wich zur Tür zurück. »Das können wir nicht tun.« Ich schüttelte den Kopf. »Laß uns nach unten gehen. Paul ist inzwischen bestimmt zurückgekommen.«

»Ruby!«

Ich verließ das Studio und lief die Treppe hinunter, floh vor der Versuchung. Schließlich folgte mir Beau. Ich wartete auf dem unteren Treppenabsatz auf ihn.

»Ruby«, sagte er noch einmal in einem ruhigen und vernünftigen Tonfall, »wenn...«

»Da seid ihr ja«, hörten wir und sahen Paul und Gisselle von der Terrasse kommen.

»Ich habe Beau nur mein Studio gezeigt«, sagte ich eilig.

»Ach so«, sagte Paul und kniff die Augen zusammen, als er Beau ansah. Er küßte mich auf die Wange. »Hast du ihre neueste Serie gesehen?« fragte er, und seine Augen wurden dunkel, als sein Blick auf mich fiel.

»Sie ist einfach phantastisch«, sagte Beau. »Ich habe ihr bereits angeboten, ihr die ganze Serie abzukaufen, aber sie war so klug zu sagen, es sei noch zu früh, um einen Preis festzulegen«, fügte er mit einem Lachen hinzu.

»Für diejenigen, die du hast, hast du schon zuviel Geld bezahlt«, schalt ihn Gisselle. »Es ist ja schließlich nicht so, als wäre sie eine berühmte Künstlerin oder so was.«

»Oh, aber das wird sie noch werden«, versicherte ihr Paul. »Und du wirst sehr stolz auf sie sein, genauso stolz, wie ich es bin«, fügte er hinzu und sah mich an.

»Laßt uns zu den Geschäften kommen«, sagte Gisselle ungeduldig. »Eine Rundfahrt durch die Sümpfe kann ich wahrhaftig nicht gebrauchen.«

»Ah, aber du hast noch nie wirklich eine Führung durch die Sümpfe bekommen, Gisselle«, sagte Paul. »Erlaube mir, bitte, dich im Motorboot mitzunehmen und dir die Schönheit der Sümpfe zu zeigen.«

»Was? Du meinst, da soll ich mich hineinbegeben?« fragte sie und wies mit einer Kopfbewegung auf den Sumpf. »Dort werde ich lebendigen Leibes aufgefressen.«

»Wir haben etwas, was die Insekten fernhält. Du brauchst dir nur das Gesicht und die Arme damit einzureiben«, sagte Paul. »Du mußt die Touristin spielen, und wenn es auch nur für kurze Zeit ist. Ich bestehe darauf, dich zu beeindrucken.«

»Ich würde es mir wirklich sehr gern ansehen«, sagte Beau.

»Dann wäre das also entschieden. Gleich nach dem Mittagessen machen wir alle eine Spritztour. Bis dahin können wir in mein Büro gehen und anfangen, die juristischen Knoten zu entwirren.«

»Schön«, sagte Beau. Er trat vor und hängte sich bei Gisselle ein. Zufrieden setzte sie sich in Bewegung, und Paul sah mich an.

»Ist alles in Ordnung mit dir?« fragte er liebevoll.

»Ja, es ist alles in Ordnung«, sagte ich.

»Gut.« Er nahm mich an der Hand, und wir folgten den beiden.

Gisselle eröffnete das Gespräch damit zu verkünden, sie finde, alles in New Orleans solle an sie fallen. »Beau und ich sind bereit, andere Grundstücke und Sachwerte von… wie war noch mal das Wort, Beau, dagegen einzutauschen.«

»Von vergleichbarem Wert«, sagte Beau.

»Ja, von vergleichbarem Wert.«

»Ruby?« sagte Paul.

»Kein Problem. Im Moment habe ich keinerlei Interesse daran, etwas in New Orleans zu besitzen.«

»Daddy, oder sollte ich sagen: Daphne, hat Wohnblocks in anderen Gegenden erworben. Wir sind Hauseigentümer im großen Stil, stimmt's, Beau?«

»Ein ziemlich beeindruckendes Portfolio«, sagte er und legte die ersten Seiten des Dokuments vor. »Hier ist sämtlicher Grundbesitz mit dem Schätzwert aufgelistet. Dieses Land am Lake Pontchartrain ist Gold wert.«

Paul beugte sich vor und studierte die Liste gründlich. Schon bald hatten die Männer das Gespräch ganz an sich gerissen. Gisselle zog eine Nagelfeile heraus und feilte sich die Nägel, während wir miteinander redeten. Ich hatte keinerlei Interesse daran, Hausbesitzerin zu sein, und ich war nur zu gern bereit, die kommerziell genutzten Projekte zu verkaufen.

»Was ist mit Bruce?« fragte ich nach einer Weile.

»Wir haben kein Wort mehr von ihm oder seinem Anwalt gehört, seit dieser sich mit unseren Anwälten in Verbindung gesetzt hat. Ich glaube, ihm ist klargeworden, daß er bei einem Prozeß sein Geld zum Fenster rauswerfen würde.«

»Hält er sich nach wie vor in New Orleans auf?«

»Ja. Er besitzt einen eigenen Wohnblock und einige weitere Grundstücke, aber das kann sich in keiner Form an dem Vermögen messen, das er geerbt hätte, wenn Daphne diese Möglichkeit nicht vorausgesehen hätte und mit ihren Anwälten vorgebeugt hätte.«

»Warum eigentlich?« fragte ich mich laut. »Sie wollte doch bestimmt nicht, daß das Geld und der Besitz an uns übergehen«, sagte ich und sah Gisselle an.

»Soviel steht fest«, sagte sie.

»Vielleicht... hat sie sich vor Bruce gefürchtet«, schlug Beau vor.

»Gefürchtet? Was soll das heißen?« fragte Paul.

»Sie hatte Angst davor, ihr Tod könne ihm einen derartigen Reichtum bescheren, daß er... wie soll ich es sagen, ihren Tod möglicherweise beschleunigen könnte?«

Einen Moment lang schwiegen alle, sogar Gisselle, während wir an den Worten herumgrübelten, die Beau geäußert hatte.

»Sie wußte, was für eine Sorte Mann sie geheiratet hat und wozu er fähig ist«, fuhr Beau fort. »Wir konnten einige der Tricks aufdecken, die sie gemeinsam unternommen haben, ehe Pierre gestorben ist. Wir sind auf gefälschte Dokumente gestoßen, auf Unterlagen, mit denen sie ihm Geld unterschlagen haben... auf den ganzen Schwindel.«

»Dann bekommt Bruce also nur, was er verdient hat«, schloß Paul.

Beau und er gingen weiterhin die Einzelheiten durch. Gisselle, die darauf bestanden hatte, augenblicklich auf das Geschäftliche zu sprechen zu kommen, wurde immer zappeliger. Schließlich entschieden wir, die Besprechung auf nach dem Mittagessen zu vertagen.

Wir aßen auf der Terrasse zu Mittag, und Paul faszinierte Beau mit seinen Gesprächen über Politik und Öl. Gisselle plauderte unermüdlich über ihre alten Freunde, über die Dinge, die sie gekauft hatte, und die Orte, an denen sie gewesen waren. Als Mrs. Flemming Pearl zu uns brachte, hielt ich den Atem an, da ich damit rechnete, Gisselle würde eine peinliche Bemerkung von sich geben. Sie hielt jedoch den Mund, benahm sich wie eine perfekte Tante und schien plötzlich sogar Spaß an ihrer Nichte zu haben.

»Ich werde noch eine Zeitlang damit warten, eigene Kinder zu haben«, kündigte sie an. »Ich weiß, was das mit einer guten Figur anrichten kann, und dazu bin ich noch nicht bereit. Beau und ich sind uns hier völlig einig, stimmt's, Beau?«

»Was? Ja, sicher, *Chérie*.«

»Sag doch etwas Romantisches auf französisch, Beau. So, wie du es getan hast, wenn wir an den Ufern der Seine spazierengegangen sind. Bitte.«

Er sah mich an und sagte dann: »Jedesmal, wenn du einen Raum betrittst, *mon cœur battait la chamade*.«

»Oh, ist das nicht wunderbar. Was bedeutet das, Beau?«

Sein Blick fiel wieder einen Moment lang auf mich, und dann lächelte er Gisselle an und sagte: »Jedesmal, wenn du einen Raum betrittst, macht mein Herz bumm bumm.«

»Habt ihr Cajuns irgendwelche französischen Wörter für die Liebe?« fragte sie.

»Ein paar«, sagte Paul. »Aber unser Akzent ist so anders, daß du sie wahrscheinlich nicht verstehen würdest. Also, was ist jetzt mit unserem Ausflug in den Sumpf? Seid ihr bereit?«

»Dazu werde ich niemals bereit sein«, klagte Gisselle.

»Du wirst gegen deinen Willen fasziniert sein«, versprach ihr Paul.

»Ich habe nichts zum Anziehen. Ich möchte mir keines von den Kleidungsstücken, die ich mitgebracht habe, mit Schlamm und Öl verschmieren.«

»Ich habe ein paar alte Hosen, die dir passen werden, Gisselle«, sagte ich. »Und ein paar alte Hemden auch. Komm schon. Wir wollen uns fertigmachen.«

Sie jammerte und klagte auf dem ganzen Weg nach oben, während des Umziehens und auf dem Rückweg nach unten. Paul hielt ein Insektenschutzmittel für sie bereit, mit dem sie sich das Gesicht, die Arme und den Hals einreiben sollte.

»Und was ist, wenn ich davon einen Ausschlag bekomme?« jammerte sie.

»Du wirst schon keinen Ausschlag kriegen. Es ist ein altes Cajun-Rezept.«

»Woraus besteht es?« fragte sie.

»Besser, wenn du das nicht weißt«, meinte Paul weise.

»Das Zeug stinkt.«

»Genau deshalb werden sich die Insekten von dir fernhalten«, sagte Beau.

»Und jeder andere auch.«

Wir lachten, und nachdem Gisselle sich entsprechend eingerieben hatte, machten wir uns auf den Weg zum Boot. Beau setzte sich zwischen Gisselle und mich.

»Laissez les bons temps rouler!« rief Paul. »Laßt uns unseren Spaß haben!«

Gisselle stieß einen spitzen Schrei aus, als wir vom Anlegesteg abstießen, doch schon wenige Minuten später wurde sie ruhig und zeigte Interesse. Paul wies auf die grünen Schlangen hin und zeigte ihr, wo sich die Alligatoren tummelten, Nutrias und Vögel, aber auch die Schönheit des Geißblatts, das die Ufer der Wasserläufe überzog. Er war ein wunderbarer Fremdenführer, und seine Stimme war von Liebe zum Sumpf erfüllt, von seiner Bewunderung für das Leben, das in diesen Gewässern gedieh und sich nährte. Er schaltete den Motor aus, und wir trieben über seichtes Brackwasser und beobachteten, wie die Bisamratten geschäftig ihre Hügel aus getrocknetem Gras bauten. Er wies auf eine Wassermokassinschlange hin, die sich auf einem Felsen sonnte und deren dreieckiger Kopf die Farbe einer alten Münze hatte.

Das Flattern von Brautenten, die über der Wasseroberfläche

aufstoben, nahm unsere Aufmerksamkeit gefangen, und wenige Momente später hob ein großer alter Alligator den Kopf und schaute uns an. Direkt über ihm kreisten Libellen. Wir trieben zwischen dicken Seerosenplacken hindurch, die so groß wie kleine Inseln waren, über uns die Zweige von Trauerweiden. Beau stellte Paul eine Frage nach der anderen über die Vegetation, die Tiere; darüber, wie man sich in den Kanälen zurechtfand und woher man wußte, auf was man gefaßt sein sollte.

Gisselle mußte gezwungenermaßen zugeben, daß sie den Ausflug genoß. »Es war, als triebe man durch einen schwimmenden Zoo oder so was«, sagte sie. »Trotzdem kann ich es kaum erwarten, ein Bad zu nehmen und aus diesen Klamotten rauszukommen.«

Hinterher kleideten wir uns zum Abendessen um. Wir tranken Cocktails in der Bibliothek. Paul und Beau diskutierten über die Politik in New Orleans, und Gisselle schilderte die neueste Mode und die Modellkleider, die sie für sich in Auftrag gegeben hatte. Letty bereitete eine ihrer Gourmetmahlzeiten zu, und Beau lobte das Essen wieder und wieder. Wir tranken alle zuviel Wein und redeten unaufhörlich, wobei ich den Eindruck hatte, daß Paul, Beau und ich in erster Linie aus Nervosität jede Gesprächspause vermieden. Nur Gisselle schien locker und entspannt zu sein.

Nach dem Abendessen nahmen wir im Wohnzimmer einen Likör ein. Der Wein, das gute Essen, der endlose Strom von Gesprächen und die emotionale Spannung hatten uns erschöpft. Sogar Gisselle gähnte.

»Wir sollten schlafen gehen und morgen früh aufstehen«, schlug sie vor.

»Früh?« sagte Beau erstaunt. »Du?«

»Jedenfalls so früh wie möglich, damit wir den Papierkram abschließen und nach New Orleans zurückfahren können. Morgen abend findet der Ball für die darstellenden Künste statt. Abendkleidung ist vorgeschrieben«, sagte sie. »Besuchst du je Veranstaltungen, bei denen ein Smoking vorgeschrieben ist, Paul?«

Paul errötete. »Tja, eigentlich nur in Baton Rouge, im Haus des Gouverneurs«, sagte er.

»Ach so.« Gisselle zog ein Gesicht. »Ich bin müde, Beau. Ich habe zuviel gegessen.«

»Wir gehen gleich nach oben. Ich danke euch für einen wunderschönen Tag und einen wunderschönen Abend«, sagte er. Er nahm Gisselles Arm. Sie wankte ein wenig.

»Schlaft gut, ihr beiden«, zwitscherte sie und ließ sich von Beau zur Treppe führen. Paul schüttelte den Kopf und lachte. Dann setzte er sich wieder.

»Bist du mit diesen Entscheidungen zufrieden? Ich hatte nicht vor, mich in deine geschäftlichen Angelegenheiten einzumischen«, sagte er.

»Meine Geschäfte sind auch deine Geschäfte, Paul. Ich verlasse mich in diesen Dingen hundertprozentig auf dich. Ich bin sicher, daß du die richtigen Entscheidungen getroffen hast.«

Er lächelte. »Falls Beau geglaubt hat, er käme her, um hier mit einem beschränkten Cajun zu verhandeln, dann hat er eine gewaltige Überraschung erlebt. Glaube mir, wir sind besser dabei weggekommen als die beiden«, sagte er mit einer ganz untypischen Arroganz. »Ich hatte gehofft, er würde...« Er lächelte mich an. »Er würde eine größere Herausforderung für mich darstellen. Also«, sagte er und lehnte sich zurück, »wie ist es jetzt für euch beide?«

»Paul, laß das sein, ich bitte dich.«

»Nur unsere Geburt ist daran schuld«, murmelte er. »Es ist ein Fluch. Wäre mein Vater nicht in den Sumpf hinausspaziert und hätte er meine Mutter nicht betrogen...«

»Paul...«

»Ich weiß schon. Es tut mir leid. Es erscheint mir nur einfach so ungerecht. Wir sollten dabei alle ein Wort mitzureden haben, meinst du nicht auch? Als Geister, vor unserer Geburt, sollten wir ein Mitspracherecht haben. Lach bloß nicht darüber, Ruby«, warnte er mich. »Deine Grandmère Catherine hat daran geglaubt, daß der Geist schon vor dem Körper da ist.«

»Ich lache nicht darüber, Paul. Ich möchte nur nicht, daß du dich quälst. Mir geht es gut. Wir haben alle zuviel getrunken. Laß uns am besten auch schlafen gehen.«

Er nickte.

»Geh schon vor«, sagte er. »Ich möchte im Büro noch eine Kleinigkeit erledigen.«

»Paul...«

»Ich komme auch bald nach oben. Ich verspreche es dir.« Er küßte mich auf die Wange und umarmte mich lange. Dann seufzte er, wandte sich ab und verließ eilig das Zimmer.

Schweren Herzens ging ich nach oben. Ich sah nach Pearl und ging dann in mein Schlafzimmer, um mich ins Bett zu legen. Ich wußte, daß in den angrenzenden Zimmern zwei Männer waren, die sich danach verzehrten, an meiner Seite zu sein. Ich fühlte mich wie eine verbotene Frucht, durch ethische, religiöse und juristische Grundsätze isoliert, tabu. Vor vielen Jahren hatten meine Eltern nur der Stimme ihres Herzens gelauscht. Trotz aller Verbote und der schweren Last der Sünden, die sie auf sich nahmen, waren sie zusammengekommen und hatten nur an die Berührungen des anderen gedacht, an die weichen Lippen des anderen.

War ich aus kräftigerem moralischem Holz geschnitzt? Und was noch wichtiger war: Wünschte ich mir das wirklich, wünschte ich es mir aus tiefster Seele heraus? Oder wollte ich mich meinem Geliebten in die Arme werfen und mich von der Liebe derart berauschen lassen, daß kein Morgen danach, keine darauffolgenden Tage und keine Nächte, in denen mich Stimmen heimsuchten und quälten, jemals eine Rolle spielen könnten?

Es war nicht unsere Schuld. Es konnte einfach nicht unsere Schuld sein, daß wir einander liebten und Dinge vorgefallen waren, die diese Liebe zur Sünde machten. Was hier sündig war, das waren die Umstände, sagte ich mir. Aber das machte es mir auch nicht leichter, mich dem Tagesanbruch und den Sehnsüchten zu stellen, die zwangsläufig einsetzen würden.

9.
Verbotene Früchte

Obwohl Gisselle lauthals den Wunsch geäußert hatte, früh aufzustehen, die Geschäfte abzuschließen und sich auf den Rückweg nach New Orleans zu machen, saßen Paul, Beau und ich bereits am Tisch und tranken Kaffee, als sie endlich angerauscht kam und darüber klagte, wie unruhig sie geschlafen hatte.

»Ich hatte ständig Alpträume, irgendwelche dieser Geschöpfe, die wir gestern im Sumpf gesehen haben, hätten sich ins Haus geschlichen und wären die Stufen hinaufgeglitten, direkt in mein Zimmer hinein und zu mir ins Bett! Ich wußte gleich, daß ich diese Bootsfahrt durch den Sumpf nicht hätte machen dürfen. Jetzt wird es Monate dauern, ehe diese gräßlichen Bilder wieder aus meinem Kopf verschwinden. Igitt«, sagte sie und schüttelte ein Frösteln ab.

Paul lachte. »Also, wirklich, Gisselle, ich glaube, du hast mehr Grund zur Sorge, wenn du in einer Stadt lebst, in deren Straßen es vor Verbrechern wimmelt. Wenigstens sind die Geschöpfe, von denen wir hier umgeben sind, berechenbar. Wenn du versuchst, eine Wassermokassinschlange zu streicheln, dann wird sie dir ihre Meinung dazu schnell zu verstehen geben.«

Beau lachte jetzt auch.

»Für euch Männer mag das vielleicht komisch sein, aber Frauen sind heikler und zerbrechlicher. Zumindest Frauen in New Orleans«, sagte sie und musterte mich, als ich nicht zu ihrer Verteidigung einsprang.

Dann erklärte sie, sie sei zu müde, um viel zu essen. »Ich werde einfach nur eine Tasse Kaffee trinken«, sagte sie.

Wir übrigen nahmen ein herzhaftes Frühstück ein und gingen hinterher ins Büro, um die Papierarbeiten abzuschließen. Ich unterschrieb alle erforderlichen Dokumente, und Beau versprach, er würde uns über sämtliche Vorgänge auf dem laufenden halten.

Beau bat leise darum, Pearl noch einmal sehen zu dürfen, ehe er aufbrach, und daher führte ich ihn in das Kinderzimmer. Mrs. Flemming hatte gerade ihre Windeln gewechselt, ihr das Haar gebürstet und eine kleine rosa Schleife hineingebunden. In dem Moment, in dem Pearls Blick auf Beau fiel, strahlte sie. Wortlos nahm er sie in die Arme und küßte ihre Locken. Sie war fasziniert von seinem Haar und wollte ihm mit den Fingern darüberstreichen.

»Sie ist sehr intelligent«, sagte er und sah sie bei diesen Worten fest an. »Man kann es daran sehen, wie sie die Dinge anschaut – wie aufmerksam sie ist.«

»Ich bin ganz Ihrer Meinung«, sagte Mrs. Flemming.

»Nimm sie mit nach unten, Beau. Sie wird sich gemeinsam mit Paul und mir von euch verabschieden«, sagte ich zu ihm. Er nickte, und wir verließen das Zimmer und stiegen die Treppe hinunter. Gisselle ging gerade zur Haustür hinaus und mahnte James, vorsichtig mit ihrem Koffer umzugehen.

Auf der Galerie reichte mir Beau Pearl und schüttelte Paul die Hand. »Vielen Dank für die Einladung. Es war ein äußerst interessanter Tag. Ich muß gestehen, daß ich eine ganze Menge über das Bayou gelernt habe und es jetzt weitaus mehr respektiere.«

»Es war mir ein Vergnügen«, sagte Paul und warf mit einem gepreßten Lächeln auf den Lippen einen schnellen Seitenblick auf mich.

»Beau! Willst du denn ewig dastehen und dich verabschieden? Es wird immer heißer und stickiger, und die Insekten schwärmen wie die Irren vom Sumpf zum Haus«, rief Gisselle ihm aus dem Wagen zu.

»Ich sollte jetzt wohl besser gehen«, sagte er zu uns. Paul nickte und ging zum Wagen, um Gisselle einen Abschiedskuß zu geben.

»Ich danke dir für die schöne Zeit«, sagte Beau zu mir. Er nahm meine Hand in seine und beugte sich vor, um mich auf die Wange zu küssen, streifte aber statt dessen mit seinem Mund meine Lippen. Als er die Hand zurückzog, blieb ein kleiner Zettel in meiner Hand zurück. Einen Moment lang hatte ich das Gefühl, ein brennendes Streichholz in der Handfläche zu halten. Ich warf schnell einen Blick auf Paul und Gisselle und steckte das kleine Stück Papier dann in die Tasche meiner Bluse. Beau drückte Pearl einen Kuß auf die Wange, eilte dann die Stufen hinunter und stieg in den Wagen.

»Nochmals vielen Dank«, rief er.

»Bis bald. Besucht uns in der Zivilisation, falls sich euch eine Gelegenheit dazu bietet«, rief Gisselle. »Nach Hause, James«, sagte sie und wies lachend mit einer Armbewegung auf die Schnellstraße. Beau schüttelte den Kopf, lächelte uns noch einmal zu und ließ den Motor an.

»Deine Schwester ist ein harter Brocken«, sagte Paul. »Wenn es um das Zusammenleben geht, beneide ich Beau keine Spur. Wie sehr ich ihn beneide, wenn es um andere Dinge geht, wird er niemals wissen.« Er starrte mich einen Moment lang an, doch ich wandte schuldbewußt den Blick ab. »Jedenfalls muß ich mich jetzt auf den Weg zur Arbeit machen«, sagte er. Er küßte Pearl und mich und stieg in seinen Wagen.

Mrs. Flemming nahm mir Pearl ab, als ich ins Haus ging. Mir war nicht nach Malen zumute, doch die stille Einsamkeit, die ich in meinem Atelier fand, übte einen großen Reiz auf mich aus. Ich lief schnell nach oben und schloß die Tür hinter mir. Einen Moment lang lehnte ich mit geschlossenen Augen an der Tür und durchlebte noch einmal den Moment, in dem Beau seine Lippen zu einem kurzen Abschiedskuß auf meinen Mund gelegt hatte. Ich sah seine Augen vor mir, und ich fühlte seine Liebe.

Mein Herz pochte heftig, als ich den Zettel aus der Tasche holte und ihn auseinanderfaltete. Darauf standen eine Adresse, ein Datum und eine Uhrzeit, sonst nichts. Es handelte sich um den Dienstag der kommenden Woche. Ich zerknüllte die Nachricht in der Faust und wollte sie in den Papierkorb unter meiner Staffelei werfen; doch es war, als klebte das Papier urplötzlich. Es wollte sich einfach nicht von meiner Hand lösen.

Ich stopfte den Zettel wieder in die Brusttasche meiner Bluse und versuchte, ihn aus meinen Gedanken zu verdrängen. Ich machte mich an die Arbeit, doch alle paar Minuten bildete ich mir ein, der Zettel würde heiß und sende ein erwartungsvolles Prickeln durch die eine Brust und um die andere herum. Es war, als lägen Beaus Finger dort, Beaus Lippen. Mein Herz raste; mein Atem ging abgehackt. Ich konnte nicht arbeiten. Ich konnte mich auf nichts anderes konzentrieren.

Schließlich gab ich auf und setzte mich ans Fenster. Eine Stunde lang saß ich nur da, starrte auf die Wasserläufe hinaus und beobachtete die umherfliegenden Reiher. Mit zitternden Fingern holte ich Beaus Nachricht wieder aus der Tasche, las die Adresse und prägte sie mir samt dem Datum ins Gedächtnis ein. Dann legte ich den Zettel in eine Schublade der Kommode, in der ich meine Farben und anderes Malzubehör aufbewahrte. Ich konnte mich einfach nicht dazu durchringen, ihn fortzuwerfen.

Paul kam zum Mittagessen nicht nach Hause. Ich arbeitete ein wenig, doch die meiste Zeit lauschte ich den widersprüchlichen Stimmen in meinem Kopf. Eine dieser Stimmen war zärtlicher, verlockender und flehentlicher als die anderen, und sie versuchte, mich davon zu überzeugen, daß ich Beaus Liebe verdient hatte und daß sie eine zu schöne und reine Empfindung war, um schmutzig oder verrucht sein zu können.

Die zweite Stimme jedoch war härter. Beißend und schneidend machte sie mir bewußt, welches Leid ich auf Paul herabbringen konnte, dessen Hingabe an Pearl und mich so ausschließlich und grenzenlos war. Sieh dir nur an, welche Opfer er für euer Glück bringt, sagte die Stimme.

Aber das ist nur ein Grund mehr dafür, mein Rendezvous mit Beau geheimzuhalten, gab die zärtlichere Stimme daraufhin zurück.

Betrug!

Nein, es handelt sich nicht um Betrug, wenn du versuchst, jemanden, den du liebst, zu beschützen und zu verhindern, daß er leidet.

Aber du begehst Heimlichkeiten, du lügst, du verbirgst Dinge vor ihm. Täte Paul dir das jemals an?

Nein, aber du hast dich mit Paul darauf geeinigt, daß keiner von euch beiden dem anderen im Weg stehen würde, falls einer von euch jemanden findet, den er liebt. Paul ist verärgert und frustriert, aber er ist auch verständnisvoll und möchte nicht dazu beitragen, daß du unglücklich bist, und er will deinem Glück auch nicht im Wege stehen.

Aber...

Jetzt hör endlich auf mit diesen Wenns und Abers, schrie ich mich selbst an. Ich warf den Pinsel hin und verließ das Atelier, in dem die Einsamkeit meine beiden Ichs nur um so mehr dazu anregte, miteinander zu streiten. Ich lief durch das Haus und über das Gelände. Dann folgte ich einem Impuls, ging zu Mrs. Flemming und sagte ihr, ich würde mit Pearl einen Ausflug machen.

Ich setzte sie im Wagen neben mich und fuhr mit ihr zu Grandmère Catherines alter Hütte. Der Himmel hatte sich inzwischen zugezogen, und die Brise, die von Südwesten kam, drohte dunklere Regenwolken herbeizuwehen.

»Erinnerst du dich noch an dieses Haus, Pearl?« fragte ich, als ich sie aus dem Wagen hob und sie zu der Veranda trug, die sich nach unten neigte. Das Unkraut war in die Höhe gewuchert; mein Straßenstand war vollkommen mit Spinnweben überzogen. Im Haus konnte ich hören, wie Feldmäuse in alle Richtungen huschten, um sich zu verstecken, als sie meine Schritte auf den Holzdielen der Veranda hörten. Das Fliegengitter ächzte in seinen rostigen Angeln, als ich es öffnete und den Raum betrat, der mir jetzt winzig erschien. Komisch, dachte ich, als ich hier aufgewachsen bin, war das meine ganze Welt, und in meinen Augen war sie prächtig. Jetzt hatte ich Kleiderschränke, die größer als das Wohnzimmer waren, und Letty hatte eine Speisekammer, die größer war als diese ganze Küche.

Ich lief in der Hoffnung durch das Haus, meine Rückkehr werde Grandmère Catherines Geist anlocken und ich könne mir Rat bei ihr holen. Wenn sie mir doch bloß ein Zeichen gegeben hätte, dachte ich. Das kleinste Omen hätte mir genügt. Doch die Hütte war leer, und meine Schritte hatten ein hohles Echo. Es war ein Grab, aus dem die Toten längst geflohen waren. Selbst meine Erinnerungen schienen sich hier unwohl zu fühlen, denn hier war keine Wärme mehr, keine Musik, waren keine Gerüche nach Gumbo und Jambalaya, keine Stimmen. Da war nichts außer den Geräuschen, mit denen der Wind die losen Bretter aneinanderschlug und über das Blechdach blies, was klang, als spazierte ein Schwarm von Spottdrosseln oder Eichelhähern nervös von einem Ende zum anderen.

Ich verließ das Haus durch die Hintertür und blickte auf den Wasserlauf hinaus.

»Hier unten hat Mommy früher gespielt, Pearl. Mommy ist oft an diesem Ufer entlanggelaufen und hat sich die Tiere angesehen, Fische und sogar Alligatoren und Schildkröten. Manchmal ist das Rotwild fast bis zum Haus gekommen und hat hier gegrast, und die Rehe haben die Köpfe gehoben und mich mit traurigen Augen angesehen.«

Pearl sah sich einfach nur verwundert um. Sie schien meine

grüblerische Stimmung wahrzunehmen und war stiller als sonst. Dann, als hätte es meine Worte gehört, kam ein kleines Reh hinter Sträuchern heraus und hob den Kopf, um uns anzusehen. Pearl machte große Augen. Das schöne Tier hielt so still wie eine Statue und zuckte nur gelegentlich mit den langen Ohren. Selbst als Pearl einen lauten Ruf ausstieß, musterte es uns noch voller Neugier und gänzlich angstfrei. Nach einer Weile machte es genauso selbstverständlich, wie es aufgetaucht war, kehrt und verschwand wie eine Erscheinung.

Dies war eine Welt, in der es noch reine und unschuldige Dinge gab; und wenn man sie in Ruhe ließ, dann würden sie diese Reinheit und Unschuld auch weiterhin bewahren, dachte ich. Sie wurden jedoch nur allzu selten in Ruhe gelassen. Ich wanderte noch eine Zeitlang durch die Hütte, doch als ich mich auf den Rückweg machte, war ich zu dem Schluß gekommen, daß es nur einen einzigen Ort gab, an dem ich eine Antwort für mein Dilemma finden konnte. Dieser Ort war mein eigenes Herz.

Ein paar Tage später teilte mir Paul beim Abendessen mit, es sei erforderlich, daß er nach Dallas, Texas, führe.

»Ich werde drei Tage fortbleiben müssen«, sagte er. »Es wäre mir lieb, wenn ihr beide mitkämt, Pearl und du. Natürlich kannst du Mrs. Flemming auch mitnehmen. Es sei denn, du hast andere Pläne«, sagte er.

»Ich hatte eigentlich vor, die Konföderierten-Serie nach New Orleans zu bringen. Ich habe bereits mit Dominique darüber gesprochen und auch über meine anderen Arbeiten. Er findet, es sei an der Zeit, eine Ausstellung zu organisieren. Er will einige seiner besten Kunden dazu einladen und jede Menge Werbung dafür machen.«

»Das ist ja wunderbar, Ruby.«

»Ich glaube nicht, daß ich für eine große Ausstellung reif bin, aber...«

»Du wirst dich nie für reif dafür halten, aber wenn Dominique es für angebracht hält, warum läßt du dich dann nicht auf einen Versuch ein?«

Ich nickte und spielte mit meiner Serviette.

»Ich glaube, es wäre besser, wenn ich nach New Orleans fahre, solange du in Dallas bist«, sagte ich. »Ich werde nur eine Nacht dort bleiben.«

»Wirst du bei Gisselle wohnen?« fragte er.

»Lieber nicht«, sagte ich. »Wahrscheinlich werde ich mir ein Zimmer im Fairmont nehmen.«

»Gut.«

Wir schauten einander an. Wußte Paul, was mein Herz in Wirklichkeit bewegte? Es war mir schon immer schwergefallen, meine wahren Gefühle und Gedanken vor ihm zu verbergen. Falls er es wußte, entschloß er sich, nichts zu sagen. Er lächelte und wandte sich Pearl zu. Es war mir verhaßt, etwas zu tun, was ich als Betrug ansah, aber meine weichere Stimme hatte den Sieg davongetragen, als sie gesagt hatte, ich beginge die Heimlichkeiten nur, um Paul Leid zu ersparen.

An dem Tag, an dem er nach Dallas fuhr, mußte er sehr früh aufbrechen. Nachdem ich aufgestanden war, packte ich meine Sachen und ging zum Frühstück nach unten. James half mir, meine Gemälde sorgsam im Kofferraum des Wagens zu verstauen. Mrs. Flemming kam mit Pearl aus dem Haus, um mir nachzuwinken, als ich losfuhr.

Ich blickte in den Rückspiegel und sah sie dort stehen... Mrs. Flemming und Beaus und meine wunderschöne Tochter. Eine Liebe, die dieses Kind hervorgebracht hatte, konnte gewiß nicht sündig sein, dachte ich, und dieser Gedanke gab mir Auftrieb. Wenige Momente, nachdem ich in die Schnellstraße eingebogen war und beschleunigt hatte, zog ich die Schleife aus meinem Haar und ließ die Strähnen im Wind flattern. Es gab mir das Gefühl, frei und lebendig zu sein und voller Aufregung.

»Ich komme, Beau«, flüsterte ich. »Alles andere soll der Teufel holen. Ich komme.«

Es war ein prächtiger Tag in New Orleans. Die Wolken und der Regen der vergangenen Nacht waren längst weitergezogen und von einem weiten hellblauen Himmel abgelöst worden, den kleine schneeweiße Wattewölkchen sprenkelten. Sowie ich vor dem Hotel vorgefahren war und der Portier zur Tür herausgeeilt kam, um mich zu begrüßen, spürte ich wieder das beschleunigte Tempo dieser Stadt. In Verbindung mit meiner Nervosität bewirkte das, daß ich jeden einzelnen Klang und jeden ungewohnten Geruch überdeutlich wahrnahm. Als ich das Hotel betrat, hatte ich das Gefühl, von allen Seiten beobachtet zu werden, und es erschien mir, als klapperten meine Absätze zu laut auf den Marmorböden. Ich ließ alles in mein Zimmer bringen; dann setzte ich mich vor die Frisierkommode und bürstete mir das Haar. Ich frischte meinen Lippenstift auf und beschloß, mir die Zähne zu putzen.

Ich mußte über mich selbst lachen. Ich benahm mich wie ein Teenager vor dem ersten Rendezvous. Der Rhythmus meines Herzschlags ließ keinen Moment lang nach, und die Röte, die in meinen Wangen aufgestiegen war, bezog dort ihren festen Platz. Ich sah den gehetzten und verängstigten Blick in meinen Augen und fragte mich, ob man mir anmerkte, daß ich im Begriff war, einen emotionalen Hochseilakt hinzulegen; ich, eine verheiratete Frau, die gerade vorhatte, ihren früheren Geliebten wiederzutreffen. Immer wieder fiel mein Blick auf die Uhr. Ich zog mich dreimal um, ehe ich beschloß, daß die Dinge, die ich zuerst angehabt hatte, mir am besten standen. Endlich war es dann an der Zeit zu gehen. Meine Finger zitterten, als ich meine Hand auf den Türknopf legte. Ich holte tief Atem, öffnete die Tür und lief eilig zum Aufzug.

Ich hatte mich entschieden, den gesamten Weg zu unserem Rendezvous zu Fuß zurückzulegen. Auf der Canal Street ging es so lebhaft und geschäftig zu wie immer. Es tat mir gut, mich in den Menschenmengen zu verlieren, die die Straße durchquerten, und eilig zum Französischen Viertel zu laufen. Es war, als würde ich von einem Sog mitgerissen, bewegte mich gemeinsam mit den anderen und bliebe gemeinsam mit ihnen stehen. Ich bog in die Burborn Street ein und ging in Richtung Dumaine Street.

Die Marktschreier waren bereits in Aktion; sie priesen lautstark Sonderangebote an oder drängten Touristen, das jeweilige Restaurant oder die jeweilige Bar zu besuchen. Mir drang der Geruch nach Langustenétouffée in die Nase, nach frisch gebackenem Brot und starkem Kaffee. Straßenhändler boten Obst und Gemüse auf den Bürgersteigen feil. An einer Kreuzung, bei einem Restaurant, dessen Türen weit offenstanden, roch ich sautierte Krabben, und mein Magen geriet in Aufruhr. Ich hatte kaum etwas gefrühstückt und war viel zu nervös gewesen, um ein Mittagessen zu mir zu nehmen. Aus einem der Cafés ertönten die Klänge einer Jazzband, und als ich durch die offene Tür eines anderen Cafés schaute, sah ich vier Männer mit Strohhüten, die Gitarre, Mandoline, Fiedel und Akkordeon spielten.

Hier hing immer Spannung in der Luft. Es war, als würde eine einzige große, endlose Party veranstaltet. Die Leute waren ausgelassen. Sie aßen zuviel, sie tranken zuviel, sie tanzten und sangen zu lange und zu spät in die Nacht hinein. Es war, als hätte ich die Grenze überschritten von einer Welt voller Verantwortung und Pflichtbewußtsein zu einer anderen ohne jegliche Einschränkung, ohne Gesetze und Vorschriften. Alles, was Spaß machte, war hier erlaubt. Es war kein Wunder, dachte ich, daß Beau sich das Französische Viertel für seine Wohnung ausgesucht hatte.

Endlich erreichte ich die Adresse, die er auf den kleinen Zettel geschrieben hatte. Die Wohnung befand sich in einem zweistöckigen, weißgetünchten Haus mit gepflastertem Innenhof. Sämtliche Wohnungen hatten kleine Balkone mit verschnörkelten schmiedeeisernen Geländern zur Straße hin. Ich roch den Duft von Minze, die an den Wänden emporwuchs. Das

Gebäude hatte eine ruhige Lage, gerade weit genug weg von den anderen Straßen und doch nur wenige Schritte entfernt von dem Trubel, falls ihre Bewohner in Musik und Essen schwelgen wollten. Ich zögerte.

Vielleicht würde er nicht dasein. Vielleicht hatte auch er es sich noch einmal gründlich durch den Kopf gehen lassen. Ich sah kein Anzeichen auf einen Bewohner in einem der Fenster. Die Gardinen bewegten sich nicht. Ich holte tief Atem und warf noch einen Blick zurück. Wenn ich jetzt den Rückzug antrat, würde ich dann glücklicher sein? Oder würde ich mich für alle Zeiten fragen, wie es gewesen wäre, wenn ich dieses Haus betreten und dort Beau getroffen hätte? Vielleicht würden wir einfach nur miteinander reden, dachte ich. Vielleicht würden wir beide wieder zu Sinnen kommen. Ich schloß die Augen, als wollte ich im Wasser untertauchen, und betrat den Innenhof. Dann öffnete ich die Augen wieder und ging auf die Haustür zu. Ich sah auf die Klingelschilder und stieg die schmale Treppe hoch bis zu einem kleinen Absatz. Als ich die richtige Tür gefunden hatte, blieb ich stehen, holte noch einmal tief Atem und klopfte an.

Einen Moment lang hörte ich kein Geräusch und glaubte allmählich schon, er sei nicht da. Er hatte es sich wohl doch anders überlegt. Ich verspürte eine Mischung aus Enttäuschung und Erleichterung. Der Teil von mir, der versucht hatte, mich von hier fernzuhalten, drängte mich jetzt, auf dem Absatz kehrtzumachen und zu fliehen, durch die Straßen zu laufen und ins Hotel zurückzugehen. Aber der andere Teil von mir, der Teil von mir, der sich danach verzehrte, in hemmungsloser Liebe aufzugehen, erfüllte mich mit einer derartigen Verzweiflung, daß ich glaubte, mein Herz würde zu Stein erstarren und in meiner Brust zerbröseln.

Ich wollte mich gerade abwenden, als die Tür geöffnet wurde und Beau vor mir stand. Er trug ein weiches weißes Baumwollhemd und eine Hose aus einem edlen, dunkelblauen Wollstoff.

Er blinzelte mehrmals, als versuche er, seinen Blick auf mich scharf zu stellen und sich davon zu überzeugen, daß ich tatsächlich vor ihm stand.

»Ruby«, sagte er leise. »Es tut mir leid. Ich muß auf meinem Sessel eingeschlafen sein und von dir geträumt haben. Ich dachte, du würdest nicht kommen.«

»Fast wäre ich auch nicht gekommen, selbst dann noch, als ich die Adresse schon gefunden hatte«, sagte ich.

»Aber jetzt bist du da. Komm rein. Bitte.« Er trat zurück, und ich betrat die kleine Wohnung. Es war eine Zweizimmerwohnung mit einer winzigen Küche und einem Wohnzimmer, dessen Glastüren auf den Balkon führten. Die Einrichtung und die Ausstattung waren schlicht, moderne Möbel mit dem leicht abgenutzten Eindruck, den einem Hotels oder Motels vermittelten. Die Wände waren so gut wie kahl, nur hier und da hing ein kleiner Druck, meist Stilleben mit Früchten und Blumen.

»Etwas Besonderes ist es nicht gerade«, sagte er, als er meinen Blicken folgte. »Nur ein ruhiger Unterschlupf.«

»Es ist nett. Es fehlt nur eine gewisse Wärme.«

Er lachte. »Ich wußte ganz genau, daß du die Wohnung augenblicklich mit den Augen einer Künstlerin sehen würdest. Setz dich«, sagte er und wies auf ein kleines Sofa. »Hast du eine angenehme Fahrt in die Stadt gehabt?«

»Ja. Langsam bekomme ich Übung im Reisen«, sagte ich. Es war komisch, daß wir uns benahmen, als begegneten wir einander zum ersten Mal, und dabei war er … der Vater meines Kindes. Doch die Zeit, die räumliche Distanz und die Dinge, die vorgefallen waren, hatten uns einander fremd werden lassen.

»Du bist allein hier?« fragte er behutsam.

»Ja. Ich habe mir ein Zimmer im Fairmont genommen. Ich werde meine neue Serie zu Dominique bringen. Er redet schon seit längerem davon, daß er eine Ausstellung meiner Bilder plant.«

»Prima, aber ich warne dich. Ich werde nicht zulassen, daß

jemand anders diese Bilder kauft. Ganz gleich, was sie auch kosten mögen, ich werde sie bekommen«, gelobte er. Ich lachte. »Möchtest du vielleicht etwas Kaltes zu trinken? Ich habe einen eisgekühlten Weißwein da.«

»Ja, gern«, sagte ich. Er ging in die Küche.

»Dann weiß Paul also, daß du in New Orleans bist?« fragte er, während er den Wein einschenkte.

»Oh, ja. Er ist zu geschäftlichen Besprechungen nach Dallas gefahren.«

»Und das Baby?« fragte Beau bei seiner Rückkehr.

»Es ist bei Mrs. Flemming. Sie hat eine wunderbare Art, mit Pearl umzugehen.«

»Das habe ich gesehen. Man kann von Glück sagen, wenn man heutzutage jemanden wie sie findet.« Er reichte mir ein Weinglas, und wir tranken gemeinsam einen Schluck. Über den Rand der Gläser sahen wir einander an. »Du bist schöner denn je, Ruby«, sagte er liebevoll. »Die Mutterschaft hat dich aufblühen lassen.«

»Ich habe Glück gehabt, Beau. Ich könnte ebensogut die gefallene Frau sein, die sich im Bayou mit den kärglichsten Mitteln durchschlägt... das heißt, bis mein Treuhandvermögen an mich fällt.«

»Ich weiß«, sagte er. »Ruby, kann ich dich in irgendeiner Form für das entschädigen, was ich dir angetan habe? Gibt es irgendeine Entschuldigung, die den richtigen Klang hätte?«

»Ich habe es dir doch schon gesagt, Beau. Ich werfe dir nichts vor.«

»Das solltest du aber tun. Schließlich hätte ich beinahe unser beider Leben zerstört«, sagte er. Er trank noch einen Schluck von seinem Wein und setzte sich dann neben mich.

»Wo ist Gisselle?« fragte ich.

»Sicher feiert sie inzwischen mit einigen ihrer alten Freunde eine Party. Eine Zeitlang ist sie anders gewesen, vor allem damals, als sie nach Frankreich kam. Sie hat mich davon überzeugt, daß sie durch all die Probleme und Schwierigkeiten in der Familie erwachsen geworden sei. Sie war empfindsam, süß und, du kannst es glauben oder nicht, rücksichtsvoll... Die Wahrheit ist, daß sie mich reingelegt hat, oder vielleicht... vielleicht wollte ich mich sogar von ihr beschwindeln lassen. Nachdem du geheiratet hast, war ich sehr einsam und deprimiert. Mir ist klargeworden, daß ich mir den einzigen Menschen durch die Finger habe gleiten lassen, der mir jemals das Gefühl gegeben hat, ein ganzer Mensch zu sein. Ich bin mir vorgekommen wie ein kleiner Junge, dem die Schnur seines Drachens ausgekommen ist und der nun vergeblich hinter ihm herjagt. Nur war es in meinem Fall dein Gesicht, das der Wind davongetragen hat.

Ich habe mehr getrunken, heftiger gefeiert und mich bemüht zu vergessen. Und dann ist Gisselle auf der Bühne aufgetaucht, und ich sah dein wunderschönes Gesicht wieder vor mir... dein Haar, deine Augen, deine Nase, obwohl Gisselle bis zum heutigen Tag glaubt, ihre Nase sei kleiner und ihre Augen hätten einen strahlenderen Glanz.

Tatsächlich«, fuhr er fort und schaute auf sein Glas hinunter, »erzählte mir ein Freund, der in Paris Psychologie studiert hat, daß sich die meisten Männer in jemanden verlieben, der sie an ihre wahre Liebe erinnert, ihre erste Liebe, jemanden, der sie in einem frühen Alter beeindruckt hat, den sie damals nicht haben konnten, aber ihr Leben lang zu gewinnen versucht haben. Das hat mir eingeleuchtet, und daher habe ich mir erneut die Nähe zu Gisselle gestattet.

Das ist meine Geschichte«, sagte er lächelnd. »Und wie sieht deine Geschichte aus?«

»Meine ist simpler, Beau. Ich habe allein mit einem Baby dagesessen, und ich hatte Angst. Paul war immer da und hat mir geholfen. Alle im Bayou haben gewußt, daß wir einander früher einmal sehr gern hatten. Ohnehin haben alle Pearl für sein Kind gehalten. Paul hängt an mir, und er ist trotz meiner Proteste willens, Opfer für mich zu bringen. Ich möchte ihm nicht weh tun, wenn es sich irgend vermeiden läßt.«

»Ja, selbstverständlich nicht«, sagte Beau. »Er ist ein sehr netter Mann. Ich habe mich in seiner Gesellschaft wohl gefühlt. Es ist nur einfach so, daß ich ihn beneide.«

Ich lachte.

»Warum lachst du?«

»Genau dasselbe hat er über dich gesagt.«

»Warum?«

Ich sah ihm fest in die Augen, und die Zeit schien sich zurückzudrehen. »Weil er weiß, wie sehr ich dich liebe, wie sehr ich dich immer geliebt habe und wie sehr ich dich immer lieben werde«, sagte ich.

Das reichte aus, um die Mauer aus Nervosität und Anspannung zwischen uns einzureißen. Seine Augen strahlten, und er stellte sein Glas ab, um mich zu umarmen. Unser erster leidenschaftlicher Kuß nach einer so langen Zeitspanne war wie ein erster Kuß, neu und erregend.

»O Ruby, meine Ruby. Und ich dachte schon, ich hätte dich für immer verloren.« Seine Lippen berührten mein Haar, meine Augen, meine Nase. Er küßte meinen Hals und die Spitze meines Kinns; ein Kuß folgte direkt auf den anderen, als sei er nach Liebe ausgehungert, so wie ich es war, aber auch, als fürchte er, ich sei ein Traumbild, das sich jeden Moment in Luft auflösen könnte.

»Beau«, flüsterte ich. Sein Name war das einzige, was ich sagen wollte. Der Klang auf meinen Lippen gab mir neue Kraft, erfüllte mich mit Freude und gab mir die Sicherheit, daß ich wirklich hier war, in seinen Armen.

Er stand auf und zog mich an der Hand empor. Ich stand auf und folgte ihm in das kleine, aber gemütliche Schlafzimmer. Die Nachmittagssonne strömte durch die dünnen Baumwollgardinen und tauchte den Raum in Wärme und Helligkeit. Ich hielt die Augen geschlossen, während er mich auszog. Wenige

Momente später lagen wir nebeneinander im Bett und umklammerten einander. Unsere Körper zogen sich wie Magnete an. Wir stöhnten, flüsterten Liebesworte und gaben einander Versprechen ab, die von hier bis in die Ewigkeit reichten.

Anfangs waren unsere Liebkosungen hektisch, doch allmählich wurden wir ruhiger und gingen zärtlicher miteinander um. Er preßte seine Lippen auf meine Brüste und bedeckte meinen Bauch mit Küssen. Ich ließ den Kopf auf das Kissen fallen und spürte, wie mein Körper in der weichen Matratze versank, als Beau sich auf mich legte, mich mit seiner Brust bedeckte und seine harte Männlichkeit in mich einführte. Ich schrie auf, als er in mich eindrang, und er beschwichtigte mich mit Liebkosungen und liebevollen Worten.

Wir bewegten uns gemeinsam, schöpften Liebe voneinander und berührten immer wieder leidenschaftliche Höhen, bis wir beide tief in unsere Seelen und Körper vordrangen und in einem ekstatischen Crescendo explodierten, das alles ausblendete außer seinen Lippen, seiner Stimme und seinem Körper. Ich fühlte mich, als trieben wir frei im Raum.

»Ruby«, sagte er. »Ruby. Ist alles in Ordnung mit dir?«

Wohin dieser Akt der Liebe uns auch geführt haben mochte, es war ein Ort, den ich nicht mehr verlassen wollte. Ich klammerte mich daran wie an einen wundervollen Traum, und ich weigerte mich, das Bewußtsein wiederzuerlangen. Mein friedliches Glück erschreckte ihn jedoch, und er hob die Stimme. »Ruby!«

Flatternd schlug ich die Augen auf und sah in sein besorgtes Gesicht.

»Es ist alles in Ordnung, Beau. Ich schwebe gerade.«

Er lächelte. »Ich liebe dich«, sagte er, »und ich werde niemals aufhören, dich zu lieben.«

»Das weiß ich, Beau. Und ich werde auch niemals aufhören, dich zu lieben.«

»Das hier wird unser Liebesnest sein, unser Paradies«, sagte er und drehte sich im Bett um, um sich neben mich zu legen. Er hielt meine Hand, und wir sahen zur Decke auf. »Du kannst es einrichten, wie du willst. Wir werden heute noch einkaufen gehen und passende Dinge suchen, einverstanden? Und für die Wände werde ich einige von deinen Gemälden kaufen. Wir werden neues Bettzeug und einen Teppich besorgen und...«

Ich mußte unwillkürlich lachen.

»Was ist?« sagte er entrüstet. »Findest du mich etwa albern?«

»Nein, ganz und gar nicht, lieber Beau. Ich lache nur über deinen Überschwang. Du reißt mich so schnell von den Füßen und in deine Träume hinein, daß ich kaum noch dazu komme, Luft zu schnappen.«

»Na und? Das stört mich nicht. Alles andere ist mir egal.« Er drehte sich um, stützte sich auf einen Ellbogen und sah mich an. »Vielleicht kannst du das nächste Mal auch Pearl nach New Orleans mitbringen, und dann können wir drei gemeinsam den Tag genießen.«

»Vielleicht«, sagte ich, doch es klang nicht gerade zuversichtlich.

»Was ist?«

»Ich möchte sie nicht verwirren. Im Moment glaubt sie, daß Paul ihr Vater ist.«

Beaus strahlendes Lächeln verblaßte, und sein Gesicht verfinsterte sich. Er nickte und ließ den Kopf wieder auf das Kissen fallen. Eine Minute lang schwieg er.

»Du hast recht«, sagte er schließlich. »Laß uns Schritt für Schritt vorgehen. Ich muß lernen, meine Aufregung im Zaum zu halten.«

»Es tut mir leid, Beau. Ich wollte nicht...«

»Nein, du hast recht. Es ist in Ordnung. Ich sollte nicht zu gierig sein. Es ist nicht mein Recht, noch mehr zu verlangen. Es ist noch nicht einmal mein Recht, das zu verlangen, was ich habe.« Er drehte sich um und küßte mich zärtlich, und wir lächelten einander wieder an. »Hast du Hunger?«

»Ich bin am Verhungern. Ich habe vergessen, zu Mittag zu essen.«

»Prima. Ich kenne ein wunderbares kleines Café hier in der Nähe. Dort gibt es die besten Krabbenbrötchen von ganz New Orleans.«

»Hinterher muß ich Dominique aufsuchen«, sagte ich.

»Ja, selbstverständlich. Ich begleite dich, wenn du willst.«

»Ich finde, ich sollte allein hingehen. Dominique hat Paul kennengelernt und...«

»Ich verstehe«, sagte Beau eilig. »Komm, wir wollen uns anziehen und etwas essen gehen.«

Beau hatte recht, was die Krabbenbrötchen anging. Ich bestellte eines mit allem: sautierten Krabben, Käse, gebratenen Austern, Tomatenscheiben und Zwiebelringen. Wir saßen auf einer Terrasse und beobachteten die Touristen, die mit ihren Kameras vorbeimarschierten und die Architektur, die Geschäfte und die Restaurants betrachteten. Hinterher machten wir einen Spaziergang, und dann ging ich ins Hotel zurück, um zu Hause anzurufen und nach Pearl zu fragen. Mrs. Flemming berichtete mir, alles sei in Ordnung. Ich ließ meinen Wagen vorfahren und brachte die Konföderierten-Serie zu Dominique, der fand, die Bilder seien einfach wunderbar.

»Es besteht nicht der geringste Zweifel daran, daß du reif dafür bist, offiziell in die Kunstkreise von New Orleans eingeführt zu werden«, sagte er zu mir, und wir begannen, meine Einzelausstellung zu planen. Hinterher kehrte ich ins Hotel zurück, um zu duschen und mich umzuziehen, ehe ich Beau zum Abendessen traf. Im Hotel erwartete mich eine Nachricht von Paul, in der er mir mitteilte, wie ich ihn erreichen konnte.

»Wie läuft es?« fragte er, als ich ihn anrief.

»Gut. Du hast recht gehabt. Dominique findet, ich sollte eine Einzelausstellung machen. Wir bereiten schon alles vor«, sagte ich und stellte es so hin, als sei das alles, was ich in New Orleans tat.

»Das ist ja wunderbar.«

»Und wie verlaufen deine Treffen?«

»Es klappt alles besser, als ich erwartet habe, aber es tut mir leid, daß ich nicht bei dir bin«, sagte er.

»Ich schaffe das schon allein. Morgen werde ich im Lauf des späten Vormittags nach Hause fahren. Dominique und ich frühstücken vorher noch zusammen«, sagte ich. Die Lüge ging mir kaum über die Lippen. Paul schwieg.

»Gut«, sagte er nach einem Moment. »Komm heil nach Hause.«

»Du auch, Paul.«

»Bis bald.«

»Ja – bis bald.«

Der Hörer fühlte sich wie ein Stein in meiner Hand an. In meinen Augen glitzerten Tränen, und meine Brust schmerzte. Grandmère Catherine pflegte früher immer zu sagen, Betrug sei ein Garten, in dem nur das heimtückischste Unkraut gedeihe, und diejenigen, die dort ihre Saat aussäten, würden Unheil ernten. Ich hoffte, kein Unheil in Pauls Zukunft gesät zu haben. Es gab niemanden, dem ich so ungern weh getan hätte wie ihm.

Beau kannte ein gemütliches, niedliches kleines französisches Restaurant nah am Jackson Square. Ich nahm ein Taxi zu unserem Liebesnest, und von dort aus gingen wir zu Fuß. Man setzte uns eine ausgezeichnete Mahlzeit vor, Wachteln in Wein und hinterher kräftigen Kaffee und flambierte Orangencreme. Danach bestand ich auf einem langen Spaziergang.

»Ich platze fast«, stöhnte ich.

Wir hielten einander an den Händen und liefen langsam durch das Französische Viertel, in dem das Nachtleben brodelte. Nach Sonnenuntergang herrschte dort eine andere Art von Spannung. Die Frauen, die in Hauseingängen und Seitenstraßen standen, waren spärlicher bekleidet und stärker geschminkt. Die Musik klang wie eine tiefe Wehklage, und die

Stimmen mancher Sänger drückten Trauer und Melancholie aus. In anderen Lokalen, in denen sich die jüngeren Touristen scharten, wurde beschwingte Jazzmusik gespielt. Aus ihnen drangen die Rufe und das Gelächter von Menschen, die sich unbefangen gaben und etwas möglichst Spannendes erleben wollten, ganz gleich, was das auch sein mochte. Die Modegeschäfte und Souvenirläden waren hell erleuchtet. Arme Straßenmusikanten säumten die Bürgersteige. An jeder Straßenkreuzung standen Bettler, doch niemand nahm Anstoß an ihnen. Es war ganz so, als gehörten sie dazu und seien ein Teil dessen, was dem Französischen Viertel seine Einzigartigkeit verlieh.

»Tschuldigung, Sir, aber ich wette, ich kann Ihnen ganz genau sagen, woher Sie kommen. Wenn nicht, dann gebe ich Ihnen zehn Dollar. Wenn ja, dann geben Sie mir zwanzig. Was sagen Sie dazu?«

»Nein, danke. Wir wissen, woher wir kommen«, erwiderte Beau lächelnd.

Es war aufregend, mit ihm durch diese Gegend zu laufen, und ich dachte mir: Ja, mit ihm könnte ich hier ein anderes Leben führen, ein geheimes Leben. Wir würden unser Liebesnest gemütlich einrichten und unsere Freude an der Stadt haben, an dem Essen und den Leuten. Wir würden das Schicksal betrügen.

Wir liefen durch die Gegend, bis wir zu der kleinen Wohnung zurückkehrten und ich den Entschluß faßte, die Nacht mit Beau zu verbringen. Wir liebten uns noch einmal, und diesmal wandten wir uns einander zu, sowie sich die Tür hinter uns schloß. Noch ehe wir das Schlafzimmer erreicht hatten, waren wir beide nackt. Er hob mich auf seine Arme und legte mich sanft auf das Bett. Dann kniete er sich neben mich auf den Boden und begann, mich von den Zehen aufwärts mit Küssen zu bedecken. Ich schloß die Augen und wartete darauf, daß er meine Lippen erreichte, die bereits vor Verlangen glühten.

Während wir uns liebten, hörten wir die Musik und das Gemurmel der Menschen auf der Straße, ein unablässiger Strom von Stimmen und Gelächter. Es war berauschend, und ich hielt Beau eng an mich gepreßt, flüsterte seinen Namen und schwor ihm flüsternd meine unsterbliche Liebe, und als wir gemeinsam unseren süßen Höhepunkt erreichten und dann erschöpft und zufrieden nebeneinanderlagen, kamen mir tatsächlich die Tränen.

Am Morgen standen wir früh auf und gingen ins Café du Monde, um dort Kaffee zu trinken und Beignets zu essen. Dann brachte er mich in mein Hotel zurück. Wir planten, uns in einer Woche wiederzutreffen, wenn ich zurückkam, um die Vorbereitungen für die Ausstellung abzuschließen und Dominique mehr von meinen Arbeiten zu bringen. Ich küßte Beau zum Abschied und eilte ins Hotel, um meine Sachen zu holen.

Ich fürchtete, im Hotel eine Nachricht vorzufinden, die besagte, Paul hätte am letzten Abend versucht, mich zu erreichen, doch niemand hatte angerufen. Ich brauchte nicht lange und war wenige Minuten später auf der Schnellstraße, die mich nach Hause führen würde. Wie Beau es prophezeit hatte, fühlte ich mich erfrischt, wiederhergestellt und aufgeblüht. Meine Hochstimmung war jedoch nur von kurzer Dauer. Sie endete in dem Moment, in dem ich vor dem Haus vorfuhr.

Der finstere Ausdruck auf James' Gesicht, als er die Stufen hinunterkam, um mir mit dem Gepäck zu helfen, sagte mir augenblicklich, daß etwas Fürchterliches vorgefallen war. Mein erster Gedanke galt Pearl.

»Was ist los, James? Was ist passiert?«

»Oh, es geht um Mrs. Flemming, Madame. Ich fürchte, sie hat schlechte Nachrichten erhalten.«

»Wo ist sie?«

»Oben. Sie erwartet Sie in Pearls Kinderzimmer.«

Ich eilte ins Haus, und nachdem ich mit langen Sätzen die Stufen hinaufgesprungen war, fand ich Mrs. Flemming mit weißem Gesicht und bleichen Lippen auf dem Schaukelstuhl vor. Pearl lag schlafend in ihrem Bettchen.

»Was ist passiert, Mrs. Flemming?«

Sie hob die Hände und schien unsichtbare Spinnennetze wegzuwischen, ehe sie die Lippen zusammenkniff. Dann wies sie mit einer Kopfbewegung auf Pearl und stand leise auf, um mit mir in den Korridor zu gehen.

»Meine Tochter in England«, sagte sie, nachdem sie endlich die Kraft für die Worte gefunden hatte. »Sie ist in einen Autounfall verwickelt worden und schwer verletzt. Ich muß hinfahren.«

»Ja, selbstverständlich«, sagte ich. »Wie furchtbar. Ich werde Ihnen bei den Vorbereitungen behilflich sein.«

»Um das meiste habe ich mich bereits gekümmert, Madame. Ich habe nur noch Ihre Rückkehr abgewartet.«

»Oh, Mrs. Flemming, es tut mir ja so leid«, sagte ich.

»Ich danke Ihnen, meine Liebe. Verstehen Sie, ich finde es ganz schrecklich, von hier fortzugehen. Sie haben mir das Gefühl gegeben, regelrecht zur Familie zu gehören. Ich weiß, daß Sie Ihre Karriere als Künstlerin sehr ernst nehmen und meine Hilfe mit Pearl brauchen.«

»Unsinn. Sie müssen hinfahren. Ich werde für Sie und Ihre Tochter beten«, sagte ich.

Sie kniff die Lippen zusammen und nickte. Tränen strömten über ihr Gesicht. »Es ist ein Jammer, daß schlimme Ereignisse vonnöten sind, um einen geliebten Menschen wieder näherzubringen«, sagte sie. Ich umarmte sie und drückte ihr einen Kuß auf die Wange.

Nachdem James meine Dinge nach oben getragen hatte, brachte er Mrs. Flemmings Gepäck nach unten. Sie hatte bereits ein Taxi bestellt.

»Geben Sie der Kleinen jeden Morgen einen Kuß von mir«, sagte sie.

»Ich weiß, daß Sie ihr schrecklich fehlen werden. Geben Sie

uns bitte Bescheid, wie die Dinge stehen und was wir für Sie tun können, Mrs. Flemming.«

Das versprach sie, ehe sie ging. Es war, als sei ein Orkan hereingebrochen und hätte mein glückliches Heim in Stücke brechen lassen. Ich fragte mich unwillkürlich, ob das launische Schicksal beschlossen hatte, alle, die mir nahekamen, für die Sünden zu bestrafen, die ich beging.

Nina Jackson, die Köchin der Dumas, sagte früher immer zu mir, daß vielleicht vor langer Zeit jemand eine schwarze Kerze angezündet hätte, um uns damit zu schaden. Grandmère Catherine in ihrer Funktion als spirituelle Heilerin hatte das Böse von uns ferngehalten, doch nach ihrem Tod hatte Papa La Bas, der Teufel, sich wieder bei uns herumgetrieben, mein Leben im Auge behalten und nur auf eine Gelegenheit gewartet.

Hatte ich ihm diese Gelegenheit gerade gegeben?

10.
Wie im Bilderbuch

Paul rief an jenem Abend aus Baton Rouge an, und ich berichtete ihm von Mrs. Flemming.

»Ich komme augenblicklich zurück nach Hause«, sagte er.

»Das ist nicht nötig, Paul. Wir kommen gut zurecht. Es tut mir nur so leid für sie und ihre Tochter.«

»Ich möchte bei dir sein, wenn du traurig bist, Ruby. Ich möchte nicht, daß du in solchen Momenten allein bist«, sagte er.

»Du kannst mich nicht vor jedem kleinsten Unwetter beschützen, das über mich hereinbricht, Paul. Und schließlich hatte ich auch kein Kindermädchen, als ich noch in der Hütte gelebt habe und alles doppelt so schwierig war wie heute, oder?« erwiderte ich, und mein Tonfall war härter, als ich es beabsichtigt hatte.

»Es tut mir leid. Ich wollte damit nicht andeuten, du könntest dich nicht allein um Pearl kümmern«, sagte er kleinlaut.

»Es braucht dir nicht leid zu tun, Paul. Ich bin nicht böse. Ich bin nur... besorgt um Mrs. Flemming.«

»Und gerade deshalb sollte ich zu Hause sein«, beharrte er.

»Paul, tu, was du zu tun hast, und komm dann nach Hause. Ich komme schon zurecht. Wirklich«, sagte ich.

»Okay. Ich denke, ich sollte es ohnehin schaffen, morgen vor dem Mittagessen hier aufzubrechen«, sagte er. Es entstand eine kurze Pause, und dann fragte er, wie die Dinge in New Orleans gelaufen waren.

»Gut. Dominique und ich haben alle Vorbereitungen getroffen, aber ich glaube, ich werde die Ausstellung verschieben, bis sich die Dinge hier wieder beruhigt haben.«

»Wir werden uns auf die Suche nach einem neuen Kindermädchen machen, sowie ich wieder zu Hause bin«, sagte er. »Es besteht keinerlei Notwendigkeit, deine Ausstellung zu verschieben, Ruby.«

»Laß uns jetzt nicht darüber reden, Paul. Plötzlich ist mir das nicht mehr so wichtig. Und im Moment ist mir auch nicht danach zumute, ein neues Kindermädchen zu suchen. Laß uns erst einmal abwarten und sehen, wie es mit Mrs. Flemming und ihrer Tochter weitergeht.«

»Ganz, wie du willst.«

»Und außerdem glaube ich, daß ich rund um die Uhr Mutter und Künstlerin gleichzeitig sein kann.«

»Okay«, sagte er. »Ich komme so bald wie möglich nach Hause.«

»Fahr bloß nicht zu schnell, Paul«, warnte ich ihn. »Noch einen Autounfall können wir absolut nicht gebrauchen.«

»Ich werde nicht zu schnell fahren«, versprach er mir. »Bis bald. Auf Wiedersehen.«

»Auf Wiedersehen, Paul.«

Die emotionale Achterbahnfahrt, die dieser Tag dargestellt hatte, ließ mich erschöpft zurück. Nachdem ich Pearl schlafen gelegt hatte, kroch ich selbst ins Bett. Eine Zeitlang lag ich mit offenen Augen da und spielte mit dem Gedanken, Beau anzurufen. Mir graute jedoch bei der Vorstellung, Gisselle könnte versehentlich etwas von meinem Anruf erfahren, und daher entschied ich mich dagegen. Ich würde warten, bis er mich anrief. Ich schloß die Augen, doch trotz meiner enormen Müdigkeit wälzte ich mich im Bett herum, warf mich von einer Seite auf die andere und glitt ständig über in Alpträume, in denen entweder Paul oder Beau etwas Entsetzliches zustieß. Wie verletzlich wir doch sind, dachte ich, und wie schnell sich unser Leben ändern kann. Innerhalb von Sekunden konnte alles, was wir hatten, alles, was wir je gelernt und alles, was wir uns aufgebaut hatten, zu Staub zerfallen. Dieses Gefühl ließ mich hinterfragen, was wirklich wichtig war und was nicht.

Ich wußte, daß Paul trotz seines Versprechens schnell gefahren sein mußte, da er schon am frühen Nachmittag des nächsten Tages in Cypress Woods eintraf. Als ich ihm deswegen Vorwürfe machte, schwor er, er hätte seine Besprechungen schneller als erwartet hinter sich bringen können. Ich hatte gerade zu Mittag gegessen und trank auf der Terrasse eine Tasse Kaffee. Pearl saß friedlich neben mir in ihrem Laufställchen und malte mit ihren Buntstiften Zeichenvorlagen aus. Sie konnte sich nicht an die Ränder halten, war jedoch zufrieden damit, die Gesichter und Figuren mit den Farben zu beschmieren und so zu tun, als täte sie genau dasselbe wie Mommy. Gelegentlich unterbrach sie sich und schaute auf, weil sie sehen wollte, ob ich ihr auch zusah und ihre Werke bewunderte.

»Anscheinend haben wir noch eine Künstlerin in der Familie«, bemerkte Paul, als er sich setzte.

»Zumindest hält sie sich dafür. Dann sind deine Besprechungen also erfolgreich verlaufen?«

»Ich habe einen neuen Vertrag unterschrieben. Die Summen will ich dir gar nicht erst nennen. Du würdest ja doch nur sagen, solche Summen seien unanständig, genauso wie beim letzten Mal.«

»Es ist doch wahr. Ich kann nichts dafür, daß es mir Schuldgefühle verursacht, soviel Geld einzunehmen, wenn es so vielen anderen Menschen an den einfachsten und grundlegendsten Dingen fehlt.«

»Das stimmt zwar, aber unsere eigene emsige Arbeit und unsere geschickten Arrangements werden Hunderte von neuen Arbeitsplätzen schaffen, und damit ist dafür gesorgt, daß viele Menschen eine Anstellung finden, eine Chance bekommen und Geld verdienen, Ruby.«

»Du fängst wirklich an, die Dinge zu sagen, die man von einem Geschäftsmann erwartet, soviel steht fest«, sagte ich, und er lachte.

»Ich vermute, im Grunde meines Herzens bin ich schon immer ein Geschäftsmann gewesen. Erinnerst du dich noch daran, als ich nicht älter als zehn Jahre war und meinen Straßenstand hatte, an dem ich die Erdnüsse der Cajuns verkauft habe, die getrockneten Krabben aus der Konservenfabrik meines Vaters?«

»Ja. Du warst niedlich in deinem sauberen Hemd und deiner kleinen Krawatte, und für das Kleingeld hattest du eine Zigarrenkiste.«

Diese Erinnerungen ließen ihn lächeln. »Von dir und deiner Grandmère Catherine wollte ich nie Geld annehmen, wenn ihr vorbeigekommen und stehengeblieben seid, aber sie wollte nichts umsonst haben. ›So bleibst du nicht wettbewerbsfähig‹, hat sie zu mir gesagt.«

Ich nickte, da ich mich ebenfalls daran erinnern konnte.

Paul schaute einen Moment lang Pearl an und wandte sich dann wieder zu mir um. In seinen blauen Augen stand ein finsterer Blick. Und auch ein Zaudern, das ich deutlich wahrnehmen konnte.

»Was ist, Paul?«

»Ich will nicht, daß du glaubst, ich würde dich kontrollieren. Ich habe einfach nur angerufen, um zu fragen, wie es dir geht.«

»Angerufen? Wann? Wo?«

»Vorletzte Nacht, als du in New Orleans im Hotel gewesen bist«, sagte er.

Mein Herz schlug mit dreifacher Geschwindigkeit, während ich den Atem anhielt.

»Um wieviel Uhr?« fragte ich leise.

»Nach elf. Ich wollte nicht zu spät anrufen, weil ich gefürchtet habe, ich könne dich wecken, aber...«

Ich wandte mich ab.

»Wie ich schon sagte«, fuhr er fort, »du brauchst nicht zu

glauben, daß ich dich kontrollieren wollte. Du bist mir keine Erklärung schuldig, Ruby«, fügte er eilig hinzu.

Über den Zypressen, die die Sümpfe säumten, sah ich, wie sich eine Kornweihe aufschwang und blitzschnell wieder herunterstieß, wahrscheinlich, um eine unachtsame Beute zu erhaschen. Davon ließ sich ein halbes Dutzend Reisvögel aufscheuchen. Jenseits der Bäume zog eine dichte Decke von dunklen Wolkenfetzen langsam, aber entschlossen in unsere Richtung und verhieß noch vor Ende des Tages strömenden Regen. Ich spürte, wie eine Wolke in meinem Innern barst und Eistropfen über mein Herz ergoß. Sie strömten hinunter in meinen Bauch und meine Beine, und ich fühlte mich von Kälte und Taubheit erfüllt.

»Ich war nicht im Hotel, Paul«, sagte ich bedächtig. »Ich war mit Beau zusammen.«

Ich drehte mich eilig um, weil ich die Bestätigung in seinem Gesicht sehen wollte. Er machte ein emotionales Tauziehen durch. Er hatte es von Anfang an gewußt. Mir war klar, daß er es im Grunde genommen nicht wahrhaben wollte, aber andererseits eben doch. Er wollte der Realität ins Gesicht sehen und hoffte doch gleichzeitig, es sei nicht das, vor dem ihm am meisten graute. Schmerz blitzte in seinen Augen auf. Mein Inneres zog sich zusammen.

»Wie konntest du das tun? Wie konntest du mit diesem Mann zusammensein, nachdem er dich so schmählich verlassen hat?«

»Paul…«

»Nein, ich brauche nichts Genaueres zu wissen. Besitzt du denn gar keine Selbstachtung? Er hat dich mit seinem Baby sitzengelassen, damit du es allein bekommst, während er in Paris mit wer weiß wie vielen Französinnen seinen Spaß hatte. Dann hat er deine Schwester geheiratet und die Hälfte deines Reichtums geerbt. Und jetzt fliegst du in seine Arme und schleichst dich klammheimlich nachts zu ihm.«

»Ich wollte dich nicht hinters Licht führen, Paul. Wirklich nicht...«

Er wandte sich eilig zu mir um. »Das war der wahre Zweck deiner Reise nach New Orleans, stimmt's? Es ist dir gar nicht um die Gemälde und um deine Karriere als Künstlerin gegangen. Du hast es nur getan, um dich ihm wieder in die Arme zu werfen. Habt ihr weitere heimliche Treffen geplant?«

»Ich wollte es dir sagen«, sagte ich. »Im Laufe der Zeit.«

»Ja, sicher«, sagte er. Er lehnte sich zurück und zog die Schultern hoch. »Und was habt ihr beide jetzt vor? Was habt ihr gemeinsam beschlossen?«

»Beschlossen?«

»Wird er sich von Gisselle scheiden lassen?«

»Über einen solchen Vorschlag ist kein Wort gefallen«, sagte ich. »Aber wir wissen beide, welche religiösen Überzeugungen wir haben und daß eine Scheidung keine akzeptable Lösung ist, und schon gar nicht für seine Familie. Außerdem kann ich mir nicht vorstellen, daß sich Gisselle kooperativ verhalten würde, oder glaubst du das etwa?«

»Wohl kaum«, sagte Paul.

»Genau das Gegenteil würde eintreffen. Sie würde den Skandal genüßlich auskosten. Sie würde selbst dabei mithelfen, die Schlagzeilen zu schreiben: Eine Zwillingsschwester nimmt der anderen den Mann weg. Du kannst dir vorstellen, wie Beau und seine Familie in New Orleans dastünden, und... es wäre nicht fair dir gegenüber, Paul. Diese Menschen hier...«

»Ach, wirklich?« sagte er mit einem hämischen Gesichtsausdruck.

»Paul, bitte. Mir ist ganz furchtbar dabei zumute. Es gibt niemanden, den ich so ungern wie dich verletzen möchte.«

Er wandte den Blick ab, damit ich die Tränen und die Wut in seinem Gesicht nicht sehen konnte. »Ich habe mir das alles selbst zuzuschreiben«, murmelte er. »Mutter hat gesagt, daß es früher oder später dazu kommen würde.« Er verstummte.

»Sitz nicht einfach so da, Paul. Schrei mich an. Wirf mich raus.«

Er drehte sich langsam um. Der Schmerz auf seinem Gesicht war wie ein Schwert in meinem Herzen. »Du weißt, daß ich das nicht tun werde, Ruby. Ich kann nichts dafür, daß ich dich liebe.«

»Ich weiß«, sagte ich betrübt. »Ich wünschte, es wäre nicht so. Ich wünschte, du könntest mich hassen«, sagte ich.

Er lächelte. »Du könntest dir ebensogut wünschen, daß die Erde aufhört, sich zu drehen, oder daß die Sonne morgens nicht mehr aufgeht.«

Wir sahen einander an, und ich überlegte mir, wie grausam es doch war, daß das Schicksal ihm diese unerwiderte Leidenschaft für mich bestimmt hatte. Es hatte ihn für alle Zeiten zu einem Verdurstenden gemacht, der sich über ein kühles, klares Gewässer beugt, und doch hatte es ihm versagt, daraus zu trinken. Wenn ich ihn doch bloß dazu hätte bringen können, mich zu hassen, dachte ich zynisch. Es wäre schmerzlich für mich, aber soviel besser für ihn gewesen. Bedauern und Traurigkeit breiteten sich zwischen uns aus wie eine offene Wunde, die nicht heilen wollte.

»Nun«, sagte er schließlich, »laß uns im Moment nicht über unerfreuliche Dinge reden. Wir haben im Augenblick zu viele andere Probleme. Du bist ganz sicher, daß wir kein neues Kindermädchen suchen wollen?«

»Für den Moment ja.«

»Okay, aber ich will nicht mit ansehen, wie deine Karriere zum Stillstand kommt. Schließlich bin ich angeblich mit einer berühmten Cajun-Künstlerin verheiratet. In Baton Rouge habe ich gewaltig mit dir angegeben. Dort gibt es mindestens ein Dutzend reiche Ölhändler, die schon ganz versessen darauf sind, eines deiner Gemälde zu kaufen.«

»O Paul, das solltest du nicht tun. So gut bin ich nun auch wieder nicht.«

»Oh, doch, das bist du«, beharrte er und stand auf. »Ich muß in der Konservenfabrik vorbeischauen und mit meinem Vater reden, aber ich werde früh nach Hause kommen.«

»Das ist gut, weil ich nämlich Jeanne und James zum Abendessen eingeladen habe. Sie hat vorhin angerufen, und es klang ganz so, als wolle sie uns dringend sehen«, sagte ich.

»Ach, ja? Also, gut.« Er beugte sich vor und küßte mich, wenn auch mit einem auffälligen Zögern und mehr um der Form willen: ein schneller Schmatz auf die Wange, so, wie er eine seiner Schwestern oder seine Mutter geküßt hätte. Ein neuer Wall erhob sich zwischen uns, und es ließ sich beim besten Willen nicht sagen, wie breit dieser Wall in den kommenden Tagen und Monaten werden würde.

Nachdem er fortgegangen war, stand ich dicht vor den Tränen. Ich war zwar sicher, daß er es nicht mit Absicht tat, doch je mehr er mir seine Liebe bewies, desto schuldbewußter fühlte ich mich dafür, daß ich Beau liebte und mit ihm zusammengewesen war. Ich sagte mir, ich hätte Paul gewarnt. Ich sagte mir, ich hätte nie dieselben Gelübde abgelegt, die er abgelegt hatte, und ich hätte mich nie einer reinen und religiösen Idee von einer Beziehung verschrieben, die der Ehe eines Geistlichen oder einer Nonne mit der Kirche gleichkam.

Ich sagte mir, ich sei eine normale Frau, deren Leidenschaften mit derselben Intensität durch ihre Adern rauschten wie bei jeder anderen Frau, und ich konnte sie nicht zum Verstummen bringen oder erlöschen lassen.

Hinzu kam, daß ich das gar nicht wollte. Selbst jetzt, in diesem Augenblick, verzehrte ich mich danach, wieder in Beaus Armen zu liegen und seine Lippen auf meinen zu spüren. Ich war von Frustration erfüllt, als ich tief Atem holte und meine Tränen zurückdrängte. Es war nicht der rechte Zeitpunkt, um schwach zu werden und in ein Kissen zu schluchzen. Ich mußte stark sein und mich allen Herausforderungen stellen, die das heimtückische Schicksal für mich bereithielt.

Jetzt hätte ich ein paar wirksame Gris-Gris gebrauchen können, dachte ich; eines von Nina Jacksons schnell wirkenden Pulvern oder von ihren Drachenblutstäbchen. Es war schon länger her, seit sie mir das Zehncentstück geschenkt hatte, das ich um den Knöchel tragen sollte. Es war ein Glücksbringer. Ich trug es nicht mehr, erinnerte mich aber noch daran, wo es war, und als ich Pearl zu ihrem Mittagsschlaf nach oben brachte, holte ich es heraus und band es mir wieder um den Knöchel.

Ich wußte, daß viele mich auslachen würden, doch diese Menschen hatten nie gesehen, wie Grandmère Catherine einem fiebernden Kind die Hände auf die Stirn legte und dadurch seine Temperatur senkte. Sie hatten es nie erlebt, daß nachts ein böser Geist vorüberflog, auf der Flucht vor Grandmère Catherines Worten und ihren Elixieren. Und sie hatten nie das Kauderwelsch einer Voodoo-Priesterin gehört und dann die Resultate gesehen. Auf dieser Welt wimmelte es von geheimnisvollen Dingen; sie war von vielen Geistern bevölkert, sowohl guten als auch bösen. Mir war jeder Zauber recht, den man heraufbeschwören konnte, um Gesundheit und Glück zu erlangen, ganz gleich, wer auch darüber lachen oder spotten mochte. Meistens handelte es sich dabei um Menschen, die ohnehin an nichts glaubten, Menschen wie meine Schwester, für die nur ihr eigenes Glück zählte. Und ich wußte bereits besser als die meisten Menschen in meinem Alter, wie flüchtig und vergänglich dieses Glück sein konnte.

An jenem Abend sah ich, wie begierig Paul darauf war, einen erfreulichen Abend mit seiner Schwester und deren Mann zu verbringen. Was er konnte, wollte er tun, um die dunklen Schatten zu vertreiben, die sich zwischen uns gesenkt hatten und in den geheimsten Winkeln unserer Herzen lauerten. Er ging selbst in die Küche und bat Letty, etwas ganz Besonderes zu kochen, und zum Essen servierte er unsere edelsten Weine, von denen James und er etliche Gläser tranken. Während des Abendessens unterhielten wir uns unbeschwert, und zwischendurch wurde viel gelacht, aber ich konnte Jeanne deutlich anmerken, daß sie bedrückt war und mich unter vier Augen sprechen wollte. Als Paul nach dem Essen vorschlug, wir sollten alle ins Wohnzimmer gehen, sagte ich daher, ich wolle Jeanne ein neues Kleid zeigen, das ich in New Orleans gekauft hatte.

»Wir kommen dann gleich wieder nach unten«, versprach ich.

»In Wirklichkeit wollt ihr euch doch nur vor unseren Gesprächen über Politik drücken, das ist alles«, warf mir Paul im Scherz vor. Doch als er mich näher ansah, erkannte er sofort, warum ich mit Jeanne nach oben gehen wollte. Er legte James den Arm um die Schultern und führte ihn aus dem Eßzimmer.

In dem Moment, in dem wir miteinander allein waren, brach Jeanne in Tränen aus.

»Was ist passiert?« fragte ich und umarmte sie. Ich führte sie zum Sofa und reichte ihr ein Taschentuch.

»O Ruby, ich bin ja so unglücklich. Ich dachte, ich würde eine so wunderbare Ehe wie du führen, aber es ist ja eine solche Enttäuschung. Natürlich nicht die beiden ersten Wochen«, fügte sie unter Schluchzen hinzu, »aber hinterher, als wir uns häuslich eingerichtet hatten, schien es mit der Romantik schlichtweg vorbei zu sein. Ihn interessiert nur seine Karriere und seine Arbeit. Manchmal kommt er nicht vor zehn oder elf Uhr nach Hause, und ich muß ganz allein zu Abend essen, und wenn er dann endlich da ist, ist er im allgemeinen so erschöpft, daß er gleich schlafen gehen will.«

»Hast du mit ihm darüber geredet?« fragte ich und setzte mich neben sie.

»Ja.« Sie holte keuchend Luft und hörte auf zu schluchzen. »Aber da hieß es nur, er stünde erst am Anfang seiner Karriere und ich müsse verständnisvoll sein. Eines Abends hat er mich angefaucht und gesagt: ›Ich bin kein solcher Glückspilz wie dein Bruder. Ich bin nicht mit einem silbernen Löffel im Mund geboren worden, damit ich später einmal Land erbe, das reich an Öl ist. Ich muß statt dessen arbeiten, um mir meinen Lebensunterhalt zu verdienen.‹

Ich habe ihm gesagt, daß Paul auch arbeitet. Er nimmt seinen Reichtum nicht als selbstverständlich hin, stimmt's, Ruby?«

»Paul glaubt, daß jeder Tag fünfundzwanzig Stunden hat und nicht etwa nur vierundzwanzig«, sagte ich lächelnd.

»Und trotzdem gelingt es ihm irgendwie, die Romantik in eurer Ehe nicht absterben zu lassen, stimmt's? Euch beide braucht man doch nur anzusehen, und man weiß auf den ersten Blick, wie sehr ihr aneinander hängt und wieviel Rücksicht jeder von euch beiden auf die Gefühle des anderen nimmt. Ganz gleich, wie hart Paul auch arbeiten mag, für dich hat er immer Zeit, nicht wahr? Und dir macht es nicht soviel aus, daß er so häufig unterwegs ist, oder?«

Ich wandte eilig den Blick ab, damit sie die Wahrheit nicht in meinen Augen lesen konnte. Dann verschränkte ich die Arme vor der Brust, wie ich es bei Grandmère Catherine so häufig gesehen hatte, und mein Gesicht nahm einen grüblerischen Ausdruck an. Jeanne wartete gespannt auf meine Antwort und faltete auf ihrem Schoß die Hände.

»Ja«, antwortete ich schließlich, »aber vielleicht liegt es daran, daß ich so sehr in meiner Kunst aufgehe.«

Sie nickte und seufzte.

»Das hat James auch gesagt. Er hat gesagt, ich solle mir eine Beschäftigung suchen, damit ich mich weniger auf ihn fixiere, aber ich wollte doch für ihn schwärmen und ganz in unserer Ehe aufgehen. Deshalb habe ich doch schließlich geheiratet!« rief sie aus. »Die Wahrheit ist«, fuhr sie fort und tupfte sich mit dem Taschentuch die Tränen von den Wangen, »daß die Leidenschaft jetzt schon erloschen ist.«

»O Jeanne, ich bin ganz sicher, daß du dich irrst.«

»Wir haben uns jetzt schon seit vollen zwei Wochen nicht mehr geliebt«, enthüllte sie mir. »Für ein Ehepaar ist das doch eine lange Zeit, oder etwa nicht?« fragte sie jetzt und heftete den Blick auf mich, weil sie meine Reaktion sehen wollte.

»Nun ja…« Ich schlug die Augen nieder und strich meinen Rock glatt, damit sie mir nicht ins Gesicht sehen konnte. Grandmère Catherine hatte früher immer gesagt, meine Empfindungen seien mir so deutlich ins Gesicht geschrieben wie ein Geheimnis, das in einem Buch mit gläsernem Einband steht. »Ich glaube, es gibt keine festen Zeiten oder Grundregeln dafür, wie oft man miteinander schläft, selbst bei Ehepaaren nicht. Und außerdem«, erwiderte ich und dachte jetzt an Beau, »ist das etwas, was sich beide Teile spontan und impulsiv wünschen müssen.«

»James«, sagte sie und sah auf ihre verschlungenen Finger hinunter, »glaubt an die Verhütungsmethode durch die Fieberkurve, weil er ein so frommer Katholik ist. Ich muß jedesmal meine Temperatur messen, ehe wir uns lieben. Das tust du doch nicht, oder etwa doch?«

Ich schüttelte den Kopf. Ich wußte, daß es sich angeblich in der Körpertemperatur einer Frau niederschlägt, wann sie am ehesten schwanger wird, und daß dies eine akzeptierte Methode zur Geburtenkontrolle ist, doch ich mußte zugeben, daß die Romantik beeinträchtigt ist, wenn man sich die Temperatur mißt, ehe man miteinander schläft.

»Verstehst du jetzt, warum ich so unglücklich bin?« schloß sie ihre Erklärungen ab.

»Weiß er denn nicht, wie abgrundtief unglücklich du bist?« fragte ich. Sie zuckte die Achseln. »Du solltest mehr mit ihm darüber reden, Jeanne. Ihr beide könnt euch nur selbst helfen. Niemand sonst kann das für euch tun.«

»Aber wenn keine Leidenschaft im Spiel ist…«

»Ja, da bin ich ganz deiner Meinung. Es muß Leidenschaft im Spiel sein, aber es geht auch nicht ohne Kompromisse. Genau das macht nämlich eine Ehe aus«, fuhr ich fort und begriff, wie sehr das im Fall von Paul und mir zutraf. »Kompromisse – zwei Menschen, die bereitwillig für das Wohl des anderen Opfer bringen. Jeder von beiden muß den anderen so sehr lieben wie sich selbst. Aber das klappt nur, wenn es wirklich von beiden Seiten kommt«, sagte ich und dachte an Daddy und daran, wie sehr er Daphne angebetet hatte.

»Ich glaube nicht, daß James es so haben will«, sagte Jeanne besorgt.

»Ich bin ganz sicher, daß er es so haben will, aber solche Dinge geschehen nicht über Nacht. Es erfordert Zeit, eine Beziehung aufzubauen.«

Sie nickte und schöpfte wieder ein wenig Mut. »Man kann wohl sagen, daß ihr eine lange Zeit miteinander verbracht habt, Paul und du. Ist eure Ehe deshalb so perfekt?« fragte sie.

Ein seltsamer Schmerz setzte in meinem Herzen ein. Es war mir verhaßt, wie eine Lüge zur nächsten und diese wiederum zu einer weiteren führte, bis sich ein ganzes Gebäude auftürmte und wir unter einem Berg von Lug und Trug begraben wurden.

»Nichts ist vollkommen, Jeanne.«

»Paul und du, ihr kommt dem Ideal von Vollkommenheit so nahe, wie es nur irgend geht. Sieh dir doch nur an, wie ihr beide von dem Tag eurer ersten Begegnung an miteinander umgegangen seid. In Wahrheit hatte ich wohl gehofft«, sagte sie betrübt, »James würde mich so sehr anbeten, wie Paul dich anbetet. Ich sollte James wohl nicht mit meinem Bruder vergleichen.«

»Niemand sollte einen anderen Menschen anbeten, Jeanne«, sagte ich leise, aber die Vorstellung, wie sie Paul und mich sah und wie andere uns sahen, erfüllte mich mit grenzenlosem Schuldbewußtsein, weil ich Beau liebte. Was für ein Schock es wäre, wenn die Wahrheit ans Licht käme, dachte ich, und wie verheerend es sich auf Paul auswirken würde.

Als ich jetzt so mit Jeanne redete, wurde mir klar, daß meine Beziehung zu Beau keine Zukunft hatte. Sie konnte Paul sogar

Schritt für Schritt zugrunde richten. Ich hatte meine Entscheidung getroffen und seine unendliche Freundlichkeit und Hingabe akzeptiert, und jetzt mußte ich mit dieser Entscheidung leben. Für alles andere war ich nicht selbstsüchtig genug.

»Vielleicht werde ich noch einmal versuchen, ein langes Gespräch mit James zu führen«, sagte Jeanne. »Vielleicht hast du recht – vielleicht brauchen wir Zeit.«

»Alles, was lohnend ist, kostet Zeit«, sagte ich zärtlich.

Von ihren eigenen Problemen war sie so in Anspruch genommen, daß sie die Wehmut in meinen Augen nicht sah. Sie packte meine Hände und hielt sie fest. »Ich danke dir, Ruby. Danke, daß du mir zuhörst und dich um mich sorgst.«

Wir umarmten einander, und sie lächelte. Warum war es bloß so einfach, andere Leute glücklich zu machen, aber so schwierig, selbst glücklich zu werden? fragte ich mich.

»Ich habe wirklich ein neues Kleid, das ich dir zeigen wollte«, sagte ich und führte sie zu meinem Kleiderschrank. Hinterher schlossen wir uns Paul und James im Wohnzimmer an und tranken noch einen Likör miteinander. Jeanne lächelte mich an, als James einen Arm um sie legte und sie auf die Wange küßte. Er flüsterte ihr etwas ins Ohr, und sie lief knallrot an. Dann kündigten sie an, sie seien müde und müßten jetzt aufbrechen. In der Tür beugte sich Jeanne zu mir vor und bedankte sich noch einmal bei mir. Ich konnte ihren Augen deutlich ansehen, daß sie aufgeregt und glücklich war. Paul und ich blieben auf der Galerie stehen und sahen ihnen nach, als sie zu ihrem Wagen gingen und fortfuhren.

Es war eine eher klare Nacht, und daher konnten wir zu dem sternenbesäten Himmel aufblicken und von einem Horizont zum anderen Sternbilder erkennen. Paul nahm meine Hand.

»Hast du Lust, noch ein Weilchen draußen zu sitzen?« fragte er. Ich nickte, und wir setzten uns auf die Bank. Die monotone Symphonie der Zikaden durchdrang die Nacht, gelegentlich von dem Schrei einer Eule unterbrochen.

»Jeanne wollte heute abend den Rat einer großen Schwester einholen, stimmt's?« fragte er.

»Ja, aber ich bin nicht sicher, ob sie bei mir an die richtige Adresse geraten ist.«

»Aber natürlich.« Nach einer Pause fügte er hinzu: »James hat mich ebenfalls um Rat gefragt. Das hat mir das Gefühl gegeben, älter zu sein, als ich es in Wirklichkeit bin.« Er wandte sich im Dunkeln zu mir um, doch sein Gesicht war in Schatten gehüllt. »Sie halten uns für das perfekte Paar.«

»Ja, ich weiß.«

»Ich wünschte, wir wären es.« Er nahm wieder meine Hand. »Und was werden wir jetzt tun?«

»Laß uns nicht versuchen, heute nacht sämtliche Antworten zu finden, Paul. Ich bin selbst auch müde und verwirrt.«

»Ganz wie du willst.« Er beugte sich vor, um mich auf die Wange zu küssen. »Haß mich nicht dafür, daß ich dich so sehr liebe«, flüsterte er. Ich hätte ihn zu gern umarmt, ihn geküßt und seine gepeinigte Seele getröstet, doch ich konnte nichts anderes tun, als ein paar Tränen zu vergießen und in die Nacht zu starren, während sich mein Herz wie ein Bleiklumpen anfühlte.

Schließlich gingen wir beide ins Haus und zogen uns in unsere Schlafzimmer zurück. Nachdem ich das Licht gelöscht hatte, stand ich am Fenster und schaute zum Nachthimmel auf. Ich dachte an Jeanne und James, die nach einem erlesenen Mahl, gutem Wein und angenehmen Gesprächen nach Hause eilten, beide erregt und begierig darauf, einander in den Armen zu halten und den Abend mit einem Liebesakt zu krönen.

Und das, während Paul in seinem Zimmer ein Kissen umarmte und ich die Erinnerungen an Beau an mein Herz drückte.

Kurz nachdem Paul am nächsten Morgen das Haus verlassen hatte, um zur Arbeit zu gehen, rief Beau an. Er war völlig aufgeregt in der Aussicht auf unser nächstes Treffen und holte kaum auch nur Luft, während er mir seine Pläne für unseren nächsten gemeinsamen Tag und Abend schilderte. Anfangs kam ich überhaupt nicht zu Wort.

»Du weißt nicht, wie sehr sich mein Leben durch unser Treffen verändert hat«, sagte er. »Du hast mir etwas gegeben, worauf ich mich freuen kann, etwas, was mich in den trostlosesten Tagen und Nächten aufheitert.«

»Beau, ich habe schlechte Nachrichten«, warf ich endlich ein und berichtete ihm von Mrs. Flemmings Tochter. »Ich fürchte, ich werde alles Weitere verschieben müssen.«

»Warum? Komm doch einfach mit Pearl in die Stadt«, flehte er mich an.

»Nein, das geht nicht«, sagte ich.

»Es ist nicht nur das, stimmt's?« fragte er nach einer Pause.

»Ja«, gestand ich ein und erzählte ihm von Paul.

»Dann weiß er also über uns Bescheid?«

»Ja, Beau.«

»Gisselle ist in der letzten Zeit auch äußerst mißtrauisch gewesen«, bekannte er. »Sie hat sogar einige verschleierte Drohungen und auch ein paar weniger verschleierte ausgestoßen.«

»Dann ist es vielleicht das beste, wenn wir warten, bis die Lage sich beruhigt hat«, schlug ich vor. »Wir müssen an all die Menschen denken, denen wir weh tun könnten, Beau.«

»Ja«, sagte er mit brüchiger Stimme.

Wenn Worte Gewicht hätten, wären die Telefonleitungen zwischen New Orleans und Cypress Woods heruntergesackt und durchgerissen, dachte ich.

»Es tut mir leid, Beau.«

Ich hörte ihn tief seufzen. »Gisselle bittet mich immer wieder, für ein paar Tage mit ihr auf die Ranch zu fahren. Vermutlich fahre ich nächste Woche mit ihr hin. Ohne dich ist mir das Leben in diesem Haus verhaßt, Ruby. Hier ruft zu vieles Erinnerungen an unsere gemeinsamen Zeiten wach. Jedesmal, wenn ich an deinem Zimmer vorbeikomme, bleibe ich stehen und hänge Erinnerungen nach.«

»Überrede Gisselle dazu, das Haus zu verkaufen, Beau. Macht irgendwo anders einen Neubeginn«, schlug ich vor.

»Sie stört sich nicht daran. Nichts scheint ihr etwas auszumachen. Was haben wir einander bloß angetan, Ruby?« fragte er.

Ich schluckte den Kloß in meiner Kehle, doch einzelne Tränen entkamen und rannen über meine Wangen. Einen Moment lang konnte ich meine Stimme nicht finden.

»Wir haben uns ineinander verliebt, Beau. Das ist alles. Wir haben uns verliebt.«

»Ruby...«

»Ich muß jetzt auflegen, Beau. Bitte.«

»Sag nichts zum Abschied. Leg einfach nur auf«, sagte er zu mir, und ich tat es, doch dann blieb ich neben dem Telefon sitzen und schluchzte, bis ich hörte, daß Pearl aufwachte und nach mir rief. Erst dann wischte ich mir die Augen trocken, holte tief Luft und machte mich ans Werk, meine Tage und Nächte mit möglichst viel Arbeit auszufüllen, damit ich nicht zum Denken kam und nichts bereuen konnte.

Eine stille Resignation erfaßte mich. Ich fing an, mich wie eine Nonne zu fühlen, während ich einen großen Teil meiner Zeit mit stummer Meditation verbrachte, malte, las und Musik hörte. Inzwischen war es auch eine zeitraubende Aufgabe, mich um Pearl zu kümmern. Sie war sehr aktiv und neugierig auf alles. Ich mußte das ganze Haus umräumen, um es kindersicher zu machen, wertvolle Gegenstände ihrem Zugriff zu entziehen und dafür zu sorgen, daß sie sich nicht in Gefahr bringen konnte. Gelegentlich sah Holly ein paar Stunden lang nach Pearl, während ich Einkäufe erledigte oder eine Zeitlang Ruhe für mich selbst fand.

Paul arbeitete mehr denn je, und zwar bewußt, so dachte ich mir. Er stand im Morgengrauen auf und war an manchen Tagen schon aus dem Haus gegangen, ehe ich zum Frühstück nach unten kam. Manchmal konnte er nicht rechtzeitig zum Abendessen nach Hause kommen. Er sagte mir, sein Vater arbeite zunehmend weniger in der Konservenfabrik und spiele mit dem Gedanken, sich ganz zur Ruhe zu setzen.

»Vielleicht solltest du in dem Fall einen Manager engagieren«, schlug ich vor. »Du kannst nicht alles allein bewältigen.«

»Ich werde mir Gedanken darüber machen«, versprach er, doch ich sah, wie sehr er es genoß, ständig beschäftigt zu sein. Ganz so wie mir war auch ihm die Untätigkeit verhaßt, da sie ihn darüber nachdenken ließ, wie es jetzt wirklich um sein Leben stand.

Ich dachte, so würde es ewig weitergehen, bis wir beide alt und grau sein, auf der Galerie nebeneinander auf unseren Schaukelstühlen sitzen, auf das Bayou hinausschauen und uns fragen würden, wie unser Leben wohl verlaufen wäre, wenn wir gewisse Entscheidungen nicht getroffen hätten, als wir noch jung und impulsiv waren. Aber gegen Ende des Monats läutete eines Abends nach dem Essen das Telefon. Paul hatte es sich bereits auf seinem Lieblingssessel bequem gemacht und den Wirtschaftsteil der Zeitung aufgeschlagen. Pearl schlief, und ich las einen Roman. James erschien in der Tür.

»Ein Gespräch für Sie, Madame«, kündigte er an. Paul schaute neugierig auf. Ich zuckte die Achseln und stand auf.

»Vielleicht ist es Jeanne«, sagte ich. Er nickte. Aber es war Beau, der wie eine körperlose Stimme klang... so leise und bestürzt, daß er nur ein Hauch seiner selbst zu sein schien. Im ersten Moment fragte ich mich, ob er es wirklich war.

»Beau? Was ist passiert?«

»Es geht um Gisselle. Wir sind jetzt schon seit mehr als einer Woche auf der Ranch.«

»Oh«, sagte ich. »Dann weiß sie also über uns Bescheid?«

»Nein, das ist es nicht«, erwiderte er.

Ich hielt den Atem an. »Was ist es dann, Beau?«

»Sie ist von Moskitos gestochen worden. Wir haben uns nichts dabei gedacht. Natürlich hat sie gejammert wie eine Irre, aber ich habe sie mit Alkohol eingerieben und die ganze Geschichte gleich wieder vergessen. Dann…«

»Ja?« Es kam mir vor, als könnten sich meine Beine in Luft auflösen und unter mir davonschweben.

»Dann haben diese schlimmen Kopfschmerzen eingesetzt. Nichts, was ich ihr gegeben habe, hat dagegen geholfen. Sie hat fast ein ganzes Röhrchen Aspirin geschluckt. Fieber bekam sie auch. Letzte Nacht schoß die Temperatur in die Höhe, und sie hatte Halluzinationen. Ich mußte den Arzt aus dem Dorf rufen. Bei seinem Eintreffen war sie bereits gelähmt.«

»Gelähmt?«

»Und hat zusammenhangloses Zeug geredet. Sie konnte sich an nichts erinnern, noch nicht einmal daran, wer ich bin«, sagte er voller Verwunderung.

»Was hat der Arzt dazu gesagt?«

»Er hat sofort gewußt, worum es sich handelt. Gisselle hat sich eine epidemische Enzephalitis zugezogen, eine Gehirnentzündung, die durch einen Virus hervorgerufen wird, den Moskitos an Menschen weitergeben.«

»*Mon Dieu*«, sagte ich, und mein Herz pochte heftig. »Ist sie im Krankenhaus?«

»Nein«, sagte er eilig.

»Nein? Und warum nicht, Beau?«

»Der Arzt sagt, ihre Aussichten stehen nicht gut. Es gibt bisher keine bekannten Behandlungsmethoden für diese Krankheit, wenn sie durch eine andere Virusinfektion als den Herpes simplex übertragen wird. Genau das waren seine Worte.«

»Was heißt das? Was wird aus ihr werden?«

»Sie könnte eine Zeitlang in diesem Zustand bleiben«, sagte er mit einer Stimme, die bar jeglichen Gefühls war, einer Stimme, die ausgelaugt und hilflos klang. Dann fügte er hinzu: »Aber in New Orleans weiß bisher noch niemand etwas. Tatsächlich sind nur dieser Arzt und ein paar Hausangestellte darüber informiert, was sich hier abgespielt hat, und diese wenigen

Menschen könnten dazu überredet werden, kein Wort über die ganze Geschichte zu verlieren.«

Ich hielt den Atem an. »Was willst du damit andeuten, Beau?«

»Ich bin gerade erst vor kurzem auf den Gedanken gekommen, als ich an ihrem Bett gestanden und sie im Schlaf betrachtet habe. Wenn sie schläft, sieht sie dir so unglaublich ähnlich, Ruby. Niemand würde auch nur Fragen stellen.«

Mein Herz blieb stehen und begann gleich darauf, so heftig zu pochen, daß ich glaubte, ich bekäme keine Luft mehr und würde das Bewußtsein verlieren. Ich hielt mir den Hörer ans andere Ohr und holte tief Atem. Ich wußte, worauf er hinauswollte.

»Beau … du willst, daß ich ihre Identität annehme?«

»Und daß du jetzt und für alle Zeiten meine Frau wirst«, sagte er. »Siehst du denn nicht selbst, was für eine Gelegenheit sich uns hier bietet?« fragte er eilig. »Keines der Geheimnisse aus der Vergangenheit braucht enthüllt zu werden, und es braucht niemandem weh getan zu werden.«

»Außer Paul«, sagte ich.

»Was nützt es, wenn wir alle unglücklich sind?«

Konnten wir das tatsächlich tun? fragte ich mich, und meine Aufregung steigerte sich noch mehr. Richteten wir damit etwas Böses an?

»Was wird aus Gisselle werden?«

»Wir werden sie in eine Anstalt stecken müssen, insgeheim, versteht sich. Aber das dürfte sich problemlos regeln lassen.«

»Das ist ja entsetzlich«, sagte ich. »Du erinnerst dich doch sicher noch daran, daß Daphne versucht hat, genau das mit mir zu tun«, sagte ich.

»Das war etwas ganz anderes, Ruby. Du warst am Leben und gesund, und dein ganzes Leben hat noch vor dir gelegen. Aber was wird es für Gisselle schon für einen Unterschied machen? Sie hat uns versehentlich ein Geschenk gemacht und all das Unheil wiedergutgemacht, das sie angerichtet hat. Das Schicksal böte uns diese Gelegenheit nicht, wenn es nicht darauf aus wäre, all dieses Unrecht wiedergutzumachen. Komm zu mir«, flehte er mich an. »Mit dir kann sich meine bedrückte Seele wieder erholen, und ich kann wieder vor mir selbst Achtung haben. Bitte, Ruby. Wir dürfen keinen Moment vergeuden. Diese Chance können wir uns nicht entgehen lassen.«

»Ich weiß nicht recht. Ich muß darüber nachdenken.« Ich drehte mich um und sah zum Arbeitszimmer. »Ich muß mit Paul darüber reden.«

»Selbstverständlich, aber tu es auf der Stelle, und ruf mich dann zurück«, sagte er und gab mir die Telefonnummer. »Ruby, ich liebe dich, und du liebst mich, und wir sollten zusammensein. Selbst das Schicksal hat es inzwischen begriffen. Wer weiß? Vielleicht ist deine Grandmère Catherine irgendwo im Jenseits am Werk, aber vielleicht hat auch Nina Jackson einen Zauber für uns gesprochen.«

»Ich weiß nicht, Beau. Das geht mir alles viel zu schnell. Es ist eine komplizierte Angelegenheit.«

»Besprich es mit Paul. Es ist das Richtige, das Beste, was wir tun können. Es ist das, was uns endlich doch noch bestimmt ist«, sagte er.

Nachdem wir aufgelegt hatten, stand ich da, und mein Herz schlug immer noch sehr schnell und heftig. Die Möglichkeiten, aber auch die Gefahren zeichneten sich vor mir ab. Ich würde die Identität meiner Schwester annehmen müssen, Gisselle werden müssen, aber in Wirklichkeit waren wir einander so gar nicht ähnlich. Konnte ich diese Rolle gut genug ausfüllen, um die Leute zum Narren zu halten und für immer mit Beau zusammenzusein? Wenn Liebe stark genug ist, dachte ich, dann gibt sie einem die Kraft, Dinge zu tun, die über das eigene Vorstellungsvermögen hinausgehen. Vielleicht traf das für uns jetzt zu.

Ich holte tief Atem, ehe ich in das Arbeitszimmer zurückkehrte und Paul berichtete, was passiert war und was Beau vorgeschlagen hatte. Er saß mit einer erstaunlichen Ruhe da und hörte mir zu, während ich die ganze Geschichte und diesen unglaublichen Vorschlag hinaussprudelte. Dann stand er auf und trat ans Fenster. Dort blieb er lange Zeit stehen.

»Du wirst niemals aufhören, ihn zu lieben«, murmelte er erbittert. »Es war eine Dummheit von mir zu glauben, daß sich daran etwas ändern könnte. Hätte ich doch bloß auf meine Mutter gehört...« Er seufzte tief und drehte sich um.

»Ich kann nichts für meine Gefühle ihm gegenüber, Paul.«

Er nickte und wirkte einen Moment lang sehr nachdenklich. »Vielleicht mußt du mit ihm zusammenleben, um zu sehen, was für ein Mann er in Wirklichkeit ist. Vielleicht wirst du dann den Unterschied zwischen ihm und mir erkennen.«

»Paul, ich liebe dich für das, was du für Pearl und mich getan hast, und auch für deine Aufopferung und deine Liebe zu mir, aber wir haben von Anfang an eine unvollkommene Ehe geführt. Und außerdem haben wir uns vorher darauf geeinigt, wenn einer von uns jemanden findet, den er lieben und mit dem er eine wirkliche Beziehung haben kann, einander nicht im Weg zu stehen.«

Er nickte. »Was für ein Träumer muß ich doch gewesen sein, als ich dir auf der Veranda deiner Grandmère Catherine diese Gelübde abgelegt habe. Nun ja«, fuhr er mit einem gequälten Lächeln fort, »wenigstens kann ich jetzt endlich etwas für dich tun, was dich wirklich glücklich machen wird.« Plötzlich strahlten seine Augen, als ihm noch etwas anderes dazu einfiel. »Ich kann sogar noch mehr für euch tun, als ihr erwartet, du und Beau.« Er unterbrach sich, und auf seinem harten Gesicht drückte sich Entschlossenheit aus.

»Und was wäre das?« fragte ich atemlos.

»Wenn du Beau anrufst, dann sag ihm, daß wir Gisselle hierherbringen werden«, sagte er.

»Was?«

»Er hat vollkommen recht. Was für einen Unterschied machen die Umstände jetzt noch für sie? Wir beide werden morgen nach dem Mittagessen zur Ranch hinausfahren. Ich habe wichtige Angelegenheiten zu regeln. Wir werden so tun, als brächen wir zu einem Kurzurlaub auf, und dann werde ich mit Gisselle hierher zurückkehren und die Geschichte in Umlauf bringen, daß du diejenige bist, die von der Gehirnentzündung befallen ist. Ich werde oben ein gemütliches Zimmer für sie herrichten lassen, und wir werden rund um die Uhr Pflegerinnen für sie haben. Da sie Gedächtnisausfälle hat und die meiste Zeit verwirrt und nur halbwegs bei Bewußtsein ist, wird es nicht schwierig werden, das einzurichten.«

»Das tätest du für mich?« fragte ich ihn ungläubig.

Er lächelte. »So sehr liebe ich dich, Ruby. Vielleicht verstehst du das erst jetzt wirklich.«

»Aber das kann ich dir nicht antun, Paul. Es wäre zu hart und zu ungerecht.«

»Mir macht das nichts aus. In diesem großen Haus würde ich ihre Gegenwart noch nicht einmal wahrnehmen«, sagte er.

»Das ist nicht alles, was ich meine. Du mußt auch dein eigenes Leben führen«, beharrte ich.

»Und das werde ich auch tun. Auf meine eigene Art. Und jetzt geh schon, und ruf Beau an.«

In seinen Augen stand ein derart merkwürdiger Ausdruck, daß ich ahnte, was in ihm vorging. Er glaubte, mit diesem Schritt würde er erreichen, daß ich eines Tages zu ihm zurückkehrte. Worin seine Gründe auch bestehen mochten, fest stand, daß unser Identitätswechsel weitaus einfacher zu bewerkstelligen war, wenn wir zu dieser Lösung griffen.

Ich wandte mich ab und wollte gehen, um Beau anzurufen, doch dann blieb ich stehen, weil ich das größte von allen Problemen erkannte.

»Das können wir nicht tun, Paul. Es ist vollkommen ausgeschlossen.«

»Und warum?«

»Wegen Pearl!« sagte ich. »Wenn ich Gisselle bin, was wird dann aus ihr?«

Paul dachte einen Moment lang darüber nach und nickte dann. »Da du angeblich ernsthaft erkrankt bist und unser Kindermädchen fortgegangen ist, um sich um die eigene Familie zu kümmern, werde ich sie zu ihrer Tante und ihrem Onkel bringen, damit sie dort lebt, bis das Drama in Cypress Woods ein Ende findet. Für den Moment klingt diese Geschichte ausgesprochen glaubwürdig.«

Die Schnelligkeit seiner Gedankengänge überwältigte mich. »O Paul, ich habe deine Güte und deine Opferbereitschaft nicht verdient. Weiß Gott nicht«, rief ich aus.

Er lächelte kühl. »Du wirst deine kranke Schwester doch von Zeit zu Zeit besuchen, oder etwa nicht?« fragte er, und ich verstand, daß er hoffte, mich in dieser seltsamen Form an sich binden zu können.

»Ja, selbstverständlich, obwohl Gisselle genau das nicht täte.«

»Sieh dich vor«, warnte er mich und verzog wieder hämisch das Gesicht. »Sei bloß nicht zu nett, denn sonst werden die Leute sagen... was ist bloß über sie gekommen? Sie ist nicht mehr die alte.«

»Ja«, sagte ich und wurde mir darüber klar, wie groß die Herausforderung war, die sich mir stellte. Ich setzte nur geringes Vertrauen in meine eigenen Fähigkeiten. Für den Moment würde ich mit nichts weiter als meinem Verlangen glücklich werden müssen, dem Verlangen, für alle Zeiten Beaus Ehefrau zu sein. Vielleicht war das genug. Um Pearls und um meiner selbst willen betete ich darum.

Zweites Buch

11.
Wer nichts wagt, kann nichts gewinnen

Beau war aufgeregt und glücklich über Pauls Vorschlag, aber mir machte Pauls Bereitwilligkeit Sorgen, diese Geschichte mitzuspielen. Was dachte er sich bloß dabei? Was erhoffte er sich als Resultat? Die ganze Nacht lang warf ich mich von einer Seite auf die andere und wälzte mich im Bett herum, da mir durch den Kopf spukte, was alles schiefgehen konnte und wie unser Schwindel hätte auffliegen können. Wenn das erst einmal passierte, dann würden die Menschen Genaueres wissen wollen, und dann würde die Wahrheit über Paul und mich samt all der Sünden der Vergangenheit ans Licht kommen. Nicht nur Pearl und ich würden in Ungnade fallen, sondern auch die Tates würden ruiniert sein. Die Risiken waren gewaltig. Ich war sicher, daß Paul sich ebenso genau wie ich darüber im klaren war, doch er war entschlossen, mit mir verbunden zu bleiben, selbst dann, wenn unsere Verbindung diese bizarre Form annahm.

Als ich am Morgen aufwachte, glaubte ich, es sei alles nur ein Traum gewesen, bis Paul an meine Tür klopfte und den Kopf hereinstreckte, um mir zu sagen, wir würden kurz nach zwei zum Landhaus der Dumas aufbrechen. Er schätzte, daß die Fahrt zur Ranch knapp drei Stunden dauern würde. Ein Schauer der Sorge lief mir über den Rücken. Ich stand auf und begann mit den Vorbereitungen. Von Kopf bis Fuß zitternd, lief ich durch das Haus und dachte darüber nach, was ich mitnehmen sollte und was nicht. Ich begriff, daß ich fast alles hierlassen mußte, da sich mein Geschmack in puncto Kleidung gewaltig von Gisselles Geschmack unterschied, doch ich beschloß, meinen Schmuck und die Erinnerungsstücke mitzunehmen, die mir am kostbarsten waren. Von Pearls Sachen packte ich möglichst viel ein, aber doch nicht genug, um Verdacht zu erregen. Schließlich gaben wir vor, nur für ein paar Tage wegzufahren.

Als ich Pearls Sachen zusammenfaltete und in ihren kleinen Koffer packte, überlegte ich, was für ein seltsames Gefühl es für mich sein würde, so zu tun, als sei ich nur ihre Tante und nicht etwa ihre Mutter. Pearl war noch so klein, daß die Leute annehmen würden, es sei auf ihre Verwirrung zurückzuführen, wenn sie mich Mommy nannte. Für den Moment konnte ich behaupten, es sei einfacher, es dabei zu belassen. Wovor mir graute, das war ein späterer Zeitpunkt, wenn sie alt genug war, um das alles zu verstehen. Dann würde ich ihr die Wahrheit sagen und erklären müssen, warum ihr Vater und ich all das getan hatten und warum ich den Namen meiner Schwester angenommen hatte. Unwillkürlich machte ich mir Sorgen, inwieweit sich ihre Meinung über uns dann ändern würde.

Den Vormittag verbrachte ich damit, mit Pearl durch Cypress Woods zu laufen und mir alles so haarscharf einzuprägen, als würde ich es niemals wiedersehen. Ich wußte, daß in meinen Augen alles anders aussehen würde, wenn ich hierher zurückkam. Dieser Ort würde dann nicht mehr mein Zuhause sein, sondern das meiner Schwester; ein Ort, an den man zu Besuch kam und den ich angeblich nicht leiden konnte. Ich würde mich benehmen müssen, als sei mir das Bayou so fremd wie China, denn genauso hatte Gisselle auf diese Gegend reagiert.

Das schien mir am schwersten zu sein: so tun zu müssen, als sei mir das Bayou verhaßt. Ganz gleich, wie lange ich auch übte, ich war sicher, daß ich nicht überzeugend wirken würde. Gewiß würde mein Herz es mir nicht erlauben, über die Welt zu spotten und zu jammern, in der ich aufgewachsen war, die Welt, die ich mein Leben lang geliebt hatte.

Während Pearl ihren Mittagsschlaf hielt, ging ich in mein Atelier, um die Dinge, an denen ich hing, einzulagern und vor der Zerstörung durch die Zeit und durch Unachtsamkeit zu bewahren. Als meine Schwester Gisselle würde ich nur heimlich zeichnen und malen können. Sowie sich die Nachricht herumsprach, daß Ruby invalide, nicht bei vollem Bewußtsein und geistig beeinträchtigt sei, könnten die neuen Gemälde nicht mehr an die Galerie übergeben werden. Ich tröstete mich jedoch damit, daß ich schließlich weniger wegen des Ruhmes und des Geldes malte, sondern in erster Linie um der inneren Befriedigung willen, die ich daraus schöpfte.

Paul kam zum Mittagessen nach Hause, und es war eine harte Prüfung für uns beide. Keiner von uns rückte direkt mit der Sprache heraus, doch wir wußten, daß das die letzte Mahlzeit war, die wir als Mann und Frau gemeinsam einnehmen würden. Es war wichtig, daß wir uns vor dem Personal nicht auffällig anders verhielten. Dennoch muß es ausgesehen haben, als ob wir einander ständig über den Tisch hinweg musterten; als hätten wir uns gerade erst kennengelernt und keiner von uns wüßte, wie er ein Gespräch anfangen soll. Zweimal begannen wir gleichzeitig einen Satz.

»Sprich weiter«, sagte er auch beim zweiten Mal.

»Nein, diesmal bist du dran«, beharrte ich.

»Ich wollte dir versichern, daß ich für den Zustand deines Ateliers sorgen werde. Es wird immer sauber und aufgeräumt sein. Vielleicht macht ihr einmal Urlaub hier, du und Beau, und dann kannst du dich heimlich nach oben schleichen und ein Weilchen arbeiten, wenn du magst. Ich werde einfach behaupten, die Werke seien fertiggestellt worden, ehe Ruby so schrecklich krank geworden ist.«

Ich nickte, obwohl ich nicht glaubte, daß es jemals dazu kommen würde. Obwohl es Gisselle war, die sich die Gehirnentzündung zugezogen hatte, war es ein seltsames Gefühl, über mich selbst als diejenige zu sprechen, die ernstlich erkrankt war. Einen Moment lang malte ich mir die ersten Reaktionen aller aus, Reaktionen, die ich selbst nicht sehen würde, weil ich zu diesem Zeitpunkt bereits fort wäre. Ich nahm an, daß Pauls Schwestern außer sich sein würden. Seine Mutter würde wahrscheinlich überglücklich sein, doch ich glaubte, seinen Vater würde es traurig machen. Trotz der Gefühle, die Gladys Tate für mich hegte, waren er und ich recht gut miteinander ausgekommen. Für das Personal würde es ein harter Schlag sein. Ich war sicher, daß Tränen fließen würden.

Sowie sich die Neuigkeiten im Bayou ausbreiteten, würden alle Menschen, die mich kannten, mich tief bemitleiden. Viele von Grandmère Catherines Freundinnen würden in die Kirche gehen und eine Kerze für mich anzünden. Während ich mir diese Szenen ausmalte, eine nach der anderen, beschlich mich Schuldbewußtsein, weil ich im Begriff war, all diesen Kummer hervorzurufen, der nur auf einem enormen Schwindel basierte. Schlaff fiel ich in meinem Stuhl zurück.

»Ist alles in Ordnung mit dir?« fragte Paul, nachdem das Geschirr abgeräumt worden war.

»Ja«, sagte ich, doch die Tränen brannten unter meinen Lidern, und eine Woge von Glut nach der anderen stieg in meinem Gesicht auf. Plötzlich hatte das Zimmer die Temperatur eines Backofens. »Ich bin gleich wieder da«, stieß ich aus und sprang abrupt auf.

»Ruby?«

Ich rannte aus dem Eßzimmer und in eines der Bäder, um mir kaltes Wasser auf die Wangen und die Stirn zu spritzen. Als ich mich selbst im Spiegel betrachtete, sah ich, daß jegliches Blut aus meinem Gesicht gewichen und ich schneeweiß geworden war.

»Für das, was du jetzt tust, wirst du bestraft werden«, warnte ich mein Spiegelbild. »Vielleicht wirst auch du eines Tages ernstlich erkranken.«

In meinem Innern herrschte Aufruhr. Sollte ich einen Riegel

vorschieben und diesen Schritt bleibenlassen, ehe es zu spät war?

Es wurde leise an die Tür geklopft.

»Ruby. Beau ist am Telefon«, sagte Paul. »Ist alles in Ordnung mit dir?«

»Ja. Ich komme gleich, Paul. Danke.«

Ich benetzte mein Gesicht noch einmal mit kaltem Wasser, trocknete es eilig ab und ging dann ins Büro, damit ich ungestört telefonieren konnte.

»Hallo.«

»Paul hat gesagt, dir ginge es nicht besonders gut. Ist alles in Ordnung mit dir?«

»Nein.«

»Du willst aber jetzt keinen Rückzieher mehr machen, oder doch?« fragte er, und seine Stimme überschlug sich aus Furcht vor einer Enttäuschung. Ich holte tief Atem. »Es ist alles bereit«, fügte er hinzu, ehe ich etwas auf seine Frage erwidern konnte. »Den Kombi habe ich wie einen Krankenwagen ausgerüstet, damit wir sie nach Cypress Woods fahren und als dich ausgeben können. Ich werde euch in Pauls Wagen folgen und ihm dabei helfen, sie ins Haus zu tragen. Er ist doch noch bereit, mitzumachen?«

»Ja, Beau, aber... was ist, wenn ich es nicht kann?«

»Du schaffst das schon. Du mußt es tun. Ruby, ich liebe dich, und du liebst mich, und wir haben eine Tochter, die wir gemeinsam aufziehen sollten. So ist es uns bestimmt. Wir haben eine Chance, gegen das Schicksal zu siegen. Laß diese Chance nicht ungenützt verstreichen. Ich verspreche dir, immer an deiner Seite zu sein. Ich werde alles dazu beitragen, daß es mit uns klappt.«

Da seine Worte mir neue Kraft gaben, spürte ich, wie ich die Fassung wiedergewann. Das Blut kehrte in mein Gesicht zurück, und mein Herz hörte auf zu rasen.

»In Ordnung, Beau. Wir kommen.«

»Gut. Ich liebe dich«, sagte er und legte auf. Ich hörte direkt im Anschluß noch ein weiteres Klicken und begriff, daß Paul unser Gespräch mit angehört hatte. Ich würde ihn nicht in Verlegenheit bringen, indem ich ihm zu verstehen gab, daß ich es wußte. Er ging, um allerletzte Kleinigkeiten zu erledigen, und ich holte Pearl aus dem Bett und fütterte sie. Hinterher ging ich mit ihr in mein Zimmer, um dort zu warten. Mein kleiner Koffer und die Handtasche nahmen sich neben der Frisierkommode kläglich aus. Ich nahm kaum etwas mit, rief mir jedoch ins Gedächtnis zurück, daß ich noch weniger mitgebracht hatte, als ich das erste Mal ins Bayou zurückgekehrt war.

Ich wurde immer unruhiger. Die Minuten erschienen mir wie Stunden. Als ich aus dem Fenster schaute, sah ich Wolken von Südwesten her nahen. Die Wolkenmauer wurde ständig dichter. Der Wind nahm an Stärke zu, und ich erkannte, daß sich ein Sturm zusammenbraute. Ein böses Omen, dachte ich. Ich zitterte und schlang meine Arme um den Oberkörper. Verschwor sich die Natur mit dem Bayou, um mich von diesem Schritt abzuhalten? Ich wußte, daß Grandmère Catherine etwas in dieser Art geäußert hätte, wenn sie in dem Moment an meiner Seite gewesen wäre. Blitze zuckten, und das Brüllen des Donners schien das Haus bis in die Grundfesten zu erschüttern.

Kurz nach zwei kam Paul an meine Tür und schaute hinein. »Bist du soweit?«

Ich sah mich noch ein letztes Mal um und nickte. Meine Knie schlugen gegeneinander und mein Bauch kam mir wie eine leere Höhle vor, doch ich nahm Pearl auf den Arm und bückte mich, um meine Tasche hochzuheben.

»Die nehme ich schon«, sagte Paul und griff danach, ehe ich dazu kam. Er sah mir in die Augen, um meine tiefsten und wahren Gefühle zu ergründen, doch ich wandte eilig den Blick ab.

»Du wirst das alles hier vermissen, Ruby«, sagte er und

durchbohrte mich mit einem Blick, der hart wie ein Diamant war. »Ganz gleich, wie sehr du dir auch einredest, daß du es nicht vermissen wirst – es wird dazu kommen. Das Bayou ist ebensosehr ein Teil von dir wie von mir. Deshalb bist du hierher zurückgekommen, als du in Schwierigkeiten gesteckt hast«, sagte er.

»Es ist schließlich nicht so, als käme ich nie wieder hierher, Paul.«

»Sowie der Austausch durchgeführt worden ist und wir unsere Rollen eingenommen haben, wird es dir allerdings unmöglich sein, jemals wieder als Ruby hierher zurückzukommen«, rief er mir unmißverständlich ins Gedächtnis zurück.

»Ich weiß«, sagte ich.

»Du mußt ihn wirklich lieben, wenn du all das tust, um mit ihm zusammenzusein«, sagte er, und seine Stimme triefte vor Neid. Als ich keine Antwort darauf gab, seufzte er und schaute einen Moment lang zum Fenster hinaus auf die Wasserläufe. Der arme Paul, dachte ich. Ein Teil von ihm hätte gern gegen Beau und mich getobt und gewütet, doch der Teil von ihm, der mich liebte, verhinderte das und erfüllte ihn mit Frustration.

»Vergiß, was ich gerade gesagt habe«, murmelte er. »Wenn er dich schlecht behandelt, dich betrügt oder wenn sonst etwas Unerwartetes passiert, werde ich Mittel und Wege für deine Rückkehr finden«, versprach er mir. Dann wandte er sich zu mir um und starrte mich gebannt an. »Ich würde die Welt auf den Kopf stellen, um dich wieder an meiner Seite zu haben«, fügte er hinzu.

Verhielt er sich deshalb so kooperativ? fragte ich mich. Weil er für mich dasein wollte, falls etwas schiefgehen sollte? Tief in meinem Innersten wußte ich, daß Paul mich niemals aufgeben würde, ganz gleich, was er auch sagte oder tat.

Er ging in Pearls Zimmer, um den Koffer mit den Dingen zu holen, die ich für sie eingepackt hatte. Dann liefen wir alle eilig die Treppe hinunter.

Es hatte zu regnen begonnen, und daher mußten wir das monotone Hin und Her der Scheibenwischer auf der Fahrt über uns ergehen lassen. Als wir von der langen Auffahrt auf die Straße einbogen, drehte ich mich ein letztes Mal um und warf einen Blick auf das prachtvolle Haus. Unser aller Leben beinhaltet die verschiedensten Formen des Abschiednehmens, dachte ich. Wir können uns von Menschen verabschieden, die wir lieben, von Menschen, die wir fast unser ganzes Leben lang gekannt haben, aber wir können uns auch von Orten verabschieden, und besonders hart ist der Abschied von Orten, die zu einem Teil dessen geworden sind, wer und was wir selbst sind. Ich hatte schon einmal vom Bayou Abschied genommen, schon einmal gedacht, ich würde nie mehr zurückkehren, aber ich hatte immer fest daran geglaubt, daß es noch dasselbe wie früher für mich sein würde, wenn ich dorthin zurückkehrte. Auf eine ganz merkwürdige Art hatte ich das Gefühl, diesmal auch das Bayou zu verraten, und ich fragte mich, ob ein Ort wohl ebensowenig gewillt sein konnte zu verzeihen wie ein Mensch.

Der Regen fiel in Strömen. Trotz der Schwüle durchströmte ein winterliches Gefühl meinen Körper, und ich erschauerte. Ich sah nach Pearl, doch sie schien sich behaglich und wohl zu fühlen.

»Ist es nicht komisch, wie weit wir gehen, um mit jemandem zusammensein zu können, den wir zu lieben glauben«, sagte Paul plötzlich in einem zärtlichen Tonfall. »Ein erwachsener Mann benimmt sich wie ein kleiner Junge, und ein kleiner Junge tut, was er kann, um wie ein erwachsener Mann zu wirken. Wir setzen unseren Ruf aufs Spiel, opfern unsere weltliche Habe, widersetzen uns unseren Eltern und handeln sogar unseren religiösen Überzeugungen zum Trotz. Für einen Moment dessen, was wir für den Himmel auf Erden halten, handeln wir unlogisch und dumm und tun Dinge, die unklug und sinnlos sind.«

»Ja«, sagte ich. »Alles, was du sagst, ist wahr, aber trotzdem hält es uns nicht davon ab, diese Dinge zu tun.«

»Ich weiß«, erwiderte er erbittert. »Das verstehe ich besser, als du glaubst. Ich weiß, daß du mich nie wirklich verstehen konntest, und du hast auch nie voll und ganz eingesehen, warum ich unbedingt mit dir zusammensein wollte, aber ich habe den Eindruck, daß du meine Gefühle für dich jetzt zu schätzen weißt.«

»Ja, allerdings«, sagte ich.

»Das ist auch gut so. Weißt du, warum, Ruby?« Er sah mich mit eisigen Augen an. »Weil du nämlich eines Tages zurückkommen wirst.« Das sagte er mit einer solchen Überzeugungskraft, daß ich ein Frösteln in meinem Herzen spürte. Dann bogen wir auf die Schnellstraße ein und beschleunigten, flogen mit einer Wildheit, die mir den Atem verschlug, meiner neuen Bestimmung entgegen.

Pearl schlief während der Fahrt ein. Sie schlief meistens im Wagen. Zwei Stunden nach unserem Aufbruch begannen die Regenwolken weiterzuziehen, und vereinzelte Sonnenstrahlen durchdrangen die hellere Wolkenschicht. Paul folgte der Wegbeschreibung, die Beau ihm am Telefon gegeben hatte, und weniger als eine Stunde später hatten wir die Straße gefunden, die zur Ranch führte.

Das Hauptgebäude des Komplexes, den Daphne ihre Ranch genannt hatte, sah eher aus wie ein Schlößchen. Es hatte ein steil abfallendes Walmdach, Zinnen, Giebel und Türme. Die Metallornamente, die die Dachfirste zierten, waren kunstvoll geschmiedet. Sowohl die Fenster als auch die Tür waren Rundbögen. Rechts daneben standen zwei kleine Häuschen für die Angestellten und die Hausverwalter, und noch weiter rechts, mindestens tausend Meter weit entfernt, standen die Ställe mit den Reitpferden und eine Scheune. Das Anwesen bestand aus weitläufigen Feldern mit vereinzelten bewaldeten Flächen und einem Bach, der durch das nördliche Ende floß.

Wie ein Landschlößchen in Frankreich war das Haus von wunderschönen Gärten umgeben und hatte zwei Laubengänge auf dem Rasen vor dem Haus, aber auch Bänke, Stühle und steinerne Brunnen. Als wir eintrafen, war das Hausmeisterehepaar emsig damit beschäftigt, Hecken zu schneiden und Unkraut zu jäten. Es waren ältere Leute, und beide blickten nur einen Moment lang neugierig auf, ehe sie sich ihrer Arbeit so schnell wieder zuwandten, daß man hätte glauben können, jemand hätte mit einem Peitschenhieb die Luft zerteilt.

Beau stand schon in der Tür, ehe wir unseren Wagen auch nur geparkt hatten. Er bedeutete uns mit Gesten, schnell ins Haus zu kommen. Pearl schlief noch, und ihre Lider flatterten kaum, als ich sie in meine Arme nahm, um Paul zum Haus zu folgen. Beau trat zurück und lächelte mich zärtlich an.

»Ist alles in Ordnung mit dir?« fragte er.

»Ja«, sagte ich, obwohl ich mich plötzlich wie betäubt fühlte.

Paul und Beau musterten einander einen Moment lang, und dann wurde Beau sehr ernst und kniff die Augen zusammen, die sich verfinstert hatten.

»Wir sollten uns besser beeilen«, sagte er.

»Geh du voraus«, erwiderte Paul mit scharfer Stimme.

Wir betraten das Château. Es hatte eine kleine Eingangshalle, die mit Wandbehängen drapiert und mit großen Landschaftsgemälden ausgeschmückt war. Die Einrichtung des Hauses war eine Mischung aus modernen Gegenständen und demselben französischen Provinzialstil, durch den sich auch das Haus in New Orleans auszeichnete. Das Licht war gedämpft, die Gardinen vor den Fenstern zugezogen. Alles war in Schatten getaucht, insbesondere der Treppenaufgang. Wir eilten nach oben.

»Laßt uns zuerst einen Platz für Pearl finden«, schlug Beau vor und führte uns augenblicklich in ein Kinderzimmer. »Das hier ist Gisselles altes Kinderbettchen«, sagte er. »Anscheinend hat Daphne von Zeit zu Zeit Gäste mit Kindern hierher eingeladen. Sie hat ja nur zu gern die Gastgeberin gespielt, der es an nichts mangelt«, sagte er und schaute mich hämisch an.

Pearl gab ein Wimmern von sich, als ich sie in das Bettchen legte. Ich wartete einen Moment lang, weil ich sehen wollte, ob sie aufwachen würde, doch sie seufzte nur und drehte sich auf die Seite. Dann wandte sich Beau an Paul.

»Es ist mir gelungen, eine Bahre für uns aufzutreiben. Niemand weiß etwas oder hegt auch nur den geringsten Verdacht«, versicherte er mir. »Geld beschwichtigt Neugier.«

»Damit sind noch nicht alle Probleme gelöst«, betonte Paul und richtete den Blick auf mich. Ich schlug die Augen nieder, und Beau nickte, ohne etwas darauf zu erwidern. Er führte uns aus dem Kinderzimmer. Wir folgten ihm in die herrschaftliche Suite. In dem riesigen Doppelbett mit dem Betthimmel und mit der Steppdecke bis zum Kinn wirkte Gisselle winzig. Ihr Haar breitete sich auf dem Kissen aus, und ihr Teint war kalkweiß.

»Sie liegt jetzt meistens im Koma und kommt nur zwischendurch halbwegs zu sich«, erklärte Beau.

»O Beau. Sie gehört wirklich in ein Krankenhaus«, stöhnte ich.

»Paul kann sie in ein Krankenhaus einliefern lassen, falls sein Arzt ihm dazu rät. Mein Arzt war nicht der Meinung, daß sich dadurch etwas ändert, solange ihr gute Pflege zukommt.«

»Darum werde ich mich kümmern«, sagte Paul und heftete den Blick auf Gisselle. »Ihr wird die bestmögliche Pflege zuteil werden.«

»Dann laßt uns jetzt gleich aufbrechen«, sagte Beau, der offenkundig darauf versessen war, die Dinge in Angriff zu nehmen, ehe es sich einer von uns anders überlegte. Paul nickte und trat an das Bett, um Beau zu helfen, Gisselle auf die Bahre zu heben. Beau beugte sich vor und packte sie unter den Achseln. Ihre Lider flatterten, öffneten sich jedoch nicht, als er sie hochhob und bis zur Bettkante zog. Dann nickte er Paul zu, der Gisselles Beine packte. Sie legten sie auf die Bahre. Sie trug ein weißes Baumwollnachthemd mit Rüschenärmeln und einem blauen Blumenmuster auf dem Mieder. Ich war ganz sicher, daß Beau es ausgesucht hatte, weil er wußte, daß ich etwas Derartiges tragen würde.

Er deckte sie mit einer Decke zu und sah mich dann an. »Wir müssen die Eheringe austauschen«, sagte er. »Ich habe ihr meinen bereits abgezogen.«

Er reichte ihn mir. Er fühlte sich heiß in meinen Fingern an. Ich schaute Paul an, der mich mit einem Ausdruck von großer Neugier beobachtete. Es war, als musterte er mich ständig, weil er genau sehen wollte, was ich tat und wie mir dabei zumute war. Ich wandte mich ab und drehte meinen Ring. Der Finger war leicht angeschwollen, und der Ring ließ sich nicht gleich abziehen.

»Laß kaltes Wasser darüberlaufen«, riet mir Beau. Er wies mit einer Kopfbewegung auf das Bad. Ich sah Paul wieder an. Es schien ihn zu freuen, daß ich Schwierigkeiten damit hatte, mich symbolisch von ihm loszulösen.

Das Wasser half, und der Ring ließ sich abziehen. Beau steckte ihn Gisselle eilig an.

»Sonst noch irgendwelche Ringe?« fragte er mich.

»Nein. Keinen, den ich ständig trage.«

»Sie hat ihren Schmuck so oft gewechselt, daß niemand sich daran erinnern würde, was sie im Lauf der Zeit getragen hat, abgesehen von ihrem Ehering.« Er begann, die Bahre zur Tür zu schieben, doch dann blieb er stehen.

»Ich werde den Kombi vor das Haus fahren und direkt vor der Haupttreppe parken. Wartet hier auf mich.« Er eilte aus dem Zimmer und lief die Treppe hinunter.

Paul sah einen Moment auf Gisselle, stieß dann einen tiefen Seufzer aus und schaute mich an. »Tja, jetzt machen wir anscheinend Ernst«, sagte er.

Mein Herz pochte so schnell, daß ich keine Luft bekam. »Tu alles, was der Arzt sagt, Paul«, sagte ich zu ihm.

»Das brauchst du mir nicht zu sagen. Natürlich werde ich alles für sie tun.« Nach kurzem Zögern fügte er hinzu: »Ich habe bereits mit einem Arzt über die Symptome gesprochen.«

»Ach, wirklich?«

»Ja, heute morgen. Mit einem Arzt in Baton Rouge.«

»Und?«

»Sie könnte wieder gesund werden«, sagte er und heftete den Blick auf mich. Jetzt verstand ich. Das also war seine Hoffnung: Wenn Gisselle wieder gesund würde, wäre ich gezwungen, nach Cypress Woods zurückzukehren.

Es lag mir auf der Zungenspitze, diesem Austausch von Identitäten ein Ende zu bereiten.

»Bleib einen Moment bei ihr«, sagte er, ehe ich eine Bemerkung äußern konnte. Er ging nach unten, um mit Beau zu reden. Als ich mit meiner kranken Zwillingsschwester allein war, trat ich an die Bahre und nahm ihre kalte Hand in meine.

»Gisselle«, flüsterte ich. »Ich weiß nicht, ob du mich hören kannst und ob nur deine Augen geschlossen sind, dein Verstand dagegen arbeitet, aber du sollst wissen, daß ich nie etwas getan habe, um dir zu schaden. Und ich werde auch jetzt nichts tun, um dir zu schaden. Selbst in deiner schlechten körperlichen Verfassung muß dir klar sein, daß das Schicksal sich eingemischt und über unser Los entschieden hat. Es tut mir leid, daß du so krank bist. Ich habe nichts dazu beigetragen, daß diese Krankheit dich befallen hat. Es sei denn, du willst behaupten, meine Liebe zu Beau sei so groß, daß ich die Geister wachgerufen und zu dem Entschluß bewogen habe, daß wir beide zusammengehören. Ich weiß, auch du glaubst in deinem tiefsten Innern fest daran, daß er und ich zusammengehören.«

Ich beugte mich vor und küßte sie auf die Stirn. Im nächsten Moment hörte ich Beau und Paul die Treppe heraufkommen.

»Schieb sie einfach auf den oberen Treppenabsatz«, wies Beau Paul an. »Dann klappe ich die Beine der Bahre zusammen, und wir tragen sie nach unten.«

»Seid vorsichtig«, warnte ich die beiden.

Zu zweit mühten sie sich auf der Treppe ab, doch es gelang ihnen, Gisselle schnell nach unten zu schaffen. Beau klappte die Füße der Bahre und die Räder wieder auseinander, und sie rollten sie zur Tür. Ich starrte ihnen nach, folgte ihnen aus dem Haus und beobachtete, wie sie die Bahre hinten in den Wagen luden. Beau schloß die Tür, und die beiden sahen sich nach mir um. Im nächsten Moment kam Paul auf mich zu.

»Ich vermute, wir müssen jetzt Abschied nehmen... zumindest für eine Weile«, sagte er. Er beugte sich vor, um mich zu küssen. Ich sah ihm nach, als er zu dem Kombi schlenderte.

»Ich komme zurück, so schnell es geht«, versprach mir Beau.

»Beau.« Ich packte seine Hand. »Er glaubt, daß sie vollständig genesen wird und wir eines Tages unsere wahre Identität wieder annehmen müssen.«

Beau schüttelte den Kopf. »Mein Arzt hat mir versichert, daß es dazu nicht kommen wird.«

»Aber...«

»Ruby, jetzt ist es zu spät für eine Umkehr«, sagte er. »Aber mach dir keine Sorgen. Es ist uns so bestimmt.« Auch er küßte mich und ging dann zu Pauls Wagen. Ehe er einstieg, kehrte er jedoch eilig noch einmal zu mir zurück. Ich hielt den Atem an, da ich dachte, er hätte sich entschlossen, einen Rückzieher zu machen. Doch dem war nicht so.

»Fast hätte ich es vergessen. Nur für alle Fälle«, sagte er, »das Hausverwalterehepaar heißt Gerhart und Anna Lenggenhager. Sie sprechen beide mit einem so ausgeprägten deutschen Akzent, daß du wahrscheinlich die meiste Zeit nur die Hälfte verstehen wirst, aber mach dir keine Sorgen. Gisselle hat nie auch nur ein Wort mit ihnen geredet, es sei denn, um sie anzuschreien und ihnen Befehle zu erteilen. Sie hatte nicht die Geduld, auch nur zu versuchen, die beiden zu verstehen. Aber es sind nette Leute. Das Hausmädchen heißt Jill, und der Name der Köchin ist Dorothea. Ich habe Anweisungen hinterlassen, daß dir das Abendessen in der Suite serviert wird. Niemand wird sich etwas dabei denken. Gisselle hat oft oben in der Suite gegessen.«

»Und was ist mit Pearl?«

»Sag Jill einfach nur, was sie ihr bringen soll. Sie wissen alle, daß wir den Besuch unserer Nichte erwartet haben. Und mach dir keine Sorgen. Niemand wird dir Fragen stellen. Ich habe mich um alles gekümmert«, versicherte er mir. Dann gab er mir noch einen Kuß und ging wieder zum Wagen.

Ich stand da und beobachtete, wie sie losfuhren. Als ich den Blick nach links wandte, sah ich, daß Gerhart und Anna mich anschauten. Sie wandten sich eilig von mir ab und gingen zu ihrem Häuschen. Mit pochendem Herzen betrat ich wieder das Haus. Ich spielte mit dem Gedanken, mich hier umzusehen, beschloß dann aber, statt dessen nach oben zu Pearl zu gehen und mich abzusichern, daß sie nicht inzwischen wach geworden war und sich in einem fremden Zimmer wiedergefunden hatte. Sie hätte sich sicher geängstigt. Selbst mich ängstigte schließlich die Erkenntnis, daß ich hier war.

Als Jill kurze Zeit darauf nach oben kam, um sich Anweisungen erteilen zu lassen, konnte ich ihr an den Augen ansehen, daß sie sich vor Gisselle fürchtete. Pearl war wach, und ich hatte sie zu mir in die Suite geholt. Jill klopfte so leise an, daß ich sie beim ersten Mal gar nicht hörte.

»Ja?« rief ich. Sie öffnete langsam die Tür und kam kaum einen Meter weit in den Raum hinein. Sie war ein großes, dünnes Mädchen mit einem vogelartigen Gesicht – ein kleiner Mund, eine lange Nase und tiefliegende Augen. Ihr dunkelbraunes Haar war kurz geschnitten.

»Dorothea wüßte gern, ob Madame heute abend etwas Besonderes wünscht.«

Ich zögerte einen Moment lang, da ich begriff, daß ich mich jetzt zum ersten Mal einem anderen Menschen gegenüber als meine Schwester Gisselle ausgab. Daher malte ich sie mir deutlich aus und erinnerte mich wieder daran, wie sie immer angewidert das Gesicht verzog, wenn Hausangestellte mit einer Frage oder einer Bitte an sie herantraten.

»Ich hätte gern eine leichte Mahlzeit. Einfach nur Huhn und Reis mit einem kleinen Salat und eiskaltem Wasser«, erwiderte ich so beiläufig wie möglich. Dann wandte ich eilig den Blick ab.

»Und das Kind?«

Ich erteilte ihr die Anweisungen für Pearls Mahlzeit ebenso schroff, und sie nickte, zog sich eilig zurück und schien froh zu sein, daß das alles war. Was für ein Ungeheuer Gisselle doch gewesen sein muß, dachte ich. Ich war bestimmt nicht in der Lage, mich so wie sie zu benehmen.

Später, als sie uns das Essen nach oben brachte und den Tisch deckte, wagte es Jill, Pearl anzulächeln, die sie mit großem Interesse musterte. Gleich danach warf sie jedoch einen furchtsamen Blick auf mich, da sie damit rechnete, ausgescholten zu werden, weil sie sich soviel Zeit ließ oder weil sie sich einen Moment lang hatte ablenken lassen. Es kostete mich Kraft, kein Wort zu sagen, aber das fiel mir immer noch leichter als der Versuch, ekelhaft zu sein.

»Wünschen Sie sonst noch etwas, Madame?« fragte sie.

»Im Moment nicht.« Ich wollte mich gerade bedanken, ließ es dann jedoch bleiben, da mir wieder einfiel, daß Gisselle dieses Wort so gut wie nie benutzte, und wenn sie jemals »danke« sagte, dann war es sarkastisch gemeint. Jill rechnete auch gar nicht erst mit Dank. Sie hatte sich bereits abgewandt und war dabei, die Suite zu verlassen.

Ich hatte keinen großen Appetit, war aber derart nervös, daß mein Magen sich anfühlte, als sei dort ein kleiner Vogel eingesperrt und flattere mit den Flügeln. Ich hielt es für das beste, ihm etwas zu tun zu geben. Obwohl das Essen wirklich köstlich war, aß ich rein mechanisch und war zu nichts anderem in der Lage, als mich immer wieder zu fragen, was wohl gerade geschah und wie Paul und Beau damit zurechtkamen, Gisselle in Cypress Woods einzuquartieren. Ich malte mir den Schock auf den Gesichtern aller aus, wenn Paul sagte, es sei etwas passiert und sie hätten beschlossen, mich schleunigst zurückzubringen. Ich saß auf glühenden Kohlen, bis ich endlose Stunden später Schritte auf der Treppe hörte. Als ich die Tür öffnete, sah ich Beau nach oben eilen. Er nahm zwei Stufen auf einmal und lächelte, als er mich erblickte.

»Es ist alles in Ordnung«, sagte er eilig und schnappte nach Luft. »Alles ist gutgegangen. Deine Hausangestellten haben es voll und ganz geschluckt.« Er nahm meine Hände in seine. »Willkommen in deinem neuen Leben, Mrs. Andreas, in dem Leben, das uns von Anfang an bestimmt war.«

Ich sah ihm in die Augen und dachte: Ja, ich bin Mrs. Andreas, Mrs. Beau Andreas.

Er umarmte mich und preßte mich einen Moment lang eng an sich, ehe er mich auf die Stirn küßte und dann seinen Mund auf meine Lippen gleiten ließ.

Unsere erste gemeinsame Nacht als Ehepaar war keineswegs so romantisch, wie wir beide es erwartet hatten. Trotz seiner Beteuerungen, daß alles in Ordnung sei, war Beau von diesen Höllenqualen emotional so ausgelaugt wie ich. Nachdem wir eine Zeitlang miteinander im Bett gelegen und uns umarmt und geküßt hatten, gestand er ein, wie angespannt und nervös er diesem Austausch gegenübergestanden hatte.

»Ich war nicht sicher, ob Paul es wirklich tun würde«, sagte er. »Um ehrlich zu sein, ich habe mehr oder weniger erwartet, daß er alles bewußt sabotiert. Vor allem nach dem, was du mir vor unserer Abfahrt noch gesagt hast. In dem Moment ist mir erst richtig klargeworden, wie ungern er dich verliert«, sagte er.

»Ehe ihr Gisselle nach unten in den Wagen getragen habt, ist er aus dem Haus gegangen, um mit dir zu reden. Was hat er dir gesagt?« fragte ich.

»Du meinst wohl, wovor er mich gewarnt und womit er mir gedroht hat.«

»Wieso das? Was hat er gesagt?«

»Er hat gesagt, er spielt das alles nur mit, weil er der Überzeugung ist, daß es das ist, was du willst und wovon du glaubst, daß es dich glücklich macht. Wenn er aber auch nur ein negatives Wort über unsere Beziehung hören würde und ich auch nur das Geringste dazu beitragen würde, dich unglücklich zu machen, würde er den Austausch öffentlich bekanntgeben und unseren Schwindel aufdecken. Er hat mir versichert, daß ihn sein eigener Ruf und die möglichen Konsequenzen nicht interessieren. Ich glaube ihm. Erzähl ihm also bloß nichts Schlechtes über mich«, sagte Beau mit einem matten Lächeln.

»Ich werde ihm nichts Schlechtes über dich berichten können, Beau.«

»Nein. Ganz bestimmt nicht«, versprach er mir. Er küßte mich noch einmal und fing an, mich zu streicheln, aber ich war erschöpft und immer noch viel zu nervös.

»Laß uns die Flitterwochennächte aufsparen, bis wir in New Orleans sind«, beschloß er.

Ich nickte, und wir umarmten uns, bis wir beide einschliefen.

Unser Plan bestand darin, augenblicklich nach New Orleans zurückzukehren und zu erklären, meiner Schwester Ruby sei etwas Fürchterliches zugestoßen, weshalb wir uns vorübergehend um ihr Kind kümmern müßten. Niemand schien besonders großen Anstoß daran zu nehmen, daß wir das Château so abrupt verließen. Ich glaubte sogar ganz im Gegenteil, einen Ausdruck von Erleichterung auf den Gesichtern von Gerhart und Anna zu sehen und echte Freude in Jills Gesicht.

Auf der Rückfahrt nach New Orleans teilte Beau mir mit, daß er sämtliche Dienstboten im Hause Dumas entlassen hatte.

»Oh, nein«, sagte ich, weil sie mir leid taten.

»Das ist schon gut so.« Er lächelte. »Keiner von ihnen war besonders begeistert darüber, Gisselle bedienen zu müssen, und ich habe jedem einzelnen von ihnen eine Abfindung von sechs Monatslöhnen gezahlt. Es ist besser, mit neuen Leuten anzufangen. Das macht es für dich um vieles leichter«, sagte er. Dem mußte ich zustimmen.

Für mich war die Rückkehr in das Haus der Dumas vielleicht der schwierigste Aspekt unseres Täuschungsmanövers. In New Orleans war es teilweise bedeckt, und die Sonne zeigte sich nur von Zeit zu Zeit mit spärlichen Strahlen. Die Schatten, die die dichten Wolken warfen, ließen die Straßen unter den langen Baldachinen aus Eichenlaub dunkler wirken, und selbst der zauberhafte Garden District mit seinen vornehmen und kostspieligen Häusern und den luxuriösen Gärten erschien mir bedrückend und deprimierend.

Alle Fenster des prächtigen Hauses waren dunkel; die Fensterläden der elfenbeinfarbenen Villa, in der mein Vater einst glücklich gewesen war, waren geschlossen. Ohne reges Treiben im Haus selbst oder auf dem Grundstück wirkte das Anwesen so verlassen und menschenleer, daß mir das Herz in der Brust bei dem Anblick so schwer wie ein Bleiklumpen wurde. Als wir vor der Freitreppe vorfuhren, rechnete ich fast damit, daß Daphne in der Tür auftauchen und eine Erklärung dafür verlangen würde, was wir hier zu suchen hatten. Es erschien jedoch niemand; nichts rührte sich, abgesehen von einem grauen Eichhörnchen, dessen Neugier durch unser Eintreffen geweckt worden war.

»Jetzt sind wir zu Hause«, stellte Beau fest. Ich nickte und richtete den Blick auf die gefliesten Treppenstufen und die Eingangstür. »Entspann dich«, sagte er und nahm meine Hand. Er schüttelte sie so heftig, als könne er die Nervosität aus meinem Körper herausschütteln. »Wir werden blendend zurechtkommen.«

Ich zwang mich zu einem Lächeln und schaute hoffnungsvoll in seine Augen, die so blau wie ein Sommerhimmel waren und vor Aufregung leuchteten. Wieviel war doch seit jenem ersten Tag passiert, an dem ich aus dem Bayou fortgelaufen war und er mich gesehen hatte, wie ich vor dem prachtvollen Haus stand, es verwundert anstarrte und beklommen dem ersten Treffen mit meinem Vater entgegensah. Jetzt schien es mir eine noch größere Ironie des Schicksals und vielleicht sogar noch prophetischer zu sein, daß Beau mich damals irrtümlich für Gisselle gehalten und geglaubt hatte, sie hätte sich für einen Faschingsball als das arme Mädchen vom Lande verkleidet.

Beau holte unser Gepäck aus dem Wagen, und ich nahm Pearl auf den Arm. Sie schaute sich neugierig nach allen Richtungen um. Ich gab ihr einen Kuß auf die Wange.

»Das hier wird dein neues Zuhause sein, Schätzchen. Ich hoffe, dir bringt es mehr Glück, als es mir bisher gebracht hat.«

»Ganz bestimmt«, gelobte Beau. Er lief vor uns her zur Haustür und schloß sie auf. Dann schaltete er eilig die Kronleuchter an, denn der unfreundliche Himmel ließ die große Eingangshalle kalt und dunkel wirken. Das Licht brachte den pfirsichfarbenen Marmorboden zum Funkeln und fiel auf die Deckenmalerei, die Gemälde und den enormen Wandteppich, auf dem ein großartiger französischer Palast, umgeben von Gärten, abgebildet war. Pearl riß die Augen vor Erstaunen weit auf. Sie sah sich gründlich um, klammerte sich jedoch fest an mich.

»Hier entlang, Madame«, rief Beau. Seine Stimme hallte durch das leere Haus. Während er vor uns herlief, schaltete er alle Lampen an, an denen wir vorbeikamen. Ich folgte ihm eilig die elegant geschwungene Treppe mit dem weichen Teppich auf den Stufen und dem schimmernden Mahagonigeländer hinauf.

Trotz der feudalen antiken Möbel, der kostbaren Wandbehänge und der geräumigen Zimmer hatte ich mich in diesem prachtvollen Haus nie zu Hause gefühlt. Als ich gekommen war, um hier zu leben, war ich eine Fremde aus einem fremden Land gewesen, und jetzt, in diesem Augenblick, fühlte ich mich noch fremder hier als damals. Als ich die Villa zum ersten Mal von innen zu sehen bekommen hatte, hatte ich sie mehr als ein Museum und weniger als ein Wohnhaus empfunden. Da nun noch die bitteren und traurigen Erinnerungen hinzugekommen waren, würde es mich jetzt eine noch größere Anstrengung kosten, diesem Haus Behaglichkeit und Wärme zu verleihen und mich hier willkommen und geborgen zu fühlen.

»Ich dachte, du möchtest vielleicht dein früheres Zimmer in Pearls Kinderzimmer umwandeln«, schlug Beau vor. Er öffnete die Tür zu meinem ehemaligen Zimmer und trat zurück, und dabei grinste er wie eine zufriedene Katze.

»Was?«

Ich schaute hinein. Dort standen bereits ein Kinderbettchen, das Pearls Bett in Cypress Woods ähnelte, eine passende Wikkelkommode und ein kleiner Tisch mit einem winzigen Stuhl. Mir sprang vor Erstaunen der Mund auf.

»Wie hast du das gemacht?«

»Ich bin direkt nach unserem Gespräch nach New Orleans gefahren und habe einem Möbelhändler den doppelten Preis dafür bezahlt, daß er hier alles für sie einrichtet«, sagte er. »Dann bin ich schleunigst wieder zur Ranch zurückgefahren.«

Ich schüttelte verwundert den Kopf. »Ich will, daß es sich bewährt«, sagte er zärtlich, aber doch entschlossen. »Für uns alle.«

»O Beau.« Tränen traten in meine Augen. Pearl schien glücklich zu sein. Sie war schon ganz begierig darauf, ihre neue Umgebung zu erkunden.

»Ich werde ein paar Anrufe machen und den Ball ins Rollen bringen, damit wir neues Personal bekommen. Die Agentur wird Bewerber für die Stelle des Butlers, des Hausmädchens und der Köchin schicken.«

»Was werden die Leute denken, wenn sie hören, daß alle Dienstboten von hier fortgegangen sind?«

»Nichts. Es kommt wohl kaum unerwartet. Ich bin sicher,

daß sie ohnehin schon oft genug Klagen über Gisselle gehört haben. Nach Daphnes Tod und Bruce' Verschwinden aus dem Haus ist sie so tyrannisch und brutal mit den Leuten umgesprungen, daß mir das Personal leid getan hat. Tatsächlich mußte ich betteln und flehen, damit uns nicht sämtliche Hausangestellten kündigen.« Er unterbrach sich. »Gisselle und ich haben die Suite von Daphne und Pierre übernommen«, sagte er. »Warum richtest du dich nicht gleich dort ein?« schlug er vor.

Ich nahm Pearl wieder auf den Arm und folgte ihm durch den Korridor. In der Suite war kaum etwas verändert worden. Das große Himmelbett und die Samtvorhänge vor den Fenstern waren geblieben. Die Frisierkommode dagegen war das reinste Chaos, und auf das Sofa waren achtlos Kleidungsstücke geworfen worden.

»Gisselle war nicht gerade eine besonders ordentliche Frau. Sie hat Besitz nicht zu würdigen gewußt, weil sie ohnehin ständig alles weggeworfen und durch neue Sachen ersetzt hat. Darüber haben wir ständig miteinander gestritten«, sagte Beau. Die Kleiderschranktür stand offen, und ich konnte ihre enormen Mengen von Kleidern, Röcken und Blusen sehen, die teilweise schlampig aufgehängt, teilweise von den Bügeln gefallen waren und auf dem Boden des Kleiderschranks lagen.

»Gisselle wird einige bemerkenswerte Veränderungen in ihren Charakterzügen durchmachen«, sagte ich.

Beau lachte. »Aber bloß nicht zu schnell«, warnte er mich.

Das Telefon läutete, und wir sahen es beide an.

»Wir brauchen nicht ranzugehen«, sagte er.

»Es könnte Paul sein. Irgendwann muß ich anfangen, ans Telefon zu gehen. Warum also nicht gleich, Beau. Wenn ich das Ganze nicht durchstehe, sollten wir es besser gleich wissen.«

Er nickte und beobachtete mich besorgt, als ich auf das Telefon zuging.

»Warte«, sagte er. »Falls es eine ihrer Freundinnen sein

sollte, dann weiß ich wenigstens, welche von ihnen es ist.« Er nahm den Hörer ab. »Hallo.« Er hörte zu. »Ja, sie steht gerade neben mir. Es ist Pauline«, sagte er und hielt mir den Hörer hin. »Sie kann ziemlich gemein sein«, flüsterte er.

Ich nickte und nahm den Hörer mit zitternden Fingern entgegen. »Hallo.«

»Gisselle? Ich habe auf der Ranch angerufen, und dort hat man mir gesagt, du seist nach New Orleans gefahren. Ich dachte, ihr bleibt noch eine Woche dort. Ich habe Peter dazu überredet hinzufahren. Ich dachte, du gibst eine Party«, jammerte sie. »Was für ein Glück, daß ich beschlossen habe, dich vorher noch mal anzurufen. Ich hätte sonst völlig umsonst den weiten Weg gemacht. Was ist passiert? Warum hast du mich nicht angerufen?« erkundigte sie sich erbost.

Ich holte tief Atem, erinnerte mich daran, wie meine Schwester am Telefon redete, und erwiderte: »Was bist passiert? Nichts weiter, nur eine Katastrophe.«

»Was!« rief Pauline aus.

»Meine Schwester ist zu Besuch gekommen und von Moskitos gebissen worden«, erklärte ich, als sei es das Verschulden meiner Schwester.

»Und das soll eine Katastrophe sein?«

»Sie hat sich ... Beau, wie heißt diese blöde Krankheit, die sie sich geholt hat?«

Er lächelte mich an.

»Irgendwas mit Enzepha«, sagte ich, nachdem ich so getan hatte, als hörte ich ihm zu. »Sie liegt im Koma, und ich mußte das Baby mit nach Hause nehmen.«

»Das Baby?«

»Das Baby meiner Schwester.«

»Du kümmerst dich um ein Baby?« fragte sie erstaunt.

»Nur so lange, bis ich jemanden dafür engagiert habe«, sagte ich mißmutig. »Warum?«

»Nur so. Schließlich weiß ich, wie du zu Kindern stehst.«

»Du weißt absolut nichts über mich, Pauline«, fauchte ich und ahmte Gisselles Tonfall blendend nach.

»Wie bitte?«

»Schon gut.«

»Ich meinte doch nur...«

»Ich weiß, was du gemeint hast. Sieh mal, ich habe im Moment nicht genug Zeit, um sie damit zu vergeuden, am Telefon Blödsinn zu quatschen. Ich habe jetzt eine große Verantwortung zu tragen.«

»Tut mir leid. Ich werde dich nicht länger stören.«

»Prima. Tschüs«, sagte ich und legte den Hörer auf.

»Das war einfach unglaublich«, sagte Beau. »Einen Moment lang habe ich geglaubt, du seist Gisselle und ich hätte in Wirklichkeit Ruby nach Cypress Woods zurückgebracht.«

Sogar Pearl sah mich mit verwirrter Miene an.

Ich atmete erleichtert auf. Vielleicht, dachte ich, würde es gar nicht so schwer werden, wie ich es mir vorgestellt hatte. Beau war sogar tatsächlich derart von meiner Darbietung beeindruckt, daß er beschloß, wir sollten in eines der guten Restaurants gehen, die er und Gisselle häufig besuchten, damit die gute Gesellschaft von New Orleans die Geschichte so schnell wie möglich erfuhr.

Ein leiser Anflug von Panik machte sich in meinem Magen breit.

»Beau, sollen wir das wirklich tun? Vielleicht ist es noch zu früh dafür.«

»Unsinn«, sagte er voller Zuversicht. »Du richtest dich hier ein und suchst dir etwas zum Anziehen aus, etwas, was typisch für Gisselle ist«, betonte er, »und ich kümmere mich um ein paar geschäftliche Angelegenheiten. Willkommen zu Hause, Liebling«, sagte er und küßte mich zart auf die Lippen. Mein Herz flatterte, als er eilig die Suite verließ und ich mich der Garderobe meiner Schwester zuwandte.

12.
Körperlich ein Double

Unser erster Abend als Beau und Gisselle Andreas war ein großer Erfolg. Ich trug eines von Gisselles trägerlosen Kleidern mit einem enganliegenden Mieder. Beau lachte, als er meine Reaktion auf mein eigenes Spiegelbild sah. Fast all ihre Kleider hatten denselben tiefen Ausschnitt und zeigten mehr, als mir lieb war.

»Deine Schwester ist immer bis hart an die Grenzen gegangen, wenn es sich darum gedreht hat, was gesellschaftlich akzeptabel ist und was nicht«, sagte Beau. »Ich glaube, sie hat es genossen, die gute Gesellschaft zu entrüsten.«

»Tja, aber mir macht das keinen Spaß.«

»Trotzdem siehst du ganz bezaubernd aus«, sagte er und trat mit einem sinnlichen Lächeln auf dem Gesicht einen Schritt zurück. Er lachte. »Es gab nichts, was Gisselle größeren Spaß gemacht hat, als ein elegantes Restaurant zu betreten und zu sehen, wie sich vor Erstaunen sämtliche Köpfe nach ihr umdrehen.«

»Ich werde so fürchterlich erröten, daß jeder sofort weiß, wer ich in Wirklichkeit bin.«

»Sie werden alle nur glauben, das sei Gisselles neuester Trick, um zu flirten«, erwiderte Beau.

Es drehten sich tatsächlich Köpfe um, als wir das Restaurant betraten. Beau trug Pearl auf dem Arm, die in dem kleinen Matrosenanzug, den wir ihr gekauft hatten, ganz entzückend aussah. Ich versuchte, mir Gisselles Arroganz und ihr großspuriges Auftreten vorzustellen, doch als die Leute mir in die Augen sahen, verwischten sich sämtliche Gesichter. Alles verschwamm vor meinen Augen, und ich schlug instinktiv den Blick nieder. Es schien jedoch keiner der Bekannten von Beau und Gisselle, die wir trafen, auch nur den leisesten Verdacht zu schöpfen. Jegliche Nervosität und jedes untypische Verhalten, das sie an mir wahrnahmen, schrieben sie der derzeit so tragischen Situation zu. Gisselle ließ andere immer gern wissen, wieviel sie durchmachte. Dennoch fiel mir auf, daß die meisten Leute mehr Mitgefühl mit Beau hatten als mit mir, und ich begriff schnell, daß die Leute, die mit Beau und Gisselle befreundet waren, in erster Linie seinetwegen diesen Umgang pflegten.

Beau nannte geschickterweise zur Begrüßung jeden einzelnen bei seinem Namen, ehe ich etwas sagen mußte.

»Marcus! Lorraine! Wie geht es euch?« rief er zum Beispiel einem Paar entgegen, als es auf den Tisch zukam.

»Wem gehört denn dieses süße Kind?« fragte fast jeder.

»Meiner Schwester«, erwiderte ich daraufhin mit einem affektierten Lächeln. »Aber für den Moment trage ich die Verantwortung, wenn nicht gar bis in alle Ewigkeit.«

»Ach?«

Das führte dazu, daß Beau die Umstände erklärte. Falls überhaupt jemand Mitgefühl mit mir hatte, dann ausschließlich wegen dieser neuen Last, die ich jetzt zu tragen hatte.

»Wie du deutlich sehen kannst«, sagte Beau auf dem Heimweg zu mir, »sind Gisselles Freundschaften oberflächlich und aufgesetzt. Mir ist schon früher immer aufgefallen, daß sie und ihre Freundinnen einander nie wirklich zugehört oder sich viel daraus gemacht haben, was die jeweils andere sagt.«

»›Gleichfarbige Schlangen fühlen sich zueinander hingezogen‹, hat Grandmère früher immer gesagt«, berichtete ich ihm.

»Genauso ist es.«

Meine Premiere in der Rolle meiner Schwester hatte uns solchen Auftrieb gegeben, daß wir uns beschwingt und fröhlich fühlten, als wir nach Hause zurückkehrten. Beau hatte für den kommenden Tag Hausangestellte zu Vorstellungsgesprächen ins Haus bestellt, da er hoffte, so bald wie möglich neues Personal engagieren zu können. Ich legte Pearl in ihrem neuen Bettchen und neuem Zimmer schlafen und überlegte mir, wie wunderbar es doch war, daß sie das Zimmer bekommen würde, das früher einmal mir gehört hatte. Mein Vater war so stolz darauf gewesen und hatte sich so sehr über meine begeisterte Reaktion auf die Einrichtung und den Ausblick auf unser Grundstück und die Gärten gefreut. Für mich war es damals die Tür in ein Wunderland gewesen. Hoffentlich würde das auch für Pearl der Fall sein.

Beau näherte sich mir von hinten, legte mir die Hände auf die Schultern und preßte die Lippen auf meinen Nacken.

»Fühlst du dich jetzt besser?« fragte er liebevoll.

»Ja.«

»Und auch ein bißchen glücklich?«

»Ein bißchen«, kam ich ihm entgegen.

Er lachte und drehte mich zu sich um, um mich lange und leidenschaftlich zu küssen. Dann spielte ein kleines Lächeln um seine wunderschön geformten Lippen. »Ich muß schon sagen, daß dein Anblick heute abend wirklich sehr sexy war.«

»Nicht vor dem Baby«, schalt ich ihn zärtlich, als seine Finger die Verschlüsse meines Kleides fanden und er begann, es mir von den Schultern zu ziehen. Er lachte und hob mich hoch, um mich in unsere Suite zu tragen. Nachdem er mich sanft auf das Bett gelegt hatte, trat er mit einem seltsamen Lächeln zurück.

»Was ist?« fragte ich.

»Laß uns so tun, als sei das wirklich unsere erste gemeinsame Nacht als Mann und Frau, unsere Hochzeitsnacht. Wir haben noch nie miteinander geschlafen. Wir haben einander angefaßt und lange und heftige Küsse ausgetauscht, aber ich habe immer Achtung vor dir gehabt, als ich um dich geworben habe, und du hast immer gesagt, wir sollten noch damit warten. Tja, und jetzt sind wir verheiratet, und daher ist es jetzt an der Zeit«, kündigte er an.

»O Beau...«

Er kniete sich hin und legte einen Finger auf meine Lippen. »Sag nichts«, sagte er. »Worte sind jetzt unangebracht.«

Ich saß stumm da, als er mir das Kleid behutsam herunterzog. Er küßte meine Schultern, die jetzt in dem weichen Licht des Vollmonds schimmerten, der durch unser Schlafzimmerfenster schien. Er öffnete den Verschluß meines BH und zog ihn mir aus. Einen Moment lang sah er mich einfach nur an. Mein Herz pochte so heftig, daß ich glaubte, er könne das Hämmern unter meiner Brust sehen. Langsam hob er die Hände und streichelte mich. Ich stöhnte und ließ mich auf die weichen flauschigen Kissen zurücksinken. Mit geschlossenen Augen lauschte ich dem Rascheln seiner Kleidungsstücke. Ich lag ganz ruhig da, während er mich gänzlich entkleidete und wenige Momente später seinen nackten Körper mit meinem vereinte.

Seltsam, welche Macht Illusionen doch über uns haben, dachte ich, denn wir liebten uns tatsächlich, als sei es das erste Mal. Jeder Kuß, jede Berührung war neu. Wir entdeckten unbekannte Dinge am anderen und lauschten seinem Stöhnen und seinem schweren Atem, als hätten wir es nie zuvor vernommen. Unsere Leidenschaft war so groß und so tief, daß sie mich zu Tränen der Ekstase trieb. Wir erklärten einander immer wieder unsere Liebe und berührten damit unser tiefstes Innerstes.

Es erschöpfte uns, aber auf eine ekstatische Art, und hinterher waren wir beide müde, aber tief zufrieden. Sämtliche Probleme und Schwierigkeiten, die uns bevorstanden, wurden bedeutungslos. Unser Liebesakt gab uns das Gefühl, unangreifbar zu sein, denn eine derart großartige Romanze mußte gewiß Segen und Schutz finden. Diese Liebe war unsterblich, unzerstörbar und unbezwingbar. Wir hielten einander in den Armen, als wir einschliefen, in eine Decke von Zuversicht gehüllt, und meine Träume trugen mich auf Schwingen der Phantasie davon.

Als am frühen Morgen, noch ehe Pearl erwachte, das Telefon läutete, waren wir verblüfft. Beau stöhnte. Im ersten Moment hatte ich vergessen, wo ich war. Ich blinzelte verwirrt und wartete darauf, daß meine Erinnerung meine Sinne einholte. Beau tastete nach dem Telefon und setzte sich mit Mühe auf.

»Hallo«, sagte er mit rauher Stimme. Er hörte so lange wortlos zu, daß meine Neugier wach wurde, ich mir den Schlaf aus den Augen rieb und mich neben ihm aufsetzte.

»Wer ist es?« flüsterte ich.

Er hielt die Hand über die Muschel. »Paul«, erwiderte er und hörte dann wieder zu. »Gut. Du hast das Richtige getan. Halte uns weiterhin auf dem laufenden. Nein. Sie schläft noch«, fügte er hinzu und schaute mich aus großen Augen fest an. »Ich werde es ihr sagen. Genau. Danke.« Er legte den Hörer auf.

»Was ist?«

»Er hat gesagt, sein Arzt hätte ihm geraten, Gisselle ins Krankenhaus zu bringen. Zu einer Computer-Tomographie. Sein Arzt hat dieselbe Diagnose gestellt wie meiner, aber was den Ausgang betrifft, ist er weniger pessimistisch.«

»Wie hat sie die Nacht verbracht?« fragte ich.

»Paul sagt, sie sei zeitweilig bei Bewußtsein gewesen, hätte aber derart unzusammenhängendes Zeug geredet, daß niemand Verdacht schöpfte.«

»Was wird jetzt passieren, Beau?«

»Ich weiß es nicht. Mein Arzt hat sich so eindeutig zu ihrer Verfassung geäußert.« Er dachte einen Moment lang nach. »Ich glaube nicht, daß bei diesen Untersuchungen etwas herauskommen wird.«

»Ich will ihr nicht Krankheit und Tod wünschen müssen, Beau. Ich könnte nicht glücklich werden, wenn ich wüßte, daß mein Glück auf diesem Wunsch beruht.«

»Ich weiß. Es spielt keine Rolle, was du ihr wünschst. Glaube mir«, sagte er zuversichtlich. »Darauf hat keiner von uns mit seinen Wünschen Einfluß, noch nicht einmal Paul«, fügte er hinzu. »Eigentlich könnte ich gleich aufstehen und den Tag beginnen.« Er stand auf, doch ich blieb noch dort sitzen.

Es lag schon immer in der Natur des Morgens, die Menschen zu ernüchtern, dachte ich. Das Sonnenlicht brachte die Realität mit sich und löschte den Zauber aus, den wir im Mondschein und unter den Sternen erlebten. Ich hörte Pearl schreien und stand auf. Das Gefühl von Zaghaftigkeit setzte wieder ein.

Es war eine ganze Weile her, seit ich das letzte Mal in einer Küche gestanden hatte, aber mit dem Kochen und dem Backen verhielt es sich für mich wie mit dem Fahrradfahren. In dem Moment, in dem ich mich darauf einließ, fiel mir sofort alles wieder ein, und ich bereitete uns nicht nur das Frühstück zu, sondern machte mich auch an die Vorbereitungen für ein Gumbo zum Mittagessen. Beau war nicht sicher, ob er zum Mittagessen würde kommen können.

»Seit der Nachlaß geregelt ist und Bruce verschwunden ist, verwalte ich die Dumas Enterprises«, erklärte er mir. »Gisselle hat natürlich kaum mehr getan, als Schecks einzulösen und Geld auszugeben. Geschäfte haben sie schon immer gelangweilt.«

»Paul hat unsere gesamten geschäftlichen Angelegenheiten abgewickelt«, sagte ich, »aber ich hätte nichts dagegen, mich daran zu beteiligen und dir ein echter Partner zu sein.«

Er schüttelte den Kopf.

»Warum nicht?« fragte ich.

»Jeder, der für uns arbeitet, weiß, wie Gisselle ist.«

»Sag ihnen, das, was meiner Schwester zugestoßen ist, hätte mich einen plötzlichen Sinneswandel durchmachen lassen. Sag ihnen… ich hätte zur Religion gefunden.«

»Zur Religion? Gisselle? Das würde kein Mensch glauben, ma chère.«

»Dann sag ihnen eben, ein Voodoozauber sei über mich gesprochen worden«, schlug ich vor, halb im Scherz und halb im Ernst.

Beau lachte. »Einverstanden. Wir werden uns etwas einfallen lassen, um dein neu erwachtes Interesse zu erklären. Wir werden jedoch behutsam und Schritt für Schritt vorgehen müssen, um keinen Verdacht zu erregen. Bis dahin werde ich tun, was getan werden muß. Ich habe drei Vorstellungsgespräche für heute nachmittag vereinbart, das erste um zwei. Es kommen Bewerber für den Posten des Butlers, des Hausmädchens und der Köchin.«

»Ich könnte alle Mahlzeiten für uns kochen«, sagte ich.

»Gisselle könnte kein Wasser kochen, ohne es anbrennen zu lassen«, rief er mir ins Gedächtnis zurück. Ich kam mir vor wie eine anmutige Tänzerin, die sich plötzlich ungeschickt bewegen soll. All meine Talente mußten im verborgenen bleiben. Beau küßte mich auf die Wange, gab Pearl einen Kuß und eilte ins Büro.

Nachdem er gegangen war, zeigte ich Pearl unser neues Zuhause. Sie war begeistert von unseren Terrassen, den Gärten und Brunnen, doch ganz aufgeregt wurde sie erst, als ich sie in mein früheres Atelier führte. Der vertraute Anblick von Staffeleien, Bilderrahmen, Zeichentischen, Stiften, Ölfarben und Ton ließ sie laut auflachen. Sie klatschte in die Hände, und ich setzte sie auf den Boden und gab ihr Buntstifte und Papier, damit sie sich beschäftigen konnte, während ich begann, mein Atelier neu zu organisieren.

Ich war derart in die Arbeit und in meine Erinnerungen an Bilder vertieft, die ich hier gemalt hatte, daß ich das Pochen an der Fensterscheibe erst nach einer ganzen Weile bemerkte. Es wurde immer lauter, und als ich mich umdrehte, sah ich einen jungen Mann mit lockigem Haar, der mich anlächelte. Er trug eine Jeans und ein kurzärmeliges blaues Hemd, das so weit offenstand, daß ich eine goldene Kette und ein Medaillon auf seiner Brust sehen konnte. Er war schlank, gut einen Meter achtzig groß und hatte ein dunkles Gesicht, hellbraune Augen und sehr helles braunes Haar. Ich schätzte ihn auf etwa vier- oder fünfundzwanzig.

»Mach das Fenster auf«, rief er.

Ich ging langsam auf ihn zu und schob den Riegel zurück.

»Pauline hat mir gesagt, daß du wieder da bist. Warum hast du nicht angerufen?« fragte er und stieg durch das Fenster ins Haus. Ich trat erstaunt zurück, war aber so schockiert und verwirrt, daß ich kein Wort heraus brachte. Sowie er im Atelier stand, legte er mir die Hände auf die Schultern, zog mich an sich, küßte mich leidenschaftlich und stieß seine Zunge tief in meinen Mund. Ich keuchte und riß mich von ihm los.

»Was ist?« fragte er. Dann lächelte er affektiert. »Hat Pauline dir etwas erzählt? Falls sie das nämlich getan hat, dann ist kein Wort davon wahr. Helaine Delmarco war nur für ein paar Tage hier, und ihre Eltern und meine sind wie Verwandte. Ich sehe sie so, wie du deine eigene Schwester sehen würdest.«

»Pauline hat mir nichts erzählt«, sagte ich.

»Ach.« Er hörte Pearl in ihrem Babykauderwelsch vor sich hin plappern, und als er um die Sofaecke herumschaute, sah er sie auf dem Boden sitzen. »Wer ist denn das?«

»Das Kind meiner Schwester. Das ist der Grund dafür, daß wir schon eher zurückgekommen sind. Meine Schwester ist schwer erkrankt. Sie liegt im Krankenhaus. Ich kümmere mich um ihr Baby.«

»Im Ernst? Du hast dich freiwillig angeboten?«

»Nicht direkt freiwillig.«

»Nein«, sagte er lachend. »Das hätte ich mir denken können. Das ist es also. In Ordnung. Wenn das so ist, dann verzeihe ich dir.« Er kam wieder auf mich zu. »Was ist?« fragte er, als ich einen Schritt zurückwich. Er lächelte. »Ich habe das Haus beobachtet und gewartet, um sicherzugehen, daß Beau eine Weile fort ist. Wohin ist er gegangen, ins Büro?«

»Nein, er kommt gleich wieder zurück«, sagte ich.

»Oh. Was für ein Jammer«, murmelte er enttäuscht. »Ich dachte, wir holen die verlorene Zeit wieder auf. Am liebsten hier. Hier haben wir doch schon einmal besonders viel Spaß miteinander gehabt, oder etwa nicht?« sagte er und sah sich mit einem lasziven Lächeln um. »Auf genau diesem Sofa«, fügte er hinzu. »Ich weiß immer noch nicht, warum es dir so wichtig war, daß wir es hier tun. Wenn ich mich recht erinnere, war es nicht gerade besonders bequem. Was nicht heißen soll, daß ich mich darüber beklage«, sagte er.

Seine Enthüllung erstaunte mich derart, daß sich Fassungslosigkeit auf meinem Gesicht ausdrückte.

»Was ist los? Erinnerst du dich nicht mehr? Schläfst du so oft an so vielen verschiedenen Orten mit Männern, daß du es vergessen hast?«

»Ich habe nichts vergessen«, sagte ich mißmutig.

Er nickte und warf noch einen Blick auf Pearl. »Wann sehen wir uns? Kannst du später in meine Wohnung kommen?«

»Nein«, sagte ich schnell, vielleicht zu schnell. Er kniff die Augen zusammen und musterte mich neugierig. Mein Herz pochte so heftig, daß glühende Röte in mein Gesicht aufstieg. Ich wußte, daß meine Wangen knallrot waren.

»Aus irgendwelchen Gründen bist du nicht du selbst.«

»Wärest du etwa unverändert, wenn deine Zwillingsschwester von einer tödlichen Krankheit befallen wäre und du dich um ihr Kind kümmern müßtest, weil ihr Mann außer sich ist?«

»Tödlich? Das tut mir leid. Mir war nicht klar, daß es so ernst ist.«

»Das ist es aber«, fauchte ich.

»Warum engagierst du nicht einfach jemanden, der auf sie aufpaßt?« fragte er nach einem Moment. »Das kann doch kein besonderes Problem sein.«

»Das habe ich vor, aber noch nicht gleich. Ich muß zumindest so tun, als sei ich tief betroffen«, sagte ich.

»Sie ist ein hübsches kleines Mädchen«, sagte er und sah Pearl wieder an. »Aber kleine Kinder sind kleine Kinder.« Er kam wieder auf mich zu, und seine Blicke waren zart und fordernd. Auf seinen Lippen stand ein schelmisches Lächeln. »Du hast mir gefehlt. Hast du mich nicht vermißt?«

»Ich vermisse meine Freiheit«, erwiderte ich.

Diese Antwort gefiel ihm nicht, und er schnitt eine Grimasse. »In der Nacht, bevor ihr abgefahren seid, warst du nicht so gleichgültig. Du hast so laut gestöhnt, daß ich ernstlich dachte, ich würde Probleme mit meinen Nachbarn kriegen.«

»Ach, ja?« sagte ich entrüstet. »Wegen der Nachbarn brauchst du dir jetzt jedenfalls keine Sorgen mehr zu machen. Ab jetzt stöhne ich nur noch zu Hause«, fügte ich hinzu, stemmte die Arme in Giselles Manier in die Hüften und schüttelte den Kopf.

»Was?«

»Du hast mich gehört.« Meine Stimme bekam die Schärfe einer Rasierklinge. »Und jetzt geh, ehe Beau zurückkommt und du deinen Eltern eine Erklärung für deine blauen Flecken abgeben mußt.«

»Was?« Er schüttelte den Kopf. »Es sieht so aus, als seist du hier diejenige mit der tödlichen Krankheit und nicht deine Schwester.«

»Würdest du jetzt von hier verschwinden?« forderte ich ihn schroff auf und deutete auf das Fenster.

Er blieb stehen und lächelte mich dann an. »Du wirst es dir anders überlegen. Du wirst dich langweilen und mich anrufen. Das weiß ich ganz genau.«

»Verlaß dich nicht darauf.«

Meine Reaktion verwirrte ihn. Ich konnte sehen, daß er innerlich darum rang zu begreifen, was hier geschah. Dann schoß ihm eine Theorie durch den Kopf. »Du triffst dich nebenher noch mit jemand anderem, stimmt's?« sagte er vorwurfsvoll. »Wer ist es? Kurt Peters? Nein, mit Kurt würdest du nicht schlafen. Er ist nicht wild genug für dich. Jetzt hab' ich's. Henry Martin, stimmt's?«

»Nein.«

»Klar, es ist Henry.« Er nickte voller Überzeugung. »Mir hätte klar sein sollen, daß es dazu kommt, als du mir gesagt hast, wie süß du ihn findest. Wie ist er? Ist er so aufregend im Bett wie ich?«

»Ich schlafe mit niemand anderem als Beau«, sagte ich, und er warf den Kopf zurück und lachte.

»Du? Mit nur einem einzigen Mann? Daß ich nicht lache. Also, gut«, sagte er und zuckte mit aufgesetzter Gleichgültigkeit die Achseln. »Es war eine schöne Zeit. Carey Littlefield hat mir gesagt, ich sollte nicht zuviel von dir erwarten, und schon gar nicht für eine längere Zeit. Wie du siehst, meine liebe Gisselle, eilt dein Ruf dir voraus. Der einzige, der ahnungslos zu sein scheint, ist dein guter Beau Andreas. Aber vielleicht... vielleicht ist er gar nicht so ahnungslos, wie du glaubst. Vielleicht hat auch er andere Zerstreuungen gefunden.«

»Verschwinde!« schrie ich und deutete auf das Fenster.

»Ich gehe ja schon. Mach dir bloß keine Sorgen.« Er warf noch einen Blick auf Pearl. Sie schaute bestürzt auf und machte ein ängstliches Gesicht, weil ich die Stimme erhoben hatte. »Du solltest besser bald jemanden finden, der sich um das Kind kümmert, ehe du es verdirbst«, sagte er und ging zum Fenster. »*Au revoir,* Gisselle. Ich werde niemals vergessen, wie du gequietscht hast, als ich den kleinen Schönheitsfleck unter deiner Brust geküßt habe«, fügte er hinzu und lachte, als er aus dem Fenster stieg. Er winkte und war so schnell wieder verschwunden, wie er aufgetaucht war. Erst jetzt stieß ich den Atem aus, den ich angehalten hatte. Ich tastete mit der Hand nach dem Sofa und ließ mich darauf fallen.

Meine Schwester hatte Affären mit anderen Männern gehabt, nachdem sie Beau geheiratet hatte. Anscheinend wußte er nichts davon, da er es mir gegenüber mit keinem Wort erwähnt hatte. Wie viele weitere Männer würden um das Haus herumschleichen oder anrufen? Diesmal hatte ich Glück gehabt, aber es konnte gut sein, daß der nächste Mann klarsichtiger war.

Mir hätte klar sein müssen, daß Gisselle sich mit anderen Männern abgab, dachte ich. Sie hatte Beau nur geheiratet, um mir damit eins auszuwischen und um ihn zur Schau zu stellen. Selbst damals, als sie in der High-School mit ihm gegangen war, hatte sie sich nebenbei mit anderen Jungen getroffen. Wer dieser Mann auch sein mochte, der gerade hiergewesen war, er hatte recht. Ein einziger Mann würde Gisselle niemals genügen. Sie dachte ständig daran, was ihr entgehen könnte.

So könnte ich niemals sein, dachte ich. Ihre Freunde würden schon bald darüber reden, wie sehr sie sich plötzlich verändert hatte. Ich hoffte nur, sie waren nicht klug genug, um hinter den wahren Grund zu kommen.

Ich gewann die Fassung wieder und befaßte mich mit der Einrichtung meines Ateliers. Eine gute Stunde später rief Beau an, um zu sagen, er käme doch zum Mittagessen nach Hause.

»Gut«, sagte ich. Er hörte die Anspannung in meiner Stimme.

»Stimmt etwas nicht mit dir?«

»Ich hatte Besuch.«

»Ach? Wer war denn da?«

»Einer von Gisselles geheimen Liebhabern«, enthüllte ich ihm. Er schwieg einen Moment lang.

»Darauf hätte ich dich vorbereiten sollen«, gab er dann zu.

»Du hast davon gewußt?«

»Sagen wir lieber, daß ich den starken Verdacht hatte.«

»Warum hast du mich dann nicht gewarnt?« fragte ich. Sein Schweigen bestätigte meine Theorie. »Du hast dir Sorgen gemacht, daß ich das nicht mitmache, stimmt's?«

»Ja, ein wenig besorgt war ich schon.«

»Du hättest es mir sagen sollen, Beau. Es hätte ein großes Problem werden können.«

»Ich weiß. Es tut mir leid. Was hast du getan? Wie ist es gelaufen? Du hast doch nicht etwa…«

»Natürlich nicht. Ich habe mich verärgert und gleichgültig gegeben, und dann habe ich ihn vertrieben. Er hat mir vorgeworfen, daß ich mit jemand anderem schlafe. Ich weiß noch nicht einmal, wie er heißt.«

»Wie hat er ausgesehen?«

Ich schilderte ihn kurz, und Beau lachte.

»George Denning. Kein Wunder, daß er die ganze Zeit über so nett zu mir war.« Er lachte wieder. »Ich hätte erwartet, daß sie sich jemanden aussucht, der besser aussieht.«

»Stört es dich denn gar nicht, daß du das jetzt erfährst, Beau, und daß sich dein Verdacht bestätigt?«

»Nein«, sagte er. »Denn jetzt habe ich dich, und es gibt keine Vergangenheit mehr. Es gibt nur noch die Gegenwart und die Zukunft.«

»Beau«, fragte ich, ehe er das Gespräch beenden konnte, »hast du dich auch mit anderen Frauen getroffen?«

»Ja«, gestand er. »Mit dir. Oder hast du das vergessen?«

»Ich meinte… andere Frauen.«

»Nein. Ich war vollständig auf dich fixiert, Ruby. Mit Leib und Seele.«

»Komm nach Hause, Beau. Ich bin ein wenig durcheinander.«

»Abgemacht. Ich werde mich beeilen«, sagte er und legte auf.

Bisher hatten wir sämtliche Prüfungen und Risiken überstanden, dachte ich, aber ich war sicher, daß weitere folgen würden. Ich stürzte mich wieder in die Arbeit. Ich wollte beschäftigt sein, damit ich keine Zeit fand, mir Sorgen zu machen, doch beim Mittagessen enthüllte mir Beau, daß wir uns auf die größte aller Herausforderungen vorbereiten müßten.

»Meine Eltern«, kündigte er an. »Sie kommen in zwei Tagen von ihrer Europareise zurück. Wir werden zum Abendessen hingehen müssen.«

»O Beau, sie werden den Unterschied bestimmt bemerken und gleich wissen, woran sie sind. Und du erinnerst dich doch noch daran, wie sehr sie mich verabscheut haben, dank Daphne«, rief ich ihm ins Gedächtnis zurück.

»Sie haben auch keine besseren Antennen als alle anderen«, versicherte er mir. »Nachdem wir geheiratet haben, haben sie nicht mehr viel von uns zu sehen bekommen. Gisselle konnte meine Mutter nicht besonders gut leiden, und mein Vater war für ihren Geschmack zu seriös und zu anständig. Sie hat sich in Gegenwart meiner Eltern unbehaglich gefühlt. Ich könnte an den Fingern abzählen, wie oft wir uns getroffen haben. Und dann war Gisselle normalerweise meistens still und mürrisch. Und allzuoft brauchen wir sie ohnehin nicht zu sehen«, fügte er hinzu, doch mich machte die Vorstellung immer noch nervös, ihnen als Gisselle gegenüberzutreten.

Am selben Nachmittag lernten wir die Anwärter auf den Posten des Butlers, des Hausmädchens und der Köchin kennen. Der Butler war ein echter Engländer, etwa eins siebzig, mit dünnem grauem Haar und grünlichen Augen. Er trug ein dikkes Brillengestell, das ihm immer wieder von seinem knochigen Nasensteg hinunterrutschte, aber er war ein angenehmer Mensch, der offensichtlich für viele gute Familien gearbeitet hatte. Er hieß Aubrey Renner und hatte ein warmes, freundliches Lächeln.

Das Hausmädchen hieß Sally Peterson. Sie war eine große dünne Frau von Mitte Vierzig mit einem langen Gesicht und Augen, die so groß wie Markstücke waren, und einer dünnen Nase, die über ihre schmalen Lippen ragte. Ich sah, daß sie ihre Stellung als Hausmädchen als einen Beruf ansah und nicht als einen Job. Sie erschien mir als eine äußerst verantwortungsbewußte Person, ein wenig hart, aber tüchtig.

Unsere Köchin war eine hellhäutige Terzeronin, die behauptete, sechzig zu sein, doch ich glaubte, daß sie eher auf die Siebzig zuging. Sie nannte sich Mrs. Swann und sagte, sie würde sich heutzutage kaum noch die Mühe machen, Menschen ihren Vornamen zu nennen, da er zu reich für sie klang – Delphinia. Sie war nicht größer als einen Meter sechzig, hatte Arme wie Nudelhölzer und ein pausbackiges Gesicht. Trotzdem konnte ich mir vorstellen, daß sie früher einmal eine sehr hübsche junge Dame gewesen war. Sie hatte große dunkle glänzende Augen, korallenrote Lippen und Zähne wie Perlen. Sie hatte den größten Teil ihres Lebens in den Häusern von zwei reichen kreolischen Familien gearbeitet. Ich hatte das Gefühl, sie hätte sich zur Ruhe gesetzt und dann festgestellt, daß sie sich langweilte.

Sowie das Personal eingestellt worden war, fand Beau, wir sollten jetzt nach einem Kindermädchen für Pearl Ausschau halten, aber mir widerstrebte es, Pearl so schnell mit einem neuen Kindermädchen zu konfrontieren.

»Gisselle täte das auf der Stelle«, rief mir Beau ins Gedächtnis zurück.

Durch eine glückliche Fügung kannte ein Freund von ihm eine Französin, die als Privatlehrerin und Kindermädchen gearbeitet hatte und jetzt ohne Anstellung war. Sie hieß Edith Ferrier. Beau bestellte sie für den nächsten Tag ins Haus. Während des Vorstellungsgesprächs fand ich heraus, daß sie verheiratet gewesen war, aber nur für kurze Zeit. Ihr Ehemann war bei einem Zugunglück gestorben, und nach dieser traumatischen Erfahrung hatte ihr davor gegraut, eine neue Liebesbeziehung einzugehen.

Sie war eine freundliche Frau von vierundfünfzig Jahren mit kurzem schwarzem Haar, das grau meliert war, einem zarten, weichen Mund und warmen, fast traurigen braunen Augen, die bei Pearls Anblick strahlten. Sich um die Kinder anderer Leute zu kümmern und für sie zu sorgen war ihr ganzes Leben, und jedes einzelne von ihnen hatte ihr die Kinder ersetzt, die sie selbst nie gehabt hatte. Pearl begegnete ihr anfangs mit einem gewissen Mißtrauen, aber Mrs. Ferriers beschwichtigende

Stimme und ihr fröhlicher Tonfall weckten ihr Interesse, und innerhalb kürzester Zeit ließ sie sich von ihr zeigen, wie sie ein neues Puzzle aus kleinen Klötzen zusammensetzen mußte.

Beau hatte die Anwärter auf sämtliche Posten getroffen, ehe sie mir vorgestellt worden waren, und hatte ihnen erklärt, daß wir uns um das Kind meiner Schwester kümmern müßten. Es wurden nur wenige Fragen gestellt, und da keiner der Kandidaten meiner Schwester je begegnet war, brauchte ich nicht in ihre Rolle zu schlüpfen. Beau betonte jedem einzelnen gegenüber, daß für ihn Verschwiegenheit, was die Familie und deren Angelegenheiten anging, von größter Bedeutung war. Jeder, der aus der Schule plauderte, würde augenblicklich entlassen werden.

Wir waren beide sehr zufrieden mit den Leuten, die wir engagiert hatten. Es schien, als wären wir auf dem besten Wege, unserem neuen Leben eine klare Linie zu geben. Doch ehe ich auch nur dazu kam, Luft zu holen und mich zu entspannen, erinnerte mich Beau daran, daß seine Eltern eingetroffen waren und das gemeinsame Essen für den folgenden Abend geplant war.

Ich hatte Beaus Eltern nie wirklich kennengelernt, als ich damals in New Orleans gelebt hatte. Meiner Stiefmutter Daphne hatte ich es zu verdanken, daß sie mich von Anfang an wie gewöhnliches Pack behandelt hatten. Es waren Menschen, denen ihr eigener Platz in der guten Gesellschaft sehr am Herzen lag, Leute von der Sorte, deren Namen ständig in der Gesellschaftskolumne und deren Fotos ständig in den Zeitungen auftauchten, weil sie Wohltätigkeitsbälle und andere Veranstaltungen besuchten oder unterstützten.

»Wenn du willst, kannst du etwas anziehen, was eher auf deiner Linie liegt«, sagte Beau zu mir. »Gisselle wußte, wie meine Eltern sind, und sie hat sich zumindest halbwegs bemüht, sich nicht empörend sexy aufzumachen, wenn wir meine Eltern getroffen haben. Daran hätten sie allzu großen Anstoß genommen. Sie hat auch Daphnes Schmuck getragen. Und das Make-up nicht ganz so kräftig aufgetragen.«

»Ich würde lieber meinen eigenen Schmuck tragen. Deinen Eltern wird der Unterschied nicht auffallen.« Ich wollte nichts anrühren, was früher einmal meiner gräßlichen Stiefmutter gehört hatte, obwohl ihre Sachen kostspielig und äußerst elegant waren.

Wir beschlossen, es sei einfacher für uns, wenn wir Pearl zu Hause ließen. Meine Knie schlugen regelrecht gegeneinander, als wir zur Villa der Andreas in der Chestnut Street fuhren. Es handelte sich um eines der berühmten alten Häuser, die in den fünfziger Jahren des neunzehnten Jahrhunderts erbaut worden waren. Es war ein blendendes Beispiel neoklassizistischer Architektur mit zwei Balkonen, ionischen Säulen im Erdgeschoß und korinthischen im oberen Stockwerk. Beau betonte, wie stolz sein Vater auf dieses Haus war und daß er niemals eine Gelegenheit ausließ, die historische Bedeutung dieser Villa im Garden District darzulegen.

»Gisselle hat wenig Interesse an seinen Vorträgen gezeigt und einmal sogar gegähnt, als er sich bis in alle Einzelheiten zu den Fenstern geäußert hat«, sagte Beau.

»Was gibt es da zu wissen? Wenn ich mich an nichts erinnere...«

»Darüber würde ich mir keine Sorgen machen. Gisselle hat bei unseren Gesprächen so gut wie nie zugehört, und meine Eltern haben das gewußt. Mein Vater wird dich nicht herumführen. Er hat Gisselle durch das ganze Haus geführt und war enttäuscht von ihrer Reaktion.«

»Dann konnten sie Gisselle wohl auch nicht viel besser leiden als mich, stimmt's?«

»Nicht allzuviel besser«, sagte er lächelnd. Er war belustigt, aber all das machte mich nur immer nervöser. Wie sollte ich mich benehmen, wenn ich wußte, daß seine Eltern nicht gerade begeistert davon waren, daß er mich geheiratet hatte?

Der Butler ließ uns ein, und wir liefen durch den langen Korridor zum Wohnzimmer, in dem uns seine Eltern erwarteten. Sein Vater, dem Beau weit ähnlicher sah als seiner Mutter, hatte beträchtlich mehr Grau an den Schläfen, seit ich ihn das letzte Mal gesehen hatte. Beau hatte die römische Nase und das ausgeprägte Kinn von seinem Vater geerbt. Er war zwei bis drei Zentimeter größer als dieser, der für sein Alter immer noch eine gute Figur hatte. Heute abend trug er eine weiße Smokingjacke und eine breite schwarze Seidenkrawatte. Sein Gesicht war braungebrannt, was seine tiefblauen Augen um so mehr betonte.

Beaus Mutter, die fast so groß wie sein Vater war, hatte seit dem letzten Mal zugenommen. Ihr Haar hatte nach wie vor diesen ausgebleichten hellen Braunton, es war modisch frisiert und mit Haarfestiger eingesprüht. Sie gestattete sich nie auch nur eine leichte Bräunung ihres Teints, da sie dem Glauben anhing, Sonnenbräune ließe einen Menschen gewöhnlich wirken; wie einen Straßenarbeiter, der die meiste Zeit in der Sonne verbringt. Das Schönste an ihrem schmalen, straffen Gesicht waren ihre smaragdgrünen Augen, die ihr einen gewissen Glanz verliehen.

»Ihr habt euch verspätet«, sagte Beaus Vater, faltete die Zeitung zusammen und stand auf.

»Tut mir leid. Hallo, Mutter«, sagte Beau und ging zu ihr, um ihr einen Kuß zu geben. Sie wandte ihm das Gesicht in einer Weise zu, die es ihm erlaubte, die Lippen auf ihre Wange zu drücken. »Vater.« Er schüttelte seinem Vater die Hand.

»Das ist nur wegen dem Baby«, sagte ich unvermittelt. »Andernfalls wären wir rechtzeitig gekommen.«

»Hast du nicht gesagt, ihr hättet ein Kindermädchen für die Kleine engagiert?« Beaus Mutter richtete diese Frage an ihren Sohn.

»Ja, aber...«

»Sie ist ein verzogenes kleines Mädchen, und ich mußte dabei helfen, sie zu beruhigen«, sagte ich. Für mich war es, als schluckte ich Rizinusöl, aber das waren die Dinge, die man von Gisselle hätte erwarten können.

Beaus Vater zog die Augenbrauen hoch. »Ach, wirklich? Vielleicht macht ihr beide euch jetzt Gedanken darüber, auch bald einmal Kinder zu kriegen. Ich erwarte einen Enkel.«

»Wenn alle Kinder so sind wie das Kind meiner Schwester, dann, glaube ich, gehe ich in ein Nonnenkloster«, sagte ich. Es war fast so, als sei Gisselle in mich hineingeschlüpft, um diese Bemerkungen zu machen. Ein Lächeln spielte auf Beaus Lippen, und seine Augen funkelten vor Freude schelmisch.

»Tja, also, ich glaube, wir sollten jetzt ins Eßzimmer gehen. Das Abendessen ist fertig«, sagte Beaus Vater.

»Was ist diesem Cajun-Mädchen eigentlich zugestoßen?« fragte Beaus Mutter auf dem Weg zum Eßzimmer. Beau erklärte es, so gut es eben ging.

»Und ihr rechnet nicht damit, daß sie sich davon erhoben wird?« fragte sein Vater.

Beau warf mir einen Blick zu, ehe er erwiderte: »Es sieht nicht vielversprechend aus.«

»Und was beabsichtigt ihr, mit dem Kind zu tun? Warum schickt ihr es nicht einfach zu seinem Vater zurück?« schlug Beaus Mutter vor. »Es war doch schon schlimm genug, als Daphne und Pierre damals versucht haben, ein Cajun-Mädchen in ihrem Haus aufzuziehen.«

»Im Moment ist er emotional in einer sehr schlechten Verfassung, Mutter.«

»Gibt es denn nicht eine Cajun-Familie, die sich um sie kümmern kann? Also, wirklich, Beau, du und Gisselle, ihr werdet eines Tages eure eigene Familie haben und...«

»Für den Moment ist es in Ordnung. Nicht wahr, Gisselle?«

»Für den Moment«, sagte ich. Das schien Beaus Mutter zu gefallen.

»Erzählt uns von eurer Europareise«, sagte Beau, und der

größte Teil des Abends verging mit ihren Schilderungen der Sehenswürdigkeiten, die sie sich angesehen hatten. Ehe der Abend endete, entwickelte sich zwischen Beau und seinem Vater eine Diskussion über geschäftliche Angelegenheiten, und seine Mutter fragte mich, ob ich mir gern einige der Dinge ansehen würde, die sie in Europa gekauft hatte.

»Von mir aus«, sagte ich ohne allzu große Begeisterung. Wenn es sich nicht um Dinge handelte, die für sie gekauft worden waren, hätte Gisselle nicht das geringste Interesse an Neuanschaffungen gehabt. Ich folgte seiner Mutter in die herrschaftliche Suite, und dort zeigte sie mir die eleganten neuen Kleider, die sie in Paris gekauft hatte, die Hüte und die Schuhe. Sie berichtete mir stolz, daß sie Dinge gekauft hatte, die hier in New Orleans erst dieses Jahr in Mode kommen würden, und dann überreichte sie mir ein Geschenk.

»Ich dachte, das könnte dir gefallen«, sagte sie. »Wir haben es in Amsterdam für dich gekauft. Das ist der beste Ort, um solche Dinge zu erwerben.«

In dem Schächtelchen fand ich ein Diamantarmband. Es war von einer erlesenen Qualität und, wie ich wußte, sehr kostspielig, aber ich erinnerte mich daran, daß Gisselle nie wirklich zu würdigen wußte, wie teuer solche Dinge waren. Sie nahm das meiste als selbstverständlich hin.

»Es ist hübsch«, sagte ich und streifte es über.

»Hübsch?«

»Ich meine… es ist wunderschön. Danke, Mutter«, sagte ich. Sie machte große Augen. Anscheinend hatte Gisselle sie niemals Mutter genannt. Sie musterte mich neugierig. Ich schluckte schwer, und meine Nervenenden prickelten.

»Ja, nun, es freut mich, daß es dir gefällt«, sagte sie schließlich.

»Ich will es gleich Beau zeigen«, sagte ich, da ich darauf versessen war, nicht zu lange mit ihr allein zu sein. Meine Arme waren von Gänsehaut überzogen.

»Das ist wirklich wunderschön!« rief Beau mit der angemessenen Begeisterung aus. Sein Vater nickte, und seine Mutter wirkte jetzt zufriedener.

Ich verspürte große Erleichterung, als der Abend endlich vorübergegangen war und wir uns auf den Heimweg machten.

»Ich glaube, oben ist mir ein Fauxpas unterlaufen«, berichtete ich Beau unverzüglich. »Ich habe ›Mutter‹ zu deiner Mutter gesagt, nachdem sie mir das Armband geschenkt hat.«

»Ja. Gisselle hat sie nie anders als Madame Andreas oder Edith genannt. Meine Mutter ist nicht der Typ Frau, der leicht mit anderen Frauen warm wird, und Gisselle hat keinerlei Anstrengungen unternommen, ihr eine echte Schwiegertochter zu sein. Aber ich finde, du hast deine Sache sehr gut gemacht.«

»Beim Abendessen habe ich so gut wie kein Wort gesagt.«

»Und genauso hat sich Gisselle auch benommen. Mein Vater ist sehr altmodisch. Er bevorzugte stille Frauen, mit einer Ausnahme... Bei Daphne hat es ihn nicht gestört, weil sie eine so gerissene Geschäftsfrau war. Er war geradezu angetan von ihr. Ich glaube, meine Mutter war ein bißchen eifersüchtig auf sie.«

Ich wollte es nicht laut aussprechen, aber ich fand, Daphne und Beaus Vater hätten ein gutes Paar abgegeben.

»Jedenfalls«, sagte Beau, »ist hiermit der nächste Test bestanden.« Er drückte meine Hand, und seine Augen glänzten vor Glück.

Er hatte recht: Wir kamen damit durch. Aber als wir nach Hause kamen, erwartete uns die Nachricht, wir sollten Paul anrufen.

»Er hat gesagt, es sei dringend, Madame«, erklärte Aubrey.

»Danke, Aubrey. Ich will nur vorher schnell nach Pearl sehen, Beau.« Ich lief nach oben und fand sie schlafend. Mrs. Ferrier kam aus dem angrenzenden Zimmer, um mir zu berichten, es sei alles gutgegangen. Dann ging ich hinunter ins Büro und rief Paul an, während Beau auf dem Sofa saß.

»Es steht schlechter um sie, als wir dachten«, sagte er mit einer Stimme, die so deprimiert und niedergeschlagen klang, daß ich glaubte, einem Fremden zu lauschen. Zudem klangen seine Worte undeutlich, als ob er getrunken hätte. »Mein Arzt sagt, es ist der schlimmste Fall, der ihm je begegnet ist. Sie hat schwere epileptische Anfälle gehabt, und jetzt liegt sie in einem tiefen Koma.«

»Oh, nein, Paul. Und was sagt der Arzt jetzt?«

»Er hat mir gesagt, falls sie es überleben sollte, stehe mit an Sicherheit grenzender Wahrscheinlichkeit fest, daß sie einen dauerhaften Gehirnschaden davontragen und weiterhin unter Epilepsie leiden wird.«

»Wie schrecklich. Was willst du jetzt tun?«

»Was kann ich schon tun? Was könnte einer von uns schon tun? Es ist doch das, was ihr beide euch erhofft habt, du und Beau, oder etwa nicht?« sagte er mit einem ganz und gar untypischen Anflug von Bitterkeit.

»Nein«, sagte ich kleinlaut.

»Was soll das heißen, nein? Hast du mir nicht selbst erzählt, wie du einmal zu einer Voodoo-Mama gegangen bist, damit sie sie verhext?« sagte er. Warum mußte er mir das jetzt ins Gedächtnis zurückrufen?

»Das ist schon lange her, Paul, und ich habe es hinterher augenblicklich bereut.«

»Nun, anscheinend wirkt dieser Zauber noch. Es freut mich für euch beide«, sagte er.

»Paul...«

»Ich muß jetzt aufhören. Ich habe noch zu tun«, sagte er und legte auf, ehe ich ein weiteres Wort sagen konnte.

»Was ist passiert?« fragte Beau, der mich dastehen und den Hörer anstarren sah. Mein Herz pochte heftig, und ich hatte das Gefühl, sämtliches Blut sei aus meinem Gesicht gewichen.

Ich berichtete ihm, was Paul zu Gisselles Zustand gesagt hatte.

»Ich verstehe das nicht. Es hat sich nichts geändert, sondern alles ist genauso, wie ich es ihm von Anfang an geschildert habe.«

»Er hat es nicht geglaubt. Ich weiß, daß er gehofft hat, er könne sie heilen lassen und mich auf diese Art zu sich zurückholen«, sagte ich.

»Was wird er jetzt tun?« fragte Beau.

»Ich weiß es nicht. Er hat einen ganz seltsamen Eindruck auf mich gemacht, Beau. Er wirkte so ganz anders als der Paul, den ich kenne. Ich glaube, er hat etwas getrunken.«

»Er ist uns gegenüber eine Verpflichtung eingegangen«, sagte Beau mit fester Stimme. »Ich werde dafür sorgen, daß er sich an die Abmachungen hält.«

Er sprang eilig auf und umarmte mich, und ich legte den Kopf auf seine Schulter. Er küßte mein Haar und strich zärtlich darüber, während er mich noch einmal küßte und mir beschwichtigende Worte ins Ohr flüsterte.

»Es wird schon alles gutgehen. Jetzt ist alles gut. Es ist uns so bestimmt«, beharrte er, aber Pauls Worte hatten mein Blut gefrieren lassen.

»Ich kann dieses elende Gefühl in der Magengrube einfach nicht loswerden, Beau. Ich liebe dich, und ich will mit dir zusammensein, und ich will, daß Pearl mit dir an ihrer Seite aufwächst, aber es ist, als hänge ständig eine dunkle Wolke über uns, ganz gleich, wie blau der Himmel auch sein mag.«

»Dieses Gefühl wird von selbst vorübergehen«, versprach er mir. »Du mußt dir nur eine Chance geben.«

»Ich glaube, wir sollten nächste Woche besser zu Paul fahren, Beau. Wir hätten Pearl doch ohnehin zu ihm gebracht, damit er sie sehen kann, oder nicht?«

»Ja, vermutlich«, sagte er, doch ich konnte ihm deutlich ansehen, daß diese Vorstellung ihm gar nicht behagte.

In den nächsten Tagen rief ich Paul täglich an, um mich nach dem Stand der Dinge zu erkundigen. Die meiste Zeit war er nicht zu Hause. Die Hausangestellten berichteten mir, er sei im

Krankenhaus und hielte bei Gisselle Wache. Anfangs beantwortete er keinen meiner Anrufe, und als er es dann schließlich tat, wirkte er von Mal zu Mal seltsamer. Als wir das letzte Mal miteinander redeten, hatte ich Mühe, seine Stimme zu erkennen.

»Sie erwacht jetzt nicht mehr aus dem tiefen Koma. Inzwischen redet man davon, sie an eine Maschine anzuschließen, damit sie Luft bekommt, ein Beatmungsgerät«, sagte er mit der Stimme eines Menschen, der ausgelaugt und bar jeglichen Gefühles ist, nur noch eine Hülle seines früheren Ich.

»Paul, du mutest dir zuviel zu. James hat mir gesagt, daß du kaum noch zu Hause bist. Du verbringst Tag und Nacht im Krankenhaus.«

»In einem solchen Moment sollte ein Mann schließlich an der Seite seiner Frau sein, meinst du nicht auch?« fragte er und ließ ein frostiges kleines Lachen auf diesen Satz folgen. »Er sollte an ihrem Bett sitzen, ihr die Hand halten, leise auf sie einreden, betteln und flehen und sie ermutigen, aus dem Koma zu erwachen, wenn schon nicht um seinetwillen, dann doch wenigstens um des Kindes willen. Jeder im Krankenhaus hat dafür Verständnis. Sie haben alle soviel Mitleid mit mir. Die Krankenschwester hat heute sogar selbst geweint. Ich habe gesehen, wie sie sich die Tränen aus dem Gesicht gewischt hat«, sagte er.

Einen Moment lang war es, als sei ich diejenige, die nicht mehr atmen konnte. Ich spürte, wie meine Brust zu Stein wurde und mein Herz darin erstarrte. Ich versuchte, zu schlukken und etwas zu sagen, doch ich konnte es nicht. Ich hörte ihn seufzen.

»Du hast es nie verstanden, stimmt's? Ich meine, nicht wirklich. Du bist verheiratet, aber was ist die Ehe für dich? Eine praktische Verbindung, die deinen eigenen egoistischen Zwekken dient?« sagte er, und seine Stimme klang fast wie das Zischen einer Schlange.

»Paul, bitte...«

»Du solltest sehen, wie klein sie geworden ist, Gisselle. Sie welkt in diesem Bett dahin wie eine Blume, und ihre Schönheit vergeht direkt vor meinen Augen.«

»Was? Wie hast du mich gerade genannt?«

»Weißt du, was ich zu den Leuten sage? Ich sage ihnen, daß die Engel eifersüchtig waren. Sie haben auf uns heruntergeschaut und gesehen, wie vollkommen unsere Liebe war. Selbst der Himmel war weniger vollkommen, und deshalb haben sie aus blankem Neid heraus ein Komplott geschmiedet, um diese Tragödie herbeizuführen. Ist dir diese Vorstellung zu romantisch, Gisselle? Du hast nie einen starken Hang zur Romantik gehabt, stimmt's? Was war ein Mann für dich... ein Partner im Bett, jemand, den du neckst und folterst. Du warst eifersüchtig auf deine Schwester, weil sie die Fähigkeit besessen hat zu lieben und du nicht, stimmt's?

Oh, was für eine elende Geschichte die Eifersucht doch ist. Sie läßt einen von innen heraus verfaulen. Du wirst es ja sehen, Gisselle. Du wirst es selbst sehen. Du tust mir leid, ebenso leid wie all die anderen Frauen auf Erden, die nicht in dem Maß liebesfähig sind, in dem Ruby es gewesen ist.«

Eine Art Taubheit machte sich in meiner Brust breit und löste ein Gefühl von Unwirklichkeit aus. »Paul, warum redest du so mit mir? Steht jemand neben dir? Warum sagst du all diese Dinge?«

»Warum? Weil... weil es mich einfach krank macht, daß die Guten leiden und die Bösen sämtliche Freuden und alles Glück dieser Welt auskosten. Deshalb. Jedenfalls vielen Dank für deinen Anruf. Du hast deine Pflicht getan. Jetzt ist dein Gewissen entlastet, und du kannst dich wieder dem Vergnügen widmen.«

»Paul!«

»Ich bin müde. Ich brauche einen Drink, und dann muß ich versuchen, ein Weilchen zu schlafen. Gute Nacht, Gisselle. Ach, ja, und grüß deinen charmanten lässigen Ehemann von mir. Ich bin sicher, er schätzt sich glücklich, weil seine Frau nicht die Todkranke ist.«

»Paul!« rief ich in das stumme Telefon. Ich stand da und hielt den Hörer in der Hand wie einen toten Vogel. Dann lief ich los, um Beau zu finden. Er saß im Büro, sah sich geschäftliche Unterlagen an und blickte voller Erstaunen auf.

»Was ist passiert?« fragte er augenblicklich.

Ich berichtete ihm von Paul und was er die ganze Woche über getan hatte.

Beau dachte einen Moment lang darüber nach und zuckte dann die Achseln. »Das klingt ganz so, als hätte er die Verantwortung für seine Rolle in vollem Ernst angenommen, und jetzt bringt er eine gute Darbietung. Wir sollten dankbar dafür sein.«

»Nein. Beau. Du verstehst das nicht. Du kennst Paul nicht. Die Dinge, die er zu mir gesagt hat, würde er niemals sagen. Es geht ihm nicht gut. Ich möchte morgen nach Cypress Woods fahren. Wir müssen hinfahren, Beau. Versuch nicht, es mir auszureden!«

»In Ordnung. Wir fahren hin«, sagte er. »Beruhige dich. Bist du ganz sicher, daß er nicht nur einfach mit deinen Gefühlen spielt und sie zu seinem Vorteil nutzt?«

»Das glaube ich nicht. Du machst dir keine Vorstellung davon, wie seltsam er klang, Beau«, sagte ich und sah mit großen angsterfüllten Augen zu ihm auf. »Er hat mich Gisselle genannt und von ihr als Ruby gesprochen.«

»Na und? Genauso hatten wir es doch abgemacht.«

»Aber ich glaube nicht, daß jemand mitgehört hat. Es gab keinen Grund für ihn, mich Gisselle zu nennen.«

Beau dachte einen Moment lang nach. »Vielleicht war er einfach nur betrunken«, sagte er. »Verwirrt.«

»Mir ist es kalt über den Rücken gelaufen«, sagte ich und schlang die Arme um meinen Oberkörper. »Was haben wir getan, Beau? Was haben wir bloß angerichtet?«

»Hör auf«, schrie Beau und sprang von seinem Stuhl auf. Er packte mich an den Schultern, und durch den dünnen Stoff meiner Bluse fühlten sich seine Finger wie Stahl an. »Hör sofort auf damit, Ruby. Du steigerst dich überflüssigerweise in etwas hinein, und damit ist keinem geholfen. Er ist verärgert darüber, daß du jetzt mit mir zusammen bist, und damit kann er nicht gut umgehen. Er wird sich an den Gedanken gewöhnen, und es wird alles so ausgehen, wie wir es erwartet haben. An Gisselles Zustand tragen wir keine Schuld. Es ist passiert, und wir haben lediglich die Gelegenheit beim Schopf ergriffen. Paul war damit einverstanden und hat uns geholfen, es zu ermöglichen. Jetzt tut er sich selbst leid. Das ist ein Jammer, aber es ist zu spät, um einen Rückzieher zu machen, und das wird er begreifen müssen. Er muß sich wieder in den Griff kriegen. Dasselbe gilt für dich«, fügte er streng hinzu.

Ich drängte die Tränen zurück und nickte. »Ja, Beau. Du hast sicher recht. Es tut mir leid, daß ich hysterisch geworden bin.«

»He. Du hast dich phantastisch gehalten. Mir ist klar, unter welchem Druck du gestanden hast, und ich weiß, wie schlimm es für dich ist, aber du darfst jetzt nicht durchdrehen.«

Ich nickte wieder. »Okay, Beau. Es ist schon wieder in Ordnung.«

»Wirklich?«

»Ja.«

Er küßte mich auf die Stirn, drückte mich eng an sich, küßte meine Wangen und strich mir über das Haar. Als er mich ansah, liebkosten mich seine Augen.

»Ich lasse nicht zu, daß etwas passiert, und ich denke gar nicht daran, dich noch einmal zu verlieren, Ruby. Ich liebe dich mehr als alles andere auf der Welt.« Wir küßten uns, dann legte er den Arm um meine Schultern und führte mich aus dem Zimmer. Am Fuß der Treppe küßten wir uns noch einmal. Ich stieg die ersten Stufen hinauf und blieb stehen, um auf ihn hinunterzusehen. Er lächelte mich strahlend an. Ich holte tief Atem und sagte mir, daß er recht hatte. Morgen würden wir zu Paul fahren, und wir würden auch ihn beruhigen.

Es ist uns alles so bestimmt, summte ich vor mich hin, als ich die restlichen Stufen hinaufstieg. Es ist uns alles so bestimmt.

13.
Beinah ertappt

Am späten Vormittag des folgenden Tages, nachdem Beau aus dem Büro zurückgekommen war, brachen wir nach Cypress Woods auf. Ich war tief in Gedanken versunken und schwieg auf der Fahrt die meiste Zeit über. Beau versuchte mich abzulenken, indem er über geschäftliche Angelegenheiten der Dumas Enterprises redete. Kurz bevor wir ankamen, teilte er mir mit, daß Bruce Bristow angerufen und neuerliche Drohungen ausgestoßen hatte, Daphnes frühere unsaubere Geschäfte ans Licht zu bringen, wenn er keine größere Abfindung bekam.

»Was hast du ihm gesagt?« fragte ich.

»Ich habe gesagt, er soll ruhig tun, was er will. Ich habe ihn gezwungen, Farbe zu bekennen. Man hört, daß es ihm nicht besonders gutgeht. Er hat um Geld gespielt und das meiste verloren, was er aus dem Nachlaß an sich bringen konnte. Jetzt droht die Bank damit, seinen Wohnblock zur Zwangsversteigerung zu bringen«, sagte Beau.

»Er wird uns Ärger machen, Beau, wie ein Kieselstein in einem Schuh. Man glaubt, man hätte ihn rausgeschüttelt, doch sowie man weiterläuft, merkt man, daß er noch da ist.«

Beau lachte. »Mach dir keine Sorgen. Diesen Kieselstein schüttele ich aus dem Schuh«, erwiderte er. »Er stellt keine große Herausforderung dar.«

Beaus Arroganz erstaunte mich ein wenig. Ich fürchtete, er hatte zu lange Umgang mit Gisselle gehabt.

Als wir in Cypress Woods vorfuhren, hatte sich der Himmel zugezogen, und es war ein grauer und verhangener Tag. Das

Gefühl von Trostlosigkeit, das sich mir aufdrängte, wurde dadurch verstärkt, daß keinerlei Aktivitäten um das große Haus herum zu erkennen waren. Wo steckten die Gärtner und die Arbeiter? Cypress Woods wirkte auf Besucher immer so geschäftig wie ein Bienenkorb mit seinem hektischen Treiben. Paul war so stolz auf unser Anwesen, daß er keinen Halm Unkraut im Garten geduldet hätte. Sowohl Beau als auch ich bemerkten, daß einige der Ölquellen nicht voll ausgeschöpft wurden. Das Leichentuch, das sich über die Villa im Bayou und ihr spektakuläres Gelände herabgesenkt hatte, war so undurchdringlich wie die Schwüle und fast so drückend.

»Es wirkt wie ausgestorben«, murmelte Beau. Mein Herz sank und begann heftig zu pochen, als wir vor dem Haus anhielten. Pearl war auf ihrem Sitz eingeschlafen. »Ich hole sie«, sagte Beau.

Die Furcht, die ich davor verspürte, als Gisselle nach Cypress Woods zurückzukehren, erwies sich als berechtigt. Plötzlich war ich eine Fremde in meinem geliebten eigenen Haus. Ich würde an der Tür läuten und warten müssen, und man würde mich als eine Außenstehende empfangen. Das Verlangen, die Wahrheit laut hinauszuschreien, würde mein Herz zerspringen lassen. Beau sah meine Angst, und während Pearl auf seiner Schulter schlief, drückte er mir die Hand und lächelte mich beschwichtigend an.

»Sei unbesorgt. Du wirst deine Sache gut machen«, sagte er, doch ich war erfüllt von Unbehagen.

Wir stiegen die Stufen zur Haustür hinauf und läuteten. Wenige Momente später begrüßte uns James.

Seinem Gesichtsausdruck, den dunkleren Augen und den tieferen Falten konnte ich ansehen, daß er sehr besorgt und bedrückt war. Unser Personal hatte uns immer so nahegestanden, daß unsere Stimmungen auf die Angestellten abfärbten.

»Hallo, James«, sagte ich und brachte es einfach nicht über mich, den herablassenden Tonfall anzuschlagen, in dem Gisselle gewöhnlich mit Dienstboten sprach, ganz gleich, ob es ihre eigenen Angestellten oder die anderer Menschen waren. James sah mich mit stumpfen glanzlosen Augen an. Er schien mein wahres Ich nicht aus meiner Stimme herauszuhören, da er keinen Grund zu der Annahme hatte, ich sei jemand anders als meine Schwester Gisselle, von der ich wußte, daß er sie nicht besonders gut leiden konnte.

»Guten Tag, Madame. Monsieur«, sagte er und verneigte sich leicht. Dann sah er Pearl, und seine Augen hellten sich beträchtlich auf. »Und wie geht es der Kleinen?«

»Gut«, sagte ich.

»Ist Monsieur Tate zu Hause?« fragte Beau.

»Er ist gerade erst aus dem Krankenhaus zurückgekommen«, sagte James und trat zurück. »Mademoiselle Tate und Madame Pitot sind mit ihm im Arbeitszimmer«, fügte er hinzu. Ich warf einen Blick auf Beau. Pauls Schwestern würden mich jetzt zum ersten Mal als Gisselle erleben.

James führte uns durch den Korridor. Was für ein seltsames Gefühl es doch war, jetzt durch das Haus zu laufen und die Dinge wiederzusehen, die einst mir gehört hatten. Ich blickte die Treppe hinauf zu meiner früheren Suite. Beau und ich tauschten einen weiteren Blick miteinander aus, und ich sah, daß er jetzt, nachdem ich tatsächlich das Haus betreten hatte, in tiefer Sorge um mich war. Ich konnte die Röte in meinen Wangen spüren. Mein Herz pochte rasend, aber ich holte tief Atem und nickte.

»Es ist alles in Ordnung«, flüsterte ich.

James blieb vor der Tür des Arbeitszimmers stehen. »Monsieur und Madame Andreas«, kündigte er uns an und trat zurück.

Paul saß in einer nachlässigen Haltung auf dem Sofa und hielt ein Glas Bourbon in der Hand. Sein Haar war zerzaust, und er machte den Eindruck, als hätte er in seinen Kleidern geschlafen. Jeanne saß ihm gegenüber, mit Augen, die vom Weinen blutunterlaufen waren, und Toby saß am anderen Ende des Sofas, hatte die Hände auf dem Schoß gefaltet und wirkte verdrossen.

Jeannes Gesicht strahlte, als ihr Blick auf uns fiel, und einen Moment lang setzte mein Herzschlag aus. Wußte sie, daß ich es war und nicht etwa meine Schwester? Fast wünschte ich, sie hätte mich erkannt. Es lag jedoch nicht an mir, daß der Trübsinn von ihr abfiel. Pearls Anblick war die Ursache.

»Das Baby!« rief sie aus und stand auf. »Wie geht es der Kleinen?«

»Gut«, sagte Beau.

Pearl merkte, daß wir nicht mehr in Bewegung waren. Sie hob den Kopf, blinzelte und zuckte mit der Nase.

»Oh, die süße kleine Pearl«, rief Jeanne aus. »Laß sie mich einen Moment lang halten.«

Beau reichte ihr das Kind, das sie augenblicklich wiedererkannte und lächelte. Jeanne bedeckte ihre Wangen mit Küssen und drückte sie liebevoll an sich.

»Ich muß schon sagen«, sagte Paul, »das ist eine unerwartete Ehre, Monsieur und Madame Andreas in Fleisch und Blut empfangen zu dürfen.« Seine Lippen verzogen sich zu einem grotesken Ausdruck von Hohn.

»Gibt es etwas Neues, Paul?« fragte ich eilig und ignorierte seinen Sarkasmus.

»Etwas Neues?« Er sah Toby an und tat so, als hätten wir die beiläufigste aller Fragen gestellt. »Gibt es etwas Neues, Toby?«

»Ihr Zustand hat sich nicht gebessert«, sagte Toby betrübt. »Heute morgen hat man im Krankenhaus tatsächlich beschlossen, sie an ein Beatmungsgerät anzuschließen.«

»Möchtest du einen Drink, Beau?« fragte Paul und hob sein Glas.

»Nein, danke.«

»Es ist wohl noch zu früh am Tag für euch Kreolen?« spottete Paul.

»Paul«, fauchte Jeanne vorwurfsvoll. »Warum begrüßt du dein Kind nicht?«

Paul sah Pearl einen Moment lang an und nickte dann.

»Bring sie mir«, sagte er. Jeanne tat es. Paul nahm sie Jeanne nicht aus den Armen, sondern streckte die Hände nach ihr aus und strich Pearl über das Haar, ehe er sie auf die Wange küßte. Dann lehnte er sich zurück und seufzte so tief, daß ich glaubte, sein Herz sei in Stücke gesprungen.

»Ich werde jetzt einen kleinen Spaziergang mit dem Baby machen und ihm etwas zu essen besorgen«, sagte Jeanne eilig.

»Das ist eine gute Idee«, sagte Toby. »Ich werde mit Letty reden und dafür sorgen, daß ihr auch etwas zu essen bekommt.«

»Macht euch bloß keine Umstände«, sagte Beau.

»Wir sollen uns keine Umstände machen?« Paul blickte auf und lachte.

Toby blieb vor uns stehen und verzog das Gesicht. »Seit Ruby ins Krankenhaus eingeliefert worden ist, trinkt er enorme Mengen«, erklärte sie. »Er kümmert sich nicht mehr um seine Geschäfte, sondern sitzt nur noch da und schwelgt in Selbstmitleid. Meine Eltern sind mit ihrer Weisheit am Ende, und vor allem meine Mutter ist ein Nervenbündel. Sie ißt nichts mehr, und vor lauter Sorge um ihn schläft sie auch nicht mehr. Seht, ob ihr irgend etwas mit ihm anfangen oder etwas für ihn tun könnt«, flüsterte sie. »Es tut mir so leid.«

»Alles kommt wieder in Ordnung«, sagte Beau.

»Was soll das heißen?« rief Paul aus. »Hat gerade jemand gesagt, es sei alles in Ordnung?«

Nachdem Toby gegangen war, ging ich durch das Zimmer, blieb vor Paul stehen, verschränkte die Arme vor der Brust und schaute streng und finster auf ihn hinunter.

»Was versuchst du eigentlich zu beweisen, Paul? Was tust du dir selbst an?«

»Nichts. Ich versuche gar nichts zu beweisen.« Er hob die

Hände und zuckte die Achseln. »Ich nehme einfach nur das hin, was das Schicksal mir bestimmt hat. Ich habe von Anfang an einem Traum nachgejagt. Jedesmal, wenn ich geglaubt habe, ich hätte diesen Traum wahr gemacht, hat mir das Schicksal einen Strich durch die Rechnung gemacht und den Traum über das Bayou verspritzt, als wäre er Schlamm.« Er unterbrach sich, um zu mir aufzublicken, und kniff seine Augen finster zusammen.

»Du hast sie nicht gekannt, aber Rubys Grandmère Catherine hat früher immer gesagt, wenn man gegen den Strom schwimmt, ertrinkt man«, sagte er. Es war, als hätte er mir einen Stock in die Rippen gerammt.

»Hör auf, Paul. Laß diese Übertreibungen. Wir drei kennen die Wahrheit. Es besteht keine Notwendigkeit dafür, daß wir diese Heuchelei betreiben, wenn wir allein miteinander sind.«

»Die Wahrheit? Hast du von der Wahrheit gesprochen? Ein komisches Wort, wenn es über deine Lippen kommt. Im Grunde genommen sollte dieses Wort über niemandes Lippen kommen«, fügte er hinzu und schlug die Augen wieder nieder. »Was ist die Wahrheit? Etwa, daß die Liebe in Wirklichkeit ein grausames Schwert ist, das wir gegen uns selbst richten, eine erlesene Folter? Oder ist es die Wahrheit, daß es nur den Auserwählten, den wenigen, die glücklich dran sind«, sagte er und blickte zu Beau auf, »vergönnt ist, auf dieser Welt glücklich zu werden? Unter welchem Stern bist du geboren worden, wenn dir ein solches Glück widerfährt, Monsieur Beau Andreas?«

»Darauf kann ich dir keine Antwort geben, Paul«, sagte Beau leise. »Aber ich weiß, daß du dich an das Versprechen halten mußt, das du Ruby gegeben hast.«

»Oh, ich halte meine Versprechen immer«, sagte er und sah jetzt mich an. »Ich bin kein Mensch von der Sorte, die ihre Versprechen bricht.«

»Paul, bitte...«

»Es ist schon gut«, murmelte er. Er leerte sein Glas mit einem einzigen Schluck. »Ich muß mich eine Zeitlang hinlegen.« Er versuchte mühsam aufzustehen, fiel zurück und nahm noch einmal einen Anlauf. »Ihr beide könnt es euch hier bequem machen. Meine Schwestern werden sich um euch kümmern.«

Ich warf Beau einen verzweifelten Blick zu.

»He, Paul, hör zu«, sagte Beau in einem vernünftigen Tonfall, »laß dir jetzt von uns beiden helfen und dir einen Teil der Last abnehmen. Uns ist klar, daß du dir zuviel aufgebürdet hast. Laß uns Gisselle in ein Krankenhaus in New Orleans bringen und...«

»Sie in ein Krankenhaus in New Orleans bringen? Und mir damit eine Last von den Schultern nehmen?« Er drohte Beau mit einem Zeigefinger. »Du sprichst von der Frau, die ich liebe«, sagte Paul schwankend. Er lächelte. »Der ich gelobt habe, für sie dazusein, in guten wie in schlechten Zeiten, bis daß der Tod uns scheidet.«

»Paul...«

Er stieß mich zur Seite. »Ich muß mich hinlegen«, sagte er und wankte aus dem Zimmer.

»Laß ihn eine Weile schlafen«, sagte Beau. »Hinterher wird er nüchtern sein und vernünftiger mit sich reden lassen.«

Ich nickte, doch im nächsten Moment hörten wir, daß Paul auf der Treppe hinfiel. Wir rannten hinaus und stellten fest, daß er ein paar Treppenstufen hinuntergerollt war und auf dem unteren Treppenabsatz lag. James war bereits an seiner Seite und versuchte, ihm auf die Füße zu helfen.

»Paul!« rief ich aus.

Beau half James dabei, Paul aufzuheben. Sie hängten sich seine Arme über die Schultern und trugen ihn die Treppe hinauf. Sein Kopf fiel von einer Seite auf die andere. Ich setzte mich auf eine Bank in der Eingangshalle und begrub das Gesicht in meinen Händen.

»Ihm fehlt nichts«, versicherte mir Beau bei seiner Rückkehr. »James und ich haben ihn ins Bett gepackt.«

»Es ist entsetzlich, Beau. Wir hätten ihn niemals so tief in diese ganze Angelegenheit verwickeln dürfen. Ich weiß nicht, was ich mir dabei gedacht habe, ihm das aufzubürden.«

»Er wollte es so haben. Damit hat er uns alles enorm viel leichter gemacht. Wir können uns keine Vorwürfe für sein jetziges Benehmen machen. Dasselbe hätte passieren können, wenn du einfach fortgegangen wärst, Ruby. Nach einer Weile wird er wieder zu Verstand kommen. Du wirst es ja sehen.«

»Ich weiß nicht, Beau«, stöhnte ich. Ich war inzwischen bereit, unser ausgefeiltes Täuschungsmanöver aufzudecken.

»Wir haben jetzt keine andere Wahl mehr, als diese Geschichte bis zum bitteren Ende durchzustehen. Sei stark«, sagte Beau mit fester Stimme. Dann richtete er sich auf und lächelte, als er Jeanne und Pearl näher kommen sah.

»Sie hat nach ihrer Mutter gerufen. Es ist so traurig, daß es einfach nicht zum Aushalten ist«, stöhnte Jeanne.

»Laß mich sie halten«, sagte ich.

»Weißt du«, sagte Jeanne, als sie mir Pearl wieder in die Arme legte, »ich glaube, sie hält dich für Ruby. Ich kann mir nicht vorstellen, wie einem Kind ein solcher Irrtum unterlaufen kann.«

Beau und ich schauten einander einen Moment lang an, und dann lächelte Beau.

»Sie ist einfach nur verwirrt. Schließlich haben sich die Ereignisse überschlagen, und dann kommt noch die Reise dazu und das neue Haus«, sagte Beau.

»Und genau deshalb wollte ich vorschlagen, daß ihr sie hierlaßt, bei mir. Ich weiß, was für eine große Belastung ein Baby darstellt, aber...«

»Oh, nein«, sagte ich mit scharfer Stimme. »Sie stellt keine Belastung dar. Wir haben bereits ein Kindermädchen engagiert, das uns behilflich ist.«

»Ach, wirklich?« Sie verzog das Gesicht. »Toby hat gleich gesagt, daß ihr das tun würdet.«

»Weshalb sollten wir es auch nicht tun?« wandte Beau eilig ein.

»Oh, das soll nicht heißen, daß ihr es nicht hättet tun sollen. Wahrscheinlich täte ich es auch, wenn ich...«

»Es ist alles geregelt. Wir können draußen auf der Terrasse essen, falls es euch recht ist«, sagte Toby, die gerade hereinkam.

»Gern«, sagte Beau. »Gisselle?« Er sah mich an, und ich seufzte. Der wahre Grund lag in meiner Anspannung und in der Qual, die es für mich darstellte, Paul in dieser Verfassung zu sehen, aber Pauls Schwestern glaubten lediglich, ich sei so griesgrämig, wie sie es von mir als Gisselle erwarteten. Sie schauten einander an und versuchten, ein hämisches Lächeln zu verbergen.

»Schon gut«, sagte ich unter größter Anstrengung. »Was allerdings nicht heißen soll, daß ich Hunger hätte. Lange Autofahrten verderben mir grundsätzlich den Appetit.« Ironischerweise war es eine Erleichterung für mich, wieder in die Rolle von Gisselle zu schlüpfen. Zumindest drückte in dieser Persönlichkeit die Last meines Gewissens nicht auf mein Herz.

Zum ersten Mal kam mir der Gedanke, daß dies der Grund für Gisselles Benehmen gewesen sein könnte, und zumindest für den Moment verstand ich ihre Selbstsucht und beneidete sie sogar darum. Für Gisselle war die Welt ein einziger großer Spielplatz gewesen, ein Land des Zaubers und der Lüste, und alles, was diese Welt bedrohte, wurde entweder ignoriert oder bewußt gemieden. Vielleicht war sie gar nicht so dumm.

Mir fiel jedoch etwas ein, was Grandmère Catherine vor langer Zeit einmal gesagt hatte. »Die einsamsten Menschen sind die, die ihr Leben lang so selbstsüchtig gewesen sind, daß sie im Herbst ihres Lebens niemanden an ihrer Seite haben.«

Ich fragte mich, ob Gisselle sich jetzt darüber klarwurde, während sie durch diesen finsteren Tunnel der Bewußtlosigkeit schritt und sich immer mehr von uns entfernte; falls ihr überhaupt noch etwas klarwurde.

Nach dem Essen hielt Pearl ihr Mittagsschläfchen. Beau und ich saßen mit Pauls Schwestern im Freien, tranken Café au lait und hörten uns ihre Klagen über Pauls Verhalten und den Zustand ihrer Mutter an, die völlig außer sich war, niemanden mehr sehen wollte und nicht mehr aus dem Haus ging.

»Ist sie im Krankenhaus gewesen und hat Ruby besucht?« fragte ich neugierig und gespannt.

»Mutter haßt Krankenhäuser«, sagte Toby. »Sie hat Paul zu Hause bekommen, weil es ihr verhaßt ist, unter Kranken zu sein, und es war eine schwierige Geburt. Daddy mußte sie anflehen, ins Krankenhaus zu gehen, als wir geboren wurden.«

Beau und ich tauschten vielsagende Blicke miteinander aus. Wir begriffen, daß das ein Teil der Geschichte war, die Pauls Eltern erfunden hatten, um die wahre Identität von Pauls Mutter zu vertuschen.

»Werdet ihr beide ins Krankenhaus fahren und Ruby besuchen?« fragte Jeanne.

Ich überlegte mir genau, wie Gisselle auf eine solche Frage reagiert hätte, und dann erwiderte ich: »Wozu? Sie schläft doch ohnehin ständig, oder etwa nicht?«

Toby und Jeanne sahen einander an.

»Sie ist trotz allem deine Schwester, und sie... liegt im Sterben«, sagte Jeanne und brach dann in Tränen aus. »Es tut mir leid. Ich kann nicht anders. Ich habe Ruby wirklich geliebt.«

Toby schlang die Arme um sie, wiegte sie, redete ihr gut zu, um ihr Trost zu spenden, und bedachte mich mit vorwurfsvollen Blicken.

»Vielleicht sollten wir doch ins Krankenhaus fahren, Beau«, sagte ich eilig und stand von meinem Stuhl auf. Ich konnte keinen einzigen Moment länger mit den beiden hier sitzen und mich derart gefühllos geben, und außerdem war mir auch ihr Kummer über mein vermeintliches Ableben unerträglich.

Beau folgte mir ins Haus. Er fand mich im Arbeitszimmer vor, in Tränen aufgelöst, die heiß über meine Wangen rannen.

»O Beau, wir hätten nicht hierherkommen dürfen. Ich ertrage es nicht, all diesen Kummer zu sehen. Ich habe das Gefühl, es ist alles nur meine Schuld.«

»Das ist doch lächerlich. Wie könntest du schuld daran sein? Du hast nichts dazu beigetragen, daß Gisselle krank geworden ist, oder doch? Was ist... etwa doch?«

Ich rieb mir die Augen trocken und holte tief Atem. »Paul hat mir ins Gedächtnis zurückgerufen, daß ich damals mit Nina Jackson zu einer Voodoo-Mama gegangen bin, die einen Zauber über Gisselle gesprochen hat. Vielleicht hat dieser Zauber niemals aufgehört zu wirken.«

»Aber, Ruby, du glaubst doch nicht etwa im Ernst...«

»Doch, Beau. Ich habe immer an die spirituellen Kräfte geglaubt, die manche Menschen besitzen. Meine Grandmère Catherine hatte sie. Ich habe gesehen, wie sie durch bloßes Handauflegen Menschen geheilt hat, Menschen getröstet hat, ihnen Hoffnung gegeben hat.«

Beau verzog skeptisch das Gesicht. »Und was willst du jetzt tun? Willst du ins Krankenhaus fahren?«

»Ja, ich muß es tun.«

»Also, gut, dann fahren wir eben hin. Möchtest du warten, bis Pearl wach wird oder...«

»Nein. Wir werden Jeanne und Toby bitten, sich bis zu unserer Rückkehr um sie zu kümmern.«

»In Ordnung«, sagte Beau.

»Ich komme gleich wieder nach unten. Ich muß nur schnell etwas holen«, sagte ich und machte mich auf den Weg zur Tür.

»Was denn?«

»Etwas«, sagte ich mit fester Stimme. Ich eilte nach oben in meine frühere Suite und schlich mich hinein, ohne von jemandem gesehen oder gehört zu werden. Dort trat ich vor die Kommode und öffnete die unterste Schublade, in der ich ein kleines Säckchen mit Moschuskraut aufbewahrte, das mir Nina Jackson einmal gegeben hatte, um das Böse abzuwehren, und das Zehncentstück, das ich als Glücksbringer um den Knöchel tragen sollte.

Dann ging ich zur Verbindungstür und öffnete sie einen Spaltweit, um nach Paul zu sehen. Er lag im Tiefschlaf in seinem Bett und hatte sein Kopfkissen an sich gepreßt. Über dem Kopfende des Bettes hing wie eine Ikone ein Bild von mir. Dieser bemitleidenswerte Anblick ließ wieder Tränen in meine Augen treten, und die Last der Traurigkeit schmerzte in meiner Brust.

Ich schloß leise die Tür und verließ die Suite. Beau erwartete mich auf dem unteren Treppenabsatz.

»Ich habe schon mit Jeanne und Toby gesprochen«, sagte er. »Sie werden sich um Pearl kümmern, bis wir zurückkommen.«

»Gut«, sagte ich. Beau fragte mich nicht, was ich von oben geholt hatte. Wir fuhren zum Krankenhaus und erkundigten uns bei den Krankenschwestern, wo die Privatstation war, in der Gisselle ihr Zimmer hatte. Die Krankenschwester, die Paul engagiert hatte, saß auf einem Stuhl neben dem Bett und häkelte. Sie blickte erstaunt auf, und ihr Kiefer fiel herunter.

»Mr. Tate hat mir zwar gesagt, daß seine Frau eine Zwillingsschwester hat, aber Zwillinge, die einander so ähnlich sehen, sind mir noch nie begegnet«, sagte sie und gewann die Fassung wieder.

»So ähnlich sind wir einander nun auch wieder nicht« sagte ich finster. Etwas Derartiges hätte Gisselle gesagt und damit bewirkt, daß die Frau sich unwohl in ihrer Haut fühlte. Die Krankenschwester zog sich nur zu gern zurück, solange wir zu Besuch waren. Ich wollte ohnehin, daß sie uns allein ließ.

Sobald sie gegangen war, trat ich an Gisselles Bett. Sauerstoffschläuche steckten in ihren Nasenlöchern, und ihr Arm war mit dem intravenösen Tropf verbunden. Sie hatte die Augen geschlossen und wirkte noch kleiner und bleicher als beim letzten Mal. Sogar ihr Haar war stumpf geworden. Ihre Haut war bleich wie der Bauch eines toten Fisches. Beau trat einen

Schritt zurück, während ich Gisselles Hand hielt und sie anstarrte. Ich weiß nicht, was ich erwartet hatte, doch nichts wies darauf hin, daß sie auch nur irgend etwas wahrnahm. Mit einem tiefen Seufzen zog ich schließlich das Säckchen mit dem Moschusgras heraus und legte es unter ihr Kopfkissen.

»Was ist das?« fragte Beau.

»Etwas, was Nina Jackson mir einmal gegeben hat. In dem Säckchen befindet sich eine Pflanze, deren Blätter fünffingrig sind. Sie schenkt erholsamen Schlaf und wehrt jedes Übel ab, das fünf Finger anrichten können.«

»Was? Das ist doch nicht dein Ernst.«

»Jedes der fünf Segmente hat eine eigene Bedeutung: Glück, Geld, Weisheit, Macht und Liebe.«

»Du glaubst tatsächlich an diesen Kram?« fragte er.

»Ja«, sagte ich. Dann hob ich eilig die Decke und band Gisselle meinen Glücksbringer, das Zehncentstück, um den Knöchel.

»Was tust du da?«

»Auch das bringt Glück und wehrt Böses ab«, sagte ich zu ihm.

»Ruby, was glaubst du wohl, was sie hier dazu sagen werden, wenn sie dieses Zeug finden?«

»Wahrscheinlich werden sie glauben, eine der Freundinnen meiner Großmutter sei hiergewesen und hätte es getan«, sagte ich.

»Das hoffe ich doch. Gisselle würde jedenfalls gewiß nichts dergleichen zu dir bringen. Sie macht sich über diese Dinge lustig«, rief er mir ins Gedächtnis zurück.

»Ich mußte es trotzdem tun, Beau.«

»Schon gut. Laß uns nicht allzulange bleiben, Ruby«, sagte er nervös. »Wir sollten nicht zu spät nach New Orleans zurückfahren.«

Einen Moment lang hielt ich Gisselles Hand, sprach ein stummes Gebet und berührte ihre Stirn. Ich glaubte zu bemerken, daß ihre Lider flatterten, aber vielleicht ging das auch nur auf meine Hoffnung oder auf reine Einbildung zurück.

»Auf Wiedersehen, Gisselle. Es tut mir leid, daß wir nie echte Schwestern waren.« Ich spürte eine Träne auf meiner Wange und berührte sie mit der Spitze meines rechten Zeigefingers. Dann führte ich meinen Zeigefinger an Gisselles Wange und berührte sie mit der Feuchtigkeit. Vielleicht weinst du jetzt, jetzt endlich, innerlich auch um mich, Gisselle, dachte ich und wandte mich eilig ab, um das Zimmer zu verlassen und vor dem Anblick meiner sterbenden Schwester zu fliehen.

Paul war bei unserer Rückkehr immer noch nicht aufgestanden, aber Pearl war wach und spielte mit Jeanne und Toby im Arbeitszimmer. Ihre Augen leuchteten vor Glück, als sie mich zur Tür hereinkommen sah. Am liebsten wäre ich an ihre Seite geeilt und hätte sie in die Arme gezogen, aber das hätte Gisselle niemals getan, und so hielt ich meine Gefühle unter Verschluß.

»Wir müssen nach New Orleans zurückfahren«, sagte ich abrupt.

»Wie war es im Krankenhaus?« fragte Toby.

»Als spräche man mit sich selbst«, sagte ich. Ironischerweise entsprach das der Wahrheit.

Die beiden Schwestern nickten mit vergleichbar melancholischen Gesichtern.

»Ihr könnt mir das Baby dalassen«, schlug Jeanne vor. »Mich stört das nicht.«

»Oh, nein. Das könnten wir niemals tun«, sagte ich. »Ich habe meiner Schwester versprochen, mich um die Kleine zu kümmern.«

»Du? Du hast es Ruby versprochen?«

»In einem schwachen Moment«, sagte ich, »aber jetzt muß ich mich an das Versprechen halten.«

»Warum? Du bist doch wirklich nicht verrückt nach Kindern, oder doch?« fragte Toby geringschätzig.

Ich sah Beau hilfesuchend an.

»Wir haben bereits ein Kindermädchen eingestellt«, sagte er. »Es ist alles arrangiert worden und läßt sich jetzt nicht mehr rückgängig machen.«

»Eine Tante ist doch wohl besser geeignet, für sie zu sorgen, als ein Kindermädchen, oder etwa nicht?« gab Jeanne zurück.

»Wofür hältst du mich eigentlich – für ein Monster?« fauchte ich. Wenn es darum ging, an Pearl festzuhalten, konnte ich so entschieden wie meine Schwester sein, aber auch so bissig wie sie.

»Ich meine ja nur... es ist kein Problem für mich.«

»Und für mich ist es auch kein Problem«, gab ich zurück. »Pearl.« Ich streckte die Arme aus, und sie kam auf mich zugerannt. »Sagt Paul, daß wir ihn anrufen«, sagte ich.

Mit Pearl in den Armen und Beau an meiner Seite eilte ich hinaus, ehe es zu einer weiteren Diskussion kommen konnte. Mein Gesicht war gerötet, und meine Augen waren weit aufgerissen, da ich dicht an der Grenze zur Hysterie war.

»Beruhige dich«, sagte Beau, als wir alle im Wagen saßen. »Du hast deine Sache gut gemacht. Es ist alles in Ordnung.«

Ich beruhigte mich erst, als wir schon ein gutes Stück weit gefahren waren. Der Regen, der schon den ganzen Tag über in den Wolken gehangen hatte, hielt sein Versprechen und fiel während der gesamten Fahrt nach New Orleans in Strömen. Der Himmel über der Stadt wurde von Blitzen gespalten, und der Donner grollte so laut und so heftig, daß wir uns sogar im Wagen durchgeschüttelt fühlten. Ich war froh, als wir endlich das Haus erreicht hatten. Aubrey begrüßte uns mit einer Liste von Anrufen, und wir stellten fest, daß Bruce Bristow sich mehrfach gemeldet hatte.

»Wie ich sehe, muß ich noch viel mehr grob werden, um ihn uns auf Dauer vom Hals zu schaffen«, sagte Beau und zerknitterte die Nachrichten wütend in der Faust. Im Moment hätten mich diese Probleme nicht weniger interessieren können. Pearl war von der langen Fahrt derart erschöpft, daß sie nichts essen konnte, und ich war psychisch am Ende meiner Kräfte. Ich brachte Pearl ins Bett, nahm noch ein heißes Bad und ging dann selbst schlafen. Stunden später hörte ich Beau nach oben kommen. Ich nahm seine Anwesenheit nicht zur Kenntnis, als er neben mir unter die Decke kroch, und wenige Minuten später war auch er eingeschlafen.

Während der nächsten Tage war ich von nervöser Anspannung und großen Ängsten geplagt. Stunden kamen mir wie Tage, Tage wie Monate vor. Immer wieder schaute ich auf die Uhr und war schockiert darüber, daß seit dem letzten Mal nur Minuten vergangen waren. Jedesmal, wenn das Telefon läutete, zuckte ich zusammen, und mein Herz setzte einen Moment lang aus, um dann nur um so heftiger zu pochen. Meistens aber war es nur die eine oder andere von Gisselles Freundinnen. Ich war allen gegenüber kurz angebunden, und schon bald machten sich die meisten gar nicht mehr die Mühe, sich zu melden. Eines Nachmittags rief Pauline an, um mir mitzuteilen, daß ich auf dem besten Wege sei, all meine Freunde zu verlieren; ich würde sie der Reihe nach vertreiben.

»Alle behaupten, du seist jetzt noch hochnäsiger denn je«, berichtete sie mir. »Sie sagen, du seist dir zu gut dazu, am Telefon mit ihnen zu reden, und du hast niemanden mehr zu dir ins Haus eingeladen.«

»Im Moment habe ich andere Sorgen und Wichtigeres zu tun«, fauchte ich.

»Macht es dir denn gar nichts aus, all deine Freunde zu verlieren?«

»Das waren doch ohnehin keine echten Freunde. Die interessiert doch nur, was bei mir zu holen ist«, sagte ich zu ihr.

»Bin ich damit auch gemeint?« fragte sie gereizt.

»Zieh dir den Schuh an, wenn du glaubst, daß er dir paßt«, sagte ich.

»Auf Wiedersehen, Gisselle. Ich hoffe, du wirst in deiner eigenen Welt glücklich«, sagte sie angewidert.

Innerhalb von wenigen Wochen hatte ich die meisten von Gisselles Freundinnen vertrieben, Menschen, die ich ohnehin nie leiden konnte. Da ich es mir auf Gisselles Art mit allen verdorben hatte, fiel niemandem etwas Ungewöhnliches auf. Beau amüsierte und freute sich darüber. Das war mehr oder weniger der einzige Lichtblick in den trostlosen Tagen, die auf unseren Besuch in Cypress Woods folgten.

Jedesmal, wenn ich anrief, gingen entweder Toby oder Jeanne ans Telefon. Paul war nie erreichbar. Die beiden waren kurz angebunden, wenn sie mit mir sprachen. Gisselles Zustand blieb unverändert. Toby, die zynischer sein konnte als Jeanne, sagte: »Es ist nur noch eine Zeitfrage. Ich hoffe, der Tod deiner Schwester wird deine sonstigen Pläne nicht vereiteln. Ich weiß ja, wie wichtig dir dein gesellschaftlicher Umgang ist.«

Ich fand, derartige Vorwürfe hätte Gisselle verdient, und daher hielt ich den Mund, war aber trotzdem verletzt. Das letzte Gespräch schloß sie mit der Bemerkung ab: »Ich weiß nicht, warum mein Bruder nicht darauf besteht, daß du Pearl nach Hause bringst, dahin, wo sie hingehört. Ich finde, du solltest es tun.«

Wie hätte ich ihr sagen können, daß Paul nicht von mir verlangen konnte, ein Kind nach Hause zu bringen, das nicht sein Kind war?

»Sorg dich lieber um dich selbst, Toby. Mir scheint, du hast dort schon genug zu tun«, fuhr ich sie an und beendete das Gespräch. Ich kam mir abscheulich dabei vor, und als ich Beau von dem Telefonat berichtete, nickte er betrübt.

»Im Moment geht es nun einmal nicht anders«, beschwichtigte er mich, aber das genügte nicht.

»Manchmal habe ich das Gefühl, in ein Spinnennetz geraten zu sein, Beau. Je mehr ich mich winde und zappele, um mich daraus zu befreien, desto mehr verstricke ich mich darin.«

»Das wird bald ein Ende haben, und dann werden wir unser

normales Leben weiterführen. Du wirst es ja sehen«, versicherte er mir. Ich hatte jedoch weniger Zuversicht als er. Das Leben hatte mir deutlich gezeigt, daß es dann eine Kehrtwendung machen und einen Haken schlagen konnte, wenn wir es am allerwenigsten erwarteten.

Zwei Tage später kam es zu einem dieser Zwischenfälle. Ich hatte mich in meiner Rolle als meine Schwester in erster Linie deshalb gut gehalten, weil ich all ihre Freunde und Freundinnen vertrieben und mich ihren Stammkneipen ferngehalten hatte. Nur wenige besaßen den Scharfblick, falls ihn überhaupt jemand besaß, die Unterschiede zu erkennen. Aber selbstverständlich rechnete auch niemand mit einem solchen Rollentausch. In ihrem Innersten dachten sich wahrscheinlich alle ihre Freunde: Wer würde schon Gisselle sein wollen?

Meine Hoffnung bestand darin, die Persönlichkeit meiner Schwester mit der Zeit umzuwandeln, bis sie mehr Ähnlichkeit mit meinem eigenen Charakter aufwies. Noch besser wäre es, Beau und ich würden in eine andere Stadt übersiedeln und dort unser Leben mit weitaus weniger Täuschungsmanövern beginnen.

Ich war in meinem Atelier und zeichnete lustlos ein paar Striche, als Aubrey an die Tür klopfte, um mir zu sagen, ich hätte Besuch. Ehe ich fragen konnte, wer es war, tauchte Bruce Bristow hinter ihm auf. Der Ehemann meiner Stiefmutter machte den Eindruck, als sei er um Jahrzehnte gealtert, seit ich ihn das letzte Mal gesehen hatte. Sein dunkelbraunes Haar war an den Schläfen ganz und gar grau geworden, und er hatte dicke dunkle Tränensäcke unter den Augen. Außerdem hatte er beträchtlich abgenommen; sein Gesicht war ausgemergelt, der Glanz seiner Augen erloschen. Sein ganzer Körper war gekrümmt. Er trug ein zerknittertes Jackett und eine faltige Hose; seine Krawatte war fleckig, und der ausgefranste Kragen seines Hemds stand offen. Auf seinem linken Backenknochen breitete sich Schorf aus. Bruce grinste verschlagen und trat ein.

In dem Moment, in dem er mein Atelier betrat, erfüllte der Gestank nach Gin die Luft.

»Was tust du hier? Versuchst du, dich als deine Schwester auszugeben?« Er lachte. Da er jetzt näher gekommen war, sah ich, wie blutunterlaufen seine Augen waren, und ich verstand, warum er so undeutlich sprach.

»Du bist betrunken, Bruce. Verschwinde augenblicklich«, befahl ich ihm.

»Nicht so eilig«, sagte er. Er schloß die Augen, öffnete sie dann wieder und schwankte einen Moment lang. »Ihr mögt zwar aalglatte Klugscheißer sein, du und dein Mann, aber du solltest dir besser anhören, was ich zu sagen habe, ehe ihr eine Entscheidung trefft, die ihr bereuen werdet.«

»Ich könnte es niemals nachträglich bereuen, wenn du aus unserem Leben verschwindest«, sagte ich, und da ich es ernst meinte, gelang es mir, so gehässig wie Gisselle zu wirken.

Er riß den Kopf zurück, lächelte dann jedoch. »Und warum treibst du dich hier rum?« Er schaute auf die Leinwand. »Du kannst weder zeichnen noch malen. Du bist die untalentierte Schwester, oder hast du das vergessen?« Er lachte bissig und hielt sich an einer Stuhllehne fest, da er gar so sehr wankte.

»Was ich nicht vergessen habe, ist, wie sehr ich dich verabscheue«, sagte ich. »Du warst wie ein Blutegel, als du dich nach dem Tod meines Vaters hier eingeschlichen und an die Familie geheftet hast, um alles auszusaugen, was für dich zu holen war. Aber damit ist jetzt Schluß, und nichts, was du sagst, selbst wenn es noch so unverschämt klingt, wird dir hier jemals wieder Zutritt verschaffen. Und jetzt geh, ehe Beau zurückkommt.«

Sein Lächeln wurde breiter, und Spucke sickerte aus seinen Mundwinkeln. »Früher hattest du es nicht so eilig, mich loszuwerden«, sagte er und kam näher. Ich wich seitlich aus und hielt dabei den Pinsel immer noch in der Hand. Inzwischen richtete ich ihn wie ein Schwert auf ihn. Bruce starrte mich einen Moment lang an; seine Augen schlossen und öffneten sich, als er sich bemühte, den Blick auf mich zu konzentrieren.

Dann sah er noch einmal auf die Leinwand.

»Es scheint dir nicht gerade viel auszumachen, daß es deiner Schwester schlechtgeht«, sagte er.

»Weshalb sollte mir das etwas ausmachen? Wäre sie etwa beunruhigt, wenn ich im Krankenhaus läge?«

»Du weißt genau, daß sie vor Sorge außer sich wäre«, erwiderte er leise und schloß einen Moment lang die Augen. Dann riß er sie so abrupt wieder auf, als sei gerade ein Gedanke in sein benebeltes Gehirn vorgedrungen. »Das klingt alles gar nicht nach dir.« Er schaute wieder auf die Leinwand. »Dieses Bild ist zu gut, als daß du es gemalt haben könntest. Hat es vorher schon hier gestanden?«

»Ja.

»Das dachte ich mir gleich.« Er grinste wieder und nahm eine möglichst ernsthafte und aufrechte Haltung ein. »Ich will, daß du mir dabei hilfst, Beau dazu zu überreden, daß er vernünftiger mit diesem Familienerbe umgeht. Ich bin in einige der undurchsichtigen Steuertricks von Daphne eingeweiht und bin bereit, zum Finanzamt zu gehen und dort alles offenzulegen«, drohte er.

»Geh ruhig hin. Schließlich hast du dir die Finger doch auch schmutzig gemacht, oder etwa nicht? Du würdest dich nur selbst anzeigen für das, was du getan hast und höchstwahrscheinlich heute noch tust.«

Er lächelte nüchterner und voller Zuversicht. »Ja, aber du weißt doch, was passiert, wenn jemand sich als Zeuge der Anklage anbietet. Dafür wird ihm einiges nachgesehen. Ich kann dafür sorgen, daß dieser Nachlaß mit enormen Zahlungen belastet wird. Wie stündet ihr dann da, du und dein hochgestellter Ehemann, was?«

»Wir kämen blendend zurecht. Verschwinde, Bruce, ehe ich Aubrey hole, damit er die Polizei ruft.«

Seine Blicke glitten höhnisch über mich. »Was ist, wenn ich deinem Mann erzähle, wie ich dir einen Besuch abgestattet habe, als du in deinem Schaumbad gesessen hast? Erinnerst du dich noch daran, wie ich dir den Rücken gewaschen und dich massiert habe, und dann...«

»Das weiß er alles längst von mir selbst«, platzte ich heraus.

Er starrte mich einen Moment lang an. »Ich glaube dir kein Wort.«

»Dann laß es doch bleiben. Mir ist das egal. Solange du bloß verschwindest.«

Meine Entschlossenheit und mein Mangel an Furcht ärgerten und verwirrten ihn. »Ich habe einige Papiere aus dem Haus geschafft. Ich warne euch beide. Ich kann meine Anschuldigungen beweisen.«

»Dann geh doch, und beweise sie.«

»Du bist verrückt. Ihr seid alle beide verrückt.« Er starrte mich lange Zeit an und schaute dann wieder auf meine Leinwand. Eine seiner Augenbrauen zog sich verwundert hoch. Meine Abwehr hatte ihn schnell ernüchtert, und jetzt machte er sich seine Gedanken.

»Das ist kein altes Bild. Die Farbe ist noch naß. Wie hast du das angestellt? Du kannst das nicht.« Seine Augen zogen sich zu Schlitzen zusammen und erinnerten mich an die Augen einer Schlange. »Hier stimmt doch etwas nicht.« Seine Worte trafen mich wie ein Kugelhagel.

»Verschwinde!« schrie ich ihn an. »Raus mit dir!«

Seine Augen hellten sich auf, als er eine neue Möglichkeit sah. »La Ruby«, sagte er. »Du bist La Ruby. Was geht hier vor?«

»Verschwinde!« Ich stürzte mich auf ihn, und er hob die Arme in die Höhe. In dem Moment tauchte Beau in der Tür auf. Er sprang mit einem Satz ins Zimmer, packte Bruce am Nacken und stieß ihn grob zur Tür.

»Was hast du in unserem Haus zu suchen? Ich habe dir doch

gesagt, daß du hier nichts mehr verloren hast, oder?« Er stieß ihn zielstrebig zur Tür hinaus. Bruce fand das Gleichgewicht wieder und drehte sich zu uns um. Sein Gesicht war vor Wut knallrot angelaufen.

»Was heckt ihr beide hier aus? Das ist nicht Gisselle. Ich kenne Gisselle. Ihre Augen sind härter.«

»Du spinnst«, sagte Beau, aber nicht mit dem ausreichenden Nachdruck. Das gab Bruce Auftrieb. Er lächelte.

»Das ist doch ein Komplott, damit ihr beide an noch mehr Geld kommt, oder so was, stimmt's? Ich werde es jedem erzählen.«

»Tu das ruhig«, sagte Beau. »Einem jämmerlichen Trunkenbold wird ja doch niemand ein Wort glauben. Die ganze Stadt spricht darüber, wie heruntergekommen du bist. Deine Glaubwürdigkeit ist so gering wie die eines überführten Serienmörders.«

Bruce nickte. »Also, gut. Ich werde mir die Beweise beschaffen, genau das werde ich tun. Jedenfalls dann, wenn ihr beide nicht zur Vernunft kommt und mir das zukommen laßt, was von Rechts wegen ohnehin mir gehört. In ein paar Tagen melde ich mich und sehe mir an, ob ihr lieber weise handelt oder ob die Geldgier überwiegt«, sagte er.

»Verschwinde von hier, ehe ich dir das Genick breche«, sagte Beau und ging auf ihn zu. Bruce wich zurück und lief durch den Korridor. Beau folgte ihm bis zur Haustür, öffnete sie und versetzte ihm einen Stoß. Bruce stieß eine letzte Drohung aus, ehe die Türen sich hinter ihm schlossen.

»Die ganze Stadt wird erfahren, was ihr beide hier ausheckt!« schrie er und drohte mit erhobener Faust.

Beau schlug ihm die Tür vor der Nase zu. »Es ist schon gut, Aubrey«, sagte er. »Die Lage ist wieder unter Kontrolle.«

»Wie Sie meinen, Sir.« Aubrey zog sich zurück, und Beau folgte mir ins Wohnzimmer.

»Mach dir seinetwegen bloß keine Sorgen«, sagte er zu mir,

nachdem ich mich hingesetzt hatte. Mein Herz pochte heftig, und ich spürte, wie das Blut in mein Gesicht aufstieg. »Es ist mein Ernst. Niemand wird auch nur einem seiner Worte Glauben schenken. Du solltest hören, was man sich inzwischen über ihn erzählt.«

»Wie konnte Daphne bloß einen solchen Menschen in ihrem Leben dulden, nachdem sie jahrelang mit meinem Vater verheiratet war?« fragte ich verwundert.

»Du hast doch selbst gesagt, daß sie Menschen ausgenutzt und dann wie Ballast abgeworfen hat«, erwiderte Beau. Er kam zu mir, setzte sich neben mich und nahm meine Hand. »Du darfst dir seine Worte nicht zu Herzen nehmen, Ruby.«

»Aber woher hat er es gewußt? Von allen Menschen, die mich gesehen haben, hat niemand etwas bemerkt... und dann ausgerechnet ein Betrunkener?« Ich sah Beau an und beantwortete mir dann meine eigene Frage. »Er war mit Gisselle intim. Ich bin ganz sicher, daß sie ihre Spielchen mit ihm getrieben hat.«

»Ja, wahrscheinlich«, sagte Beau.

»Er hat schon immer mit mir geflirtet, ist mir zu nah gekommen, hat meine Hände genommen, sie zu lange festgehalten und mir tief in die Augen gesehen. Es war mir verhaßt; sein Atem roch immer nach Zwiebeln oder sonst etwas, und ich war gezwungen, ihm gegenüber höflich, aber entschieden aufzutreten. Und dann kommt noch mein Gemälde dazu... er hätte mich niemals beim Malen ertappen dürfen. Damit habe ich mich mehr als durch alles andere verraten.«

»Was ändert es schon, was er weiß und was nicht, was er getan hat und was nicht? Er ist ein Mann, vor dem niemand mehr Respekt hat, und wenn man in dieser Stadt das Ansehen verloren hat, dann hat man nichts zu sagen. Glaube mir, diesem Kerl bin ich gewachsen«, versprach mir Beau.

»Es hat keinen Zweck, Beau«, sagte ich und schüttelte den Kopf. »Wenn eine Hütte auf wackligen Beinen steht, dann wird die erste schlimme Flut sie davonschwemmen. Wir versuchen, ein neues Leben auf einem Lügengebäude zu errichten. Das wird sich in alle Ewigkeit rächen.«

»Nur, wenn wir nichts dagegen unternehmen«, beharrte er. Er legte einen Arm um mich. »Komm, wir wollen uns ein Weilchen ausruhen. Hinterher wird dir wieder wohler zumute sein. Und dann gehen wir in ein gutes Restaurant, in dem man ganz ausgezeichnet zu Abend essen kann, okay?«

»Ich weiß es nicht, Beau«, sagte ich und seufzte tief.

»Ich weiß es dafür um so besser. Als Arzt verschreibe ich es dir«, sagte er seufzend und half mir auf die Füße.

Über dem marmornen Kamin hing immer noch Daphnes Porträt, und das schöne Gesicht mit der elfenbeinfarbenen Haut schaute mit einem Ausdruck von Arroganz und Selbstzufriedenheit auf mich herunter. Mein Vater hatte diese Schönheit angebetet und sich überall im Haus mit Abbildern von ihr umgeben.

Denk immer daran, Kind, der Teufel fasziniert uns in all seinen Gestalten, hatte Grandmère Catherine mich gewarnt. *Wir fühlen uns von ihm angezogen, wie das Wunder einer Kerzenflamme ein Kind anlockt und es in Versuchung führt, die Fingerspitze in das Licht zu halten, woraufhin es sich bloß den Finger verbrennt.*

Wie sehr ich doch hoffte und betete, daß Beau und ich unsere Finger nicht in eine Kerzenflamme gehalten hatten.

14.
Schatten aus der Vergangenheit

Beau hatte anscheinend recht, was seine Behauptungen über Bruce anging. Er hatte in der Geschäftswelt jegliche Glaubwürdigkeit verloren, und die Bank brachte eine seiner wichtigsten Einnahmequellen, seinen Wohnblock, zur Zwangsversteigerung. Irgendwie gelang es ihm zwar trotzdem, für das Trinken immer wieder Geld aufzutreiben, doch alles, was er anderen erzählte, wurde als ein kläglicher Versuch angesehen, der Familie Dumas eins auszuwischen. Diejenigen, die ihn gekannt hatten, als er noch mit Daphne verheiratet gewesen war, erinnerten sich daran, wie herablassend sie ihn behandelt hatte. Sie nannten ihn eine weitere Zierde ihres Handgelenks, nichts anderes als ein Schmuckstück unter vielen.

Schließlich rief mich Beau eines Tages an, um mir mitzuteilen, Bruce sei nach Baton Rouge gezogen, denn dort hätte er durch die Vermittlung eines seiner wenigen Freunde einen Job als Manager eines kleinen Hotels bekommen.

»Den wären wir also los«, sagte Beau, aber irgendwie hatte ich den Verdacht, daß es sich mit Bruce Bristow so verhielt wie mit einem Mückenschwarm: Eines Tages ist er fort, aber man weiß, daß er wiederkommen wird, um einen erneut zu belästigen.

In der Zwischenzeit blieb die Lage in Cypress Woods unverändert. Der Status quo sah so aus, daß Gisselle weiterhin im Koma lag und Paul seine guten Tage hatte, an denen er sich um seine Arbeit kümmerte und ansprechbar war, aber nach Angaben von Toby und Jeanne brachte er immer noch die meiste

Zeit damit zu, sich in Selbstmitleid zu ergehen. Jeanne berichtete mir, daß er sogar Grandmère Catherines alte Hütte öfters aufsuchte.

»Die Hütte? Was treibt ihn bloß dorthin?« fragte ich und spürte, wie ich in die Abgründe verflossener Zeiten stürzte.

»Für ihn ist diese Hütte zu einer Art Schrein geworden«, sagte sie eines Nachmittags am Telefon mit ihrer leisen betrübten Stimme.

»Was soll das heißen?«

»Er kümmert sich nicht mehr darum, ob hier auf Cypress Woods die Gärten und das Anwesen gepflegt werden, aber er nimmt einige seiner Männer zu der Hütte mit und läßt sie das Gras mähen, neues säen und sogar die Hütte instandsetzen.« Sie unterbrach sich. »Er hat sogar schon ganze Abende dort verbracht.«

»Abende?« Ich spürte, wie meine ständig vorhandenen Ängste sich zu einem Knoten zusammenzogen.

»Und dort geschlafen«, enthüllte sie mir.

Mein Herzschlag setzte aus. »Er hat in der Hütte geschlafen?«

Jeanne hielt meinen Schock, der deutlich aus meiner Stimme herauszuhören war, irrtümlich für Abscheu. »Ich weiß, wie widerlich das für dich klingen muß, Gisselle. Er bekennt sich auch nicht dazu. Es ist fast so, als vergäße er wirklich, was er tut«, fuhr sie fort, »aber mein Mann und ich sind eines Nachts dorthin gefahren und haben den matten Lichtschein einer einsamen Öllampe gesehen. Wir haben ihm nachspioniert«, gestand sie.

»Und was habt ihr gesehen?«

»Er lag zusammengerollt vor diesem alten Sofa auf dem Fußboden und schlief wie ein Säugling. Wir haben es nicht übers Herz gebracht, ihn zu wecken. Es ist alles so traurig.«

Ich sagte nichts. Ich brachte kein Wort heraus. Wie ein nasser Lappen sackte ich auf dem Stuhl in mich zusammen. Pauls

Leid war viel intensiver, als ich es mir jemals ausgemalt hatte. Er kam nicht etwa, wie Beau es erwartet hatte, damit zurecht, wie die Dinge jetzt lagen. Statt dessen fiel er in eine andere Zeit zurück, klammerte sich an glücklichere Erinnerungen und richtete sich mit dieser Rückkehr in die Vergangenheit selbst zugrunde.

»Ich weiß, daß es dir vollkommen gleichgültig ist, aber es steht von Tag zu Tag schlimmer um ihn, und wenn er sich nicht bald in den Griff kriegt, wie soll er dann jemals wieder in der Lage sein, seinem eigenen Kind ein Vater zu sein?« sagte Jeanne, da sie glaubte, das sei das einzige, was Gisselle beunruhigen und ihr Sorgen bereiten könnte.

»Er wird sich wieder in den Griff kriegen. Eines Tages wird er morgens aufwachen und schlagartig begreifen, daß es so nicht weitergeht«, sagte ich in dem kältesten Tonfall, den ich aufbringen konnte; doch meiner Stimme mangelte es an jeglicher Zuversicht. Ich glaubte nicht an die Worte, die ich hervorbrachte, und das hörte Jeanne.

»Klar. Daran glaube ich genauso fest wie du.« Nach einer Pause fragte sie: »Hast du die Absicht, deine Schwester wieder einmal zu besuchen?«

»Das bringt mich zu sehr aus dem Gleichgewicht«, sagte ich. So hätte sich Gisselle geäußert, dachte ich. Es traf auch auf mich zu, doch hätte ich Ruby sein dürfen, wäre ich weniger selbstsüchtig und würde hingehen.

»Uns versetzt ein Besuch dort auch nicht gerade in Hochstimmung, aber wir gehen trotzdem«, sagte Jeanne trocken.

»Für euch ist das einfacher. Ihr braucht nicht erst den weiten Weg ins Bayou zu fahren«, jammerte ich.

»Stimmt, das ist wirklich eine enorm weite Reise. Wie geht es dem Baby?«

»Es geht ihm gut.«

»Fragt sie denn nicht ständig nach ihrem Vater und nach ihrer Mutter? Du erzählst nie etwas über sie.«

»Es ist alles in Ordnung mit ihr«, beharrte ich. »Mach du dir lieber Sorgen um deinen Bruder, und tu für ihn, soviel du kannst.«

»Ich glaube, wenn er Pearl hier bei sich hätte, würde er sich anders verhalten«, sagte sie. »Der Meinung ist Toby auch.«

»Wir müssen daran denken, was das Beste für das Baby ist«, beharrte ich, vielleicht zu nachdrücklich für Gisselles Geschmack.

»Es ist das Beste für sie, bei ihrem Vater zu sein«, erwiderte Jeanne. Panik regte sich flatternd in meiner Magengrube und sandte ein Frösteln zu meinem Herzen aus. Dann fügte Jeanne hinzu: »Aber Mom scheint für den Moment deiner Meinung zu sein, und Paul... Paul ist nicht bereit, darüber zu reden.«

»Dann laß ihn damit in Ruhe«, warnte ich sie.

»Wer hätte geglaubt, daß ausgerechnet du ein Baby im Haus haben willst, und wenn das Haus auch noch so groß ist«, sagte Jeanne.

»Vielleicht kennst du mich nicht so gut, wie du mich zu kennen glaubst, Jeanne.«

»Nein, vielleicht nicht.« Sie seufzte. »Vielleicht hast du trotz allem etwas von den guten Seiten deiner Schwester an dir. Die ganze Geschichte macht mich nur einfach krank. Es ist so ungerecht. Sie waren das vollkommenste Paar auf Erden, die beiden einzigen Menschen, die in dieser Phantasiewelt einer großen Liebe gelebt haben, wie wir sie uns alle wünschen würden.«

»Vielleicht war es tatsächlich nur Phantasie«, sagte ich sanft.

»Und das sagst ausgerechnet du.«

»Diese Unterhaltung führt zu nichts«, fauchte ich in bester Gisselle-Manier. »Ich rufe dich dann morgen wieder an.«

»Warum meldest du dich so häufig? Zwingt Beau dich dazu?«

»Es besteht kein Grund dafür, frech zu werden, Jeanne.«

Sie schwieg einen Moment lang. »Tut mir leid«, sagte sie

dann. »Du hast recht. Ich bin derzeit einfach überspannt. Wir sprechen uns dann morgen wieder.«

Da meine Gespräche mit Jeanne inzwischen eine reine Belastung für mich darstellten, fiel es mir schwerer und immer schwerer, den Kontakt zu Cypress Woods aufrechtzuerhalten und mir ein Bild davon zu machen, was sich dort abspielte. Beau riet mir, den Kontakt eine Zeitlang abreißen zu lassen.

»Das wäre ohnehin typischer für Gisselle, Ruby. So, wie die Dinge stehen, ist keiner dort dazu aufgelegt, besonders nett zu dir zu sein.«

Ich nickte, aber es fiel mir sehr schwer, nicht zu wissen, wie es Paul ging und ob es irgendwelche Neuigkeiten über Gisselle gab. Da wir jetzt Personal hatten, das sich um den Haushalt kümmerte, blieb mir nicht mehr allzuviel zu tun, womit ich mich ablenken und zerstreuen konnte.

Schon seit meiner Auseinandersetzung mit Bruce in meinem Atelier scheute ich davor zurück, diesen Raum wieder zu betreten und ein neues Gemälde zu beginnen. Der Zwang, mein Talent geheimzuhalten, erstickte jeden kreativen Impuls. Ich wollte aber auch nicht den ganzen Tag lang in Mrs. Ferriers Nähe herumlungern und ihr den Eindruck vermitteln, daß ich ihr im Umgang mit Pearl nicht traute. Daher brachte ich ganze Stunden damit zu, im Atelier zu sitzen, eine leere Leinwand anzustarren und auf die Inspiration zu warten, die hinter dem Schleier meiner finsteren Gedanken verborgen zu sein schien.

Eines Morgens nach dem Frühstück, als ich mich gerade auf den Weg in mein Atelier machen wollte, läutete es an der Tür, und Aubrey kam, um mir zu sagen, ich hätte einen Besucher.

»Ein Monsieur Turnbull«, sagte er und reichte mir die Visitenkarte des Mannes. Ein paar Sekunden lang sagte der Name mir überhaupt nichts. Dann schaute ich die Visitenkarte an und sah, daß darauf stand: »Louis Turnbull.«

»Louis«, sagte ich laut vor mich hin, und eine Woge von ekstatischer Freude überschwemmte mich. Es war Louis, Mrs.

Clairbornes Enkel, der blinde junge Mann, den ich in der Mädchenschule Greenwood kennengelernt und mit dem ich mich angefreundet hatte; der Enkel der Leiterin der Privatschule in Baton Rouge, in die Daphne Gisselle und mich geschickt hatte.

Die eigentliche Wohltäterin und Stifterin der Schule war eine Witwe, Mrs. Clairborne, die mit ihrem Enkel Louis in einer großen Villa auf dem Schulgelände lebte. Louis, ein Mann in den Zwanzigern, war als kleiner Junge durch die traumatische Erfahrung erblindet, daß er mit angesehen hatte, wie sein Vater seine Mutter tötete. Er erstickte sie mit einem Kopfkissen. Die Blindheit blieb ihm selbst noch nach vielen Dutzenden von Sitzungen mit einem Psychiater.

Er war jedoch ein hochbegabter Pianist und Komponist, der all seine Gefühle in seine Musik einfließen ließ. Ich lernte ihn zufällig kennen, als ich mit den anderen neuen Schülerinnen unseres Flügels des Wohnheims zum Tee in der Villa eingeladen war. Da der Klang seiner Musik mich angelockt hatte, war ich in sein Atelier geschlendert, und Louis und ich hatten uns eng miteinander angefreundet. Louis behauptete, meine Freundschaft hätte ihm geholfen, das Augenlicht allmählich wiederzuerlangen. Er kam zu meiner Rettung, als man mich aufgrund von etwas, was Gisselle angestellt hatte, fast von der Greenwood-Schule geworfen hätte. Seine Zeugenaussage verhalf mir zu einem Alibi, und damit war der Vorfall aus der Welt geräumt.

Louis war nach Europa gegangen, um sich dort von Spezialisten behandeln zu lassen und am Konservatorium Musik zu studieren. Der Kontakt zwischen uns beiden war abgerissen, und jetzt stand er, anscheinend aus heiterem Himmel, vor meiner Tür.

»Führen Sie ihn herein«, sagte ich zu Aubrey und wartete gespannt auf unsere Begegnung, als mir plötzlich eins aufging: Ich konnte ihn nicht als Ruby begrüßen. Ich war Gisselle! Plötzlich erlosch jeder Funke meiner Freude.

Aubrey führte ihn in das Atelier. Louis hatte ein wenig zugenommen, seit ich ihn das letzte Mal gesehen hatte, aber sein Gesicht wirkte reifer, und seine Wangen und sein Kinn wirkten sogar hagerer. Das dunkelbraune Haar trug er länger und an den Seiten zurückgebürstet. Er war immer noch ein recht gutaussehender Mann mit einem festen sinnlichen Mund und einer vollkommen geraden römischen Nase. Die einzige wirkliche Veränderung bestand darin, daß er jetzt eine Brille mit den dicksten Gläsern trug, die ich je gesehen hatte.

»Es freut mich, daß Sie mich empfangen, Madame Andreas«, sagte er. Ich ging auf ihn zu und reichte ihm zur Begrüßung die Hand. »Ich weiß nicht, ob Sie sich noch an mich erinnern oder nicht. Ich war sehr eng mit Ihrer Schwester Ruby befreundet«, sagte er, und mir wurde klar, daß er die Neuigkeiten erfahren hatte und mich für Gisselle hielt.

»Ja, ich weiß. Bitte, setzen Sie sich, Mr. Turnbull.«

»Nennen Sie mich einfach Louis«, sagte er und ging zu dem Sofa, das meinem Stuhl gegenüberstand. Ich saß da, starrte ihn einen Moment lang an und fragte mich, ob ich nicht einfach mit der Wahrheit herausplatzen konnte. Ich hatte das Gefühl, vor Frustration überzuschäumen.

»Ich bin gerade erst aus Europa zurückgekehrt«, erklärte er. »Dort habe ich Musik studiert und bin aufgetreten.«

»Aufgetreten?«

»Ja, in einigen der besten Konzertsäle«, sagte er. »Gleich nach meiner Ankunft in New Orleans habe ich einige Erkundigungen eingeholt und habe von der entsetzlichen Geschichte erfahren, die Ihrer Schwester zugestoßen ist. Es ist so, daß ich am kommenden Samstag hier in New Orleans im Theater der Darstellenden Künste im Louis Armstrong Park in der St. Ann Street spielen werde. Ich hatte gehofft, Ihre Schwester könnte zu meinem Auftritt erscheinen.« Er legte eine Pause ein.

»Es tut mir leid«, sagte ich. »Ich weiß, wie gern sie dort gewesen wäre.«

»Ach, wirklich?« Er musterte mich einen Moment lang und fügte dann hinzu: »Ich habe zwei Eintrittskarten für Sie und Monsieur Andreas mitgebracht, für den Fall, daß Sie Interesse haben.« Er holte sie heraus und legte sie auf den Tisch.

»Vielen Dank.«

»Und jetzt«, sagte er, und seine Miene verfinsterte sich, »seien Sie bitte so nett, mir alles über Ihre Schwester zu berichten. Wie gräßlich, daß das passieren mußte!«

»Sie hat sich mit einem Virus infiziert, der eine schwere Form von Gehirnentzündung hervorruft«, sagte ich. »Sie liegt in einem Krankenhaus im Koma, und ich fürchte, die Aussichten sind trostlos.«

Er nickte. Ich hatte ihm bestätigt, was er bereits gewußt und befürchtet hatte.

»Wie ich sehe, ist Ihr Augenlicht komplett wiederhergestellt. Meine Schwester hat mir von Ihnen erzählt«, fügte ich eilig hinzu.

»Ich sehe jetzt so gut, als hätte es keine Probleme gegeben, aber wie Sie an dieser Brille sehen können, bin ich ohnehin nicht mit den besten Augen geboren worden. Solange ich die Seiten sehen und meine Noten schreiben kann, beklage ich mich nicht«, fügte er hinzu und lächelte. »Verstehen Sie, was ich am Samstag abend hier spielen werde, sind unter anderem meine eigenen Kompositionen. Ich glaube, an einer davon könnten Sie größtes Interesse haben. Ich habe sie für Ihre Schwester komponiert. Der Titel lautet: Rubys Symphonie.«

»Ja«, sagte ich. Ein Kloß stieg in meine Kehle auf, und eine winzige Träne rann erst aus meinem rechten und dann aus meinem linken Auge. Ich fragte mich, ob sein Sehvermögen es zuließ, etwas so Kleines wahrzunehmen. Einen Moment lang heftete er wortlos den Blick auf mich.

»Entschuldigen Sie, Madame, ich möchte nicht unhöflich sein, aber war Monsieur Andreas nicht der Freund Ihrer Schwester?« fragte er.

»Früher einmal«, antwortete ich leise.

»Ich weiß, daß sie sehr in ihn verliebt war. Verstehen Sie, ich war in sie verliebt, und sie hat mir deutlich zu verstehen gegeben, daß ihr Herz bereits vergeben ist und daß sich daran niemals etwas ändern könnte, ganz gleich, was ich auch tue oder sage. Eine so starke Liebe ist etwas Seltenes, dachte ich mir, aber soweit ich gehört habe, hat sie einen anderen Mann geheiratet?«

»Ja.« Mein Blick wandte sich schuldbewußt ab. Meine wahre Geschichte brandete wie ein Fluß gegen einen Damm, den er einreißen will.

»Und sie hat ein Kind, eine Tochter?« fuhr er fort.

»Ja. Sie heißt Pearl. Im Moment lebt sie hier bei mir.«

»Ich kann mir vorstellen, daß Rubys Mann außer sich ist.«

Ich nickte. »Wie geht es Mrs. Clairborne, Ihrer Großmutter?« fragte ich.

»Meine Großmutter ist vor drei Monaten dahingeschieden.«

»Oh, das tut mir leid.«

»Ja. Sie hat größeres Leid erfahren, als irgend jemand geahnt hat. Trotz ihres enormen Reichtums hat sie kein glückliches Leben geführt. Aber sie durfte es zumindest noch erleben, daß ich mein Augenlicht wiederfinde und in großen Konzertsälen auftrete.«

»Das muß sie sehr glücklich gemacht haben. Und was ist mit Ihrer Cousine, der Eisernen Jungfrau von Greenwood? Schikaniert sie immer noch all diese jungen Frauen?«

Er lächelte. »Nein. Meine Cousine ist kurz nach dem Ableben meiner Großmutter in den Ruhestand gegangen und ist von Mrs. Waverly abgelöst worden, einer weitaus freundlicheren und warmherzigeren Frau.« Er lächelte. »Ihre Familie braucht keine Angst zu haben, Pearl eines Tages dort hinzuschicken.«

»Das ist gut«, sagte ich.

Er holte einen Stift und ein kleines Notizbuch heraus. »Vielleicht wären Sie so freundlich, mir den Namen und die Adresse des Krankenhauses zu geben, in dem Ihre Schwester behandelt wird. Ich möchte ihr gern Blumen schicken.«

Ich nannte ihm die Adresse, und er schrieb sie nieder.

»Ich möchte Ihre Zeit jetzt nicht noch länger in Anspruch nehmen. Für Sie und Ihre Familie muß es momentan sehr schwierig sein.« Er stand auf, und auch ich erhob mich langsam. Er nahm die Einladungskarten vom Tisch und drückte sie mir in die Hand. »Ich hoffe, es wird Ihnen und Ihrem Gemahl möglich sein, das Konzert zu besuchen«, sagte er. Er ließ meine Finger nicht los und richtete seine dunkelbraunen Augen mit einer solchen Intensität auf mich, daß ich die Augen niederschlagen mußte. Als ich wieder aufblickte, lächelte er. »Ich bin ganz sicher, daß Sie das Stück wiedererkennen werden«, flüsterte er.

»Louis ...«

»Ich stelle keine Fragen, Madame. Ich hoffe nur, daß Sie im Publikum sitzen werden.«

»Ganz bestimmt.«

»Schön.«

Ich begleitete ihn zur Haustür, und dort überreichte ihm Aubrey seinen Hut. Dann wandte sich Louis an mich.

»Ich möchte, daß Sie wissen, wieviel Einfluß Ihre Schwester auf mein Leben gehabt hat. Sie hat mich tief berührt und mir nicht nur den Mut zum Weiterleben, sondern in mir auch den Wunsch entfacht, Musik zu studieren und mehr aus meinem Talent zu machen. Ihre reizende, unschuldige Art und ihre reine Sichtweise der Dinge gab mir die Inspiration, Musik zu schreiben, von der ich hoffe, daß die Leute sie als bedeutend erachten werden. Sie sollten sehr stolz auf sie sein.«

»Das bin ich auch«, sagte ich.

»Dann werden wir am besten alle für sie beten.«

»Ja, wir werden alle für sie beten«, sagte ich. Die Tränen rannen mir jetzt über die Wangen, doch ich unternahm nicht den

Versuch, sie fortzuwischen. »Gott segne Sie«, flüsterte ich, und Louis nickte und ging. Das Herz sank in meiner Brust wie ein Stein, der in einem der Wasserläufe im Sumpf versinkt. Endlich wischte ich mir die Tränen aus dem Gesicht.

Jede Lüge bringt weitere Lügen hervor und plötzlich schießen sie wie Pilze aus dem Boden, pflegte Grandmère Catherine immer zu sagen. *Und dann fressen die Lügen einander auf wie Schlangen, die ihre Jungen verschlingen.*

Wie viele weitere Lügen würde ich in Umlauf setzen müssen? Wieviel dichter mußte das Netz meiner Täuschungen noch gesponnen werden, ehe ich in Frieden mit dem Mann zusammenleben konnte, den ich liebte? Louis kannte die Wahrheit, hatte durchschaut, wer ich war. Das war absolut einleuchtend. Er hatte mich in erster Linie in Gestalt meiner Stimme und in Form von Berührungen kennengelernt. Er war unter die Oberfläche vorgedrungen, da auf der Oberfläche Finsternis für ihn herrschte, und daher hatte er mich augenblicklich wiedererkannt. Und doch verstand er, daß es Gründe für diesen Rollenwechsel gab, er würde nichts unternehmen, um die ausgeklügelte Illusion zu gefährden, die Beau und ich ersonnen hatten und unserer Umgebung vorspielten. Louis machte sich zuviel aus mir, um peinliche Fragen zu stellen.

Als Beau an jenem Tag nach Hause kam, berichtete ich ihm von Louis' Besuch.

»Ich kann mich noch an ihn erinnern und auch daran, daß du immer wieder von ihm gesprochen hast. Glaubst du, er wird für sich behalten, was er weiß?«

»Oh, ja, Beau. Hundertprozentig.«

»Vielleicht sollten wir dieses Konzert besser nicht besuchen«, schlug Beau vor.

»Ich muß hingehen. Er erwartet es von mir, und ich möchte ihn spielen hören.« Ich sagte diese Worte so entschieden, daß Beau die Augenbrauen hochzog. Er dachte einen Moment lang nach.

»Das ist keine Veranstaltung von der Sorte, die Gisselle besucht hätte«, warnte er mich.

»Ich habe es satt, nur die Dinge zu tun, die Gisselle tun würde; ich habe es satt, nur die Gedanken zu denken, die typisch für sie wären, und nur die Dinge zu sagen, die sie sagen würde. Ich komme mir wie eine Gefangene vor, deren Gefängnis die Identität ihrer Schwester ist!« rief ich aus.

»Es ist schon gut, Ruby.«

»Die meiste Zeit über verkrieche ich mich in diesem Haus, und zwar aus Furcht, daß ich ohne dich an meiner Seite das Falsche tun oder sagen könnte, sowie ich das Haus verlasse«, stieß ich mit schriller Stimme hervor.

»Ja, das verstehe ich.«

»Nein, du verstehst es nicht. Es ist die reinste Folter«, beharrte ich.

»Wir werden das Konzert besuchen. Falls jemand Fragen stellen sollte, sagen wir einfach, du bist nur mitgekommen, um mir einen Gefallen zu tun, und das ist alles«, schloß er.

»Klar. Ich bin die Dumme, die Selbstsüchtige, die Gemeine und die Unsensible, ein Klumpen Fleisch und Knochen voller Dünkel und durch und durch verzogen«, stöhnte ich. Beau lachte. »Was ist?«

»Du hast nur zu recht. Du hast Gisselle gerade so beschrieben, wie sie in Wirklichkeit war.«

»Wie konntest du dich dann dazu durchringen, sie jemals zu heiraten?« fragte ich mit einer weitaus schärferen Stimme, als ich es beabsichtigt hatte.

Ich sah, wie er zusammenzuckte. »Das habe ich dir alles schon einmal erklärt, Ruby. An den Gründen hat sich in der Zwischenzeit nichts geändert. Ich liebe dich. Ich habe immer nur dich geliebt«, sagte er und senkte den Kopf, ehe er sich abwandte, um zu gehen.

Ich stand da, und mir war grauenhaft zumute. Es schien, als gäbe es niemanden, den ich in dieser psychischen Verfassung nicht verletzt hätte. Nicht nur ich selbst, sondern auch alle anderen, die ich liebte, machten meinetwegen emotionale Qualen durch. Mein Gehirn schlug Purzelbäume. Wie hatte ich uns alle bloß in diese verfahrene und schmerzliche Lage gebracht? Ich versank in dem mir vertrauten Teich hoffnungsloser Verzweiflung.

Natürlich wurde mir bald klar, daß es nicht ausschließlich meine Schuld war. Beau hätte mich nicht verlassen und es nicht bis zu dem Punkt treiben dürfen, an dem ich fest daran geglaubt hatte, für mich und mein Baby bestehe keine Hoffnung, wenn ich Paul nicht heiratete. Paul hätte mich nicht anflehen, mich nicht überreden und mir nicht immer wieder mit den Verlokkungen eines Lebens in Luxus und Behaglichkeit kommen dürfen. Vor allem aber hätte Gisselle nicht ihren Vorteil nutzen und nicht Beau heiraten dürfen, nur um mich zu verletzen. Mir war längst klar, daß sie ihn nicht wirklich liebte. Sie war ihm unzählige Male untreu gewesen. Wir trugen alle einen Teil der Schuld, doch mein Schuldbewußtsein nahm durch dieses Wissen nicht ab.

Trotzdem hatte es keinen Sinn, sich jetzt gegenseitig anzugreifen. Wozu sollte es gut sein, das Chaos, das ohnehin schon herrschte, noch zu verschlimmern? Vielleicht würde sich dieser innere Aufruhr niemals legen, dachte ich. Ich suchte Beau und fand ihn in seinem Arbeitszimmer. Er stand am Fenster und sah hinaus.

»Es tut mir leid, Beau«, sagte ich. »Ich wollte nicht explodieren.«

Er drehte sich langsam zu mir um und lächelte. »Es ist schon gut; es ist dein Recht, dann und wann zu explodieren. Du stehst unter einem gewaltigen Druck. Für mich ist alles viel einfacher. Ich brauche einfach nur ich selbst zu sein, und ich kann mich mit meinen Geschäften ablenken. Ich sollte verständnisvoller und einfühlsamer sein, was deine Bedürfnisse angeht. Es tut mir leid.«

»Dann laß uns nicht mehr streiten«, sagte ich.

Er kam auf mich zu und legte mir die Hände auf die Schultern. »Ich kann mir nicht vorstellen, jemals wütend auf dich zu werden, Ruby. Falls es trotzdem dazu kommen sollte, werde ich mich hinterher dafür hassen. Soviel verspreche ich dir«, sagte er. Wir küßten und umarmten uns und gingen auf die Terrasse hinaus, um nachzusehen, was Pearl und Mrs. Ferrier dort taten.

Ich beschloß, keines der Kleidungsstücke, die ich in Gisselles Garderobe fand, sei geeignet für Louis' Konzert. Daher ging ich aus dem Haus und erstand ein elegantes, knöchellanges schwarzes Samtkleid. Als Beau mich darin sah, schwieg er lange Zeit. Dann schüttelte er den Kopf.

»Was ist?« fragte ich schroff.

»Nur dem unsensibelsten Hackklotz, den man sich denken kann, entginge der Unterschied zwischen dir und deiner Schwester. Jeder andere wüßte sofort, wer du in Wirklichkeit bist«, sagte er.

»Das glaubst du nur, weil du mich so gut kennst, Beau. Oberflächlich betrachtet würde sich Gisselle nicht allzusehr von mir unterscheiden, wenn sie derartige Kleider getragen hätte. Sie hatte nur einfach keine Lust, wie eine reife Frau auszusehen. Sie fand, das sei nicht sexy.«

»Vielleicht hast du recht«, sagte er. »Jedenfalls hat sie sich geirrt, als sie glaubte, Eleganz sei nicht sexy. Dein Anblick verschlägt mir den Atem.« Er dachte einen Moment lang nach und nickte dann. »Ich glaube, heute abend solltest du eine von Daphnes Diamantketten tragen. Gisselle täte es«, hob er betont hervor.

Ich seufzte, betrachtete mich im Spiegel und schloß mich seiner Meinung an, daß ich etwas um den Hals gebrauchen konnte.

»Und außerdem«, fuhr Beau fort und verjagte damit meine

Bedenken, »warum dem Schmuck die Schuld geben? Die Diamanten hatten kein Mitspracherecht, als es darum ging, sich ihre Besitzerin auszusuchen, oder etwa doch?«

Ich lachte und ging zu Daphnes Schmuckkasten.

»Ich bin sicher, daß sie an ihr nie so schön ausgesehen haben«, sagte Beau strahlend, nachdem ich die Kette angelegt hatte, von der ich wußte, daß sie ein Geschenk meines Vaters war.

»Oh, doch, sie haben wunderbar an ihr ausgesehen, Beau. Wenn sie auch ein noch so schlechter Mensch war und uns auch noch so grausam behandelt hat, war sie doch trotzdem eine wunderschöne Frau; eine Zauberin, die das Herz und die Liebe meines Vaters erobert und ihn dann gemartert hat.«

»Und seinen Bruder auch«, rief Beau mir ins Gedächtnis zurück.

»Ja, seinen Bruder auch«, sagte ich und dachte an den armen Onkel Jean.

Es tat mir gut, unter der Decke meiner düsteren und bedrükkenden Gedanken hervorzukriechen und in einer eleganten Umgebung einen schönen Abend zu verbringen. Die reichsten und angesehensten Bürger von New Orleans besuchten Louis' Konzert. Es erfüllte mein Herz mit Freude, seinen Namen in Leuchtbuchstaben und sein Bild auf Plakaten zu sehen. Wir folgten der Parade von teuren Wagen und Luxuslimousinen zum Theatereingang. Dort sprangen Chauffeure aus ihren Fahrzeugen, und Portiers kamen angeeilt, um Damen in Modellkleidern und Herren in Smokings die Tür zu öffnen. Als wir in das hell erleuchtete Foyer traten, kam es mir vor, als seien die Blicke aller auf mich gerichtet, als würde jede meiner Bewegungen beobachtet und jedes meiner Worte belauscht. Da ich daran dachte, was Beau über Gisselle und solche Veranstaltungen gesagt hatte, bemühte ich mich, Unzufriedenheit und Unbehagen auszustrahlen. Das Unbehagen fiel mir nicht schwer, da ich schrecklich nervös war.

Diejenigen, die auf uns zukamen, um mit uns zu reden, erkundigten sich alle nach Rubys Verfassung. »Unverändert«, lautete Beaus Antwort jedesmal. Einen Moment lang wirkten die Leute mitfühlend, und dann wechselten sie eilig das Thema. Es überraschte mich, wie viele von ihnen über Louis informiert waren; darüber, daß er komponiert hatte, als er noch blind war, und später, als er das Augenlicht wiedererlangt hatte, begonnen hatte, in ganz Europa aufzutreten.

Da keine von Gisselles Freundinnen je ein solches Konzert besucht hätte, blieb es mir erspart, mich mit ihrem Erstaunen über meine ungewohnte Aufmachung auseinanderzusetzen. Dennoch war ich froh, als wir endlich saßen und es still im Publikum wurde. Als Louis auftrat, wurde er mit begeisterten Ovationen empfangen. Er nahm seinen Platz am Klavier ein, und es wurde still im Saal. Dann setzte die Musik ein.

Während Louis ein Stück nach dem anderen spielte, schloß ich die Augen und erinnerte mich an die Abende in der Villa seiner Großmutter. Erinnerungen strömten über mich herein. Ich sah ihn mit geschlossenen Augen in der Dunkelheit an seinem Klavier sitzen, doch seine Finger brachten ihm Licht und verliehen seinem Gesicht Glanz. Ich erinnerte mich daran, wie wir gemeinsam auf der Klavierbank gesessen hatten, wenn er spielte, und ich erinnerte mich auch wieder daran, wie er mich berührt und geküßt hatte. Dann fiel mir sein gewaltiger Ausbruch in seinem Zimmer wieder ein, als er mir unter Tränen und in tiefem innerem Aufruhr die schreckliche Geschichte seiner Eltern erzählt hatte; wie besessen seine Mutter von ihm war und wie der Zorn seines Vaters alles vernichtete.

Wie ein Regenbogen nach einem Unwetter hatte Louis sich aus all dem Leid erhoben und war ein Pianist von Weltrang geworden. Das erfüllte mein Herz nicht nur mit Freude und Wärme, sondern auch mit Hoffnung für Beau, Pearl und mich. Auch unser Sturm würde sich bald legen, dachte ich, und danach würde süße, wohltuende Ruhe einkehren.

Schließlich, kurz vor Ende des Konzerts, stand Louis auf und wandte sich an das Publikum. »Dieses letzte Stück trägt, wie Sie Ihren Programmheften entnehmen können, den Titel ›Rubys Symphonie‹. Es ist ein Stück, zu dem ich von einer zauberhaften jungen Dame inspiriert wurde, die für kurze Zeit in meinem Leben aufgetaucht ist und mir dabei geholfen hat, neue Hoffnung und Selbstvertrauen zu schöpfen. Man könnte sagen, sie hat mir das Licht am Ende des Tunnels gezeigt. Daher bereitet es mir besondere Freude, dieses Stück heute für Sie zu spielen«, sagte er. Nur wenige Leute im Publikum hegten den Verdacht, diese Musik könne tatsächlich für mich, Ruby Dumas, geschrieben und mir gewidmet worden sein.

Beau hielt meine Hand und sagte kein Wort. Ich bemühte mich, nicht zu weinen, da ich fürchtete, andere Leute könnten es bemerken, doch es war ein aussichtsloser Kampf. Als die Musik endete, waren meine Wangen klatschnaß; das Publikum jedoch war begeistert, und alle sprangen auf, um zu applaudieren. Beau und ich erhoben uns ebenfalls und spendeten der Darbietung unseren Beifall. Louis verneigte sich und verließ nach diesem großartigen Erfolg die Bühne.

»Ich muß unbedingt in seine Garderobe gehen, ihn sehen und ihm gratulieren, Beau«, sagte ich.

»Ja, selbstverständlich«, sagte er.

In Louis' Kabine drängten sich viele Menschen, die ihn beglückwünschen wollten. Überall knallten Champagnerkorken. Ich dachte schon, wir würden niemals bis zu ihm vordringen, doch Louis entdeckte mich ganz hinten in der Menge, die sich um ihn scharte. Er bat die anderen, uns Platz zu machen. Selbstverständlich richteten sich alle Blicke auf uns, und die Leute fragten sich, wer diese Ehrengäste wohl sein mochten.

»Es war einfach wunderbar, Louis«, sagte ich. »Ich bin ja so froh, daß wir kommen konnten.«

»Ja, einfach phantastisch«, fügte Beau hinzu.

»Danke. Es macht mich maßlos glücklich, daß ich gerade in

dieser schwierigen Zeit ein wenig Freude in Ihr Leben bringen konnte, Madame Andreas.« Er küßte mir die Hand.

»Ich wünschte, Gisselles Schwester hätte persönlich hier erscheinen können«, sagte Beau eilig und so laut, daß es alle Anwesenden im Raum hören konnten. Während des Schweigens, das daraufhin eintrat, stockte mein Herzschlag. Louis lächelte strahlend.

»Ja, das wünschen wir alle, nicht wahr?« sagte er. »Aber im Geiste war sie heute abend hier bei uns«, fügte er mit einem liebevollen Lächeln hinzu. Wir sahen einander einen Moment lang in die Augen; dann knallte ein weiterer Champagnerkorken, und Louis' Aufmerksamkeit wurde so lange von uns abgelenkt, daß Beau und ich uns unauffällig zurückziehen konnten.

Mein Herz fühlte sich an wie ein verschlungenes Knäuel Louisianamoos. Ich bekam nicht genug Luft, obwohl ich das Fenster des Wagens öffnete und den Kopf praktisch in den Wind hielt.

»Ich bin froh, daß du mich zum Besuch dieses Konzerts überredet hast«, sagte Beau. »Er war großartig; das sage ich nicht einfach nur so. Während er spielte, entwickelte die Musik ein Eigenleben. Melodien, die ich schon oft gehört hatte, waren plötzlich von solcher Schönheit, daß ich den Eindruck hatte, so waren sie gedacht, als sie geschrieben worden sind.«

»Ja, er ist ganz außerordentlich begabt.«

»Du solltest stolz darauf sein, daß du ihm dabei geholfen hast, seine Bestimmung im Leben wiederzufinden«, sagte Beau.

»Ich weiß nicht und habe keine klare Vorstellung davon, wieviel ich wirklich damit zu tun hatte.«

»Ein Blick in seine Augen hat genügt, um mir zu sagen, daß du allein ihm das gegeben hast«, sagte Beau. »Aber ich bin nicht eifersüchtig«, fügte er mit einem Lächeln eilig hinzu. »Du bist wie ein Engel in seinem Leben erschienen, hast ihn berührt und bist weitergeflogen. Aber für mich bist du mein Leben.«

Er nahm mich in den Arm und gab mir einen schnellen Kuß. Ich schmiegte mich an ihn und fühlte mich zum ersten Mal, seit wir als Mann und Frau in New Orleans eingetroffen waren, glücklich und geborgen. In jener Nacht liebten wir uns zart und liebevoll und hielten einander in den Armen, als wir einschliefen. Wir schliefen beide länger als gewöhnlich. Nicht einmal der Sonnenschein, der zum Fenster hereinströmte, weckte uns, und Beau hatte den Stecker des Telefons am Bett herausgezogen, damit wir nicht gestört wurden.

Ich hörte Aubreys Schritte und sein leises Klopfen als erste. Zunächst glaubte ich zu träumen. Dann schlug ich die Augen auf und lauschte noch einmal. Beau stöhnte, als ich mich bewegte.

»Einen Moment«, rief ich und stand auf, um meinen Morgenmantel anzuziehen.

»Es tut mir leid, daß ich Sie störe, Madame, aber Madame Pitot ist am Telefon, und sie ist außer sich. Sie hat darauf bestanden, daß ich Sie augenblicklich ans Telefon hole.«

»Danke, Aubrey«, sagte ich. Ich trat an den Nachttisch und stöpselte unser Telefon ein, und meine Hände zitterten bereits, weil ich schlechte Nachrichten erwartete.

»Was ist passiert?« fragte Beau und rieb sich die Augen.

»Es ist Jeanne«, sagte ich und nahm den Hörer ab. »Hallo, Jeanne.«

»Sie ist tot«, sagte sie mit einer Grabesstimme. »Sie ist heute am frühen Morgen gestorben. Paul war da und hat ihr die Hand gehalten.«

»Was?«

»Ruby ist tot. Sie haben mir gesagt, daß ich dich anrufen soll. Niemand sonst wollte es übernehmen. Es tut mir leid, daß ich dich geweckt habe. Du kannst jetzt wieder schlafen gehen«, fügte sie hinzu.

»Jeanne, wann? Und wie?«

»Was soll das heißen, wann und wie? Es kam nicht direkt unerwartet, oder etwa doch? Aber du bist es ja gewohnt, unerfreulichen Dingen aus dem Weg zu gehen und sie zu ignorieren, stimmt's, Gisselle? Nun, der Sensenmann duldet es nun einmal nicht, daß man ihn ignoriert, selbst dann nicht, wenn es sich um reiche Kreolen aus der Oberschicht von New Orleans handelt.«

»Wie geht es Paul?« fragte ich schnell und ignorierte ihren bitteren Sarkasmus.

»Er will nicht von ihrer Seite weichen und folgt ihr überallhin, sogar ins Bestattungsinstitut. Auf meine Eltern will er nicht hören. Er hat nur einen einzigen vernünftigen Satz von sich gegeben, und den hat er an mich gerichtet, weil er wußte, daß ich dich anrufe.«

»Und was war das?«

»Er sagte, du sollst das Baby nicht zur Beerdigung mitbringen. Er will nicht, daß die Kleine das erleben muß. Das heißt, falls du überhaupt dort erscheinst.«

»Natürlich werde ich zur Beerdigung kommen«, sagte ich. »Schließlich war sie meine Schwester.«

»Ja, sie war deine Schwester«, sagte Jeanne trocken. »Es tut mir leid. Ich kann jetzt nicht mehr mit dir reden. Du kannst später anrufen und James nach den Einzelheiten der Beerdigung fragen.«

Nachdem ich den Hörer aufgelegt hatte, setzte ich mich auf das Bett. Mein Körper fühlte sich an, als sei alles Blut aus ihm gewichen. Ich unterdrückte ein Schluchzen.

Beau wußte, was vorgefallen war, aber er fragte trotzdem. »Was ist passiert?«

»Sie ist heute morgen gestorben.«

Er schüttelte den Kopf und stieß einen tiefen Seufzer aus. Ich spürte seine Hand auf meiner Schulter. Einen Moment lang saßen wir beide schweigend da und versuchten zu begreifen, daß all das Wirklichkeit war.

»Wenigstens ist es jetzt vorbei«, sagte er. »Endlich.«

Ich drehte mich zu ihm um. »O Beau, es ist alles so seltsam.«

»Was?«

»Daß alle glauben, ich sei diejenige, die gestorben ist. Die Traurigkeit und die Wut, die ich in Jeannes Stimme gehört habe, waren mir unerträglich.«

»Ja, aber damit ist unser Pakt auf alle Zeiten besiegelt. Du und ich, genauso, wie ich es gleich gesagt habe, wie ich es dir versprochen habe. Wir haben dem Schicksal ein Schnippchen geschlagen.«

Ich schüttelte den Kopf. Es waren Worte, die mich glücklich machen sollten, doch sie bewirkten nichts anderes, als mein Herz mit niederdrückendem Grauen zu erfüllen. Ich hatte die überraschenden und unerwarteten Schläge, die das Schicksal austeilte, schon öfter zu spüren bekommen. Ich besaß nicht Beaus Zuversicht und würde sie wahrscheinlich auch niemals besitzen.

Trotz all der entsetzlichen Dinge, die Gisselle mir in der Vergangenheit angetan hatte, trotz ihrer Eifersucht und ihrer Art, auf mich herabzublicken, weil ich im Bayou als eine Cajun aufgewachsen war, erinnerte ich mich unwillkürlich auch an die schöneren Momente. Manchmal hatte ich ihren Augen den Wunsch angesehen, geliebt zu werden und mir eine echte Schwester zu sein. Ich wußte, daß Beau dazu gesagt hätte, mein Herz sei so weich wie Marshmallows. Doch ich konnte nicht anders, als Tränen um die Gisselle zu vergießen, die sich so sehr danach gesehnt hatte, die Anerkennung anderer zu finden.

Am späteren Nachmittag rief ich an und sprach mit James. Er war sehr höflich, aber ebenfalls unterkühlt. Ich konnte mir nichts Befremdlicheres vorstellen, als meinem eigenen Totengottesdienst und meiner eigenen Beerdigung beizuwohnen. Als wir am Tag des Begräbnisses in Cypress Woods eintrafen, drückte eine Stimmung von Tod und Trostlosigkeit auf das prachtvolle Haus. Der bleigraue, schwere Himmel erstreckte sich lückenlos von einem Horizont zum anderen. Die Dunkelheit raubte den Blütenblättern die Röte und hüllte alles in tiefe Schatten. Die Arbeiter, das Personal und die Hinterbliebenen, alle waren von der Tragödie niedergedrückt. Die Leute flüsterten miteinander, schlichen durch die Gegend, berührten und umarmten einander, als wollten sie einen Kreis bilden, um die Melancholie in Schach zu halten. Am traurigsten wirkten die Dienstboten. Ihre Augen hatten dunkle Schatten, und ihre Schultern hingen herunter.

Es war mir beinahe unmöglich, die Bekundungen von Mitgefühl und Beileid entgegenzunehmen. Menschen etwas vorzumachen, auf denen ohnehin schon Kummer lastete, war entsetzlich, und daher wandte ich mich ab und ging so schnell wie möglich. Wieder wurden meine Gefühle mißverstanden und als Gisselles Teilnahmslosigkeit und Selbstsucht ausgelegt.

Pauls Eltern, seine Schwestern Toby und Jeanne und Jeannes Mann nahmen ihren Platz im Wohnzimmer ein, um dort die Besucher zu begrüßen. Ich spürte, wie sich Gladys Tates Blicke in dem Moment finster auf mich hefteten, in dem ich den Raum betrat. Hohn lag auf ihren harten schmalen Lippen, als ich sie begrüßte. Ich fühlte mich in ihrer Gegenwart so unbehaglich, daß ich möglichst schnell wieder das Zimmer verließ.

Paul hielt sich die meiste Zeit über abseits. Uns war klar, daß er enorme Mengen trank. Die einzigen Menschen, die er zu sehen bereit war, waren seine nächsten Angehörigen, vor allem seine Mutter. Sogar mit Beau und mir wollte er nichts zu tun haben. Toby, die nach oben ging, um ihm mitzuteilen, daß ich da war, teilte mir bei ihrer Rückkehr mit, er hätte gesagt, mein Anblick sei ihm zu schmerzlich, da ich solche Ähnlichkeit mit Ruby hätte. Beau und ich sahen uns verwundert an.

»Jetzt übertreibt er es aber wirklich«, gab Beau flüsternd zu.

Ich machte mir große Sorgen und ging daher trotzdem nach oben. Ich klopfte an und wartete, doch ich bekam keine Antwort. Als ich versuchte, die Tür zu öffnen, fand ich sie abgeschlossen.

»Paul, ich bin es. Mach die Tür auf. Wir müssen miteinander reden. Bitte«, flehte ich. Beau stand hinter mir und sah sich nach allen Richtungen um, um sicherzugehen, daß niemand hörte, wie ich Paul anflehte.

»Es ist zwecklos«, sagte er. »Er will dich nicht sehen. Laß ihm Zeit.«

Ich sah ihn erst, kurz bevor wir aufbrachen, um den Gottesdienst zu besuchen. Die Verzweiflung hatte seinem Gesicht jede Farbe und jeden Glanz genommen; es ähnelte jetzt einer Totenmaske. Er sah mich mit ausdruckslosen Augen an und bewegte sich wie in Trance. Ich drückte Beaus Hand und warf ihm einen besorgten Blick zu. Er nickte und versuchte, auf Paul zuzugehen und ihn anzusprechen, doch Paul nahm seine Anwesenheit nicht zur Kenntnis. Selbst von seinen eigenen Eltern nahm er kaum Notiz, und da er ständig von anderen Menschen umgeben war, war es schwierig für mich, ihm die Dinge zu sagen, die ich ihm gern gesagt hätte.

Die Kirche war brechend voll, und das nicht nur, weil die Tates so viele Menschen kannten oder in geschäftlichen Beziehungen zu ihnen standen, sondern auch, weil es noch so viele gab, die meine Grandmère Catherine gekannt hatten und sich gerne an sie erinnerten. Mein Herz zersprang fast, als ich ihnen in die Gesichter sah. Beau und ich saßen ganz vorn, in der zweiten Reihe hinter Paul und seiner Familie, und hörten uns den Nachruf des Geistlichen an. Jedesmal, wenn ich meinen Namen hörte, zuckte ich zusammen und sah mich um. Pauls Schwestern weinten hemmungslos, doch Paul war wie einer von Nina Jacksons Zombies, mit starrem Körper und Augen, die so leer waren, daß mir bei seinem Anblick ein Schauer über den Rücken lief. Kein Mensch, der bei gesundem Verstand war, hätte ihn ansehen und daran zweifeln können, daß tatsächlich Ruby in diesem Sarg lag, dachte ich. Diese Vorstellung löste ein Gefühl von Übelkeit und Leere in meiner Magengrube aus.

Ich sehe zu, wie Menschen um mich weinen, ich lausche den

Worten eines Geistlichen, die meiner Person gelten, und ich schaue einen Sarg an, in dem angeblich ich liege, dachte ich. Es war ein durch und durch makabres Gefühl, und ich mußte alle Kraft aufbieten, um nicht in Ohnmacht zu fallen.

Noch schlimmer war es auf dem Friedhof. Ich war diejenige, die angeblich in den Boden hinuntergelassen wurde. Ich war diejenige, über deren Sarg der Geistliche die letzten Worte sprach und der er den letzten Segen gab. Mein Name und meine Identität wurden in diesem Moment zu Grabe getragen. Ich sagte mir, daß das meine letzte Chance war, die letzte Gelegenheit, mich zu Wort zu melden und laut zu sagen: »Nein, nicht Ruby liegt in diesem Sarg. Es ist Gisselle. Ich bin hier. Ich bin nicht tot!«

Einen Moment lang glaubte ich, ich hätte die Worte tatsächlich laut ausgesprochen, doch sie waren nicht über meine Lippen gekommen. Durch meine Taten hatte ich mir selbst das Wort verboten. Ich erkannte, daß hier und jetzt die Wahrheit begraben werden mußte.

Der Regen setzte ein und fiel erbarmungslos und kälter als gewöhnlich. Überall wurden Schirme aufgespannt. Paul schien nichts davon wahrzunehmen. Sein Vater und James, Jeannes Mann, mußten sich bei ihm einhängen, um ihn auf den Füßen zu halten. Als der Sarg in die Erde gesenkt wurde und der Geistliche Weihwasser darüberspritzte, sackten Pauls Beine unter ihm zusammen. Man mußte ihn zur Limousine zurücktragen und ihm kaltes Wasser einflößen. Seine Mutter bedachte mich mit einem vernichtenden Blick und folgte eilig ihrem Sohn.

»Dafür hat er die höchste schauspielerische Auszeichnung verdient«, sagte Beau kopfschüttelnd. Selbst er war über das Stadium des Erstaunens hinaus; er war tief beeindruckt, und seinem Gesichtsausdruck konnte ich ansehen, daß Pauls Benehmen ihn ebenso sehr erschreckte wie mich.

»Du hast recht«, flüsterte er mir zu, als wir zu unserem Wagen zurückliefen. »Dich zu verlieren hat ihn derart aus der Fassung gebracht, daß er durchgedreht ist und die Illusion als Wahrheit akzeptiert hat. Er konnte den Umstand, daß du ihn verlassen hast, nur akzeptieren, indem er sich einredete, du seist diejenige, die krank war und jetzt gestorben ist«, mutmaßte Beau und schüttelte den Kopf.

»Ja, das ist mir klar, Beau. Ich mache mir solche Sorgen.«

»Vielleicht fängt er sich jetzt schlagartig wieder, nachdem alles vorbei ist und sie nicht mehr da ist«, schlug Beau vor, doch keiner von uns beiden glaubte auch nur im geringsten daran.

Wir fuhren vor allem deshalb noch einmal nach Cypress Woods zurück, weil wir sehen wollten, wie es Paul ging. Der Arzt ging in seine Suite, um ihn zu untersuchen, und als er wieder nach unten kam, teilte er uns mit, er hätte Paul ein Mittel gegeben, das ihm beim Einschlafen helfen sollte.

»Es wird eine Weile dauern«, sagte er. »Solche Dinge brauchen Zeit. Leider steht uns keine Droge zur Verfügung, kein Medikament und keine Behandlungsmethode, um Kummer zu heilen.« Er nahm Gladys' Hand zwischen seine Hände, drückte sie lange, küßte sie auf die Wange und ging. Sie drehte sich um und warf mir einen langen, eisigen Blick zu. Dann ging sie nach oben, weil sie bei Paul sein wollte.

Toby und Jeanne zogen sich in eine Ecke zurück, um einander zu trösten. Die ersten Gäste gingen, da sie es eilig hatten, die unerträgliche Traurigkeit hinter sich zu lassen. Pauls Mutter blieb bei ihm in der Suite, und daher hätte ich selbst dann nicht mit ihm reden können, wenn ich es gewollt hätte. Octavius kam nach unten, um mit uns zu sprechen. Er wandte sich dabei an Beau, als könne auch er mir beim besten Willen nicht ins Gesicht sehen.

»Gladys geht es genauso schlecht wie Paul«, murmelte er. »Das hat mit ihrem Verhältnis zu ihm zu tun. Jedesmal, wenn er krank war, schon als Kind, ist sie auch krank geworden. Wenn er unglücklich war, dann war auch sie unglücklich. Was für eine grauenhafte Geschichte«, fügte er hinzu und entfernte sich kopfschüttelnd. »Einfach grauenhaft.«

»Wir sollten jetzt gehen«, sagte Beau leise. »Laß ihm ein oder zwei Tage Zeit, ehe du ihn anrufst. Sowie er sich wieder halbwegs gefangen hat, werden wir ihn zu uns nach New Orleans einladen und gemeinsam eine vernünftige Lösung finden.«

Ich nickte. Ich hätte mich gern von Jeanne und Toby verabschiedet, doch sie hatten sich in das Schneckenhaus ihres Kummers zurückgezogen und waren nicht ansprechbar. Daher brachen Beau und ich auf. In der Tür blieb ich noch einmal stehen. James hielt uns die Tür auf und wartete ungeduldig, aber ich wollte mich ein letztes Mal in dem prachtvollen Haus umsehen, ehe wir gingen. Ein Gefühl von Endgültigkeit überkam mich. Das hier war in vieler Hinsicht das Ende. Aber erst am späten Nachmittag des nächsten Tages sollte ich entdecken, daß noch viel mehr geendet hatte, als ich ahnen konnte.

15.
Der Abschied von meiner ersten Liebe

Am frühen Abend des folgenden Tages, als Beau und ich uns gerade zum Essen hinsetzen wollten, erschien Aubrey mit bleichem Gesicht in der Tür zum Eßzimmer, um mir mitzuteilen, er hätte einen Anruf für mich entgegengenommen. Seit der Rückkehr aus Cypress Woods waren Beau und ich wie zwei Schlafwandler durch die Gegend geirrt, hatten kaum etwas gegessen, kaum etwas getan und nur mit gesenkter Stimme geredet. Die dichte Decke der Trostlosigkeit, die über dem Bayou gehangen hatte, war uns nach New Orleans gefolgt und lag jetzt über uns wie eine erdrückende Masse, die jeden Raum verfinsterte und selbst in unsere Seelen Schatten warf. Auf der gesamten Heimfahrt hatte es geregnet. Ich war zum monotonen Hin und Her der Scheibenwischer eingeschlafen und mit einem Gefühl von Kälte erwacht, die bis in die Knochen reichte und gegen die selbst ein Dutzend Pullover und ein Berg von Decken nichts geholfen hätten.

»Wer ist es?« fragte ich. Ich war nicht dazu aufgelegt, mit einer von Gisselles Freundinnen zu reden, konnte mir aber gut vorstellen, daß sie von dem Todesfall gehört hatten und jetzt locker darüber plaudern wollten. Ich hatte Aubrey angewiesen, jeder einzelnen von ihnen mitzuteilen, daß ich nicht zu sprechen war.

»Sie wollte ihren Namen nicht nennen, Madame. Ihre Stimme ist nur ein heiseres Flüstern, und sie ist sehr beharrlich«, erklärte er. Ich konnte seiner Körperhaltung und seinen ausweichenden Blicken deutlich ansehen, daß diese ominöse

Person grob mit ihm umgegangen war. Inzwischen war ich sicher, daß es sich um eine von Gisselles unverschämten Freundinnen handelte, die ein Nein von einem Dienstboten nicht als Antwort gelten ließen.

»Möchtest du, daß ich das Gespräch entgegennehme?« fragte Beau.

»Nein. Ich mache das schon«, sagte ich. »Danke, Aubrey. Es tut mir leid«, fügte ich hinzu, um mich für die unangenehme Behandlung zu entschuldigen, die ihm widerfahren sein mußte.

Ich ging ins Arbeitszimmer, und als ich den Hörer abnahm, schlug mein Herz heftig, und mein Gesicht war vor Zorn gerötet.

»Wer ist da?« fragte ich schroff. Einen Moment lang bekam ich keine Antwort. »Hallo?«

»Er ist fortgegangen«, erwiderte mir eine krächzende Stimme. »Er ist fortgegangen, und wir können ihn nicht finden, und schuld an alledem bist nur du.«

»Was? Wer ist da? Wer ist fort?« fragte ich, und die Worte kamen aus mir heraus wie aus einem Maschinengewehr. Die Stimme verursachte mir eine Gänsehaut.

»Er ist ins Bayou hinausgefahren. Gestern abend ist er aufgebrochen und bisher nicht zurückgekommen. Niemand konnte ihn ausfindig machen. Mein Paul«, schluchzte sie, und ich wußte, daß es Gladys Tate war.

»Paul... ist gestern nacht ins Bayou hinausgefahren?«

»Ja, ja, ja«, rief sie aus. »Das hast du ihm angetan. All das ist nur deine Schuld.«

»Madame Tate...«

»Hör auf damit!« schrie sie. »Hör auf, dich zu verstellen«, sagte sie und senkte ihre Stimme wieder, bis sie klang wie das rauhe Krächzen einer alten Hexe. »Ich weiß, wer du in Wirklichkeit bist, und ich weiß, was ihr getan habt, du und dein... Geliebter. Ich weiß, wie ihr meinem armen Paul das Herz gebrochen habt, es in Stücke gesprengt habt, bis er nichts mehr fühlen konnte. Ich weiß, wie ihr ihn dazu gebracht habt, sich zu verstellen und bei diesem gräßlichen Plan mitzuwirken.«

Ich kam mir vor, als sei ich bis zu den Knien in Eiswasser versunken. Einen Moment lang brachte ich kein Wort heraus. Meine Kehle schnürte sich zu, und sämtliche Worte keilten sich in meiner Brust ein und gaben mir das Gefühl, sie könnten sie jeden Moment sprengen.

»Sie verstehen das nicht«, sagte ich schließlich, und dabei überschlug sich meine Stimme.

»Oh, doch, ich verstehe es sogar ganz genau. Ich verstehe es weitaus besser, als du denkst. Siehst du«, sagte sie, und jetzt triefte ihre Stimme vor Arroganz, »mein Sohn hat mir weitaus mehr Vertrauen entgegengebracht, als du es je geahnt hast. Er hat mir alles anvertraut. Zwischen uns hat es niemals Geheimnisse gegeben. Als er dir und deiner Grandmère zum ersten Mal einen Besuch abgestattet hat, wußte ich darüber Bescheid. Ich wußte, wie er für dich empfunden hat und daß er sich Hals über Kopf in dich verliebt hat. Ich wußte, wie traurig er war und welche Sorgen er sich gemacht hat, als du fortgegangen bist, um bei deinen kreolischen Eltern in der Oberschicht von New Orleans zu leben, und ich wußte auch, wie glücklich er war, als du wieder zurückgekommen bist.

Aber ich habe ihn gewarnt. Ich habe ihn gewarnt, du würdest ihm das Herz brechen. Ich habe mein Bestes versucht. Ich habe alles getan, was ich nur tun konnte«, sagte sie schluchzend. »Du hast ihn verhext. Es ist genauso, wie ich es dir damals schon gesagt habe, du und deine Mutter, diese Hexe, ihr habt erst meinen Mann und dann meinen Sohn ins Unglück getrieben, meinen Paul. Er ist fort, einfach fort«, sagte sie, und ihre Stimme versagte.

»Mutter Tate, das mit Paul tut mir leid. Ich ... wir werden sofort kommen und bei der Suche nach ihm helfen.«

»Bei der Suche nach ihm helfen.« Sie lachte kalt. »Lieber würde ich den Teufel persönlich um Hilfe bitten. Du sollst lediglich wissen, daß ich weiß, was meinem Sohn das Herz gebrochen hat und daß ich nicht untätig dasitzen und ihn leiden lassen werde, ohne dafür zu sorgen, daß du doppelt soviel leidest wie er.«

»Aber...«

Die Leitung war tot. Ich saß da, mein Herz raste, und mir schwindelte. Ich fühlte mich wie in einer Piragua, die von der Strömung mitgerissen wird und sich mit mörderischer Schnelligkeit im Kreis dreht. Das Zimmer drehte sich um mich herum. Ich schloß die Augen und stöhnte; das Telefon fiel mir aus der Hand und landete scheppernd auf dem Boden. Beau war an meiner Seite und fing mich auf, als ich das Gleichgewicht verlor.

»Was ist los? Ruby!« Er drehte sich um und rief nach Sally. »Bringen Sie mir schnell einen nassen kalten Waschlappen. Beeilen Sie sich«, ordnete er an. Er schlang einen Arm um mich und kniete sich hin. Meine Augen öffneten sich flatternd. »Was ist passiert? Wer war am Telefon, Ruby?«

»Es war Gladys, Pauls Mutter«, keuchte ich.

»Was hat sie gesagt?«

»Sie hat gesagt, daß Paul verschwunden ist. Er ist letzte Nacht in die Sümpfe hinausgefahren und immer noch nicht zurückgekommen. O Beau«, stöhnte ich.

Sally kam mit dem Waschlappen angerannt. Er nahm ihn ihr aus der Hand und preßte ihn mir auf die Stirn.

»Sei ganz ruhig. Sie wird sich schon wieder fangen, Sally. *Merci*«, sagte Beau und schickte sie mit diesen Worten fort.

Ich holte mehrfach tief Atem und spürte, wie das Blut wieder in meine Wangen floß.

»Paul ist verschwunden? Das hat sie gesagt?«

»Ja, Beau. Aber sie hat noch mehr gesagt. Sie hat gesagt, daß sie über uns Bescheid weiß, daß sie weiß, was wir getan haben. Paul hat ihr alles erzählt. Ich wußte nie, daß er ihr etwas davon gesagt hat, aber wenn ich jetzt daran denke, wie sie mich auf der

Beerdigung angesehen hat...« Ich setzte mich auf. »Sie hat mich nie leiden können, Beau.« Ich sah ihm in die weit aufgerissenen Augen. »O Beau, sie hat mir gedroht.«

»Was? Sie hat dir gedroht? Womit?«

»Sie hat gesagt, ich würde doppelt soviel wie Paul für das leiden, was wir getan haben.«

Er schüttelte den Kopf. »Sie ist im Moment einfach nur hysterisch. Paul hat sie alle um den Verstand gebracht.«

»Er ist in die Sümpfe hinausgefahren und nicht zurückgekommen. Ich will augenblicklich hinfahren und bei der Suche helfen. Wir müssen es tun, Beau. Wir müssen einfach.«

»Ich wüßte nicht, was wir tun könnten. Gewiß haben sich schon all die Arbeiter der Tates auf die Suche nach ihm gemacht.«

»Beau, bitte. Wenn ihm etwas zustoßen sollte...«

»Also, gut«, ließ er sich erweichen. »Wir wollen uns gleich umziehen. Du hast recht gehabt«, sagte er, und aus seiner Stimme war unterschwellige Bitterkeit herauszuhören, »wir hätten ihn nicht so weit in die ganze Geschichte hineinziehen dürfen, wie wir es getan haben. Ich habe die Gelegenheit beim Schopf ergriffen, damit wir es leichter haben, aber ich hätte mir vorher mehr Gedanken darüber machen sollen.«

Auf weichen Knien folgte ich ihm aus dem Arbeitszimmer und nach oben, um mich umzuziehen und Mrs. Ferrier zu sagen, daß wir das Haus verlassen und erst sehr spät oder sogar erst am kommenden Tag zurückkehren würden. Dann gingen wir zu unserem Wagen und fuhren durch die Nacht. Wir brachten die Strecke in einer Rekordzeit hinter uns.

Dutzende von Autos und Lastwagen waren auf der Einfahrt von Cypress Woods geparkt. Als wir vor dem Haus vorfuhren, drehte ich mich zum Anlegesteg um und sah Männer mit Fakkeln, die sich in Piraguas und Motorbooten auf die Suche nach Paul machten. Wir konnten die Rufe hören, die über das Bayou hallten.

Pauls Schwestern saßen im Arbeitszimmer. Toby wirkte kalt wie eine Statue mit ihrer Alabasterhaut, und Jeanne hielt ein seidenes Taschentuch in den Händen und biß die Zähne zusammen. Bei unserem Eintreten blickten beide überrascht auf.

»Was habt ihr denn hier zu suchen?« fragte Toby. Am Gesichtsausdruck und dem echten Erstaunen der beiden konnte ich sehen, daß Gladys Tate ihren Töchtern nicht die Wahrheit gesagt hatte. Sie hielten mich nach wie vor für Gisselle.

»Wir haben von Paul gehört und sind gekommen, weil wir sehen wollten, wie wir am besten behilflich sein können«, sagte Beau eilig.

»Ich nehme an, am besten geht ihr zum Anlegesteg und schließt euch dem Suchtrupp an«, sagte Toby.

»Wo ist deine Mutter?« fragte ich.

»Sie hat sich oben in Pauls Suite hingelegt«, sagte Jeanne. »Der Arzt ist hiergewesen, aber sie hat sich geweigert, etwas einzunehmen. Sie will nicht im Tiefschlaf liegen, falls... wenn...« Ihre Lippen bebten, und die Tränen strömten zwischen ihren Lidern heraus.

»Reiß dich zusammen«, schalt Toby. »Wir müssen jetzt für Mutter stark sein.«

»Woher wollt ihr mit Sicherheit wissen, daß er in die Sümpfe hinausgefahren ist? Vielleicht sitzt er in einer Zydeco-Bar«, sagte Beau.

»Erstens einmal ginge mein Bruder an dem Tag, an dem seine Frau begraben worden ist, nicht in eine Bar, und zweitens haben ihn einige der Arbeiter gesehen, als er auf dem Weg zum Anlegesteg war«, erwiderte Toby.

»Und eine Flasche Whiskey in der Hand gehalten hat«, fügte Jeanne kläglich hinzu.

Totenstille senkte sich zwischen uns herab.

»Ich bin ganz sicher, daß man ihn finden wird«, sagte Beau schließlich.

Toby drehte sich langsam zu ihm um und heftete einen kalten, finsteren Blick auf ihn. »Ist einer von euch beiden jemals draußen in den Sümpfen gewesen? Weiß einer von euch beiden, wie es dort ist? Man biegt um eine Kurve und stellt fest, daß man durch überhängende Ranken und die Äste von Zypressen treibt, und es dauert nicht lange, bis man den Weg total vergessen hat und kein bißchen Ahnung mehr hat, wie man jemals wieder herauskommen soll. Der Sumpf ist ein Labyrinth, in dem es von giftigen Wassermokassinschlangen nur so wimmelt, von Alligatoren und Schnappschildkröten, ganz zu schweigen von den Insekten und dem Ungeziefer.«

»So schlimm ist es nun auch wieder nicht«, sagte ich.

»Ach, ja? Wenn du das so siehst, dann setzt du dich am besten gleich mit deinem Mann in Bewegung, damit ihr euch dem Suchtrupp anschließen könnt«, gab Toby mit einer Bitterkeit zurück, die wie ein Laserstrahl in mein Gehirn schnitt.

»Genau das habe ich vor. Komm mit, Beau«, sagte ich und machte auf dem Absatz kehrt, um das Zimmer zu verlassen. Beau blieb an meiner Seite, war jedoch alles andere als begeistert von meinem Vorhaben.

»Du meinst wirklich, wir sollten in die Sümpfe hinausfahren, Ruby? Ich meine, wenn all diese Menschen, die hier leben, ihn nicht finden können...«

»Ich werde ihn finden«, sagte ich entschieden. »Ich weiß, wo ich ihn suchen muß.«

James, Jeannes Mann, stand am Anlegesteg, als wir dort eintrafen. Er schüttelte den Kopf und zog frustriert die Schultern hoch.

»Es ist ein Ding der Unmöglichkeit«, sagte er. »Wenn Paul nicht gefunden werden will, dann ist er auch nicht auffindbar. Er kennt diese Sümpfe besser als seinen eigenen Handrücken. Er ist hier aufgewachsen. Wir geben für heute nacht die Suche auf.«

»Nein, das werden wir nicht tun«, sagte ich mit scharfer Stimme.

Er blickte überrascht aus. »Wir?«

»Ist das dein Boot?« fragte ich und wies mit einer Kopfbewegung auf ein Boot mit einem kleinen Außenbordmotor.

»Ja, aber...«

»Bitte, bring uns einfach nur in die Sümpfe.«

»Ich bin gerade erst zurückgekommen, und ich versichere dir...«

»Ich weiß, was ich tue, James. Wenn du nicht mitkommen willst, dann leih uns einfach dein Boot«, beharrte ich.

»Ihr beide? In den Sümpfen?« Er lächelte, seufzte und schüttelte dann den Kopf. »Also, gut. Einen Versuch unternehme ich noch. Steigt ein«, sagte er.

Beau schien äußerst unwohl zumute zu sein, als er nach mir in das kleine Boot stieg und sich hinsetzte. James reichte uns Fackeln. Da sahen wir, daß Octavius mit einer weiteren Gruppe von Männern eintraf. Sein Kopf hing herunter wie eine Flagge nach einer Niederlage.

»Pauls Vater setzt das alles sehr zu«, sagte James kopfschüttelnd.

»Laß jetzt bitte den Motor an«, sagte ich. »Bitte...«

»Was glaubst du erreichen zu können, was all diese anderen Menschen hier, von denen etliche hier fischen und jagen, nicht bewerkstelligen?«

Ich starrte ihn an. »Ich glaube, ich weiß vielleicht, wo er sein könnte«, sagte ich leise. »Ruby hat mir einmal von einem Versteck erzählt, in dem sie sich oft mit Paul getroffen hat. Sie hat es so genau geschildert, daß ich glaube, ich könnte es sicher nach ihrer Beschreibung finden.«

James schüttelte skeptisch den Kopf, ließ jedoch den Motor an. »Von mir aus, aber ich fürchte, wir vergeuden damit nur unsere Zeit. Wir sollten bis zum Tagesanbruch warten.«

Wir stießen vom Anlegesteg ab und fuhren los. Die Sümpfe konnten bei Nacht beängstigend sein, sogar für Männer, die ihr ganzes Leben lang hier gelebt und gearbeitet hatten. Der

Mondschein gab nicht genug Licht, und das Louisianamoos schien immer dichter und schwärzer zu werden und solide Mauern zu bilden, um die Zufahrt zu anderen Wasserläufen zu versperren. Die knorrigen Äste der Zypressen wirkten wie verhutzelte alte Hexen; das Wasser wurde tintig und dickflüssig und verbarg die Wurzeln von Bäumen, abgestorbene Baumstümpfe, Treibholz und natürlich Alligatoren. Die ständige Bewegung des Bootes und unsere Fackeln hielten die Moskitos fern, aber Beau schien sich äußerst unbehaglich zu fühlen und sich sogar zu fürchten. Er wäre fast aus dem Boot gesprungen, als eine Eule neben uns herabstieß.

»Bieg nach rechts ab, James, und mach, während du um die Kurve fährst, eine scharfe Biegung nach links.«

»Ich kann einfach nicht glauben, daß Ruby dir derart ausdrückliche Anweisungen gegeben hat«, murrte er.

»Sie hat diese Stelle geliebt, weil Paul und sie dort soviel Zeit miteinander verbracht haben«, sagte ich. »Es ist wie eine andere Welt. Hat sie gesagt«, fügte ich eilig hinzu.

James befolgte meine Anweisungen. Hinter uns waren die Fackeln der anderen Boote immer undeutlicher zu erkennen, bis sie ganz außer Sichtweite waren. Wie eine Mauer senkte sich die Dunkelheit zwischen uns und dem Haus herab. Bald darauf konnten wir die Stimmen der anderen Männer nicht mehr hören, die sich an dem Suchtrupp beteiligten.

»Langsamer, James«, sagte ich. »Ich muß nach etwas Ausschau halten, und das ist nachts nicht einfach.«

»Und erst recht nicht, wenn du vorher nie hiergewesen bist«, bemerkte James. »Das ist doch zwecklos. Wenn wir bis zum Morgen warten…«

»Da«, sagte ich und deutete. »Siehst du die Zypresse, die aussieht wie eine alte Frau, die sich vorbeugt, um ein vierblättriges Kleeblatt zu pflücken?«

»Alte Frau? Vierblättriges Kleeblatt?« fragte James.

»Das hat Paul immer zu Ruby gesagt.« Weder James noch

Beau konnten das Lächeln auf meinem Gesicht sehen. »Du brauchst nur unter dem tiefsten Ast durchzufahren und scharf nach rechts abzubiegen.«

»Ich bin nicht sicher, ob er nicht zu niedrig ist«, warnte er mich.

»Wenn wir die Köpfe einziehen, können wir unter diesem Ast durchfahren«, sagte ich. »Fahr ganz langsam.«

»Bist du sicher? Wir werden bestimmt auf einem großen Stein oder einem Gewirr von Wurzeln auflaufen oder...«

»Ich bin ganz sicher. Tu es. Bitte.«

Widerstrebend wendete er das Boot. Wir zogen die Köpfe ein und glitten unter dem Zweig hindurch.

»Da soll mich doch gleich der Teufel holen«, sagte James.

»Und wohin jetzt?«

»Siehst du diese dichte Mauer aus Louisianamoos, die bis ins Wasser reicht?«

»Ja.«

»Fahr einfach durch. Das ist der geheime Zugang.«

»Der geheime Zugang. Verdammt noch mal. So was kann niemand wissen.«

»Genau das habe ich gemeint, als ich von einer anderen Welt gesprochen habe«, sagte ich. »Du kannst den Motor abstellen. Wir werden durch diese Mauer treiben, und dann sind wir da.«

Er tat es, und ich hielt den Atem an, als das Boot das Moos durchbrach, das sich wie ein Vorhang teilte und uns den Zugang zu einem kleinen Teich freigab. Sowie wir auf der anderen Seite angekommen waren, hob ich meine Fackel, und Beau hob seine.

»Und jetzt paddele einfach nur langsam im Kreis«, sagte ich. Der Schein unserer Fackeln durchdrang das Dunkel und ließ uns den Teich erkennen. Schlangen oder vielleicht auch Schildkröten glitten unter das Wasser, und auf der Oberfläche bildeten sich Kreise. Wir sahen, wie die Brassen sich an Moskitos gütlich taten. Ein Alligator hob den Kopf, und sein Gebiß schimmerte im Schein unserer Fackeln, ehe er unter die Wasseroberfläche tauchte. Ich hörte, wie Beau nach Luft schnappte. Irgendwo zu unserer Rechten schrie ein Falke. Am Ufer des Teichs huschte etwa ein halbes Dutzend Nutrias eilig davon, um Deckung zu suchen.

»Warte, was ist das?« sagte James. Er stand auf und stocherte mit seinem Ruder im Wasser herum, um eine Flasche näher zu dem Boot zu stoßen. Dann streckte er die Hand ins Wasser, um die Flasche herauszuziehen. Es war eine leere Whiskeyflasche. »Er war hier«, sagte James und sah sich genauer um. »Paul!« schrie er aus Leibeskräften.

»Paul!« ertönte jetzt auch Beaus Stimme.

Einen Moment lang wollte mir sein Name nicht über die Lippen gehen. Dann rief auch ich: *»Paul, bitte, wenn du hier bist, dann antworte uns.«*

Nichts anderes als die Laute der Tiere des Sumpfes war zu vernehmen. Weiter rechts lief ein Reh raschelnd durch die Büsche. Grauen machte sich in meinem Herzen breit und ließ meine Augen überfließen.

»Rudere einfach um den ganzen Teich herum, James«, sagte ich und lehnte mich zurück, hielt aber meine Fackel hoch und nach rechts. Beau hielt seine erhobene Fackel auf die linke Seite. Das Wasser schwappte gegen das Boot. Es wehte nur eine leichte Brise, und die Moskitos begannen, unsere Gegenwart begeistert zur Kenntnis zu nehmen. Plötzlich kam der abgerundete Boden einer Piragua in Sicht. Im ersten Moment schien es ein Alligator zu sein, doch als wir näher kamen, sahen wir deutlich, daß es sich um Pauls Kanu handelte. Niemand sagte ein Wort. James stocherte mit seinem Ruder im Wasser.

»Ja, das ist seines«, sagte er. *»Paul!«*

»Dort drüben. Kann es sein, daß ich da etwas sehe?« fragte Beau und beugte sich mit seiner Fackel vor. James steuerte das Boot in die Richtung, in die Beau deutete, und ich brachte auch meine Fackel zum Einsatz. Paul lag auf dem Bauch auf einem großen Felsen, und sein braunes Haar mit den hellblonden Strähnen war vom Wasser schlammig und verkrustet. Es sah aus, als hätte er sich aus eigener Kraft auf diesen Stein gezogen und sei dort zusammengebrochen. James wendete das Boot, damit er und Beau Paul erreichen konnten, wenn sie aufstanden. Als ich mich zu den beiden stellen wollte, drehte Beau sich abrupt um.

»Bleib, wo du bist!« befahl er mir. Er packte mich an den Ellbogen, um mich zurückzuhalten, und dann zwang er mich, mich wieder hinzusetzen. »Das ist kein schöner Anblick, und es ist ohnehin nichts mehr zu machen«, sagte er.

Ich schlug mir die Hände vors Gesicht und schrie. Mein schriller Schrei drang bis in die dunkelsten Winkel und Schatten des Sumpfes vor, scheuchte Vögel auf, ließ Tiere in alle Richtungen huschen und bewirkte, daß Fische tief unter die Wasseroberfläche tauchten. Er hallte über den Teich und wurde schließlich von der Mauer dunklen Schweigens aufgehalten, die uns alle dort draußen erwartete.

Der Arzt sagte, Pauls Lunge sei derart mit Wasser vollgesogen, daß er keine Ahnung habe, wie Paul es geschafft haben konnte, sich auch nur ein Stück weit auf den Felsen hochzuziehen, ganz zu schweigen von seinem ganzen Körper. Dort hatte er seine letzten schwachen Atemzüge getan und war dahingeschieden. Wundersamerweise hatten sich keine Alligatoren über ihn hergemacht, doch der Tod durch Ertrinken hatte ihn entstellt, und Beau hatte recht gehabt, mir seinen Anblick zu ersparen.

Auf Cypress Woods herrschte ohnehin schon Trauer, und daher spielte sich dort nur einfach weiterhin alles unter der dunklen Wolke des Kummers ab. Die Dienstboten, deren Tränen über meinen vermeintlichen Tod kaum versiegt waren, begannen aufs neue zu weinen. Pauls Schwestern, vor allem Toby, hatten schlechte Nachrichten erwartet, aber als diese dann eintrafen, waren sie trotzdem am Boden zerstört und zogen sich mit James in das Arbeitszimmer zurück, um dort ungestört allein miteinander zu sein. Octavius dagegen ging nach oben, weil er an Gladys' Seite sein wollte.

Ich fühlte mich durch und durch matt. Mein Körper kam mir so schwerelos vor, daß ich glaubte, der Wind würde mich fortwehen und in die Nacht hinaustragen. Beau ergriff meine Hand und legte den Arm um meine Schultern. Ich lehnte mich an ihn und sah zu, wie sie Pauls Leiche vom Anlegesteg zum Haus trugen. Beau wollte, daß wir augenblicklich nach New Orleans zurückkehrten. Er bestand darauf, und ich fand nicht die Kraft, mich ihm zu widersetzen. Ich ließ mich von ihm zu unserem Wagen führen und sackte auf dem Sitz zusammen, als er uns nach Hause fuhr. Mein bodenloser Brunnen von Tränen war leergeweint.

Als ich die Augen schloß, sah ich Paul als einen Knaben vor mir, wie er auf seinem Motorroller vor Grandmère Catherines Veranda anhielt. Ich sah, wie seine Augen strahlten, wenn sein Blick auf mich fiel. Damals waren unsere Stimmen voll freudiger Erregung gewesen. Die Welt erschien so unschuldig und schön. Jede Farbe, jede Form und jeder Duft waren intensiviert. Wenn wir zusammen waren und unsere Gefühle füreinander erkundeten, waren wir wie das erste Paar auf Erden und entdeckten Dinge, von denen wir uns nicht vorstellen konnten, daß sie anderen vor uns widerfahren waren. Niemand hat jemals angemessen erklärt, welches Wunder im Herzen eines Menschen geboren wird, wenn man seine neuentdeckten Gefühle einem anderen offenbart, der seine Gefühle ebenfalls bloßlegt. Dieses Vertrauen, dieser Kinderglaube, ist so rein und gut, daß man sich keine Form von Verrat vorstellen kann. Man glaubt, daß all die Sorgen und das Elend, die man kennt und von denen man hört, von diesen mächtigen neuen Gefühlen besiegt werden könnten. Man kann einander Versprechen geben, seine Träume offenlegen und gemeinsam neue Träume träumen. Nichts scheint unmöglich, und das Allerletzte, was man sich vorstellen kann, ist, daß ein heimtückisches Schicksal Spiele mit einem spielt und einen auf einen Weg führt, an dessen Ende Tragik und Dunkelheit stehen.

Ich wäre gerne wütend und erbittert gewesen oder hätte jemandem oder etwas anderem die Schuld zugeschoben, aber letztendlich fiel mir niemand ein, der schuldiger war als ich. Die Last dieses Bewußtseins war so drückend, daß ich sie nicht tragen konnte. Ich war am Boden zerstört, niedergeschlagen und so müde, daß ich die Augen erst wieder öffnete, als Beau sagte, wir seien zu Hause angekommen. Ich ließ mir von ihm aus dem Wagen helfen, doch meine Beine wollten mich nicht tragen. Er trug mich ins Haus und die Treppe hinauf und legte mich in unser Bett, und dort rollte ich mich zusammen, schlang mir die Arme um den Oberkörper und versank in einen tiefen, bewußtlosen Schlaf.

Als ich aufwachte, war Beau bereits angezogen. Ich drehte mich um, doch der Schmerz saß so tief in meinen Knochen, daß ich kaum die Beine ausstrecken oder meinen Oberkörper aufrichten konnte. Mein Kopf kam mir vor, als sei er zu Stein geworden.

»Ich fühle mich so müde«, sagte ich. »Und so schwach.«

»Bleib heute den ganzen Tag im Bett«, riet er mir. »Ich werde Sally sagen, daß sie dir das Frühstück nach oben bringt. Ich habe ein paar Dinge im Büro zu erledigen, und dann komme ich nach Hause und nehme mir Zeit für dich.«

»Beau«, stöhnte ich. »Es ist meine Schuld. Gladys Tate haßt mich zu Recht.«

»Natürlich ist es nicht deine Schuld. Du hast keine Versprechen gebrochen, und alles, was er getan hat, hat er freiwillig und bei vollem Bewußtsein über die möglichen Konsequenzen getan. Wenn hier irgend jemand Schuld trägt, dann bin ich das. Ich hätte nicht zulassen dürfen, daß er so tief in diese ganze Geschichte hineingezogen wird. Ich hätte dich zu einem klaren Bruch mit ihm zwingen sollen, damit er erkannt hätte, daß er sein eigenes Leben weiterführen muß und nicht Dingen nachtrauern kann, die niemals hätten sein können, die ihm nicht bestimmt waren.

Aber, Ruby«, sagte Beau und kam an meine Seite, um meine Hände in seine zu nehmen, »uns ist es bestimmt, zusammenzusein. Es ist unmöglich, daß zwei Menschen einander so sehr lieben wie wir beide und es ihnen nicht bestimmt ist zusammenzukommen. Daran mußt du glauben, und an diesem Glauben mußt du festhalten, wenn du um Paul trauerst. Wenn wir einander jetzt im Stich lassen, dann war alles, was er getan hat, um so unsinniger.

Irgendwo tief in seinem Innern muß auch er erkannt haben, daß du zu mir gehörst. Vielleicht konnte er dieser Wahrheit nicht ins Auge sehen; vielleicht war er damit überfordert. Doch er hat mit Sicherheit erkannt, wie wahr es ist.

Wir müssen an dem festhalten, was wir jetzt haben. Ich liebe dich«, sagte er und küßte mich zart auf die Lippen. Er senkte den Kopf auf meine Brust, und ich hielt ihn lange Zeit dort fest, ehe er sich erhob, tief Luft holte und lächelte. »Ich werde Sally zu dir schicken und dann Mrs. Ferrier bitten, Pearl später zu dir zu bringen. Einverstanden?«

»Ja, Beau. Ganz, wie du meinst. Ich kann keinen klaren Gedanken mehr fassen.«

»Das macht nichts. Ich werde für uns beide denken.« Er warf mir eine Kußhand zu und ging.

Ich schaute zum Fenster hinaus. Der Himmel war bedeckt, doch die Wolken wirkten leicht und dünn. Die Sonne würde gedämpft hindurchscheinen, und es würde ein heißer und stikkiger Tag werden. Nach dem Frühstück würde ich ein Bad nehmen und sehen, daß ich wieder auf die Füße käme. Die Vorstellung, Pauls Begräbnis zu besuchen, erschien mir im Moment als eine absolute Überforderung. Schon bald sollte sich jedoch herausstellen, daß die Beerdigung das geringste meiner Probleme war.

Am späten Vormittag, nachdem ich einen Bissen gefrühstückt und ein Bad genommen hatte, bürstete ich mir das Haar und zog mich an. Mrs. Ferrier brachte Pearl zu mir, damit sie zusehen konnte, und ich ließ sie mit meinen Kämmen und Bürsten spielen. Sie setzte sich neben mich und ahmte jede meiner Bewegungen nach. Das Haar reichte ihr inzwischen bis auf die Schultern und nahm von Tag zu Tag einen leuchtenderen goldenen Schimmer an. In ihren Augen stand grenzenlose Neugier. Sowie sie etwas gelernt hatte oder verstand, wozu etwas gut war, fragte sie auch schon nach dem nächsten Gegenstand und nahm etwas anderes zur Hand. Ihre sprühende Energie und ihre Aufregung verschafften meinem gepeinigten Herzen eine gewisse Freude und Erleichterung. Wie glücklich ich mich doch schätzen konnte, sie zu haben, dachte ich. Ich war wild entschlossen, ganz und gar für sie dazusein und dafür zu sorgen, daß ihr Leben reibungsloser, glücklicher und erfüllter verlief als meines. Ich würde sie beschützen, ihr Ratschläge geben, sie lenken, damit sie die Fallstricke und die heimtückischen Wendungen meiden konnte, die mir nicht erspart geblieben waren. In unsere Kinder, so erkannte ich, setzen wir unsere Hoffnungen, und sie sind der Sinn unseres Lebens. Sie stellen eine Verheißung für uns dar, und sie sind das einzige wirksame Mittel gegen Kummer.

Beau rief an, um zu sagen, daß er gleich nach Hause käme. Mrs. Ferrier ging mit Pearl in den Garten zum Spielen, und ich beschloß, nach unten zu gehen, um mit Beau auf der Veranda zu Mittag zu essen. Ich war gerade die Treppe hinuntergegangen, als das Telefon läutete. Aubrey teilte mir mit, es sei Toby Tate, und ich eilte ans Telefon.

»Toby«, rief ich aus. »Es tut mir leid, daß wir so überstürzt aufgebrochen sind, aber...«

»Daran hat sich hier niemand gestört«, sagte sie kühl. »Ich rufe ganz bestimmt nicht an, um mich über dein Benehmen zu beklagen. Offen gesagt, ich kann mir nicht vorstellen, daß das hier auch nur irgend jemanden interessieren würde.« Ihr harter, förmlicher Tonfall ließ mein Herz rasen. »Wenn du es genau wissen willst, Mutter hat mich gebeten, dich anzurufen. Ich soll dir sagen, es wäre ihr lieber, wenn du zu Pauls Beerdigung nicht erscheinst.«

»Nicht erscheinen? Aber...«

»Wir schicken einen Wagen mit einem Kindermädchen, das wir engagiert haben, um Pearl abzuholen und sie nach Hause zu bringen«, fügte sie mit fester Stimme hinzu.

»Was?«

»Mutter sagt, Pauls und Rubys Tochter gehört zu ihrem Grandpère und ihrer Grandmère und nicht zu ihrer selbstsüchtigen Tante, und darum kannst du jetzt all deine Verpflichtungen und Versprechen vergessen. Du kannst wieder dein vergnügliches Leben führen und brauchst dir keine Sorgen mehr zu machen. Genau das waren Mutters Worte. Sorg bitte dafür, daß Pearl um drei Uhr fertig zum Aufbruch ist.«

Meine Kehle wollte sich nicht öffnen und auch nur ein einziges Wort hinauslassen. Ich konnte nicht schlucken. Ich hatte das Gefühl, das Herz sei mir in den Magen gerutscht. Eine Woge von Glut stieg in mir auf, legte sich um meinen Hals wie die langen, dünnen Finger einer Hexe und würgte mich.

»Hast du verstanden?« fragte Toby schroff.

»Ihr...«

»Ja?«

»Ihr... könnt... mir... Pearl... nicht... wegnehmen«, sagte ich. Ich kämpfte darum, Luft in meine Lunge vorzulassen. »Deine Mutter weiß genau, daß ihr das nicht tun könnt.«

»Was soll denn dieser Unsinn? Natürlich können wir das tun. Findest du etwa nicht, eine Grandmère hätte ein größeres Anrecht auf ein Enkelkind als eine Tante auf ihre Nichte?«

»Nein!« schrie ich. »Ich lasse nicht zu, daß ihr mir Pearl wegnehmt.«

»Ich wüßte nicht, weshalb du dabei viel mitzureden hättest,

Gisselle. Ich hoffe, du wirst die Tragödie, die wir im Moment durchleben, nicht noch durch weitere Unerfreulichkeiten und Gemeinheiten erschweren. Falls es noch irgend jemanden auf Erden gibt, der dich nicht verabscheut, dann kann es nicht mehr lange dauern, bis auch derjenige sich angewidert von dir abwendet.«

»Deine Mutter weiß, daß sie das nicht tun kann. Sie weiß es. Sag es ihr. Sag es ihr!« schrie ich.

»Ich werde ihr ausrichten, was du gesagt hast, aber der Wagen wird um drei Uhr dasein. Auf Wiedersehen«, fauchte Toby, und die Leitung war tot.

»Nein!« schrie ich dennoch in den Hörer. Ich legte eilig auf und nahm den Hörer gleich wieder ab, um Beaus Nummer zu wählen.

»Ich komme sofort nach Hause«, sagte er, nachdem ich keuchend hinausgesprudelt hatte, was Gladys Tate von mir verlangte und durch Toby hatte übermitteln lassen.

»Das hat sie damit gemeint, als sie gesagt hat, ich würde doppelt soviel leiden wie Paul, Beau. Das ist ihre Art von Rache.«

»Beruhige dich. Ich komme gleich«, sagte er.

Ich legte auf, aber ich beruhigte mich keineswegs. Ich ging in das Arbeitszimmer und lief dort auf und ab; alle erdenklichen Möglichkeiten schwirrten mir durch den Kopf. Es schien Stunden zu dauern, bis Beau endlich kam, obwohl es sich in Wirklichkeit nur um ein paar Minuten handelte. Er eilte in das Arbeitszimmer, umarmte mich und brachte mich dazu, mich hinzusetzen. Ich zitterte von Kopf bis Fuß.

»Es wird schon alles gut ausgehen«, versicherte er mir. »Sie blufft nur. Sie versucht lediglich, dich aus der Fassung zu bringen, weil sie im Moment selbst fassungslos ist. Sie wird von selbst begreifen, was sie tut, und dann wird sie dich in Ruhe lassen.«

»Aber, Beau... alle halten mich für Gisselle. Mich haben sie begraben!«

»Es wird schon alles gutgehen«, sagte er, wenngleich auch mit weniger Zuversicht als vorher.

»Wir sind in einer Hütte in den Sümpfen geboren worden. Es ist nicht so wie hier in New Orleans in einem Krankenhaus, wo man von einem Baby Fußabdrücke machen läßt, damit es später um so leichter zu identifizieren ist. Paul war mein Mann, und er hat aller Welt erzählt, daß ich krank bin und im Sterben liege. Er war auf meiner Beerdigung, und er hat sich als direkte Folge meines Todes umgebracht, ob absichtlich oder versehentlich«, ratterte ich herunter, und jede dieser Erkenntnisse war wie ein weiterer Nagel im Sarg der Wahrheit. Ich packte Beaus Hände und heftete meine Augen auf ihn.

»Du hast selbst gesagt, ich hätte meine Rolle als Gisselle so gut gespielt, daß mich alle für sie gehalten haben. Sogar deine Eltern!«

»Falls es wirklich darum gehen sollte, ob wir Pearl behalten können oder nicht, dann werden wir die Wahrheit gestehen und den Behörden gegenüber bekennen, was wir getan haben. Ich verspreche es dir«, sagte er. »Niemand wird uns unser Kind wegnehmen. Niemand. Und schon gar nicht Gladys Tate«, versicherte er mir. Er drückte meine Hände, und ein Ausdruck von Entschlossenheit trat auf sein Gesicht. Das ließ mein rasendes Herz langsamer schlagen und einen Teil der Angst von mir abfallen.

»Toby hat gesagt, um drei Uhr trifft ein Wagen mit einem Kindermädchen hier ein.«

»Darum kümmere ich mich schon«, sagte Beau. »Du wirst dich noch nicht einmal in der Nähe der Haustür blicken lassen.«

Ich nickte. »Pearl«, sagte ich plötzlich. »Wo ist sie?«

»Beruhige dich. Wo könnte sie schon sein? Sie ist mit Mrs. Ferrier zusammen. Jag ihr keinen Schrecken ein«, warnte er mich und packte mein Handgelenk. »Ruby.«

»Ja, du hast recht. Ich darf das Kind nicht erschrecken. Aber ich will, daß sie jetzt nach oben gebracht wird. Ich will nicht, daß sie draußen spielt, wenn der Wagen kommt.«

»In Ordnung, aber dabei mußt du ganz behutsam und ruhig vorgehen«, ordnete er an. »Wirst du das tun?«

»Ja.« Ich holte tief Atem und machte mich auf die Suche nach Mrs. Ferrier und Pearl. Ohne meine Gründe zu nennen und in die Einzelheiten zu gehen, bat ich sie, das Baby ins Haus zu bringen und mit der Kleinen oben in ihrem Zimmer zu bleiben. Dann ging ich zu Beau ins Eßzimmer, aber beim Mittagessen brachte ich keinen Bissen hinunter. Ich konnte das Essen noch nicht einmal an meine Lippen führen. Es fiel mir schon schwer, einen Schluck Wasser zu trinken. Meine nervösen Magenbeschwerden waren zu groß. Kurz nach zwei sagte Beau zu nur, ich solle nach oben gehen und bei Pearl und Mrs. Ferrier bleiben. Ich glaubte, ich könnte vor Angst ohnmächtig werden, doch ich kämpfte gegen meine Befürchtungen an und beschäftigte mich mit Pearl.

Kurz vor drei hörte ich, wie an der Tür geklingelt wurde, und mein Herz machte einen Satz. Ich konnte es nicht lassen, mich auf den oberen Treppenabsatz zu schleichen und zu lauschen. Beau hatte Aubrey bereits gesagt, er würde selbst die Tür öffnen. Da ich bei meinem Lauschen nicht von Beau bemerkt werden wollte, wich ich in die Dunkelheit des Korridors zurück, als er sich im letzten Moment, ehe er die Tür öffnete, umdrehte und die Treppe hinaufschaute.

Ein Mann in einem Anzug und ein Kindermädchen in der entsprechenden Tracht standen dort.

»Ja?« sagte Beau so lässig wie möglich.

»Ich heiße Martin Bell«, sagte der Mann, der den Anzug trug. »Ich bin Anwalt und vertrete die Tates. Wir sind von Monsieur und Madame Tate hergeschickt worden, um die Enkeltochter der beiden abzuholen«, sagte er.

»Die Enkeltochter der Tates wird weder heute noch irgendwann sonst das Haus verlassen«, sagte Beau mit fester Stimme.

»Sie gehört hierher, sie ist hier zu Hause, und hier wird sie bleiben.«

»Weigern Sie sich etwa, den Tates ihre Enkelin zu überlassen?« fragte Martin Bell nicht ohne ein gewisses Erstaunen. Anscheinend hatte man ihn in dem Glauben gewiegt, er hätte es mit einem unkomplizierten Auftrag zu tun. Wahrscheinlich rechnete er damit, leichtes Geld zu verdienen.

»Ja, ich weigere mich, ihnen unsere Tochter zu überlassen«, sagte Beau.

»Wie bitte? Ihre Tochter. Jetzt bin ich verwirrt«, sagte Martin Bell und warf einen Blick auf das Kindermädchen, das im selben Maß durcheinander zu sein schien. »Ist das kleine Mädchen nicht die Tochter von Paul und Ruby Tate?«

»Nein«, sagte Beau, »und das weiß Gladys Tate genau. Ich fürchte, Sie vergeuden hier nur Ihre Zeit, aber vergessen Sie bloß nicht, es Madame Tate in Rechnung zu stellen. Einen schönen Tag noch«, sagte er und schloß die Tür, während die beiden bestürzt dastanden. Einen Moment lang blieb er stehen und wartete. Dann trat er ans Fenster und sah hinaus, um sicherzugehen, daß die beiden fortfuhren. Als er sich umdrehte, sah er mich auf dem oberen Treppenabsatz stehen.

»Bist du die ganze Zeit über dort gewesen?« fragte er.

»Ja, Beau.«

»Dann hast du es also gehört. Ich habe getan, was ich dir versprochen habe. Ich habe die Wahrheit gesagt und die beiden fortgeschickt. Wenn Gladys erfährt, was ich gesagt habe, wird sie einen Rückzieher machen und uns in Ruhe lassen«, versicherte er mir. »Beruhige dich. Es ist vorbei. Es ist alles in Ordnung.«

Ich nickte und lächelte hoffnungsvoll. Beau kam die Treppe herauf, um mich zu umarmen. Dann gingen wir beide zu Pearl, um nach ihr zu sehen. Sie saß zufrieden auf dem Fußboden meines früheren Zimmers und beschäftigte sich mit einem Malbuch, das »Ein Besuch im Zoo« hieß.

»Schau, Mommy.« Sie deutete auf eine Seite und knurrte wie ein Tiger. Mrs. Ferrier lachte.

»Sie ahmt sämtliche Tiere nach«, sagte sie. »Eine so gute kleine Imitatorin habe ich noch nie gesehen.«

Beau schlang die Arme enger um meine Schultern, und ich lehnte mich an ihn. Es war ein gutes Gefühl, von seiner Kraft umschlossen zu sein und seinen starken Körper zu spüren. Er war jetzt mein Fels in der Brandung, meine Säule aus Stahl, und das vertiefte meine Liebe zu ihm und erfüllte mich mit Zuversicht. Im Lauf des Tages legte sich meine Nervosität allmählich, und mein Magen beruhigte sich. Als wir uns zum Abendessen hinsetzten, stellte ich fest, daß ich rasenden Hunger hatte.

Am späteren Abend redeten wir im Bett fast eine Stunde miteinander, ehe wir die Augen schlossen.

»Ich bedaure es, nicht zu Pauls Beerdigung gehen zu können«, sagte ich.

»Ich weiß, aber unter den gegebenen Umständen ist es besser, wenn wir nicht hingehen. Gladys Tate würde lediglich eine unerfreuliche Situation noch schlimmer gestalten. Sie würde eine abscheuliche Szene machen.«

»Trotzdem möchte ich, nachdem genügend Zeit vergangen ist, eines Tages das Grab aufsuchen, Beau.«

»Ja, selbstverständlich.«

Wir redeten weiter. Beau schlug jetzt Zukunftspläne vor. »Wenn wir wollen, können wir auf einem Stück Land, das uns gehört, gleich außerhalb der Stadt ein neues Haus bauen.«

»Vielleicht sollten wir das wirklich tun«, sagte ich.

»Natürlich könnten wir auch an diesem Haus hier Veränderungen vornehmen. So oder so wollen wir mit neuen Erinnerungen beginnen«, erklärte er. Ich stimmte ihm von ganzem Herzen zu. Seine Schilderungen dessen, was für uns im Rahmen der Möglichkeiten lag, erfüllten mich mit neuer Hoffnung, und ich war in der Lage, die Lider zu schließen und erschöpft einzuschlafen.

Als ich am Morgen erwachte, fühlte ich mich nicht gerade erfrischt, aber ich hatte genügend Kräfte gesammelt, um den neuen Tag zu beginnen. Ich schmiedete Pläne, wieder mit dem Malen zu beginnen, und überlegte mir, daß ich anfangen sollte, mir eine neue Garderobe zuzulegen, deren Stil meiner Persönlichkeit mehr entsprach. Da ich inzwischen sämtliche Freundinnen von Gisselle vertrieben hatte und wir von einem Neubeginn sprachen, fand ich, es stünde mir frei, allmählich wieder zu meinem wahren Ich zu werden und Gisselle mit der Zeit zur Ruhe zu betten. Diese Aussichten gaben mir Auftrieb.

Wir nahmen ein leckeres Frühstück zu uns und unterhielten uns dabei angeregt. Beau hatte so viele geschäftliche und private Pläne, wie wir unser Leben verändern konnten, daß mir der Kopf davon schwirrte. Es schien, als würden wir beide schon bald alle Hände voll zu tun haben und könnten gar nicht mehr die Zeit finden, in Trauer zu versinken. Grandmère Catherine hatte immer gesagt, das einzig wirksame Mittel gegen Kummer und Traurigkeit sei es, sich ständig mit etwas zu beschäftigen.

Nach dem Frühstück verschwand Beau nach oben ins Bad, und ich ging in die Küche, um mit Mrs. Swann über das Abendessen zu reden. Ich saß da und hörte ihr zu, als sie mir erklärte, wie man Huhn Rochambeau zubereitet.

»Man fängt mit der Sauce an«, begann sie und zählte mir die Zutaten auf. Mir lief schon das Wasser im Mund zusammen, als ich sie über das Rezept reden hörte. Wie glücklich wir doch dran waren, eine Köchin mit soviel Erfahrung zu haben, dachte ich mir.

Mrs. Swann klapperte beim Reden mit Töpfen und Pfannen und lief durch die Küche. Daher überhörte ich das Läuten an der Tür und war erstaunt, als Aubrey kam, um mir mitzuteilen, zwei Herren wünschten mich zu sprechen.

»Und außerdem ein Polizist«, fügte er hinzu.

»Was? Ein Polizist?«

»Ja, Madame.«

Als ich aufstand, war meine Brust heiß und schwer.

»Wo ist Pearl?« fragte ich eilig.

»Sie ist mit Mrs. Ferrier in ihrem Kinderzimmer, Madame. Die beiden sind gerade nach oben gegangen.«

»Und Monsieur Andreas?«

»Ich glaube, daß er sich noch oben aufhält, Madame.«

»Holen Sie ihn, bitte, Aubrey, schleunigst«, sagte ich.

»Wie Sie wünschen, Madame«, sagte er und eilte aus der Küche. Mrs. Swann musterte mich mit neugierigen Blicken.

»Ärger?« fragte sie.

»Ich weiß es nicht. Ich weiß es wirklich nicht«, murmelte ich und ließ mich von meinen Füßen langsam in die Eingangshalle tragen. Beau tauchte gerade auf dem oberen Treppenabsatz auf, als ich die Eingangshalle erreichte und Martin Bell, den Anwalt, mit einem anderen Mann vor der Tür stehen sah.

»Was soll das heißen?« rief Beau aus und eilte die restlichen Stufen hinunter.

»Monsieur und Madame Andreas?« erkundigte sich der größere der beiden Männer in Anzügen. Beau trat schnell vor, weil er die Tür vor mir erreichen wollte. Ich sah das Kindermädchen, das am Vortag dagewesen war, hinter den beiden stehen, und mein Herz sank.

»Ja?«

»Ich bin William Rogers, Seniorpartner von Rogers, Bell und Stanley. Wie Sie bereits von Mr. Bells früherem Besuch wissen, vertreten wir Monsieur und Madame Octavius Tate aus dem Bezirk Terrebonne. Wir sind mit einer richterlichen Verfügung hier, um die kleine Pearl Tate zu ihren Großeltern zu bringen«, sagte er und reichte Beau ein Dokument. »Der Richter hat es persönlich unterschrieben, und dieser Weisung muß Folge geleistet werden.«

»Beau«, sagte ich. Er winkte ab, damit er das Dokument ungestört durchlesen konnte.

»Das entspricht nicht der Wahrheit«, sagte er und blickte auf. Er versuchte, den Herren das Dokument zurückzugeben. »Madame Tate ist nicht die Großmutter des Kindes.«

»Ich fürchte, diese Entscheidung hat ein Gericht zu fällen, Sir. Bis dahin tritt dieser Bescheid in Kraft«, sagte er und wies mit einer Kopfbewegung auf das Dokument. »In der Vormundschaftsfolge stehen Madame Tate größere Rechte zu.«

»Aber wir sind nicht der Onkel und die Tante. Wir sind die Mutter und der Vater des Kindes«, sagte Beau.

»Das Gericht ist zu einer anderen Auffassung gelangt. Beide Elternteile des Kindes sind verstorben, und die Großeltern können daher vor jedem anderen Angehörigen das Sorgerecht für sich beanspruchen«, beharrte Mr. Rogers. »Ich hoffe, die ganze Geschichte wird nicht unerfreulich verlaufen«, fügte er hinzu. »Um des Kindes willen.«

Sowie er das gesagt hatte, trat der Polizist an seine Seite. Beau schaute von einem zum anderen und sah dann mich an.

»Ruby…«

»Nein!« schrie ich und wich zurück. »Sie können sie uns nicht wegnehmen. Das können sie einfach nicht tun!«

»Sie haben einen Gerichtsbescheid, der jedoch nur vorübergehend Geltung besitzen wird«, sagte Beau. »Das verspreche ich dir. Ich werde unsere Anwälte augenblicklich anrufen. Wir haben die besten Anwälte von ganz New Orleans.«

»Dieser Prozeß wird nicht in New Orleans, sondern im Bezirk Terrebonne geführt werden«, sagte William Rogers. »Dort hat das Kind juristisch seinen Wohnsitz. Aber wenn Sie die höchstbezahlten und besten Anwälte haben, dann wissen die das ohnehin«, fügte er hinzu und kostete seinen eigenen Sarkasmus aus.

»Beau«, sagte ich mit zitternden Lippen. Ich hatte meine Gesichtszüge nicht mehr unter Kontrolle. Er kam auf mich zu, um mich in seine Arme zu ziehen, doch ich wich nur noch weiter zurück. »Nein«, sagte ich und schüttelte den Kopf. »Nein.«

»Madame, ich versichere Ihnen«, sagte Mr. Rogers, »dieser richterlichen Verfügung wird Folge geleistet werden. Falls Sie auch nur im entferntesten an dem Wohlergehen des Kindes interessiert sind, dann sollten Sie uns keine Steine in den Weg legen.«

»Ruby...«

»Beau, du hast es mir versprochen! *Nein«*, schrie ich. Ich trommelte mit meinen kleinen Fäusten auf seine Brust ein. Er umfaßte meine Handgelenke und zog mich eng an sich.

»Wir werden sie wiederbekommen. Ganz bestimmt«, sagte er.

»Das kann ich nicht tun«, sagte ich kopfschüttelnd. »Ich kann es einfach nicht zulassen.« Die Knie gaben unter mir nach, und Beau hielt mich auf den Füßen.

»Bitte«, sagte er und wandte sich an die Anwälte, den Polizisten und das Kindermädchen, »lassen Sie uns zehn Minuten Zeit, um das Baby reisefertig zu machen.«

Mr. Rogers nickte, und Beau zerrte mich die Treppe hinauf und flüsterte mir währenddessen Beteuerungen ins Ohr.

»Es wird eine abscheuliche Geschichte werden«, sagte er zu mir, »wenn wir physischen Widerstand leisten. Sowie wir erst einmal erklärt haben, wer wir sind, ist die ganze Geschichte schnell ausgestanden. Du wirst es ja sehen.«

»Aber, Beau, du hast gesagt, dazu käme es nicht.«

»Woher hätte ich denn wissen sollen, daß sie derart heimtükkisch ist? Sie muß verrückt sein. Mit was für einem Mann ist sie bloß verheiratet, wenn er das zuläßt?«

»Mit einem schuldbewußten Mann«, sagte ich und schniefte meine Tränen zurück. Ich schaute auf die Tür zu Pearls Kinderzimmer. »O Beau, sie wird sich zu Tode fürchten.«

»Aber nur, bis sie in Cypress Woods ankommen. Dort kennt sie alle Hausangestellten und...«

»Aber sie bringen sie nicht nach Cypress Woods. Sie bringen sie zu den Tates.«

Beau nickte, und allmählich ging auch ihm auf, was hier tatsächlich geschah. Er seufzte tief und schüttelte den Kopf. »Ich könnte sie umbringen«, sagte er. »Ich könnte ihr die Hände um den Hals legen und sie erwürgen, bis jeder Funke Leben in ihr erloschen ist.«

»Es ist bereits jeder Funke Leben in ihr erloschen«, sagte ich und nickte. »Als Paul gestorben ist. Wir haben es hier mit einer Frau zu tun, der jedes Gefühl bis auf eines abhanden gekommen ist, und das ist die Rachsucht. Und in diesen Haushalt soll mein Kind gebracht werden.«

»Möchtest du, daß ich es tue?« fragte er und schaute auf das Kinderzimmer.

»Nein. Wir werden es gemeinsam tun, damit wir ihr möglichst viel Trost spenden können.«

Wir betraten das Kinderzimmer und erklärten Mrs. Ferrier, daß das Baby zu seinen Großeltern gebracht werden mußte. Beau fand, das sei für den Moment das beste. Pearl kannte die Tates als ihre Großeltern, und daher erstickte ich meinen Kummer und verbarg meine Tränen vor ihr. Lächelnd berichtete ich ihr, sie müsse ihre Grandmère Gladys und ihren Grandpère Octavius besuchen.

»Eine nette Frau ist gekommen, um dich zu ihnen zu bringen«, fuhr ich fort.

Pearl sah mich neugierig an. Es war fast so, als sei sie klug genug, um diese Täuschung zu durchschauen. Sie leistete keinen Widerstand, bis wir sie nach unten trugen und sie tatsächlich mit dem Kindermädchen auf den Rücksitz der Limousine setzten. Als ich zurücktrat, begriff sie, daß ich nicht mitkommen würde, und sie fing an, nach mir zu schreien. Das Kindermädchen versuchte, sie zu trösten.

»Fahren Sie los«, sagte Mr. Rogers zu dem Chauffeur. Die beiden Anwälte stiegen in den Wagen und schlugen die Türen zu, aber ich konnte immer noch Pearls Schreie hören. Als die Limousine sich in Bewegung setzte, riß sich das Baby von dem

Kindermädchen los und preßte das kleine Gesicht an die hintere Scheibe. Ich konnte sehen, welche Angst sie hatte und wie sehr sie litt, und ich konnte hören, wie sie nach mir rief. In dem Moment, in dem der Wagen aus unserer Sicht verschwand, gaben meine Beine unter mir nach, und ich klappte zu schnell zusammen, als daß Beau meinen Sturz auf die Fliesen verhindern konnte. Tröstliches Dunkel umfing mich.

16.
Alles ist verloren

»Nun«, sagte Monsieur Polk, nachdem er sich von Beau die Lage hatte schildern lassen, »das ist eine ziemlich komplizierte Angelegenheit. Sogar äußerst kompliziert«, fügte er hinzu und nickte nachdrücklich, und seine Hamsterbacken und sein schwabbeliges Doppelkinn wackelten. Er lehnte sich auf seinem überdimensionalen schwarzen Ledersessel zurück, faltete die Hände und preßte sie auf seine breite Brust. Der protzige goldene Ring mit dem ovalen schwarzen Onyx, den er am kleinen Finger trug, funkelte in der Nachmittagssonne, die durch die dünnen weißen Jalousien hereinströmte.

Beau saß neben mir und hielt meine Hand. Mit der anderen Hand hielt ich die Mahagonilehne des Stuhls umklammert, als glaubte ich, ich könne andernfalls auf den dunkelbraunen Teppich von Monsieur Polks elegant eingerichtetem Büro fallen. Es befand sich im siebten Stock des Gebäudes, und die großen Panoramafenster hinter Monsieur Polks Schreibtisch boten einen Ausblick auf den Fluß und die zahllosen Boote und Schiffe, die in den Hafen von New Orleans einfuhren oder aus ihm ausliefen.

Ich biß mir auf die Unterlippe und hielt den Atem an, während unser Anwalt grübelnd dasaß. Seine großen wäßrigen grünlichen Augen schauten herunter, und er saß so regungslos da, daß ich schon fürchtete, er sei eingeschlafen. Der einzige Laut im Büro war das Ticken der Miniatur einer Standuhr in dem Regal zu unserer Linken.

»Sie sagen, es gibt keine Geburtsurkunde?« fragte er schließlich und blickte auf. Ansonsten blieb er regungslos sitzen mit seinen gesamten zweieinhalb Zentnern, die in einem Anzug steckten, dessen Jackett an den Schultern faltig und zerknittert war. Er trug eine dunkelbraune Krawatte mit apfelgrünen Punkten.

»Nein. Wie ich bereits sagte, sind die Zwillinge im Sumpf geboren worden, ohne jeden Arzt und ohne jeden Krankenhausaufenthalt.«

»Meine Grandmère war *Traiteur,* besser als jeder Arzt«, sagte ich.

»Traiteur?«

»Eine Cajun-Wunderheilerin«, erklärte Beau.

Monsieur Polk nickte, ließ seinen Blick auf mich gleiten und starrte mich einen Moment lang an. Dann beugte er sich vor und preßte die Handflächen auf seinen Schreibtisch.

»Wir werden möglichst schnell einen Vormundschaftsprozeß anstrengen. Unter den gegebenen Umständen wird er wie eine Gerichtsverhandlung durchgeführt werden. Der erste Punkt der Tagesordnung besteht darin, einen legalen Weg zu finden, Ihnen den Status von Ruby zuzusprechen. Sowie wir das erreicht haben, werden Sie bestätigen, daß Sie der Vater Ihres Kindes sind und die volle Verantwortung für es übernehmen werden«, sagte er zu Beau.

»Selbstverständlich.« Beau drückte mir die Hand und lächelte.

»Und jetzt sehen wir uns die Lage einmal genauer an«, sagte Monsieur Polk. Er streckte die Hand nach einer Zigarrenkiste aus dunklem Kirschbaum aus und öffnete den Deckel, um eine dicke Havanna herauszuholen. »Sie«, sagte er und wies mit der Zigarre auf mich, »und Ihre Zwillingsschwester Gisselle waren in Ihrem Aussehen offenbar soweit identisch, daß dieser Identitätswechsel möglich war, stimmt das?«

»Bis hin zu den Grübchen in ihren Wangen«, sagte Beau.

»Augenfarbe, Haarfarbe, Teint, Größe, Gewicht?« zählte

Monsieur Polk auf. Beau und ich nickten nach jedem seiner Punkte.

»Ein Unterschied von ein paar Pfund könnte zwischen dem Gewicht der beiden bestanden haben, aber nicht soviel, daß es auffällig gewesen wäre«, sagte Beau.

»Narben?« fragte Monsieur Polk und zog hoffnungsvoll die Augenbrauen hoch.

Ich schüttelte den Kopf.

»Ich habe keine Narben, und auch meine Schwester hatte keine, obwohl sie in einen schlimmen Autounfall verwickelt war und eine Zeitlang gelähmt gewesen ist«, sagte ich.

»In einen schlimmen Autounfall?« Ich nickte. »Hier in New Orleans?«

»Ja.«

»Dann hat sie eine Zeitlang im Krankenhaus gelegen. Das ist gut. Dort wird ein medizinischer Bericht über die Blutuntersuchungen vorliegen. Vielleicht haben Sie beide verschiedene Blutgruppen gehabt. Wenn ja, dann wäre das Problem augenblicklich gelöst. Ein Freund von mir«, fuhr er fort und holte sein Feuerzeug heraus, »hat mir erzählt, in zukünftigen Jahren wird man durch Blutuntersuchungen anhand der DNA die genaue Identität der Eltern eines Kindes bestimmen können. Aber bis dahin wird noch eine ganze Reihe von Jahren vergehen.«

»Und dann wäre es zu spät!« jammerte ich.

Er nickte, zündete seine Zigarre an und lehnte sich zurück, um Rauchwolken zur Decke zu blasen.

»Vielleicht sind Röntgenaufnahmen gemacht worden. Hat sie bei dem Unfall Knochenbrüche davongetragen?«

»Nein«, sagte ich. »Sie hat sich schwere Prellungen zugezogen, und der Schock hat etwas mit ihrer Wirbelsäule angerichtet und die Nervenfunktion beeinträchtigt, aber das ist verheilt, und dann konnte sie wieder laufen.«

»Hm«, sagte Monsieur Polk. »Ich weiß nicht, ob sich so etwas auf Röntgenaufnahmen erkennen läßt. Wir würden Sie röntgen lassen müssen, und dann brauchen wir einen medizinischen Experten, der bestätigt, daß noch Spuren auf das Trauma hinweisen sollten.«

Meine Miene hellte sich auf. »Ich werde sofort ins Krankenhaus gehen und mich röntgen lassen.«

»Genau«, sagte Beau.

Monsieur Polk schüttelte den Kopf. »Die Gegenseite könnte durchaus einen Experten ausfindig machen, der behauptet, daß ein Röntgenbild keine Spuren mehr aufweist, wenn das Problem behoben ist«, sagte er. »Lassen Sie mich vorher die medizinischen Berichte im Krankenhaus einsehen und von einem befreundeten Arzt eine Meinung zu diesem Thema einholen.«

»Ruby hatte ein Kind, Gisselle nicht«, sagte Beau. »Eine Untersuchung würde doch sicher...«

»Steht Ihre Behauptung, Gisselle hätte nie ein Kind gehabt, völlig außer Zweifel?« fragte Monsieur Polk.

»Wie bitte?«

»Gisselle ist tot und begraben. Wie können wir sie untersuchen? Die Leiche müßte exhumiert werden, und was ist, wenn Gisselle irgendwann einmal schwanger gewesen ist und eine Abtreibung vorgenommen hat?«

»Er hat recht, Beau. Ich könnte niemals beschwören, daß es nicht der Fall ist«, sagte ich.

»Dieser Fall ist wirklich äußerst bizarr«, murmelte Monsieur Polk. »Sie haben sich bemüht, alle davon zu überzeugen, daß Sie Gisselle sind, und Sie haben Ihre Sache so gut gemacht, daß jeder, der sie gekannt hat, es geglaubt hat, richtig?«

»Soweit wir wissen, ja.«

»Und die Familie, Paul Tates Familie, hat es auch geglaubt, und alle waren sich sicher, sie hätten Ruby Tate begraben?«

»Ja«, sagte ich.

»Es ist tatsächlich ein Totenschein auf Ihren Namen ausgestellt worden?«

»Ja«, sagte ich und schluckte schwer. Die lebhaften Erinnerungen an den Besuch meines eigenen Begräbnisses brachen wieder über mich herein.

Monsieur Polk schüttelte den Kopf und dachte einen Moment lang nach. »Was ist mit dem Arzt, der Gisselle als erster behandelt hat, als sie die Gehirnentzündung hatte?« fragte er, und die Aufregung war ihm deutlich anzusehen. »Er hat doch gewußt, daß er Gisselle und nicht Ruby behandelt, richtig?«

»Ich fürchte, auf ihn können wir nicht zählen«, sagte Beau. »Ich habe eine Abmachung mit ihm getroffen, und für ihn wäre es ohnehin der Ruin, wenn sich herausstellt, daß er dabei mitgemischt hat, nicht wahr?«

»Ich fürchte, das ist nur zu wahr«, sagte Monsieur Polk. »Er stünde dann als Schwindler da. Gibt es irgendwelche Hausangestellten, auf die wir uns berufen können?«

»Nun... so wie wir es gehandhabt haben, der Arzt und ich...«

»Sie haben nicht genau gewußt, was eigentlich vorgeht, ist es das?«

»Ja. Die besten Zeugen gäben sie ohnehin nicht gerade ab. Das deutsche Paar spricht kein allzu gutes Englisch, und meine Köchin hat nichts gesehen. Das Hausmädchen ist eine sehr ängstliche Frau, die nicht in der Lage wäre, auch nur irgend etwas zu beschwören.«

»Diesen Weg brauchen wir also gar nicht erst weiterzuverfolgen.« Monsieur Polk nickte. »Lassen Sie mich nachdenken. Bizarr, äußerst bizarr. Zahnärztliche Unterlagen«, rief er aus. »Wie steht es um Ihre Zähne?«

»Meine Zähne sind absolut in Ordnung. Mir ist nie ein Zahn plombiert oder gezogen worden.«

»Und was ist mit Gisselle?«

»Soweit ich weiß«, sagte Beau, »trifft das auch auf sie zu. Für jemanden, der ihren Lebenswandel führt, war sie bei auffallend guter Gesundheit.«

»Gute Gene«, sagte Monsieur Polk. »Aber Sie haben beide von denselben genetischen Vorteilen profitiert.«

Gab es denn keine Möglichkeit, unsere Identitäten so klar zu bestimmen, daß man mit den Beweisen einen Richter zufriedenstellen konnte? überlegte ich verzweifelt.

»Was ist mit unseren Unterschriften?« fragte ich.

»Ja«, sagte Beau. »Ruby hat schon immer eine schönere Handschrift gehabt.«

»Handschriften sind einsatzfähige Beweisstücke«, sagte Monsieur Polk mit einer leicht näselnden Stimme, die hochoffiziell klang, »aber sie liefern für sich allein keinen schlüssigen Beweis. Wir werden uns auf die Meinungen von Experten verlassen müssen, und die Gegenseite wird ihren eigenen Experten heranziehen, der gründlich darlegen würde, wie gut eine Fälschung sein kann. Das habe ich schon öfter erlebt. Und außerdem«, sagte er, nachdem er noch einen Zug von seiner Zigarre genommen hatte, »neigen die Leute zu dem Glauben, daß Zwillinge einander besser nachahmen können als jeder andere. Ich hätte gern mehr in der Hand.«

»Was ist mit Louis?« fragte mich Beau. »Du hast gesagt, er hätte dich erkannt.«

»Louis?« fragte Monsieur Polk.

»Louis war jemand, den ich kennengelernt habe, als Gisselle und ich eine Privatschule für Mädchen in Baton Rouge besucht haben. Er ist ein Musiker, der kürzlich hier in New Orleans ein Konzert gegeben hat.«

»Ich verstehe.«

»Als ich ihn damals kennengelernt habe, war er blind. Aber heute kann er sehen«, fügte ich hoffnungsvoll hinzu.

»Was? Sie sagen, er war blind? Also, wirklich, Monsieur«, sagte er und wandte sich an Beau. »Sie wollen, daß ich einen Mann in den Zeugenstand rufe, der früher blind gewesen ist, damit er aussagt, er könne den Unterschied zwischen den beiden bestätigen?«

»Aber er kann es!« sagte ich.

»Vielleicht zu Ihrer Zufriedenheit, aber nicht zu der eines Richters.«

Ein weiterer Ballon platzte. Mein Herz pochte heftig. Tränen der Frustration brannten in meinen Augen. Ich schien von allen Seiten Niederlagen einzustecken.

»Hören Sie«, sagte Beau und drückte wieder meine Hand, »was für ein Motiv könnte es möglicherweise dafür geben, daß Gisselle sich als Ruby ausgibt? Erstens einmal gestehen wir unseren Betrug vor aller Welt ein, und außerdem weiß jeder, der Gisselle gekannt hat, wie selbstsüchtig sie war. Sie würde nicht das Sorgerecht für ein Kind an sich bringen und die Verantwortung für es tragen wollen, bis es erwachsen ist.«

Monsieur Polk dachte einen Moment lang darüber nach. Er drehte seinen Stuhl um und schaute zum Fenster hinaus.

»Ich werde jetzt den Advokaten des Teufels spielen«, sagte er und schaute weiterhin auf den Fluß hinunter. Dann wandte er sich abrupt wieder zu uns um und deutete noch einmal mit seiner Zigarre auf mich. »Sie haben gesagt, Paul, Ihr Ehemann, hätte Land im Bayou geerbt, das reiche Ölvorräte birgt?«

»Ja.«

»Und Ihnen ein Haus mit prächtigen Gärten hingestellt, eine prunkvolle Villa?«

»Ja, aber...«

»Und er hat Ölquellen, aus denen ein großes Vermögen herausgepumpt wird?«

Ich konnte nicht schlucken. Ich konnte nicht nicken. Beau und ich starrten einander an.

»Aber, Monsieur, wir sind keineswegs arm dran. Ruby hat eine ordentliche Summe und ein einträgliches Geschäft geerbt und...«

»Monsieur Andreas, Ihnen bietet sich hier die Möglichkeit, ein gewaltiges Vermögen zu erben, das ständig weiterwächst. Hier ist nicht die Rede davon, finanziell gut gestellt zu sein.«

»Was ist mit dem Kind?« warf Beau verzweifelt ein. »Die Kleine kennt ihre Mutter.«

»Sie ist ein Kleinkind. Ich dächte im Traum nicht daran, sie in einem Gerichtssaal in den Zeugenstand zu rufen. Ich bin ganz sicher, daß sie sich zu Tode ängstigen würde.«

»Nein, das können wir nicht tun, Beau«, sagte ich. »Niemals.«

Monsieur Polk lehnte sich zurück. »Lassen Sie mich die Krankenhausberichte einsehen und mit ein paar Ärzten reden. Ich melde mich dann wieder bei Ihnen.«

»Wie lange wird das dauern?«

»Über Nacht läßt sich das nicht erledigen, Madame«, sagte er frei heraus.

»Aber mein Baby... o Beau.«

»Haben Sie die Möglichkeit in Betracht gezogen, Madame Tate aufzusuchen und mit ihr darüber zu reden? Vielleicht hat sie rein impulsiv und aus Wut heraus gehandelt und inzwischen Zeit gehabt, es sich noch einmal zu überlegen«, schlug Monsieur Polk vor. »Dann lägen die Probleme wesentlich einfacher.

Ich will damit nicht sagen, daß das ihr Motiv ist«, fügte er hinzu und beugte sich vor, »aber Sie könnten ihr anbieten, auf jegliche Ölrechte et cetera zu verzichten.«

»Ja«, sagte ich, und Hoffnung keimte in meinem Herzen auf.

Beau nickte. »Die Vorstellung, daß Ruby Cypress Woods und all das Öl, das dieses Land birgt, erben würde, könnte sie um den Verstand bringen«, stimmte Beau zu. »Laß uns hinfahren und sehen, ob sie einwilligt, mit uns zu sprechen. Aber bis dahin...«

»Ich werde gleich damit beginnen, Nachforschungen anzustellen«, sagte Monsieur Polk. Er stand auf und legte seine Zigarre in den Aschenbecher, ehe er sich vorbeugte, um Beau die Hand zu schütteln. »Ihnen ist klar«, sagte er leise, »daß sich die Klatschkolumnisten der Zeitungen begierig auf dieses gefundene Fressen stürzen werden?«

»Ja, das ist uns klar.« Beau sah mich an. »Solange wir nur Pearl zurückbekommen, soll uns das alles recht sein.«

»Dann ist es ja gut. Viel Glück bei Madame Tate«, sagte Monsieur Polk, und wir gingen.

»Ich fühle mich so schwach, Beau, so schwach und verängstigt«, sagte ich, als wir das Gebäude verließen und auf unseren Wagen zugingen.

»Du kannst dieser Frau nicht gegenübertreten, solange du in dieser Gemütsverfassung bist, Ruby. Laß uns zwischendurch etwas essen, damit du wieder zu Kräften kommst. Wir müssen optimistisch und stark sein. Stütze dich auf mich, wann immer es nötig ist«, sagte er mit finsterer Miene und gesenkten Lidern. »Es ist wirklich alles meine Schuld«, murmelte er. »Es war meine Idee, mein Werk.«

»Du kannst dir nicht die alleinige Schuld daran geben, Beau. Ich habe gewußt, worauf ich mich eingelassen habe, und ich wollte es tun. Ich hätte wissen müssen, daß wir dem Schicksal nicht einfach Wasser ins Gesicht spritzen können.«

Er drückte mich an sich, und wir stiegen in unseren Wagen und brachen in Richtung Bayou auf. Auf der Fahrt studierte ich die Sätze ein, die ich sagen wollte. Ich hatte keinen Appetit, als wir anhielten, um etwas zu essen, aber Beau bestand darauf, daß mein Magen etwas brauchte.

Der späte Nachmittag verfinsterte sich und wurde immer düsterer; die Sonne floh und bezog ihren Posten hinter massigen Sturmwolken. Der blaue Himmel schien weit hinter uns zurückzubleiben, als wir dem Bayou und der Konfrontation, die uns dort erwartete, entgegenfuhren. Je vertrauter die Gegend wurde, um so mehr wuchs meine Sorge. Ich holte tief Atem und hoffte, ich würde es fertigbringen, mit Gladys Tate zu reden, ohne in Tränen auszubrechen.

Ich lotste Beau zum Haus der Tates. Es war eine der größeren Villen in der Umgebung von Houma, ein zweieinhalbstökkiges neoklassizistisches Gebäude mit sechs geriffelten ionischen Säulen, die ein wenig vorversetzt und in viereckige Stützpfeiler eingelassen waren. Das Haus hatte vierzehn Zimmer und einen großen Salon. Gladys Tate war stolz auf die Inneneinrichtung und die Kunstwerke, und bis Paul die prunkvolle Villa für mich erbaut hatte, hatte sie das prächtigste Haus in der ganzen Gegend besessen.

Als wir dort vorfuhren, hatte sich der Himmel aschfahl gefärbt, und die Schwüle hatte die Luft so dick werden lassen, daß ich glaubte, sehen zu können, wie sich vor meinen Augen kleine Tröpfchen bildeten. Im Bayou herrschte vollkommene Stille, wie im Auge eines Orkans. Die Blätter hingen schlaff von den Ästen der Bäume, und sogar die Vögel wirkten niedergeschlagen und hatten sich in schattige Winkel verkrochen.

Alle Fenster waren dunkel, die Vorhänge zugezogen oder die Jalousien heruntergelassen. Die Glasscheiben reflektierten das bedrückende Dunkel, das über den Sümpfen hing. Nirgendwo rührte sich etwas. Das Haus war in Trauer gehüllt; seine Bewohner hatten sich abgeschirmt und in ihr privates Elend zurückgezogen. Mein Herz wurde schwer, und meine Finger zitterten, als ich die Wagentür öffnete. Beau legte mir eine Hand auf den Arm, um mir Zuversicht zu geben.

»Laß uns ganz ruhig bleiben«, riet er mir. Ich nickte und versuchte zu schlucken, doch ein Kloß klebte in meiner Kehle wie Sumpfschlamm an einem Schuh. Wir stiegen die Stufen hinauf, und Beau hob den Messingklopfer und ließ ihn gegen die Tür fallen. Das hohle Donnern schien eher in meiner Brust als im Haus widerzuhallen. Wenige Momente später wurde die Tür so heftig und wütend aufgerissen, als hätte eine Sturmböe sie aufgeweht. Toby stand vor uns. Sie war schwarz gekleidet und hatte sich das Haar streng aufgesteckt. Ihr Gesicht war blaß und fahl.

»Was wollt ihr hier?« fragte sie schroff.

»Wir wollen deine Eltern sprechen«, sagte Beau.

»Sie sind nicht direkt dazu aufgelegt, mit euch zu reden«,

fauchte sie uns an. »Während wir hier trauern, müßt ihr beide auch noch Probleme machen.«

»Es liegen ein paar entsetzliche Mißverständnisse vor, die wir aus der Welt schaffen müssen«, beharrte Beau und fügte dann hinzu: »Und zwar in allererster Linie um des Babys willen.«

Toby sah mich an. Etwas in meinem Gesicht verwirrte sie, und ihre Schultern lockerten sich ein wenig.

»Wie geht es Pearl?« fragte ich eilig.

»Gut. Es geht ihr gut. Sie ist bei Jeanne«, fügte sie hinzu.

»Sie ist nicht hier?«

»Nein, aber sie wird herkommen«, sagte sie entschieden.

»Bitte«, flehte Beau sie an. »Wir müssen uns unbedingt ein paar Minuten mit deinen Eltern unterhalten.«

Toby dachte einen Moment lang nach und trat dann zurück. »Ich werde nachsehen, ob sie bereit sind, mit euch zu sprechen. Wartet im Arbeitszimmer.«

Beau und ich betraten das Arbeitszimmer. Nur eine einzige Lampe brannte in einer Ecke und tauchte den Raum in eine trostlose Stimmung. Ich schaltete eine Tiffany-Lampe neben dem Sofa an und setzte mich eilig, da ich fürchtete, mir würden die Knie weich werden.

»Laß mich unser Gespräch mit Madame Tate beginnen«, schlug Beau vor. Er stand mit den Händen auf dem Rücken neben mir, und wir beide warteten und lauschten und hatten die Augen auf die Tür geheftet. Lange Zeit über ereignete sich nichts, und daher ließ ich meine Blicke schweifen, bis sie sich starr auf das Porträt über dem Kaminsims richteten. Es war ein Porträt von Paul, das ich vor einiger Zeit gemalt hatte. Gladys Tate hatte es anstelle des Porträts von Octavius und ihr selbst aufgehängt. Ich hatte meine Sache fast zu gut gemacht, dachte ich mir. Paul wirkte so lebensecht mit seinen strahlenden blauen Augen und dem zarten Lächeln, das ich um seine Mundwinkel herum eingefangen hatte. Jetzt sah es aus, als lächele er boshaft und selbstzufrieden, schelmisch, trotzig und rachsüchtig. Ich konnte das Bild nicht ohne heftiges Herzklopfen ansehen.

Wir hörten Schritte, und im nächsten Moment tauchte Toby allein wieder auf. Meine Hoffnung sank. Gladys würde uns keine Audienz gewähren.

»Mutter wird nach unten kommen«, sagte sie, »aber mein Vater ist im Moment nicht in der Lage, jemanden zu empfangen. Du kannst dich ruhig hinsetzen«, sagte sie zu Beau. »Es wird eine Weile dauern. Im Augenblick ist sie nicht direkt darauf vorbereitet, Besucher zu empfangen«, fügte sie erbittert hinzu. Beau nahm gehorsam neben mir Platz. Toby starrte uns einen Moment lang an.

»Warum wart ihr bloß so halsstarrig? Wenn es je einen Zeitpunkt gegeben hat, zu dem meine Mutter das Baby um sich gebraucht hat, dann ist das jetzt. Was für eine Grausamkeit von euch beiden, uns das zu erschweren und uns zu zwingen, einen Richter hinzuzuziehen.« Sie funkelte mich finster an und wandte sich dann direkt an Beau. »Von ihr hätte ich so etwas vielleicht erwartet, aber ich dachte, du seist menschlicher und reifer.«

»Toby«, sagte ich, »ich bin nicht diejenige, für die du mich hältst.«

Sie verzog höhnisch das Gesicht. »Ich weiß ganz genau, wer du bist. Glaubst du etwa, hier gäbe es keine solchen Menschen, selbstsüchtige, eitle Leute, die sich aus ihren Mitmenschen nicht das geringste machen?«

»Aber...«

Beau legte eine Hand auf meinen Arm. Ich schaute ihn an und sah in seinen Augen, daß er mich anflehte zu schweigen. Ich schluckte meine Worte und schloß die Augen. Toby wandte sich ab und ließ uns allein.

»Hinterher wird sie es verstehen«, sagte Beau liebevoll. Rund zehn Minuten später hörten wir Gladys Tates Stöckelschuhe auf der Treppe, und das Klappern ihrer Absätze war wie ein Kugelhagel, der sich auf mein Herz richtete. Unsere Blicke hefteten sich besorgt auf die Tür, bis sie erschien. Sie ragte vor uns auf und wirkte noch größer und finsterer in ihrer schwarzen Trauerkleidung und mit dem streng aufgesteckten Haar. Ihre Lippen waren blaß, ihre Wangen bleich, doch in ihren feuchten Augen stand ein fiebriger Glanz.

»Was wollt ihr?« fragte sie und erdolchte mich mit ihrem Blick.

Beau erhob sich. »Madame Tate, wir sind gekommen, um vernünftig mit Ihnen zu reden. Wir möchten, daß Sie verstehen, warum wir das alles getan haben.«

»Pah«, gab sie zurück. »Verstehen?« Sie lächelte kühl und voller Hohn. »Das ist ganz einfach zu verstehen. Ihr seid Menschen von der Sorte, der nur das eigene Wohl am Herzen liegt, und wenn ihr auf eurer Jagd nach dem Glück anderen entsetzliche Schmerzen und Leid zufügt, na und?« Sie richtete den Blick auf mich und sah mich haßerfüllt an, ehe sie sich abwandte, um wie eine Königin auf dem hochlehnigen Stuhl Platz zu nehmen, die Hände auf dem Schoß gefaltet, der Nacken und die Schultern steif.

»An einem großen Teil dessen, was passiert ist, trage ich die Schuld, nicht Ruby«, fuhr Beau fort. »Verstehen Sie«, sagte er und schaute mich an, »vor ein paar Jahren haben wir... habe ich Ruby mit Pearl geschwängert, aber ich habe mich feige verhalten und zugelassen, daß meine Eltern mich nach Europa schickten. Rubys Stiefmutter hat ihr Bestes getan, damit das Baby in einer heruntergekommenen Arztpraxis abgetrieben wird, damit alles geheim bleibt, aber Ruby ist fortgelaufen und ins Bayou zurückgekehrt.«

»Sie glauben gar nicht, wie sehr ich wünschte, sie hätte es nicht getan«, zischte Gladys Tate, und ihre haßerfüllten Augen versuchten, meine Existenz durch bloßes Wunschdenken auszulöschen.

»Ja, aber so war es nun einmal«, fuhr Beau fort, ohne sich von ihrer Gehässigkeit einschüchtern zu lassen. »Und ob das nun eine gute Idee war oder nicht, aber Ihr Sohn hat Ruby und Pearl ein Heim geboten.«

»Es war eine ganz schlechte Idee. Sehen Sie doch nur, wohin es ihn geführt hat«, sagte sie. Eiswasser rann mir über das Rückgrat.

»Wie Sie wissen«, sagte Beau freundlich, geduldig und unbeirrt, »war die Ehe der beiden eine Scheinehe. Dann ist Zeit verstrichen. Ich bin erwachsen geworden und habe meine Fehler erkannt, aber inzwischen war es zu spät. Mittlerweile hatte ich meine Beziehungen zu Rubys Zwillingsschwester wiederaufgenommen, von der ich glaubte, auch sie sei herangereift. In dem Punkt habe ich mich geirrt, aber das ist eine andere Geschichte.«

Gladys verzog hämisch das Gesicht.

»Ihr Sohn hat gewußt, wie sehr Ruby und ich immer noch aneinander hängen, und er hat gewußt, daß Pearl unser Kind ist, mein Kind. Er war ein guter Kerl, und er wollte, daß Ruby glücklich wird.«

»Und diese Güte hat sie ausgenutzt«, klagte Gladys mich an und stach mit ihrem langen Zeigefinger in die Luft zwischen uns.

»Nein, Mutter Tate, ich...«

»Wage es nicht dazusitzen und bestreiten zu wollen, was du meinem Sohn angetan hast.« Ihre Lippen zitterten. »Mein Sohn«, stöhnte sie. »Früher einmal bin ich sein Augapfel gewesen. Ob die Sonne für ihn auf- oder untergegangen ist, hing ausschließlich davon ab, ob ich glücklich war, nicht du. Selbst damals, als du ihn hier im Bayou verhext hast, hat er noch liebend gern mit mir zusammengesessen und geredet, hat er noch meine Nähe gesucht. Wir hatten ein außergewöhnliches Verhältnis zueinander, und wir haben einander außerordentlich geliebt«, sagte sie. »Aber du warst erbarmungslos, hast ihn verhext und mir fortgenommen«, warf sie mir vor, und ich begriff, daß kein Haß so groß sein konnte wie der, der aus verratener Liebe geboren wird. Das war der Grund dafür, daß ihr Verstand nach Rache schrie.

»Ich habe nichts von alledem getan, Mutter Tate«, sagte ich mit ruhiger Stimme. »Ich habe mich bemüht, ihn zu entmutigen und unsere Beziehung zu beenden. Ich habe ihm sogar die Wahrheit über uns erzählt«, sagte ich.

»Ja, das hast du getan, um damit heimtückisch einen Keil zwischen ihn und mich zu treiben. Er hat von einem Tag zum anderen gewußt, daß ich nicht seine echte Mutter bin. Glaubst du etwa, dadurch hätte sich nichts geändert?«

»Ich wollte es ihm nicht sagen. Es war nicht meine Angelegenheit, es ihm zu sagen«, rief ich aus und erinnerte mich wieder an Grandmère Catherines Warnungen, man dürfe keinen Bruch zwischen einer Cajun-Mutter und ihrem Kind herbeiführen. »Aber man kann ein Haus aus Liebe nicht auf einem Fundament von Lügen aufbauen. Sie und Ihr Mann hätten diejenigen sein müssen, die ihm die Wahrheit sagen.«

Sie zuckte zusammen. »Welche Wahrheit? Ich bin seine Mutter gewesen, bis du aufgetaucht bist. Er hat mich geliebt«, wimmerte sie. »Das war die einzige Wahrheit, die wir brauchten... Liebe.«

Einen Moment lang senkte sich eine dichte Decke über uns herab. Gladys beherrschte ihre Wut und schloß die Augen.

Beau entschloß sich weiterzureden. »Ihr Sohn, dem klar war, wie sehr Ruby und ich einander lieben, hat eingewilligt, uns zu helfen. Als Gisselle ernstlich erkrankte, hat er sich freiwillig anerboten, sie bei sich aufzunehmen und als Ruby auszugeben, damit Ruby Gisselle werden kann und wir beide als Mann und Frau zusammenleben können.«

Sie öffnete die Augen und lachte in einer Form, die mein Blut gefrieren ließ. »All das ist mir bekannt, aber ich weiß auch, daß er so gut wie keine andere Wahl gehabt hat. Wahrscheinlich hat sie ihm damit gedroht, der ganzen Welt zu sagen, daß er nicht mein Sohn ist«, sagte sie, und ihre schneidenden Augen richteten sich auf mich.

»Ich würde niemals...«

»Du würdest jetzt alles sagen, was dir helfen kann, und daher brauchst du es gar nicht erst zu versuchen«, riet sie mir.

»Madame«, sagte Beau und trat vor. »Was geschehen ist, läßt sich nicht mehr rückgängig machen. Paul hat uns geholfen. Es war seine Absicht, uns dazu zu verhelfen, daß wir mit unserer Tochter zusammenleben und glücklich werden. Mit dem, was Sie jetzt tun, machen Sie das zunichte, was Paul persönlich zu erreichen bemüht war.«

Sie blickte einen Moment lang zu Beau auf, und als sie das tat, schienen die hauchdünnen Fäden geistiger Gesundheit sich anzuspannen und hinter ihren Augen zu reißen. »Meine arme Enkelin hat jetzt keine Eltern mehr. Ihre Mutter ist beerdigt worden, und ihr Vater wird neben ihr zu Grabe getragen werden.«

»Madame Tate, warum zwingen Sie uns, mit dieser Angelegenheit vor Gericht zu gehen und alle Beteiligten dieses Elend noch einmal durchleiden zu lassen? Sie wünschen sich doch zu diesem Zeitpunkt sicher nichts anderes mehr als Ruhe und Frieden, und Ihre Familie...«

Sie richtete die dunklen gehässigen Augen auf Pauls Porträt, und dieselben Augen wurden sanfter. »Ich tue es für meinen Sohn«, sagte sie und schaute mit mehr als nur der Liebe einer Mutter zu ihm auf. »Seht nur, wie er lächelt, wie schön und wie glücklich er ist. Pearl wird hier aufwachsen, unter diesem Porträt. Das zumindest kann ich für ihn tun. Du«, sagte sie und wies wieder mit ihrem langen dünnen Finger auf mich, »hast ihm alles andere genommen, sogar das Leben.«

Beau warf mir einen verzweifelten Blick zu und wandte sich dann wieder an sie. »Madame Tate«, sagte er, »falls es sich hier um das Erbe handeln sollte, sind wir bereit, jedes erdenkliche Dokument zu unterzeichnen.«

»Was?« Sie sprang auf. »Sie glauben, hier ginge es nur um Geld? Geld? Mein Sohn ist tot.« Sie zog die Schultern hoch und schürzte die Lippen. »Ich erkläre dieses Gespräch hiermit für beendet. Ich will, daß Sie aus meinem Haus verschwinden und aus unser aller Leben.«

»Damit kommen Sie nicht durch. Ein Richter...«

»Ich habe Anwälte. Wenden Sie sich an sie.« Sie lächelte mich so kalt an, daß mein Blut gefror. »Du hast das Gesicht und den Körper deiner Schwester angezogen, und du bist in ihr Herz geschlüpft. In diesem Herzen hast du jetzt zu leben«, verfluchte sie mich und verließ das Zimmer.

Ich hatte Schmerzen am ganzen Körper, und mein Herz wurde zu einer hohlen Kugel. »Beau!«

»Laß uns gehen«, sagte er und schüttelte den Kopf. »Sie ist verrückt geworden. Der Richter wird das erkennen. Komm, Ruby.« Er streckte die Hände nach mir aus. Ich glaubte, über dem Boden zu schweben, als er mich hochzog.

Bevor wir das Zimmer verließen, warf ich noch einen letzten Blick auf Pauls Porträt. Sein zufriedener Gesichtsausdruck sandte ein Dunkel in mein Herz, das tausend Tage Sonnenschein nicht hätten durchdringen können.

Nach der Rückfahrt nach New Orleans brach ich erschöpft zusammen und schlief bis in den späten Morgen. Beau weckte mich, um mir mitzuteilen, Monsieur Polk habe gerade angerufen.

»Und?« sagte ich eilig und mit pochendem Herzen.

»Ich fürchte, er hatte keine guten Nachrichten. Er hat sich von Experten sagen lassen, daß bei eineiigen Zwillingen alles identisch ist, die Blutgruppe, ja sogar die Organgröße. Der Arzt, der Gisselle behandelt hat, glaubt nicht, daß sich aus Röntgenaufnahmen etwas ersehen läßt. Auf die medizinischen Daten können wir nicht zurückgreifen, um einen stichhaltigen Nachweis der Identität zu erbringen.

Und was die Frage angeht, ob ich Pearls Vater bin... ein Blutgruppentest könne nur bestätigen, daß ich unmöglich der Vater sein kann, aber nicht, daß ich der Vater bin. Wie Monsieur Polk bereits sagte, die Medizin ist noch nicht weit genug.«

»Und was tun wir jetzt?« stöhnte ich.

»Er hat bereits eine außergerichtliche Vernehmung beantragt, und wir haben einen Gerichtstermin«, sagte Beau. »Wir werden unsere Geschichte erzählen und die Handschriftenproben vorlegen. Deine künstlerische Begabung will er ebenfalls zum Einsatz bringen. Monsieur Polk hat Dokumente zur Unterschrift für uns vorbereitet, in denen wir freiwillig auf jeden Anspruch auf Pauls Erbe verzichten, um damit ein weiteres Motiv auszuschließen. Vielleicht genügt das ja.«

»Und was geschieht, wenn es nicht genügt, Beau?«

»Laß uns nicht an das Schlimmste denken«, drängte er mich.

Das Schlimmste aber war das Warten. Beau versuchte, sich mit Arbeit abzulenken, ich aber konnte nichts anderes tun als schlafen und von einem Zimmer ins andere laufen, und manchmal brachte ich Stunden damit zu, einfach nur in Pearls Kinderzimmer zu sitzen und ihre Stofftiere und Puppen anzustarren. Es waren noch keine achtundvierzig Stunden vergangen, seit Monsieur Polk ein Gerichtsverfahren beantragt hatte, als wir bereits Anrufe von Zeitungsreportern bekamen. Keiner von ihnen wollte seine Informationsquelle nennen, doch für Beau und mich lag auf der Hand, daß Gladys Tates Rachegelüste unersättlich waren und sie absichtlich etwas an die Presse hatte durchsickern lassen. Die Geschichte machte Schlagzeilen.

TOTE BEHAUPTET, IHRE ZWILLINGS-
SCHWESTER SEI AN IHRER STELLE
BEGRABEN WORDEN!
KAMPF UM VORMUNDSCHAFT DROHT.

Aubrey wurde angewiesen, sämtlichen Anrufern zu sagen, wir seien nicht zu sprechen. Wir würden keine Besucher empfangen und keine Fragen beantworten. Bis zu dem Gerichtstermin war ich praktisch eine Gefangene in meinem eigenen Haus.

Der Tag nahte, und ich klammerte mich an Beaus Arm, als wir die Treppe hinunterstiegen, um den Wagen zu nehmen und zum Gerichtsgebäude des Bezirks Terrebonne zu fahren. Es war einer jener stark bewölkten Tage, an denen die Sonne nur zwischendurch herauslugt, uns mit ein paar hellen Strahlen neckt und dann hinter eine Wolkenmauer gleitet und die Welt dunkel und trostlos zurückläßt. Das spiegelte meine Stimmungsschwankungen wider, die zwischen Hoffnung und Pessimismus pendelten.

Monsieur Polk erwartete uns bereits vor dem Gerichtsgebäude. Die Geschichte hatte nicht nur in New Orleans, sondern auch im Bayou Interesse wachgerufen. Ich sah mich schnell unter den Zuschauern um und erkannte einige von Grandmère Catherines Freundinnen. Ich lächelte sie an, doch sie waren verwirrt und unsicher und wagten es nicht zurückzulächeln. Ich kam mir wie eine Fremde vor. Wie würde ich ihnen jemals erklären können, warum ich mit Gisselle die Identitäten getauscht hatte? Wie hätten sie das jemals verstehen sollen?

Wir nahmen unsere Plätze ein, ehe Gladys Tate unter großem Trara den Gerichtssaal betrat und die Situation bis zum letzten Tropfen ausschöpfte. Sie trug noch ihre Trauerkleidung, klammerte sich an Octavius' Arm und setzte mit größter Mühe einen Fuß vor den anderen, um der Welt zu zeigen, daß wir uns den unglücklichsten Zeitpunkt ausgesucht hatten, um sie zu dieser gräßlichen Verhandlung zu schleifen. Sie war ungeschminkt und sah daher blaß und leidend aus, in den Augen des Richters die Schwächere von uns beiden. Octavius hielt den Kopf gesenkt und sah kein einziges Mal in unsere Richtung.

Toby, Jeanne und James, ihr Mann, folgten hinter Gladys

und Octavius Tate und warfen uns finstere Blicke zu. William Rogers und Martin Bell, ihre Anwälte, führten sie zu ihren Plätzen. Mit ihren dunklen Anzügen und dicken Aktenmappen wirkten sie furchteinflößend. Der Richter betrat den Saal, und alle nahmen ihre Plätze ein.

Der Richter hieß Hilliard Barrow, und Monsieur Polk hatte herausgefunden, daß er in dem Ruf stand, sarkastisch, ungeduldig und streng zu sein. Er war ein großer, schlanker Mann mit harten Gesichtszügen: tiefliegende, dunkle Augen, dichte Augenbrauen, eine lange, knochige Nase und ein dünner Mund, der wie eine Schnittwunde aussah, wenn er die Lippen zusammenpreßte. Sein ehemals dunkelbraunes Haar war weitgehend ergraut; der Haaransatz war soweit zurückgewichen, daß seine Schädeldecke in der Beleuchtung des Gerichtssaals schimmerte. Zwei lange Hände mit knochigen Fingern sahen aus den Ärmeln seiner schwarzen Richterrobe heraus.

»Normalerweise«, begann er, »ist dieser Gerichtssaal während solcher Vernehmungen relativ leer. Ich möchte diejenigen warnen, die nur als Zuschauer erschienen sind, daß ich keine Gespräche dulde, keine Einmischungen, keine Bekundungen von Mißfallen oder Beifall. Hier steht das Wohlergehen eines Kindes auf dem Spiel und nicht die Auflagenhöhe von Zeitungen und Klatschkolumnen und deren Verkauf an die bessere Gesellschaft von New Orleans.« Er legte eine Pause ein und ließ den Blick über die Menge gleiten, weil er sehen wollte, ob auch nur ein Funke von Aufsässigkeit in einem der zahlreichen Augenpaare zu erkennen war. Mir sank das Herz. Er schien ein Mann zu sein, der bar jeglichen Gefühls war, abgesehen von einem Vorurteil gegen die reichen Leute in New Orleans.

Der Gerichtsdiener las unsere Anklageschrift vor, und dann fiel Richter Barrows harter Blick auf Monsieur Polk.

»Sie werden Beweise vorlegen müssen«, sagte er.

»Ja, Euer Ehren. Als erstes würde ich gern Monsieur Beau Andreas in den Zeugenstand rufen.«

Der Richter nickte, und Beau drückte mir die Hand, ehe er sich erhob. Die Blicke aller waren auf ihn gerichtet, als er zuversichtlich ausschritt und seinen Platz im Zeugenstand einnahm. Er wurde vereidigt und setzte sich.

»Monsieur Andreas, würden Sie bitte als Auftakt unserer Darlegung dem Gericht in Ihren eigenen Worten schildern, warum, wie und wann Sie und Ruby Tate den Austausch von Identitäten zwischen Ruby und Gisselle Andreas, die zu jenem Zeitpunkt Ihre Ehefrau war, vollzogen haben.«

»Einspruch, Euer Ehren«, sagte Monsieur Rogers. »Die Entscheidung darüber, ob diese Frau Ruby Tate ist oder nicht, liegt bei dem hohen Gericht.«

Der Richter schnitt eine Grimasse. »Monsieur Rogers, wir haben hier keine Geschworenen, die Sie beeindrucken müssen. Ich halte mich für fähig, die anstehende Frage zu verstehen, ohne von Andeutungen beeinflußt zu werden. Bitte, Sir. Lassen Sie uns das Ganze so schnell wie möglich hinter uns bringen.«

»Ja, Euer Ehren«, sagte Monsieur Rogers und setzte sich wieder.

Meine Augen wurden groß. Vielleicht würden wir doch noch eine faire Behandlung bekommen, dachte ich.

Beau setzte zu unserer Geschichte an. Kein einziger Laut war während seines Berichts zu vernehmen. Niemand hustete auch nur oder räusperte sich, und als er seinen Bericht beendet hatte, senkte sich eine noch tiefere Stille über die Menge herab. Es war, als seien alle mit Sprachlosigkeit geschlagen. Als ich mich umdrehte, sah ich, daß alle Augen jetzt auf mich gerichtet waren. Beau hatte seine Sache so gut gemacht, daß sich inzwischen viele der Anwesenden zu fragen begannen, ob die Geschichte nicht wahr sein könnte. Ich spürte, wie die Hoffnung die Oberhand über meine Sorge gewann.

Monsieur Rogers erhob sich. »Nur ein paar Fragen, wenn Sie gestatten, Euer Ehren.«

»Nur zu«, sagte der Richter.

»Monsieur Andreas. Sie haben gesagt, während Sie sich in Ihrem Landhaus aufgehalten haben, sei Ihre Gattin an Enzephalitis erkrankt. Hat ein Arzt diese Diagnose gestellt?«

»Ja.«

»Hat dieser Arzt denn nicht gewußt, daß er Gisselle untersucht, Ihre Ehefrau?« Beau sah Monsieur Polk an. »Wenn ja, warum haben Sie ihn dann nicht hierherbestellt, damit er aussagen kann, daß er Gisselle und nicht Ruby untersucht hat?« fuhr Monsieur Rogers erbarmungslos fort. Beau gab keine Antwort darauf.

»Monsieur Andreas?« fragte der Richter.

»Ich ...«

»Euer Ehren«, sagte Monsieur Polk. »Da die Zwillinge einander so ähnlich sind, waren wir nicht der Meinung, der Arzt könnte zweifelsfrei aussagen, welche der Zwillingsschwestern er untersucht hat. Ich bin der medizinischen Vorgeschichte der Zwillinge auf den Grund gegangen, soweit sich das nur irgend machen ließ, und wir sind zu dem Eingeständnis bereit, daß eineiige Zwillinge zu viele physiologische Merkmale miteinander gemeinsam haben und es daher praktisch unmöglich ist, medizinische Daten zur Identifizierung zu verwenden.«

»Sie haben keine medizinischen Unterlagen für die Beweisführung?« fragte Richter Barrow.

»Nein, Sir.«

»Welche anderen stichhaltigen Beweise gedenken Sie in dem Fall vorzulegen, um diese phantastische Geschichte zu erhärten, Sir?« fragte der Richter ohne Umschweife.

»Wir haben zu diesem Zeitpunkt«, sagte Monsieur Polk und ging auf den Richter zu, »Handschriftenproben vorzulegen, denen Sie deutlich ansehen können, wie sehr sich die Schrift der beiden Zwillinge voneinander unterscheidet. Sie stammen von Schularbeiten und von rechtskräftigen Dokumenten«, sagte Monsieur Polk und legte die Beweise vor.

Richter Barrow warf einen Blick darauf. »Ich müßte die Schriften natürlich von einem Experten analysieren lassen.«

»Wir würden gern das Recht für uns beanspruchen, die Schriften unseren Experten vorzulegen, Euer Ehren«, sagte Monsieur Rogers.

»Selbstverständlich«, sagte der Richter. Er schob die Unterlagen zur Seite. »Gibt es noch weitere Fragen an Monsieur Andreas?«

»Ja«, sagte Monsieur Rogers und stellte sich zwischen uns und Beau auf. Er lächelte skeptisch. »Sir, Sie behaupten, daß Paul Tate, sowie er von diesem unwahrscheinlichen Plan gehört hat, freiwillig angeboten hat, die kranke Zwillingsschwester in seinem Haus aufzunehmen und sie als seine Ehefrau auszugeben?«

»Das ist richtig«, sagte Beau.

»Können Sie dem Gericht sagen, warum er so etwas hätte tun sollen?«

»Paul Tate hat Ruby abgöttisch geliebt und wollte, daß sie glücklich wird. Er hat gewußt, daß Pearl mein Kind ist, und er wollte, daß wir mit unserem Kind zusammenleben«, fügte Beau hinzu.

Gladys Tate stöhnte so laut, daß alle schwiegen und sich zu ihr umdrehten. Sie hatte die Augen geschlossen und war an Octavius' Schulter gesunken.

»Monsieur?« fragte der Richter. Octavius flüsterte Gladys etwas ins Ohr, und ihre Lider öffneten sich flatternd. Mit großer Mühe setzte sie sich wieder auf. Dann nickte sie, um zu bekunden, daß ihr nichts Ernstliches fehlte.

»Das heißt, Sie wollen diesem Gericht erzählen«, fuhr Monsieur Rogers fort, »daß Paul Tate freiwillig seine Schwägerin bei sich aufgenommen und dann in einem Maß die Rolle ihres Ehemannes gespielt hat, das dazu führte, daß ihr Tod ihn in eine tiefe Depression gestürzt und zu seinem eigenen vorzeitigen Ableben geführt hat? All das hat er getan, um sicherzugehen, daß Ruby Tate mit einem anderen Mann glücklich wird? Ist es das, was Sie diesem Gericht weismachen wollen?«

»Es ist die Wahrheit«, sagte Beau.

Monsieur Rogers lächelte strahlend. »Keine weiteren Fragen, Euer Ehren«, sagte er. Der Richter sagte Beau, er könne jetzt den Zeugenstand verlassen. Als er zu seinem Platz an meiner Seite zurückkehrte, wirkte er finster und zutiefst besorgt.

»Ruby«, sagte Monsieur Polk. Ich nickte, und er rief mich in den Zeugenstand. Ich holte tief Atem und ging mit nahezu geschlossenen Augen zum Zeugenstand. Nachdem ich vereidigt worden war, holte ich noch einmal tief Luft und sagte mir, ich müsse jetzt um Pearls willen stark sein.

»Nennen Sie uns bitte Ihren richtigen Namen«, sagte Monsieur Polk.

»Mein richtiger Name lautet Ruby Tate.«

»Sie haben die Geschichte von Monsieur Andreas gehört. Gibt es irgendwelche Punkte, in denen Sie sich seiner Darstellung nicht anschließen?«

»Nein. Es ist alles wahr.«

»Haben Sie diesen Identitätswechsel mit Ihrem Ehemann Paul besprochen, und hat er diesem Plan tatsächlich zugestimmt?«

»Ja. Ich wollte nicht, daß er so tief in die ganze Geschichte hineingezogen wird«, fügte ich hinzu, »aber er hat darauf bestanden.«

»Schildern Sie die Geburt Ihres Kindes«, sagte er.

Ich erzählte die Geschichte, wie Paul während des Orkans dagewesen war, um mir bei Pearls Geburt beizustehen. Dann führte mich Monsieur Polk durch die Stationen meines Lebens, sprach mich auf Vorfälle in der Greenwood-Schule an, auf Leute, die ich dort gekannt, und Dinge, die ich dort erreicht hatte. Nachdem wir damit fertig waren, nickte er einem Assistenten zu, der eine Staffelei, ein paar Zeichenstifte und einen Zeichenblock brachte.

Monsieur Rogers schoß in die Höhe, sowie offenkundig war, was Monsieur Polk demonstrieren wollte. »Ich lege Widerspruch gegen diese Maßnahme ein, Euer Ehren«, rief Monsieur Rogers aus.

»Monsieur Polk, was wollen Sie hiermit unter Beweis stellen?« fragte der Richter.

»Es haben viele Unterschiede zwischen den Zwillingen bestanden, Euer Ehren, und wir sind uns darüber im klaren, daß die meisten von ihnen schwer mit Beweisen zu erhärten sind. Einer jedoch läßt sich eindeutig belegen, und zwar der, daß Ruby zeichnen und malen kann. Sie hat Gemälde in Galerien in New Orleans gehabt und…«

»Euer Ehren«, sagte Monsieur Rogers, »es ist absolut irrelevant, ob diese Frau auch nur eine gerade Linie zeichnen kann. Es ist niemals bewiesen worden, daß Gisselle Andreas nicht malen konnte.«

»Ich fürchte, dieser Einspruch ist berechtigt, Monsieur Polk. Sie würden hier lediglich unter Beweis stellen, daß diese Frau künstlerisch begabt ist.«

Monsieur Polk seufzte frustriert. »Aber, Euer Ehren, in der gesamten Lebensgeschichte von Gisselle Andreas hat es niemals auch nur einen Hinweis darauf gegeben…«

Der Richter schüttelte den Kopf. »Damit vergeuden Sie nur die Zeit des hohen Gerichts, Monsieur. Fahren Sie bitte mit der Befragung Ihrer Zeugin fort, legen Sie weitere Beweisstücke vor, oder rufen Sie einen anderen Zeugen auf.« Monsieur Polk schüttelte den Kopf. »Sind Sie mit dieser Zeugin fertig?«

Tief enttäuscht erwiderte Monsieur Polk: »Ja, Euer Ehren.«

»Monsieur Rogers?«

»Ein paar unwesentliche Fragen«, sagte er und triefte vor Sarkasmus. »Madame Andreas. Sie behaupten, Sie seien mit Paul Tate verheiratet gewesen, obwohl Sie nach wie vor Beau Andreas geliebt haben. Warum haben Sie Monsieur Tate dann überhaupt geheiratet?«

»Ich… war allein, und er wollte mir und meinem Kind ein Heim geben.«

»Die meisten Ehemänner wollen ihren Frauen und ihren Kindern ein Heim geben. Hat er Sie geliebt?«

»Oh, ja.«

»Haben Sie ihn geliebt?«

»Ich…«

»Was ist, ja oder nein?«

»Ja, aber…«

»Aber was, Madame?«

»Es war eine andere Form von Liebe, eine Freundschaft, eine…« Ich wollte sagen »geschwisterliche Liebe«, aber als ich Gladys und Octavius ansah, konnte ich es einfach nicht über mich bringen. »Eine andere Form von Liebe.«

»Sie waren Mann und Frau, oder etwa nicht? Sie sagten, Sie hätten in einer Kirche geheiratet.«

»Ja.«

Er kniff die Augen zusammen. »Haben Sie intime Beziehungen zu Monsieur Andreas unterhalten, während Sie mit Monsieur Tate verheiratet waren?«

»Ja«, sagte ich, und einige Leute im Publikum schnappten nach Luft und schüttelten die Köpfe.

»Und nach Ihren eigenen Angaben war sich Ihr Mann darüber im klaren?«

»Ja.«

»Er war darüber informiert, und er hat es geduldet? Er hat nicht nur das geduldet, sondern er war zudem noch bereit, Ihre sterbende Schwester bei sich aufzunehmen und sie als seine Frau auszugeben, und das alles nur, damit Sie glücklich werden.« Als er weitersprach, drehte er sich um und wandte sich ebensosehr an das Publikum wie an den Richter. »Und dann hat ihr Tod ihn derart deprimiert, daß er im Sumpf ertrunken ist? Das ist die Geschichte, die Sie und Monsieur Andreas alle Anwesenden glauben machen wollen?«

»Ja«, rief ich aus. »Es ist die Wahrheit. Es ist alles wahr.«

Monsieur Rogers warf einen Blick auf den Richter und zog einen Mundwinkel bis zur Backe hoch.

»Keine weiteren Fragen, Euer Ehren.«

Der Richter nickte. »Sie können den Zeugenstand jetzt verlassen, Madame«, sagte er, aber ich konnte nicht aufstehen. Meine Beine waren wie nasses Stroh, und mein Rücken kam mir vor, als sei er zu Gelee geworden. Ich schloß die Augen.

»Ruby«, rief Beau.

»Fehlt Ihnen etwas, Madame?« fragte der Richter.

Ich nickte. Mein Herz pochte so heftig, daß ich keine Luft bekam. Ich spürte, wie das Blut aus meinem Gesicht wich. Als ich die Augen wieder aufschlug, hielt Beau meine Hand. Jemand hatte einen nassen Lappen gebracht und ihn mir auf die Stirn gelegt. Ich begriff, daß ich ohnmächtig geworden war.

»Kannst du laufen, Ruby?« fragte Beau.

Ich nickte.

»Die Verhandlung wird für kurze Zeit unterbrochen«, sagte der Richter und schlug mit seinem Hammer auf den Tisch. Ich hatte das Gefühl, er habe ihn auf mein Herz sausen lassen.

17.
Dicker als Wasser

Während der Unterbrechung wurden Beau und ich in ein Wartezimmer geführt, in dem ein kleines Sofa stand. Beau sagte mir, ich solle mich hinlegen und mir weiterhin den nassen Lappen auf die Stirn pressen, während Monsieur Polk uns allein ließ, um in seinem Büro anzurufen. Er wirkte verdrossen und verstört. Ich hatte sogar tatsächlich den Eindruck, er sei wütend auf uns, weil wir ihn in eine solche Lage gebracht hatten.

»Beau, wir haben in diesem Gerichtssaal einen albernen Eindruck hinterlassen, stimmt's?« fragte ich kläglich. »Nachdem wir unsere Geschichte erzählt haben, haben uns die Anwälte der Tates als Lügner hingestellt.«

»Nein«, sprach mir Beau Mut zu. »Die Leute haben uns geglaubt. Ich habe es in ihren Gesichtern gesehen. Und außerdem, wenn deine Handschrift erst einmal mit der von Gisselle verglichen und analysiert worden ist...«

»Sie werden einen Experten finden, der Vorbehalte hat. Das weißt du ganz genau. Sie ist wild entschlossen, uns zu schaden, Beau. Sie wird keine Kosten sparen. Sie würde Pauls gesamtes Vermögen dafür verwenden, gegen uns zu siegen!«

»Du mußt jetzt die Ruhe bewahren, Ruby. Bitte. Wir müssen wieder in den Gerichtssaal gehen und...«

Wir drehten uns beide um, als die Tür aufging und Jeanne eintrat. Einen Moment lang sagte niemand auch nur ein Wort. Sie hielt die Tür hinter sich auf, als könne sie es sich jeden Moment anders überlegen und aus dem Zimmer stürmen.

»Jeanne«, sagte ich. »Bitte, komm herein.«

Sie starrte mich mit wäßrigen Augen an. »Ich weiß nicht mehr, woran ich glauben soll«, sagte sie kopfschüttelnd. »Mutter schwört, ihr beide, du und Beau, seid nichts weiter als gute Lügner.«

»Nein, Jeanne. Wir lügen nicht. Erinnerst du dich noch daran, wie du zu mir gekommen bist und wir dieses nette Gespräch miteinander hatten, ehe du geheiratet hast? Erinnerst du dich noch daran, daß du nicht sicher warst, ob du James heiraten sollst?«

Ihre Augen wurden erst groß und dann schmale Schlitze. »Das könnte Ruby dir erzählt haben.«

Ich schüttelte den Kopf. »Nein. Hör zu...«

»Aber selbst dann, wenn du Ruby bist, dann wüßte ich nicht, wie du meinen Bruder derart verletzen konntest.«

»Jeanne, du verstehst vieles nicht. Ich habe niemals vorgehabt, Paul weh zu tun. Ich habe ihn wirklich geliebt.«

»Wie kannst du das sagen, wenn er neben dir steht?« fragte sie und wies mit einer Kopfbewegung auf Beau.

»Paul und mich hat eine andere Form von Liebe miteinander verbunden, Jeanne.«

Sie musterte mich so eindringlich, daß ich ihre Augen in meinem Innern spüren konnte. »Ich weiß es nicht. Ich weiß einfach nicht mehr, was ich glauben soll«, sagte sie. Und dann wurden ihre Augen so hart wie Kristalle. »Aber ich bin eigentlich hergekommen, um dir zu sagen, falls du wirklich Ruby bist und all das tatsächlich getan hast, dann tust du mir leid.«

»Jeanne!«

Sie wandte sich ab und verließ eilig den Raum.

»Siehst du?« sagte Beau lächelnd. »Jetzt hegt sie Zweifel. In ihrem Herzen weiß sie, daß du Ruby bist.«

»Ich hoffe es«, sagte ich. »Aber ich fühle mich so entsetzlich. Mir hätte klarsein müssen, wie vielen Menschen ich mit diesem Schritt weh tue.«

Beau zog mich eng an sich, und ich holte tief Atem. Er

brachte mir ein Glas Wasser, und als ich gerade trank, kam Monsieur Polk zurück und wirkte noch verzagter.

»Was ist passiert?« fragte Beau.

»Ich habe gerade schlechte Nachrichten bekommen«, sagte er. »Sie haben einen unangekündigten Zeugen im letzten Moment herbestellt.«

»Was? Wer?« fragte ich und ging in meiner Vorstellung die Möglichkeiten durch.

»Ich weiß noch nicht, wer es ist«, sagte er. »Aber man hat mir gesagt, er könne den endgültigen Ausschlag geben. Gibt es irgend etwas, was Sie beide mir nicht erzählt haben?«

»Nein, Monsieur«, sagte Beau. »Wir haben Ihnen keinerlei Informationen bewußt vorenthalten. Und alles, was wir Ihnen gesagt haben, entspricht der Wahrheit.«

Er nickte skeptisch. »Es ist an der Zeit, wieder in den Saal zu gehen«, sagte er.

Die Rückkehr in den Gerichtssaal fiel mir noch schwerer als das Betreten zu Anfang. Ich fühlte mich wie ein seltenes Exemplar unter einem Mikroskop. Die Blicke aller folgten mir durch den Saal, und Leute in unserer Nähe hielten sich die Hand vor den Mund, um miteinander zu flüstern. Eine Hitzewelle, die von meinen Beinen aufstieg und sich bis in mein Gesicht zog, ließ mich erröten. Sämtliche alten Freundinnen von Grandmère Catherine folgten mit ihren Blicken jeder meiner Bewegungen und Gesten, da sie nach etwas Ausschau hielten, was ihnen meine Identität bestätigte. Ihre Fragen ließen die Luft surren. Versuchten Beau und ich uns an einer ganz üblen Masche? Oder entsprach unsere Geschichte der Wahrheit?

Wir nahmen unsere Plätze ein. Gladys Tate saß bereits auf ihrem Platz, mit stählernem Gesicht. Octavius saß da und starrte ausdruckslos vor sich hin. Jeanne flüsterte Toby etwas zu, und Pauls Schwestern sahen mich wütend an. Wenige Momente später kehrte Richter Barrow zurück, und es wurde still im Gerichtssaal.

»Monsieur Polk«, sagte er. »Sind Sie bereit fortzufahren?«

»Ja, Euer Ehren.« Unser Anwalt erhob sich mit den Dokumenten, die er für uns zur Unterschrift vorbereitet hatte. Es drehte sich darum, daß wir auf die Erbschaft verzichteten. »Euer Ehren. Meinen Klienten ist bewußt, daß ihre Motive für den Versuch, das Sorgerecht für Pearl Tate wieder zugesprochen zu bekommen, falsch gedeutet werden könnten. Um derartigen Mißverständnissen vorzubeugen, sind wir bereit, einen Verzicht auf jegliches Erbe aus dem Nachlaß von Paul Marcus Tate zu leisten.« Monsieur Polk trat vor und übergab dem Richter die Dokumente. Richter Barrow warf einen Blick darauf und bedeutete dann auch Monsieur Rogers vorzutreten, der sich gleichfalls die Papiere ansah.

»Damit müßten wir uns natürlich genauer befassen, Euer Ehren, aber«, sagte er mit dem Selbstvertrauen eines Menschen, der unseren Schritt vorhergesehen hatte, »selbst wenn sich diese Unterlagen als zufriedenstellend erweisen sollten, dann schließt das immer noch nicht die Möglichkeit aus, daß diese beiden Betrüger an das Tate-Vermögen kommen. Das Kind, für das sie das Sorgerecht an sich bringen wollen, wäre Erbe, und selbstverständlich würden sie damit zu den Treuhandverwaltern dieser enormen Erbschaft.«

Der Richter wandte sich an Monsieur Polk.

»Euer Ehren, meine Klienten behaupten, Pearl Tates leiblicher Vater ist Beau Andreas. In dem Fall hätte sie kein Anrecht auf das Erbe von Monsieur Tate.«

Der Richter nickte. Es war, als sähe man einem Schachspiel zu, das mit echten Menschen auf dem Spielbrett und nicht mit den Figuren von Läufern und Damen, Bauern und Königen gespielt wurde. Wir waren reine Schachfiguren, und meine süße Pearl würde als Preis an den Sieger fallen.

»Haben Sie sonst noch irgendwelche weiteren Beweisstücke vorzulegen? Oder wollen Sie weitere Zeugen aufrufen, Monsieur Polk?«

»Nein, Euer Ehren.«

»Monsieur Rogers?«

»Ja, Euer Ehren.«

Der Richter lehnte sich zurück. Monsieur Polk kehrte auf seinen Platz an unserer Seite zurück, und Monsieur Rogers besprach sich einen Moment lang mit seinem Partner, ehe er sich umdrehte und seinen Zeugen bei dessen Namen aufrief.

»Wir möchten Monsieur Bruce Bristow in den Zeugenstand rufen.«

»Bruce!« rief ich aus. Beau schüttelte voller Erstaunen den Kopf.

»Ist das nicht der Ehemann Ihrer Stiefmutter?« fragte Monsieur Polk.

»Ja, aber... wir haben nichts mehr mit ihm zu tun«, erklärte Beau.

Die hintere Tür öffnete sich, und Bruce kam durch den Gang. Als sein Blick auf uns fiel, verzogen sich seine Lippen zu einem heimtückischen Lächeln.

»Sie muß ihn für seine Zeugenaussage bezahlt haben«, sagte ich zu Monsieur Polk. »Was könnte dieser Mann schon bezeugen?« Die Worte waren laut gedacht.

»Er würde alles aussagen, was man von ihm hören will, sogar unter Eid«, sagte Beau und schaute Bruce zornig an.

Bruce wurde im Zeugenstand vereidigt und setzte sich. Monsieur Rogers ging auf ihn zu.

»Nennen Sie uns bitte Ihren Namen, Sir.«

»Ich bin Bruce Bristow.«

»Und Sie waren mit der inzwischen verstorbenen Stiefmutter von Ruby und Gisselle Dumas verheiratet?«

»Ja.«

»Wie lange kennen Sie die Zwillinge schon?«

»Schon seit langer Zeit«, sagte er und sah mich lächelnd an. »Seit Jahren. Ich war bereits acht Jahre vor Monsieur Dumas' Tod bei Monsieur und Madame Dumas angestellt.«

»Und nach seinem Tod habe Sie Daphne Dumas geheiratet und sind damit praktisch gesehen zum Stiefvater der Zwillinge Gisselle und Ruby geworden?«

»Ja, das ist richtig.«

»Dann kennen Sie die beiden also gut?«

»Ja, sehr gut. Meine Kenntnisse sind geradezu intim«, fügte er hinzu.

»Können Sie als der einzige Elternteil, der noch am Leben ist, diesem Gericht versichern, daß Sie die Zwillinge auseinanderhalten können?«

»Ja, selbstverständlich. Gisselle«, sagte er und sah mich wieder an, »hat eine gänzlich andere Persönlichkeit, eine, sagen wir, raffiniertere und durchtriebenere Form von Klarheit. Ruby war eher unschuldig, schüchtern und liebenswürdig.«

»Sind Sie derzeit oder waren Sie kürzlich in einen Rechtsstreit mit den derzeitigen Besitzern von Dumas Enterprises verwickelt, Beau und Gisselle Andreas?« fragte Monsieur Rogers.

»Ja, Sir. Sie haben mich raus geworfen«, sagte er und sah uns finster an. »Nachdem ich ihnen jahrelang glänzende Dienste erwiesen habe, haben Sie beschlossen, eine blödsinnige voreheliche Vereinbarung zwischen mir und meiner verstorbenen Frau geltend zu machen. Sie haben mir durch Manipulationen den Posten genommen, der mir von Rechts wegen zusteht, und sie haben mich auf die Straße gesetzt und mich zum Hungerleider werden lassen.«

»Er lügt«, flüsterte Beau Monsieur Polk zu.

»Sie hätten mir alles über ihn erzählen müssen«, erwiderte er. »Ich habe Sie doch gefragt, ob es sonst noch etwas zu bedenken gibt.«

»Wer hätte ahnen können, daß Gladys Tate ihn findet?«

»Es ist wahrscheinlicher, daß er sie gefunden hat, Beau«, sagte ich. »Aus bloßer Rachsucht. Die beiden passen unglaublich gut zusammen.«

»Diese Frau, die Sie vor sich sitzen sehen, Sir«, sagte Monsieur Rogers und drehte sich zu mir um. »War sie an alledem unmittelbar beteiligt?«

»Ja, das war sie. Ich habe sie kürzlich aufgesucht, um sie um Gerechtigkeit anzuflehen, und sie hat mich buchstäblich aus dem Haus geworfen, das früher einmal mein eigenes war«, sagte er.

»Dann war das also«, schloß Monsieur Rogers mit einem selbstzufriedenen Lächeln, »keineswegs eine schüchterne und unschuldige Frau.«

»Wohl kaum«, sagte Bruce, der jetzt strahlender lächelte und den Richter ansah. Dieser wiederum musterte mich mit einem prüfenden Blick.

»Dennoch halte ich es für möglich, Sir, daß eineiige Zwillinge sich für die jeweils andere Schwester ausgeben und andere damit zum Narren halten könnten«, sagte Monsieur Rogers. »Sie hätte ein gutes Drehbuch haben und Ihnen eine ausgeklügelte Rolle vorspielen können, um Sie davon zu überzeugen, daß es sich nicht um sie, sondern um ihre Schwester handelt.«

»Ich nehme an, das stimmt«, sagte Bruce. Warum ließ Monsieur Rogers auch nur den Schatten eines Zweifels aufkommen und arbeitete damit sozusagen in unsere Tasche? fragte ich mich, aber mir wurde schnell klar, daß das dicke Ende noch kommen würde. Ich zuckte innerlich zusammen und schlang meine Hände so fest umeinander, daß meine Finger taub wurden.

»Wie können Sie dann mit Sicherheit behaupten, kürzlich in eine Auseinandersetzung mit Gisselle und nicht mit Ruby verwickelt gewesen zu sein?«

»Ich schäme mich, darüber zu reden«, erwiderte Bruce und schlug die Augen nieder.

»Ich fürchte, diese Frage muß ich Ihnen trotzdem stellen, Sir. Hier steht die Zukunft eines Kindes auf dem Spiel, von einem enormen Vermögen ganz zu schweigen.«

Bruce nickte, holte tief Atem und blickte auf, als konzentriere er sich auf einen Engel an der Decke. »Ich habe mich vor langer Zeit von meiner Stieftochter Gisselle verführen lassen.«

Das Publikum schnappte im Chor hörbar nach Luft.

»Wie ich bereits sagte, war sie sehr raffiniert und weltgewandt«, fügte er hinzu.

»Hat eine dritte Person davon gewußt, Monsieur?«

»Nein«, sagte Bruce. »Ich war nicht gerade stolz darauf.«

»Aber diese Frau hat Ihnen gegenüber angedeutet, daß Sie davon weiß?« fragte Monsieur Rogers und deutete auf mich.

»Ja. Sie ist im Verlauf unserer Auseinandersetzung darauf zu sprechen gekommen und hat mir gedroht, diesen Vorfall gegen mich zu verwenden, falls ich ihren Bestrebungen und denen ihres Mannes, mich von meinem rechtmäßigen Posten zu vertreiben, auch nur den geringsten Widerstand entgegensetzen sollte. Unter diesen Umständen habe ich es für besser gehalten, eilig den Rückzug anzutreten und ein neues Leben zu beginnen.

Als ich jedoch«, sagte er und sah Madame Tate an, »gehört habe, was die beiden jetzt schon wieder ausgeheckt haben, mußte ich, ungeachtet der Folgen, die das für meinen Ruf haben könnte, meiner Pflicht nachkommen und mich zu Wort melden.«

»Soll das heißen, Sie sagen vor Gericht unter Eid aus, daß diese Frau, die sich als Ruby Tate ausgegeben hat, über intime Einzelheiten informiert war, die sich zwischen Ihnen und Gisselle abgespielt haben, Einzelheiten, die nur Gisselle hätte wissen können?«

»Das ist richtig«, sagte Bruce und lehnte sich zufrieden zurück.

»Das tut er nur«, flüsterte Beau Monsieur Polk zu, »weil wir ihn gezwungen haben, von seinem Posten zurückzutreten. Er und Daphne haben gemeinsam einige sehr undurchsichtige finanzielle Transaktionen vorgenommen.«

»Sind Sie bereit, all das ans Licht zu bringen?« fragte Monsieur Polk.

Beau sah mich an. »Ja. Wir würden alles tun.« Beau begann eilig, ein paar Fragen für Monsieur Polk niederzuschreiben.

»Ich habe keine weiteren Fragen an den Zeugen, Euer Ehren«, sagte Monsieur Rogers und kehrte an seinen Tisch zurück, an dem Gladys Tate saß und plötzlich kräftiger wirkte. Sie warf einen Blick in meine Richtung, und ihr kaltes Lächeln ließ mir einen Schauer über den Rücken laufen.

»Monsieur Polk. Wollen Sie diesen Zeugen verhören?«

»Ja, Euer Ehren. Wenn Sie mir bitte einen Moment Zeit ließen«, fügte er hinzu, während Beau seine letzten Notizen zu Papier brachte. Monsieur Polk überflog die Fragenliste und stand dann auf.

»Monsieur Bristow, warum haben Sie die Schritte nicht angefochten, die gegen Sie unternommen worden sind, um Sie von Ihrem Posten bei Dumas Enterprises zu vertreiben?«

»Das sagte ich doch schon… es ist eine unselige voreheliche Vereinbarung getroffen worden, und meine Stieftochter Giselle hat mich erpreßt.«

»Sind Sie ganz sicher, daß Ihr Widerwille, Gegenmaßnahmen zu ergreifen, nichts mit den finanziellen Transaktionen zu tun hat, die Sie und Daphne Dumas gemeinsam durchgeführt haben?«

»Ja.«

»Dann macht es Ihnen also nichts aus, wenn dieses Gericht sich einen genauen Überblick über diese Transaktionen verschafft?«

Bruce wand sich einen Moment lang. »Ich habe nichts Böses getan.«

»Sind Sie nicht hier erschienen, um sich dafür zu rächen, daß man Sie um Ihren Posten gebracht hat?«

»Nein. Ich bin hier erschienen, um die Wahrheit ans Licht zu bringen«, sagte Bruce nachdrücklich.

»Haben Sie nicht gerade erst kürzlich ein kommerziell genutztes Mietobjekt in New Orleans durch eine Zwangsversteigerung verloren?«

»Doch.«

»Sie haben also ein recht ansehnliches Einkommen und den bisherigen Standard Ihrer Lebensweise eingebüßt, nicht wahr?«

»Ich habe jetzt eine gute Stellung gefunden«, beharrte Bruce.

»In der Sie nicht ein Viertel dessen verdienen, was Sie eingenommen haben, ehe man Sie aufgefordert hat, aus Dumas Enterprises auszuscheiden, ist das richtig?«

»Geld ist nicht alles«, wandte Bruce ein.

»Haben Sie Ihr Alkoholproblem gelöst?« fuhr Monsieur Polk fort.

»Einspruch, Euer Ehren«, sagte Monsieur Rogers und erhob sich. »Monsieur Bristows persönliche Probleme haben nichts mit dieser Zeugenaussage zu tun.«

»Sie haben damit zu tun, und Sie spielen sogar eine ganz entscheidende Rolle, falls er sich einen finanziellen Vorteil erhofft und ein Alkoholiker ist, der dringend Geld braucht, um dieses Laster zu finanzieren«, sagte Monsieur Polk.

»Beschuldigen Sie meine Klienten etwa, diesen Mann bestochen zu haben?« rief Monsieur Rogers aus und deutete auf Bruce.

»Das genügt jetzt«, sagte der Richter. »Dem Einspruch wird stattgegeben. Monsieur Polk, haben Sie noch weitere Fragen, die den Gegenstand der Untersuchung betreffen?«

Monsieur Polk dachte einen Moment lang nach und schüttelte dann den Kopf. »Nein, Euer Ehren.«

»Gut. Ich danke Ihnen, Monsieur Bristow. Sie können den Zeugenstand verlassen. Monsieur Rogers?«

»Ich würde gern Madame Tate in den Zeugenstand rufen, Euer Ehren.«

Gladys Tate erhob sich so langsam, als kämpfe sie gegen eine enorme Last auf ihren Schultern an. Sie tupfte sich mit einem beigefarbenen seidenen Taschentuch die Augen ab und seufzte dann laut, ehe sie um den Tisch herumkam, um auf den Zeugenstand zuzugehen. Ich sah Octavius an. Er hielt den Kopf die meiste Zeit über gesenkt, und auch jetzt schaute er zu Boden.

Nachdem sie vereidigt worden war, nahm Gladys im Zeugenstand Platz wie ein Mensch, der sich in einer Wanne mit heißem Wasser niederläßt. Sie schloß die Augen und preßte sich die rechte Hand aufs Herz. Monsieur Rogers stand da und wartete ab, bis sie sich soweit beruhigt hatte, daß sie sprechen konnte. Als ich mich im Publikum umschaute, konnte ich den meisten Leuten ansehen, daß sie ihnen leid tat.

»Sie sind Gladys Tate, die Mutter des kürzlich verstorbenen Paul Marcus Tate?« fragte Monsieur Rogers. Sie schloß wieder die Augen. »Es tut mir leid, Madame Tate. Ich weiß, wie frisch Ihr Kummer noch ist, aber ich muß Ihnen diese Fragen stellen.«

»Ja«, sagte sie. »Ich bin Paul Tates Mutter.« Sie sah mich bei diesen Worten nicht an.

»Sie haben Ihrem Sohn sehr nahegestanden, Madame?«

»Ja, sehr«, sagte sie. »Ich glaube nicht, daß auch nur ein Tag vergangen ist, ehe Paul geheiratet hat, an dem wir einander nicht gesehen oder miteinander gesprochen haben. Unsere Beziehung war nicht nur die zwischen einer Mutter und ihrem Sohn. Wir waren gute Freunde«, fügte sie hinzu.

»Und daher hat Ihr Sohn sich Ihnen häufig anvertraut?«

»Oh, ja, es war eine uneingeschränkte Vertrauensbasis. Wir hatten keine Geheimnisse voreinander, nie im Leben«, sagte sie.

»Das ist gelogen«, flüsterte ich. Monsieur Polk zog die Augenbrauen hoch. Beau drehte sich zu mir um. Er wollte, soviel sagten mir seine Blicke deutlich, daß ich Monsieur Polk die Wahrheit erzählte. Ich hatte gehofft, das bräuchte ich nicht zu tun. Es erschien mir als ein solcher Verrat an Paul.

»Hat er mit Ihnen jemals über diesen ausgeklügelten Plan gesprochen, seine Frau gegen die Frau von Monsieur Andreas einzutauschen, nachdem diese von der Enzephalitis befallen war?«

»Nein. Paul hat Ruby von ganzem Herzen geliebt, und er war ein sehr stolzer und zudem noch ein sehr religiöser junger Mann. Er hätte die Frau, die er geliebt hat, niemals gehenlassen, damit ein anderer Mann fröhlich mit ihr in Sünde leben kann«, sagte sie geringschätzig. »Er hat Ruby kirchlich geheiratet, nachdem er erkannt hat, daß es das einzig Richtige und Anständige ist. Ich erinnere mich noch daran, wie er mir erzählt hat, daß er diesen Schritt unternehmen wird. Ich war natürlich unglücklich darüber, daß er ein uneheliches Kind gezeugt hatte, aber ich habe mich gefreut, daß er schließlich das moralisch Richtige tun wollte, das, was sich gehört.«

»Sie hat sich gar nicht darüber gefreut«, murmelte ich. »Sie hat ihm das Leben zur Hölle gemacht. Sie...«

»Psst«, sagte Monsieur Polk. Er erweckte den Eindruck, als sei er ebensosehr wie alle anderen von ihrer Geschichte fasziniert und wollte nicht die kleinste Einzelheit verpassen.

»Und nachdem die beiden geheiratet hatten, haben Sie und Ihr Mann und Ihre Töchter Ruby und Pearl dann auch wirklich als Familienangehörige akzeptiert, ist das richtig?«

»Ja. Immer wieder hat die ganze Familie gemeinsam zu Abend gegessen. Ich habe ihr sogar dabei geholfen, ihr Haus einzurichten. Ich hätte alles getan, um meinen Sohn glücklich zu machen und den engen Kontakt zu ihm nicht zu verlieren«, sagte sie. »Was er für sich wollte, das habe auch ich ihm gewünscht. Und er war ganz vernarrt in das Kind. Oh, wie sehr er unsere Enkelin angebetet hat. Sie hat sein Gesicht, seine Augen, sein Haar. Wenn ich gesehen habe, wie die beiden gemeinsam im Garten spazierengegangen sind oder wie er sie in einer Piragua zu einer Ausfahrt durch die Sümpfe mitgenommen hat, dann ist mir vor Freude das Herz fast zersprungen.«

»In Ihrer Vorstellung besteht also kein Zweifel daran, daß Pearl sein Kind ist?«

»Nicht der geringste Zweifel.«

»Und er hat Ihnen nie etwas Gegenteiliges berichtet?«

»Nein. Weshalb hätte er eine Frau heiraten sollen, die ein Kind von einem anderen Mann hat?« fragte sie.

Zustimmendes Nicken im Saal.

»Hat sich Ihnen oft die Gelegenheit geboten, Paul zu besuchen, während Ruby Tate krank war?«

»Ja.«

»Und haben Sie je einen Hinweis darauf bekommen, daß er sich um die Schwester seiner Frau sorgt und nicht etwa um seine Frau?« verfolgte Monsieur Rogers den Faden weiter.

»Nein. Ganz im Gegenteil. Wie jeder hier im Saal, der meinen Sohn in dieser schwierigen Zeit zu Gesicht bekommen hat, bezeugen kann, hat er so sehr um sie getrauert, daß er nur noch ein Schatten seiner selbst war. Er hat seine Arbeit vernachlässigt und zu trinken begonnen. Er ist in eine Depression versunken, aus der er nicht mehr aufgetaucht ist. Es hat mir das Herz gebrochen.«

»Warum hat er seine Frau nicht einfach in ein Krankenhaus gebracht?«

»Es war ihm unerträglich, von ihr getrennt zu sein. Er war ständig an ihrer Seite«, sagte Madame Tate. »So hätte er sich wohl kaum verhalten, wenn es nicht Ruby gewesen wäre«, fügte sie hinzu und schaute mich verächtlich an.

»Warum haben Sie das Gericht aufgefordert, einen Bescheid ergehen zu lassen, der Ihnen Ihre Enkelin zuspricht?«

»Diese Leute«, zischte Gladys Tate und sah uns dabei an, »haben sich geweigert, mir Pearl zu übergeben. Sie haben meinen Anwalt und ein Kindermädchen unverrichteter Dinge fortgeschickt. Und all das«, stöhnte sie, »während ich den entsetzlichen Tod meines Sohnes betrauere, meines kleinen Jungen…«

Sie brach in Tränen aus. Monsieur Rogers trat eilig vor und reichte ihr sein Taschentuch.

»Es tut mir leid«, klagte sie.

»Das ist schon in Ordnung. Lassen Sie sich Zeit, Madame.«

Gladys wischte sich die Wangen ab, schneuzte sich und holte dann tief Atem.

»Geht es Ihnen wieder besser, Madame Tate?« fragte Richter Barrow.

»Ja«, sagte sie mit leiser Stimme. Richter Barrow nickte Monsieur Rogers zu, der vortrat, um sein Verhör fortzusetzen.

»Kürzlich haben Monsieur und Madame Andreas Sie zu Hause aufgesucht, nicht wahr?« fragte er.

Sie funkelte uns finster an. »Ja, das haben sie getan.«

»Und was wollten die beiden von Ihnen?«

»Sie wollten mir ein Angebot machen«, sagte sie. »Sie haben mir fünfzig Prozent des Erbes meines Sohnes dafür angeboten, daß ich diese Gerichtsverhandlung nicht erzwinge und ihnen Pearl einfach überlasse.«

»Was?« stammelte Beau.

»Sie lügt!« rief ich aus.

Der Richter pochte mit seinem Hammer auf den Tisch. »Ich habe Sie gewarnt. Keine Ausbrüche«, wies er uns zurecht.

»Aber…«

»Seien Sie still«, befahl mir Monsieur Polk.

Ich schreckte zurück und kauerte mich auf meinem Stuhl zusammen. Meine Wangen glühten vor Wut. Würde sie denn vor nichts zurückschrecken, um ihre Rachegelüste zu befriedigen?

»Und was ist dann passiert, Madame?« fragte Monsieur Rogers.

»Ich habe mich natürlich geweigert, und sie haben damit gedroht, mich vor Gericht zu bringen, was sie dann auch getan haben.«

»Keine weiteren Fragen, Euer Ehren«, sagte Monsieur Rogers.

Der Richter sah Monsieur Polk mit harten Augen an. »Haben Sie noch Fragen an diese Zeugin?«

»Nein, Euer Ehren.«

»Was? Zwingen Sie sie, ihre Lügen zurückzuziehen«, drängte ich ihn.

»Nein. Es ist besser, wenn wir sie loswerden. Sie hat das Mitgefühl aller auf ihrer Seite. Sogar das des Richters«, warnte Monsieur Polk.

Monsieur Rogers half Madame Tate aus dem Zeugenstand und führte sie zu ihrem Platz zurück. Mehrere Menschen im Publikum weinten unverhohlen, weil sie sie bemitleideten.

»Es ist fraglich, ob Sie Ihr Kind jemals wieder zu sich holen können«, murmelte Monsieur Polk. »Heute jedenfalls ganz bestimmt nicht.«

»O Beau«, jammerte ich. »Sie gewinnt. Sie wird Pearl eine furchtbare Großmutter sein. Sie liebt sie nicht. Sie weiß, daß Pearl nicht Pauls Kind ist.«

»Monsieur Rogers?« fragte der Richter.

»Keine weiteren Zeugen und kein weiteres Beweismaterial, Euer Ehren«, sagte er zuversichtlich.

Monsieur Polk lehnte sich mit verdrossener Miene zurück und faltete die Hände auf seinem Bauch. Ich schaute über den Gerichtssaal hinweg Gladys an, die Vorbereitungen traf, den Saal siegreich zu verlassen. Octavius hatte die Augen immer noch auf den Tisch geheftet.

»Rufen Sie einen weiteren Zeugen auf, Monsieur Polk«, sagte ich in meiner Verzweiflung.

»Was soll das heißen?«

Beau nahm meine Hand. Wir sahen einander in die Augen, und er nickte. Ich wandte mich wieder an unseren Anwalt.

»Rufen Sie einen weiteren Zeugen auf. Ich werde Ihnen sagen, welche Fragen Sie ihm zu stellen haben«, sagte ich. »Rufen Sie Octavius Tate in den Zeugenstand.«

»Tun Sie es!« ordnete Beau streng an.

Monsieur Polk erhob sich langsam von seinem Platz, unsicher, zögernd und widerstrebend.

»Monsieur Polk?« fragte der Richter.

»Wir haben noch einen weiteren Zeugen, Euer Ehren«, sagte er.

Der Richter wirkte verstimmt. »Wie Sie wünschen«, sagte er. »Lassen Sie uns diesen Fall abschließen. Rufen Sie Ihren letzten Zeugen in den Zeugenstand«, fügte er hinzu, und dabei lag die Betonung auf dem Wort »letzten«.

»Wir rufen Monsieur Tate in den Zeugenstand.«

Erstaunen machte sich im Publikum breit, und die Leute murmelten miteinander. Ich schrieb fieberhaft Fragen auf ein Blatt Papier. Der Richter pochte mit dem Hammer auf den Tisch und sah die Menschenmenge finster an, die daraufhin sofort verstummte. Niemand wollte zu diesem Zeitpunkt aus dem Gerichtssaal gewiesen werden. Octavius war verblüfft, als sein Name genannt wurde, und er hob langsam den Kopf und sah sich um, als merke er jetzt erst, wo er eigentlich war. Monsieur Rogers beugte sich vor, um ihm strategische Ratschläge zuzuflüstern, ehe er sich erhob. Ich reichte Monsieur Polk meine Fragen, und nachdem er sie eilig überflogen hatte, sah er mich scharf an.

»Madame«, warnte er mich, »falls sich das als unwahr erweisen sollte, könnten Sie jegliches Mitgefühl verlieren, das Sie noch auf Ihrer Seite haben.«

»Hier hat niemand mehr Mitleid mit uns«, antwortete Beau an meiner Stelle.

»Das ist wahr«, sagte ich leise.

Octavius begab sich langsam und mit gesenktem Haupt zum Zeugenstand. Als er vereidigt wurde, wiederholte er die Worte auffallend langsam. Ich sah, daß sie ihm nur schwer über die Zunge gingen und auf seinem Herzen lasteten. Dann nahm er eilig Platz, ließ sich auf seinen Stuhl fallen wie ein Mann, der andernfalls auf dem Fußboden zusammengebrochen wäre.

Monsieur Polk zögerte, doch dann zuckte er die Achseln und trat vor, um sich für unsere Sache einzusetzen.

»Monsieur Tate, nachdem Ihr Sohn Ruby Dumas einen Heiratsantrag gemacht hatte, haben Sie sie damals aufgesucht und sie gebeten, seinen Antrag abzulehnen?«

Octavius sah Gladys an und schlug dann die Augen nieder.

»Sir?« sagte Monsieur Polk.

»Ja, das habe ich getan.«

»Und warum?«

»Ich war nicht der Meinung, daß es für Paul das richtige war, zu diesem Zeitpunkt zu heiraten«, erwiderte er. »Er war gerade erst in sein Ölgeschäft eingestiegen, und er hatte gerade erst sein eigenes Haus gebaut.«

»Das erscheint mir ein guter Zeitpunkt zu sein, um an eine Eheschließung zu denken«, sagte Monsieur Polk. »Hat es nicht noch einen anderen Grund für Ihre Haltung gegeben?«

Octavius sah Gladys wieder an. »Ich wußte, daß meine Frau unglücklich über seinen Entschluß war«, sagte er.

»Aber Ihre Frau hat gerade ausgesagt, wie sehr sie sich darüber gefreut hat, daß Paul tut, was sich gehört, und sie hat ausgesagt, daß sie Ruby Dumas ohne Einschränkungen als Familienmitglied akzeptiert hat. War das nicht der Fall, Monsieur?«

»Sie hat sie akzeptiert, das stimmt.«

»Aber nur äußerst ungern?« Ehe Octavius etwas darauf erwidern konnte, sprach Monsieur Polk schnell weiter. »Haben Sie geglaubt, daß es sich bei dem Baby um das Kind Ihres Sohnes handelt?«

»Ich... habe es für möglich gehalten, ja.«

»Und Sie sind trotzdem zu Ruby Dumas gegangen und haben sie gebeten, Ihren Sohn nicht zu heiraten?«

Octavius antwortete nichts darauf.

»Hat Ihr Sohn Ihnen gesagt, Pearl sei sein Kind?«

»Er... er hat gesagt, er wolle Ruby und Pearl ein Heim bieten.«

»Aber er hat nie gesagt, Pearl sei sein Kind? Sir?«

»Nein, nicht mir gegenüber.«

»Aber Ihrer Frau gegenüber, die es Ihnen daraufhin berichtet hat? Hat es sich so verhalten?«

»Ja. Ja.«

»Warum fanden Sie das, was er vorhatte, dann nicht richtig?«

»Ich habe nicht gesagt, daß es nicht richtig war.«

»Und doch geben Sie zu, daß Sie diese Eheschließung verhindern wollten. Also, wirklich, Monsieur, das ist äußerst verwirrend. Hat es nicht noch einen anderen Grund gegeben, einen ernstzunehmenderen Grund?«

Octavius wandte langsam den Kopf zu mir um, und unsere Blicke trafen sich. Meine Augen flehten ihn um die Wahrheit an, obwohl ich wußte, wie verheerend die Wahrheit sich für ihn darstellte.

»Ich weiß nicht, was Sie meinen«, sagte er.

»Bitte«, rief ich. »Bitte, tun Sie das, was sich gehört.«

Der Richter schlug mit dem Hammer auf den Tisch.

»Tun Sie es für Paul!« rief ich. Octavius zuckte zusammen, und seine Lippen zitterten.

»Das genügt jetzt, Madame. Ich habe Sie gewarnt und ...«

»Ja«, gestand Octavius leise. »Es hat noch einen anderen Grund dafür gegeben.«

»Octavius!« kreischte Gladys Tate. Der Richter lehnte sich zurück. Diese Ausbrüche von beiden Parteien schockierten ihn.

»Finden Sie nicht, es sei an der Zeit, uns diesen Grund zu nennen, Monsieur Tate?« sagte unser Anwalt mit gebieterischer Stimme.

Octavius nickte. Er sah Gladys noch einmal an. »Es tut mir leid«, sagte er. »Ich kann dieses Spiel nicht mitspielen. Ich habe dir soviel zu verdanken, aber was du hier tust, ist nicht richtig. Ich habe es satt, mich hinter einer Lüge zu verstecken, und ich kann einem Kind nicht die Mutter wegnehmen.«

Gladys brach in lautes Wehklagen aus. Hälse verrenkten sich, um zu sehen, wie ihre Töchter sie trösteten.

»Würden Sie dem Gericht bitte mitteilen, welchen weiteren Grund Sie hatten?« erkundigte sich Monsieur Polk.

»Vor langer Zeit bin ich einer Versuchung erlegen und habe einen Ehebruch begangen.«

Das Publikum holte kollektiv hörbar Atem.

»Und?«

»Aus diesem Ehebruch ist mein Sohn hervorgegangen.« Octavius hob den Kopf und sah mich an. »Mein Sohn und Ruby Dumas...«

»Monsieur?«

»Sie waren Halbbruder und Halbschwester«, gestand er.

Tumult brach aus. Über das Getöse hinweg war der Hammer des Richters kaum zu vernehmen. Gladys Tate fiel in Ohnmacht, und Octavius begrub das Gesicht in den Händen.

»Euer Ehren«, sagte Monsieur Polk und trat vor. »Ich glaube, es wäre im Interesse des Gerichts und aller Beteiligten, wenn wir uns jetzt in Ihre Räume zurückziehen, um die Verhandlung dort zu beenden.«

Der Richter dachte darüber nach und nickte dann. »Ich werde die Anwälte der gegnerischen Parteien in meinen Räumlichkeiten empfangen«, verkündete er und erhob sich von seinem Platz. Octavius hatte sich nicht von der Stelle gerührt. Er saß noch im Zeugenstand. Ich stand eilig auf und lief auf ihn zu. Als er den Kopf hob, strömten Tränen über seine Wangen.

»Danke«, sagte ich.

»Mir tut so leid, was ich getan habe«, sagte er.

»Das weiß ich. Ich glaube, jetzt werden Sie Ihren inneren Frieden finden.«

Beau kam auf mich zu und umarmte mich. Dann führte er mich fort, und die Leute wichen zur Seite, um uns den Weg frei zu machen. Ich biß an meinen Fingernägeln herum, während Beau und ich vor den Räumlichkeiten von Richter Barrow warteten. Mein Herz pochte heftig, und in meinem Magen herrschte Aufruhr. Die Anwälte der Tates tauchten zuerst auf, mit versteinerten Mienen, die absolut nichts verrieten. Sie sahen noch nicht einmal in unsere Richtung. Endlich kam Monsieur Polk dann zu uns und teilte uns mit, der Richter wolle uns beide allein sprechen.

»Wie hat er entschieden?« fragte ich panisch.

»Ich soll Sie lediglich auffordern, vor ihm zu erscheinen, Madame. Bitte.«

Ich klammerte mich an Beaus Arm, da meine Beine jeden Moment unter mir nachzugeben drohten. Wenn wir ohne meine Tochter von hier fortgehen mußten...

In seinem Büro und ohne seine Richterrobe wirkte Richter Barrow eher wie ein netter alter Großpapa. Er bedeutete uns, auf dem Sofa ihm gegenüber Platz zu nehmen, und dann setzte er seine Lesebrille ab und beugte sich vor.

»Es erübrigt sich wohl zu sagen, daß diese Verhandlung der ungewöhnlichste Sorgerechtsprozeß war, den ich je erlebt habe. Ich glaube, wir haben die Wahrheit jetzt ans Licht gebracht. Zu diesem Zeitpunkt sitze ich nicht hier, um Schuldzuweisungen zu erteilen. Einiges hier ist durch Geschehnisse hervorgerufen worden, die sich Ihrem Einfluß entzogen haben, aber es sind auch alle erdenklichen Formen von Betrug und ethischen und moralischen Freveltaten im Spiel, und Sie wissen, wieviel von alledem Ihr Werk ist.«

»Ja«, sagte ich mit reumütiger Stimme.

Richter Barrow starrte einen Moment lang vor sich hin und nickte dann. »Meine Instinkte sagen mir, daß die Motive für Ihre Taten gute Motive waren, darunter das Hauptmotiv der Liebe und der Umstand, daß Sie bereit waren, Ihren Ruf und Ihr Vermögen aufs Spiel zu setzen, indem Sie vor Gericht die Wahrheit sagen; auch das wirkt sich günstig für Sie aus.

Aber der Staat verlangt von mir, daß ich ein Urteil darüber fälle, ob Ihnen das Sorgerecht für dieses Kind zugesprochen werden soll oder nicht. Es fragt sich, ob Sie beide für das Wohlergehen und die moralische Erziehung dieses Kindes verantwortlich sein sollen oder ob es nicht besser ist, wenn es in ein staatliches Heim eingewiesen wird, bis sich ein anständiges Zuhause bei Pflegeeltern für sie finden läßt.«

»Euer Ehren«, begann ich und war bereit, ein Dutzend Versprechen abzugeben. Er hob die Hand.

»Ich habe meinen Entschluß gefaßt, und nichts, was Sie sagen könnten, wird daran etwas ändern«, sagte er entschieden. Und dann lächelte er und fügte hinzu: »Ich erwarte von Ihnen, daß Sie mich zu Ihrer Hochzeit einladen.«

Ich schnappte vor Freude nach Luft, doch Richter Barrow wurde wieder ernst.

»Sie dürfen und müssen wieder Sie selbst werden, Madame.« Freudentränen strömten über mein Gesicht. Beau und ich umarmten einander.

»Ich habe Anweisungen erteilt, daß Ihr Kind Ihnen wieder überbracht wird. Es wird jeden Augenblick hier eintreffen. Die verzwickten juristischen Folgen, die aus Ihrer bisherigen Ehe herrühren, und die Wiederherstellung Ihrer früheren Identität... all das überlasse ich Ihren hochbezahlten Anwälten.«

»Danke, Euer Ehren«, sagte ich unter Tränen. Beau schüttelte ihm die Hand, und wir verließen sein Büro.

Monsieur Polk erwartete uns im Korridor. »Ich muß gestehen«, sagte er, »daß ich meine Zweifel am Wahrheitsgehalt Ihrer Geschichte gehabt habe. Ich freue mich für Sie. Viel Glück.«

Wir verließen das Gerichtsgebäude, um auf den Wagen zu warten, der uns Pearl zurückbringen würde. Es waren noch Menschen da, die im Gerichtssaal herumgetrödelt und die schockierenden Ereignisse besprochen hatten. Ich entdeckte Mrs. Thibodeaux, eine alte Freundin von Grandmère Catherine. Sie hatte inzwischen Schwierigkeiten mit dem Laufen, humpelte aber trotzdem auf uns zu und nahm meine Hand.

»Ich habe gleich gewußt, daß du es bist«, sagte sie. »Ich habe mir gesagt, Catherine Landrys Enkelin mag zwar eine Zwillingsschwester haben, aber sie hat den größten Teil ihres Lebens an Catherines Seite verbracht, und sie hat ihr Temperament. Ich habe dir in diesem Gerichtssaal ins Gesicht geschaut und gesehen, wie mir aus deinen Augen deine Grandmère entgegenblickt. In dem Moment habe ich gewußt, daß alles gut ausgehen würde.«

»Ich danke Ihnen, Mrs. Thibodeaux.«

»Gott segne dich, Kind, und vergiß uns nicht.«

»Ich werde Sie nicht vergessen. Wir werden wiederkommen«, versprach ich. Sie umarmte mich, und ich sah ihr nach, als sie ging. Mein Herz wurde schwer bei der Erinnerung daran, wie meine Grandmère gemeinsam mit ihren Freundinnen zur Kirche gegangen war.

Die Sonne, die am frühen Morgen Versteck mit uns gespielt hatte, kam hinter den pilzförmigen Wolken hervor und schickte uns ihre warmen Strahlen, als der Wagen vorfuhr, in dem Pearl saß. Das Kindermädchen auf dem Vordersitz öffnete die Tür und half ihr beim Aussteigen. In dem Moment, in dem Pearl mich sah, leuchteten ihre Augen auf.

»Mommy!« rief sie.

Das war das schönste Wort auf Erden. Nichts erfüllte mein Herz mit größerer Freude. Ich breitete die Arme aus, damit sie hineinlaufen konnte, und bedeckte ihr Gesicht mit Küssen. Beau legte mir einen Arm um die Schultern. Wir waren allseits von Menschen umgeben, auf deren Gesichtern ein Lächeln stand.

Als wir uns auf den Weg machten, sah ich die Limousine der Tates abfahren. Die Fenster waren dunkel, doch da die Sonne an Kraft gewann, konnte ich die Silhouette von Madame Tate deutlich erkennen. Sie erweckte den Eindruck, als sei sie versteinert.

Es tat mir leid für sie, obwohl sie so gemein zu mir gewesen war. Sie hatte heute alles verloren, nicht nur ihren Rachefeldzug. Ihr illusorisches Leben war wie ein Haufen Porzellan um sie herum zerbrochen. Vor ihr lagen finstere und sorgenvolle Zeiten. Ich betete, daß Octavius und sie irgendwie einen Neuanfang machen und ihren Frieden finden würden, nachdem die Lügen jetzt aus dem Weg geräumt waren.

»Laß uns nach Hause fahren«, sagte Beau.

Nie hatten mir diese Worte soviel bedeutet wie in diesem Augenblick.

»Ich möchte vorher noch einen kurzen Besuch abstatten, Beau«, sagte ich. Er brauchte mich gar nicht erst zu fragen, wohin wir fuhren.

Kurze Zeit später stand ich vor dem Grabstein von Grandmère Catherine.

Eine wahre Heilerin hat eine heilige Seele, dachte ich. Sie verweilt länger auf Erden, um nach ihren Lieben zu sehen, die sie zurückgelassen hat. Grandmère Catherines Geist war noch hier. Ich konnte es deutlich spüren, fühlte ihn ganz in meiner Nähe. Die Brise wurde zu ihrem Flüstern, zu ihrer Liebkosung, ihrem Kuß.

Ich lächelte und blickte zu dem hellblauen Himmel auf, an dem dünne Wattewolken dahintrieben. Mrs. Thibodeaux hatte recht, dachte ich. Grandmère war heute bei mir gewesen. Ich küßte meine Finger und berührte damit den Grabstein. Dann kehrte ich zu unserem Wagen, zu Beau und zu meiner entzückenden kleinen Pearl zurück.

Als wir weiterfuhren, sah ich zum Fenster hinaus und sah einen Sumpfhabicht über den Ast einer Zypresse marschieren. Er beobachtete uns und erhob sich dann in die Lüfte, um eine Zeitlang neben uns herzufliegen, bis er schließlich kehrtmachte und sich wieder auf den Weg in das Bayou machte.

»Auf Wiedersehen, Paul«, flüsterte ich. Aber ich werde zurückkommen, dachte ich.

Ich werde zurückkommen.

Epilog

Meine Träume von einer prachtvollen Hochzeit sollten sich immer noch nicht erfüllen. Das Interesse einer breiten Öffentlichkeit und all der Trubel, der mit dem Sorgerechtsverfahren verbunden gewesen war, legten sich nicht, als wir nach New Orleans zurückkehrten. Beau fand, es sei besser, wenn wir uns abseits des Getöses in einem stillen Zeremoniell trauen ließen, und da seine Eltern die ganze Geschichte ohnehin nicht allzugut aufnahmen, konnte ich dem nicht widersprechen.

Wir diskutierten tagelang darüber, ob wir das Haus im Garden District verkaufen und ein neues Haus am Rand von New Orleans bauen sollten. Schließlich gelangten wir beide zu derselben Entscheidung: Wir waren mit unseren Dienstboten zufrieden, und eine schönere Umgebung würden wir nicht finden. Statt umzuziehen, machte ich mich an die Aufgabe, das Haus neu einzurichten, die Zimmer vom Boden bis zur Decke ausräumen zu lassen und die Gardinen, die Wandbehänge und die Böden zu ersetzen. Ich war wie verrückt darauf aus, das Haus zu läutern und zu reinigen und jegliche Spuren meiner Stiefmutter Daphne daraus zu verbannen.

Natürlich behielt ich all die Dinge, die Daddy lieb und teuer gewesen waren, und ich nahm nicht die geringsten Veränderungen an dem Zimmer vor, das früher einmal Onkel Jean gehört hatte. Ich beließ es als Schrein, der seinem Andenken geweiht war, denn ich wußte, daß Daddy es so hätte haben wollen. Sämtliche Gegenstände, die auch nur nach Daphne rochen, brachte ich auf den Dachboden, große Truhen, die ich mit Kleidern, Schmuck, Fotos und Erinnerungsstücken füllte. Dann packte ich Gisselles Dinge zusammen und verschenkte das meiste an Trödelläden und wohltätige Institutionen.

Nachdem die Zimmer frisch gestrichen waren, neue Gardinen vor den Fenstern hingen und die Bilder an den Wänden ausgetauscht worden waren, nahm das Haus meinen und Beaus Charakter an. Natürlich hingen immer noch Erinnerungen wie Spinnweben in dunklen Ecken, aber ich glaubte, ebenso wie Beau, daß die Zeit der beste Staubsauger ist und daß sie eines Tages nur noch verschwommen und belanglos sein würden.

Nachdem im Haus alles getan war, was ich mir vorgenommen hatte, wandte ich meine Energien wieder meiner künstlerischen Arbeit zu. Eines der ersten Bilder, die ich zeichnete und hinterher malte, war ein Bild von einer jungen Frau, die mit einem neugeborenen Baby in den Armen in einer Laube sitzt. Die Umgebung ließ sich mühelos als ein Haus und ein Anwesen wie unseres im Garden District erkennen. Als Beau das Bild ansah, sagte er, er fände, ich hätte ein Selbstporträt gemalt. Wenige Wochen später hatte ich beim Aufwachen Schwangerschaftssymptome und erkannte, daß die Inspiration für das Gemälde einer tieferen inneren Erkenntnis entsprungen war.

Beau war sich vollkommen sicher, ich hätte einen Teil der Wunderkräfte meiner Grandmère Catherine geerbt.

»Warum sollte es denn nicht so sein? Ihr glaubt doch daran, daß solche Kräfte erblich sind, stimmt's?« sagte er.

»Ich habe nie etwas dergleichen an mir wahrgenommen, Beau, und ich habe nie auch nur im Traum daran gedacht, Menschen zu heilen. Ich besitze diese Formen von mystischer Erleuchtung nicht.«

Er nickte und dachte einen Moment lang darüber nach, und dann sagte er etwas Verblüffendes. »Manchmal, wenn ich mit Pearl zusammen bin und sie in ihrer Babysprache mit mir das reinste Kauderwelsch redet, dann sehe ich, wie sie ihren Blick gebannt auf etwas richtet, und plötzlich scheint ihr Gesicht viel älter als vier Jahre zu sein. In ihren Augen steht eine große Klarheit. Geht es dir nie so, wenn du mit ihr zusammen bist?«

»Doch«, sagte ich, »aber ich hatte Angst, etwas Derartiges auch nur zu erwähnen, weil ich gefürchtet habe, du würdest mich doch nur auslachen.«

»Ich lache nicht darüber. Ich mache mir Gedanken. Inzwischen sind sogar meine Eltern von ihr bezaubert. Mutter bemüht sich, es nicht zu zeigen, aber sie kann nicht anders, als sie zu verhätscheln, und mein Vater... wenn er mit ihr zusammen ist, wird er wieder zu einem kleinen Jungen.«

»Sie kann mit den beiden umgehen.«

»Mit allen anderen auch«, sagte Beau. »Ich glaube, sie ist verzaubert. Siehst du, jetzt habe ich es doch gesagt. Erzähl das bloß keinem meiner Freunde«, fügte er eilig hinzu. Ich lachte. »Ehe ich mich versehe«, sagte er, »glaube ich plötzlich an irgendwelche Voodoo-Rituale, wie du sie früher mit Nina Jackson praktiziert hast.«

»Mach dich bloß nicht darüber lustig«, warnte ich ihn.

Er lachte wieder, aber als ich im neunten Monat schwanger war, gelang es ihm, mich mit einem wunderbaren Geschenk zu überraschen. Er hatte Nina ausfindig gemacht und sie in unser Haus gebracht, damit sie mich besuchen konnte.

»Ich habe eine Überraschung für dich, eine unerwartete Besucherin«, sagte Beau, als er allein ins Wohnzimmer kam.

»Wen denn?«

Erst jetzt streckte er eine Hand durch die Tür und zog Nina herein. Sie schien kaum gealtert zu sein, obwohl ihr Haar jetzt vollständig ergraut war.

»Nina!« Ich zog mich mühsam auf die Füße. Ich hatte einen so dicken Bauch, daß ich mir wie ein Nilpferd vorkam, das sich aus dem Sumpf erhebt. Wir umarmten einander.

»Dein Bauch ist wirklich dick, das kann man wohl sagen«, sagte Nina. »Und es ist bald soweit. Das kann ich in deinen Augen sehen.«

»O Nina, wo bist du gewesen?«

»Ich bin ein bißchen flußabwärts und flußaufwärts gereist. Nina ist jetzt im Ruhestand. Ich lebe bei meiner Schwester.«

Sie setzte sich und unterhielt sich eine Stunde lang mit mir. Ich zeigte ihr Pearl, und sie schwärmte in den höchsten Tönen davon, was für eine Schönheit sie sei. Und sie sagte mir, daß dieses Kind ein ganz besonderes Kind sei. Dann erklärte sie, sie würde eine blaue Kerze für mein neues Baby anzünden, die ihm zu Erfolg verhelfen und es schützen werde.

»Es dauert nicht mehr lange«, prophezeite sie wiederum. Sie griff in ihre Tasche und zog einen Kampferklumpen heraus, den ich um den Hals tragen sollte. »Das wird Bakterien von dir und deinem Baby fernhalten«, versprach sie mir. Ich sagte ihr, ich würde ihn sogar im Krankenhaus nicht ablegen.

»Verhalte dich bitte nicht wie eine Fremde, Nina. Besuch uns wieder.«

»Da kannst du sicher sein«, sagte sie.

»Nina«, fragte ich und nahm ihre Hand in meine, »glaubst du, die Wut, die ich in den Wind geworfen habe, als ich mit dir wegen Gisselle zu Mama Dede gegangen bin, ist fortgeweht worden?«

»Sie ist aus deinem Herzen fortgeweht worden, Kind. Das ist das Wichtigste.«

Wir umarmten einander, und Beau fuhr sie nach Hause.

»Das war ein wunderschönes Geschenk, Beau«, sagte ich nach seiner Rückkehr zu ihm. »Ich danke dir.«

»Wie ich sehe, hat sie etwas hier zurückgelassen«, sagte er und sah den Kampferklumpen an, den ich um den Hals trug. »Das habe ich mir gleich gedacht. Um die Wahrheit zu sagen«, gestand er, »das ist genau das, worauf ich gehofft hatte. Wir dürfen kein Risiko eingehen.«

Darüber lachten wir beide.

Vier Tage später setzten die Wehen ein. Sie waren intensiv, noch heftiger als damals, als ich Pearl bekommen hatte. Beau war unablässig an meiner Seite, und sogar während der Entbindung war er bei mir. Er hielt meine Hand und redete mir gut zu, ich solle gleichmäßig atmen. Ich glaube, daß er jeden stechenden Schmerz fühlte, den ich verspürte, denn ich sah, daß er jedesmal zusammenzuckte. Endlich brach dann die Fruchtblase, und das Baby kam zur Welt.

»Es ist ein Junge!« rief der Arzt und schrie dann: »Moment mal!«

Beaus Augen wurden groß.

»Und noch ein Junge! Zwillinge!« rief der Arzt aus. »Ich dachte mir schon fast, daß es zwei Kinder sein könnten. Der eine hat sich hinter dem anderen versteckt und seinen Herzschlag von ihm übertönen lassen. Meinen herzlichen Glückwunsch!« sagte er, und die Krankenschwestern hielten zwei blonde blauäugige kleine Jungen in den Armen.

»Wir werden keinen von beiden weggeben«, scherzte Beau. »Mach dir keine Sorgen.«

Zwillinge, dachte ich. Sie werden einander vom ersten Tag an lieben, gelobte ich, vom allerersten Tag an.

Pearl war überwältigt von der Nachricht, daß sie nicht etwa einen kleinen Bruder haben würde, sondern zwei. Unsere erste große Aufgabe bestand darin, Namen für sie zu finden. Wir hatten bereits über die Möglichkeit eines Mädchens gesprochen, dann über die eines Jungen, und wir hatten uns überlegt, daß wir den Jungen Pierre nennen würden, nach Daddy. Ich wußte ganz genau, was ich wollte, aber ich war nicht sicher, wie Beau dazu stehen würde. Er überraschte mich hinterher im Krankenzimmer damit, daß er es von sich aus vorschlug.

»Wir könnten unseren zweiten Sohn Jean nennen«, sagte er.

»O Beau, das dachte ich mir auch schon, aber…«

»Aber was?« Er lächelte. »Ich habe es dir doch gesagt. Ich glaube inzwischen an diese Dinge. Es war uns so bestimmt.«

Vielleicht, dachte ich. Vielleicht war es uns wirklich so bestimmt.

An dem Tag, an dem wir die Zwillinge nach Hause brachten, hatte Beau einen Fotografen ins Haus bestellt. Wir ließen Bilder von uns fünfen machen. Jetzt waren wir eine ganz ansehnliche kleine Familie. Wir engagierten ein Kindermädchen, das uns am Anfang mit den Zwillingen helfen sollte, aber Beau fand, wir sollten es vielleicht sogar länger behalten.

»Ich möchte nicht, daß du deine Kunst vernachlässigst«, beharrte er.

»Nichts anderes ist mir wichtiger als meine Kinder, Beau. Meine Kunst wird zurückstehen müssen«, erwiderte ich. Ich wollte meinen beiden Jungen ständig nahe sein und dafür sorgen, daß sie lernten, einander zu lieben und füreinander dazusein. Beau verstand das.

Eine Woche nachdem ich mit unseren Zwillingen aus dem Krankenhaus zurückgekommen war, saß ich draußen im Garten, entspannte mich und las. Pearl war oben in dem neuen Kinderzimmer, denn ihre beiden neuen kleinen Brüder übten eine grenzenlose Faszination auf sie aus.

»Entschuldigen Sie, Madame«, sagte Aubrey, der zu mir ins Freie kam, »aber das hier ist gerade als Sonderzustellung für Sie abgegeben worden.«

»Danke, Aubrey.« Ich nahm den Umschlag entgegen. Als ich sah, daß er von Jeanne kam, lehnte ich mich mit zitternden Fingern zurück und riß ihn auf. In dem Umschlag befanden sich eine Fotografie und ein paar kurze Zeilen.

Liebe Ruby,
Mutter hat darauf bestanden, daß alles, was uns auch nur im entferntesten an dich erinnern könnte, fortgeworfen wird. Irgendwie glaube ich, Paul würde sich wünschen, daß dieses Foto an dich übergeht.

Jeanne

Ich sah das Bild an. Ich konnte mich nicht daran erinnern, wer es aufgenommen hatte; vermutlich war es einer von Pauls Schulfreunden. Es war ein Foto von uns beiden, das bei dem Fais Dodo gemacht worden war, zu dem mich Paul zum Tanzen ausgeführt hatte. Es war mein erstes echtes Rendezvous gewesen, und zwar noch ehe ich die Wahrheit über uns beide erfahren hatte. Wir wirkten beide so jung, so unschuldig und so hoffnungsvoll. Vor uns lag nichts anderes als Liebe und Glück.

Mir fiel nicht auf, daß ich weinte, bis eine Träne auf das Foto fiel.

»Mommy!« hörte ich Pearl von der Terrasse rufen. Als ich mich umdrehte, sah ich, daß sie auf mich zugelaufen kam, und Beau folgte ihr auf den Fersen. »Sie haben mich angesehen! Pierre und Jean! Sie haben mich beide angesehen, und sie haben gelächelt!«

Ich wischte mir eilig die restlichen Tränen von den Wangen und steckte das Foto und die kurze Nachricht zwischen die Seiten meines Buches.

»Es ist wirklich wahr«, gelobte Beau. »Ich habe es mit meinen eigenen Augen gesehen.«

»Das freut mich, Liebling. Deine Brüder werden dich für immer und ewig lieben.«

»Komm mit, Mommy. Laß uns zu ihnen gehen. Komm schon«, drängte sie und zog an meiner Hand.

»Gleich, Schätzchen. Einen Moment noch.«

Beau starrte mich an. »Ist alles in Ordnung?« fragte er.

»Ja.« Ich lächelte. »Ja, es ist alles in Ordnung.«

»Ich gehe schon mit ihr nach oben. Komm mit, Prinzessin. Laß Mommy noch einen Moment in Ruhe, ja? Sie wird dann gleich nachkommen.«

»Wirklich, Mommy?«

»Ja, mein Süßes. Ich verspreche es dir.«

Beau bildete mit den Lippen die Worte *Ich liebe dich,* und dann trug er Pearl wieder ins Haus.

Ich lehnte mich zurück. In der Ferne trieb eine Wolke, die wie eine Piragua geformt war, über den blauen Himmel, und ich glaubte wieder einmal, Grandmère Catherine in der Brise flüstern zu hören. Ihre Stimme erfüllte mich mit Hoffnung.